BASTEI
LÜBBE
TASCHENBUCH

Weitere Titel der Autorin:

Der Fluch der Maorifrau
Im Tal der großen Geysire
Das Geheimnis des letzten Moa
Der Schwur des Maori-Mädchens
Die Maori-Prinzessin

Titel in der Regel auch als E-Book erhältlich

Über die Autorin:

Laura Walden studierte Jura und arbeitete einige Jahre als Rechtsanwältin in Hamburg. Doch dann siegte ihre Leidenschaft fürs Erzählen spannender Geschichten, und so entschied sie sich, die Schriftstellerei zu ihrem Beruf zu machen. Wie weise dieser Entschluss war, zeigt der Erfolg ihrer mitreißenden Romane, bei denen es immer um dunkle Familiengeheimnisse vor atemberaubender Landschaft geht.

[redacted]

Laura Walden

DAS VERSTECK AM ENDE DER KLIPPEN

Roman

BASTEI
LÜBBE
TASCHENBUCH

BASTEI LÜBBE TASCHENBUCH
Band 17 233

Dieser Titel ist auch als E-Book erschienen

MIX
Papier aus verantwortungsvollen Quellen
FSC® C083411

Originalausgabe

Textredaktion: Antje Steinhäuser
Titelillustration: © getty-images/Simon Cameron Photography;
© iStockphoto/Andreyuu
Umschlaggestaltung: Jeannine Schmelzer
Satz: Urban SatzKonzept, Düsseldorf
Gesetzt aus der Adobe Garamond
Druck und Verarbeitung: CPI books GmbH, Leck-Germany
Printed in Germany
ISBN 978-3-404-172337

5 4 3 2 1

Sie finden uns im Internet unter
www.luebbe.de
Bitte beachten Sie auch: www.lesejury.de

O my Luve's like a red, red rose
That's newly sprung in June;
O my Luve's like the melodie
That's sweetly play'd in tune.

As fair art thou, my bonnie lass,
So deep in luve am I:
And I will luve thee still, my dear,
Till a' the seas gang dry:

Till a' the seas gang dry, my dear,
And the rocks melt wi' the sun:
I will luve thee still, my dear,
While the sands o' life shall run.

And fare thee well, my only Luve
And fare thee well, a while!
And I will come again, my Luve,
Tho' it were ten thousand mile.

»A Red, Red Rose«, Song von Robert Burns, 1794

Portree, September 1924

Die junge Frau sang mit brüchiger Stimme: »O zorn'gen Schicksals welkend Weh'n, bleicht' meine Blätter so, O!«

Es klang nicht rein und erhaben, wie einst, als sie es mit dem Chor vorgetragen hatte. Nicht glasklar und engelsgleich, wie früher, wenn sie es an einem 25. Januar anlässlich der Feierlichkeiten im Gedenken an den großen schottischen Dichter Robert Burns dargebracht hatte. Weil sie den schönsten Sopran von allen und als Einzige eine ausgebildete Stimme besaß, hatte der Chorleiter sie vor vielen Jahren auserwählt, am Festtag das Solo zu singen. Nun war ihre Stimme heiser vom vielen Schreien, ermattet von den Tränen und krank von dem Husten, der sie seit Tagen marterte. Doch trotz der Schmerzen in ihrer Brust und in den Gliedern, die in der nasskalten Höhle steif gefroren waren, fuhr sie unbeirrt fort: »Mein Stamm war stark, mein Laub war grün, die Knospe schwellte froh, O! Der Tau fiel frisch, die Sonne schien, wie wuchs das Zweigwerk so!« Ihr Singen wurde immer mehr zu einem Krächzen, doch sie fuhr unbeirrt fort, ihrer Kehle diese grässlich klingenden Töne zu entlocken. Allein der Text und der Gedanke daran, dass es ein Leben vor dieser Hölle gegeben hatte, erwärmten sie für einen winzigen Augenblick, doch dann durchfuhr ein eisiges Zittern ihren Körper. Ein vom Meer kommender Windzug signalisierte ihr, dass das Ende nah war. Fast trotzig sang sie gegen diese Gewissheit an. »Doch zorn'gen Schicksals welkend Weh'n, bleicht' meine Blätter so, O! Doch zorn'gen Schicksals welkend Weh'n, bleicht' meine Blätter so, O!«

Ihre Stimme war lauter geworden. Das war kein Gesang mehr, das war ein Schrei, ein letzter Hilfeschrei, bevor sie in verzweifeltes Schluchzen ausbrach.

»Liebster, hörst du mich?« Sie strich über das dicke, drahtige Haar des Mannes, dessen Kopf leblos auf ihrem Schoß lag und den sie nicht einmal sehen konnte, denn draußen herrschte finstere Nacht. Am Tag drangen wenigstens ein paar Lichtstrahlen durch die Mauer aus Geröll und Steinen in das Innere der Höhle, aber nun war es stockdunkel. Sie fuhr mit den Fingern zärtlich über sein Gesicht, erspürte seinen Mund, der halb geöffnet war, und hielt die Hand davor in der Hoffnung, seinen Atem zu spüren, aber da war nichts. Kein Hauch von Leben mehr. Ihre Hand tastete sich tiefer unter seine Jacke zu seiner Brust. Sie erschauderte, als sie in das klebrige Nass fasste, aber sie brauchte Gewissheit und ließ die Hand auf der Stelle liegen, an der sie so oft sein pochendes Herz gespürt hatte. Aber in seiner Brust war alles still.

Als sie die Hand nach einer halben Ewigkeit zurückzog, roch es metallisch. Er hatte viel Blut verloren. Sie hatte die Wunde zwar verbunden, nachdem ihn der mörderische Strumpf-Dolch knapp unter dem Herzen getroffen hatte, aber nur notdürftig, mit einem Taschentuch. Trotzdem hätte er diesen gemeinen Anschlag auf sein Leben sicher überlebt, wenn nicht ... Mit Schaudern dachte sie daran, wie nur wenige Augenblicke, nachdem sein Peiniger geflüchtet war, ein ohrenbetäubender Lärm das Innere der Höhle erschüttert hatte. Sie hatte den Verletzten an der Hand gepackt und in Todesangst geschrien: »Raus hier, das ist ein Felsabbruch oben auf den Klippen!« In dem Moment hatte es bereits Steine von oben geregnet, und der Ausgang war im Nu verschüttet gewesen. Sie hatte nach Hilfe gerufen in der Hoffnung, dass er zurückkehren und sie retten würde, hatte er doch bereits mit dem Dolch seine bittere Rache genommen. Er hätte den Tod ihres Liebsten sicher in Kauf genommen, aber niemals den ihren. Dessen war sie sich so sicher gewesen. Dann jedoch war sein irres Lachen bis in das Innere der Höhle vorgedrungen.

»Das ist die Strafe Gottes. Auf immer vereint. Das habt ihr doch gewollt. Jetzt hat euch das Schicksal diesen Wunsch erfüllt!«

»Aber unser Kind. Wer soll sich denn um unser Kind kümmern?«, hatte sie gefleht.

Seine Antwort war ein lautes krankes Lachen gewesen. »Um den Bastard kümmere ich mich. Hörst du? Bastard! Bastard! Bastard!«

Obwohl ihr dieses irre Lachen eiskalte Schauer über den Rücken jagte, hatte sie sich in diesem Augenblick immer noch an die Hoffnung geklammert, lebend zu ihrem Kind zurückzukehren. Sie hatte ihn angefleht, Hilfe zu holen, aber er war schließlich, weiterhin wie ein Irrer lachend, davongeeilt.

Ein Hustenanfall schüttelte ihren geschwächten Körper. In ihrer Brust brannte es wie Feuer. Und trotzdem konnte sie kaum mehr die Augen offen halten. Sie hatte in den vergangenen Stunden mit letzter Kraft gegen das Einschlafen gekämpft, weil sie wusste, sie würde dann nicht mehr aufwachen, sondern in den ewigen Schlaf hinüberdämmern. Wenigstens ein letztes Schnippchen wollte sie dem sicheren Tod noch schlagen, aber nun war ihr Kampfgeist genauso erschöpft wie ihr geschundener Körper.

»Liebster, ich komme zu dir«, flüsterte sie ihm zu und schloss die Augen. Die letzten Tage zogen an ihr vorüber wie ein wirrer Traum. Sie hatte alles in ihr Tagebuch eingetragen, das sie bei sich trug. Seit Langem vertraute sie ihre geheimsten Gedanken dem geduldigen Papier an. Die vollgeschriebenen Bücher hatte sie ihrem Cousin zur Aufbewahrung anvertraut, seit sie eine Ahnung hatte, dass ihr womöglich Gefahr drohte. Das Schreiben in der Höhle hatte ihr die Kraft gegeben, nicht den Verstand zu verlieren. Er hatte die meiste Zeit geschlafen und im Schlaf gestöhnt. Ihr einstiges Paradies war zu einer einzigen Hölle geworden. Nur das Schreiben hatte sie daran gehindert, sich neben ihn zu legen und einzuschlafen.

Sie faltete ihre Hände und betete, dass eines Tages jemand die verschüttete Höhle am Ende der Klippen entdecken und ihr Sohn die Wahrheit erfahren möge. Ja, nicht dem Liebsten galt ihr letzter Gedanke, sondern dem unschuldigen Kind, das der Willkür eines feigen Mörders ausgeliefert war.

Und dann dachte sie an gar nichts mehr, sondern hörte nur das Rauschen der anrollenden Wellen und das grollende Donnern, wenn sie sich mit voller Wucht an den Klippen unter ihnen brachen.

London, Dezember 2014

Fröstelnd stand Dona MacLeod am Fenster ihres Zimmers und suchte dort draußen die Themse, doch was sie sah, war nichts als Nebel. Sie war Nebel gewöhnt, nirgends war es so neblig wie in ihrer Heimat, der Isle of Skye, der Hauptinsel der Inneren Hebriden. Aber irgendwie war der Nebel nach ihrem Empfinden hier anders. Er lag wie eine zähe graue Masse über der Stadt, als wäre er aus Beton. Der Nebel zu Hause in Portree war mehr wie eine Wolke, die sich genauso schnell wieder auflöste, wie sie gekommen war. Anders als in London, wo das Wetter manchmal tagelang gleich bleiben konnte, gebärdete es sich auf der Insel wie eine launische Diva. Regen, Sonne, Hagel, Sturm und Nebel wechselten sich in rasantem Tempo ab. Schon von Kindheit an war Dona darauf eingestellt, dass sich ein strahlend blauer Himmel urplötzlich durch vom Meer kommende dunkle Wolken in völlige Finsternis verwandeln – wie auch ein düsterer Himmel von einer Minute zur anderen aufreißen konnte. In ihrer Schultasche war neben den Büchern, Heften und der Federtasche stets ein Regenschutz gewesen. Den hatte Dona allerdings zur großen Sorge ihrer Mutter selten benutzt. Sie liebte es nämlich, ungeschützt gegen Sturm und Nässe anzukämpfen, und war so manches Mal klitschnass aus der Schule gekommen. »Du bekommst eine Lungenentzündung«, hatte ihre Mutter sie stets gewarnt, aber merkwürdigerweise war sie wesentlich seltener an Grippe erkrankt als jene Schulfreundinnen, die sich in Wind und Wetter nur geschützt herausgewagt hatten.

Warum muss ich bloß jetzt an Portree denken, fragte sich Dona, sie hatte so lange nicht mehr an Zuhause gedacht. Sie wandte sich ab und legte sich noch einmal unter das warme Federbett. Es war neun Uhr, und sie hatte einen ekelhaften Kater. Warum sollte sie aufstehen? Sie musste heute nicht ins Restaurant. Das *Tianavaig* hatte gestern seine Pforten für immer geschlossen. Bis tief in die Nacht hatten sie Abschied gefeiert und alles vernichtet, was die Whisky-Bar noch hergegeben hatte. Sie ballte die Fäuste, wenn sie nur daran dachte. Das *Tianavaig* war gerade auf Erfolgskurs gewesen, aber der Vermieter versprach sich mehr davon, an einen Modeladen zu vermieten, und hatte ihnen gekündigt. Damit war ihr Traum vom eigenen Restaurant wie eine Seifenblase geplatzt.

Dona war kaum eingeschlafen, als es an ihrer Tür klopfte. Verschlafen setzte sie sich auf. »Wer stört?«, brummte sie und spürte das Hämmern in ihrem Schädel deutlich. Sie hatte eindeutig zu viel getrunken.

Ihre beste Freundin und Mitbewohnerin Amy trat zögernd ins Zimmer. Sie sah auch nicht besser aus als sie, sondern verquollen und übernächtigt.

»Ginge, ich weiß nicht, ob das wichtig ist, aber auf unserer Reservierungsnummer war ein Anruf für dich.«

Amy hatte ihr den Spitznamen »Ginge« verpasst, weil sie behauptete, noch niemals zuvor so dickes, langes rotes Haar gesehen zu haben.

»Was kümmert uns, wer auf den Anrufbeantworter vom *Tianavaig* quatscht. Wir müssen ja nicht jedem Gast persönlich vom Ende unseres Traums berichten«, erwiderte Dona trotzig und wollte sich wieder die Bettdecke über den Kopf ziehen, aber etwas in der Miene ihrer Freundin hielt sie davon ab.

»Ich glaube nicht, dass es ein Gast war. Er gab sich als alter Freund von dir aus und meinte, es sei dringend. Er bittet um Rückruf. Ich habe dir mal seinen Namen und seine Nummer notiert.« Amy reichte Dona einen Zettel.

»Gordon MacArran? Ach du Schreck, woher hat der denn unsere Nummer?«

»Einer deiner vielen Verehrer?«, lachte Amy.

Dona stieß einen tiefen Seufzer aus. »Schlimmer, wir waren mal verlobt!«

»Was? Du warst mal verlobt? Davon weiß ich ja gar nichts!« Amy setzte sich auf die Bettkante der Freundin: »Erzähl!«

»Da gibt es nicht viel zu erzählen. Er war mein erster Freund. Die Familien kannten sich. Schon als wir Kinder waren, orakelte man in Portree über unsere gemeinsame Zukunft. Eigentlich war das für alle ziemlich klar. Ich heirate Gordon und bekomme viele kleine MacArrans ...« Es war Dona gar nicht lieb, derart überraschend von ihrer Vergangenheit eingeholt zu werden.

»Und dann?«

Dona rollte genervt mit den Augen. »Willst du es wirklich wissen? Es ist nicht gerade ein Ruhmesblatt für mich.«

»Dann erst recht. Ich habe mich immer schon gewundert, dass du so wenig aus deiner Jugend erzählst. Ich habe es mir damit erklärt, dass Mädchen aus Portree braver sind als Girls, die in London aufgewachsen sind.«

»Genau, dabei könnten wir es doch belassen. Ich hatte nur einen Freund, Gordon, mit dem ich verlobt war und ...«

»Und?«

»Okay, okay, du gibst ja eh keine Ruhe, bis ich dir die ganze Geschichte erzählt habe ... Also, die Hochzeit war geplant. Meine Mutter ist völlig darin aufgegangen, sie war sogar mit mir nach Edinburgh gefahren, um das Hochzeitskleid zu kaufen. Ich sah aus wie ein Baiser, aber ich habe mich nicht gewehrt, weil ich schon längst Zweifel an dem Theater hatte. Mir war das alles zu vorgezeichnet, wenn du verstehst?«

»Oh ja, mich hätte keiner in einen Baiser gezwängt. Aber wie war er? Hast du ihn geliebt? Konntest du nicht mit ihm reden und ihm sagen, dass dir das ganze Drumherum zu viel wird?«

Es fiel Dona nicht leicht, über diesen Teil ihres Lebens zu reden, den sie gern für immer verdrängt hätte. Und sofort kam auch wieder das schlechte Gewissen Gordon gegenüber hoch. Und nicht nur ihm, sondern auch ihren Eltern gegenüber.

»Sagen wir mal so. Ich mochte ihn. Ich kannte ja keinen anderen, jedenfalls nicht näher. Und mit sechzehn war ich auch sehr verknallt in ihn, weil Gordon einfach der attraktivste Typ der ganzen Insel war. Er war umschwärmt und studierte schon in Edinburgh Jura. Er stammt aus einer traditionellen Notarfamilie, und für ihn gab es keinen Zweifel, dass er in die Fußstapfen von Vater, Großvater und Urgroßvater treten würde, so wie ich dann ...« Sie unterbrach sich, denn es kostete sie wirklich Überwindung, über diese alte Geschichte zu sprechen. Sie warf einen flüchtigen Blick auf den Zettel in der Hoffnung, dass es sich um einen anderen Gordon handelte, aber es gab keinen Zweifel. Auch die Telefonnummer sprach Bände. Keine Frage: Es war die Vorwahl von Portree.

»So wie du?«, hakte Amy ungeduldig nach.

»Wie ich die Whisky-Destillerie meines Vaters erben sollte.«

»Wow, deshalb deine fundierten Kenntnisse.«

»Ja, ich habe gleich nach der Highschool dort gearbeitet.«

»Nun lass dir doch nicht alles aus der Nase ziehen! Wie ging es weiter?« Aus Amys Augen blitzte die nackte Neugier.

»Wir haben uns nur am Wochenende gesehen, und die ersten Jahre war es auch schön, vor allem bin ich gar nicht auf den Gedanken gekommen, dass ich ein anderes Leben führen dürfte als das, was alle von mir erwarteten. Aber kurz vor der Hochzeit kamen mir erhebliche Zweifel. Ich hatte plötzlich das Bedürfnis, doch zu studieren, wie ich es eigentlich schon immer gewollt hatte, und über den Tellerrand hinauszusehen.«

»Und warum hast du das deiner Familie und deinem Verlobten nicht genauso gesagt?«

»Habe ich«, seufzte Dona. »Mein Vater hat gesagt, du musst

nicht Wirtschaft studieren, um unser Unternehmen weiterzuführen, du musst dich nur von mir anlernen lassen. Damit war für ihn das Thema durch. Und Gordon hat ihm beigepflichtet. Nach dem Motto: *Du wirst vor Ort gebraucht. Du bist die Stütze deines Vaters,* bla bla bla, die beiden Männer waren jedenfalls immer einer Meinung.«

»Hm, klingt doch nicht so märchenhaft, wie ich anfangs dachte. Ich sah dich schon als reiche Highlandprinzessin.«

»Haha, aber ich habe mich einfach nicht getraut, ihnen die Wahrheit zu sagen. Dass ich ersticke, wenn ich mich nicht wenigstens einmal in die Welt da draußen wage. Weißt du, es ist schwer, wenn die anderen dein Schicksal bereits besiegelt haben.«

»Und was hast du getan? Hast du deinen Gordon etwa am Traualtar stehengelassen?«

Dona lachte gequält. »Nicht ganz. Ich habe eine Woche vor der Hochzeit meine Sachen gepackt und mich heimlich davongeschlichen. Erst nach Edinburgh und dann weiter nach London.«

»Oh je, und wie haben sie reagiert?«

Dona zuckte die Schultern. »Ich weiß es nicht. Ich habe Gordon und auch meinen Eltern Briefe dagelassen, in denen ich versucht habe, mich zu erklären. Und nach ein paar Monaten habe ich zu Hause angerufen, mein Vater war dran, und weißt du, was er sagte?«

»Ich kann es mir fast denken«, stöhnte Amy und nahm ihre Freundin in den Arm.

»Ich habe keine Tochter mehr, hat er ins Telefon gebrüllt«, murmelte Dona und die ganze verdrängte Trauer nahm so von ihr Besitz, dass sie in Tränen ausbrach. Amy wiegte die Freundin tröstend in ihrem Arm, bis Dona sich seufzend aufrichtete.

»Jetzt kennst du meine Geschichte. Und du kannst dir vorstellen, dass ich nicht mehr daran denken wollte. Diese Mischung aus schlechtem Gewissen und der Verletzung, dass mein Vater mich verstoßen hat, war unerträglich.«

»Vielleicht hat er das nur im Zorn gesagt und es gar nicht so gemeint.«

»Was meinst du, wie oft ich mir das vorgestellt habe und den Hörer in der Hand hatte, um zu Hause anzurufen, aber ich habe mich nicht getraut.«

»Und wie lange ist das her?«

»Acht Jahre.«

Amy deutete auf den Zettel mit Gordons Nummer, den Dona immer noch verkrampft in ihrer Hand hielt.

»Und wirst du ihn anrufen?«

»Wenn ich das wüsste. Ich frage mich nur, wie er überhaupt an die Reservierungsnummer vom *Tianavaig* gekommen ist.«

»Keine Ahnung. Finde es heraus. Er scheint dich jedenfalls nicht vergessen zu haben. Er klang aufgeregt und hatte eine sehr schöne Stimme.«

Dona lächelte. »Ja, Gordon MacArran hatte den wohlklingendsten Bass der Isle of Skye.«

»Soll ich rausgehen oder dir beistehen, während du es hinter dich bringst?«, fragte Amy mitfühlend.

»Ich glaube, ich wäre lieber allein.«

Amy strich Dona noch einmal über die rote Mähne. »Ach, meine Ginge«, raunte Amy und verließ das Zimmer.

Dona blieb eine ganze Weile wie erstarrt auf ihrem Bett sitzen, bevor sie schließlich aufstand und nach ihrem Telefon griff. Ihr Herz klopfte bis zum Hals, als sie Gordon MacArrans Nummer wählte. Und ihr Herzschlag drohte beinahe auszusetzen, als er sich meldete.

»Gordon MacArran.«

Diese Stimme, durchfuhr es sie, die mich damals für ihn eingenommen hat, neben seiner stattlichen Größe von fast einem Meter neunzig und seinen blonden Locken. Donas Mund war so trocken, dass sie befürchtete, kein Wort hervorzubringen, doch dann räusperte sie sich und sagte mit heiserer Stimme: »Hier spricht

Dona, Dona MacLeod. Du hast eine Nachricht auf unserer Restaurantnummer hinterlassen, dass ich zurückrufen soll.«

»Dona«, stieß er in einem Ton aus, als könnte er es nicht glauben. »Dona, bist du es wirklich? Ich habe es gar nicht zu hoffen gewagt, aber ich war mir sicher, dass das in der Zeitschrift dein Foto war.«

Dona dämmerte sofort, worauf er anspielte. Im letzten Jahr hatte es eine euphorische Gastrokritik über das *Tianavaig* in einer großen britischen Zeitschrift gegeben. Mit Fotos von Amy und ihr.

»Du hast den Artikel gelesen?«

»Ja, und da habe ich gedacht: Wow, Dona hat ihren Weg gefunden, obwohl es ein bisschen merkwürdig war, zu lesen, dass du ein Restaurant betreibst. Also, als Gastronomin habe ich dich nie gesehen.«

»Ich habe Betriebswirtschaft studiert, und das *Tianavaig* war schon im Studium mein Lieblingsrestaurant. Und als die alten Besitzer es aufgeben wollten, haben sie mich gefragt, ob ich es nicht übernehmen wollte. Da war ich gerade sehr unzufrieden mit meinem Job als Assistentin der Geschäftsführung und habe zugegriffen. Du hast dann auch sicher gelesen, dass es die beste Whisky-Bar Londons hatte?«

»Ja, das ist mir nicht entgangen. Vielleicht hätte das deinen Vater versöhnt.«

Jetzt konnte Dona nicht länger an sich halten: »Oh Gott, wie geht es Mom und Dad?«

Gordon antwortete nicht gleich, sondern stieß stattdessen ein paar tiefe Seufzer aus.

Dona spürte einen Kloß im Hals. Sie hatte noch keinen einzigen Gedanken an die Frage verschwendet, was es bedeuten konnte, dass Gordon sie nach so vielen Jahren aufgespürt und kontaktiert hatte ... Die Erkenntnis, dass es nicht unbedingt etwas Gutes zu bedeuten haben konnte, breitete sich wie ein schleichendes Gift in ihrem Körper aus, und ihr wurde übel.

»Dona, ich muss dir ...« Gordons Stimme brach ab.

Dona ließ sich stumm auf einen Stuhl gleiten. Sie war kein Mensch, der in hysterische Schreie ausbrach, wenn ihr etwas wirklich Schlimmes widerfuhr, sondern sie verfiel eher in einen Zustand der Lähmung.

»Es ist ein Unglück geschehen. Deine Eltern sind mit dem Boot rausgefahren und nicht von ihrer Tour zurückgekommen. Eben hat man sie in der Holloman Bay auf Raasay gefunden ...« Er brach ab und fragte besorgt: »Dona, bist du noch dran?«

Dona nickte stumm, doch dann fiel ihr ein, dass er ein Lebenszeichen von ihr erwartete.

»Ja, ja, sie haben also ihre Leichen am Strand gefunden ... aber wie konnte das passieren? Die ›Rosedale‹ ist das sicherste Boot, das es überhaupt gibt«, sagte sie mit monotoner Stimme.

»Sie haben sich ein neues Schiff gekauft, aber von der neuen *Rosedale* gibt es keine Spur. Es ist offenbar zwischen Portree und Raasay gesunken.«

»Ja, so wird es sein«, murmelte Dona.

»Sag mal, hast du wirklich begriffen, was geschehen ist?«, erkundigte sich Gordon.

»Meine Eltern sind tot. Was ist daran nicht zu verstehen?«, antwortete sie unwirsch.

»Ich meine nur, weil du keinerlei Regung zeigst. Da mache ich mir Sorgen. Ich dachte, ich setze mich jetzt ins Auto und hole dich ab. Das sind tausend Kilometer. Ich bin also in etwa zehn Stunden bei dir, ich schlafe eine Runde, und dann fahren wir zurück.«

»Das ist lieb von dir, Gordon, aber ich werde einen Flieger nach Inverness nehmen und dort einen Mietwagen. Lass mich erst mal begreifen, was geschehen ist.«

»Aber ich weiß nicht, ob ich dich allein lassen kann.«

Wenn es nicht alles so traurig wäre, Dona hätte laut aufgelacht. Offenbar war für Gordon MacArran die Zeit stehen geblieben.

»Gordie, ich war acht Jahre allein, und ich bin nicht mehr die kleine Dona«, erwiderte sie schroffer als beabsichtigt. Aber immerhin hatte sie ihn bei seinem Kosenamen genannt.

»Entschuldigung, ich wollte dir nicht zu nahe treten. Und wahrscheinlich hast du auch einen Herren an deiner Seite, der dich begleiten wird.« Das klang gekränkt, und sofort meldete sich Donas schlechtes Gewissen. Es war doch unglaublich großzügig von ihm, ihr seine Hilfe anzubieten. Schließlich hatte sie ihn vor der Hochzeit verlassen und damit schwer kompromittiert.

»Du musst dich nicht entschuldigen. Verzeih mir, aber ich bin völlig durcheinander. Trotzdem will ich dir das nicht zumuten, diese Strecke zu fahren«, bemerkte sie versöhnlich, ohne auf die Anspielung bezüglich des ›Herren‹ einzugehen. Ihr stand nicht der Sinn danach, Gordon nach so langer Zeit aus ihrem unglücklichen Beziehungsleben zu berichten. Natürlich hatte es diverse Männer in den vergangenen acht Jahren gegeben, aber es waren mehr oder minder unbedeutende Affären geblieben. Und das hatte bestimmt nicht an den Männern gelegen, sondern eindeutig an ihr. Immer, wenn es ernster geworden war, hatte sie einen Vorwand gesucht, um sich zurückzuziehen. Ihre Freundin Amy nannte sie manchmal ›die schottische Herzensbrecherin‹, denn Dona konnte sich einfach nicht auf etwas Verbindliches einlassen.

»Gut, soll ich für dich im Internet gucken, wann ein Flug geht?«, fragte Gordon.

Dona atmete tief durch. Da war es wieder, das Gefühl, das sie oft während ihrer Beziehung beschlichen hatte: Gordon behandelte sie wie ein unmündiges Kind, aber sie wollte ihn nicht schon wieder vor den Kopf stoßen.

»Ja, dann schau doch eben mal«, seufzte sie.

»Gut, ich rufe dich gleich an. Ich habe ja deine Nummer, wenn es dein Telefon ist, von dem du mich angerufen hast.«

»Ist es«, erwiderte Dona knapp. Täuschte sie sich oder versuchte Gordon gerade herauszubekommen, ob sie das Telefon eines Mannes benutzte? »Bis gleich!«

Eine Zeitlang blieb sie auf dem Stuhl sitzen und rührte sich nicht. Ihr Verstand wusste zwar, was geschehen war, doch in ihrem Herzen war die grausame Nachricht noch nicht angekommen.

Ihr Herz klopfte zum Zerbersten, und sie fühlte sich wie gelähmt. Hastig griff sie zu der Packung mit Tranquilizern, die ihr ein Arzt verschrieben hatte, als sie ihm von ihren seit geraumer Zeit auftretenden Ängsten berichtet hatte. Er behandelte sie bereits seit Längerem wegen ihrer Migräneanfälle und hatte ihr deutlich gemacht, dass das mit den Beruhigungstabletten keine langfristige Lösung wäre – sich aber bereit erklärt, sie ihr bei dem ganzen Stress um die Kündigung des *Tianavaig* zu verschreiben. Tatsächlich hatte ihr das Mittel dabei geholfen, ihre innere Unruhe und die diffusen Ängste in Schach zu halten. Wer hätte gedacht, dass es noch schlimmer kommen würde, fragte sich Dona und malte sich in Gedanken aus, was der Tod ihrer Eltern für Konsequenzen haben würde. Sie musste, ob sie es wollte oder nicht, zumindest zur Beerdigung zurück in ihre Heimat, an jenen Ort, an dem auch ihr körperliches Leiden angefangen hatte. Und zwar genau an dem Abend, an dem sie sich zum ersten Mal verzweifelt gefragt hatte, ob es nicht irgendeinen Ausweg aus der Misere geben konnte, da hatte der Kopfschmerz sie zum ersten Mal überfallen und aus ihr in kürzester Zeit ein am Boden kriechendes Bündel gemacht. Nachdem sie am nächsten Tag wieder zum Menschen geworden war, hatte ihr Entschluss festgestanden: Sie musste dem Ganzen entfliehen!

Dona massierte sich vorsorglich die Schläfen, aber in diesem Augenblick verspürte sie weder einen Anflug von Kopfschmerzen, noch wurde sie von Ängsten gemartert. Im Gegenteil, in ihr herrschte gähnende Leere, als ob die schreckliche Nachricht gar nicht zu ihr durchgedrungen wäre.

Dona merkte nicht, wie die Tür leise aufging und Amy sich ihr vorsichtig näherte.

»Was ist geschehen? Du siehst aus wie der Tod«, sagte die Freundin und ihr Blick blieb an der Packung Buspiron hängen.

»Was ist passiert? Was hat dir der Kerl getan? Und was ist das da?«

»Ich muss packen«, entgegnete Dona und stand auf. Urplötzlich setzten ihre Empfinden wieder ein. Ein Beben durchfuhr ihren ganzen Körper und sie kam ins Schwanken, doch Amy konnte sie auffangen, bevor sie stolperte.

»Du sagst mir jetzt sofort, was los ist«, befahl Amy.

»Meine Eltern … meine Eltern sind beide tot!«

Amy schlug entsetzt die Hände vors Gesicht. »Oh Gott, oh Gott«, stammelte sie und drückte Dona ganz fest an sich.

Diese Geste der Freundin ließ bei Dona alle Dämme brechen. Sie schluchzte verzweifelt auf. »Verdammt, sie können sich doch nicht einfach aus dem Staub machen, bevor wir uns versöhnt haben.«

»Heul dich aus, Ginge, heul dich richtig aus«, murmelte Amy, während sie der Freundin tröstend übers Haar strich. »Aber seit wann nimmst du die denn?«, hakte sie schließlich nach.

»Ach, die nehme ich ja gar nicht regelmäßig«, versuchte Dona abzuwiegeln und ließ die Tabletten in einer Schublade verschwinden, als könnte sie dieses heikle Thema damit aus der Welt schaffen.

Amy ließ es dabei bewenden und fragte mit Rücksicht auf den desolaten Zustand der Freundin nicht weiter nach.

Dona löste sich abrupt aus Amys Umklammerung. »Ich muss jetzt packen!«

»Du willst in diesem Zustand fahren?«

»Ich muss. Ich kann es erst glauben, wenn ich sie sehe. Verstehst du? Ich muss sie noch einmal sehen.«

»Gut, dann komme ich mit!«, erklärte Amy entschieden.

»Aber du kannst doch nicht alles stehen und liegen lassen«, entgegnete Dona schwach, die nichts lieber gehabt hätte, als Amys Begleitung auf ihrer Reise in die Vergangenheit zu sein.

Amy lachte trocken auf. »Was liegenlassen? Schon vergessen? Wir haben das *Tianavaig* gestern für immer geschlossen. Was mich erwartet, ist das Klinkenputzen bei allen halbwegs anständigen Londoner Restaurants. Und ganz ehrlich, ich reiße mich nicht darum. Außerdem läuft mir das nicht weg. In einer Woche kriege ich auch noch einen neuen Job, oder eben nicht.«

»Sie werden sich um dich reißen! Alle haben den Artikel gelesen und wissen, dass du eine Meisterin der neuen englischen Küche bist. Ich zitiere: *Fettig, schwer und geschmacksneutral war einmal! Und Jamie Oliver ist lange nicht mehr der Einzige, der den Gaumen mit englischer Küche zum Schmelzen bringt ...*«

»Das wissen sie aber auch noch nächste Woche. Hand aufs Herz. Möchtest du, dass ich dich begleite, oder stört es dich eher?«

Dona fiel Amy zum Dank um den Hals. »Das wäre der schönste Freundschaftsdienst, den du mir erweisen könntest. Natürlich möchte ich, dass du mitkommst. Ich habe Angst, Angst und noch mal Angst.«

»Gut, dann packe ich auch. Wann fliegen wir?«

Dona zuckte mit den Achseln. »Gordon sucht einen Flug für mich raus und ruft gleich zurück.«

In dem Augenblick klingelte Donas Telefon. Es war Gordon, der ihr mitteilte, dass es auf dem Flug nach Inverness um 18 Uhr einen freien Platz gebe, den er für sie angesichts des akuten Notfalls telefonisch reservieren dürfe.

»Super, dann reserviere doch bitte zwei Plätze für die 18-Uhr-Maschine«, sagte sie hastig.

»In Ordnung! Dann bräuchte ich noch den Namen deines Begleiters.« Der unwirsche Unterton in seiner Stimme entging Dona nicht.

»Henderson. Amy Henderson!«

»Amy? Das ist aber ein Frauenname.«

»Ja, Amy Henderson ist eine Frau!«

Dona spürte förmlich, wie es in Gordons Hirn arbeitete und er sich fragte, ob sie lesbisch geworden war, aber sie sagte nichts, nur: »Dann bis nachher. Ich melde mich, sobald wir in Portree angekommen sind. Wahrscheinlich wird es so spät, dass wir uns erst morgen sehen. Weißt du, wie wir ins Haus kommen?«

»Ich sage Miss Armstrong Bescheid, dass ihr kommt.«

Miss Armstrong? Wie lange hatte Dona nicht mehr an die gute Seele des Hauses MacLeod gedacht. Sie war nicht nur Haushälterin, sondern auch ihr Kindermädchen gewesen.

»Oh ja, bitte sag ihr Bescheid, dass sie uns vielleicht das Gästezimmer herrichten könnte. Und Gordon, ich möchte sie sehen. Hörst du?«

»Kein Problem. Sie werden in der Kapelle aufgebahrt.« Seit Dona ihm gesagt hatte, dass sie nicht allein nach Portree kommen würde, hatte Gordon einen geschäftsmäßigen Ton angeschlagen.

»Bis dann«, sagte sie und beendete das Gespräch.

»Und freut er sich, dich wiederzusehen trotz des schrecklichen Anlasses?«, fragte Amy neugierig.

»Ich glaube, er denkt, dass du meine Freundin bist.«

»Bin ich doch auch. Und deine beste dazu, hoffe ich doch.«

»Amy, er hält dich wohl für meine Geliebte.«

»Lass ihn doch. Das würde ihm erklären, warum du bei Nacht und Nebel abgehauen bist.«

»Hast du schon gepackt? Wir müssen um halb fünf am Flughafen sein.«

»Kein Problem. Ach, ich bin so froh, dass ich dich nicht allein deinem Schicksal überlassen muss.«

»Und ich erst! Ich habe es zwar immer noch nicht ganz begriffen, aber ich bin heilfroh, dass ich morgen nicht allein bin, wenn ich sie ...« Ihr traten Tränen in die Augen.

Amy nahm ihre Hand und drückte sie. »Keine Sorge, ich weiche nicht von deiner Seite, auch nicht, wenn du deine Eltern zum letzten Mal siehst.« Sie unterbrach sich und kämpfte nun selber mit den Tränen.

Wie in Trance packte Dona ihren Koffer. Es kam ihr so vor, als wäre sie in einem Albtraum gefangen, aus dem es kein Erwachen gab. Hastig holte sie die Tabletten aus der Schublade und stopfte die Packung in ihre Handtasche, aber nicht, ohne vorsichtshalber noch eine weitere Tablette zu schlucken.

Portree, Dezember 2014

Es war kurz vor 16 Uhr, als sich über die kleine Hafenstadt Portree bereits der Mantel der Dämmerung legte. Da bis vor einer halben Stunde die Sonne geschienen hatte, herrschte am Himmel ein atemberaubendes Lichterspiel. Wild aufgetürmte Wolkenberge waren von blutroten Wolkenbändern durchzogen. Es sah aus wie gemalt. Besonders, wenn man wie Gordon MacArran von dem Fenster eines viktorianischen Stadthauses in der Beaumont Crescent einen bezaubernden Blick auf die bunten Häuser in der Quay Street genoss. Die rosa, hellblau und zartgrün getünchten Fassaden wirkten im Licht der Dämmerung über dem grauen Meer wie verspielte Farbkleckse. Dieser südländisch wirkenden Kulisse am Hafen hatte Portree sein italienisches Flair zu verdanken.

Der Anwalt und Notar aber hatte kein Auge für die Schönheiten der Natur. Er tigerte nervös von einem Ende seines Büros zum anderen, warf nur hin und wieder einen flüchtigen Blick aus dem Fenster, nahm aber nichts von dem wahr, was sich dort draußen abspielte. Er war in seinen Gedanken gefangen, denn das Telefonat mit Dona hatte ihn bis in sein Innerstes aufgewühlt. Und es missfiel ihm außerordentlich, dass sie nicht allein nach Portree kam. Selbst wenn diese Amy nicht ihre Geliebte war, sie störte in jedem Fall. Er hatte gehofft, sich als starke Schulter und Tröster unentbehrlich zu machen, und der Platz schien nun besetzt.

Gordon ballte die Fäuste. Nicht auszudenken, wenn die Anwesenheit dieser Fremden seine Pläne durchkreuzte.

Er hatte Dona nie vergessen können. Und er hatte ihr bis heute nicht verziehen, was sie ihm angetan hatte. Es war nicht nur der Schmerz über ihren Verlust gewesen, der ihn an den Rand des Wahnsinns getrieben hatte. Nein, sie hatte mit ihrer Flucht viel mehr zerstört als nur sein Herz. Monatelang war die geplatzte Hochzeit der beiden *das* Inselgespräch gewesen. Er hatte weder zum Bäcker noch zum Arzt gehen können, ohne dass ihn diese mitleidigen Blicke getroffen hätten. Fremde Leute am Hafen hatten ihm Trost zugesprochen. Wie er diese hohlen Sprüche gehasst hatte: *Das Leben muss weitergehen!* oder *Die Zeit heilt alle Wunden!* Nichts war wie vorher, in seiner Seele gab es eine eiternde Wunde, die nicht heilen wollte. Nach außen hatte er funktioniert, wie es sein Vater und auch Donas Vater von ihm erwarteten. *Ein Junge weint nicht*, das hatte er so verinnerlicht, dass er keine einzige Träne ihretwegen vergossen hatte. Und dort, wo die Trauer nicht wohnen durfte, war der Hass gewachsen.

Natürlich hatten alle, die Leute aus dem Ort und die Familien, auf seiner Seite gestanden. Keiner hatte Verständnis für Donas Verhalten gehabt. Wie oft hatte er in der Zeit danach mit Donas Vater nachts in der Bar der Destillerie gesessen und sich mit ihm bis zur Besinnungslosigkeit besoffen. Auch Jamie MacLeod hatte keine Schwäche zugelassen, sondern stereotyp verkündet, dass er keine Tochter mehr habe. Die Einzige, die Trauer zugelassen hatte, war seine Frau Alison gewesen. Man hatte sie nur noch mit einer Sonnenbrille durch den Ort schleichen sehen, um ihre verweinten Augen dahinter zu verbergen. Sie hatte sich wohl niemals von dem Schock erholt, ihre Tochter auf diese Weise verloren zu haben. Wenn es nach ihr gegangen wäre, so hätte sie sicherlich Nachforschungen über Donas Aufenthaltsort angestellt, aber niemals hätte sie den Mut aufgebracht, es hinter Jamies Rücken zu tun. Umso mehr hatte sich Gordon darüber gewundert, dass der knallharte Jamie bei ihm als seinem Testamentsvollstrecker vor knapp einem Jahr sein Testament hinterlegt hatte mit dem Hinweis, seine Tochter erbe alles.

Gordon hatte natürlich einen Blick auf das Dokument geworfen und sich über die Maßen darüber geärgert, dass Jamie das Testament nicht von ihm als seinem Notar durch die zweite Unterschrift, die nach schottischem Recht erforderlich war – und zwar von jemandem, der nicht im Testament bedacht wurde –, hatte bezeugen lassen, sondern von seinem Brennmeister Alister Broun. »Was hat der Kerl mit deinen privaten Angelegenheiten zu tun?«, hatte Gordon seinen Freund gefragt. »Ich vertraue ihm voll und ganz«, hatte Jamie erwidert. »Und mir nicht?«, hatte Gordon beleidigt erwidert, weil das erneut ein Zeichen war, wie sehr Gordon und Jamie sich voneinander entfremdet hatten.

Sehr zu Gordons Missfallen war Jamies Vertrauter seit geraumer Zeit sein neuer Braumeister, der Gordon schon auf den ersten Blick suspekt gewesen war. Er war ein Fremder von der Insel Islay und übte mittlerweile erheblichen Einfluss auf Jamie aus. Die beiden Männer hatten für ihre Single Malts besonders gute Sherryfässer aus Spanien beziehen können, von deren Aromen alle Welt schwer begeistert war, nachdem der erste Malt aus dieser Serie jüngst in Flaschen abgefüllt worden war. Außerdem fand ein achtzehnjähriger Malt gerade reißenden Absatz, nachdem der Braumeister Jamie auch beim Marketing offensichtlich mit Rat und Tate zur Seite gestanden hatte. Jedenfalls munkelte man in Portree, der Mann sei ein wahrer Zauberer, wenn es um Whisky ging.

Statt in die drohende Pleite abzudriften, schrieb das Unternehmen, seit dieser Kerl Jamies rechte Hand geworden war, wieder schwarze Zahlen. Ein Grund, dass der Kaufpreis, den ein großer Konzern Jamie MacLeod geboten hatte, überdurchschnittlich hoch war. Die Brennerei Dunvegan war die zweite – und im Vergleich zu Talisker die kleinere – auf der Insel. Dafür gehörte sie zu den wenigen in Privathand verbliebenen Destillerien ganz

Schottlands. Der große Konkurrent Talisker war nie ein Familienbetrieb gewesen wie Dunvegan. Schon in den Zwanzigerjahren des letzten Jahrhunderts hatte der legendäre John Walker Anteile an der Destillerie erworben. Gordons Meinung nach war eine Destillerie in Privathand ein Auslaufmodell, das früher oder später an den Erfordernissen des modernen Markts scheitern musste. Das alles hatte er Jamie in aller Deutlichkeit klargemacht und ihn schließlich davon überzeugen können, dass auch er keine andere Wahl hatte, als den Vertrag mit Dessos zu unterschreiben. Was war bloß geschehen, dass er einen Rückzieher gemacht hatte?

Gordon hatte diesen ominösen Braumeister in Verdacht, dass er Jamie in die falsche Richtung beeinflusst hatte. In seinen Augen war der Mann ein Träumer und ein Spinner, der mit seinen Ansichten, dass der Whisky nur in der alten Tradition und unter Aufsicht schottischer Brennmeister zu seiner einzigartigen Qualität heranreifen konnte, nicht hinter dem Berg hielt. Dabei war er keinesfalls ein alter Kauz, sondern ein junger agiler Kerl, den er nicht viel älter schätzte als sich selbst und dem die jungen Ladies reihenweise zu Füßen lagen. Aber Gordon war sich sicher, dass der eingebildete Brennmeister schon bald der Vergangenheit angehören und Portree auf schnellstem Weg verlassen würde, sobald der Verkauf über die Bühne gegangen war. Er konnte sich jedenfalls kaum vorstellen, dass dieser von sich überzeugte und stolze Kerl unter dem Dach der Dessos weiter für Dunvegan arbeiten würde. Einmal davon abgesehen, dass sie diesen Querulanten nicht weiterbeschäftigen würden.

Das alles ging Gordon durch den Kopf, während er über den Umschlag, in dem das Testament verwahrt wurde, strich. Er war sehr gespannt auf Donas Gesicht, wenn er Jamies letzten Willen verlas. Daneben auf dem Schreibtisch lag der Kaufvertrag mit dem Spirituosen-Konzern, den Dona sicher, ohne mit der Wimper zu zucken, unterzeichnen würde. Was seine geschäftlichen Pläne anging, war Gordon jedenfalls äußerst zuversichtlich. So wie er sie kannte, würde sie ihm die Füße küssen, dass er sie mit einem Federstrich zu einer vermögenden Frau machte. Aber wie verhielt es sich mit seinem ganz persönlichen Plan?

Er setzte sich und strich sich nervös durch das volle dunkelblonde Haar, durch das sich noch immer keine einzige graue Strähne zog. In seine Gedanken drängte sich nun mit Macht der Streit, den er vor ein paar Tagen mit Jamie ausgefochten hatte, als der sich plötzlich geweigert hatte, den Vertrag mit dem Konzern zu unterzeichnen.

»Nur über meine Leiche«, hatte sein einstmals bester Freund und zukünftiger Schwiegervater gebrüllt, dass die Wände gewackelt hatten.

Gordon aber war vorerst ruhig geblieben und hatte mit Engelszungen auf seinen Freund eingeredet, diese Wahnsinnschance beim Schopf zu packen und an den Konzern zu verkaufen, und er hatte darauf verwiesen, dass sie sich doch einig geworden waren. Was er Jamie an dieser Stelle verschwieg, war die Tatsache, dass Mr Fuller von Dessos ihm ein großzügiges »Beraterhonorar« in Aussicht gestellt hatte, falls er Jamie endlich zum Verkauf dieser Goldgrube würde bewegen können. Eigentlich waren alle Bedenken ausgeräumt, und Gordon war an jenem Tag wie vor den Kopf geschlagen, weil sein Freund in seinen Augen einfach wortbrüchig wurde. Und ohne seine Unterschrift wäre die ganze Vorarbeit, die Gordon geleistet hatte, um den Vertrag einzutüten, umsonst gewesen. Das wollte und konnte er nicht akzeptieren, und seine Wut auf diesen Braumeister war nur noch mehr gewachsen. Er hatte es wirklich mit allen Mitteln versucht, Jamie ins Gewissen zu reden.

»Jamie, du hast eingeschlagen! Du kannst doch jetzt nicht einfach einen Rückzieher machen! Das ist deine letzte Chance, dass Dunvegan als Marke überlebt. Und Dessos ist ein fairer Vertragspartner. Der Beste, den du finden kannst. Weltweit agierend, erfolgreich an der Börse.«

»Dunvegan Whisky wurde seit Generationen von meiner Familie hergestellt, und das wird so bleiben!«

»Aber Jamie, du bleibst doch dein Boss. Sieh es mal so, du arbeitest nur unter einem sicheren Dach.« Gordon war es so leid gewesen, gebetsmühlenartig zu wiederholen, dass Jamie bei diesem Geschäft gar nicht verlieren konnte. Im Gegenteil! Warum stellte der alte Sturkopf einfach alles infrage? Das war nicht fair!

»Red kein dummes Zeug! Ich will doch kein Dessos-Sklave werden, sondern mein eigener Herr bleiben!«

An diesem Punkt der Diskussion hatte Gordon sehr mit sich kämpfen müssen, um nicht seinerseits loszubrüllen.

»Ich war dir immer ein guter Berater, ach, was rede ich? Mein Großvater war schon der beratende Freund deines Großvaters. Unsere Familien sind seit Generationen in Freude und Leid verbunden! Wer hat sich damals aufopfernd um deinen Vater gekümmert, nachdem er Waise geworden ist? Kein Geringerer als mein Urgroßvater Glen. Wie ein eigenes Kind hat er ihn aufgezogen.« Gordon tat das nicht gern, die Hypotheken der Vergangenheit auf die Waagschale zu legen, aber er hatte keine andere Wahl. Es stand zu viel auf dem Spiel – auch für ihn –, sodass er Jamie mit allen Mitteln an sein Wort ketten würde!

Der Hinweis auf die alten Familienschulden zeigte dann auch seine Wirkung.

»Junge, was dein Ur-Großvater Glen für meinen Vater getan hat, wird man niemals vergessen. Das werden sich noch meine Enkelkinder erzählen …« Er hatte sich hastig unterbrochen. »Und auch ich stehe in deiner Schuld, weil meine Tochter dich im Regen hat stehen lassen, aber du musst mir verzeihen. Ich kann nicht anders, als meinem Herzen zu folgen. Es tut mir leid, dass ich dir Hoffnungen auf diesen Verkauf gemacht habe, aber ich kann seitdem keine Nacht mehr ruhig schlafen. Nein! Ich kann den verdammten Vertrag einfach nicht unterschreiben. Ich habe Albträume, in denen ich vor meinem Vater, meinem Großvater und meinem Urgroßvater auf der Anklagebank sitze. Versteh doch, ich habe geglaubt, wir steuern unweigerlich auf den Ruin zu, aber dank Alisters unermüdlichen Einsatzes für Dunvegan geht es bergauf. Junge, ich muss auf mein Herz hören, und das schreit: Nein!«

Gordon hatte einen verächtlichen Zischlaut ausgestoßen. »Hier geht es nicht um dein Herz, hier geht es um ein Geschäft. Um ein verdammt gutes Geschäft für dich! Du kannst den Laden nicht ewig leiten, und du hast nun mal keine fähigen Nachfolger. Die Firma wird früher oder später verkauft. Das weißt du genau. Darum nutze doch die Chance, dein vieles Geld zu Lebzeiten auszugeben.«

»Junge, ich habe alles, was ich brauche. Ein wunderbares Anwesen, ein neues Boot, ich mache jedes Jahr an Ostern mit Alison Urlaub an der Côte d'Azur ... Ich brauche meine Arbeit, ich möchte in der Destillerie meinen letzten Atemzug tun. Mit Geld, mein Junge, kannst du mich nicht locken.«

»Verdammt, dann denk mal darüber nach, was du mir damit antust. Ich habe ein halbes Jahr dafür geschuftet, damit die Herren von Dessos und du euch einig werdet.«

»Schick mir eine Rechnung«, stöhnte Jamie.

»Nein, du kannst jetzt nicht mehr aussteigen. Das kannst du mir nicht antun. Wie stehe ich da? Als Vertragsbrüchiger!«

»Ich habe noch nichts unterschrieben, mein Junge, merk dir das. Und man hat mir die Augen geöffnet, dass es ein Wahnsinn wäre, wenn ich, Jamie MacLeod, mich dem Diktat der Konzerne beuge.«

»Interessant! Man hat dir die Augen geöffnet. Gib doch zu, dass es dieser arrogante Alister Broun war, der dir eine Gehirnwäsche verpasst hat! Der Kerl ist kein Geschäftsmann, der ist nichts anderes als ein eingebildeter Whiskypanscher ...«

»Es reicht, Gordon, was Alister und ich auf die Beine gestellt haben, das hat mich zutiefst erfüllt. Unser Whisky ist einzigartig, und du siehst doch, dass der Erfolg mir Recht gibt. Unsere Abnehmer sind die besten Lokale der ganzen Welt. Wir haben gerade einen Riesenauftrag mit einem Abnehmer in Nova Scotia abgeschlossen. Ich brauche den Konzern nicht. Kapier das endlich, und nimm es wie ein Mann!«

Daraufhin war Jamie einfach aufgesprungen und hatte Gordons Büro grußlos verlassen. Aber Gordon war nicht bereit, sich dieser Launenhaftigkeit des Alten zu beugen. Nein, er würde einen Weg finden, ja, finden müssen. Es hatte Gordon viel Überredungskunst gekostet, mit Mr Fuller, dem Vertreter von Dessos, der für die Abwicklung des Vertrags zuständig war, einen letztmaligen Aufschub der Vertragsunterzeichnung auszuhandeln, aber er hatte einen Eid geschworen, dass es nur noch eine Formalie wäre. Und nun stand er vor dem Nichts! Einmal abgesehen davon, dass diese Schlappe seinem beruflichen Ansehen schaden würde, würde Fuller ihm die unter der Hand ausgehandelte Erfolgsprovision verweigern, und das konnte ihn Kopf und Kragen kosten ...

Ach, wenn das doch mit dem Testament erst einmal reibungslos über die Bühne gegangen wäre, dachte Gordon. Nach der Vertragsunterzeichnung würde er alles daran setzen, Dona zurückzuerobern. Er konnte nur hoffen, dass sie nicht zum anderen Ufer gewechselt oder in London doch noch irgendein Kerl war, dem sie sich verpflichtet fühlte. Ob sie sich sehr verändert hatte? Auf dem Foto in der Zeitung hatte sie jedenfalls fantastisch ausgesehen. Verträumt öffnete er seine Schreibtischschublade und holte den ausgeschnittenen Artikel hervor. Zärtlich strich er über das Bild. Wenn sie erst meine Frau wird, dann kann ich ihr alles verzeihen, dachte er seufzend. Dann hören die Albträume auf, in denen ich ihr einfach nur den Hals umdrehen möchte. Ja, dessen war er sich sicher: Wenn er sie erst wieder besaß, würde sich der Hass wieder in unverbrüchliche Liebe verwandeln. Einen Hauch dessen hatte er ja bereits bei dem Telefonat mit ihr gespürt. Allein ihre wunderschöne samtene Stimme ließ ihn weich werden. Bis zu dem

Moment, in dem sie ihm von ihrer Begleitung erzählt hatte. Das hatte ihn sehr erbost. Wenn es nur eine gute Freundin ist, werde ich gewinnen, sprach er sich gut zu. Er ließ den Artikel hastig zurück in die Schublade gleiten. Nicht dass der Artikel auf seinem Schreibtisch lag, wenn Dona zur Testamentseröffnung in sein Büro kam. In diesem Augenblick fiel Gordon ein, dass er Miss Armstrong noch gar nicht Bescheid gesagt hatte.

Die Haushälterin brach in Tränen aus, als Gordon ihr Donas Ankunft in Portree avisierte.

»Oh Gott, wenn das doch Mrs MacLeod noch hätte erleben können! Das Kind kommt zurück, aber dann muss ich doch was kochen. Sie liebt Hummer, aber wo bekomme ich den am Sonntag her?«

»Miss Armstrong, die Damen – sie bringt eine Freundin mit – werden wahrscheinlich erst am späten Abend bei Ihnen eintreffen. Machen Sie sich keine großen Umstände. Sorgen Sie für einen kleinen Imbiss, und bereiten Sie ihnen bitte das Gästezimmer vor. Ich glaube nicht, dass Dona nach großem Menü zumute ist. Der Anlass ihrer Rückkehr ist ja nicht gerade erfreulich.«

»Ja, ja, Mr MacArran, Sie haben völlig recht. Ich kann es ja auch noch nicht fassen. Es ist eine Tragödie.« Die Haushälterin schniefte laut ins Telefon.

»Bis morgen. Ich werde gegen zehn Uhr bei Ihnen sein und die Formalitäten mit Dona besprechen. Machen Sie es gut.«

Hastig beendete Gordon das Gespräch. Er war ganz bestimmt nicht in der Verfassung, Miss Armstrong tröstende Worte zu spenden.

Sein Blick fiel auf eine alte, verstaubte Kiste, die er beim Ausmisten des Archivs seines Urgroßvaters im Keller gefunden hatte. Gordon hatte dringend Platz für seine Akten benötigt und viel von dem alten Kram einfach entsorgt. In der hintersten Ecke hatte er diese Kiste gefunden mit der altmodischen Aufschrift. *Mairie MacLeod.* Interessiert hatte er den Deckel gehoben und einen Blick hineingeworfen. Mairie MacLeod war Donas Urgroßmutter, die einst für einen handfesten Skandal im beschaulichen Portree gesorgt hatte, als sie ihren Ehemann bei Nacht und Nebel zusammen mit ihrem Geliebten verlassen und ihren Sohn Finlay einfach mutterlos zurückgelassen hatte. Es liegt in der Familie, diese Leichtlebigkeit der MacLeod-Frauen, hatte er verächtlich gedacht, als er die verstaubten Tagebücher der Geächteten aus der reichlich mit Intarsien verzierten Kiste geholt hatte, um sie sofort wieder ungelesen hineinzustopfen. Er hatte gehofft, etwas Wertvolles in der Kiste zu finden, aber das Geschreibsel einer untreuen Ehefrau interessierte ihn nicht im Geringsten. Weggeworfen hatte er sie dennoch nicht. Wer wusste schon, wozu diese alten Aufzeichnungen noch einmal gut waren? Vorhin hatte er sie aus dem Keller geholt. Er konnte sich nämlich gut vorstellen, dass Dona sich über diese Entdeckung freuen würde. Er würde ihr diese Kiste mit großzügiger Geste bei der Testamentseröffnung überlassen. Und dann dezent darauf hinweisen, dass es sein Urgroßvater Glen gewesen war, der ihren Großvater Finlay einst wie einen eigenen Sohn aufgenommen hatte.

Mit spitzen Fingern öffnete er erneut den Deckel und nahm das obere von vier eng beschriebenen Heften zur Hand. Es roch entsetzlich nach altem Papier und Mottenpulver, aber die Schrift war noch einwandfrei zu lesen. Gordon wunderte sich, dass sie auf Englisch geschrieben waren, denn bei den MacLeods wurde damals genau wie bei den MacArrans auch in der Schriftsprache vorwiegend das Gälische benutzt. Gordon hätte wahrscheinlich nicht angefangen, in dem Tagebuch zu lesen, wenn er beim Durchblättern nicht über eine verräterische Stelle gestolpert wäre.

Glen hatte Tränen in den Augen, als er mir schwor, er hätte, wie ich, für einen Augenblick daran gedacht, Portree hinter sich zu lassen und mit mir irgendwo anders ein neues Leben anzufangen, aber er könne nicht.

Gordon wusste zwar, dass Mairie und Glen Großcousine und Großcousin gewesen waren, aber das klang so gar nicht nach der Wertschätzung eines entfernten Cousins. Nein, diese Zeilen erregten seine Neugier. Und vielleicht konnte er sich mit dieser Lektüre von seinen quälerischen Gedanken ablenken, die ihn unwillkürlich überfallen und wie eine Krake umklammern würden, sobald er das Büro verlassen hatte und allein in seinem großen Haus am Seafield Place saß ...

Portree, Dezember 1919

Mir ist schon den ganzen Tag zum Heulen zumute. Natürlich ist es für alle anderen Beteiligten ein wunderschönes Ereignis, dass Glen heute seine Albiona heiratet. Sie macht ihrem Namen jedenfalls alle Ehre. Sie hat einen weißen ebenmäßigen Teint, der mich zum Erblassen bringt. Sie ist wirklich sehr anmutig. Das muss ich ihr lassen, wenngleich der Stachel der Eifersucht in mir bohrt.

Ich werde nie vergessen, wie ich vor einem Jahr in das Haus der MacArrans kam. Als Kriegswaise, weil mein Vater im August 1917 in Frankreich von deutschen Soldaten erschossen worden war. Meine Mutter war schon lange tot. Sie ist bei meiner Geburt gestorben. Mich brachte man in ein Waisenheim in Glasgow, und ich hatte mich darauf eingestellt, in dieser Institution bis zur Volljährigkeit zu bleiben. Die Nonnen handelten willkürlich. Einige schlugen mich, andere steckten mir heimlich Bücher zu. Ich hatte mich scheinbar in mein Schicksal gefügt. Was hätte ich auch tun sollen? Rebellieren? Was hätte mir das gebracht? Nur erneute Repressalien. Ich machte mich unsichtbar, während mein Herz vor Rebellion vibrierte und ich darauf sann, wie ich es ihnen heimzahlen würde, sobald ich wieder in Freiheit wäre. Und dann, eines Tages, rief mich die Oberin in ihr Büro. Ich fragte mich, ob sie wohl Gedanken lesen können und mich dafür bestrafen würden, doch dann kam alles anders. Im Büro saß ein Ehepaar. Die Frau eine elegante, hochgewachsene Dame, der Mann ein schlanker gut aussehender, sehr schottisch gekleideter Herr.

Ich senkte beschämt die Augen, weil ich nicht wusste, was das zu bedeuten hatte.

»Liebe Mairie, du kannst dich glücklich schätzen«, sagte die Oberin schließlich. »Das sind Carden und Galissa MacArran, Verwandte deines Vaters, die dich zu sich holen wollen.«

Ich glaube, ich habe die beiden ziemlich ungläubig angesehen. Sollte es wirklich Wunder geben und mir eine Zukunft in einer Familie beschieden werden? Ich meine, ich wusste, dass Vater einen Cousin auf der Isle of Skye hatte, aber die beiden Männer hatten seit Ewigkeiten keinen Kontakt mehr zueinander. Ich konnte mich jedenfalls nicht daran erinnern, dass ich den beiden schon jemals zuvor begegnet war. Und trotzdem waren sie hergekommen, um mich zu retten. Ich konnte mein Glück kaum fassen und brachte keinen Ton heraus. Das war also das Wunder, das ich manchmal in meine Gebete eingeschlossen hatte, an das ich aber nie wirklich hatte glauben können.

»Ja, mein Kind, der Freund deines Vaters, dein Vormund, hat uns geschrieben, dass du nach dem Tod meines Vetters in ein Heim gekommen bist, weil er dich leider nicht in seinem Haus aufnehmen konnte. Und dass er gehört habe, die Zustände im Heim wären einer gesunden Entwicklung nicht zuträglich ...«

Er wurde in scharfem Ton von der Mutter Oberin unterbrochen.

»Ich weiß ja nicht, was das Mädchen ihrem Vormund bei seinen Besuchen erzählt hat, aber bei uns gibt es keinen Grund zu klagen. Wenn Lügen über uns verbreitet werden, dann tun es die Mädchen, um sich wichtig zu machen.«

Stumm streckte ich ihr meine rechte Hand entgegen, über deren Rücken sich ein blauer Striemen zog.

»Das war die Strafe, weil ich mir das Gesicht nicht mit eiskaltem Wasser abwaschen wollte«, erklärte ich ungerührt.

»Oh, mein Gott«, rief die Tante entsetzt aus.

Wir nehmen dich sofort mit nach Portree«, sagte der Mann

entschlossen, während er der Oberin einen strengen Blick zuwarf.

»Ja, wir würden dich sehr gern mitnehmen, mein Kind«, bemerkte nun auch die Frau, die ein sehr freundliches und offenes Gesicht hatte.

Ich nickte eifrig. Alles war besser, als mein Dasein in diesem Heim zu fristen, zumal ich nach dem Hinweis auf den Striemen am Handrücken, der von einer Reitgerte herrührte, die Schwester Martha stets bei sich führte, sicherlich mehr Repressalien ausgesetzt sein würde als zuvor.

»Heißt das, du kommst mit uns?«, fragte der elegante Herr. »Obwohl wir Fremde für dich sind?«

»Ja, sicher, ich weiß doch, dass du Onkel Carden bist. Vater hat viel von dir erzählt«, log ich, denn mein Vater hatte, wenn überhaupt, auf seine eingebildeten Verwandten auf der Isle of Skye geschimpft, aber ich wollte freundlich zu meinem Retter sein.

»Gut, dann können Sie unsere Mairie mitnehmen«, erklärte die Oberin gönnerhaft, während sie mich mit einem vorwurfsvollen Blick maß. Ich glaube, sie war in diesem Augenblick froh, mich loszuwerden.

Und ich war überglücklich bei der Vorstellung, dieser Hölle zu entkommen, aber der Abschied von den Freundinnen war bitter. Auf keine von ihnen wartete ein solches Wunder in Gestalt eines zugewandten Onkels und einer treusorgenden Tante.

Erst im Wagen kamen mir Zweifel. Die beiden Menschen waren mir doch wirklich völlig fremd. Ich saß allein hinten im Auto und fragte mich plötzlich, ob sie es eventuell nur auf das Vermögen meines Vaters abgesehen hatten. Dass er Geld hinterlassen hatte, wusste ich von einer der netten Schwestern. Sie hatte mir einmal im Vertrauen gesagt, dass ich einen Sonderstatus genösse, weil mich ein nicht unbeträchtliches Erbe erwarten würde.

»Du bist kein armes Waisenkind, sondern eine reiche Erbin«, hatte sie mir wörtlich gesagt.

Ich hatte das gar nicht ernst genommen, weil ich fand, dass ich im Heim nicht anders behandelt wurde als die übrigen Mädchen. Doch wenn ich es jetzt bedenke, ich habe zwar auch meine Blessuren davongetragen, war aber niemals Opfer von willkürlichen Misshandlungen von den beiden grausamsten Schwestern, die gern grundlos und brutal auf einige der Mädchen eingeprügelt haben.

Ich weiß auch nicht, woher ich den Mut genommen habe, als ich dort hinten im Wagen allein saß.

»Nehmt ihr mich nur wegen meines Geldes auf?«, hörte ich mich plötzlich in scharfem Ton fragen.

Der Mann am Steuer brach zu meiner großen Verwunderung in ein lautes Lachen aus.

»Mädchen, Geld haben wir selbst genug. Ich hätte es nicht ertragen, wenn meine Großnichte in diesem Heim vor sich hinvegetieren würde. Nein, ich habe mit deinem Vater, diesem Sturkopf, zwar meine Schwierigkeiten gehabt: Das ging so weit, dass wir nach einem Streit kein Wort mehr miteinander gesprochen haben ...« Er brach ab. Offensichtlich war es ihm peinlich, dass er so viel preisgegeben hatte.

In diesem Augenblick drehte sich seine Frau um und lächelte mich an. »Du bist ja kein Kind mehr. Also, worum geht es bei zwei Jungspunden, wenn sie kein Wort mehr miteinander reden?«

Ich konnte es mir schon denken, worauf sie anspielte, aber ich wollte nicht vorlaut sein.

»Sie waren alle beide in deine schöne Mutter verliebt, aber mein Schatz hatte keine Chance gegen seinen charismatischen Cousin«, lachte sie.

»Galissa, nun übertreib mal nicht. So unwiderstehlich war mein lieber Cousin nun auch wieder nicht.«

Das zauberte mir ebenfalls ein leises Lächeln auf die Lippen, denn mir gefiel, wie offen und humorvoll die beiden waren und mich damit ganz offensichtlich aufzuheitern versuchten.

»Ich hätte mich doch immer für dich entschieden, aber damals hattest du ja noch kein Auge für mich«, flötete seine Frau.

»Du warst vierzehn, Liebling, und für kleine bezopfte Mädchen hatte ich in der Tat keinen Blick.«

»Also, mein Kind«, sagte Tante Galissa, die sich mir immer noch zugewandt hatte, mit warmer Stimme. »Als uns der Freund deines Vaters angeschrieben hat, haben wir uns sofort in den Wagen gesetzt, um dich zu retten. Was auch immer zwischen den beiden jungen Herren für Differenzen geherrscht haben mögen, du gehörst doch zur Familie.«

Einige Zeit später hielt Onkel Carden vor einem Anwesen, nachdem er uns mit seinem schicken Wagen kreuz und quer durch die Highlands gekurvt hatte und wir mit der letzten Fähre zur Insel Skye übergesetzt hatten.

»Wir sind da«, sagte seine Frau. »Ich hoffe, du fühlst dich bei uns wohl.«

Neugierig stieg ich mit meinem Köfferchen in der Hand aus und folgte meinen neuen Eltern zum Haus. Es war ein großes Anwesen, das etwas außerhalb des Ortes in einem prächtigen Park lag.

Und in der Eingangshalle habe ich ihn dann zum ersten Mal gesehen und war hingerissen. Groß wie ein Baum, mit einem wunderschönen kantigen Gesicht und einem schwarzen Lockenkopf stand er vor mir, lächelte und nahm mir mein Köfferchen ab.

Wenn es etwas gäbe wie Liebe auf den ersten Blick, dann wäre er es, ging es mir verschämt durch den Kopf.

Doch ich wurde jäh aus meinen romantischen Gedanken gerissen, als die Dame des Hauses uns einander vorstellte. »Das ist mein Sohn Glen, und das ist deine Cousine Mairie.«

Er reichte mir die Hand. »Herzlich willkommen, Mairie«, sagte er, und der Zauber verwandelte sich in eine höfliche Begrüßung unter Verwandten.

Jedenfalls äußerlich, denn ich ahnte, dass mich mein Gefühl nicht getrogen hatte. Auch Glen sah vom ersten Augenblick etwas anderes in mir als nur eine entfernte Cousine. Doch schon an demselben Abend wurde mir seine Verlobte Albiona als seine zukünftige Frau präsentiert.

Ich habe in der ersten Nacht im Hause MacArran in meine Kissen geweint, aber ich war vernünftig genug, meinem frischgebackenen Vetter Glen möglichst aus dem Weg zu gehen. Mir kam sehr entgegen, dass er in Edinburgh studierte und nur jedes zweite Wochenende nach Portree kam. Vor ein paar Wochen haben wir der magischen Anziehung zwischen uns gegen alle Vernunft nachgegeben. Wir haben uns – ein einziges Mal nur – heiß und innig geküsst, aber in dem unvergleichlichen Moment, in dem wir uns danach in die Augen gesehen haben und unser Leben vielleicht doch noch eine andere Wendung hätte nehmen können, kam seine Schwester Caillin um die Ecke, und wir fuhren erschrocken auseinander.

»Lasst euch nicht stören«, bemerkte sie in gehässigem Ton, und ich konnte nur hoffen, dass sie den Kuss selbst nicht beobachtet hatte.

Als Caillin verschwunden war, wollte ich meiner Sorge Ausdruck verleihen, aber da teilte mir Glen hektisch mit, dass er demnächst Albiona heiraten würde. Ich fiel aus allen Wolken, denn während wir uns küssten, hatte ich mich für ein paar träumerische Momente der Illusion hingegeben, dass unsere Gefühle füreinander alle Hindernisse, die unserer Liebe im Weg standen, würden beseitigen können.

Glen hatte Tränen in den Augen, als er mir schwor, er hätte, wie ich, für einen Augenblick daran gedacht, Portree hinter sich zu lassen und mit mir irgendwo anders ein neues Leben anzufangen, aber er könnte nicht.

Ich habe ihn an dem Tag einfach stehen gelassen, bin auf mein Zimmer gerannt und habe stundenlang geweint.

Seit diesem Tag machte ich einen noch größeren Bogen um meinen Vetter. Trotzdem weiß ich, dass auch er immer noch mit sich kämpft. Bei jedem Essen im Familienkreis wirft er mir verstohlene Blicke zu, die ich aber nicht erwidere. Vor allem, um nicht Caillins Argwohn zu erwecken. Sie ist ein halbes Jahr jünger als ich und war von der ersten Sekunde an furchtbar eifersüchtig auf mich. Das ließ sie mich bei jeder Gelegenheit spüren. Sie weigerte sich strikt, mich ihren Freundinnen vorzustellen oder mich zu dem ein oder anderen Ball mitzunehmen. Da nützte es gar nichts, dass Galissa ihrer Tochter immer wieder ins Gewissen redete. Caillin konnte und kann mich nicht leiden, was ich zutiefst bedauerte, denn ich hätte wirklich eine gute Freundin gebraucht. Deshalb habe ich mir meinen eigenen Kreis gesucht, den ich schließlich beim örtlichen Chor gefunden habe. Und dort besteht nicht die geringste Gefahr, dass Caillin mich ausgrenzen könnte, denn sie kann nicht singen.

Ich drehte mich in meinem Ballkleid einmal um mich selbst. Galissa hatte Caillin und mir für Glens Hochzeit Kleider mit dem Tartan der MacArrans schneidern lassen. Sehr zu Caillins Ärger, die auf keinen Fall wie meine Schwester aussehen wollte. Da eine entfernte Ähnlichkeit zwischen uns bestand und wir dasselbe dicke rote Haar hatten, rief der Schneider genau das begeistert aus, was Caillin nicht hören wollte, als wir die fertigen Kleider anprobierten. »Ach, Ihre Töchter sehen bezaubernd aus, Mrs MacArran, wie Zwillinge!«

Tante Galissa hatte ihrer Tochter noch einen warnenden Blick zugeworfen, aber das hatte Caillin in ihrer Empörung völlig ignoriert.

»Das da ist allenfalls meine Cousine!«, hatte sie verächtlich erwidert und den Kiltmacher damit sichtlich verunsichert.

Meine Schwärmerei für meinen Cousin muss mit diesem Tag jedenfalls endgültig vorbei sein, sagte ich mir energisch, denn niemals würde ich mich einem verheirateten Mann nähern, und ich wendete mich noch einmal in meinem Kleid vor dem Spiegel.

Da klopfte es an meiner Tür.

»Herein!«, rief ich und dachte, dass es Tante Galissa wäre, doch dann entdecke ich im Spiegel Glen.

Ich fuhr herum. Er sah großartig aus in seinem Anzug.

»Was willst du?«, fragte ich in scharfem Ton.

Glen war sichtlich verlegen. »Ich wollte dir nur sagen, dass ich dich ...«

Ich blickte ihn an. Mir wurde ganz heiß, denn auch aus seinen Augen sprach die innige Zuneigung, die uns verband.

»Ich möchte dir versichern, dass ich immer für dich da sein werde, was auch geschieht. Ich schwöre es dir.«

Ich versuchte, meine Rührung zu verbergen, aber es gelang mir nicht, denn ohne dass ich etwas dagegen unternehmen konnte, kullerte mir eine Träne die Wange herunter.

»Mairie, wenn ich dich früher kennengelernt hätte, glaube mir, dann wäre unser Leben anders verlaufen, aber ich bin Albiona in tiefer Zuneigung verbunden. Wir kennen uns von Kindesbeinen an und sind füreinander bestimmt. Niemals hätte ich sie verlassen können, einmal davon abgesehen, dass meine Familie mir diesen Affront niemals verziehen hätte, aber ...«

Ich legte zärtlich einen Finger auf seinen Mund. »Pst, bitte sprich nicht weiter! Wir wissen beide, dass wir einander nicht gleichgültig sind, aber du darfst so etwas nicht mehr sagen. Albiona ist eine großartige Frau, und sie möchte mir so gern eine gute Freundin sein. Wir sollten kein Wort mehr darüber verlieren.«

Hastig zog ich meine Hand fort und musste mich abwenden, denn auch in seinen Augen schimmerte es jetzt verdächtig feucht.

»Es tut mir leid, dass ich nicht mutiger bin«, murmelte er bedauernd. »Aber selbst wenn ich den Mut hätte, Albionas und meiner Familie die Stirn zu bieten, ich bin sicher, ich würde dich eines Tages spüren lassen, dass ich deinetwegen Albionas Leben zerstört habe.«

Ich hörte, wie hinter mir die Tür leise ins Schloss fiel. Mir war nach Heulen zumute, aber ich atmete ein paarmal tief durch, um mein aufgewühltes Inneres zu beruhigen.

In diesem Augenblick ertönten die Töne des Dudelsacks. Ein Zeichen, dass die Feier begann, die von den örtlichen Pipers eröffnet werden sollte.

Ich warf noch einen letzten prüfenden Blick in den Spiegel und versuchte, mir selbst ein Lächeln zuzuwerfen. Es geriet etwas zu schief und verkrampft. Am liebsten wäre ich der Feier ferngeblieben, aber dazu war es jetzt zu spät. Dann hätte ich bereits heute früh ein gewisses Unwohlsein vorgeben müssen. Nein, nun musste ich mit Fassung ertragen, wie der Mann, den ich liebte, eine andere zur Frau nahm. Ich konnte nur beten, dass mir nicht wie auf die Stirn tätowiert und für alle anderen lesbar stand: Das ist der schlimmste Tag meines Lebens!

Portree, Dezember 2014

Es war gegen zweiundzwanzig Uhr, als Amy mit dem Wagen, den sie am Flughafen von Inverness gemietet hatten, durch das nächtliche und stockdustere Kyle of Lochalsh fuhr. Sie hatte darauf bestanden, selbst zu fahren, weil sie fand, dass Dona sich in ihrem Zustand nicht ans Steuer setzen sollte. Es war wirklich kein einfaches Vorankommen, weil mitten in den tiefsten Highlands plötzlich starker Schneeregen eingesetzt hatte, aber Amy fuhr sehr vorsichtig und sicher. Dona aber war nicht nur wegen der Wetterlage die ganze Strecke über hellwach, sondern auch, weil in ihr an jeder Kurve, bei jedem Berg und bei jeder Hochebene Erinnerungen hochkamen. Wie oft war sie diese Strecke in ihrem Leben schon gefahren. Mit achtzehn hatte sie ihren Führerschein gemacht und hatte sich oft am Wochenende mit Gordon in Inverness getroffen. Er war aus Edinburgh dorthin gekommen, Dona von der Insel. Diese Treffen hatte sie besonders gemocht, weil sie sich so erwachsen gefühlt hatte, wenn sie in ihrem kleinen Hotel mit Blick auf den River Ness gewohnt und das Nachtleben in der kleinen Stadt in vollen Zügen genossen hatten. Gordon hatte ihren Unternehmungsgeist stets zu bremsen versucht, denn er kam aus der belebten Universitätsstadt, gegen die die Hauptstadt der Highlands ein beschaulicher Ort war, sie aber kam aus dem verträumten Portree und hatte das drängende Bedürfnis, Abenteuer zu erleben. Obwohl diese unterschiedlichen Ansprüche häufig zu Streitereien zwischen ihnen geführt hatten, hatte sie Inverness in bester Erinnerung behalten.

Donas gemischte Gefühle, nach so vielen Jahren in ihre Heimat zurückzukehren, hatten sich in dem Augenblick in eine schreckliche Nervosität verwandelt, als sie linkerhand das Eilean Donan Castle passiert hatten. Nun waren es nur noch wenige Meilen bis zu der Brücke, die über den Loch Alsh zur Insel führte.

Amy hatte die Anspannung ihrer Freundin gespürt. Sie tätschelte flüchtig ihre Hand.

»Ich kann mir vorstellen, dass es für dich sehr aufregend ist, zurückzukehren. Und dann noch die Umstände, aber ich bin ja bei dir.«

Dona versuchte, sich zu entspannen. »Du glaubst gar nicht, wie schön es ist, dass du mich begleitest. Wenn ich mir vorstelle, ich würde jetzt allein im Auto sitzen«, seufzte sie.

Die Insel lag in völliger Dunkelheit. Es war zwar erst kurz vor zweiundzwanzig Uhr, aber die kleinen Orte, die sie durchquerten, befanden sich bereits in tiefstem Schlaf.

»Ganz schön einsam hier«, bemerkte Amy schaudernd.

»Ich habe dir doch gesagt, meine Insel ist der letzte Zipfel unseres Landes, und dann kommen nur noch die Äußeren Hebriden.«

»Aber am Tag ist es bestimmt sehr schön.«

»Die Natur ist unfassbar schön, und wir werden hoffentlich noch Gelegenheit haben, dass ich dir jeden Winkel unserer schönen Insel zeige«, sagte Dona mit leicht schwärmerischem Unterton. »Aber eigentlich sind wir ja nicht im Urlaub hier«, fügte sie fast schuldbewusst hinzu.

»Ich habe Zeit. Das weißt du ja, und am liebsten würde ich warten, bis du vor Ort alles erledigt hast, und dich dann gleich mit nach London zurücknehmen«, erklärte Amy.

»Glaub mir, ich werde mich nicht länger hier aufhalten als unbedingt erforderlich ist. Nach der Beerdigung können wir gleich wieder fahren, denn ich denke, dass Gordon den Verkauf des Hauses und der Brennerei abwickeln wird. Ich will das Ganze schnell loswerden, falls ich es überhaupt erbe. Ich würde mich auch nicht wundern, wenn mein Vater mich enterbt hätte.«

»Aber du hast doch keine Geschwister, oder? Wer soll es also erben?«

»Ich habe einen Cousin mit dem schönen Namen Harris, der auch in der Whiskybranche ist und sich die Destillerie bestimmt gern unter den Nagel reißen würde. Aber auch das soll mir recht sein.«

»Also, das würde ich aber nicht unterschreiben. Wir können jeden Cent gebrauchen, um uns ein neues *Tianavaig* aufzubauen. Weißt du noch, wie du diesen Namen vorgeschlagen hast? Ein kleines bisschen Heimat hast du dir damals gewünscht.«

»Und nun werde dich auf den Gipfel des Berges Ben Tianavaig jagen, wenn wir Zeit haben. Dort vorne musst du nach rechts abbiegen.«

»Gut, dass du es sagst. Kann ja kein normaler Mensch lesen. Ist das Gälisch?«

Dona nickte eifrig. »Ich konnte das mal perfekt. Bei uns an der Schule war das Wahlfach, und da es in der Tradition meiner väterlichen Familie liegt, das schottische Gälisch zu beherrschen, habe ich es belegt, obwohl wir es zu Hause nie gesprochen haben. Meine Mutter stammt nämlich von der Westküste, wo das Gälische nicht mehr so verbreitet ist.«

»Wow, es werde Licht!«, rief Amy begeistert aus, als vor ihnen das nächtliche Portree auftauchte, das im Vergleich zu den verschlafenen Orten auf der Strecke dorthin hell erleuchtet war. Es gab sogar ein paar Straßenlaternen. Und hinter den Fenstern brannten Lichter. Offenbar tickten hier im Hauptort die Uhren doch anders als auf dem Rest der Insel.

Dona war ganz still geworden, als sie durch das Städtchen fuhren und den Somerled Square, den Hauptplatz, erreichten.

Amy wäre am liebsten in die Straße gefahren, in der sogar einzelne beleuchtete Schaufenster winkten, aber Dona bat sie, nicht zum Hafen zu fahren, sondern nach rechts abzubiegen in die Bridge Street. Diese mündete nach ein paar Hundert Metern in die Viewfield Road, die aus dem Ort hinausführte und schließlich linkerhand den Blick auf die Bucht freigab, der ihnen aber sofort genommen wurde, als ein leichter Schneeregen einsetzte. Je näher sie dem Anwesen kamen, desto kälter wurde es Dona in dem beheizten Wagen.

»Noch ein Stück geradeaus«, sagte sie, während sie zu bibbern anfing.

»Du hast Angst vor dem, was dich erwartet, oder?«

Dona nickte schwach. Ihr kam das alles gerade wie ein Albtraum vor, aus dem sie gern erwacht wäre. Es war so unwirklich, mitten in der Nacht wieder in der alten Heimat anzukommen.

»Dona, ich muss dich das jetzt fragen. Seit wann nimmst du dieses Buspiron? Und sag mir jetzt nicht, dass du es nicht schluckst! Ich wollte dich heute Morgen nur nicht weiter damit konfrontieren«, bemerkte Amy entschieden.

Dona machte eine wegwerfende Geste. »Mach dir keine Sorgen. Ich habe mir das vorsichtshalber verschreiben lassen, als die Kündigung für unser Restaurant kam. Ich nehme das wirklich nicht.«

»Schatz, ich bin nicht blöd. Ich habe die angebrochene Packung gesehen. Und es ist ja auch in Ordnung, wenn es dir in dieser Lage hilft, aber mir macht es Sorge, dass du es schon länger einnimmst. Warum?«

Dona stieß einen genervten Seufzer aus. »Bitte, lass mich! Die Vorstellung, dass sie uns mit einem einzigen Wisch die Existenz nehmen, hat mich so fertiggemacht. Ich hatte plötzlich solche Ängste.«

»Was für Ängste?«

»Ach, Amy, Angst vor den Kopfschmerzen, Angst vor dem Ruin, Angst, ... ach, Amy, bitte, lass uns ein anderes Mal darüber sprechen.«

»Dein Wort in Gottes Ohr«, seufzte Amy und konzentrierte sich auf die kurvige Straße. Auf einer Anhöhe tauchte an der rechten Seite ein hell erleuchtetes Anwesen auf, das ihr riesig vorkam.

Amy stieß einen bewundernden Pfiff aus. »Sag jetzt aber nicht, dass das dort vorn dein Elternhaus ist. In so einem Koloss würden bei uns in Tottenham zwanzig kinderreiche Familien wohnen. Da bist du nicht aufgewachsen, oder?«

»Doch, dort bin ich aufgewachsen, und dort wohnte nur meine Familie mit der Folge, dass etliche Zimmer in den jeweiligen Flügeln nicht bewohnbar waren, weil dort nie geheizt wurde«, murmelte Dona. »Ich denke, Miss Armstrong hat zu unserem Empfang die Festbeleuchtung eingeschaltet.«

Amy näherte sich staunend dem prächtigen Haus, das von Nahem wie ein verwunschenes Schloss aussah. Sogar einen Turm besaß es.

»Also bist du doch eine echte Highlandprinzessin«, versuchte Amy zu scherzen, um ihre Freundin etwas aufzulockern, doch Dona fühlte, wie ein Schmerz förmlich ihr Herz durchbohrte. In diesem Augenblick wurde ihr bewusst, dass sie dort weder ihr Vater noch ihre Mutter erwarten würden. Nur ein totes, verwaistes riesiges Gebäude. Unvermittelt schluchzte sie auf, gerade, als Amy in die Auffahrt eingebogen war und auf dem Kies zum Haupteingang rollte. Erschrocken trat sie auf die Bremse.

»Ich glaube, ich begreife gerade erst wirklich, was geschehen ist«, schluchzte Dona.

»Komm in meinen Arm, und heul dich richtig aus.« Amy stellte den Motor aus und zog Dona zu sich heran, aber ihre Tränen waren so plötzlich versiegt, wie sie gekommen waren.

»Ich will Miss Armstrong nicht warten lassen. So wie ich sie kenne, lauert sie bereits am Fenster und erwartet unsere Ankunft voller Ungeduld.«

Und da flog auch schon die Haustür auf, und eine kleine runde

Gestalt rannte in den Regen hinaus und kam auf den Wagen zu. Dona sprang aus dem Auto und umarmte Miss Armstrong herzlich.

»Ach, meine Kleine, komm ins Warme. Du erkältest dich noch«, murmelte die Haushälterin gerührt.

»Aber nur, wenn Sie augenblicklich ins Haus zurückgehen und dort auf uns warten!«, befahl Dona. Das ließ sich Miss Armstrong nicht zweimal sagen und eilte zurück.

»Die ist ja süß!«, stieß Amy entzückt aus.

»Oh ja, ich bin so glücklich, dass ich wenigstens sie in die Arme schließen kann«, seufzte Dona.

Miss Armstrong erwartete sie schon sehnsüchtig in der Empfangshalle. Amy stieß einen bewundernden Pfiff aus, als sie sich im Eingangsbereich umsah.

»Das ist meine Freundin Amy«, stellte Dona ihre Freundin der Haushälterin vor.

Miss Armstrong nahm, nachdem sie Dona überschwänglich begrüßt hatte, auch Amy gleich in den Arm. »Schön, dass Sie das Kind begleiten. Ich habe mir schon solche Sorgen gemacht, dass sie womöglich mutterseelenallein durch die Nacht fahren muss, aber Mr MacArran hat mir erzählt, dass Sie eine Freundin mitbringen. Ich habe Ihnen auch schon das Gästezimmer hergerichtet.«

Eifrig eilte sie die große Treppe hinauf, die in den ersten Stock des Herrenhauses führte.

»Was für eine prachtvolle Hütte«, flüsterte Amy ihrer Freundin auf dem Treppenabsatz ins Ohr.

Dona war die Schwärmerei ihrer Freundin ein wenig peinlich. Vor allem vor dem Hintergrund, dass Amy in ziemlich einfachen Verhältnissen im Londoner Stadtteil Tottenham aufgewachsen war und sich dank ihrer starken Persönlichkeit und überdurchschnittlichen Intelligenz hochgearbeitet hatte. Für sie musste das hier ein echter Traum sein. Für Dona hingegen war es in diesem

Augenblick eher ein Albtraum, die Treppe zu den oberen Zimmern hinaufzusteigen. Auch das Schlafzimmer ihrer Eltern lag auf dieser Etage, und die Vorstellung, sie würden nicht jeden Augenblick herbeistürzen, um die verlorene Tochter in die Arme zu schließen, raubte ihr schier die Luft zum Atmen, aber sie versuchte, sich nichts anmerken zu lassen.

Das Gästezimmer war hell erleuchtet, beide Betten mit frischer Wäsche bezogen. Auf dem Tisch stand ein Strauß wunderschöner Rosen. Woher Miss Armstrong den wohl an einem Sonntag herbekommen hat, fragte sich Dona gerührt.

»Richtet euch nur ein, ich habe im Esszimmer einen kleinen Imbiss vorbereitet«, sagte die Haushälterin und ließ die beiden jungen Frauen allein.

Seufzend trat Dona auf das Fenster zu und ließ ihren Blick über den vom Mond beschienenen Park gleiten und weiter bis zu dem nicht sehr ansehnlichen Gebäude am Ende, an dessen Fassade in großen Lettern der Schriftzug »Destillerie Dunvegan« prangte. Das war das Familienunternehmen, das ihr Urgroßvater einst erweitert hatte, nachdem ihr Ururgroßvater mit einer ganz kleinen Brennerei begonnen hatte. Doch das historische Gebäude war von hier nicht zu sehen. Sie verspürte nicht den geringsten Appetit, aber sie wollte Miss Armstrong auf keinen Fall enttäuschen.

»Und du willst das ganze Paradies so schnell wie möglich loswerden, oder?«, fragte Amy, während sie ihre Sachen aus dem Koffer in den Schrank hängte.

»Wenn ich all das überhaupt erbe, und nicht meine Cousins«, entgegnete Dona und riss sich von dem Ausblick auf den nächtlichen Park los. »Ja, dann würde ich es ganz schnell verkaufen, weil mich hier nichts mehr hält. Und was soll ich mit so einem Riesenhaus anfangen? Sogar meine Eltern haben zeitlebens mit dem Gedanken gespielt, sich etwas Kleineres zu suchen, weil der Unterhalt dieses Gebäudes doch viel Geld verschlingt, aber sie haben es wohl nicht übers Herz gebracht, wahrscheinlich auch wegen der Nähe zur Destillerie.«

Amy ließ sich wohlig seufzend auf das weiche Bett fallen. »Ich fühle mich schon fast selber wie eine Prinzessin. Also, ich würde das niemals weggeben.«

»Schatz, was soll ich hier? Ich wollte vorher nicht die Erbin einer Whisky-Dynastie werden und in Portree versauern, und daran hat sich nichts geändert!«, widersprach Dona in gereiztem Ton.

»Um Himmels willen, nein, denke nicht mal dran. Ich nehme dich mit nach London. Ich meine nur, du hast nie viel Aufhebens um deine Herkunft gemacht. Und ich habe so ein prachtvolles Haus noch nie von innen gesehen. Verzeih mir. Das ist mir in meiner Begeisterung nur so rausgerutscht.«

»Alles gut, aber wir sollten die gute Miss Armstrong nicht länger warten lassen, obwohl ich wahrscheinlich keinen Bissen runterbekomme.«

Dona hakte die Freundin unter und zog sie zur Tür. Als sie den langen Flur entlanggingen, hielt sie plötzlich inne.

»Das war mein Zimmer«, murmelte sie.

»Zeig es mir.«

Seufzend öffnete Dona die Tür und betätigte mit schlafwandlerischer Sicherheit den Lichtschalter. Dann erstarrte sie.

»Sie haben ja alles so belassen, wie es einmal war!«, rief sie erstaunt aus.

In dem Zimmer war alles in Weiß gehalten. Sogar das Himmelbett hatte schneeweiße Vorhänge. Und auf dem Nachttisch stand ein Strauß frischer Rosen.

»Ich glaube, sie haben dich sehr geliebt«, stöhnte Amy.

»Ich hätte gedacht, mein Vater würde alles entfernen, was ihn an mich erinnert. Ach, wenn ich mich doch bloß mit ihm aussprechen könnte. Ich hätte nicht aufgeben dürfen, nachdem er mich so brutal verstoßen hat.« Dona blickte sich immer noch staunend um. Im Regal standen sogar noch ihre Bücher und auf dem Schreibtisch ein Foto von Gordon.

»Mach dir bitte keine Vorwürfe. Es ist schon alles hart genug«, bemerkte Amy mitfühlend.

»Du hast recht, aber ich fühle mich sauschlecht. Ich hätte doch wenigstens versuchen müssen, meine arme Mutter zu kontaktieren. Stattdessen habe ich alles daran gesetzt, meine Vergangenheit zu verdrängen.«

Amy aber hielt bereits das Foto von Gordon in der Hand und murmelte verträumt: »Wow, der sieht aber sehr gut aus, dein Exverlobter.«

»Komm, wir gehen«, sagte Dona knapp und schaltete das Licht aus.

Miss Armstrong erwartete sie bereits ungeduldig im Esszimmer und servierte ihnen kalten Hummer.

Nach dem Essen kam sie mit einem Umschlag in der Hand zurück.

»Den hat Ihr Vater am Tag, bevor Ihre Eltern zu dieser vermaledeiten Bootstour aufgebrochen sind, dort hingelegt. Ich möchte nicht, dass Sie ihn übersehen«, raunte sie verschwörerisch und reichte ihn Dona, bevor sie unvermittelt in Tränen ausbrach.

»Entschuldigen Sie, aber ich kann das alles noch nicht fassen. Ihr Vater kannte sein Boot doch in- und auswendig. Ich verstehe das alles nicht. Warum ist es untergegangen?«

Dona wurde hellhörig. »Untergegangen?«

»Ja, das Boot ist verschwunden, und wir haben bis zuletzt gehofft, dass sich Ihre Eltern im Nebel verirrt haben, bis man sie am Strand gefunden hat«, berichtete Miss Armstrong schluchzend.

»Ach, liebe Miss Armstrong, ich kann es doch auch noch nicht fassen«, erklärte Dona um Fassung ringend.

»Was für ein Unglück. Ihre Eltern hatten geplant, Sie demnächst in London zu überraschen, nachdem Ihr Vater den Artikel über Sie gelesen hat.«

Dona sah die Haushälterin aus großen Augen staunend an.

»Er hat mich in der Zeitung gesehen? Und meine Eltern wollten mich in London aufsuchen?«, murmelte sie, als ob sie das selbst nicht glauben konnte.

»Ja, Miss Dona, er hat sogar geweint. Ich war zufällig im Raum, und er hat mir den Artikel förmlich unter die Nase gehalten und gemurmelt: Meine Kleine! Meine Kleine!«

Dona rannen Tränen über die Wange. »Das hat er wirklich gesagt?«

Die Haushälterin nickte und verließ das Esszimmer schniefend unter dem Vorwand, nun das Dessert aus der Küche zu holen.

»Das habe ich doch gleich gesagt. Deine Eltern haben dir verziehen«, bemerkte Amy, in deren Augen es ebenfalls verdächtig feucht schimmerte.

»Aber nun habe ich erst recht ein richtig schlechtes Gewissen«, weinte Dona.

»Das musst du nicht. Freu dich, dass dir deine Eltern verziehen haben«, erwiderte Amy mit einem Blick auf den Umschlag, den Dona auf dem Tisch abgelegt hatte. »Willst du ihn nicht aufmachen?«, fügte sie neugierig hinzu.

Dona warf einen prüfenden Blick auf den Umschlag, auf dem in der unverkennbaren Schrift ihres Vaters die Worte »Letzte Verfügung für Dona« zu lesen waren.

»Nein, ich warte bis zur Testamentseröffnung, die mit Sicherheit in Gordons Büro stattfindet«, seufzte Dona und schob den Umschlag beiseite.

Nach dem Essen gingen die Freundinnen in das Gästezimmer. Im Flur trafen sie auf Miss Armstrong.

»Gute Nacht«, sagte Dona freundlich. »Und vielen Dank für den schönen Empfang«, fügte sie ergriffen hinzu.

»Haben Sie das da ...« Sie deutete auf den braunen Umschlag. »... gelesen?«

»Nein, ich werde es bei der offiziellen Eröffnung im Büro von Mr MacArran verlesen lassen, denn es hat offenbar etwas mit dem Testament meines Vaters zu tun. Ich traue mich nicht, einen Blick hineinzuwerfen. Wer weiß, was mich da für böse Überraschungen erwarten.«

»Die Blumen im Gästezimmer und in Ihrem Mädchenzimmer sind von Mr MacArran. Er ist extra noch einmal mit den beiden Sträußen vorbeigekommen und hat mich gebeten, einen ins Gästezimmer und einen in Ihr Zimmer zu stellen«, vertraute Miss Armstrong ihr in verschwörerischem Ton an.

»Oh! Oh! Was das wohl zu bedeuten hat?«, rutschte es Amy heraus. Dona schickte ihr einen warnenden Blick. »Ich sag ja nichts mehr!«, versprach ihre Freundin daraufhin.

»Ich soll Ihnen von Mr MacArran ausrichten, dass er Ihnen morgen gegen zehn Uhr einen Besuch abstatten wird, und er bittet Sie darum, vorher nicht zur Kapelle zu gehen, wohin man Ihre Eltern ...« Sie unterbrach sich, weil ihr schon wieder die Tränen kamen.

»Schon gut, Miss Armstrong. Ich werde nichts unternehmen, bis ich mit Gordon gesprochen habe«, erklärte Dona. Sie spürte die Erschöpfung in allen Knochen. Die kurze Nacht nach der feuchtfröhlichen Abschiedsfeier und die anstrengende Reise in den Norden hatten ihr ganz schön zugesetzt. Sie wollte nur noch unter das dicke Federbett schlüpfen und schlafen in der Hoffnung, dass sie morgen wieder bei Kräften war, denn natürlich stand es ihr bevor, die sterblichen Überreste ihrer Eltern mit eigenen Augen zu sehen. So war das Ganze immer noch ein bisschen fern. Wenngleich sie sich nicht wirklich einbildete, dass sich der Tod ihrer Eltern als Irrtum herausstellen würde.

Amy war ganz still geworden und hing offenbar ihren eigenen Gedanken nach, sodass die beiden Frauen sich schweigend für die Nacht zurecht machten. Erst als sich beide in ihre Decken gekuschelt und das Licht gelöscht hatten, räusperte sich Amy verlegen und entschuldigte sich für ihre vorlaute Bemerkung Gordons Absichten betreffend.

»Ach, Süße, alles gut. Ich möchte nur keine Blumen von ihm. Erstens habe ich das nicht verdient, denn ich habe ihm sicherlich das Herz gebrochen, und zweitens ist der Tod meiner Eltern kein Anlass, mir Blumen zu schenken. Und ja, ich habe nie geleugnet, dass Gordon MacArran ein attraktiver Mann ist, aber ich ertrage es nicht, wenn er sich zu intensiv um mich kümmert. Am liebsten würde ich ihm aus dem Weg gehen. Aber das ist nicht machbar, denn er ist nicht nur ein enger Freund meines Vaters gewesen, sondern auch sein Testamentsvollstrecker.«

»Und warum hat dein Vater diese Verfügung, die in dem braunen Umschlag steckt, nicht bei ihm aufgesetzt, sondern hier im Haus aufbewahrt?«, hakte Amy nach.

»Was weiß ich? Gordon soll es verlesen, und gut ist. Ich weiß ja nicht mal, was ich hoffen soll. Am einfachsten wäre es wohl, wenn mein blöder Cousin Harris, der erfolgreich im Whiskygeschäft tätig ist, die Brennerei erbt und ich vielleicht unser Haus«, seufzte Dona. »Gute Nacht! Schlaf gut im Schloss«, fügte sie hinzu.

»Gute Nacht«, erwiderte Amy, doch dann erkundigte sie sich vorsichtig, ob Dona wirklich vorhabe, ihre Eltern noch ein letztes Mal zu sehen.

»Aber sicher!«, entgegnete Dona entschlossen. »Warum fragst du?«

»Ich, äh, also, ich ... also mein Onkel, der hat sich umgebracht, als ich noch ein Kind war, und die Erwachsenen haben beschlossen, ihn nicht noch einmal zu sehen, weil, äh, Wasserlei...? Also, die sehen nicht mehr so gut aus.«

Dona war kurz versucht, Amy von ihrem Bruder Lucas zu erzählen, aber sie brachte es nicht über sich. Seit sie Portree verlassen hatte, hatte sie nicht mehr an ihn gedacht. Nur in ihren Träumen war er ihr manchmal erschienen. Und nun war er wieder so präsent wie während ihrer ganzen Jugendzeit. Das Unfassbare war kurz nach ihrem vierzehnten Geburtstag geschehen …

Amys fragendes »Dona?« riss sie aus ihren Gedanken. Nein, sie brachte es nicht über sich, über das Ereignis, das sie von einem Tag zum anderen von einer unbeschwerten Jugendlichen zu einer angehenden Erbin gemacht hatte, zu reden. Sie selbst konnte ja kaum den Gedanken daran ertragen, wie man sie über Nacht in eine fremde Rolle gesteckt hatte, die zuvor niemals für sie vorgesehen gewesen war.

»Daran habe ich auch schon gedacht, aber ich muss, ganz gleich, was mich erwartet. Sonst werde ich nie darüber wegkommen. Das spüre ich«, erwiderte sie mit fester Stimme und bemüht, zu verbergen, was gerade in ihrem Inneren brodelte.

»Ich bin doch bei dir.«

»Das brauchst du aber nicht. Ich würde sehr gut verstehen, wenn du dir den Anblick nicht antun möchtest.«

»Dona MacLeod, ich lasse dich nicht im entscheidenden Moment im Stich. Wann kapierst du das endlich?«

Dona lächelte still in sich hinein. Amys Anwesenheit war ein Segen für sie. »Gut, du Quälgeist, jetzt möchte ich aber endlich schlafen.«

Daraufhin drang kein Wort der Freundin mehr durch die Dunkelheit zu ihr.

»Schläfst du schon?«, fragte Dona, nachdem sie sich eine Weile unruhig von einer Seite auf die andere geworfen hatte. Trotz ihrer Übermüdung war an Schlaf nicht zu denken. Die in ihrem Kopf kreisenden Gedanken hielten sie wacher, als es ihr lieb war.

»Nicht die Bohne. Durch meinen Kopf fährt ein Karussell, das sich nicht anhalten lässt«, gab Amy stöhnend zu.

»Mir geht es genauso. Was meinst du? Soll ich uns einen Schlummertrunk besorgen?«

»Das wäre wunderbar.«

Seufzend erhob sich Dona aus dem Bett und tastete nach dem

Lichtschalter. Barfuß schlich sie in ihrem kurzen Nachthemd zur Hausbar. Dort sah es noch aus wie vor acht Jahren. Alle Whiskysorten des Hauses Dunvegan standen dort bereit, doch eine Flasche stach Dona sofort ins Auge. Sie erkannte auf den ersten Blick, dass es der Schatz ihres Vaters war, ein Single Malt, der schon zehn Jahre in den Fässern gelagert hatte, also aus der Zeit stammte, als Dona noch zu Hause gelebt hatte. Nun war er reif und wurde in – wie sie fand – sehr ansprechenden Flaschen verkauft. Er hieß Tianavaig, was Dona schmunzeln ließ. Ihr Vater und sie hatten unabhängig voneinander ihren »Babys« denselben Namen gegeben. Mit der Flasche Tianavaig und zwei Gläsern kehrte sie ins Gästezimmer zurück.

»Schau, wie mein Vater sein letztes Produkt genannt hat.« Dona deutete auf das Etikett.

»Das ist ja lustig. Dann schenk mal ein, bin gespannt, wie der Whisky aus dem Haus Dunvegan mundet, aber du weißt ja, dass ich alles andere als eine Spezialistin in Sachen Whisky bin.«

»Slàinte mhath!«, rief Dona aus, nachdem sie die stilechten Whiskygläser mit der Aufschrift Dunvegan-Destillerie gefüllt hatte.

Bevor sie einen Schluck nahm, roch Dona fachgerecht an dem guten Tropfen.

»Wow, rauchig rau, torfig, eine Spur Salz und malzig-süß«, sagte sie begeistert.

Amy tat es ihr gleich und schnupperte intensiv an ihrem Glas. »Tja, wenn du meinst«, lachte sie. »Ich rieche nur Whisky.«

Nun nahm Dona einen winzigen Schluck und behielt ihn ein wenig im Mund.

»Pikant, kräftig, explosiv. Das ist der Hammer.« Sie schluckte den Whisky hinunter und spürte nach. »Ein Wahnsinnsabgang. Ich bin begeistert«, rief sie mit Kennermiene aus.

Amy trank einen großen Schluck. »Oh ja, der ist kräftig und vertreibt hoffentlich die nervigen Gedanken.«

»Da bin ich mir ganz sicher«, pflichtete Dona ihr bei, trank den Rest in einem Schluck und schenkte sich noch ein Glas ein.

Amy gönnte sich auch noch einen zweiten Whisky, bevor sich die beiden Freundinnen wieder in ihre Betten legten.

Der gute Tianavaig tat bei Dona sofort seine Wirkung. In ihrem Bauch fühlte es sich warm und wohlig an, und sie schlief ein, bevor die quälenden Gedanken sie wieder überfallen konnten. Nur ein einziges Mal in der Nacht wachte sie von ihrem eigenen Schreien auf. In dem Augenblick, als eine Monsterwelle das Boot ihrer Eltern wie ein Spielzeug vom Wellenkamm hinunter ins Tal klatschen ließ, sich das Meer teilte und ein Ungeheuer nach dem Schiff schnappte …

Mit klopfendem Herzen setzte sie sich auf und schaltete das Licht ein, um dieses grauenvolle Bild schnell aus ihrer Erinnerung zu vertreiben. Dona sagte sich entschieden, dass das doch alles nur ein schrecklicher Traum gewesen wäre, aber sie wagte es kaum, sich wieder hinzulegen aus lauter Sorge, sie könnte an der Stelle weiterträumen, an der sie aufgewacht war, um dann doch noch von dem Ungeheuer gefressen zu werden.

Um sich von ihren diffusen Ängsten abzulenken, fragte sie sich nach einer tieferen Bedeutung des Traums, und sie kam zu dem Schluss, dass es ihr Entsetzen über den plötzlichen Tod ihrer Eltern war, der sich auf derart monströse Weise in ihre Träume geschlichen hatte. Dieser rationale Gedanke half ihr ein wenig, wieder zur Ruhe zu kommen, und sie traute sich schließlich, das Licht zu löschen.

Portree, Dezember 1919

Es half alles nichts. Ich musste zu diesem Fest erscheinen. Schließlich straffte ich meine Schultern, verließ mein Zimmer und schritt hocherhobenen Hauptes die Treppe zur Halle hinunter. Dort lauschte die illustre Gesellschaft den Dudelsackspielern. Mein Herz verkrampfte sich ein wenig beim Anblick des glücklich wirkenden Brautpaars. Sie standen Hand in Hand in der ersten Reihe und wiegten sich zu den Klängen der Piper. Albiona strahlte vor Glück. Sie sah umwerfend aus in ihrem Kleid. Auch sie trug den Tartan der MacArrans, aber ihr Kleid war weitaus festlicher als das von Caillin und mir. Ich stellte mich in die zweite Reihe und bemühte mich, das Brautpaar nicht weiter so auffällig anzustarren.

»Ach, ist sie nicht wunderschön«, seufzte Tante Galissa, die neben mir stand und gerührt meine Hand drückte.

»Ja, sie sieht wirklich zauberhaft aus«, gab ich krampfhaft lächelnd zurück.

Ich war innerlich so angespannt, dass ich beinahe vergessen hatte, dass nach dem Auftritt der Dudelsackspieler der Chor seine Lieder vortragen sollte. Erst als die anderen sich vor der Treppe aufgebaut hatten und Mr Clarence, der Chorleiter, mir eifrig zuwinkte, begriff ich, dass ich nun mit dem Solo beginnen sollte. Als der Klavierspieler die ersten Akkorde anstimmte, betete ich, dass meine Stimme nicht versagen würde. Doch nachdem ich die ersten Zeilen von »A Red, Red Rose« gesungen hatte, verließ mich meine Angst. Beim Singen vergaß ich stets alles, allerdings war ich redlich bemüht, nicht in Richtung des Brautpaars zu blicken. Ich wollte vermeiden, dass sich Glens und meine Blicke trafen – und jeder im Saal dann sogleich wissen würde, für wen ich dieses Liebeslied sang.

Kaum war der letzte Ton verklungen, kam Albiona auf mich zu und umarmte mich herzlich. Sie hatte Tränen der Rührung in den Augen, und ich hatte ein schrecklich schlechtes Gewissen. Niemals würde ich diese zarte und liebenswerte Frau verletzen wollen, aber konnte ich wirklich etwas für meine Gefühle?

»Ich danke dir, Mairie, du singst wie ein Engel«, flüsterte sie.

Ich war froh, dass ich mich zwischen den anderen Chormitgliedern verstecken konnte, denn nun sangen wir gemeinsam zwei weitere Liebeslieder für das Brautpaar.

Als wir fertig waren, nahm mich unser Chorleiter beiseite und versicherte mir, dass ich mich wieder einmal selbst übertroffen hatte. Auch andere Gäste drückten überschwänglich ihr Lob für meinen Vortrag aus. Bis auf Caillin, die zwar ebenfalls scheinbar begeistert auf mich zutrat, doch mir dann Worte ins Ohr flüsterte, die ich nie vergessen sollte. »Du solltest heute eigentlich Schwarz tragen, denn für dich muss es ein Trauertag sein, an dem dein Liebster endgültig für dich verloren ist.«

Es fiel mir sehr schwer, die Fassung zu wahren. Am liebsten hätte ihr in ihr boshaftes Gesicht geschlagen. Stattdessen sagte ich in scharfem Ton: »Wenn ich nur wüsste, wovon du sprichst, meine Liebe.«

»Davon, dass du meine Schwägerin glühend darum beneidest, heute Nacht das Bett mit meinem Bruder zu teilen«, raunte sie gehässig. »Ich bin nicht blind. Ich habe euch heimlich bei einem nicht gerade verwandtschaftlichen Kuss beobachtet. Mich kannst du nicht täuschen, meine Liebe!«

Ja, ich erinnerte mich genau an den verbotenen Kuss und auch an meine Sorge, sie könnte mehr gesehen haben. Das war der Beweis! Zum Glück gelang es mir, die Fassung zu wahren. »Hast du Fieber? Dann solltest du dich ins Bett legen. Anders kann ich mir deine Halluzinationen nicht erklären«, entgegnete ich kalt, bevor ich mich auf dem Absatz umwandte und sie einfach stehenließ.

Mein Herz klopfte mir immer noch bis zum Hals, als ich mich wenig später an die festlich gedeckte Tafel setzte. Niemals hätte ich geglaubt, dass jemand im Haus MacArran etwas von unseren verstohlenen Blicken bemerkt hatte. Aber so wie Caillin mich belauerte, war es eigentlich kein Wunder, dass sie etwas mitbekommen hatte. Was mich viel mehr wunderte, war die Tatsache, dass sie es offensichtlich nicht bei ihren Eltern gegen mich verwendet hatte. Wahrscheinlich hatte sie ihren Bruder schützen wollen. Oder sie würde ihr Wissen zu einem anderen Zeitpunkt gegen mich verwenden. Bei dieser Frau durfte ich mich auf keinen Fall in der Sicherheit wiegen, dass das Geheimnis bei ihr gut aufgehoben war.

Ich bekam jedenfalls kaum einen Bissen von dem köstlichen Hochzeitsmenü hinunter. Auch hatte ich kein Interesse an meinem Tischherren, einem jungen Mann im Kilt, den ich noch nie zuvor gesehen hatte.

»Mögen Sie kein Haggis?«, flüsterte er mir plötzlich zu.

Ich zuckte zusammen, denn ich war mit den Gedanken immer noch bei Caillin und ihren Worten.

Ich glaube, ich bin rot geworden. »Ich ... ich, also doch, ich liebe Haggis, besonders das von der guten Bonnie zubereitete, aber mir ist nicht ganz wohl. Ich ... ich habe mir wohl den Magen verdorben«, stammelte ich.

»Sie haben übrigens wunderbar gesungen. Mein Kompliment«, fügte der junge Mann hinzu. Ich kam nicht umhin, ihn näher zu betrachten. Er hatte blondes Haar, wasserblaue Augen und ein schmales Gesicht. Auf den ersten Blick war er kein Mann, bei dem mein Herz höher geschlagen hätte, aber aus seinen Augen strahlte eine große Wärme. Das nahm mich für ihn ein.

»Ach, ich habe mich Ihnen noch gar nicht vorgestellt. Ich bin Gavin MacLeod, Glens ältester Freund.« Er reichte mir seine Hand. Sein Händedruck war angenehm. Kräftig, aber nicht grob. Ich sah ihn fragend an.

»Und warum kenne ich Sie nicht? Ich lebe jetzt doch schon bald ein Jahr im Haus der MacArrans.«

Er musterte mich eindringlich. »Ach, dann sind Sie also Glens Cousine Mairie? Glen und ich waren schon als Kinder unzertrennlich. Es ist aber kein Mysterium, dass Sie mich noch nicht gesehen haben, denn ich habe im vergangenen Jahr in einer großen Brennerei bei Edinburgh gearbeitet, Glen habe ich oft in Edinburgh getroffen, und er hat mir ganz begeistert von Ihnen erzählt.«

Mein Herz begann erneut wie verrückt zu pochen. In seinem Blick lag so etwas Wissendes. Nicht, dass er Bescheid wusste, weil sich Glen wenigstens einem Menschen hatte anvertrauen müssen.

»Und Sie sind jetzt nur auf Besuch, um die Hochzeit mitzufeiern?«, fragte ich hastig, um mir keine unnötigen Gedanken zu machen. Wahrscheinlich hatte ich seinen Blick missdeutet, und er hatte einfach nur ein gewisses Interesse an mir.

Sein Blick verdüsterte sich. »Nein, nun bleibe ich in Portree. Mein Vater ist schwer erkrankt, und ich muss die Destillerie übernehmen. Eigentlich war mein Bruder als Ältester dazu auserkoren, aber er hat sich sehr zum Kummer meines Vaters dazu entschieden, nach Neuseeland auszuwandern und dort eine riesige Schaffarm zu übernehmen.«

»Oh, das ist für Ihren Vater sicher eine herbe Enttäuschung. Wie kam Ihr Bruder auf diese Idee?«

Ein Lächeln umspielte seine Lippen. »Frauen, ich sage nur, Frauen. Seine Frau hat diese Farm geerbt und leidet schon lange unter dem Klima hier oben. Sie kommt aus den Lowlands und hat sich niemals wirklich wohlgefühlt auf unserer Insel. Na ja, ich hoffe, die beiden werden das nie bereuen.«

»Und nun sind Sie der Nachfolger Ihres Vaters?«, fragte ich interessiert. Ich fand, dass er eine angenehme und offene Art hatte.

»Ja, nun bin ich für die Geschicke unserer Brennerei zuständig. Und das ist eine verantwortungsvolle Aufgabe, weil mein Vater niemals zulassen würde, dass sich ein Familienfremder bei uns einkaufen würde. Er behauptet immer, dass fremde Finger unseren einzigartigen Single Malt panschen würden. Also kommt einiges auf mich zu, aber ich sehe der Aufgabe entspannt entgegen, denn ich bin schließlich vom Fach.«

Unser Gespräch wurde von seiner Tischdame zur anderen Seite unsanft unterbrochen.

»Gavin, ich habe dich ja noch gar nicht richtig begrüßt«, erklärte Caillin überschwänglich und umarmte den Freund ihres Bruders. Ich stieß einen leisen Seufzer aus, als Caillin Gavin nun derart in Beschlag nahm, dass er mir schließlich den Rücken zuwandte, um ihre neugierigen Fragen zu beantworten. Mir war sofort klar, warum sie das tat. Sie konnte es einfach nicht ertragen, wenn mir jemand mehr Aufmerksamkeit schenkte als ihr. Und sie machte das so gründlich, wie es ihre Art war. Sie hatte inzwischen vertraulich die Hand auf Gavins Unterarm platziert.

Schade, dachte ich, ich hätte gern noch ein wenig mit ihm geplaudert, aber das ließ Caillin nicht zu. Sie schickte mir hinter seinem Rücken ein paar eindeutige Blicke nach dem Motto: Finger weg, der gehört mir!

Ich hing schließlich wieder meinen trüben Gedanken nach und war froh, als die Tafel aufgehoben wurde, nachdem Albionas Vater Logan eine feurige Rede auf das Brautpaar gehalten hatte. Die Familien wirkten sehr vertraut miteinander. Kein Wunder, denn Onkel Carden und Logan Campbell waren nicht nur die besten Freunde, sondern hatten im Krieg in demselben schottischen Bataillon gedient.

Tante Galissa bat die Gäste nun in den Tanzsaal des Hauses, in dem eine Musikkapelle aufspielte. Albiona und Glen hatten sich eine Kapelle gewünscht, die nicht nur schottische Weisen spielen konnte, sondern auch englische Tanzlieder.

Ich stellte mich etwas versteckt hinter eine Säule und beobachtete distanziert das Treiben auf der Tanzfläche. Mir war überhaupt nicht danach, das Tanzbein zu schwingen. Wenn ich ehrlich war, würde ich drei Kreuze machen, wenn ich das Fest mit Anstand hinter mich gebracht hatte. Dann, so hoffte ich, wäre auch mein schlimmster Kummer vorüber.

Denn noch gab mir der Anblick der in Glens Arm glückselig dahinschwebenden Albiona einen leisen Stich. Fast ein bisschen belustigt folgte mein Blick Gavin MacLeod, wie er Caillin mit ernster Miene zu den Takten eines Walzers im Dreivierteltakt über die Tanzfläche dirigierte. Er war ein großer schlanker Mann mit einer ansehnlichen Figur, wie ich von meinem Beobachtungsposten erkennen konnte.

»Darf ich bitten, junge Dame«, ertönte nun die Stimme Onkel Cardens hinter mir. Ich konnte meinem Ziehvater schlecht einen Korb geben und ließ mich von ihm auf die Tanzfläche führen. Er war wie alle MacArrans ein guter Tänzer, wenngleich er die ganze Zeit über die Musik murrte und sich schließlich kurz entschuldigte, um von der Kapelle die Begleitung für einen Volkstanz zu erbitten. Nun war Onkel Carden in seinem Element und wirbelte mich wild umher. Völlig erschöpft flüchtete ich mich nach dem Tanz wieder in meine Ecke.

Doch es dauerte nicht lange, bis erneut eine Männerstimme fragte: »Darf ich bitten?« Es war Gavin MacLeod, der mich jetzt zum Tanzen aufforderte. Ich überlegte kurz, ob ich ihm einen Korb geben sollte, aber dann ließ ich mich von ihm auf die Tanzfläche führen. Ich war angenehm überrascht. Er war ein wirklich guter Tänzer. Im Vorbeifliegen sah ich kurz darauf auf meinem Platz an der Säule Caillin stehen, die uns mit düsterer Miene beäugte.

Nach dem Tanz wollte ich mich höflich von meinem Tanzpartner verabschieden, aber er war fest entschlossen, meine Gesellschaft noch ein wenig länger zu genießen, denn er nahm meinen Arm und bat mich, ihn zur Whisky-Bar zu begleiten.

»Sie sollten unbedingt unseren Single Malt probieren. Alles aus unserer Produktion«, erklärte er mit einem Fingerzeig auf die diversen Flaschen.

Ich hatte bis zu diesem Tag noch niemals Whisky getrunken.

»Gut, wenn Sie darauf bestehen, dann werde ich das Zeug mal probieren«, sagte ich lächelnd.

»Sagen Sie bloß, Sie kennen unseren Dunvegan-Tropfen nicht?« Er orderte zwei Gläser und reichte mir nicht ohne Stolz eines mit der bräunlichen Flüssigkeit.

»Ehrlich?«

»Ich bitte darum!«

»Ich habe in meinem ganzen Leben noch nicht ein einziges Mal am Whisky genippt.«

»Dann wird es höchste Zeit«, erwiderte er aufmunternd und prostete mir zu. »Slàinte mhath, Mairie!« Er sah mir tief in die Augen, und ich konnte mir nicht helfen. Es tat mir sehr gut, dass ein Mann sich so offensichtlich für mich interessierte.

»Slàinte mhath, Mr MacLeod.«

»Gavin, nennen Sie mich bitte Gavin, aber jetzt runter damit!«

Er setzte das Glas an und nahm einen kräftigen Schluck. »Herrlich«, schwärmte er.

Ich hatte ein wenig Probleme, es ihm gleichzutun, denn ich hatte das Gefühl, allein vom Geruch betrunken zu werden, aber dann traute ich mich.

Leider konnte ich nichts dagegen tun, dass sich mein ganzer Körper schüttelte und ich angewidert das Gesicht verzog.

Gavin brach in lautes Gelächter aus.

In meiner Kehle brannte die bräunliche Flüssigkeit wie Feuer, aber in meinem Bauch breitete sich eine wohlige Wärme aus, sodass ich gleich lächelnd noch einen Schluck nahm, der schon wesentlich besser schmeckte.

»Sehen Sie, geht doch, oder?«

»Es ist gewöhnungsbedürftig«, lachte ich. Er prostete mir erneut zu, trank seinen Whisky in einem Zug aus und ließ sich noch ein Glas einschenken.

»Schmecken Sie auch die wunderbar rauchige, torfige Note, wie sie nur unser Dunvegan entwickelt?«, fragte er interessiert.

»Ich weiß nicht. Erst mal schmeckt er scharf«, erwiderte ich, aber ich trank das Glas tapfer aus und ließ mir ein zweites einschenken. Der rann mir schon wesentlich sanfter durch die Kehle. Ich spürte allerdings einen leichten Glimmer und fühlte mich seltsam beschwingt. Mit einem prüfenden Blick auf Gavin musste ich zugeben, dass er auf den zweiten Blick und mit einem Glas Whisky im Magen immer attraktiver wurde.

In diesem Augenblick kam das junge Brautpaar eng umschlungen auf uns zu.

»Hey, alter Junge, du füllst doch nicht etwa meine kleine Cousine mit deinem Teufelszeug ab?«, scherzte Glen und klopfte seinem Freund kumpelhaft auf die Schulter.

»Oh nein, ich führe die junge Lady nur in das einmalige Geschmackerlebnis unseres Single Malts ein. Und ich glaube, es mundet ihr.«

»Der zweite ist schon besser«, lachte ich und nahm zur Bekräftigung noch einen kräftigen Schluck.

»Dann brauche ich euch beide ja gar nicht mehr einander vorzustellen. Wie ich sehe, habt ihr das selbst getan.«

»Na hör mal, Miss Mairie war schließlich meine Tischpartnerin, und so, wie ich dich kenne, war das kein Zufall.«

Glen tat so, als hätte man ihn bei einem Streich ertappt. »Ich dachte, ihr solltet euch unbedingt kennenlernen. Meine Lieblingscousine und mein bester Freund.«

Wollte er uns beide etwa verkuppeln, fragte ich mich. Einmal abgesehen von der Tatsache, dass ich die Gesellschaft Gavins zunehmend genoss, missfiel mir der Gedanke. Glen war der Letzte, der für mich einen passenden Mann aussuchen sollte.

»Ist das nicht ein wunderschönes Fest?«, seufzte Albiona verzückt und kuschelte sich noch enger an ihren frischgebackenen Ehemann.

Kurz trafen sich Glens und mein Blick, aber ich konnte keine Spur von zärtlicher Zuneigung in seinen Augen erkennen. Offenbar hatte er inzwischen verinnerlicht, dass verzehrende Blicke zwischen uns ab heute der Vergangenheit angehörten.

»Wollen wir noch einen Tanz wagen?«, fragte Gavin.

»Gern, aber wundern Sie sich nicht, wenn ich ins Wanken komme.« Ich schenkte ihm ein Lächeln.

»Kein Problem, ich fange Sie gern auf«, erwiderte er ebenfalls lächelnd.

In diesem Moment ertönte eine durchdringende Stimme, die von der Kapelle kam. »Damenwahl!«

Und wie aus dem Nichts kam Caillin angeschossen und forderte Gavin auf. Der war sichtlich verunsichert, weil er ja gerade zuvor mich zum Tanz gebeten hatte.

»Ich weiß nicht, ich hatte gerade ...«

»Ist schon in Ordnung. Ich setze auch gern noch eine Runde aus«, unterbrach ich ihn hastig.

»Aber nicht, dass Sie ohne mich weitertrinken«, versuchte er zu scherzen, bevor er Caillin seinen Arm bot, die mir einen kurzen gemeinen Blick zuwarf. Ich war mir allerdings keinerlei Schuld bewusst.

Albiona fragte, ob Glen etwas dagegen hätte, wenn sie bei dieser Runde ihren Bruder auffordern würde.

»Nein, er wird sich sehr freuen, mit seiner schönen Schwester tanzen zu dürfen«, erwiderte Glen. Ich versuchte, den zärtlichen Unterton in seiner Stimme zu überhören, denn auch wenn ich vom Kopf her wusste, dass es so alles seine Richtigkeit hatte, ich wollte die Zuneigung der beiden nicht unbedingt hautnah spüren. Albiona schwebte wie eine Elfe davon. Sie war sehr zierlich, beinahe zerbrechlich, und hatte manchmal etwas Kindliches und Schützenswertes an sich. Und damit war sie das ganze Gegenteil von mir. Ich war groß und besaß trotz meiner schlanken Figur weibliche Rundungen. Ja, ich war eine Frau durch und durch. Jedenfalls hatte das Glen einmal bewundernd wortwörtlich über mich gesagt.

Und nun standen mein Cousin und ich allein an der Whisky-Bar. Vor lauter Verlegenheit kippte ich den Rest meines zweiten Glases hastig hinunter und ließ mir zu Glens großer Verwunderung noch ein drittes einschenken.

»Da hat unser Whisky-Baron aber etwas angerichtet«, lachte er und ließ sich selbst ein Glas geben. Wir prosteten uns zu.

»Wie findest du ihn?«

»Wen?«, gab ich zurück, wenngleich ich natürlich sofort wusste, wen er meinte.

»Meinen lieben Freund Gavin!«

Ich zuckte die Achseln. »Er ist nett und zuvorkommend.«

»Ich glaube, er mag dich sehr. Kenne den Burschen schon lange, aber dass er beim Anblick einer Lady so ein Leuchten in den Augen hatte, sehe ich zum ersten Mal.«

Ich funkelte Glen wütend an. »Du musst mich nicht unter die Haube bringen. Das schaffe ich schon allein, wenn ich es denn möchte«, fauchte ich ihn an. Ich war selbst erschrocken über meinen scharfen Ton.

»Aber, aber, wie kommst du denn darauf? Ich habe noch keinen Gedanken darauf verschwendet, welchen Herren du einmal heiraten könntest«, gab er empört zurück, und es klang aufrichtig.

»Entschuldigung, aber ich dachte, ihr hättet das abgesprochen. Erst sitze ich am Tisch neben ihm, und dann ... Sag mal, weiß er etwas über uns?«

Glen rollte mit den Augen. »Nein, nichts! Außer, dass ich eine bezaubernde Cousine habe, die seit geraumer Zeit unter unserem Dach lebt.«

Ich atmete auf. »Dann ist ja gut.«

»Es ist vielmehr so, dass unsere Eltern es sehr gern sähen, wenn Gavin MacLeod meine Schwester heiraten würde.«

»Ach, so ist das! Deshalb benimmt Caillin sich, als hätte sie einen Besitzanspruch auf deinen Freund.«

»Sie war schon als Mädchen in ihn verschossen, aber Gavin hatte nie wirklich Interesse an ihr. Ich verstehe den Jungen. Meine Schwester ist die Pest. Und er ist einer der begehrtesten Junggesellen der Insel. Wohlhabend und aus einer angesehenen Familie. Sein Clan besitzt sogar ein Schloss direkt am Loch Dunvegan gelegen, aber sein Vater ist nur ein entfernter Vetter des Clanchiefs. Deshalb wohnen sie nicht auf der Burg, aber es wurde Glens Großvater einst immerhin gestattet, den Whisky nach der Burg zu benennen. Und sie besitzen das prächtigste Anwesen in ganz Portree. Es ähnelt einem viktorianischen Schloss, liegt in einem Riesenpark, und auf dem Gelände liegt auch die Destillerie.«

»Und die beiden sind füreinander bestimmt, was bei euch bedeutet, dass man unabdinglich heiraten wird!«, erwiderte ich in spitzem Ton, der natürlich an seine Adresse ging.

»Das wird wohl nichts. Mein guter Freund macht nämlich so gar keine Anstalten, meiner Schwester einen Antrag zu machen. Ich bin mir nicht sicher, ob er das jemals tun wird und ob er sie ... na ja, also ...«, erwiderte mein Cousin ausweichend.

»Aber ich denke, das funktioniert bei euch auf der abgelegenen Insel ohne diese gewissen Anstalten«, entgegnete ich spöttisch. »Wenn zwei schon als Kinder verbandelt waren und die Clans eine Ehe wünschen, dann heiratet man auch, selbst ohne dass er sie liebt.« Ich wollte gar nicht so bissig sein, aber ich konnte nicht anders. Natürlich spielte ich damit auf Glens Eheschließung mit Albiona an. Und ich wollte überdies eine kleine Spitze loswerden auf die in meinen Augen rückständigen Gebräuche hier an der Ostküste. Ich bin mit meinem Vater in Edinburgh aufgewachsen und habe meine gesamte Kindheit in der quirligen Stadt verbracht. Mein Vater war Notar wie Onkel Carden und er ließ mir ziemlich viele Freiheiten, seit ich sechzehn geworden war. Ich durfte zu Bällen und Festen gehen, und dort ging es oft sehr lustig zu. Ich hatte etliche Verehrer, aber keiner hatte es geschafft, mein Herz zu berühren. Und dann war das schöne Leben nach dem Tod meines Vaters auf dem Schlachtfeld abrupt vorbei gewesen, und sein Freund, Kollege und Testamentsvollstrecker Riley Cochrane hatte mich damals schweren Herzens ins Heim gegeben. Er hätte mich gern in sein Haus aufgenommen, aber seine kinderlose Frau hatte sich strikt geweigert, ein sechzehnjähriges Mädchen, das gerade dabei war, zur Frau zu erblühen, unter ihrem Dach wohnen zu lassen. Immerhin hatte er ein Schreiben an Tante Galissa und Onkel Carden verfasst. In den ersten Monaten war mir das Leben in Portree recht ländlich vorgekommen. Und außerdem konnte ich mit Staunen beobachten, dass man auf dieser abgelegenen Insel offenbar alles im Voraus plante, auch die Liebe.

»Mairie«, stöhnte Glen. »Keiner hätte mich je gezwungen, Albiona zu heiraten. Glaube mir, ich habe mich freiwillig mit ihr verlobt, und wärest du vorher auf die Insel gekommen, wer weiß. Aber ich bin ein Ehrenmann. Ich hatte ihr mein Eheversprechen bereits gegeben, und schau sie dir an.« Er deutete auf die Tanzfläche, über die sie im Arm ihres kräftigen Bruders wie eine Feder dahinschwebte.

»Ich liebe sie auf eine ganz eigene Art, möchte sie beschützen …«

»Glen, sag nichts mehr«, bat ich ihn kleinlaut. »Ich weiß auch nicht, was in mich gefahren ist.« Mir tat es sehr leid, dass ich so biestig ihm gegenüber geworden war.

»Willst du mit mir tanzen?«, fragte ich ihn versöhnlich. Als wir

Arm in Arm zur Tanzfläche schritten, tanzten Gavin und Caillin an uns vorbei. Sie strahlte triumphierend, während er etwas gequält wirkte. Es war nicht so, dass ich Schmetterlinge im Bauch hatte, aber ich mochte den freundlichen jungen Mann und wollte ihn gern näher kennenlernen, ohne dass er eigentlich schon einer anderen versprochen war und ich dazu verdonnert war, letztlich auf ihn zu verzichten. Wenn, dann wollte ich die nähere Bekanntschaft mit einem Herren machen, der noch nicht gebunden war. Und in diesem Punkt war ich mir bei Gavin nicht ganz sicher. Was, wenn auch bei Caillin und Gavin die Familien bereits über ihr Schicksal entschieden hatten? Caillin schien jedenfalls fest entschlossen, sich diesen Mann zu greifen, was nicht zu übersehen war, als der Tanz zu Ende war und Gavin ihr seinen Arm bot, damit sie die Tanzfläche verlassen konnten, sie das aber ignorierte und ihn zu einem weiteren Tanz nötigte.

Gavin warf mir über ihre Schulter einen entschuldigenden Blick zu. Keine Frage, er hätte viel lieber mit mir getanzt. Bislang hatte ich keinerlei Zweifel daran gehegt, dass ich dieses kleine Paradies, in dem die schönsten Lichtspiele an den Himmel gezaubert wurden, die ich jemals gesehen hatte, sofort mit Eintritt der Volljährigkeit verlassen und in das Stadtleben zurückkehren würde, wenn ich Glen nicht lieben durfte. Aber nun war Gavin MacLeod in mein Leben getreten, ein Mann aus Portree, der mich nicht kalt ließ …

Obwohl ich im Arm meines umschwärmten Cousins über die Tanzfläche schwebte, schweiften meine Gedanken zu seinem Freund. Als er erneut an uns vorbeitanzte, warf er mir einen intensiven Blick zu, in dem ich lesen konnte, was er mir damit sagen wollte: *Ich möchte Sie näher kennenlernen, Mairie!*

Ich glaube, ich Sie auch, Gavin, dachte ich verträumt und schenkte ihm zum Zeichen des stummen Einverständnisses ein ermunterndes Lächeln, das aber nicht nur er wahrnahm, sondern auch meine liebe Cousine, die mich daraufhin wütend anfunkelte, aber sie konnte mir keine Angst einjagen. Ich war viel zu neugierig darauf, mehr über diesen Gavin zu erfahren. Nicht, dass mein Herz Purzelbäume schlagen würde, nein, davon war ich weit entfernt, aber dieser Mann hatte es immerhin geschafft, mein Interesse zu erregen. Schon allein deshalb, weil er sich offenbar nicht widerspruchslos den auf der Insel herrschenden Regeln für die Wahl seiner zukünftigen Ehefrau unterwarf, sondern mir mehr als deutlich signalisierte, dass er sich seine Frauen selber aussuchte.

Portree, Dezember 2014

Ein Klopfen an der Tür weckte Dona, und sie schreckte hoch. Erst wusste sie gar nicht, wo sie sich befand, aber dann fiel es ihr wieder ein. Sie war im Haus ihrer Eltern. Dona hatte weiter geträumt von Monsterwellen, die ihre Eltern und sie über Bord eines Segelboots gespült hatten, und fühlte sich ziemlich zerschlagen.

»Bitte«, sagte sie mit heiserer Stimme. Auch Amy war von dem Klopfen aufgewacht und blickte schlaftrunken zur Tür.

Dort zeigte sich Miss Armstrongs rundes und gutmütiges Gesicht. »Ich bitte um Entschuldigung, aber Mr MacArran ist gerade eingetroffen.«

»Mitten in der Nacht?«, murrte Amy und ließ sich stöhnend zurück in die Kissen gleiten.

»Es ist kurz nach zehn«, bemerkte die Haushälterin mit leichtem Vorwurf.

»Gut, dann sag ihm, wir sind in zwanzig Minuten unten«, seufzte Dona und sprang mit einem Satz aus dem Bett.

»Muss das sein? Wie sollen wir das denn schaffen?«, murmelte Amy, aber dann schob sie ihr Federbett zur Seite und erhob sich ebenfalls.

»Wir haben auf der Etage zwei Bäder. Mal abgesehen von denen, die nicht in Betrieb sind, weil sie im entlegenen Westflügel liegen. Du kannst das benutzen, was gleich neben unserem Zimmer liegt. Ich gehe in das Elternbad.«

Dona nahm ihren Waschbeutel und verließ das Zimmer. Wohl

war ihr nicht, die Räume ihrer Eltern zu betreten, aber es blieb ihr jetzt keine Zeit, sich ihren Emotionen hinzugeben. Entschieden öffnete sie die Tür und atmete einmal tief durch. Es sah alles aus, als würden ihre Eltern noch hier leben. Auf dem Nachttisch ihrer Mutter Alison lag das Buch, in dem sie zuletzt gelesen hatte, aufgeschlagen da. Und es stand ein Foto von ihr dort, das sie als Zwanzigjährige zeigte, kurz bevor sie das Elternhaus verlassen hatte. Dona widerstand ihrem Impuls, das Bild zur Hand zu nehmen, und eilte weiter zum Bad. Auch hier sah es so aus, als würden ihre Eltern gleich wiederkommen. Die Parfumflaschen ihrer Mutter, die Zahnbürsten, das Duschgel, alles schien nur darauf zu warten, dass es benutzt würde.

Dona bemühte sich, nicht weiter daran zu denken, sondern ging hastig unter die Dusche. Sie hielt sich nicht lange dort auf, sondern duschte sich nur flüchtig ab. Zurück im Gästezimmer holte sie ein schwarzes Kleid aus ihrem Koffer und zog sich schnell an. Auch Amy hatte sich beeilt und holte eine dunkle Hose und einen Pullover aus ihrem Gepäck.

Als Dona ihr dickes Haar vor dem Spiegel bürstete, entdeckte sie in ihrem Gesicht, dass die Ereignisse des gestrigen Tages sichtbare Spuren hinterlassen hatten. Ihre Augen waren verquollen, ihre Haut sah auffallend blass aus. Sie band sich das Haar zu einem Pferdeschwanz zusammen und legte ein wenig Make-up auf, um etwas Farbe in ihr Gesicht zu zaubern, wenngleich wohl jeder Verständnis dafür aufbringen würde, dass sie an diesem Tag nicht wie das blühende Leben aussah.

Aber auch Amy waren die Anstrengungen deutlich anzusehen. Sie band ihr langes blondes Haar ebenfalls zu einem Pferdeschwanz zusammen und lieh sich etwas von Donas Schminke.

»Wie fühlst du dich bei dem Gedanken, gleich deinem Exverlobten zu begegnen?«, fragte sie mitfühlend.

»Beschissen«, seufzte Dona. »Aber es nützt ja nichts. Er wird mich schon nicht fressen.«

»Und du hast keine Sorge, dass alte Gefühle für ihn wieder aufbrechen könnten?«

Dona schüttelte energisch den Kopf. »Ich wünschte nur, ich hätte das alles endlich hinter mir, und wir könnten nach London zurückkehren«, stöhnte sie.

Als sie ins Wohnzimmer kamen, saß Gordon auf einem Sofa vor dem Kamin und telefonierte mit seinem Handy. »Verstehe, ich werde es ihr schonend beibringen. Bin ganz Ihrer Meinung. Das kann man ihr nicht zumuten ...« Er unterbrach sich, als er die beiden jungen Frauen wahrnahm. »Ich erledige das!« Gordon beendete das Gespräch und erhob sich von seinem Platz, um wortlos auf Dona zuzugehen und sie in den Arm zu nehmen.

»Mein Beileid«, flüsterte er.

Dona hatte gemischte Gefühle bei dieser Umarmung. Es war seltsam vertraut und fremd zugleich. Es machte sie auf jeden Fall verlegen, sodass sie sich hastig seiner Umarmung entzog.

»Darf ich dir Amy vorstellen. Sie ist meine beste Freundin, und wir hatten bis vor Kurzem gemeinsam das Restaurant.«

Gordon musterte Amy prüfend. »Ja, Sie sehen genauso aus wie auf dem Foto«, sagte er höflich.

»Auf welchem Foto?«, fragte sie und hielt seinem intensiven Blick stand.

»Gordon hat den Artikel über das *Tianavaig* gelesen«, erklärte Dona ihrer Freundin.

»Haben Sie eine Vertretung finden können, weil Sie Dona netterweise bei dieser schweren Reise begleiten?«

»Nein, unser Lokal wurde vorgestern geschlossen, weil der Vermieter unseren Vertrag nicht verlängert hat«, entgegnete Amy.

»Das tut mir leid«, beeilte sich Gordon zu sagen, aber Amy, die ihn nicht aus den Augen ließ, meinte, das Gegenteil in seinen Augen zu lesen. Als wäre er erleichtert darüber. Ob er tatsächlich mit dem Gedanken spielt, Dona zum Bleiben in Portree zu bewegen, und glaubt, dass seine Chancen damit gestiegen sind, fragte sich Amy argwöhnisch. Ihr war Gordons Verhalten jedenfalls suspekt. Er tat ja gerade so, als wäre zwischen Dona und ihm niemals etwas Dramatisches vorgefallen.

Dona war erleichtert darüber, dass sich Gordon, den sie auf diese brutale Weise kurz vor der Hochzeit hatte sitzen lassen, so normal verhielt. Aber was habe ich erwartet, dachte sie. Dass er mich zur Begrüßung mit Vorwürfen überfällt?

»Ich möchte jetzt gern meine Eltern sehen. Alles Weitere können wir dann später noch klären«, sagte sie entschieden.

Gordon verzog seine Miene. Auf seiner Stirn zeigten sich grüblerische Falten.

»Ja, also, das wollte ich gerade mit dir klären. Eben hat unser Doktor angerufen und mich gebeten, dich davon abzuhalten, deine Eltern noch einmal zu sehen.«

Dona machte eine abwehrende Geste. »Gordon, die Diskussion hatte ich bereits mit Amy, aber nichts auf dieser Welt wird mich davon abbringen, noch einen letzten Blick auf meine Eltern zu werfen und mich von ihnen zu verabschieden.«

»Das kann ich doch verstehen, aber der Doktor rät dringend davon ab, weil sie ein paar Tage im Wasser gelegen haben und ...«

»Nein, ich werde es tun und ich muss es tun!«, entgegnete Dona hastig und war unendlich erleichtert, dass Gordon in diesem Zusammenhang nicht Lucas erwähnte, aber eigentlich sollte sie das nicht verwundern. Weder ihre Eltern noch Gordon hatten den Namen ihres Bruders nach seinem Tod je wieder in den Mund genommen. So, als hätte es ihn nie gegeben.

»Ginge, die meinen es doch nur gut. Der Arzt rät doch nicht umsonst davon ab. Ich würde es mir wirklich noch einmal überlegen«, mischte sich Amy ein.

»Ginge?«, fragte Gordon mit skeptischer Miene.

»Das ist mein Spitzname für Dona, weil sie das schönste rote Haar hat, das ich je gesehen hatte, und aus Ginger, der Rotschopf, wurde schnell Ginge.«

»Interessant«, bemerkte Gordon und wandte sich flehend an Dona. »Bitte, tu dir das nicht an. Behalte lieber das Bild von ihnen, das du kennst.«

»Gordon, ich habe sie acht Jahre nicht gesehen, und jetzt sind sie tot. Ich muss sie sehen, um es zu begreifen.«

Amy klappte den Mund auf, dann schnell wieder zu. Schließlich kannte sie ihre Freundin und vor allem deren legendäre Sturheit. Wenn sie etwas wirklich wollte, konnte man sie nur schwerlich davon abbringen.

»Ich bin dabei«, murmelte sie.

»Gut, dann lass uns zur Kapelle fahren. Wir können dich ja danach in deinem Büro aufsuchen, ich hole nur meine Tasche«, erklärte Dona entschlossen, bevor sie aus dem Zimmer eilte. Amy ahnte, was der wirkliche Grund dafür war, dass sie das Zimmer so fluchtartig verließ. Sie wird vorher eine ihrer Tabletten einwerfen wollen, aber kann ich ihr das in dieser Lage verdenken, dachte Amy seufzend, während sie Gordon aus den Augenwinkeln beobachtete.

»Immer noch der alte Dickkopf«, murrte Gordon unwirsch, nahm sein Telefon zur Hand und wählte eine Nummer.

»Bitte noch nicht schließen lassen. Miss MacLeod besteht darauf, sie noch einmal zu sehen. Ja … habe ich ihr gesagt, aber wir können es ihr nicht verbieten«, brummte Gordon verärgert.

»Wir können, Amy«, sagte Dona und an Gordon gewandt: »Wir sehen uns später in deinem Büro.«

»Nein! Ich fahre euch zum Friedhof«, erklärte er in einem Ton, der keinen Widerspruch zuließ. Ein Ton, den Dona nicht wirklich leiden konnte, aber das ist nicht der richtige Augenblick, Gordon MacArran darüber aufzuklären, dass ich nicht mehr seine folgsame Verlobte bin, dachte sie.

Portree, Hogmanay 1919

Der Jahreswechsel war in Edinburgh jedes Jahr ein Riesenspektakel gewesen. Die Menschen hatten auf der Straße getanzt und einen Fackelumzug gemacht. Ich habe im vergangenen Jahr nicht schlecht gestaunt, als anlässlich der Feierlichkeiten selbst das beschauliche Portree zu einem wahren Hexenkessel geworden war. Hier oben im Norden hatte ich mir das Ganze ruhiger vorstellt. Das Gegenteil war der Fall. Auch im Hause MacArran hatte es ein großes Fest gegeben, dessen Höhepunkt für mich natürlich ein Tanz ins neue Jahr am Arm meines Vetters Glen, der erst im November unversehrt aus dem Krieg zurückgekehrt ist, gewesen war. Überhaupt hat das letzte Hogmanay sehr unter dem Eindruck des Kriegsendes gestanden, und selbst bei einer wohlhabenden Familie wie den MacArrans hatten sich die Tische nicht vor Speisen gebogen, wie man es sonst von ihren Festen kannte.

Auf diesen Tanz würde ich wohl in diesem Jahr verzichten müssen, war der doch für seine junge Frau reserviert. Aber meine Gedanken waren in den letzten Wochen auch gar nicht mehr so sehr mit Glen beschäftigt gewesen, denn er war jetzt ein verheirateter Mann und damit endgültig tabu. Irgendwie hatte ich das derart verinnerlicht, dass Glen auch in meiner Fantasie eine immer kleinere Rolle spielte, während die von Gavin MacLeod merklich an Bedeutung gewonnen hatte. So beschäftigte mich die Frage, warum sich Glens bester Freund nicht mehr bei uns im Haus hatte blicken lassen. Ich musste mich sehr zusammenreißen, um meinen Cousin nicht mit neugierigen Fragen über seinen Kumpel zu löchern.

Doch heute Morgen hatte ich es nicht mehr ausgehalten. Glen war allein zum Frühstück bei seinen Eltern erschienen, während Albiona ihren Eltern einen Besuch abstattete. So hatten wir die Gelegenheit gefunden, uns angeregt zu unterhalten. Keiner der Anwesenden hatte unserer vertrauten Konversation Beachtung geschenkt, bis auf Caillin, die uns mit bösen Blicken traktiert hatte.

Im Laufe dieses Gespräches traute ich mich dann, Glen zu fragen, ob zum heutigen Hogmanay-Fest auch sein Freund erscheinen würde.

»Das hoffe ich sehr. Es kommt darauf an, wie es seinem Vater geht. Die Familie rechnet jeden Augenblick mit seinem Ableben. Deshalb hat Gavin in den letzten Wochen auch keine Zeit gehabt, uns noch einen weiteren Besuch abzustatten. Er muss sich jetzt recht schnell in die Geschäfte seines Vaters einarbeiten. Und den Rest der Zeit verbringt er an seinem Bett. Ich habe ihn jedenfalls herzlich gebeten, uns heute Abend, auch wenn es eher spät werden sollte, wenigstens kurz zu besuchen. Und weißt du, was er gesagt hat?« Glen senkte seine Stimme. »Ich werde es allein wegen Miss Mairie möglich machen. Und er hat mir aufgetragen, dir auf jeden Fall herzliche Grüße auszurichten.«

»Das hat er wirklich gesagt?«

»Ihr braucht gar nicht so zu flüstern«, unterbrach sie eine giftige Stimme. Offenbar hatte Caillin jedes Wort mit angehört. »Ich habe ihn vorhin unten am Hafen getroffen. Er versprach, dass er zumindest kurz bei uns vorbeischauen wird. Natürlich ist ihm nicht nach Feiern zumute, während sein Vater im Sterben liegt. Aber da im Hause MacLeod gar nicht gefeiert wird, kann ich mir gut vorstellen, dass ihm ein bisschen Abwechslung gut bekommen wird.«

Nun mischte sich auch Tante Galissa in das Gespräch ein. »Ach, das würde mich sehr freuen, wenn ich den Jungen heute Abend zum Jahreswechsel tröstend in den Arm nehmen könnte.

Es ist ein Trauerspiel mit seinem Vater. Da hat er sein Leben lang geschuftet, und nun macht das Herz nicht mehr mit. Aber trotzdem sollte sich der Junge ein bisschen Zerstreuung gönnen. Caillin würde sich doch so sehr über sein Kommen freuen.« Sie warf ihrer Tochter einen aufmunternden Blick zu und erntete ein missmutiges Brummen.

Nun ertönte ein lautes Johlen, als Bonnie mit den beiden anderen Hausmädchen gemeinsam die Platten mit dem Haggis auftrug und Tante Galissa die muntere Gesellschaft zu Tisch bat. Mit einem einzigen Blick hatte ich erkannt, dass unter den Gästen kein Mr MacLeod zu finden war. Mein Sitznachbar und Tischherr war ein untersetzter, schmaler Mann mit schütterem Haar. Er schien ein wenig älter als ich zu sein und bemühte sich redlich, ein Gespräch mit mir zu beginnen.

»Bonnies Haggis mundet wieder einmal köstlich, finden Sie nicht auch?«, fragte er, und ich konnte mir nicht helfen. Er besaß eine helle und zugleich schrille Stimme, deren Klang mein musikalisches Gehör empfindlich störte.

Oh je, ich hatte herzlich wenig Lust, mich mit diesem Mann über Bonnies Kochkünste auszutauschen, wenngleich ich zugeben musste, sie hatte sich an diesem Abend selbst übertroffen.

Also nickte ich nur höflich. Daraufhin reichte mir der Mann seine schmale, durchscheinende Hand. »Ich habe Sie ja bereits bei Glens Hochzeit tanzen sehen. Sie sind eine fantastische Tänzerin, Miss MacLeod«, schmeichelte er mir.

Auch an dieser Stelle blieb mir nicht viel anderes übrig, als zustimmend zu lächeln, obwohl ich keinen Schimmer hatte, wer dieser Mann wohl sein könnte, und ich hegte die stille Hoffnung, er würde angesichts meines abweisenden Verhaltens endlich den Mund halten.

Aus dem Augenwinkel beobachtete ich, dass Caillin, die mir gegenüber am Tisch saß, seine vergeblichen Versuche, mit mir ins Gespräch zu kommen, sichtlich interessiert verfolgte.

An ihrem Blick erkannte ich sofort, dass sie irgendetwas im Schilde führte. Und siehe da, sie rang sich zu einem falschen Lächeln durch.

»Du liest doch so gerne, liebe Cousine Mairie, dann solltest du dich unbedingt einmal von unserem Lehrer, Mr Abercrombie, beraten lassen. Er hat in der Schule eine großartige Bibliothek.«

Falsche Schlange, dachte ich, und es war gemein, dass sie damit Hoffnungen in dem blassen Lehrer schürte, mich für sich interessieren zu können. Es war so durchschaubar, warum sie mich diesem Mann anzudienen versuchte. Sie wollte mich für den Fall, dass Gavin eventuell noch auf einen Besuch vorbeikommen würde, ausschalten. Bis ich meine Cousine Caillin kennengelernt hatte, kannte ich solche Zickereien unter Frauen gar nicht. Mit meinen Freundinnen in Edinburgh hatte ich mich hervorragend verstanden. Und wir Mädchen im Heim hatten immer gegen die Schwestern zusammengehalten. Deshalb war ich Caillins hinterhältigen Anfeindungen anfangs ziemlich hilflos ausgeliefert gewesen. Mittlerweile hatte ich gelernt, mich gebührend zu verteidigen. Und ich dachte nicht daran, mich von ihr mit diesem Mann, der mir überhaupt nicht zusagte, verkuppeln zu lassen.

Also ging ich zum Gegenangriff über. Ich setzte ein breites Lächeln auf und flötete: »Ach, Sie sind Mr Abercrombie. Meine bezaubernde Cousine hat schon unendlich von Ihnen geschwärmt und ... huch, hätte ich das nicht ausplaudern dürfen? Aber wir sind doch unter Erwachsenen. Sie würde so gerne heute Abend mit Ihnen tanzen.«

Der arme Mr Abercrombie konnte das offenbar gar nicht fassen. Er schien wohl schon öfter sein Glück bei ihr versucht zu haben, aber stets vergebens. Nun strahlte er über das ganze Gesicht.

»Hochverehrte Miss MacArran, selbstverständlich werde ich Ihnen jeden Tanz schenken, und wenn es sein muss, die ganze

Nacht hindurch. Wenn ich das gewusst hätte, ich hätte Sie schon auf der Hochzeit Ihres Bruders aufgefordert.«

Wenn Blicke töten könnten, dachte ich belustigt, als ich in Caillins zorniges Gesicht blickte. Aber Mr Abercrombie hatte jetzt nur noch Augen für meine liebe Cousine und fraß sie mit seinen schmachtenden Blicken förmlich auf.

Ich konnte also unbeschwert meinen Gedanken nachhängen. Wenn ich ehrlich war, dann wünschte ich mir sehr, dass Gavin MacLeod noch den Weg zum Hause der MacArrans finden würde.

Als der Tanz eröffnet wurde, verkroch ich mich wieder hinter meiner Säule, denn ich hatte wenig Lust, mit einem der älteren Herren das Tanzbein zu schwingen. Zu meiner Schadenfreude beobachtete ich, wie der über das ganze Gesicht strahlende Mister Abercrombie Caillin ungeschickt über die Tanzfläche schob. Ich kam aber nicht darum herum, mit den Herren, die mich einer nach dem andern aufforderten, zu tanzen.

Am liebsten hätte ich mich, nachdem ich die Hoffnung auf ein Wiedersehen mit Gavin aufgegeben hatte, stillschweigend in mein Zimmer zurückgezogen, aber das konnte ich meiner Tante und meinem Onkel nicht antun, denn man hatte mich ausgesucht, um um Mitternacht das traditionelle *Auld Lang Syne* anzustimmen, was dann alle gemeinsam zum Jahreswechsel singen würden. Ein paar Minuten vor Mitternacht holte mich Glen, der in bester Stimmung war, zum Klavier, damit ich die ersten Töne singen konnte. Ein bisschen gekränkt war ich schon, dass mein Cousin Glen sich offenbar voll und ganz mit der neuen Situation abgefunden hatte und in mir nicht mehr sah als eine nette Verwandte. Dabei dachte ich doch selber nur noch an Gavin.

Die Festgesellschaft hatte sich nun feierlich am Klavier versammelt, und ich sang voller Inbrunst: »Should auld acquaintance be forgot, and never brought to mind? Should auld acquaintance be forgot, and days of auld lang syne?«, während einer nach dem anderen in das Lied einstimmte. Wie immer, wenn ich ein Lied sang, vergaß ich alles um mich herum und war ganz eins mit der Melodie und dem Rhythmus.

Plötzlich sah ich in der Menge der Gäste ein mir bekanntes Gesicht. Gavin lächelte mir zu. In der Hand trug er eine große Schüssel mit Shortbread und unter dem Arm eine Flasche Whisky. Ein Lächeln umspielte meine Lippen. Wie hieß es doch in unseren Hogmanay-Bräuchen? Der Gast, der um Mitternacht als Erster mit Geschenken zu Besuch kam, brachte Glück. Er zwinkerte mir noch einmal zu und stimmte dann ebenfalls in das alte Lied ein.

Kaum war der letzte Ton verklungen, hatte sich Gavin bereits durch die Menge geschoben und stand vor mir. »Bevor ich meinen Gastgebern die Geschenke gebe, möchte ich Ihnen, liebe Mairie, erst einmal alles, alles Gute für das kommende Jahr wünschen.«

»Danke, Gavin, ich freue mich, dass Sie noch gekommen sind. Wie geht es Ihrem Vater?«

Gavin war sehr blass und in den letzten Wochen sichtlich dünner geworden. Wenn ich ehrlich war, hatte ich ihn etwas stattlicher in Erinnerung, aber ich ließ mir meine leichte Enttäuschung nicht anmerken. Ich war ja froh, dass er überhaupt noch vorbeigekommen war.

»Er ist dem Tod näher als dem Leben, aber nun sind meine Schwester und meine Mutter bei ihm«, seufzte er. »Ich muss jetzt schnell meine Gastgeber begrüßen. Aber tun Sie mir einen Gefallen. Warten Sie hier. Ich komme gleich zurück, denn der erste Tanz des neuen Jahres gehört Ihnen.«

»Ich rühre mich nicht von der Stelle«, versprach ich ihm.

Kaum war Gavin in der Menge verschwunden, trat Glen auf mich zu. Er hatte zwei volle Whiskygläser in der Hand und reichte mir eines. »Nun, wo ich weiß, dass dir mein Freund den Whisky schmackhaft gemacht hat«, lachte er. »Ich habe ihn übrigens von Ferne gesehen. Er ist doch noch gekommen und schien hocherfreut, dich wiederzusehen.«

»Ja, er hat mich schon begrüßt«, murmelte ich abwehrend. Ich konnte es nicht leiden, wenn er durchblicken ließ, dass er seinen Freund für einen geeigneten Mann für mich hielt, obwohl ich den Gedanken inzwischen ja gar nicht mehr so abwegig fand wie noch auf Glens Hochzeit.

Glen sah mich ernst an. »Ich weiß, was du denkst«, sagte er leise. »Du glaubst, ich will dich schnellstens unter die Haube bringen, oder? Aber du täuscht dich. Ich möchte nichts lieber, als dass du wirklich glücklich wirst. Und wenn der Bursche, der dein Herz einmal erobert, Gavin heißt, weiß ich, dass du nicht den schlechtesten Mann bekommst.«

»Glen, ich will nicht mit dir über meine potenziellen Ehemänner reden. Wenn es so weit ist, kümmere ich mich schon selbst darum«, entgegnete ich schnippischer als beabsichtigt. »Freut mich übrigens, dass du so gute Laune hast«, fügte ich spöttisch hinzu.

Er beugte sich verschwörerisch zu meinem Ohr hinunter. »Ich verrate dir jetzt etwas, das noch keiner weiß. Nicht mal meine Eltern. Ich werde Vater.«

»So schnell?«, rutschte es mir heraus, und ich bedauerte meinen vorlauten Ton sofort, als Glen daraufhin knallrot anlief.

»Das heißt ja, ihr seid euch schon vor der Hochzeit nähergekommen«, fügte ich verächtlich hinzu und konnte mich selber nicht für diesen hässlichen Unterton leiden. Es konnte mir doch herzlich gleichgültig sein, ob die beiden bis zur Hochzeitsnacht gewartet hatten oder nicht. Aber das war es mir beileibe nicht, denn das bedeutete, dass die beiden eine gewisse Leidenschaft verband und es nicht nur eheliche Pflichterfüllung war.

»Du hast ja recht, ich meine, das mit dem Zeitpunkt«, flüsterte er verlegen. »Ich frage mich gerade, ob unsere Eltern auch sofort darüber stolpern werden.«

»Wenn das deine einzige Sorge ist«, zischte ich ihn an.

»Mairie, bitte! Albiona ist meine Frau und nicht meine Schwester.«

»Zu dem Zeitpunkt war sie noch nicht deine Frau.« Ich funkelte Glen wütend an. »War das, bevor du mich geküsst hast oder danach?«, flüsterte ich.

»Danach!«, stöhnte er.

In diesem Augenblick tauchte hinter ihm Gavin mit zwei gefüllten Whiskygläsern auf, und in demselben Moment kam Albiona vor Glück strahlend auf uns zu. Es war ganz merkwürdig, ich fühlte in diesem Moment nicht die Spur von Eifersucht auf sie. Das konnte ich selbst kaum glauben, aber es war so. Als sie meine Hand nahm und mir verträumt zuraunte: »Ach, ich könnte tanzen vor Glück«, da konnte ich mit einem Mal nachempfinden, warum Glen diese sanftmütige und liebenswerte Frau nicht einfach hinter sich lassen konnte. Ja, ich spürte, wie auch mich eine Art von Liebe für sie erfüllte. Und ich kam mir entsetzlich egoistisch und rücksichtslos vor. Wie ich diesen unangebrachten Eifersuchtsanfall bedauerte! Mir wurde ganz warm ums Herz, als sich Gavins und meine Blicke trafen. Ich trank den Whisky, den er mir reichte, in einem Zug leer und schenkte ihm ein bezauberndes Lächeln. Aus dem Augenwinkel sah ich, wie Glen das mit einem teils wohlwollenden und teils eifersüchtigen Blick beobachtete. Und ich begriff endgültig, dass ich mein Leben von nun an selbst in die Hand nehmen musste. Ich warf Glen einen Blick zu, der ihm signalisieren sollte, dass mir mein Verhalten leidtat. Ich weiß nicht, ob er die Botschaft verstand. Der Whisky lockerte mich auf jeden Fall und spülte alle quälenden Gedanken hinfort. Ich war nun in der Lage, mit den anderen zu scherzen und zu lachen. Ich fühlte mich rundherum wohl in dieser Runde, und das ging den anderen dreien wohl ähnlich. Die beiden Männer übertrafen sich mit Schilderungen aus ihrer Jugendzeit und offenbarten uns so manchen Streich aus Kindertagen.

Wir vier blieben in dieser Neujahrsnacht unzertrennlich. Bis auf Albiona, die keinen Schluck Alkohol anrührte, sprachen wir fröhlich dem Whisky zu und tanzten bis zum frühen Morgen. Es machte mir auch überhaupt nichts, als Gavin Albiona aufforderte und ich mit Glen tanzte. Nein, es war eine unbeschwerte Nacht, bis sich uns Caillin mit Leichenbittermiene näherte. Ich befürchtete schon, sie würde ihr Spiel von der Hochzeit wiederholen, aber sie sagte nur: »Gavin, es möchte dich jemand sprechen.« Sie deutete auf eine blasse Frauengestalt, die eine entfernte Ähnlichkeit mit ihm besaß.

Gavin schien zu ahnen, was der Besuch seiner Schwester zu bedeuten hatte, denn er wurde noch blasser, als er es ohnehin schon war.

»Seana«, rief er aus und eilte mit ausgebreiteten Armen auf sie zu. Unter lautem Schluchzen teilte sie ihm mit, dass ihr Vater soeben gestorben war. Bevor ich ihm mein Beileid aussprechen konnte, war Caillin bereits auf ihn zugestürzt und überhäufte ihn mit Mitleidsbekundungen, die sicher auch ehrlich gemeint waren, die mir allerdings wegen ihres theatralischen Auftritts unangenehm aufstießen, aber das ging Gavin offensichtlich ganz ähnlich. Er warf mir einen hilfesuchenden Blick zu. Ich verstand ihn auch ohne Worte und trat auf ihn zu.

»Es tut mir sehr leid«, sagte ich leise.

»Können wir kurz unter vier Augen sprechen?«, entgegnete er, fasste mich sanft am Arm und schob mich in eine ruhige Ecke. »Es tut mir so leid, dass wir den Abend derart abrupt beenden müssen«, sagte er gequält. »Und ich würde Sie gern wiedersehen, sobald ich den Kopf frei habe, und zwar allein zu einer Wanderung auf den Tianavaig«, fügte er hinzu.

Wir sahen einander tief in die Augen, und ich nickte zustimmend. Dann nahm er plötzlich mein Gesicht in beide Hände und gab mir einen Kuss auf den Mund. Ich war völlig überrumpelt und muss ziemlich erschrocken ausgesehen haben.

»Mairie, oh, verzeihen Sie«, sagte Gavin, der sich hastig zurückgezogen hatte. »Es ist vielleicht nicht der richtige Augenblick und kam etwas überstürzt für Sie, aber ich hätte Sie gern schon auf Glens Hochzeit geküsst. Sind Sie mir jetzt böse?«

»Aber nein, Gavin, ich, ich ...« Ich rang nach Worten. Wie sollte ich ihm erklären, dass sich die jungen Burschen in Edinburgh nicht so rücksichtsvoll danach erkundigt hätten, ob es mir recht wäre? Ich hatte dort schon einigen frechen Kerlen eine Ohrfeige versetzt, weil sie mich mit einem stürmischen Kuss überfallen hatten. Es hatte auch schon den einen oder anderen Kerl gegeben, von dem ich mich gerne küssen ließ, aber das hatte alles nichts zu bedeuten gehabt. Mit meinen damals sechzehn Jahren war das auf den ausgelassenen Festen eher ein Spiel gewesen. Seit ich wirklich erwachsen geworden war, hatte mich noch keiner zu küssen versucht. Außer Glen ... und das hatte ich genauso gewollt wie er. Ich werde nie vergessen, wie mir die Knie gezittert hatten. Und das Herz gepocht.

Das spürte ich nicht oder, besser gesagt, nicht in dieser Intensität, aber es fühlte sich immerhin so gut an, dass ich ihm meinen Mund zum Kuss bot. Ich hörte sein Herz laut klopfen, als wir uns richtig küssten. Obwohl mir weder die Knie zitterten noch sich mein Herzschlag beschleunigte, hatte ich das Gefühl, als bräuchte ich nur noch ein bisschen Zeit.

Gavin sah mich mit den Augen eines liebenden Mannes an, nachdem sich unsere Lippen voneinander gelöst hatten. Ich blieb völlig verwirrt zurück. Wenn es sich bei mir nicht wie die Liebe auf den ersten Blick anfühlte, ich diesen Kuss aber trotzdem genossen hatte, was war es dann?

Portree, Dezember 2014

Die Kapelle auf dem alten Stronuirinish-Friedhof lag hinter uralten Gräbern, die von den Schicksalen erzählten, die es auf der Insel über die Jahrhunderte gegeben hatte. Doch Dona hatte kein Auge für diesen historischen Ort, sondern war damit beschäftigt, gegen ihre aufkeimende Panik anzugehen. Gordon war im Wagen geblieben, nachdem er im Brustton der Überzeugung verkündet hatte, keine zehn Pferde würden ihn in das Innere der Kapelle bringen. Und er versuchte ein letztes Mal, Dona umzustimmen. Vergeblich. Sie allein wusste, warum sie es tun musste, aber sie war sich sicher, dass sie es ohne die Tabletten nicht geschafft hätte. Je näher sie der Kapelle kamen, desto deutlicher erschien ihr in der Erinnerung das Gesicht von Lucas, das mehr einer aufgeblasenen Maske geglichen hatte. Und trotzdem hätte sie seinen Tod niemals akzeptiert, wenn sie ihm nicht in das fremde Antlitz geblickt hätte. Dieser Anblick hatte sich in ihre Seele eingebrannt. Ein Zittern durchlief ihren Körper.

Amy fröstelte. Die steinernen Grabkreuze zu beiden Seiten des Weges waren ihr unheimlich, jedenfalls in diesem Augenblick.

»Werden denn hier noch Leute beerdigt? Das sieht alles so überwuchert aus, als wäre die letzte Beerdigung vor hundert Jahren gewesen«, fragte Amy.

»Die Inselbewohner, die auf diesem Friedhof ein Familiengrab haben, auf jeden Fall«, entgegnete Dona und war bemüht, gefasst zu klingen. Ihr war eiskalt. Der Schneeregen, der gerade einsetzte, war nur ein Grund dafür. Den Rest besorgte die Kälte, die aus ihrem Inneren kam. Einen winzigen Augenblick, gerade als sie fast bei der Kapelle angekommen waren, spielte sie mit dem Gedanken, dem Rat ihrer Freundin und dem von Gordon zu folgen und auf die Leichenschau zu verzichten, aber dann erkannte sie, dass sie keine Wahl hatte. Dona straffte ihre Schultern und beschleunigte ihren Schritt.

Die Tür der kleinen Kapelle knarrte, als Dona sie öffnete. Noch einmal überkam sie ein Fluchtimpuls, aber sie überwand ihn. Ihre Freundin war ihr nur zögernd gefolgt.

»Du musst mich nicht begleiten«, bot Dona ihr zum letzten Mal an. Amy beschleunigte ihren Schritt zum Zeichen, dass sie nichts davon abbringen würde, der Freundin bei diesem schweren Gang Beistand zu leisten.

Das Innere der Kapelle war karg. Weiße schmucklose Wände und ein Altar, über dem nur ein schlichtes Holzkreuz hing. Durch die kleinen Fenster drang an diesem wolkigen Tag nur dämmriges Licht von draußen. Aber am Altar brannten Kerzen, die die beiden Särge, die vorne vor dem Altar standen, in flackerndes Licht hüllten.

Amy griff nach Donas Hand, während die beiden Freundinnen zögernd durch den Gang schritten.

Dona atmete ein paarmal tief ein und aus, als sie vor den Särgen angekommen waren. Dann erst wagte sie es, einen Blick hinein zu werfen. Sie war auf das Schlimmste gefasst, aber das Gesicht ihres Vaters war nur leicht aufgedunsen. Nicht zu vergleichen mit dem, was das Wasser damals aus Lucas gemacht hatte. Deshalb hatte man ihr seinerzeit verboten, in das Zimmer zu gehen, in dem man ihn aufgebahrt hatte. Aber sie hatte sich über das Verbot hinweggesetzt und war in der Nacht in sein Zimmer geschlichen. Ihr Schrei hatte das ganze Haus geweckt. Man hatte sie von dem Toten weggezerrt und dieses Ereignis nie wieder auch nur mit einem Wort erwähnt. So, wie keiner je wieder über ihn gesprochen hatte. Als hätte es ihn nie gegeben. Sogar alle Bilder waren am Tag der Beerdigung wie von Geisterhand aus dem Haus verschwunden.

Ihr Vater hingegen wirkte, als ob er friedlich schliefe.

Dona liefen Tränen über die Wangen, als sie seine eiskalte Wange berührte und mit den Fingerspitzen darüberstrich. »Verzeih mir«, flüsterte sie. »Ich bin zu spät.«

Dann wandte sie sich vom Sarg ihres Vaters ab und sah in das Gesicht ihrer Mutter. Sie schlug sich vor Entsetzen die Hände vor den Mund. Es war nicht der Zustand, in dem sich die Leiche ihrer Mutter befand. Nein, sie hatte durch das Wasser sogar weniger gelitten als der Vater. Ihre Mutter aber schien in den acht Jahren um Jahrzehnte gealtert. Donas schlechtes Gewissen ließ alle Dämme brechen. Sie schluchzte verzweifelt auf und bat ihre Mutter um Verzeihung, dass sie ihr das angetan hatte.

Amy stand hilflos daneben, weil Dona schier untröstlich zu sein schien. Die beiden Frauen hatten gar nicht gemerkt, dass sich die Tür der Kapelle noch einmal leise geöffnet und sich eine hochgewachsene Männergestalt den Särgen genähert hatte. Erst als sie ein Aufschluchzen hinter sich vernahmen, drehten sie sich erschrocken um.

Dona wollte ihren Augen nicht trauen. Ein großer, dunkel gelockter Mann, den sie nicht älter als Mitte dreißig schätzte, blickte unter Tränen auf das leblose Gesicht ihres Vaters.

»Was machen Sie hier? Wer sind Sie?«, fragte Dona den sichtlich ergriffenen Mann schroff. Er sah auf. Aus seinen Augen sprach nichts als Trauer. Dona begriff in dem Augenblick, dass sie ihn unverschämt angegangen war. Als habe außer ihr niemand das Recht, um ihre Eltern zu trauern. Aber wer war der Fremde? Ein Familienmitglied war er ganz sicher nicht. Obwohl sie ihre Cousins über zehn Jahre nicht gesehen hatte, war er keiner von ihnen. Er war zu groß und hatte dunkle Locken. Das war untypisch für die MacLeods.

»Entschuldigen Sie, dass ich Sie so angefahren habe, aber

ich habe mich erschrocken … und außerdem kenne ich Sie nicht.«

»Das beruht ganz auf Gegenseitigkeit«, entgegnete er mit finsterer Miene. »Ich habe auch keinen Schimmer, wer Sie sind.« Dann stutzte er und starrte sie ungläubig wie einen Geist an.

»Ich bin die Tochter der beiden. Dona«, gab sie mit bebender Stimme zurück, denn nach dem Schrecken, der ihre Tränen hatte versiegen lassen, liefen sie ihr wieder wie ein Sturzbach aus den Augen.

»Entschuldigen Sie bitte, das habe ich nicht gewusst. Ich wollte nicht unhöflich sein«, bemerkte er und reichte ihr versöhnlich die Hand. »Ich bin Alister Broun, Brennmeister Ihres Vaters.«

Dona sah ihn skeptisch an.

»Seit wann?«

»Seit sechs Jahren«, erwiderte er und hielt ihr immer noch die Hand hin, die sie immer noch nicht genommen hatte.

Zögernd holte sie das nach. »Verzeihen Sie, aber ich war lange fort«, sagte sie hastig.

»Ich weiß. Manchmal sprach Ihr Vater von Ihnen.«

»Das ist meine Freundin Amy. Sie hat mich auf diesem schweren Weg begleitet.«

Nun begrüßte Alister auch Amy.

»Ich kann es noch gar nicht glauben«, stieß er bekümmert hervor. »Ihr Vater wollte doch nur ein Wochenende ausspannen. Ich verstehe nicht, wie das geschehen konnte. Ich war an dem Abend kurz in Glasgow, und als ich eben in die Destillerie kam, hat man mir von dem Unglück berichtet. Wie kann das Segelboot vor Raasay einfach untergehen?«

Dona zuckte mit den Schultern. »Ich habe keine Ahnung, ich …«

In diesem Moment wurde die Kapellentür unsanft aufgerissen, und ein sichtlich erboster Gordon eilte herbei, ohne die Toten in ihren Särgen auch nur eines Blickes zu würdigen. Er schoss geradewegs auf Alister zu.

»Was machen Sie denn hier? Man hat sie hier nur aufgebahrt, damit sich ihre Tochter von ihnen verabschieden kann. Das ist keine öffentliche Veranstaltung.«

Alister musterte Gordon empört. »Na hören Sie mal, Mr MacArran. Jamie MacLeod war nicht nur mein Chef, sondern auch mein Freund. Ich glaube, er hätte nichts dagegen, dass ich mich von ihm verabschiede.« Er warf dem Toten noch einen kurzen Blick zu. »Mach's gut, alter Junge«, murmelte er, bevor er sich erneut Dona zuwandte: »Es hat mich sehr gefreut, Sie kennenzulernen, aber unter anderen Umständen wäre es mir lieber gewesen«, seufzte er. »Auf Wiedersehen, die Damen.« Mit diesen Worten drehte er sich auf dem Absatz um und eilte aus der Kapelle.

»Was fällt dir denn ein?«, fuhr Dona Gordon an. »Warum soll der Mann meinen Vater nicht betrauern dürfen?«

»Weil er ein ganz und gar undurchsichtiger Bursche ist, aber seine Stunden in Portree sind zum Glück gezählt«, giftete er.

Dona hätte gern gewusst, was das zu bedeuten hatte, aber ihr schien es nicht angebracht, einen Streit mit ihrem Exverlobten an den offenen Särgen zu beginnen.

»Du wolltest doch nicht in die Kapelle kommen. Was führt dich denn plötzlich her?«, fragte sie stattdessen.

»Ich habe den Kerl gesehen, als er den Friedhof betreten hat, und ich wollte nicht, dass du in deiner Trauer gestört wirst, aber ich kann auch wieder gehen. Und ich habe vergessen zu sagen, dass wir im Anschluss noch auf die Polizeistation müssen. Man will dort mit dir über den Unglückshergang sprechen, und da werde ich dich als dein Anwalt natürlich begleiten.«

Dona nickte schwach. »Lass uns noch eine Sekunde Zeit«, bat sie.

Nachdem die Kapellentür hinter ihm ins Schloss gefallen war, fand auch Amy ihre Sprache wieder. »Was war das denn? Jetzt verstehe ich, dass du abgehauen bist. Der behandelt dich ja wie ein unmündiges ...«

Amy unterbrach sich, weil Dona sich zu den Särgen ihrer Eltern umgewandt und die Hände zum Gebet gefaltet hatte.

Dona betete tatsächlich. Das hatte sie seit der Kindheit nicht mehr getan, aber in diesem Augenblick konnte sie nicht anders.

»Schlaft gut«, raunte sie schließlich und gab beiden Eltern einen Kuss auf die Stirn, bevor sie sich umdrehte und überstürzt die Kapelle verließ. Amy folgte ihr.

Draußen schien völlig unerwartet die Sonne, aber am Himmel türmten sich schon wieder riesige Wolkenformationen auf, die den nächsten Wetterumschwung ankündigten.

»Mein Vater hat immer gesagt: Wer Frauen für launisch hält, kennt das Wetter auf den Hebriden nicht«, bemerkte Dona und blickte ihre Freundin entschuldigend an. »Sorry, dass ich dich eben so abgewürgt habe, aber ich wollte es hinter mich bringen.«

»Verstehe ich völlig. Und wie geht es dir?«

»Gemischt. Einerseits bin ich froh, dass ich sie noch einmal sehen durfte, und andererseits ist ihr Tod plötzlich so real. Es gibt keinen Funken von irrealer Hoffnung mehr, es könne sich um eine Verwechslung handeln.«

Amy nahm Donas Hand. »Du warst sehr tapfer. Ich weiß nicht, ob ich das ohne Nervenzusammenbruch geschafft hätte.«

»Du kennst mich doch. Ich neige nicht zu hysterischen Reaktionen. Denk nur an den Wasserschaden im Restaurant.«

Ein breites Lächeln huschte über Amys Gesicht. »Oh ja, ich erinnere mich noch sehr gut an meinen Schrei, als wir im kniehohen Wasser waten mussten, weil über uns das Rohr gebrochen war, während du in Seelenruhe unsere Freunde durchtelefoniert hast, damit sie zum Helfen kommen.«

»Tja, bei mir geht das manchmal nach innen. Was meinst du, wie übel mir ist. Und mein schlechtes Gewissen, das pocht gegen meine Schädeldecke.«

»Das kann ich mir gut vorstellen. Es ist so gemein, dass du dich nicht mehr mit ihnen versöhnen konntest.«

»Ich muss mir nur irgendwann selbst verzeihen können«, seufzte Dona, als ein Mann mit längerem rötlichen Haar auf sie zukam, den sie auf nicht älter als auf Mitte dreißig schätzte.

»Guten Tag, mein Name ist Michael Bruce, der Pastor von der Portree Parish Church. Ich nehme an, dass eine der beiden Damen Dona MacLeod ist.« Er sah unschlüssig zwischen den beiden Freundinnen hin und her. Kein Wunder, Dona hatte keine auffälligen Ähnlichkeiten mit ihren Eltern. Doch dann wusste er sofort, wem sie aus dem Gesicht geschnitten war: ihrer Urgroßmutter Mairie, was ihrem Vater Jamie allerdings nicht besonders gefallen hatte. Mairie war in der Familie MacLeod eine Ausgestoßene, deren Porträt im Keller des Hauses Jahrzehnte vor sich hin gegammelt hatte. Bis Bruce es einmal dort im Vorübergehen entdeckte, als Jamie und er für den Kirchenbasar ein paar Dinge aus dem Keller holten. »Wer ist das?«, hatte Bruce ihn neugierig gefragt. »Ach, ich wollte es längst wegwerfen. Das ist meine Großmutter, die ihren Mann und meinen Vater einst für ihren Liebhaber auf Nimmerwiedersehen verlassen hat. So eine Person werden wir niemals in unserer Ahnengalerie dulden. Sie gehört nicht zwischen all die anständigen MacLeods. Wollen Sie das für den Basar mitnehmen?« Bruce hatte nicht gezögert und sich das Gemälde in Öl, auf dem eine wunderschöne junge Frau abgebildet war, geschnappt. Allerdings hatte er es nicht auf dem Basar verkauft, sondern der ausgestoßenen MacLeod einen schönen Platz in seinem privaten Wohnraum gegeben. Dort hing sie schon ein paar Jahre. Und diese Frau sah ihr zum Verwechseln ähnlich. Ihn schauderte ein bisschen bei dem Gedanken, wie geradezu gespenstisch ähnlich sich die beiden sahen, aber er würde sich hüten, das der jungen Frau ins Gesicht zu sagen. Nachher fühlte sie sich schwer beleidigt, wenn er sie auf die Ähnlichkeit mit dieser Persona non grata hinwies …

Bevor er Dona begrüßen konnte, hatte sie ihm bereits ihre Hand entgegengestreckt. »Das bin ich. Und danke, dass Sie mir ermöglicht haben, meine Eltern noch einmal zu sehen. Es war besser so.«

»Unbedingt«, pflichtete ihr der Geistliche bei. »Darüber hatten unser Doc und ich vorhin einen kleinen Disput. Auch wenn Sie Ihre Eltern vielleicht anders in Erinnerung hatten, so wird ihr Tod real.«

Dona schenkte dem Pastor ein dankbares Lächeln. »Genau das habe ich auch gedacht, und ich bin sehr froh, dass ich mich gegen Mr MacArran und meine Freundin Amy durchgesetzt habe.«

Reverend Bruce reichte Amy die Hand. »Schön, dass Sie Ihrer Freundin bei diesem schweren Gang Beistand geleistet haben.«

»Und ich bin auch überhaupt nicht dagegen, dass Dona ihre Eltern noch ein letztes Mal sehen wollte, ich hatte nur Sorge, dass sie, also das Wasser und ... und äh ... diese Sorge war völlig unbegründet.«

»Begleiten Sie Miss MacLeod doch, wenn sie mich in der Kirche aufsucht, um mit mir die Beerdigungszeremonie zu besprechen«, schlug er ihr vor.

»Wollen Sie nicht einfach heute Abend zum Essen zu uns kommen?«, fragte Dona.

»Gern, aber machen Sie sich bitte keine Umstände«, erwiderte er hastig.

»Das sagen Sie mal der guten Miss Armstrong. Wenn sie erfährt, dass wir Besuch bekommen, wird sie sich mächtig ins Zeug legen.«

»Miss Armstrongs Verwöhnungskünsten kann ich natürlich nicht widerstehen. Ich habe oft sonntags nach dem Gottesdienst bei Ihren Eltern zu Mittag gegessen. Sie waren sehr aktive Gemeindemitglieder. Ich war von Anfang an so etwas wie ein Kind ...?« Er stockte.

»Sprechen Sie es ruhig aus. Wie ein Kind im Haus. Quasi als

Ersatz für das schwarze Schaf.« Donas Ton war schärfer als beabsichtigt.

»Das haben Ihre Eltern niemals behauptet«, entgegnete er rasch. »Ich meine, ich kenne Ihre Geschichte. Das will ich gar nicht leugnen, aber es wurde niemals abfällig von Ihnen gesprochen, allenfalls besorgt. Besonders Ihre Mutter machte sich so große Sorgen, ob es Ihnen auch wirklich ...«

»Wir sehen uns dann heute Abend. 20 Uhr«, zischte Dona und ließ den Pastor stehen, aber nicht, ohne vorher Amy am Ärmel zu packen und sie mit sich zu ziehen.

»Was war das denn?«, fragte die Freundin, kaum dass sie außer Hörweite waren.

»Kannst du das nicht verstehen? Das bricht mir das Herz, wenn er so etwas sagt.«

»Aber er wollte dich doch nicht treffen!«

Dona rang sich zu einem Lächeln durch.

»Das weiß ich. Aber du hast schon gemerkt, dass der Mann ein Auge auf dich geworfen hat, oder?«

»Glaubst du? Ich finde ihn jedenfalls süß. Er sieht ein bisschen aus wie Mel Gibson als William Wallace in *Braveheart*.«

»Da war Mel Gibson auch schon Mitte vierzig. Ich glaube, unser Pastor ist jünger.«

»Das schon, aber er sieht eher wie ein Filmheld aus und nicht wie ein Geistlicher.«

»Wow, meine Freundin Amy hat sich in einen Kirchenmann verguckt.«

»Blödsinn, ich bin nur sehr erstaunt darüber, dass ich in diesem Ort, den ich als Kind für das Ende der Welt hielt, an einem einzigen Tag drei äußerst attraktiven Männern begegnet bin. Das ist mir in London nie passiert.«

Dona musste lachen. »Aber wer war denn der Dritte?«

»Na, der Erste ist dein Gordon. Ich kann mir noch kein Bild von ihm machen, aber aussehen tut der Kerl richtig klasse ...«

»Und wer ist Nummer Zwei?«

»Nun sag bloß, du hast das nicht bemerkt, wie außergewöhnlich sexy der Braumeister deines Vaters aussieht? Eine Wahnsinnsfigur, ein markantes Gesicht und ein Hintern …«

»Amy, ich hatte in der Kapelle andere Sorgen, als einem fremden Mann auf den Arsch zu glotzen!«

»Sorry! Ich meine bloß, dass es mich wundert, wie viele gut aussehende Männer hier in Portree herumlaufen.«

»Ich weiß es doch. Und natürlich habe ich gesehen, dass dieser Alister Broun gut aussieht.«

»Du hast ja sogar seinen Namen behalten.«

»Muss ich ja, denn er wird der Belegschaft beibringen müssen, dass die Dunvegan-Destillerie ihren Eigentümer wechseln wird. Und ich brauche sicherlich auch seine Beratung, an wen ich am besten verkaufe. Aber ich werde mich erst einmal diskret erkundigen, was er für einen Ruf genießt. Gordon hat ja nicht ein gutes Haar an ihm gelassen.«

»Tja, dein Gordon. Der will dich zurück und in Portree behalten. Jede Wette.«

»Ich könnte mir auch gerade was Besseres vorstellen, als mich von ihm zur Portree Police Station bringen zu lassen, aber komm …« Dona hakte ihre Freundin unter. »Wir können ihn nicht länger warten lassen. Bis auf seinen kleinen Auftritt in der Kapelle hockt der schon weit über eine halbe Stunde im kalten Auto.«

Und genau das war Gordon anzusehen, als Dona wenig später auf den Beifahrersitz kletterte. Aber er sagte nichts, sondern fuhr nur mürrisch in die Ortsmitte zurück, denn, wie alles Wichtige in Portree, befand sich auch die Polizeistation am Somerled Square.

Portree, Hogmanay 1919

Nachdem Gavin das Fest verlassen hatte, wollte ich mich leise in mein Zimmer zurückziehen, denn schließlich war es mittlerweile schon drei Uhr morgens, und ich hätte gern in Ruhe über alles nachgedacht. Ich hegte nun keinen Zweifel mehr daran, dass Gavin mehr für mich empfand. Ich empfand auch etwas für ihn, aber war es tief genug, um mit ihm allein eine Wanderung zum Gipfel des örtlichen Berges zu machen? Ich konnte mir schließlich denken, was es hieß, wenn er mit mir allein sein wollte. Dann war es ihm wirklich ernst. Und er hatte in dem Kuss mit Sicherheit ein Versprechen auf mehr gesehen. Ich fühlte mich plötzlich sehr schlecht, denn ich wusste, dass ich mit dem Feuer spielte. Jede Begegnung unter vier Augen würde Gavin dazu ermutigen, weiterzugehen. Mein Herz begann, wie wild zu klopfen, aber nicht vor leidenschaftlicher Sehnsucht, sondern weil ich wusste, dass ich eine Entscheidung treffen musste. Kein Zweifel. Der Mann liebte mich – und ich? Ich mochte ihn von Herzen, aber genügte das, um seine Frau zu werden? Das war kein Spiel wie mit den Burschen damals in Edinburgh. Gavin MacLeod suchte jetzt, wo er in Portree sesshaft wurde, eine Frau zum Heiraten. Daran hatte ich nicht den geringsten Zweifel. Aber durfte ich seine Hoffnung schüren, obgleich ich nicht in derselben Leidenschaft entbrannt war wie er? War es für eine Ehe überhaupt entscheidend, dass ein Feuer zwischen Frau und Mann loderte? Kam es nicht vielmehr darauf an, dass man einander vertrauen, sich aufeinander verlassen konnte? Ich war mir sicher, dass Gavin mich auf Händen tragen würde, aber was, wenn ich weiterhin insgeheim von dem träumte, was ich bei Glen empfunden hatte?

Ich war schon bei meiner Zimmertür angelangt, als aus dem Dunkeln des Flurs eine Frauengestalt auf mich zutrat: Tante Galissa, deren bedrückte Miene nichts Gutes verhieß.

»Mairie, kann ich mit dir reden? Ich weiß, es ist schon spät in der Nacht, aber was ich dir zu sagen habe, duldet keinen Aufschub.«

Mir schwante Übles, aber ich ließ sie in mein Zimmer eintreten und bot ihr einen Stuhl an.

»Mairie, du weißt, wie sehr du mir ans Herz gewachsen bist, nicht wahr? Deine Anwesenheit im Haus bereitet mir viel Freude. Du bist eine so fröhliche und unkomplizierte junge Frau, aber ...« Sie unterbrach sich und musterte mich mit gequältem Blick.

Ich sagte gar nichts, ja, ich war auch gar nicht in der Lage zu sprechen, weil mein Mund so trocken geworden war, denn im Grunde genommen ahnte ich, was jetzt kommen würde.

»Es ist ein offenes Geheimnis, dass Caillin von Anfang an nicht eben erfreut über unseren Familienzuwachs gewesen ist.« Tante Galissa stieß einen tiefen Seufzer aus.

»Ich weiß«, entgegnete ich mit belegter Stimme.

»Gut, dann will ich nicht lange um den heißen Brei herumreden. Dein Onkel Carden und der Vater von Gavin MacLeod waren enge Freunde. Dein Onkel berät die Familie MacLeod darüber hinaus in allen geschäftlichen Dingen. Er wird jetzt für seinen Sohn ein paar an das Anwesen angrenzende Landkäufe tätigen, denn Gavin wird das Unternehmen seines Vaters erweitern ...«

Ich nahm all meinen Mut zusammen und unterbrach meine Tante. Obwohl ich ahnte, welchen Sinn diese lange Vorrede hatte, wollte ich es einfach nicht glauben.

»Aber was habe ich damit zu tun?«

Tante Galissa spielte nervös mit ihren Haaren.

»Ich bin auch eine gute Freundin seiner Mutter, wenngleich Blair mir mit ihrer Frömmelei manchmal durchaus auf die Nerven geht. Trotzdem würden wir uns sehr freuen, wenn unsere Kinder, ich meine, wenn unsere Familien auch verwandtschaftlich verbunden wären.«

»Ihr wollt also, dass Gavin MacLeod Caillin heiratet«, stieß ich unwirsch hervor.

»Ja, wenn du es schon so direkt ansprichst, das wäre im Interesse beider Familien.«

»Und warum macht Gavin Caillin keinen Antrag? Dann wäre doch alles in Ordnung hier in Portree«, bemerkte ich schnippisch.

»Mein liebes Kind, das weißt du ganz genau. Caillin hat euch vorhin beim Abschied beobachtet, und offenbar steht der gute Gavin im Begriff, sich in dich zu verlieben. Er ist ein grundanständiger, solider junger Mann und wird nicht lange zögern, dich um deine Hand zu bitten.«

»Und was erwartest du von mir? Soll ich seinen Antrag ablehnen und ihm ans Herz legen, lieber Caillin zu fragen? Ist es das, was du willst? Glaubst du, er lässt sich von mir vorschreiben, wen er zu heiraten hat?« Ich wusste, dass ich mich im Ton vergriffen hatte, aber es ärgerte mich maßlos, erneut als Störenfried zwischen den Bedürfnissen der Familien und der Gefühle ihrer Söhne zu stehen.

Aus Tante Galissas Augen war plötzlich jegliche Wärme für mich verschwunden. Im Gegenteil, sie hatte mich noch nie zuvor so kalt angesehen.

»Nein, mein liebes Kind, dazu wird es nicht kommen, denn Gavin MacLeod wird gar keine Gelegenheit bekommen, dir einen Antrag zu machen.«

Ich fröstelte.

»Wie willst du das verhindern?«

»Ganz einfach, er wird die nächsten Wochen mit der Beerdigung seines Vaters und der Übernahme der Destillerie beschäftigt sein, und wenn er den Kopf frei hat, sich um sein sonstiges Privatleben zu kümmern, wirst du nicht mehr in Portree sein.«

Ein eisiger Schreck durchfuhr mich. Ich hatte wirklich mit allem gerechnet, aber nicht damit. Ich hatte allenfalls einen Appell an mich erwartet, Gavin kampflos meiner Cousine zu überlassen.

»Und was heißt das?«, fragte ich, bemüht zu verstecken, wie mir in diesem Moment durch Tante Galissas Worte jeglicher Boden unter den Füßen entzogen wurde.

»Wir beide reisen übermorgen nach Edinburgh.«

»Ihr wollt mich doch nicht etwa in das Heim zurückgeben. Ich bin neunzehn, ich ...« Ich brach in Tränen aus.

Tante Galissa nahm zögernd meine Hand. »Natürlich nicht. Wie ich schon sagte, ich habe dich gern, aber das Wohl meiner Tochter steht mir näher. Und du bist ihrem Glück im Weg. Ich sage ja nicht, dass du etwas dafür kannst, aber obwohl ihr beiden euch so ähnlich seht, fliegen dir die Herzen der jungen Männer einfach zu. Du besitzt eine solche Anmut, gekoppelt mit einem wachen Geist. Das macht dich unwiderstehlich und wird Caillin immer in den Schatten stellen.«

Ich sah meine Tante aus verheulten Augen an. »Das ist nicht wahr. Der Lehrer Mr Abercrombie hat deiner Tochter heute Abend den Hof gemacht.«

Tante Galissa verdrehte die Augen. »Mairie, wir werden unsere Tochter doch nicht einem mittellosen, blutleeren Lehrer zur Frau geben. Einmal davon abgesehen, dass sie ihn ganz abscheulich findet. Ja, sie hat mir sogar anvertraut, dass du ihn ihr auf den Hals gehetzt hast. Und das war nicht nett von dir.«

»Aber erst nachdem sie versucht hat, mich mit ihm zu verkuppeln«, entgegnete ich kämpferisch. Ich hätte es mir doch eigentlich denken können, dass Caillin alles daransetzen würde, mich loszuwerden. Und jetzt war sie am Ziel.

»Mairie, bitte! Hör auf, gegen meine Tochter zu hetzen. Und zwing mich nicht, noch deutlicher zu werden.«

»Was soll das heißen?«, fragte ich, obwohl ihr warnender Blick mich eigentlich von weiteren Fragen hätte abhalten müssen.

»Muss ich es wirklich aussprechen? Du bist nicht nur eine Gefahr für Caillins Glück, sondern auch eine Bedrohung für die Ehe meines Sohnes!«

Ein Zittern durchlief meinen Körper. Meine Cousine hatte ganze Arbeit geleistet. Sie hatte ihrer Mutter also auch Glens und mein Geheimnis verraten, um mich loszuwerden.

»Ich weiß gar nicht, was du meinst. Du solltest nicht alles glauben, was dir deine Tochter einredet, um mich schlecht zu machen.« Meine Stimme bebte.

»Das braucht sie gar nicht«, erwiderte Tante Galissa in schneidendem Ton. »Ich habe Augen im Kopf. Glaubst du allen Ernstes, es entgeht einer Mutter, dass ihr eigener Sohn Seelenqualen erleidet? Denkst du, ich hätte nicht bemerkt, wie ihr einander anschmachtet?«

Ich schluckte ein paarmal, denn nun wusste ich es sicher: Ich hatte verloren. Meine Tage in Portree waren gezählt.

»Hast du dir etwa eingebildet, mir wäre Glens Blick entgangen, als ich euch einander vorgestellt habe? Und den Kuss hat Caillin mit eigenen Augen gesehen. Willst du etwa behaupten, sie lügt? Ich kann nur hoffen, dass ihr euch nicht noch näher gekommen seid.«

»Ich schwöre es, Tante, nein, das sind wir nicht. Und ja, Glen und ich waren uns nicht nur wie Cousin und Cousine zugetan, aber das ist lange vorbei. Er ist mit Albiona glücklich. Ich bin keine Gefahr für diese Ehe. Bitte, schick mich nicht fort. Ich werde auch Gavin MacLeods Antrag, sollte er mir jemals einen machen, ablehnen.«

Tante Galissa musterte mich durchdringend. »Nein, Mairie, es ist zu spät. Solange du in Portree unter diesem Dach lebst, bedeutet das Unfrieden. Caillin würde bei Gavin MacLeod immer die zweite Wahl sein, und Glen käme auch nicht wirklich zur Ruhe. So leid es mir tut, wir reisen morgen in aller Frühe ab.«

»Aber wohin soll ich denn in Glasgow?«, fragte ich verzweifelt. »Im Heim bleibe ich keinen Tag! Das versichere ich dir.«

»Es gibt zwei Möglichkeiten«, entgegnete sie eiskalt. »Entweder kommst du bis zur Volljährigkeit in ein Mädchenpensionat, oder Riley Cochrane nimmt dich bis dahin auf. Ich werde Onkel Carden sagen, das geschähe auf deinen erklärten Wunsch, weil du dich nicht wohlfühlst in unserem Haus. Der ahnt nämlich nichts von alledem. Der ist im Whiskyrausch und feiert mit unseren Freunden ins neue Jahr. Und wir sind morgen fort, bevor er wieder zu sich kommt.«

»Und Glen? Wirst du es Glen sagen?«

»Nein, und du wirst es ihm auch nicht sagen. Wir setzen uns morgen in den ersten Zug, und dann bist du fort. Es ist besser, wenn wir keinen Wirbel machen.«

»Ich darf mich nicht einmal von Glen verabschieden?«

»Auf keinen Fall! Du wirst ihn nie wiedersehen!«

Schluchzend brach ich zusammen. Die Vorstellung war so grausam, dass ich den Gedanken nicht ertragen konnte.

»Bitte, lass mich nach unten gehen und ihm wenigstens Adieu sagen.«

Tante Galissa musterte mich erschrocken. »Oh, mein Gott, das ist ja schlimmer, als ich es befürchtet habe. Du liebst ihn ja immer noch. Und deshalb werde ich mit allen Mitteln verhindern, dass du ihn womöglich auf dumme Gedanken bringst und er irgendwelchen Unsinn macht.« Ihre Stimme hatte jetzt einen hysterischen Klang bekommen. Und trotzdem würde ich mich ihrem grausamen Befehl nicht beugen.

Ich stand entschlossen von meinem Stuhl auf. Diese brutalen Worte in Verbindung mit den Nachwirkungen des vielen Whiskys, den ich in dieser Nacht getrunken hatte, brachten mich ins Schwanken. Ich klammerte mich an die Stuhlkante.

»Ich werde mich von ihm verabschieden. Es tut mir leid, dass ich dir in dieser Sache nicht gehorchen kann«, schrie ich. Tante Galissa hatte die drohende Gefahr gewittert, war von ihrem Stuhl so heftig aufgesprungen, dass er umfiel, zur Tür gerannt und hatte den Schlüssel abgezogen.

Ehe ich mich versah, hatte sie von außen abgeschlossen. Damit war mein Kampfgeist erloschen. Statt zu schreien und gegen die Tür zu hämmern, legte ich mich angezogen auf mein Bett und dämmerte vor mich hin. In mir war alles taub, und ich wünschte mir, ich wäre tot.

PORTREE, DEZEMBER 2014

Gordon fand auf Anhieb keinen Parkplatz am Somerled Square, und Dona nutzte die günstige Gelegenheit und bat ihn anzuhalten. Sie wollte das Gespräch mit der Polizei lieber allein führen. Sie hätte Amy gern als Verstärkung mitgenommen, allerdings würde sie damit ziemlich deutlich demonstrieren, dass sie nur Gordon nicht dabei haben wollte.

Sie sprang aus dem Wagen und überquerte den Platz. Gordon rief, wie alles in ihrer alten Heimat, gemischte Gefühle hervor. Vor dem Tannenbaum, der zum ersten Advent seine alljährliche weihnachtliche Dekoration bekommen würde, stand eine kleine Gruppe von älteren Frauen, die sie neugierig und grimmig beäugten.

»Herzliches Beileid«, sagten sie beinahe wie aus einem Mund, als Dona die Damen passierte. Daran hatte Dona gar nicht gedacht. Sie erkannte in Portree kaum noch jemanden, aber alle erkannten sie wieder. Und alle wussten, dass sie die ungehorsame verlorene Tochter war, die den Weg nach Portree nur zurückgefunden hatte, um ihre Eltern unter die Erde zu bringen und sich ihr Erbe unter den Nagel zu reißen.

Amy war es gar nicht recht, mit Gordon allein im Auto zurückzubleiben. Sie konnte sich nicht helfen. Seit seinem merkwürdigen Auftritt in der Kapelle war er ihr ein wenig suspekt. Und vor allem passte es ihr ganz und gar nicht, dass er Dona zurückerobern wollte. Und da konnte die Freundin ihr erzählen, was sie wollte. Was solche Schwingungen anging, täuschte sich Amy selten. Es war typisch für Dona, dass sie nicht bemerkte, dass dieser Gordon gern freie Bahn bei ihr hätte und es ihn störte, dass sie Dona nach Portree begleitet hatte. Er sagte das natürlich nicht offen, aber Amy waren keineswegs seine Blicke entgangen, die dafür Bände sprachen.

Noch hatten sie im Wagen kein Wort miteinander gewechselt, und Amy dachte nicht daran, eine Konversation mit ihm zu beginnen.

Plötzlich räusperte er sich und drehte sich nach hinten. »Wie lange kennen Sie Dona eigentlich?«

»Wir sind uns begegnet, kurz nachdem sie nach London kam und ein Zimmer suchte. Ich habe ihr eins vermietet«, erwiderte sie knapp. Ihr war völlig klar, dass er nach mehr Informationen lechzte sowie einer Bestätigung, dass sie kein lesbisches Paar waren, denn auch diese Spekulation konnte sie ihm förmlich von den Augen ablesen. Aber sie dachte nicht daran, es ihm leicht zu machen.

»Aber Sie hatten doch auch das Lokal gemeinsam, oder?«

»Ja, das war unser Baby. Wir haben uns sehr gut ergänzt. Ich kam aus der Gastro und kann gut kochen, und Dona hat ja in London Wirtschaft studiert und das geniale Whisky-Näschen.«

An Gordons Miene war unschwer zu erkennen, dass ihm ihre Schwärmerei überhaupt nicht passte, und sie wusste auch nicht, warum sie das Ganze auf die Spitze treiben musste, aber irgendwie hatte sie das dringende Bedürfnis, Gordon MacArran ein wenig zu foppen.

»Ach ja, es ist ein Glücksfall, dass ich Ginge begegnet bin. Wir verstehen uns einfach blind und sind unzertrennlich.«

»Ginge, was für ein alberner Name«, bellte er.

Volltreffer, dachte Amy und musste sich das Lachen verbeißen. Eigentlich fand sie es gemein, ausgerechnet den Mann, den Dona ziemlich schäbig abserviert hatte, absichtlich zu ärgern, aber seine dominante Art forderte sie geradezu heraus. Sein grimmiger Blick zeigte, dass sie ihr Ziel erreicht hatte. Er hielt Dona und sie für ein Liebespaar.

Trotzdem war sie froh, als sich Dona schnellen Schrittes dem Wagen des Notars näherte und einstieg. Sie sah ziemlich blass aus.

»Was hat der Inspektor gesagt?«, erkundigte sich Gordon ohne Umschweife.

»Dass es allen Beteiligten ein großes Rätsel ist. Sie müssen ganz nahe der Küste geankert haben, denn ein Fischer aus Raasay hat ein Segelboot auf Anker gesehen, auf das die Beschreibung von Dads Schiff zutrifft. Am nächsten Morgen war es verschwunden, aber der Mann hat sich nichts dabei gedacht. Merkwürdig auch, dass sich mehrere von Vaters Angestellten bei der Polizei gemeldet und ihre Zweifel angemeldet haben, dass es ein Unfall gewesen ist.«

»Was soll es denn sonst gewesen sein? Selbstmord?«, fragte Gordon aufgebracht.

Dona überhörte diese taktlose Bemerkung ihres Exverlobten geflissentlich.

»Die Leute glauben, dass jemand nachgeholfen hat«, sagte sie nachdenklich.

Gordon stieß einen verächtlichen Zischlaut aus. »Wie soll denn das wohl gehen? Meinen die, da ist jemand hinterhergefahren und hat das Boot deines Vaters versenkt?«

Erneut ignorierte Dona Gordons aggressiven Ton, wenngleich sie sich ein wenig darüber wunderte, dass er so emotional auf die haltlosen Gerüchte reagierte, die in Portree grassierten.

»Der Inspektor meinte auch, es läge kein Fremdverschulden vor. Man hat auch bei der Obduktion der beiden keine Spuren gefunden, ich meine außer ein paar Hämatomen, aber das ist wohl beim Überbordgehen passiert ...« Dona wurde plötzlich übel. Sie hatte einen kurzen Augenblick vergessen, dass sie gerade über ihre Eltern sprach, doch kaum war ihr das eingefallen, wurde ihr so schlecht, dass sie würgen musste. Hektisch öffnete sie die Beifahrertür, lehnte den Kopf hinaus und übergab sich.

»Ich finde, Sie sollten uns jetzt nach Hause bringen. Ich glaube, für Dona wird das alles zu viel. Sie kann Ihnen ja später noch erzählen, was die Polizei gesagt hat«, sagte Amy mit Nachdruck.

Im Rückspiegel konnte sie seine abwehrende Reaktion erkennen. Er presste die Lippen fest aufeinander.

»Möchtest du auch sofort nach Hause, wie deine Freundin eben vorgeschlagen hat?«, erkundigte er sich mitfühlend, als Donas blasses Gesicht wieder auftauchte. Sie nickte schwach.

Gordon fuhr die beiden schweigend zum Anwesen der MacLeods und machte keine Anstalten, mit ins Haus zu kommen. Bevor Dona den Wagen verlassen konnte, wandte er sich ihr mit bekümmerter Miene zu.

»Dona, noch etwas. Die Menschen sind hier etwas konservativ. Es wäre gut, wenn ihr euer Verhältnis nicht überall im Ort zur Schau stellen würdet. Besonders nicht bei der Beerdigung. Da wird alles anwesend sein, was auf der Insel Rang und Namen hat.«

Dona sah Gordon irritiert an.

»Was für ein Verhältnis denn?«, fragte sie unwirsch.

»Schatz, ich glaube, dein Freund weiß längst Bescheid. Und ich finde, er hat recht. Wir müssen das nicht an die große Glocke hängen.« Amy beugte sich nach vorn und legte Dona mit einer übertrieben zärtlichen Geste die Hand auf die Schulter.

Dona wollte ihre Freundin gerade fragen, seit wann sie sie »Schatz« nannte und in Rätseln sprach, doch als sie sich zu Amy umwandte, traf sie deren warnender Blick. Und da wusste sie natürlich, welche Show Amy Gordon gerade vorspielte, und sie musste ein Schmunzeln unterdrücken.

»Tja, Gordon«, sagte Dona, als wäre gar nichts weiter vorgefallen. »Heute Abend kommt Reverend Bruce zu uns, und wir besprechen den Ablauf der Beerdigung. Möchtest du vielleicht eine Rede halten? Vater und du, ihr habt euch ja immer besonders nahe gestanden.«

Gordon schüttelte energisch den Kopf. »Nein, ich glaube, das packe ich nicht.« Er reichte ihr förmlich die Hand, während er Amy auf dem Rücksitz völlig ignorierte. Der tat es inzwischen ein bisschen leid, den Notar dermaßen gefoppt zu haben.

»Mr MacArran, verzeihen Sie, dass ich Ihnen eben einen solchen Bären aufgebunden habe«, sagte Amy bedauernd. Gordon drehte sich irritiert zu ihr um.

»Ich würde alles für Dona tun, das können Sie mir glauben. Und sollte irgendjemand es nicht gut mit ihr meinen, wird er mich kennenlernen! Aber wir sind kein Paar. Ich stehe genau wie Dona auf hübsche Kerle«, versicherte sie Gordon, dessen finstere Miene nichts Gutes verhieß und der ihre Entschuldigung völlig ignorierte. Stattdessen nahm er zärtlich Donas Hand und streichelte sie tröstend.

»Ruh dich erst mal aus. Ich würde gern mal unter vier Augen mit dir reden. Meinst du, das wäre morgen möglich?«

»Lass uns telefonieren«, entgegnete Dona nicht gerade begeistert und stieg aus dem Wagen.

Im Rückspiegel sah Gordon, wie die Freundinnen ihre Köpfe zusammensteckten. Eigentlich müsste ich doch erleichtert sein, dachte er, aber dieses Gefühl wollte sich nicht einstellen. Er konnte sich nicht helfen, die Anwesenheit dieser Amy missfiel ihm auch jetzt noch, obwohl er nun wusste, dass die beiden kein Paar waren. Hatte er sich getäuscht, oder hatte sie ihm versteckt gedroht? Wie dem auch immer sei, die Frau gefällt mir nicht, dachte Gordon wütend, und er wurde das dumpfe Gefühl nicht los, dass sie ihm noch eine Menge Ärger machen könnte.

»Was hast du ihm denn über uns erzählt?«, fragte Dona ihre Freundin, nachdem Gordons Wagen hinter einer Kurve verschwunden war.

»Eigentlich gar nichts. Ich habe deinem Verehrer nur vorgeschwärmt, wie blind wir beide uns verstehen und dass wir unzertrennlich sind. Und das alles mit der Stimme der Liebenden.«

»Du bist unmöglich.« Dona knuffte ihr liebevoll in die Seite.

»Ach, lass mir doch den Spaß. Er hat nur darauf gelauert, herauszufinden, was zwischen uns läuft. Ich habe ihm halt ein bisschen Futter gegeben.«

»Du kannst ihn nicht leiden, oder?«

»Wenn ich ehrlich bin, nein! Er hat etwas Obsessives an sich. Allein, wie er dich immer anguckt. Nein, der wird kein Freund von mir. Ich traue ihm nicht.«

»Nun übertreibst du aber maßlos. Ich finde, er benimmt sich hervorragend. Du darfst nicht vergessen, dass ich ihn einst verletzt habe, und nicht umgekehrt«, verteidigte Dona ihren Exverlobten.

Amy schluckte die Bemerkung, die ihr auf der Zunge lag, hinunter: dass sie dieses merkwürdige Gefühl hatte, mit dem Mann könnte etwas nicht stimmen … Stattdessen beschloss sie, ein wachsames Auge auf Gordon MacArran zu haben.

Edinburgh, Januar 1921

Ich lebe nun schon seit über einem Jahr im Haus von Mr Cochrane, dem einstigen Sozius meines Vaters und dem Mann, den mein Vater zu meinem Vormund bestellt hatte, bevor er in den Krieg gezogen war. Er ist ein freundlicher und gutmütiger Zeitgenosse, der stets nach Kräften bemüht ist, mir das Gefühl zu geben, dass ich unter seinem Dach willkommen bin. Doch sein freundliches Wesen kann nicht wirklich ausgleichen, was mir seine stets missmutige Frau Aimil an unverhohlener Ablehnung entgegenbringt. Bei jeder Gelegenheit zeigt sie mir, dass sie mich am liebsten ganz weit wegwünscht. Es muss wohl zwischen den Eheleuten einen heftigen Streit gegeben haben, bevor ich bei ihnen einziehen durfte.

Ich werde mein Lebtag nicht vergessen, wie entsetzlich es war, als Tante Galissa mit mir am Neujahrsmorgen das Haus der MacArrans verlassen hat. Ich habe die restliche Nacht in meine Kissen geweint, bis sich schließlich der Schlüssel von außen im Schloss umdrehte, meine leichenblasse Tante ins Zimmer trat und mich in barschem Ton aufforderte, meine Siebensachen zu packen. Natürlich konnte ich an ihren verquollenen Augen unschwer erkennen, dass sie meinetwegen auch Tränen vergossen hatte. Ich wusste ja, dass sie mich wirklich in ihr Herz geschlossen hatte, aber angesichts der vermeintlichen Gefahr für das Glück ihrer Tochter war sie offenbar wild entschlossen, mich wie einen räudigen Hund aus dem Haus zu jagen. Mein Mitleid für sie hielt sich dann auch in Grenzen, und ich strafte sie mit eisigem Schweigen.

Während ich in Hut und Mantel mit meinem Koffer in der Hand tränenblind die Treppen hinunterstolperte, hatte ich nur einen Wunsch: dass mir Glen zu Hilfe eilen würde. Aber ich wusste natürlich, dass es nur ein frommer Wunsch bleiben würde, denn er war sicher längst zusammen mit seiner Albiona in seinem eigenen Haus und schlief dort seinen Rausch aus, nichtsahnend, was hinter seinem Rücken in seinem Elternhaus vor sich ging. Auch mein Onkel ließ sich nicht blicken. Kein Wunder, sie hatten ja alle beide keinen Schimmer, was Tante Galissa mir antat. So traten wir Frauen wie Feindinnen stumm hinaus in den Nebel. Nie zuvor war mir diese nasskalte, undurchdringliche Suppe so gespenstisch und unheimlich erschienen. Außerdem war es entsetzlich kalt. Ein eisiger Wind, von den Hebriden kommend, wehte uns so intensiv ins Gesicht, dass es schmerzte. Das war untypisch für das Klima in Portree. So wechselhaft und unwirtlich es oft auch war, der Golfstrom sorgte dafür, dass es selten so arktisch kalt wurde.

Die Droschke, die uns zum Bahnhof bringen sollte, konnte man im Nebel nur erahnen. Ich hätte Tante Galissa gern gefragt, warum sie mich nicht einfach in den Zug setzte, sondern die beschwerliche Bahnfahrt auf sich nahm. Doch ich hüllte mich in Schweigen. Die ganze Reise über. Fünfzehn lange Stunden! Ein paarmal versuchte Tante Galissa, ein versöhnliches Gespräch mit mir zu beginnen. Ich nahm es ihr sogar ab, als sie mir seufzend zu erklären versuchte, dass sie keine Wahl hätte, wenn sie das Verhältnis zu ihrer Tochter nicht zerstören wollte.

»Sie hat mir angedroht, dass sie das Haus verlässt, wenn du bleibst. Versteh doch, ich konnte nicht anders«, stöhnte sie gequält. Ich hätte ihr erwidern können, dass Caillin ganz offensichtlich nicht davor zurückscheute, ihre Mutter auf miese Art und Weise zu erpressen. Niemals hätte sie das Haus meinetwegen verlassen. Wohin hätte sie denn gehen sollen? Freiwillig in ein Mädchenpensionat? Nein, dazu war meine Cousine viel zu bequem.

Aber ich wollte keinen Funken Mitleid für meine Tante zulassen. Und kein Wort mehr mit ihr sprechen, obwohl sich mir während der Reise einige Fragen förmlich aufdrängten: Was würde wohl Onkel Carden dazu sagen, wenn ich einfach weg war? Wie würde sie mein plötzliches Verschwinden Glen erklären? Bei dem Gedanken an meinen geliebten Cousin blutete mir förmlich das Herz. Wenn ich mir vorstellte, er würde bei seinem nächsten Besuch in seinem Elternhaus feststellen, dass ich ohne Abschied nach Edinburgh gegangen war. Würden sie ihm die Wahrheit sagen? Dass ich nicht freiwillig fortgegangen war?

Und was würden sie Gavin vorschwindeln, wenn er nach mir fragte? Sie konnten ihm ja unmöglich offenbaren, dass sie mich aus dem Weg geschafft hatten, um freie Bahn für eine Ehe zwischen Caillin und ihm zu schaffen. Und würde dieses Manöver überhaupt den gewünschten Erfolg haben? Ich schätzte Gavin eigentlich nicht so ein, dass er sich gegen sein Gefühl verkuppeln ließ, aber sicher konnte ich mir natürlich nicht sein. Auf der Insel hatten die Clan-Interessen einen ganz anderen Stellenwert als in Edinburgh. Und wo würde mich Tante Galissa hinbringen? Etwa tatsächlich in das Waisenheim zurück? Aber dort würde ich auf keinen Fall bleiben, sondern bei nächster Gelegenheit flüchten.

Ja, all diese Gedanken quälten mich, während die atemberaubende Landschaft der Highlands, für deren Schönheit ich in meiner desolaten Lage kein Auge hatte, an uns vorbeirauschte. Schluchten, Berge, im Nebel liegende Seen und Wälder …

Zwischendurch trafen mich immer wieder die traurigen Blicke meiner Tante, aber ich blieb hart und verzog keine Miene. Auch nicht, als wir völlig übermüdet und mitten in der Nacht in Edinburgh eintrafen. Tante Galissa ließ uns von einer Droschke zum Balmoral Hotel bringen. Ich vermutete, dass sie das schon am Morgen per Fernsprecher reserviert hatte, denn wir wurden wie angekündigte Gäste empfangen, und unsere prächtige Suite war auch bereits vorbereitet. Schweigend machten wir uns für die

Nachtruhe fertig. Bevor Tante Galissa das Licht löschte, versuchte sie noch einmal, meine Mauer der Abwehr zu durchbrechen.

»Kind, bitte, sprich mit mir. Ich kann mir ja vorstellen, wie dir ums Herz ist, aber was soll ich tun? Ich kann doch nicht meine eigene Tochter aus dem Haus treiben und die Ehe zwischen ihr und Gavin MacLeod hintertreiben.« Sie musterte mich flehend.

Ich aber wandte den Blick ab und legte mich stumm ins Bett. Was sollte ich ihr auch sagen? Dass ich ihr von Herzen wünschte, dass ihr Plan nicht aufging, auch wenn sie alles daran gesetzt hatte, mich so brutal aus dem Weg zu schaffen?

Es war meiner Übermüdung zu verdanken, dass ich in einen tiefen Schlaf fiel, kaum dass ich mich unter das Federbett gekuschelt hatte. Als ich aufwachte, stand Tante Galissa vor meinem Bett und sah mich mit waidwundem Blick an.

»Kind, es ist Zeit zum Aufstehen«, flötete sie mit sanfter Stimme. Stöhnend erhob ich mich und ging stumm an ihr vorbei in das Bad. Dort wusch ich mich gründlich und warf einen langen Blick in den Spiegel. Ich war sehr blass, und mein Haar stand wild vom Kopf ab. Ich bürstete es ausgiebig und steckte es schließlich auf. Jetzt gefiel ich mir schon besser, sah ich doch nicht mehr aus wie ein Nachtgespenst.

»Mairie, ich habe eben lange mit Mr Cochrane telefoniert. Er wird uns gleich unten in der Lobby treffen und dich mit in sein Haus nehmen. Freust du dich? Ich hätte dich doch niemals in das Heim gegeben.«

»Das ist aber freundlich von dir, liebe Tante Galissa«, entgegnete ich spöttisch.

»Ach, Mairie, mach es mir doch nicht so schwer. Ich denke, so ist es für uns alle das Beste. Sobald Gras über die Sache gewachsen ist, kommst du uns besuchen.«

Ich musterte sie mit eiskalter Miene. »Gern, aber erst, nachdem Caillin Mrs MacLeod geworden ist.«

»Ich verstehe deine Verbitterung, aber wenn du mir nur glauben würdest, wie schwer mir das alles gefallen ist.«

»Das habe gemerkt, als du mich im Zimmer eingeschlossen hast, damit ich mich nicht von Glen verabschieden konnte«, entgegnete ich kalt.

Sie rang nach Worten, aber dann wandte sie sich wortlos ab und machte sich daran, ihre Reisetasche zu packen.

Dabei nahm ich ihr doch jedes Wort ab, aber ich brachte es nicht über mich, ihr das zu zeigen. Auch ich packte stumm mein Nachtzeug in den Koffer, und wir verließen unser Zimmer schließlich, ohne ein weiteres Wort gewechselt zu haben.

In der Lobby erwartete uns bereits Mr Cochrane, der mich herzlich begrüßte.

»Du bist ja eine richtig hübsche junge Lady geworden«, sagte er voller Bewunderung zur Begrüßung.

»Danke, Onkel Riley«, entgegnete ich wohlerzogen, denn natürlich war mir ein Stein vom Herzen gefallen bei der Aussicht, nicht zurück in das Heim zu müssen. Schließlich hatten Mr Cochrane und mein Vater sich sehr nahe gestanden. Sie waren nicht nur Geschäftspartner, sondern beste Freunde gewesen. Mr Cochrane war sogar mein Taufpate. Ich hatte ihn schon als Kind sehr gemocht, allein, weil er mir zu jedem meiner Geburtstage ganz besonders schöne Geschenke gemacht hatte. Ich nannte ihn Onkel Riley.

In diesem Augenblick brach Tante Galissa in lautes Schluchzen aus. Ich zögerte kurz, doch dann siegte die Stimme meines Herzens, und ich stürzte mich in ihre Arme. Wir umarmten uns wie zwei Ertrinkende. Sie drückte mich fest an sich und murmelte ergriffen: »Mein Kind, mein liebes Kind!«

Erst als sich mein Patenonkel verlegen räusperte, lösten wir uns aus der Umarmung. Ich wischte mir meine Tränen von der Wange und folgte Riley Cochrane schließlich zu seinem Wagen, nicht ohne meiner Tante noch einmal zuzuwinken. Sie sah wirklich wie ein Häufchen Elend aus, und ich konnte nur hoffen, dass ihr die verwöhnte und egoistische Caillin danken würde, was sie für das vermeintliche Glück ihrer Tochter auf sich genommen hatte.

In dem Augenblick kehrte mein Lebensmut zurück, und ich nahm mir vor, positiv in die ungewisse Zukunft zu sehen. Dieses Gefühl hielt bis zu dem Moment an, als wir das hochherrschaftliche Haus meines Patenonkels am George Square betraten. Schon in der riesigen Halle empfing uns eine mürrische Dame. Sie reichte mir mit spitzen Fingern die Hand. »Willkommen«, begrüßte sie mich kühl, und ihren gekräuselten Lippen war unschwer zu entnehmen, dass ihr meine Ankunft alles andere als Freude bereitete.

»Guten Tag, Tante Aimil«, erwiderte ich so freundlich, wie ich nur konnte. Ich rang mich sogar zu einem Lächeln durch, aber sie verzog keine Miene, sondern sagte kalt: »Ich zeige dir jetzt dein Zimmer. Mittagessen ist bei uns um dreizehn Uhr, Abendessen um neunzehn Uhr. Wir erwarten absolute Pünktlichkeit.«

Ihre Stimme war wie ein eiskalter Guss. Daran konnte auch Onkel Rileys betretene Miene nichts ändern. Ich wusste, dass mich diese Frau lieber heute als morgen wieder loswerden wollte. Sie war eine große hagere Person mit schmalen Lippen und harten Gesichtszügen. Ich hatte sie als Kind schon manchmal gesehen, wenn sie mit dem Onkel bei meinem Vater zu Besuch gewesen war, und mir fiel ein, dass sie mir stets ein wenig Angst eingeflößt und dass ich sie meinem Vater gegenüber ungestraft als »Hexe« bezeichnet hatte. Angst hatte ich nicht mehr vor ihr, aber ich spürte ihre Ablehnung körperlich, denn ich fing an zu frösteln. Das schöne Zimmer, in das sie mich führte, entschädigte mich ein wenig für ihr Verhalten. Es war sehr hübsch eingerichtet, mit einem Himmelbett und einem geschmackvollen Sekretär, und es besaß ein großes Fenster mit Blick auf den schönen Platz. In diesem Raum würde ich mich wohlfühlen, aber in diesem Haus?

Portree, Dezember 2014

Gordon MacArrans Büro befand sich in bester Lage direkt am Hafen in einem viktorianischen Haus. Dona liebte diese Ecke von Portree, aber an diesem Tag streifte sie die niedlichen bunten Häuser am Kai mit keinem Blick. Sie fühlte sich völlig überrumpelt von der Tatsache, dass ihr Exverlobter die Testamentseröffnung bereits gleich nach der Beerdigung angesetzt hatte.

Es war ein berührender Abschied gewesen. Reverend Bruce hatte warme Worte für ihre Eltern gefunden, der Chor hatte mitreißend gesungen, und die Kirche war proppenvoll gewesen. Dona hatte die ganze Beerdigung wie in Trance erlebt und musste sich immer wieder sagen, dass in den beiden mit Blumen und Kränzen geschmückten Särgen ihre Eltern lagen. Sie fühlte sich wie gelähmt und konnte nicht weinen, während viele der anderen Trauergäste laut schnieften. Sie werden sich bestimmt das Maul darüber zerreißen, dass die verlorene Tochter nicht eine einzige Träne vergossen hat, schoss es Dona durch den Kopf. Sogar Amy, die treu an ihrer Seite geblieben war, hatte leise geschluchzt. Sie hatten gemeinsam mit Miss Armstrong in der ersten Reihe gesessen. Am Familiengrab hatte Dona die ganze Zeit wie betäubt auf den Namen ihres Bruders gestarrt, des letzten MacLeod in einer langen Reihe von verstorbenen Ahnen. Sie hatte gehofft, dass Amy nicht über diesen Namen stolpern würde, aber als sie bereits auf dem Weg zum Leichenschmaus waren, hatte sie die gefürchtete Frage gestellt: »Sag mal, wer ist dieser Lucas? Der ist noch gar nicht lange tot und nur achtzehn Jahre alt geworden.«

»Ein entfernter Cousin«, hatte Dona geschwindelt. Offenbar mit Erfolg, denn ihre Freundin mit dem untrüglichen Gespür für die Wahrheit, hatte es ihr abgenommen und war nicht in ihren Miss-Marple-Verhörton verfallen, wie Dona Amys Nachfragen gern bezeichnete. Sie hatte einfach nur genickt und keine unangenehmen Fragen gestellt, wie: Und warum hast du den Cousin noch nie erwähnt? Wieso liegt ein entfernter Cousin in eurem Familiengrab? Hast du nicht erzählt, hier werden nur eure Leute begraben?

Dona war Miss Armstrong unendlich dankbar, dass sie sich um die Organisation des Leichenschmauses gekümmert hatte, der in einem Restaurant stattfand und zu dem offenbar ganz Portree gekommen war. Wie schon am Grab musste Dona Hunderte von fremden Händen schütteln, und jeder versicherte ihr, was für ein herber Verlust der Tod ihrer Eltern für die Gemeinde wäre.

Dona aber hoffte die ganze Zeit, es möge endlich vorüber sein. Besonders die Anwesenheit ihres Großcousins Harris MacLeod aus Elgin war keine freudige Überraschung, sondern eher eine Qual. Seine Familie besaß eine Destillerie in Speyside, und sein herrisches Benehmen ließ keinen Zweifel daran, dass er sich Hoffnung auf das Erbe machte. Und er wurde nicht müde, Dona ständig vorzuhalten, wie sie ihren Eltern mit ihrer Flucht das Herz gebrochen hatte. Leider hatte er den Platz neben ihr ergattert, weshalb er ungebremst auf sie einreden konnte.

»Ich erinnere es noch genau, wie Onkel Jamie zu meinem Vater sagte: Nun muss dein Sohn das Erbe der MacLeods antreten.«

Da war Dona der Kragen geplatzt, und sie hatte ihm zugezischt, er sollte einfach seinen Mund halten und bis zur Testamentseröffnung warten.

»Wie bitte? Heute noch? Ich habe gar keine Einladung bekommen, aber so läuft das nicht, liebe Cousine. Ich weiß, was Onkel Jamies Letzter Wille gewesen ist.«

Dona hatte auf Gordon gedeutet, der am anderen Ende der Tafel in ein angeregtes Gespräch mit einigen Honoratioren der Stadt vertieft war. »Frag Mr MacArran. Ich habe den Termin von ihm erfahren.«

Das hatte sich ihr gieriger Cousin nicht zweimal sagen lassen. Hocherhobenen Hauptes hatte er sich dem Notar genähert. Dona hatte daraufhin beobachtet, dass es zu einem erregten Wortwechsel zwischen den beiden Männern gekommen war. Mit hochrotem Kopf war der Cousin schließlich an seinen Platz zurückgekehrt. »Das wird ein Nachspiel haben!«, hatte er geschnaubt und die Kaffeetafel verlassen, ohne sie auch nur noch eines Blickes zu würdigen. Bislang hatte sie Gordon noch nicht nach diesem Zwischenfall befragen können, aber jetzt, als er ihr hinter seinem riesigen Schreibtisch in seinem Büro gegenübersaß, holte sie es nach.

»Warum ist mein Cousin eigentlich nicht zur Testamentseröffnung geladen?«

Gordon huschte ein Grinsen über sein Gesicht.

»Weil er nicht zu den Erben gehört«, entgegnete er und deutete auf den Umschlag. »Dein Vater hat mir das Testament gezeigt, also weiß ich es mit Bestimmtheit.«

Dona fühlte sich trotzdem unwohl in diesem Büro, in dem außer Gordon nur noch die Bürovorsteherin Miss Keith, eine streng wirkende ältere Dame, anwesend war. Dona hätte gern Amy mitgenommen, aber das hatte Gordon im Vorweg strikt abgelehnt. Natürlich wusste Dona, was es zu bedeuten hatte, dass Harris nicht zu diesem Termin eingeladen war: Dass sie wohl die einzige Erbin sein würde. Eigentlich müsste ich erleichtert darüber sein, dachte sie, aber dieses Gefühl wollte sich bei ihr partout noch nicht einstellen.

»Wahrscheinlich kannst du dir denken, was das heißt?«, fragte Gordon in einem verschwörerischen Ton.

Dona nickte schwach.

»Gut, dann werde ich jetzt zur Tat schreiten.« Umständlich

nahm er den braunen Umschlag zur Hand und öffnete ihn. Mit feierlicher Miene holte er das Testament hervor und las die dürren Zeilen in getragenem Ton vor.

Portree, August 2012
Hiermit setze ich, Jamie MacLeod, im Fall meines Todes unsere Tochter, Dona MacLeod, zur Alleinerbin ein. Ich lege ihr ans Herz, sich bei allen geschäftlichen Angelegenheiten mit meinem Freund und Notar, Gordon MacArran, zu beraten. Und ich verpflichte sie dazu, ihrer Mutter das lebenslange Wohnrecht in unserem Haus zu gewähren sowie eine monatliche Zahlung von 2500 Pfund zu leisten.
Jamie MacLeod

Gordon sah sie triumphierend an. »Herzlichen Glückwunsch, Dona«, sagte er und tastete nach dem Vertragswerk. Er überlegte, ob es klug wäre, sie sofort den Vertrag mit Dessos unterzeichnen zu lassen oder ihr noch ein bisschen Zeit zu lassen, sich auf die neue Situation einzustellen. Die Ungeduld trieb ihn dazu, ihr sofort die entscheidende Frage zu stellen.

»Willst du die Destillerie übernehmen?«

Dona sah ihn erschrocken an.

»Nein, das weißt du doch, ich werde sie auf dem schnellsten Weg verkaufen. Vielleicht kannst du mir dabei helfen.«

Gordon huschte ein erleichtertes Lächeln über das Gesicht.

»Liebe Dona, ich habe mich schon darum gekümmert. Und du bist damit eine reiche Frau.« Er reichte ihr den fertigen Vertrag mit Dessos, den Dona nun überflog, ohne die geringste emotionale Regung zu zeigen.

»Klingt doch gut«, sagte sie schließlich. »Ich unterschreibe.«

»Sofort?«, fragte Gordon lauernd, während er bereits nach dem Stift griff und ihn ihr reichte.

»Worauf soll ich noch warten? Würdest du dann alles für mich abwickeln? Ich habe vollstes Vertrauen zu dir. Dann könnte ich sofort zurück nach London.«

Gordon reichte ihr den Stift und beobachtete, wie Dona ohne zu zögern ihre Unterschrift unter den Vertrag setzte. Sie hatte das Werk kaum eines Blickes gewürdigt. Eigentlich hätte ich Grund zum Jubeln, dachte er, trotzdem haben mich ihre Worte gerade mitten ins Herz getroffen. Der erste Teil seines Plans lief wie geschmiert, aber wie sollte er sein zweites Ziel erfolgreich erreichen, wenn sie schon wieder auf dem Sprung nach London war? Er brauchte etwas Zeit, um sich ihr als geeigneter Mann in Erinnerung zu rufen. Gordon wandte sich seiner Bürovorsteherin zu, die dem Ganzen stumm und ohne eine Regung zugesehen hatte.

»Werte Miss Keith, Sie können wieder an die Arbeit gehen. Danke, dass Sie als Zeugin anwesend waren, aber es ist alles ordnungsgemäß über die Bühne gegangen und wir sind mit dem offiziellen Teil durch.«

Miss Keith erhob sich von ihrem Stuhl und nickte Dona im Hinausgehen höflich zu. Gordon beugte sich nun verschwörerisch über den Schreibtisch und blickte Dona intensiv und gar nicht mehr geschäftsmäßig an.

»Dona, leider ist es mit der Unterschrift nicht getan. Du wirst wohl noch bis zur Erteilung des Erbscheins und der Abwicklung des Verkaufs in Portree bleiben müssen.« Er schenkte ihr ein gewinnendes Lächeln. »Was meinst du, wollen wir in den nächsten Tagen mal essen gehen? Nur wir beide? Dann erläutere ich dir, wozu deine Anwesenheit vor Ort erforderlich ist.«

Donas Antwort war ein tiefer Seufzer. Und gegen den Blick, den ihr Gordon in diesem Augenblick zuwarf, war sie nicht ganz so immun, wie sie es bislang geglaubt hatte. Eine warme Welle der Zuneigung für ihren Exverlobten durchflutete sie.

»Gordon, du hast kein Wort über mein Verhalten damals verloren. Dafür danke ich dir. Aber ich weiß, dass du es nicht verdient hast, so behandelt zu werden, denn es lag nicht an dir als Person …« Dona stockte. Das entsprach nicht ganz den Tatsachen, aber das muss ich ihm nach acht Jahren nicht unbedingt an den Kopf werfen, entschied sie. »Ich konnte es einfach nicht ertragen, dass mein Leben derart vorgezeichnet war. Das wurde in meiner Vorstellung, je näher die Hochzeit rückte, immer bedrückender. Ich kam mir bevormundet vor.«

Gordon stand auf und legte ihr vertraulich die Hand auf die Schulter. »Glaub mir, ich suche den Fehler nicht nur bei dir. Ich denke, ich habe auch meinen Anteil daran. Ich hätte dir zuhören sollen, als du damals den Wunsch geäußert hast zu studieren.«

Dona wandte sich erstaunt um. »Du bist mir also nicht böse?« Gerührt strich sie über seine Hand, die immer noch auf ihrer Schulter lag.

»Aber nein, ich habe nie aufgehört, dich zu lieben.«

Dona schluckte. Dieses Geständnis überraschte sie. Sie hatte mit allem gerechnet, aber nicht damit, dass Gordon, der während ihrer Beziehung mit Liebeserklärungen sehr sparsam umgegangen war, seine Liebe gestand.

»Es tut mir so leid, dass ich dich und meine Eltern verletzt habe«, erwiderte sie mit heiserer Stimme. Und plötzlich waren ihr auch die schönen Stunden mit ihm wieder präsent, und sie ahnte, warum sie sich danach nie wieder auf eine ernsthafte Beziehung eingelassen hatte.

»Dona, ich sage es offen. Ich wünsche mir nichts sehnlicher, als dass du mir noch eine Chance gibst.«

»Aber Gordon, ich bin bald wieder fort. Ich gehöre nicht hierher. Glaubst du, ich merke nicht, wie kritisch mich die Leute beäugen und verurteilen? Und du bist doch auch nicht dafür, dass ich die Destillerie übernehme?«

»Das steht auf einem anderen Blatt, Dona. Ich verstehe sehr gut, dass du nicht das Leben möchtest, das deine Eltern für dich vorgesehen haben, aber nun könntest du einen eigenen Weg gehen. Auch hier in Portree!«

»Wie meinst du das?«

»Du könntest beispielsweise als Geschäftsführerin für Dessos arbeiten.«

Dona zog abrupt ihre Hand weg und sah ihn fassungslos an.

»Du denkst jetzt aber nicht daran, dass ich die Destillerie für den Konzern leite, oder?«

Gordon hatte sich wieder auf seinen Schreibtischstuhl zurückgezogen und musterte sie intensiv.

»Sag jetzt nichts! Überleg es dir in Ruhe. Du solltest zumindest ein Gespräch mit den Herren führen.«

»Aber Gordon, ich meine, das ist lieb von dir ...« Dona stockte. »Ich möchte zurück nach London und dort ...« Wieder unterbrach sie sich. Das kam alles so überraschend, dass sie keinen klaren Gedanken mehr fassen konnte. Nervös suchte sie in ihrer Handtasche nach den Tabletten. Obwohl sie genau wusste, dass das Mittel keine Sofortwirkung hatte, spürte sie, dass allein die Einnahme einer Tablette eine beruhigende Wirkung auf sie ausüben würde. Gordons Worte brachten sie schrecklich durcheinander und machten ihr zugleich auch Angst. Da fühlte sie plötzlich den Umschlag in ihrer Hand. Den hätte sie beinahe vergessen.

»Gordon, ich habe hier noch etwas. Das habe ich zu Hause gefunden. Ich denke, ich sollte es dir unbedingt geben, habe es aber in der Aufregung völlig vergessen. Ich hätte es dir wohl sofort geben müssen.« Mit diesen Worten reichte Dona ihm den braunen Umschlag.

Gordon starrte irritiert auf den Umschlag und nahm ihn nur zögerlich entgegen. Soviel war dem Notar in diesem Augenblick klar: Das verhieß nichts Gutes!

Seine Befürchtungen wurden wahr, als er den Text einmal kurz überflog. Er versuchte, sich seine Anspannung nicht anmerken zu lassen. Dona aber war nicht entgangen, dass Gordon MacArran beim Überfliegen des Schreibens kalkweiß geworden war.

»Wenn das da irgendetwas ändern sollte, dann müsstest du vielleicht deine Mitarbeiterin noch einmal hereinbitten«, schlug sie mit belegter Stimme vor, denn sie konnte sich eigentlich nur einen Grund vorstellen, warum Gordon mit seiner Fassung rang. Sie vermutete, dass ihr Vater nun doch noch ihren Cousin als Erben eingesetzt hatte, und der Gedanke schockierte sie nicht wirklich. Natürlich hätte ihr der Verkauf der Destillerie auf einen Schlag die Mittel verschafft, um problemlos Räume für ein neues Lokal in London zu erwerben. Andererseits würde sie sich nun nicht mit einem schlechten Gewissen herumschlagen müssen, das sie natürlich bei dem Gedanken beschlich, das Lebenswerk ihres Vaters einfach zu verkaufen. Denn es stimmte in der Sache schließlich, was Harris ihr vorhin an den Kopf geworfen hatte: Sie hatte ihre Eltern schnöde im Stich gelassen und in Portree nichts mehr verloren! Außerdem brachte es sie gar nicht erst in die Verlegenheit, sich mit Gordons verwirrenden Angeboten – sowohl den beruflichen als auch den privaten – auseinanderzusetzen, und sie konnte in ihr altes Leben nach London zurückkehren, als wäre nichts geschehen. Außerdem blieb ihr immer noch das Geld aus dem Hausverkauf, das Harris hoffentlich nicht in die Hände fallen würde und mit dem sie auch in der Lage wäre, in ein neues Restaurant zu investieren. Nein, es ist kein Drama, sondern Schicksal, dachte sie und bat ihn, ihr das Testament vorzulesen.

Gordon aber zögerte. Er schien mit sich zu kämpfen.

»Bring es hinter dich! Mich kann das nicht schockieren«, forderte sie ihren Exverlobten auf, ihr die Wahrheit zu offenbaren. »Und hol deine Mitarbeiterin. Lass uns das Ganze korrekt erledigen.«

Gordon aber fuhr sich nervös durch sein Haar, ignorierte ihre Bitte, die Bürovorsteherin als Zeugin hereinzubitten, und räusperte sich ein paarmal, bevor er mit belegter Stimme vorlas, was Jamie niedergeschrieben hatte.

Portree, Dezember 2014
Hiermit ändere ich am heutigen Tag mein Testament, das ich vor meinem Notar Gordon MacArran aufgesetzt habe. Für den Fall meines Ablebens soll meine Tochter das Haus erben und die Destillerie zur Hälfte. Die andere Hälfte vererbe ich meinem Brennmeister Alister Broun. Weder meine Tochter noch Mr Broun sind befugt, ihren Anteil einzeln an Dritte zu verkaufen, sondern wenn, dann sollen sie dies nur gemeinsam tun. Meine geliebte Dona, du weißt, warum ich das tun muss. Die Destillerie ist das Erbe meiner Väter, und ich wünsche mir nichts mehr, als dass du meine Arbeit fortführst. In Alister Broun hast du einen zuverlässigen Kompagnon, der mit Herzblut bei der Sache ist. Und die Verpflichtungen, die du deiner Mutter gegenüber einhalten sollst, bleiben wie im vorherigen Testament verfügt, wobei ich dir, solltest du es zu diesem Zeitpunkt noch nicht wissen, mitteilen möchte, dass nur eine geringe Chance besteht, dass deine Mutter mich überlebt, denn sie leidet unter der Lungenkrankheit COPD und lässt auch auf strengen ärztlichen Rat die Finger nicht von den Zigaretten. Ich hoffe sehr, dass du sie, wenn du dieses Testament in den Händen hältst, noch nicht hast zu Grabe tragen müssen.
Jamie MacLeod

Dona senkte den Blick, denn ihr kamen sofort die Tränen. Das erklärt alles, dachte sie, deshalb hat Mom so viel schlechter ausgesehen als Dad. Und ich habe mich nicht um sie gekümmert!

Als Dona den Kopf hob, erschrak sie, denn Gordons Gesichtsfarbe hatte sich inzwischen ins Grünliche verfärbt. Natürlich schockierte auch sie der Gedanke, dass ihr Vater sie durch dieses Testament an einen Wildfremden gekettet hatte, aber Gordon machte gerade den Eindruck, als würde er sich jeden Augenblick übergeben müssen. Ihr erneut aufkeimendes schlechtes Gewissen den Eltern gegenüber verwandelte sich in eiskalte Wut. Was hatte sich ihr Vater nur dabei gedacht? Glaubte er wirklich, sie auf diese Weise in die Tradition der MacLeods zwingen zu können? Dass sie mit einem Fremden sein Lebenswerk fortsetzte und in Portree blieb? Sie ballte die Fäuste. Nein, so nicht, dachte sie entschlossen.

»Mein Vater will mich damit in die Knie zwingen und mein Leben dahingehend bestimmen, dass ich nun doch an die Destillerie gekettet bin, doch das wird ihm nicht gelingen!«, schnaubte sie.

»Nein, das wird er nicht schaffen. Ich stimme dir voll und ganz zu!«, entgegnete Gordon entschieden und machte Anstalten, das Testament zu zerreißen. So aber hatte Dona das ganz bestimmt nicht gemeint.

»Bist du wahnsinnig! Gib her!«

Gordon sah sie verunsichert an, aber dann reichte er ihr das Testament zögernd. Dona las den Inhalt noch einmal durch, so als könnte sie nicht glauben, was Gordon ihr soeben vorgelesen hatte, doch es gab keinen Zweifel. Ihr Vater hatte sich abgesichert, dass sie die Destillerie nicht auf schnellstem Weg versilbern konnte. Was hatte er sich davon erhofft? Dass sie dann in Portree bleiben würde, statt das Unternehmen einem Fremden zu überlassen? Das war nichts anderes als eine gemeine Erpressung!

Gordon sah sie beschwörend an. »Dona, lass uns so tun, als hätte es diesen Letzten Willen deines Vaters nie gegeben.«

»Aber, Gordon, das geht doch nicht, es gibt nun einmal dieses Dokument. Und ich muss keine Juristin sein, um zu wissen, dass das zuletzt verfasste Testament gilt. Und dieses hier hat mein Vater an dem Tag verfasst, als er mit Mom auf die Bootstour gegangen ist!«, protestierte Dona empört.

»Aber das wissen doch nur wir beide. Du und ich. Was meinst

du, warum ich Miss Keith nicht hineingebeten habe?« Gordon war zum Flüsterton übergangen.

»Du hast wirklich geglaubt, ich würde, aber das geht doch nicht . . .«, widersprach Dona fassungslos.

»Was meinst du, für wen ich das tun würde? Das mache ich nur für dich! Du hast gesehen, wie viel Geld dir entgeht, wenn du diesem letzten Willen deines Vaters Folge leistest.«

»Ich weiß, du meinst es gut, aber das kann ich nicht verantworten. Damit würden wir uns strafbar machen.«

»Aber du kannst nicht wirklich wollen, dass die Destillerie in die Hände eines Fremden gerät. Wer weiß, wie der Kerl deinen Vater dazu gebracht hat, das Testament zu ändern. Du denkst doch nicht tatsächlich, dass er freiwillig so einen Unsinn verzapft hätte. Nicht dein Vater, dem die Destillerie über alles ging!« Gordon war jetzt so laut geworden, dass seine Stimme vor Erregung beinahe überschnappte.

»Gordon, ich teile deine Meinung ja, aber wir sollten mit offenem Visier kämpfen und den Typen mit unserem Verdacht konfrontieren!«, erwiderte Dona beschwichtigend.

»Und dann?«

»Wir nötigen diesen Kerl, den Vertrag mit Dessos zu unterschreiben, und ich gebe ihm freiwillig Geld, damit er von seinen angeblichen Rechten zurücktritt.«

»Der Mann ist gefährlich. Er hat seit Jahren einen unheimlichen Einfluss auf deinen Vater ausgeübt. Der wird sich nicht mit ein paar lächerlichen Pfund abspeisen lassen, wenn er erst das große Geld wittert.«

»Er muss! Sonst mache ich ihm das Leben zur Hölle. Ich bleibe so lange in Portree, bis er unseren Vorschlag akzeptiert. Du drohst ihm an, das Testament anzufechten. Hol ihn her! Ich will es ihm ins Gesicht sagen.« Donas Stimme vibrierte vor Zorn. Sie hätte in Kauf genommen, dass der gierige Harris die Destillerie erbte, aber ein Fremder, der ihren Vater womöglich mit unlauteren Mitteln dazu gezwungen hatte, nein, das konnte sie nicht akzeptieren.

»Dona, ich bin davon überzeugt, dass das hier nicht dem Letzten Willen deines Vaters entspricht. Was, wenn dieser Broun es gefälscht hat? Überleg doch mal! Jamie hätte so etwas niemals ohne mein Wissen aufgesetzt.«

Dona stutzte. Das war ein Argument, das gegen diesen Mr Broun sprach. So eng, wie ihr Vater Gordon MacArran verbunden war, hätte er niemals ein Testament ohne sein Wissen geändert.

»Das sehe ich genauso wie du.« Dona las den Inhalt noch einmal, aber dieses Mal betrachtete sie dabei die Schrift ihres Vaters eindringlich. Sie entdeckte allerdings keine Hinweise darauf, dass es gefälscht war. Es war eindeutig seine Schrift. Sie reichte es Gordon mit der Bitte, dass er es auch noch einmal überprüfen sollte.

»Schau es dir genau an. Ist das die Schrift meines Vaters, oder nicht?«

Gordon lief der Schweiß in Strömen von der Stirn.

»Dona, der Mann ist seit Jahren Jamies rechte Hand bei Dunvegan. Er kennt Jamies Schrift wie kein anderer.«

»Na und? Dann werden wir eben einen Grafologen zu Rate ziehen und herausfinden, wie der Kerl es geschafft hat, es in unserem Haus zu deponieren«, erklärte Dona kämpferisch.

»Aber wenn du meine Ansicht teilst, dass es nicht aus der Feder deines Vaters stammt, warum in aller Welt willst du nicht den einfachen Weg gehen? Wenn es dieses Dokument nicht mehr gibt, steht der Kerl mit leeren Händen da.« Gordon machte erneut Anstalten, das Testament zu zerreißen, doch Dona gebot ihm entschieden Einhalt.

»Nein, Gordon, gib sofort her! Wir wollen uns nicht auf das Niveau dieses Betrügers begeben.«

Gordon überreichte ihr widerwillig das Testament und überlegte fieberhaft, wie er Dona doch noch davon überzeugen konnte, das Dokument verschwinden zu lassen.

»Dona, dieser Typ wird einem Verkauf an Dessos niemals zustimmen. Es ist bekannt, dass er gegen die Übernahme durch den Konzern ist.«

»Na und? Wenn amtlich feststeht, dass das Testament ungültig ist, kann er gar nichts mehr verhindern.«

»Dona, so ein Rechtsweg kann sich monatelang hinziehen!«

»Ach, Gordon, das nehme ich in Kauf. Vielleicht kümmern wir uns derweil um einen Käufer für das Haus. Den müssen wir ja auch erst einmal finden.«

Bei der Erwähnung des Hauses erhellte sich Gordons Miene. Dass er darauf nicht gleich gekommen war. Damit würde er sie vielleicht doch noch überzeugen können, den einfachen Weg zu gehen.

»Dona, in dem ganzen Trubel habe ich vergessen, dir etwas zu sagen. Als es Dunvegan vor ein paar Jahren nicht gut ging, hat dein Vater einen Kredit aufgenommen und das Haus hoch belastet. Ich weiß nicht, ob die Bank einem Verkauf so einfach zustimmen wird. Die sind selbst scharf darauf, das Haus in ihren Besitz zu bekommen, wenn der Kredit nicht zurückgezahlt wird.«

Dona wurde bleich um die Nase.

»Und das sagst du mir erst jetzt? Gordon, ich verfüge momentan nicht über die Mittel, einen hohen Kredit abzulösen, aber ich werde mit ihnen sprechen. Irgendwie kriege ich das schon hin.«

»Sei nicht so entsetzlich dumm. Sobald Dessos dir den Kaufpreis für die Destillerie auszahlt, kannst du den Kredit ablösen und das Anwesen schuldenfrei verkaufen. Vergiss diesen Fetzen Papier!«

Dona hielt das Dokument fest in der Hand, und für den Bruchteil einer Sekunde erschien die Option, die Probleme unbürokratisch aus der Welt zu schaffen, sehr verlockend, aber dann siegte ihr Anstand.

»Nein, Gordon, nein, das ist keine Lösung. Ich hätte ewig ein schlechtes Gewissen. Das ertrage ich nicht. Nein, ich gehe sofort zur Bank und rede mit denen. Wenn ich ihnen verspreche, dass ich den Kredit aus dem Hausverkauf in einer Summe ablöse, werden sie mir schon keine Steine in den Weg legen.«

»Ist das dein letztes Wort?«

»Ja, Gordon, ich möchte, dass wir ihn auf rechtlichem Weg der gemeinen Fälschung überführen. Hol den Kerl sofort her. Und wir müssen Miss Armstrong dazu befragen!«, forderte Dona eifrig.

»Was hat denn eure Haushälterin damit zu tun?«, fragte Gordon irritiert.

»Das wirst du gleich sehen.« Dona holte ihr Telefon hervor und wählte die Nummer ihrer Eltern. Dort meldete sich, wie erwartet, Miss Armstrong.

»Ich habe nur eine Frage. Sie kennen Mr Alister Broun?«

»Ja sicher, der ging bei uns ein und aus.«

»Und erinnern Sie sich, ob er an dem Tag, an dem meine Eltern auf diesen Bootsausflug gingen, vorher in unserem Haus war?«

»Aber natürlich, Miss Dona. Daran erinnere ich mich noch ganz genau, weil die beiden Herren sich in das Arbeitszimmer Ihres Vaters zurückgezogen und sogar mein Mittagessen verschmäht hatten.«

»Danke, Miss Armstrong. Wir sehen uns gleich«, sagte Dona und sah Gordon triumphierend an. »Er hat meinen Vater an dem Tag besucht! Na, dem werden wir was erzählen! Ruf ihn an! Hol ihn her!«

»Aber ...«

»Gordon, lass mich mal machen. So ein Mistkerl!«

Zögernd wählte Gordon die Nummer der Destillerie und verlangte, Mr Alister Broun zu sprechen. Als er ihn wenig später am Apparat hatte, schienen Gordons Nerven zum Zerreißen gespannt.

»Ich muss Sie auffordern, umgehend in mein Büro zu kommen.«

»Warum?«, entgegnete Alister Broun.

»Tun Sie nicht so scheinheilig. Es geht um Jamie MacLeods Testament, in dem Sie bedacht worden sind.«

»Ich? Nicht dass ich wüsste«, entgegnete der Braumeister kühl.

»Das lassen Sie uns in meinem Büro klären. Miss MacLeod besteht auf Ihrer Anwesenheit.«

»Ich kann nicht alles stehen und liegen lassen«, brummte Alister Broun.

»Es ist in Ihrem Interesse«, entgegnete Gordon in scharfem Ton.

»Gut, aber ich habe nur eine halbe Stunde«, stöhnte der Braumeister und legte auf.

»Und? Traut er sich?«, fragte Dona aufgeregt.

»Ja, er ist auf dem Weg, aber wenn der Typ zu so etwas fähig ist, dann wird er sich herauswinden. Dann wird er geahnt haben, dass wir seinen Betrug nicht einfach hinnehmen.«

Dona aber war wild entschlossen, den Kampf gegen den Mann aufzunehmen, der sich einen Teil ihres Erbes erschlichen hatte. Und zwar mit offenem Visier und nicht hinterrücks, denn sie war fest davon überzeugt, dass es ein Leichtes sein würde, ihm nachzuweisen, dass er ein mieser Betrüger war. Niemals würde ihr Vater sein Lebenswerk einem Fremden anvertrauen. Davon war Dona in diesem Augenblick felsenfest überzeugt.

Edinburgh, Januar 1921

Mein wunderschönes Zimmer im Haus von Onkel Riley ist zu meinem Zufluchtsort vor den ständigen Spitzen Tante Aimils geworden. Sie lässt keine Gelegenheit aus, mich zu kritisieren. Ich kann es ihr nie recht machen. Selbst meinen Gesang, den Onkel Riley und auch alle Gäste des Hauses in höchsten Tönen loben, macht sie schlecht, aber immer nur, wenn wir uns unter vier Augen begegnen. In der Gegenwart ihres Mannes schweigt sie mich in der Regel mürrisch an, denn sie traut sich wohl vor ihm nicht, solche hässlichen Dinge zu sagen wie: Du heulst wie eine Sirene. Deiner Stimme fehlt jegliche Anmut …

Ich habe mir angewöhnt, diese Anfeindungen widerspruchslos über mich ergehen zu lassen. Stattdessen konzentriere ich mich auf meine Studien am Musikkonservatorium. Das werde ich Onkel Riley nie vergessen, dass er meinem Wunsch, dort zu studieren, entsprochen hat. Natürlich hat mir meine sogenannte Tante hinter seinem Rücken zu verstehen gegeben, dass ich bei meinem mangelnden Talent nicht einmal die Aufnahmeprüfung bestehen würde, doch ich habe es sowohl im Fach Gesang als auch im Fach Klavier geschafft. Ich verbringe so viel Zeit wie ich kann in der Schule und habe dort schon einige Bekanntschaften gemacht und Freundschaften geschlossen. Das Problem ist nur, dass meine Freunde mich ungern im Haus meines Onkels besuchen kommen. Nicht seinetwegen, wie sie stets betonen, sondern wegen der beklemmenden Stimmung, die meine Tante verbreitet. Und dass ich sie besuchen darf, verbietet sie mir meistens. Ich verstehe ihr widersprüchliches Verhalten nicht. Sie würde meine Anwesenheit doch viel seltener ertragen müssen, wenn sie mich öfter zu meinen Freunden gehen ließe, in deren Familien ich ein willkommener Gast bin. Ich habe langsam das Gefühl, sie möchte mir schlichtweg alles vermiesen, was mir Freude macht. Offenbar ist sie rasend eifersüchtig auf mich, oder meine Existenz erinnert sie schmerzhaft an ihre Kinderlosigkeit. Letzteres hat mir jedenfalls neulich mein Onkel, als er einmal ein bisschen zu tief ins Whiskyglas geschaut hat, offenbart. »Sie hätte doch so gern eine eigene Tochter gehabt«, seufzte er wörtlich.

»Aber jetzt hat sie doch mich. Ich hatte nie eine Mutter und wäre froh, wenn sie mir diese ersetzen würde«, hatte ich erwidert. Mit Onkel Riley konnte ich zumindest reden, wobei ich mich davor hütete, ihm von den kleinen Gemeinheiten seiner Frau zu berichten. Und zwar nicht aus Rücksicht auf Tante Aimil, sondern auf ihn. Er war meiner Meinung nach gestraft genug mit dieser Frau, denn sie benahm sich auch ihm gegenüber nicht gerade freundlich. Auch er konnte ihr kaum etwas recht machen, was er – jedenfalls nach außen – mit stoischem Gleichmut ertrug. Er hatte mir daraufhin zu erklären versucht, dass ihr eigentlich guter Charakter erst durch die diversen Fehlgeburten gelitten hätte. Leider waren diese Gespräche mit ihm viel zu selten, weil er meist lange arbeitete und am Abend oft zu viel trank.

Ein Lichtblick im Haus war Fiona, das Hausmädchen, das etwa in meinem Alter war. Wir hatten uns mittlerweile regelrecht angefreundet, was wir aber gut zu verbergen wussten. Ich war mir nämlich sicher, dass meine Tante es fertigbrachte, Fiona zu kündigen, nur um mich zu treffen.

Während ich meine Gedanken in mein Tagebuch schrieb, klopfte es an meiner Zimmertür, und wenig später steckte Fiona ihren Kopf herein.

»Da ist Besuch für dich. Ein Herr«, sagte sie, und es war ihrer Miene anzusehen, dass sie schier vor Neugier platzte.

»Und wer ist es?« Ich dachte sofort an Jacob, einen Mitschüler aus dem Konservatorium. Er war ein Ass auf dem Klavier – wir waren uns alle einig, dass aus ihm einmal ein großer Star würde –, und er betete merkwürdigerweise ausgerechnet mich an. Ich konnte ihn sehr gut leiden, aber er war nicht der Typ Mann, der mein Herz hätte erwärmen können. Er war schmächtig und besaß für seine jungen Jahre erstaunlich wenig Haar. Trotzdem hoffte ich, er würde es selber merken, dass diese Art von Zuneigung, die er für mich empfand, nicht auf Gegenliebe stieß. Ich wollte ihn ungern vor den Kopf stoßen, denn wir beiden konnten sehr gut vierhändig spielen, und außerdem war er ein zuverlässiger und netter Kerl. Doch ich würde nicht annähernd das für ihn empfinden können, was ich einst für Glen gefühlt hatte. Manchmal musste ich an ihn denken und wurde ganz wehmütig. Tante Galissa hatte mir geschrieben, dass Albiona und er einen gesunden Sohn bekommen hatten. Sie schrieb mir überhaupt in regelmäßigen Abständen Briefe, aber ich antwortete ihr nie. Was mich nur wunderte, war die Tatsache, dass sie noch kein einziges Wort über Caillin und Gavin verloren hatte. Auch an ihn musste ich hin und wieder denken, und ich fragte mich, ob er wohl je Nachforschungen angestellt hatte, wo ich abgeblieben sein mochte.

»Nein, es ist nicht der blasse Pianist, sondern ein stattlicher Herr. Meine Güte, sieht der gut aus.« Fiona brach in albernes Gekicher aus.

»Ich kenne keinen stattlichen Kerl. Wie heißt er denn?«

Sie zuckte mit den Achseln. »Mr Cochrane war zufällig an der Tür, als die Glocke ging. Ich habe nur um die Ecke gelinst und einen Blick auf ihn erhascht. Und ihn sagen hören, dass er zu Miss MacArran wolle.«

»Mairie?« Das war die Stimme meines Patenonkels. »Kommst du mal bitte in den Salon. Du hast Besuch.«

»Ich … ich habe es Miss Mairie schon mitgeteilt«, gab Fiona

zu, weil Onkel Riley sie fragend ansah. Ein Lächeln huschte über sein Gesicht. »Haben Sie gelauscht?«

»Nein, natürlich nicht. Ich habe das rein zufällig mit angehört«, verteidigte sich Fiona eifrig.

Ich folgte meinem Onkel nach unten in den Salon, ohne nachzufragen, wer der Besucher war. Wenn es nicht Jacob war, so konnte es nur mein Klavierprofessor, Mr Baird, sein. Auf ihn passte die Beschreibung. Er war ein gut aussehender, stattlicher Mann.

Als ich den Salon betrat und den Besucher erblickte, stockte mir der Atem. Nicht nur, weil ich ihn mit Sicherheit nicht erwartet hätte, sondern, weil er völlig verändert aussah. Sein schmales Gesicht wirkte kantiger, sein blondes Haar voller, und seine wasserblauen Augen strahlten neben der mir vertrauten Wärme Zuversicht aus.

»Guten Tag, Mairie«, begrüßte mich Gavin MacLeod, während er mich wie ein Weltwunder betrachtete, so als hätte er mich auch gerade zum ersten Mal gesehen.

»Mairie, ich lass euch mal kurz allein«, sagte mein Patenonkel nun hastig und verließ den Salon, bevor ich mich wieder gefangen hatte. Ich starrte den Besucher nur fassungslos an und vergaß dabei, ihn zu begrüßen.

Ein Lächeln umspielte seine Lippen. »Habe ich dir einen solchen Schrecken versetzt, dass du die Sprache verloren hast?«

»Nein, aber … aber, ich meine, was … was machen Sie, ich meine, was machst du hier? Bist du beruflich, also beruflich in Edinburgh? Und woher weißt du überhaupt, dass … dass ich bei meinem Vormund lebe?«, stammelte ich wie ein verlegenes Schulmädchen.

»So viele Fragen auf einmal. Ich weiß gar nicht, wo ich anfangen soll«, seufzte er und sah mir dabei tief in die Augen.

»Und überhaupt, bist du allein, oder wo ist deine Frau?«, fragte ich und bedauerte diese Frage schon in demselben Augenblick, weil sich seine Miene sichtlich verdüsterte.

»Meine Frau?«, entgegnete er.

»Na ja, ich meine, meine Cousine Caillin.«

Statt einer Antwort trat er einen Schritt auf mich zu.

»Du glaubst also wirklich, ich hätte sie geheiratet?«

»Hast du nicht?«

»Wie sollte ich, wenn ich doch eine andere liebe?«, entgegnete er und sah mir dabei intensiv in die Augen. Ich konnte seinem Blick nicht standhalten, denn die Gedanken in meinem Kopf drehten sich wie in einem Karussell. Hatte ihn Tante Galissa geschickt? War er aus eigener Initiative gekommen? Etwa, um mich …? Nein, das konnte ich einfach nicht glauben.

»Setz dich doch«, forderte ich ihn auf, eilte zum Tisch und ließ mich auf einen der Stühle fallen. Gavin folgte mir und setzte sich mir gegenüber.

»Möchtest du etwas trinken?« Ich versuchte, meine Nervosität mit dieser banalen Frage zu überspielen.

»Vielleicht später. Ich möchte dir erst einmal Antworten auf deine drängenden Fragen geben. Fangen wir damit an, wie ich dich gefunden habe. Ganz einfach: Ich habe deine Tante gefesselt und geknebelt, bis sie mir deinen Aufenthaltsort verraten hat.«

Ich musste unwillkürlich lächeln. Gavin hatte genau die richtigen Worte und den Ton gefunden, um mir meine Anspannung ein wenig zu nehmen.

»Darf ich dir vielleicht doch einen Whisky anbieten? Seit mir ein gewisser Herr dieses Getränk nahegebracht hat, trinke ich hin und wieder ein Glas, aber nur zu besonderen Anlässen. Und ich glaube, jetzt ist so ein Anlass.«

Gavin nickte, woraufhin ich aufsprang und aus Onkel Rileys Bar eine Flasche und zwei Gläser hervorholte und auf den Tisch stellte.

Gavin nahm die Flasche zur Hand und musterte das Etikett. »Ein Blended Whisky. Eigentlich trinke ich das gemischte Zeug ja nicht, aber wenn nichts anderes da ist«, bemerkte er mit einem verschmitzten Grinsen, schenkte die beiden Gläser ein und reichte mir eines davon.

»Slàinte Mhath, Mairie!«

»Slàinte Mhath, Gavin!«

Wir nahmen beide einen kräftigen Schluck.

»Und nun spann mich bitte nicht länger auf die Folter. Was treibt dich nach Edinburgh?«

»Die Liebe zu einer jungen, wunderschönen Frau«, entgegnete er lächelnd, doch dann wurde er ganz ernst. »Es war die Hölle für mich, als ich dich nicht unter den Trauergästen auf der Beerdigung meines Vaters entdeckte. Und noch schlimmer wurde es, als Mrs MacArran mir auf meine Nachfrage mitteilte, du seist auf eigenen Wunsch zu Verwandten nach Dundee gezogen und hättest verfügt, keinem Menschen deinen Aufenthaltsort zu verraten. Ich wollte das erst nicht glauben, aber als ich erfuhr, dass Glen genauso überrascht gewesen war von deinem plötzlichen Verschwinden, musste ich es ihr ja abnehmen. Glen und ich haben manche Flasche Whisky geleert, während wir über deine Motive, Portree so überstürzt zu verlassen, gerätselt haben. Dann gab mir Caillin den entscheidenden Hinweis. Sie behauptete, du wärest vor meiner Zudringlichkeit geflüchtet ...«

»Falsche Schlange!«, rutschte es mir heraus. »Und dann?«

»Dann hat sie sich rührend um mich gekümmert, und auf mich wuchs der Druck seitens der MacArrans und meiner Mutter, dass wir endlich heiraten sollten, stetig. Und was soll ich sagen? Manchmal war ich kurz davor, dem Drängen der Eltern nachzugeben, damit die liebe Seele Ruhe und ich meinen Frieden hatte. Ja, ich hatte fest vor, ihr einen Antrag zu machen, doch in dem Augenblick, als sie vor mir stand, so siegessicher, als würde sie eine Trophäe gewinnen, da wusste ich, dass ich es nicht kann. Und das habe ich ihr genau so gesagt.«

»Oh weh«, murmelte ich.

»Tja, das kannst du wohl sagen. Statt in Tränen auszubrechen, wie es jede andere liebende Frau in einer solchen Lage wahrscheinlich getan hätte, fing sie an, mich zu beschimpfen und ließ sich zu dem folgenschweren Satz hinreißen: *Wenn du mich nicht nimmst, glaub ja nicht, dass du stattdessen meine Cousine bekommst! Die hat man an einen sicheren Ort gebracht, und du wirst sie nicht finden! Nur über meine Leiche!*« In dem Augenblick fiel es mir wie Schuppen von den Augen. Nicht du bist vor mir geflohen, sondern man hat dich fortgebracht, damit du den Heiratsabsichten meines Clans und dem der MacArrans nicht im Wege stehst.« Er blickte mich fragend an. »War es so?«

Ich nickte schwach.

»Ich habe dann umgehend deine Tante zur Rede gestellt und sie aufgefordert, mir zu verraten, wo du steckst. Sie hat sich mit Händen und Füßen dagegen gewehrt und versucht, mich moralisch unter Druck zu setzen. Dass ich ja quasi mit ihrer Tochter verlobt sei. Erst, als ich ihr versicherte, ich würde Caillin um keinen Preis zur Frau nehmen, selbst wenn ich dann Junggeselle bliebe, hat sie sich erweichen lassen und mir die Adresse deines Vormundes gegeben. Und ich habe nicht gezögert, mich auf den Weg zu machen, um dich direkt zu fragen: Willst du meine Frau werden und mit mir zurück nach Portree kommen?«

Ich war beeindruckt von der Klarheit, die dieser Mann ausstrahlte, und tief berührt von seinem warmherzigen Blick. Aber genügte das, um alles hinter mir zu lassen, was ich mir in Edinburgh aufgebaut hatte? Wollte ich das Konservatorium abbrechen und an den Ort zurückkehren, von dem man mich vor einem Jahr bei Nacht und Nebel fortgebracht hatte? Und überhaupt, genügte meine Zuneigung, die ich für diesen Mann empfand, um seine Ehefrau zu werden? Und was fühlte ich eigentlich? Ein wenig weich waren meine Knie bei seinem Anblick doch geworden ...

Meine Lider begannen, nervös zu flattern. Ich war völlig durcheinander.

»Es tut mir leid, wenn ich gleich mit der Tür ins Haus falle, doch ich habe keine Wahl. Es bleibt leider keine Zeit, uns erst langsam besser kennenzulernen. Ich kann dir nicht zumuten, dich einfach so mit nach Portree und in mein Haus mitzunehmen. Das würde dich die Gesellschaft daheim schmerzlich spüren lassen, doch als meine Frau wird es kein Mensch wagen, dich schief anzusehen.«

»Ich ... ich weiß nicht, was ich sagen soll. Es ist alles so schrecklich verwirrend. Und ich weiß auch nicht, ob ich mein Studium aufgeben möchte.« Ich stockte, denn er sah mich so unfassbar verständnisvoll an. Und dann berichtete ich ihm eifrig von meinen Studien.

Als ich meine Schilderung beendet hatte, stieß er einen tiefen Seufzer aus. »Mairie, du sollst meinetwegen nicht alles stehen und liegen lassen. Das kann und will ich nicht von dir verlangen. Wenn es dein Wunsch ist, warte ich noch, bis du deine Studien abgeschlossen hast, und dann komme ich dich, so oft ich kann, besuchen und ...« Er stand auf, näherte sich mir, reichte mir seine Hände und zog mich sanft vom Stuhl. Und plötzlich fühlte ich das, was ich in Portree bei unserem ersten Kuss so schmerzlich vermisst hatte. Mein Herz klopfte bis zum Hals, als sich sein Mund meinen Lippen näherte und er mich küsste. Ich erwiderte seinen Kuss mit ungeahnter Leidenschaft.

Nach einer halben Ewigkeit lösten sich unsere Münder voneinander, und wir sahen einander tief in die Augen. Ja, jubelte es in mir, ich will diesen Mann, ja, ich möchte seine Frau werden, aber ich sagte es nur mit den Augen. Gavin verstand meine stumme Botschaft, denn er murmelte ergriffen: »Mein Liebling, wie ich mich danach gesehnt habe«, während er mir zärtlich über die Wange strich.

»Was wird hier gespielt?« Eine schrille Frauenstimme ließ uns auseinanderfahren. Wie eine Rachegöttin stand meine sogenannte Tante im Türrahmen.

Gavin aber ging hocherhobenen Hauptes auf die Dame des Hauses zu und wollte ihr die Hand reichen, was sie allerdings ignorierte.

»Gnädige Frau, ich habe soeben um die Hand Ihres Mündels angehalten«, verkündete er furchtlos.

Tante Aimils Gesicht lief knallrot an. »Raus hier aus meinem Haus! Das Mädchen ist noch nicht volljährig und kann Ihren Antrag gar nicht annehmen. Und ich als ihr Vormund sage: Nein!«

Ich hatte ihren Gehässigkeiten bislang noch nie etwas entgegengesetzt, aber jetzt war der Moment gekommen. Kämpferisch baute ich mich vor ihr auf. »Liebe Tante Aimil, ich habe den Antrag bereits angenommen, und nichts und niemand wird mich davon abhalten, Mr MacLeods Ehefrau zu werden!«

Gavin schenkte mir einen bewundernden Blick.

Tante Aimil stieß einen verächtlichen Unmutslaut aus. »In einem Jahr können Sie meinetwegen wiederkommen, aber jetzt verlassen Sie mein Haus. Ich dulde solche unangemessenen Annäherungen nicht unter meinem Dach.«

Ich atmete ein paarmal tief durch und wusste, dass meine Tage in Edinburgh gezählt waren. So sehr ich meine Studien auch liebte, ich würde mich keinen Tag länger den Gehässigkeiten dieses Drachens ausliefern. Nein, ich würde sofort mit Gavin nach Portree zurückkehren.

»Nein, liebe Tante, er wird nicht in einem Jahr wiederkommen, denn ich werde heute noch mit ihm gehen, und du wirst mich nicht davon abhalten!«

Daraufhin stürzte sie sich wie eine Furie auf mich und hätte mir wohl eine Ohrfeige versetzt, wenn Gavin nicht im letzten Moment dazwischengegangen wäre und ihren Arm festgehalten hätte.

Aus ihren Augen sprach der blanke Hass, und ich erkannte, dass ich für sie nichts anderes gewesen war als ein Blitzableiter für ihr freudloses Leben. Und dass sie mich nur aus diesem Grund noch länger in ihrer Nähe behalten wollte. Sie brauchte einen Sündenbock und konnte das Glück, das mit Sicherheit aus meinen Augen gestrahlt hatte, als sie Gavin und mich in vertrauter Umarmung erwischt hatte, schlicht nicht ertragen. Keine Frage, in Zukunft würde sie mit Sicherheit noch gemeiner zu mir sein in der Hoffnung, mich mit ihrem Verhalten doch noch zerstören zu können.

Gavin nahm meine Hand und zog mich ein Stück von dieser Frau fort. In sicherem Abstand legte er beschützend den Arm um mich. »Mairie wird nicht einen Tag länger unter Ihrem Dach wohnen. Dafür werde ich sorgen«, verkündete er in kaltem Ton.

»Raus! Sie verschwinden! Das ist mein Haus! Und Sie lassen die Finger von ihr. Sie bleibt hier. Sonst werden wir Sie wegen Entführung anzeigen!« Ihre Stimme überschlug sich vor Zorn.

In diesem Augenblick flog die Tür auf, und mein Patenonkel betrat das Zimmer. »Was ist denn hier los?«, polterte er. »Man hört das Geschrei ja bis ins obere Stockwerk.« Er blickte fragend zwischen seiner Frau und Gavin und mir hin und her.

»Ich habe die beiden in einer verfänglichen Pose erwischt, und der Herr weigert sich, mein Haus zu verlassen!«, brüllte Tante Aimil wie von Sinnen.

»Aber warum sollte er? Ich weiß doch Bescheid. Mr MacLeod hat mir sein Anliegen doch bereits vorgetragen und mich gebeten, Mairie um ihre Hand bitten zu dürfen. Und was ist dabei, wenn Frischverliebte sich küssen?«

Aimil schnappte nach Luft wie ein Fisch auf dem Trockenen.

»Du hast es ihm doch nicht etwa gestattet?«, zischte sie.

»Aber sicher. Wenn es auch Mairies Wunsch entspricht, dann ist doch nichts dagegen einzuwenden, dass sie seine Frau wird, oder?« Er musterte mich prüfend. »Und, mein Kind, wie lautet deine Entscheidung?«

»Ich gehe noch heute mit Gavin nach Portree«, erwiderte ich

entschlossen, woraufhin Gavin mich nur noch fester an sich drückte.

»Aber du kennst den Mann doch gar nicht. Und sie ... sie ist noch nicht volljährig«, widersprach seine Frau entsetzt.

»Aber das warst du doch auch nicht, mein Liebling«, erwiderte mein Patenonkel, und an seinem melancholischen Blick war unschwer zu erkennen, dass er damals um die Hand einer ungleich anmutigeren Frau angehalten hatte. Er tat mir in der Seele leid. »Meinen Segen habt ihr«, erklärte er und maß uns mit einem wehmütigen Blick. »Doch selbst, wenn ich es euch verweigern würde, keiner könnte euch daran hindern, die Ehe einzugehen. Mairie ist über sechzehn und braucht nach unseren Gesetzen keine Einwilligung der Eltern oder des Vormundes.«

»Trotzdem finde ich es schön, dass du uns deinen Segen gibst«, stieß ich gerührt hervor, löste mich aus der Umarmung mit Gavin und fiel ihm um den Hals.

»Danke, Onkel Riley, du bist so lieb, und ich wäre gern noch bei dir geblieben, aber nun muss ich packen.« Ich machte einen Riesenbogen um Tante Aimil und eilte zur Tür. Während ich meine Sachen zusammensuchte, empfand ich unendliche Erleichterung bei dem Gedanken, dieses Haus auf Nimmerwiedersehen zu verlassen. Und nicht einmal die Tatsache, dass ich mein Studium abbrechen musste, konnte meine Stimmung trüben. Im Gegenteil, ich fühlte immer noch Gavins Kuss auf meinen Lippen brennen, und die Vorstellung, seine Frau zu werden, erfüllte mich mit unendlicher Vorfreude. Ich lächelte beseelt in mich hinein bei dem Gedanken, dass ich jetzt endlich das empfinden konnte, was ich bei unserer ersten Begegnung so schmerzlich vermisst hatte. Und die Gefühle übertrafen bei Weitem das, was ich bei Glens Berührungen gefühlt hatte. Ich bebte vor Sehnsucht nach dem, was nun kommen würde.

Portree, Dezember 2014

Gordon ging nervös in seinem Büro auf und ab, während Dona ihren eigenen Gedanken nachhing. Ihr fiel plötzlich ein, wie dieser Alister Broun vor ein paar Tagen in der Kapelle erschienen war und aufrichtig um ihren Vater getrauert hatte. Was war das bloß für ein Mensch, der Krokodilstränen am offenen Sarg weinte, wohlwissend, dass Jamies Tod ihn zu einem reichen Mann machte? Und sie war auch noch auf sein Theater hereingefallen und hatte Gordons Benehmen ihm gegenüber als unangebracht empfunden. So ein Schmierenschauspieler, dachte sie erbost und ballte erneut die Fäuste.

Gordon hatte ein mulmiges Gefühl. Im Gegensatz zu der völlig ahnungslosen Dona traute er seinem alten Freund durchaus zu, dieses schwachsinnige Testament verfasst zu haben, und er allein wusste, warum er es hinter seinem Rücken aufgesetzt hatte. Gordon hatte keine Sekunde an der Echtheit von Jamies letztem Willen gezweifelt und konnte nur hoffen, dass sich dieser Mistkerl von Broun mit einem angemessenen Sümmchen würde abspeisen lassen. Nur konnte er das Dona gegenüber nicht offen zugeben, ohne dass sie ihm unangenehme Fragen stellen würde. Wenn das mal gutgeht, dachte Gordon, während sein Blick an der Kiste mit den Tagebüchern hängen blieb. Eigentlich hatte er sie Dona als Krönung des heutigen Tages überreichen wollen. Was sie wohl zu der verhinderten Liebe zwischen Donas Urgroßmutter und seinem Urgroßvater Glen sagen würde? Und plötzlich kam ihm ein verwegener Gedanke. Er hatte sich in der Vergangenheit schon häufig gefragt, warum sein Urgroßvater Glen einst Mairies Sohn Finlay so selbstlos groß gezogen hatte. Sollte das Tagebuch vielleicht den wahren Grund enthüllen? Was, wenn es eine ganz einfache Erklärung gab und gar nicht Mairies Ehemann der Vater des Jungen gewesen war, sondern sein Urgroßvater? Vielleicht lag dort der Schlüssel, um Jamies letzten Willen für ungültig erklären zu lassen?

Ein Klopfen an der Tür riss ihn aus seinen Gedanken. Miss Keith steckte den Kopf in die Tür und teilte mit, dass ein Mr Alister Broun ihn dringend zu sprechen wünschte.

»Lassen Sie ihn bitte eintreten«, befahl Gordon schroff.

Dona musterte den Braumeister, der daraufhin zögernd ins Büro kam, mit unverhohlenem Zorn. Wie man sich so täuschen kann, dachte sie wütend. Er wirkte auch auf den zweiten Blick durchaus vertrauenerweckend, und er sah sogar noch besser aus. In der Kapelle war ihr gar nicht aufgefallen, was er für warme braune Augen besaß und auch nicht das Grübchen an seinem Kinn, das sein markantes Gesicht noch interessanter machte.

»So, Mr MacArran, ich habe meine Arbeit stehen und liegen gelassen. Machen Sie schnell. Was wollen Sie von mir?« Sein Ton war scharf und angriffslustig, was nichts daran änderte, dass er eine tiefe und angenehme Stimme hatte. Was für ein dreister Kerl das ist, der versucht, den Spieß umzudrehen und so tut, als wüsste er nicht, warum Gordon ihn in sein Büro zitiert hat, ging es Dona erbost durch den Kopf.

»Setzen Sie sich bitte!« Gordon deutete auf einen zweiten freien Stuhl.

»Ich stehe lieber, und wie gesagt, ich meinte es ernst, dass ich nur eine halbe Stunde habe!« Alister Broun musterte Gordon kämpferisch, doch dann warf er Dona einen milden Blick zu.

»Guten Tag, Miss MacLeod. Ich möchte mich noch einmal in aller Form bei Ihnen entschuldigen, dass ich aus der Kirche gleich zurück in die Brennerei geeilt bin, aber wir haben gerade extrem viel zu tun«, erklärte er bedauernd. »Aber mir war auch nicht nach Leichenschmaus. Ich habe einen guten Freund verloren, und das setzt mir sehr zu«, fügte er hastig hinzu.

»Einen guten Freund? Aha, merkwürdige Freundschaft«, giftete Dona ihn an.

Alister Broun sah sie irritiert an.

»Ich verstehe nicht ganz«, murmelte er und sah fragend zwischen Dona und dem Notar hin und her.

»Zeig es ihm!«, befahl Dona kalt.

Gordon reichte Alister Broun das Testament, der es laut vorlas und sichtlich erstaunt wirkte.

»Tun Sie doch nicht so, als ob Sie es nicht kennen«, fuhr Dona ihn an, kaum dass das letzte Wort verklungen war.

»Wie? Kennen? Ich hatte keine Ahnung«, widersprach er heftig.

»Sie sind ein guter Schauspieler, Mr Broun«, schnaubte Dona. »So etwas hätte mein Vater niemals gewollt.«

»Da wäre ich mir nicht ganz sicher, Miss MacLeod«, entgegnete der Braumeister erstaunlich ruhig. »Er hatte große Sorge, dass Sie sein Lebenswerk meistbietend verscherbeln könnten. Insofern ist es verständlich, dass er sich absichern wollte. Das ist Jamie, so wie ich ihn kenne.« Er lachte herzlich auf.

Dona blickte ihn fassungslos an. »Das Lachen wird Ihnen noch vergehen. Wir werden einen Grafologen hinzuziehen, der den Beweis erbringen wird, dass Sie dieses Testament verfasst haben.«

Alister Broun tippte sich an die Stirn und machte einen eher belustigten Eindruck.

»Sie leiden ja unter Verfolgungswahn, liebe Miss MacLeod«, bemerkte er ungerührt.

»Ach ja? Und was sagen Sie dazu, dass Sie am Tag, an dem mein Vater auf seinen Bootsausflug ging, lange in unserem Haus gewesen sind? Das kann Miss Armstrong bezeugen.«

Er hob theatralisch seine Hände. »Jetzt haben Sie mich aber

erwischt. Wollen Sie jetzt ein Geständnis? Bitte, ich gestehe: Ich habe das Testament gefälscht und es Ihrem Vater untergejubelt. Sind Sie jetzt zufrieden?« Er wandte sich nun an Gordon. »Gut, dann wäre es das wohl gewesen. Ich nehme das Erbe an, oder brauchen Sie es schriftlich?«

»Sie müssen jetzt gar nicht den Clown geben. Dadurch wird es auch nicht besser. Das Lachen wird Ihnen schon vergehen, sobald wir uns vor Gericht wiedersehen«, schnaubte Dona. Sein Auftreten verunsicherte sie zutiefst. Offenbar hatte Gordon recht. Der Mensch war mit allen Wassern gewaschen!

»Tun Sie, was Sie nicht lassen können! Aber ich muss jetzt wirklich gehen«, erklärte Alister Broun entschieden und wandte sich um. Dona sprang hastig auf und stellte sich ihm in den Weg. »Was haben Sie an dem Tag bei meinem Vater gewollt?«

»Auch wenn es Sie nichts angeht, wir haben über den neuen Auftrag gesprochen, eine amerikanische Hotelkette mit unserem Produkt zu beliefern. Und wenn Sie mich jetzt bitte durchlassen würden. Die Arbeit macht sich wirklich nicht von allein. Ich würde vorschlagen, wir setzen uns, sobald Sie wieder bei Sinnen sind, zusammen und besprechen, wie unsere zukünftige Zusammenarbeit in der Praxis aussehen könnte. Und das sollten wir im Interesse von Dunvegan bitte sachlich regeln. Meinetwegen können Sie aber auch nach London zurückgehen. Ich glaube, ich könnte auf Ihre Mitwirkung gern verzichten. Ihre Kontodaten sollten es auch tun. Selbstverständlich bekommen Sie Kopien aller Bilanzen, damit Sie nachvollziehen können, was für Geld auf Ihrem Konto monatlich eingehen wird.«

»Sie haben wohl gar keine Skrupel. Sie glauben doch nicht, dass ich Sie einfach so schalten und walten lasse. Ich werde mir selbstverständlich ein persönliches Bild vor Ort machen und Sie nicht aus den Augen lassen, bevor die Sache geklärt ist!«

»Soll mir auch recht sein«, murmelte Alister und schlängelte sich an ihr vorbei, um Gordons Büro zu verlassen.

»Bitte warten Sie!«, bat Gordon ihn in diesem Augenblick. Dona hatte sich bereits gewundert, dass der Notar dem Streit zwischen ihr und dem Brennmeister nur mit versteinerter Miene zugehört hatte, statt sie zu unterstützen. Besonders vor dem Hintergrund, dass Gordon in der Kapelle so aggressiv auf den Kerl reagiert hatte.

»Was ist denn noch?«, stöhnte er genervt.

»Bitte setzen Sie sich!«

Alister Broun rollte mit den Augen, aber er tat schließlich, was Gordon verlangte.

»Wenn es Ihnen um Geld geht, dann wären wir auch bereit, Ihnen ein Angebot zu unterbreiten, das Sie nicht ablehnen können«, sagte Gordon in einem derart versöhnlichen Ton, dass Dona förmlich die Spucke wegblieb.

»Gordon, was soll das?«, fauchte sie ihren Exverlobten an. »Du sagst doch selbst, dass dieser Kerl ein Betrüger ist. Der bekommt keinen Penny!«

Gordon wand sich. »Ach, Dona, willst du es wirklich auf einen langwierigen Gerichtsstreit ankommen lassen? Vielleicht können wir uns mit Mr Broun gütlich einigen.«

Dona stieß einen Unmutslaut aus. »Natürlich stinkt es mir, mich vor Gericht zu streiten, aber ich kann ihm doch nicht kampflos das Feld überlassen!«

Gordon ignorierte ihren Einwand und beugte sich vertraulich über den Schreibtisch.

»Wie viel, Mr Broun?«

»Was soll das werden? Sie wollen mir Geld bieten, damit ich Jamies letzten Willen missachte? Nein, für kein Geld dieser Welt werde ich das tun!«

»Gut, dann muss ich deutlicher werden! Unterzeichnen Sie diesen Vertrag, und Sie bekommen ein großes Stück vom Kuchen ab!« Gordon drückte dem Braumeister den Vertrag mit Dessos in die Hand.

»Unterschreiben Sie, und nennen Sie Ihren Preis!«, forderte Gordon, während seine Augenlider nervös zu flattern begannen.

»Bist du verrückt geworden?«, fuhr Dona den Notar an.

»Das wollte ich auch gerade fragen«, entgegnete Alister Broun ungerührt und warf Dona einen belustigten Blick zu. »Aber wie schön, dass wir uns wenigstens in diesem Punkt einig sind«, fügte er spöttisch hinzu.

»Mr Broun, seien Sie kein Idiot. Das, was Sie durch diesen Deal bekommen könnten, wirft der marode Laden niemals ab!«, redete Gordon beschwörend auf Alister ein.

Dona warf Gordon einen missbilligenden Blick zu. »Was erzählst du denn da? Ich werde diesem Herrn keinen Penny in den Rachen schieben. Wir kämpfen das bei Gericht durch. Basta! Und ich werde einen Teufel tun, das da gemeinsam mit diesem Betrüger zu unterschreiben.«

Entschieden erhob sich Alister und steuerte zielstrebig den Ausgang an. An der Tür drehte er sich noch einmal um. »Wir sehen uns dann im Büro von Dunvegan, Miss MacLeod«, sagte er und ging.

Dona sah ihm kopfschüttelnd hinterher. »Na, der Kerl hat Nerven, aber der wird sich wundern!« Sie wandte sich Gordon zu, der einen hochroten Kopf hatte. »Sag mal, was sollte das? Warum hast du ihm Geld geboten? Wir waren uns doch einig, ihm gründlich das Handwerk zu legen. Ich denke, du solltest schon mal einen Grafologen kontaktieren.«

Gordon nickte schwach, während sein Blick auf die Kiste mit den Tagebüchern fiel. Er beschloss, sie Dona vorerst nicht auszuhändigen. Wer weiß, wozu sie mir noch nützen können, dachte er.

Dona erhob sich nun ebenfalls. »Dann bleibe ich also noch in Portree, bis die Sache geklärt ist. Und ich werde dem Typen auf die Finger gucken und auch in die Geschäftsbücher, worauf du dich verlassen kannst!«, verkündete sie entschlossen. »Und wann würde es dir passen?«, fügte sie weicher hinzu.

»Passen? Was?«, entgegnete er zerstreut.

»Ich denke, du wolltest mit mir essen gehen«, entgegnete sie kopfschüttelnd. »Nun sag bloß, der Kerl hat dich einschüchtern können? Ich gebe zu, er ist ein ganz ausgekochter Bursche. Aber den kriegen wir. Ich schwöre es dir!«

»Morgen Abend«, erwiderte er schwach.

Dona legte zweifelnd den Kopf schief. »Also, wir müssen das nicht tun, wenn du nicht möchtest. Ich dachte nur, weil du das so gern wolltest ...«

»Entschuldige, Dona, ich gebe zu, der Mann hat mir die Laune verdorben. Ich habe einfach Sorge, dass er dich über den Tisch zieht.«

Dona musste wider Willen lächeln. »So kenne ich dich gar nicht. Du hast doch immer gewusst, wie du mit solchen Typen fertig wirst. Wo ist dein Kampfgeist geblieben?«

Nein, das war in der Tat eine neue Seite an ihrem Exverlobten, stellte sie erstaunt fest. Wie oft hatte sie sich während ihrer Beziehung gewünscht, einmal seine weiche Seite zu erleben. Und so angeschlagen, wie er gerade hinter seinem Schreibtisch saß, rührte er ihr Herz. Sie umrundete den Schreibtisch und legte ihm zärtlich die Hände auf die Schulter. Gordon griff nach ihnen und streichelte sie, bevor er sich auf seinem Schreibtischstuhl zu ihr drehte, sie sanft auf seinen Schoß zog und ihr mit den Fingerspitzen durch ihre lange Mähne fuhr. Sie war überrascht angesichts dieser plötzlichen Körperlichkeit, aber sie ließ es geschehen, obwohl es ihr irgendwie unangebracht vorkam.

»Du hast ja recht. Wir schaffen das schon. Wenn du nur bei mir bleibst«, raunte er.

Diese Worte erschreckten Dona mehr, als dass sie sie erfreuten. Es klang so viel Verzweiflung daraus. Als ob er sie wirklich brauchte. Etwas, das sie sich früher von Herzen gewünscht hätte, aber nicht zu diesem Zeitpunkt. Sie hatte sich doch gerade erst geöffnet, überhaupt Gefühle für ihn zuzulassen, aber das hieß noch lange nicht, dass sie bei ihm bleiben würde. Sie war nur unendlich erleichtert, dass er ihr ihre Flucht aus Portree nicht nachtrug.

Hastig stand sie auf.

»Dann sehen wir uns morgen?«, fragte sie, während sie nach ihrer Handtasche griff, weil sie plötzlich das dringende Bedürfnis hatte, sein Büro zu verlassen.

Gordon rang sich zu einem Lächeln durch.

»Ich rufe dich an, sobald ich im *Harbour View Seafood Restaurant* reserviert habe«, sagte er und warf ihr einen Luftkuss zu. Er starrte noch eine Weile die Tür an, aus der sie ziemlich überstürzt verschwunden war. Ach, Dona, wenn du wüsstest, dass ich mir nichts sehnlicher wünsche, als dass du auf immer und ewig bei mir bleibst, dachte Gordon und spürte, wie seine Augen feucht wurden. Die ganze Wut, die sich in ihm gegen Dona aufgestaut hatte, war mit einem Mal dem Bedürfnis gewichen, sie zurückzugewinnen, und zwar von ganzem Herzen und nicht aus bloßem Kalkül. Noch einmal nahm er Jamies Testament zur Hand und stutzte. Wo war die zweite Unterschrift, die diesem Dokument seine Rechtsgültigkeit verleihen würde? Ein Hoffnungsschimmer keimte in ihm auf. Wenn die Unterschrift fehlte, wäre es ein Leichtes, dieses Testament vor Gericht anzufechten. Das wäre zu schön, um wahr zu sein. Mit einem Schlag wäre er all seine Sorgen los. Prüfend überflog er den Text noch einmal. Es war tatsächlich nur von Jamie MacLeod unterzeichnet. Wie einen seltenen Schatz drückte er das Dokument an seine Brust. »Gott sei Dank«, murmelte er, doch dann entdeckte er auf der Rückseite einen handschriftlichen Vermerk in einer anderen Schrift. *Gegengelesen am heutigen Tag Lewis Irvine.*

Lewis Irvine, noch nie gehört, wer soll das denn sein, dachte Gordon, doch dann fiel ihm ein, dass er durchaus einen Mann in Portree kannte, der so hieß. Leas Vater, der als Arbeiter bei Dunvegan tätig war. Und der damals keinen Zweifel daran gelassen hatte, dass er die Verbindung zwischen Lea und ihm missbilligte. So sehr Gordon es auch gegen den Strich ging, dass Jamie einen – wie Gordon es empfand – subalternen Mitarbeiter das Testament hatte unterschreiben lassen, Fakt war, dass dieses Dokument damit so wasserdicht war, dass ihm kein Gericht der Welt seine Gültigkeit absprechen würde. Und nun gab es überdies auch noch unter den Arbeitern der Destillerie einen, der um die Existenz dieses Testaments wusste.

Gordon fühlte, wie ihm die Ausweglosigkeit dieses Unterfangens auf den Magen schlug. Er musste hilflos mitansehen, wie der Verkaufsdeal platzte und damit die Aussicht, sein eigenes verpfuschtes Leben wieder in Ordnung zu bringen.

Gordon eilte zu einem Aktenschrank und holte eine alte, bislang verschlossene Flasche Single Malt hervor. Sie stammte noch aus den Beständen seines Großvaters. Ohne die geringste Achtung für diesen edlen Tropfen öffnete er die Flasche und nahm ein paar kräftige Schlucke. Er hatte auch keinen Sinn für die Geschmacksnote des wertvollen Malts, sondern wollte nur das Brennen in seinen Eingeweiden spüren und für einen Augenblick vergessen, dass er sich keinen Rat mehr wusste. Das habe ich alles nur diesem Broun zu verdanken, dachte er bitter, und sein ganzer Hass galt dem Brennmeister.

Ich muss etwas unternehmen, sagte er sich, griff gehetzt zum Telefon, wählte die Nummer der örtlichen Bank und ließ sich mit dem Direktor verbinden, mit dem er seit Jahren Golf spielte.

»Was kann ich für dich tun, alter Junge? Willst du dein Handicap verbessern?«, scherzte Art Mitchel.

»Nein, ich rufe in Sachen MacLeod an.«

»Traurige Sache. Wie konnte das bloß passieren? Und dass das Boot verschwunden ist. Also, ich verstehe das alles nicht.«

»Ich auch nicht«, entgegnete Gordon hektisch. »Ich rufe aber wegen des Erbes an. Seine Tochter will nun das Haus verkaufen, und wie ich ja weiß, ist es mit einer Hypothek belastet.«

»Hm, ich kenne nicht alle Zahlen. Warte ... ich schaue mal in den Rechner. Ja, hier sind die Zahlen. Es gibt noch eine Belastung, aber wenn sie die aus der Verkaufssumme ablösen möchte, würde ich mich nicht querstellen. Jamies Tochter ist ja kreditwürdig, denn Dunvegan schreibt momentan schwarze Zahlen. Ich sehe da kein Problem.«

Gordon druckste ein wenig rum, bis er gegenüber seinem Golffreund mit der vermeintlichen Wahrheit herausrückte.

»Ich möchte keine Interna verraten. Das wirst du sicher verstehen, nur so viel, die junge Dame hat einige finanzielle Schwierigkeiten. Ich weiß, ich sollte es dir nicht stecken, aber sei vorsichtig. Vielleicht solltest du lieber erst das Geld verlangen und ihr dann grünes Licht zum Verkauf des Anwesens geben.«

Art Mitchel stieß einen anerkennenden Pfiff aus. »Wow, ich befürchte, du willst mich bestechen, damit ich dich das nächste Mal gewinnen lasse!«

»Ach, mein Lieber, bilde dir ja nichts ein. Ich schaffe dich auch so!«, erwiderte Gordon in scherzhaftem Ton, während sich sein Herzschlag merklich beschleunigt hatte bei dem Gedanken, was er für ein mieses Spiel trieb. Aber es ist alles nur zu Donas Wohl, redete er sich schließlich ein, nachdem er das Gespräch beendet hatte.

Portree, März 1921

Das Haus der MacLeods ist unfassbar schön. Es liegt auf einem Hügel über Portree und erinnert an ein Schloss. Der prachtvolle Bau aus rotem Sandstein besteht aus so vielen unterschiedlichen Teilen, dass man den verspielten Charme dieses Hauses kaum auf einen Blick erfassen kann. Ich bin jedenfalls kaum aus dem Staunen herausgekommen, als wir uns dem hochherrschaftlichen Portal des Gebäudes zum ersten Mal in Gavins Wagen über die Kiesauffahrt durch den gepflegten Park genähert haben und direkt davor hielten.

Mittlerweile habe ich es mir so oft in aller Ruhe von außen angesehen, dass ich die verwinkelte Schönheit annähernd erfasst habe. Am Ende des linken Flügels besitzt das Haus einen runden Turm, der wie ein mittelalterlicher Wachturm aussieht. Es gibt drei Stockwerke, die riesige Fenster haben, von denen man einen umwerfenden Blick über das Anwesen hat. Der rechte Flügel endet mit einem eckigen Turm. Und nach hinten heraus gibt es mehrere verschachtelte Anbauten mit Giebeln und Außenverzierungen. Ich weiß immer noch nicht, wie viele Zimmer es gibt. Selbst Gavin kann es mir nicht genau sagen. Jedenfalls ist es eigentlich viel zu groß für eine einzige Familie. Dagegen ist das hochherrschaftliche Haus der MacArrans eine bescheidene Hütte.

Vielleicht übertreibe ich, aber ich bin glücklich. Ich habe es nicht ein einziges Mal bereut, für Gavin alles aufgegeben zu haben. In diesem Haus bin ich willkommen, jedenfalls bei ihm und seiner Schwester Seana. Wir sind bereits so etwas wie Freundinnen geworden. Deshalb wird auch Seana heute meine Trauzeugin sein.

Im Haus der MacArrans ist niemand gut auf mich zu sprechen, am allerwenigstens natürlich Caillin. Wir sind ihr ein einziges Mal begegnet, als wir an einem sonnigen Sonntagnachmittag einen Spaziergang am Hafen gemacht haben. Da hat sie die Straßenseite gewechselt, was mir natürlich wesentlich lieber gewesen ist, als wenn sie mich öffentlich beschimpft hätte.

Nur Glen steht zu mir. Wir hatten Albiona und ihn neulich zum Abendessen eingeladen. In einer stillen Minute hat er mich beiseite genommen und mich direkt gefragt, ob ich glücklich wäre. Ich konnte seine Frage aus vollem Herzen bejahen. Und das Schönste daran ist, dass ich in ihm wirklich nur noch einen guten Freund sehe. Obwohl in seinen Augen noch ein Rest von Sehnsucht glomm, wünschte er mir alles erdenklich Gute und versicherte mir, dass ich mit Gavin einen wunderbaren Ehemann bekommen würde. Deshalb hatte ich auch keinerlei Einwände, als Gavin sich Glen als Trauzeugen gewünscht hat.

Und heute ist es endlich so weit. Ich bin wahnsinnig aufgeregt, denn wir haben die ganze Zeit, in der wir schon unter einem Dach wohnen, in getrennten Zimmern geschlafen. Außer leidenschaftlichen Küssen haben wir uns einander nicht genähert. Nicht, weil wir moralische Bedenken gehabt hätten, sondern weil seine Mutter wie eine Glucke über unsere Tugend gewacht hat.

Tja, seine Mutter Blair ist ein Wermutstropfen in meinem neuen Leben. Sie lässt keine Gelegenheit aus, mir unterzujubeln, dass ich das Leben ihres Sohnes zerstört hätte. Das macht sie aber nur, wenn er nicht in der Nähe ist. Durch meine schmerzhaften Erfahrungen mit Tante Aimil bin ich aber gegen solche Anwürfe immun. Ich lasse die Gehässigkeiten meiner Schwiegermutter nicht an mich heran. Sie tut mir sogar ein wenig leid. Es muss doch entsetzlich sein, sich in einem dauerleidenden Zustand zu befinden, als hätte man die ganze Last der Welt allein auf seinen

Schultern zu tragen. Dabei argumentiert sie ständig mit dem Willen Gottes, der – von dem Gedanken ist sie besessen – nun einmal Caillin MacArran für ihren Sohn bestimmt hätte. Sie rennt auch jeden Tag in die Kirche und jammert mir dann die Ohren voll, dass sie für unser Seelenheil gebetet hat, weil unsere Beziehung verflucht wäre und ein schlimmes Ende nehmen würde. Mich fröstelt es jedes Mal, wenn sie mir mit der Bibel kommt. Ihr Lieblingszitat ist: *»Verflucht ist jeder, der sich nicht an alles hält, was zu tun das Buch des Gesetzes vorschreibt.«* Sie bekommt dann immer eine ganz schrille Stimme, die sich beinahe überschlägt. Ich befürchte, sie ist ein bisschen verrückt, aber das würde ich Gavin niemals sagen, denn er ist ein loyaler Familienmensch und geht immer höflich mit seiner Mutter um.

Wenn er allerdings erfahren würde, dass sie mich hinter seinem Rücken regelmäßig mit diesen Sprüchen traktiert, würde er seiner Mutter mit Sicherheit den Mund verbieten. Aber Gavin hat so viel Arbeit mit der Destillerie, dass ich ihn nicht unnötig belasten möchte. Es trifft mich auch nicht wirklich, sondern es ist nur so entsetzlich unangenehm, wenn Blair mir mit schriller Stimme und hoch erhobenem Zeigefinger das Fegefeuer androht. Ich für meinen Teil versuche, ihr aus dem Weg zu gehen.

Jedenfalls haben Gavin und ich beschlossen, unser Eheleben erst aufzunehmen, sobald unsere abgeschlossene Wohnung im ersten Stock des Hauses fertiggestellt ist und wir ungestört zusammen sein können. Gavin hat sogar darauf bestanden, dass oben eine eigene Wohnungstür eingebaut wird, sodass wir, sobald wir die Halle durchquert haben und die Treppe hinaufgehen, einen Bereich besitzen, zu dem seine Mutter keinen ungehinderten Zutritt hat. Wir haben beide keine Lust, uns von dieser Frau, die eigentlich alles und jeden für unmoralisch hält, bei der Unzucht, wie sie es nennt, erwischen zu lassen.

Noch schlafen wir in der unteren Etage, weil oben bei Tag und Nacht gebaut wurde, um die Räume nach unseren Vorstellungen zu gestalten. Es wurde eine Küche eingebaut, und drei kleinere Zimmer wurden zu einem Salon zusammengelegt, weil das eigentliche Ess- und Wohnzimmer im unteren Stockwerk liegt. Inzwischen aber haben die Handwerker ihre Arbeit getan, und Gavin hat mir freie Hand gelassen, welche der Möbel ich behalten und welche ich neu kaufen möchte. Der örtliche Tischler geht seitdem dort oben ein und aus.

Dass ich schalten und walten darf, erfüllt mich natürlich mit Stolz, denn ich habe noch nie zuvor ein Haus eingerichtet, aber offenbar habe ich dafür ein gutes Händchen, was meine Schwiegermutter natürlich anders sieht. Sie rümpft jedes Mal die Nase, wenn die Neugier sie nach oben treibt und sie kopfschüttelnd und mit eisiger Miene durch die Räume wandert. Und natürlich wirft sie mir dann vor, Gavins hart verdientes Geld zum Fenster hinauszuwerfen und schimpft mich verschwenderisch. Gavin sagt indessen immer, dass ihm für unser Heim nichts zu teuer ist.

Manchmal kommt Gavin erst spätabends nach Hause. Ich höre dann seine schweren Schritte auf dem Flur. Und wenn ich nicht allzu müde bin, husche ich schnell noch aus dem Bett und gebe ihm einen Gutenachtkuss. Und als wir ein einziges Mal doch versucht waren, die Nacht gemeinsam zu verbringen, tauchte wie ein Nachtgespenst seine Mutter auf und rief wie eine Rachegöttin aus: »Pfui! Es heißt bei Mose: *Darum wird ein Mann seinen Vater und seine Mutter verlassen und seiner Frau anhängen, und sie werden zu einem Fleisch werden.*« Gavin hat seine Mutter überhaupt nicht ernst genommen, sondern lachend erwidert: »Mutter, hast du nicht etwas vergessen? Du bist auch mit deinem Mann gegangen und hast zwei Kinder geboren. Das ist keine Sünde, das ist eine Ehe, gegen die auch Gott nichts einzuwenden hat.« Seine Mutter aber drohte ihm mit dem Finger und schnaubte: *»Denn alles, was in der Welt ist, des Fleisches Lust und der Augen Lust und hoffärtiges Leben, ist nicht vom Vater, sondern von der Welt. Und die Welt vergeht* *mit ihrer Lust; wer aber den Willen Gottes tut, der bleibt in Ewigkeit«*, bevor sie uns wütend stehenließ.

»Das wird ja langsam zum Wahn«, flüsterte Gavin mir zu, und ich war versucht, ihm zu petzen, dass sie mich tagtäglich mit solchen Bibelzitaten malträtiert, aber ich ließ es bleiben. Er würde sich nur unnötig Sorgen um mich machen. Trotzdem war ich ganz froh, dass er die Ausfälle seiner Mutter wenigstens ein Mal selbst erlebt hatte.

Und ich bin heilfroh, dass ich ihr ab heute nicht mehr ständig über den Weg laufen muss, denn als letzter Akt der Baumaßnahmen wurde unsere eigene Eingangstür eingebaut, zu der die frömmelnde Hausherrin keinen Schlüssel besitzt.

Gavin hat mir heute Morgen beim Frühstück mit erregter Stimme zugeflüstert, es wäre in der oberen Etage alles für unsere Hochzeitsnacht vorbereitet. Gavin hat alles gelobt, was ich für das Schlafzimmer angeschafft habe, besonders das romantische Himmelbett. Zur Hochzeit habe ich von meinem Geld die schönste Bettwäsche gekauft, die ich in Portree finden konnte, denn obwohl ich immer noch nicht volljährig bin, hat Gavin bei meinem Vormund durchgesetzt, dass ich jetzt schon über das Erbe meines Vaters frei verfügen darf. Ich bin also eine vermögende Frau. Sogar das Hochzeitskleid habe ich von meinem eigenen Geld erstanden. Ich bin mit Seana nach Inverness gefahren, und wir haben beim Kiltmacher einen Traum von Kleid schneidern lassen. Mit dem Tartan der MacLeods. Es war ein sehr schöner Ausflug, den wir beiden Frauen ausgiebig genossen haben.

Wir sind gleich zwei Tage geblieben und haben im Hotel Columba mit Blick auf den River Ness übernachtet. Dort hat mir Seana ihr Geheimnis verraten. Sie liebt einen Arzt, der in Inverness lebt und uns zum Abendessen begleitet hat. Ein sehr gebildeter und charmanter Mann. Seana aber hat wahnsinnige Angst, diese Liebe ihrer bigotten Mutter zu offenbaren, doch ich habe sie dazu überreden können, Doktor Hamilton zu unserer Hochzeit einzuladen und ihre Verlobung bekanntzugeben, denn der nette Lennox Hamilton hat ihr bereits einen Antrag gemacht. Und Seana hat meinen Rat tatsächlich befolgt und rennt nun schon seit gestern wie ein aufgescheuchtes Huhn durchs Haus. Immerhin hat sie auf meinen Rat hin ihren Bruder eingeweiht, der sie seinerseits unbedingt ermutigt hat, die günstige Gelegenheit der Hochzeit dazu zu nutzen, ihren Lennox der Familie vorzustellen und gleich die Verlobung bekanntzugeben.

»Aber stehle ich euch nicht die Schau?«, hatte sie rücksichtsvoll gefragt, doch in dem Punkt waren Gavin und ich uns einig. Es würde uns nur Freude bereiten, wenn sie es an unserem Festtag öffentlich machte. Seana ist eine kluge und sanftmütige Person, der ich jeden Wunsch erfüllen würde, wenn es in meiner Macht stände.

Ich war bereits fertig angezogen, hatte mein Haar kunstvoll von Seana hochstecken lassen und eine wertvolle Kette meiner Mutter umgelegt. Nun wartete ich darauf, dass Glen mich abholen würde. Da es in dieser Familie keinen Mann gab, der mich zum Altar führen konnte, hatte mein Cousin diese Aufgabe übernommen. Gavin und ich würden getrennt zur Kirche gehen und uns dort zur Trauung treffen.

Als es an der Tür klopfte, beschleunigte sich mein Herzschlag. Nicht, weil ich meinen Cousin erwartete, sondern bei dem Gedanken, dass es nun bald Ernst würde. Glen sah wie immer blendend aus, und wir umarmten uns herzlich.

»Du siehst hinreißend aus«, stieß er bewundernd hervor.

»Danke«, gab ich leicht verlegen zurück und hakte mich bei ihm unter.

»Schade, dass meine Eltern sich geweigert haben, zu eurer Hochzeit zu kommen«, seufzte er. »Ich wette, Mutter wäre stolz darauf, zu erleben, was für eine schöne Braut du bist. Ich glaube, in Wirklichkeit hat sie dich sehr in ihr Herz geschlossen, aber das darf sie nicht zeigen.«

»Immerhin war sie es, die mich damals bei Nacht und Nebel aus eurem Haus verbracht hat«, gab ich zu bedenken.

»Du kennst doch meine Schwester. Die wird ihr einen solchen Druck gemacht haben, dass meine Mutter glaubte, das für sie tun zu müssen. Aber glaube ja nicht, dass sie es ihr dankt. Sie benimmt sich zu Hause unausstehlich und macht meiner armen Mutter Vorwürfe, dass sie dich überhaupt jemals ins Haus geholt hat. Was meinst du, was sie für miese Stimmung verbreitet! Vater kommt schon gar nicht mehr aus der Kanzlei nach Hause, sondern vergräbt sich in seinen Akten. Ich kann nur hoffen, dass sie möglichst bald diesen Lehrer heiratet.«

»Oh je, der Arme«, rutschte es mir heraus.

»Das kann man wohl sagen. Er ist ihr wie ein Hündchen ergeben und macht ihr ständig den Hof, aber wir wollen uns die Laune nicht verderben lassen.«

»Weiß deine Familie, dass du unser Trauzeuge bist?«

»Sicher, ich habe nichts zu verschweigen. Und mir ist es herzlich egal, dass Caillin mich erst neulich bei Tisch als Verräter beschimpft hat. Ich kann nur meinen Sohn nicht mehr in das Haus meiner Eltern mitbringen, weil ich nicht möchte, dass er Zeuge dieser Gehässigkeiten wird. Und Albiona leidet viel mehr darunter als ich. Sie hat es sogar einmal gewagt, Caillin in die Schranken zu weisen. Na, da war was los!«

Ich schritt nun an Glens Arm die Treppe hinunter. Dort unten warteten schon Miss Eliot, die Haushälterin der MacLeods, Albiona und eine strahlende Seana mit ihrem Lennox, die mich zur Kirche begleiten wollten, während Gavin mit seiner Mutter vorausgegangen war.

Auf dem Weg zur Kirche begegneten uns viele neugierige Menschen, die einen Blick auf die Braut erhaschen wollten und denen wir freundlich zuwinkten.

Als wir uns dem Portal der Portree Parish Church näherten, begannen die Glocken zu läuten, und mir wurde ganz feierlich zumute. In diesem Augenblick vermisste ich schmerzhaft meinen Vater. Was hätte ich darum gegeben, an seinem Arm in die Kirche zu treten, doch Glen meisterte seine Aufgabe als »Brautvater« hervorragend. Mit hocherhobenem Haupt und ernster Miene führte er mich durch den Mittelgang nach vorn bis zum Altar. Wie ich aus dem Augenwinkel erkennen konnte, war die Kirche bis auf den letzten Platz besetzt. Ich hatte schon befürchtet, die Menschen würden unsere Hochzeit boykottieren, weil man sicher in ganz Portree die Geschichte gehört hatte, wie das arme Waisenkind, das sich die MacArrans voller Barmherzigkeit ins Haus geholt hatten, der Tochter des Hauses den angehenden Bräutigam ausgespannt hatte.

Als ich Gavin erblickte, wie er in freudiger Erwartung vor dem Altar stand, verflüchtigten sich meine düsteren Gedanken, und ich hatte nur noch Augen für ihn. Diesen Blick sollte ich mein Lebtag nicht vergessen. Er betrachtete mich mit den Augen der Liebe, und ich war mir so sicher, das Richtige zu tun.

Glen übergab mich feierlich meinem Bräutigam, und ich hakte mich bei ihm unter. So vereint standen wir vor dem Altar und lauschten den Worten des Geistlichen. Als Gavin mir den Ring an den Finger stecken sollte, zitterte seine Hand so sehr, dass ihm das schlichte Schmuckstück beinahe hinuntergefallen wäre, aber dann schaffte er es ohne Mühe. Wir sahen einander tief in die Augen, und mich rührte, dass er sich die Träne nicht aus dem Augenwinkel wischte, sondern zu seinen Emotionen stand. Vereinzelte leise Schluchzer erklangen in der Kirche. Ich ahnte, dass es Albiona und Seana waren, die ihre Gefühle nicht zurückhalten konnten.

Aus dem Augenwinkel sah ich Gavins Mutter in der ersten Reihe und erschrak ein wenig. Ihr Gesicht war wie versteinert, als ob sie versuchte, ihre Qualen hinter dieser Maske zu verbergen. Mich fröstelte.

Schließlich durften wir uns einen Kuss geben, den wir gern in aller Leidenschaft ausgetauscht hätten, aber das wäre unschicklich gewesen und hätte meine Schwiegermutter sicher einer Ohnmacht nahegebracht.

Dann ertönte von der Empore die Orgel, und der Chor sang uns das *Halleluja* von Mozart. Der Chorleiter hatte vorher gescherzt, ich müsse das Lied selber vortragen, weil ich die einzige professionelle Solostimme hätte, aber nun hatte eine Chorschwester meinen Part übernommen, und sie rührte mich mit ihrer glockenhellen Stimme zu Tränen. Gavin drückte liebevoll meine Hand, während wir ergriffen dem Gesang lauschten. Als der letzte Ton verklungen war, läuteten die Kirchenglocken.

Unter dem Klang der Glocken schritten Gavin und ich den Mittelgang entlang zum Ausgang. Die Mienen der vielen fremden Menschen in der Kirche, von denen ich nicht einmal die Namen kannte, waren überwiegend freundlich. Plötzlich erstarrte ich. In der letzten Reihe meinte ich das Gesicht von Tante Galissa zu erkennen. Ich war mir sicher, dass sie es war, obwohl sie hastig den Blick senkte, als ich in ihre Richtung sah.

Portree, Dezember 2014

Der Himmel über Portree war vorwiegend bewölkt, nur zwischendurch blitzte immer mal wieder die Sonne durch.

Amy hätte gern einen Spaziergang zu den Klippen unternommen, aber Dona drängte es danach, die Bücher von Dunvegan einzusehen und damit dem Erbschleicher, wie sie Alister Broun nach der Testamentseröffnung am gestrigen Tag hartnäckig zu nennen pflegte, auf die Finger zu sehen. Amy hatte atemlos Donas Schilderung der aktuellen Entwicklung gelauscht. Sie war sehr verwundert gewesen, wie ein so integer wirkender Mann wie Alister Broun, der in der Kapelle einen aufrichtig erschütterten Eindruck gemacht hatte, zu einer solchen Gemeinheit fähig sein konnte. Allerdings erschreckte sie die Aussicht, noch länger in Portree zu bleiben, überhaupt nicht. Im Gegenteil, sie fand das kleine Städtchen sowie das Haus der MacLeods bezaubernd und machte keinerlei Anstalten, womöglich allein nach London zurückzukehren. Dona war das nur recht. Die Anwesenheit der Freundin vor Ort tat ihr sehr gut. Vor allem, dass sie jemanden hatte, mit dem sie über alles offen reden konnte, sogar über das, was Gordon ihr gestanden hatte, obwohl sie ahnte, dass Amy darüber alles andere als erfreut sein würde. Ja, es hatte sogar einen kleinen Disput zwischen den Freundinnen zur Folge gehabt, in dessen Verlauf es auch lauter zugegangen war, was bei ihnen selten vorkam.

»Habe ich es mir doch gedacht. Der will dich zurückerobern!«, war Amys erste Reaktion gewesen, und ihr Ton hatte keinen Zweifel daran gelassen, dass ihr die Bemühungen des Notars komplett gegen den Strich gingen. »Und wie stehst du dazu?«, hatte sie lauernd hinzugefügt.

»Ich weiß nicht. Das Einzige, was ich sicher weiß, ist, dass er offenbar nicht nachtragend ist und sich selbst sogar eine Teilschuld an meiner Flucht gibt. Das hätte ich ihm niemals zugetraut. Während unserer Beziehung hat er niemals einen Fehler zugeben können, sondern stets sehr überheblich darauf bestanden, im Recht zu sein«, hatte Dona ausweichend erklärt.

»Und sonst? Könntest du dich erneut in ihn verlieben?«, hatte Amy nachgehakt.

»Ich glaube, eher nicht, obwohl er mir heute das ein oder andere Mal sehr vertraut gewesen ist.«

»Klar, weil er sich bei dir einschleimt!«, hatte Amy verächtlich entgegnet. »Der kennt deine neuralgischen Punkte und weiß, dass du in dieser Situation Verständnis und keine Schuldvorwürfe brauchst.«

»Du kannst ihn wohl gar nicht leiden, oder? Gut, das weiß ich, aber du kennst ihn doch gar nicht. Ich glaube, du hast nur Sorge, er könne mich in Portree festnageln ...«

»Nein, ich traue dir eigentlich nicht zu, dass du dich noch mal auf deinen Ex einlässt. So was geht in den seltensten Fällen gut. Aber der Eindruck, den er in der Kapelle auf mich hinterlassen hat, als er wie ein Berserker auf Alister Broun losgegangen ist, war nicht gerade positiv. Ich traue ihm nicht über den Weg, obwohl er, ja, ich will es nicht leugnen, attraktiv ist, wobei mir Mr Broun noch besser gefällt, obgleich sie vom Typ eine gewisse Ähnlichkeit besitzen. Groß, durchtrainiert, aber Mr Brouns Kinn und seine Augen sind wesentlich ausdrucksstärker als die von Gordon, und er hat dunkles Haar ...«

Dona rollte genervt mit den Augen.

»Meine Güte, dieser Kerl hat es dir ja mächtig angetan. Aber Gordon hatte doch recht damit, den Erbschleicher aus der Kapelle zu jagen. Dieser Alister Broun hat das Testament meines

Vaters gefälscht. Sagt das nicht alles?« Sie stieß einen Unmutslaut aus. »Ganz gleich, wie attraktiv du ihn auch immer finden magst. Der Typ ist und bleibt eine miese Ratte!«

Amy hatte sich ein wenig gewunden. Dem Ton ihrer Freundin konnte sie entnehmen, dass sie lieber ihren Mund halten sollte, aber das lag ihr nicht. Sie trug das Herz stets auf der Zunge.

»Was macht dich da eigentlich so sicher?«

Dona hatte ihre Freundin irritiert gemustert. »Weil es ein schwachsinniges Testament ist!«, erklärte sie mit Nachdruck. »Wenn mein Vater mir die Destillerie nicht hätte vererben wollen, hätte er sie Harris überlassen. Er war ein loyaler MacLeod und hätte sein Lebenswerk niemals in die Hände eines Fremden gespielt. Das passt einfach nicht zu meinem Vater!«

»Gut, ich habe deinen Vater nicht kennengelernt, aber wenn man mal davon absieht, dass dich dieses Testament in große Schwierigkeiten bringt – verstehen könnte man so eine Regelung. Unter dem Gesichtspunkt, dass er dich auf diese Weise an das Unternehmen binden wollte, ohne Gefahr zu laufen, dass es an einen Großkonzern verscherbelt wird. In dem Punkt scheint dieser Mr Broun ja unbestechlich zu sein und handelt ganz im Sinn deines Vaters.«

»Ach, du hast doch keine Ahnung. Gordon hat ganz recht, wenn er sagt, kleine Familienunternehmen hätten auf dem Markt keine Chance mehr. Von den Hunderten von Destillerien, die einmal in Privatbesitz waren, haben nicht einmal eine Handvoll überlebt, ohne sich unter das Dach eines Konzerns zu begeben.«

Amy merkte spätestens in diesem Augenblick, dass ihre Freundin sich eine feste Meinung gebildet hatte und um keinen Preis davon abrücken würde. Und dass sie Alister Broun den Kampf angesagt hatte. Amy hielt Gordons Vorschlag, ihre Freundin sollte das kleine Familienunternehmen als Geschäftsführerin für die Dessos-Gruppe leiten, jedenfalls für ziemlich daneben.

»Könnest du dir tatsächlich vorstellen, einen Job bei Dunvegan anzunehmen, wenn es verkauft würde?«, fragte sie vorsichtig, aber nicht vorsichtig genug, denn damit hatte sie offenbar einen wunden Punkt bei ihrer Freundin getroffen.

»Natürlich nicht! Weil ich nämlich zurück nach London möchte, sobald ein Gericht diesen Erbschleicher der Fälschung überführt hat und ich das Haus verkauft habe!«

In diesem Augenblick fiel ihr ein, was Gordon ihr über den Kredit gesagt hatte, und sie beschloss, der Bank später noch einen Besuch abzustatten, nachdem sie sich in der Destillerie umgesehen hatte. Sie berichtete ihrer Freundin von diesem Problem.

»Ach, wie schade«, seufzte Amy. »So ein schönes Haus zu verscherbeln.«

»Keine Frage, es ist prachtvoll, aber was soll ich damit? Selbst wenn ich in Portree bliebe, was ich allerdings für ausgeschlossen halte, würde ich doch niemals in diesem Riesenhaus wohnen. Weißt du, wie viele Zimmer es hat?«

»Nein, ich habe sie nicht gezählt, als Miss Armstrong mich vorhin durch das ganze Haus geführt hat, aber es waren in der Tat noch mehr, als ich erwartet habe, und eines schöner als das andere«, schwärmte Amy. »Wie in einem tollen Hotel. Ich hatte plötzlich die Fantasie, wir würden hier unser eigenes Restaurant eröffnen ...«

Dona sah ihre Freundin entgeistert an. »Du findest doch nicht etwa Gefallen an meiner alten Heimat? Aber verlieb dich nicht zu sehr in diesen Bau. Ich bin fest entschlossen, ihn so schnell wie möglich zu verkaufen. Und dann haben wir genug Kohle, um unser neues *Tianavaig* in London zu eröffnen.«

»Du hast ja recht«, stöhnte Amy. »Aber ich werde wohl ein bisschen träumen dürfen.«

Dona nahm die Hand der Freundin und drückte sie liebevoll. »Träumen ist erlaubt, aber ich hoffe, ich bekomme nachher das Okay von der Bank, und dann kann Gordon es an einen Makler übergeben.«

»Ich weiß nicht, aber dieser Anwalt ist mir irgendwie zu umtriebig, wenn es um das Versilbern deines Erbes geht.«

»Ach, Süße, du bist doch nur eifersüchtig auf ihn. Gib es doch zu!«, lachte Dona.

»Du willst es mir nicht glauben, aber der Typ wird alles daran setzen, dich in Portree zu halten und würde dann ja auch eine verdammt gute Partie machen.«

»Amy, hör auf damit. Du machst ihn schlechter, als er ist. Er legt sich doch nur in meinem Interesse so ins Zeug. Der Schurke in diesem Erb-Poker ist ein anderer, auch wenn er den geilsten Knackarsch der Highlands hat.«

»Ja, ja, ich weiß, Gordon ist dein Held, der dich mit allen Mitteln gegen den bösen Feind verteidigt, und dabei überaus selbstlos. Natürlich hat er kein Interesse, eine wohlhabende Frau wie dich mit allen – auch unlauteren Mitteln – zurückzugewinnen. Das entspringt alles der Einbildung deiner eifersüchtigen Freundin.«

»Und was hält meine eifersüchtige Freundin davon, wenn sie mich in die Höhle des Löwen begleitet?«

Amy war zwar nicht im Geringsten an Geschäftsbüchern interessiert, aber es reizte sie sehr, das erneute Zusammentreffen von Mr Broun und ihrer Freundin zu beobachten.

»Gut, ich komme mit, aber verlange nicht von mir, einen Blick in die langweiligen Bücher zu werfen. Ich mache stattdessen lieber einen Rundgang durch die Produktionsstätten, denn ich habe in meinem ganzen Leben noch keine Brennerei von innen gesehen.«

»Tu das. Vielleicht findest du jemand, der eine Führung mit dir macht«, entgegnete Dona, bevor sie Amy zur Hintertür hinaus, durch den Park und zu dem Firmengebäude führte. Hier befanden sich die Büros und die Halle, in der die Fässer lagerten.

»Ich fände es ja sehr nett, wenn du mir das Ganze mal vorführen würdest«, sagte Amy schmeichelnd.

»Nein, das ist keine gute Idee. Es kostet mich schon genügend Überwindung, die Firma überhaupt zu betreten. Du hättest keinen Spaß mit mir«, seufzte Dona, aber Amy war mit ihren Gedanken schon ganz woanders, denn sie kam aus dem Staunen nicht heraus, dass dies alles in Zukunft ihrer Freundin gehören sollte, jedenfalls zur Hälfte.

»Und was ist das?«, fragte sie neugierig und deutete auf ein Gebäude, das etwas entfernt auf einem Hügel stand und ein Pagodendach besaß.

»Das ist unsere Mälzerei«, erklärte Dona kurz.

»Willst du mir das nicht doch erst einmal alles zeigen? Ich hätte gern eine Führung von der Chefin selbst«, sagte Amy grinsend, aber ihre Freundin wirkte komplett verspannt.

»Keine Lust«, wehrte sie ab und dachte an die unzähligen vergeblichen Versuche ihres Vaters, ihre Begeisterung für die Produktion von Dunvegan Single Malt zu wecken. Als Kind hatte sie jede freie Minute hier verbracht. Was hatte es Schöneres gegeben, als zwischen den Fässern Verstecken zu spielen? Sie hatte das Gebäude geliebt, den Geruch, die Atmosphäre, aber dann war ihr das Vergnügen einfach genommen worden, als man sie nach Lucas' Tod um jeden Preis in seine Rolle hatte drängen wollen. Ohne Rücksicht auf ihre Pläne, etwas von der Welt zu sehen und fern von Portree zu studieren …

Als sie das Gebäude betraten, blieb Dona überrascht stehen und sah sich staunend um.

»Sie haben alles modernisiert. Ich kenne mich gar nicht mehr aus. Die Büros lagen immer in der oberen Etage. Komm!« Sie stiegen eine offene Stahltreppe hinauf.

»Wow!«, stieß Amy begeistert hervor, denn hinter einer riesigen Glasfront konnte man hinunter in die Halle sehen, in der Hunderte von Eichenfässern lagerten.

»Das ist auch neu. Als ich das letzte Mal im Betrieb war, gab es noch keine Verbindung zwischen Verwaltungsgebäude und

Lagerhalle. Ich muss zugeben, das macht was her. Wenn ich nur wüsste, wo das Chefbüro ist.« Sie blickte sich suchend um.

Auf dem Gang begegneten ihnen einige der Angestellten, die sie freundlich grüßten, aber dabei mit unverhohlener Skepsis musterten. Dona fasste sich ein Herz und sprach einen Mann an, der ihnen in Arbeitskleidung und Gummistiefeln entgegenkam.

»Entschuldigen Sie, können Sie mir wohl sagen, wo das Büro von Mr MacLeod ist?«

»Aber sicher, Miss MacLeod, Sie gehen den Flur ganz bis zum Ende, und da ist es die letzte Tür rechts.«

Dona bedankte sich. Offenbar wusste in diesem Haus wirklich jeder, wer sie war.

Vor der Bürotür blieb sie abrupt stehen und öffnete die Tür, ohne vorher anzuklopfen. Eine ältere Dame hob erschrocken den Kopf. »Ach, Sie sind es, Miss MacLeod«, rief sie überrascht aus. »Mr Broun hat Ihren Besuch bereits angekündigt. Ich hatte noch gar nicht die Gelegenheit, Ihnen mein Beileid auszusprechen. Ich bin Mrs Drummond, die Sekretärin Ihres Vaters. Ich habe Sie zwar in der Kirche und auf dem Friedhof gesehen, aber Sie mich sicher nicht. Es waren ja so viele Menschen dort.« Sie sprang auf und schüttelte Dona kräftig die Hand. »Mein Beileid, wir sind alle noch ganz schockiert!«

»Ja, danke, ich würde mir gern einmal die Bücher ansehen«, sagte Dona ein wenig verlegen, denn sie kam sich wie ein Eindringling vor.

»Gut, dann werde ich Mr Broun holen.«

»Ich komme schon allein zurecht«, entgegnete Dona in trotzigem Ton. »Dazu brauche ich Mr Broun nicht, wenn Sie mir zeigen, wo ich die entsprechenden Unterlagen finde.«

Mrs Drummond wand sich ein wenig. »Ja, sicher, ja, aber, wie mir Mr Broun gestern im Vertrauen verriet, sind sie beide zur Hälfte Erben des Unternehmens, und da möchte ich nichts herausgeben, ohne es mit Mr Broun abgesprochen zu haben.«

Dona räusperte sich und wollte der überkorrekten Dame gerade heftig widersprechen, als ihr Amy einen leichten Stoß in die Seite versetzte und sie warnend ansah. Dona schluckte ihren Protest hinunter und fuhr die Freundin, kaum dass die Sekretärin das Büro verlassen hatte, verärgert an. »Warum soll ich ihr nicht offen sagen, dass ich auf die Gegenwart des Erbschleichers keinen Wert lege?«

»Weil die arme Frau nichts für euren Streit kann und ich es vernünftiger fände, wenn ihr nach außen hin ein Team darstellt, bis die Sache geklärt ist.«

»Sagt die Geschäftsfrau«, bemerkte Dona zynisch.

»Ja, ja, ich bin keine reiche Erbin einer Brennerei, aber vielleicht erinnerst du dich, dass wir beide gemeinsam ein Restaurant geleitet haben, und wie lautete unsere Devise?«

»Niemals Differenzen vor dem Service-Personal auszutragen. Meinst du das?«, seufzte Dona.

»Genau!«

Dona warf ihrer Freundin einen entschuldigenden Blick zu. »Du glaubst gar nicht, wie mich das alles stresst. Seit ich einen Fuß in dieses Gebäude gesetzt habe, wünsche ich mir, noch heute nach London zu fahren und das alles nie wieder zu sehen. Soll doch der Erbschleicher damit glücklich werden. Uns reicht das Geld aus dem Verkauf des Hauses, um ein neues Restaurant zu eröffnen. Mir kommt alles wieder hoch. Was mein Vater alles angestellt hat, um mich für Dunvegan zu erwärmen, und wie meine Ablehnung ständig wuchs bei dem Gedanken, mein Leben zwischen Malz und Maische zu verbringen. Allein der Geruch, der über allem liegt, ich kann ihn kaum ertragen«, stöhnte sie.

»Wieso, ich finde es gar nicht schlimm. Ich rieche eigentlich nur Algen und Torf. Das ist richtig lecker.«

»Vielleicht solltest du bei Dunvegan einsteigen«, scherzte Dona.

Amy lachte laut auf, denn sie war froh, dass sich die Anspannung ihrer Freundin etwas gelegt hatte. Doch das war nur ein frommer Wunsch, wie sie feststellen musste, als in diesem Augenblick die Tür aufging und Alister Broun eintrat. Er wirkte zu ihrer Verwunderung gar nicht verspannt, sondern hatte sich sogar zu einem Lächeln durchgerungen, als er zunächst sie begrüßte. »Wir haben uns ja schon in der Kapelle gesehen. Sie wurden mir allerdings nur mit Vornamen vorgestellt, Amy. Ich bin Alister.«

Amy schmolz förmlich dahin. Was für ein außergewöhnlich attraktiver Mann, dachte sie, schade, dass er Donas Feind ist. Als sie sich diese Tatsache bewusst machte, begrüßte sie ihn viel förmlicher, als sie es eigentlich gern getan hätte. Neugierig beobachtete sie, wie er nun auch sehr freundlich auf Dona zuging und ihr die Hand zur Begrüßung reichen wollte, wobei Dona diese höfliche Geste allerdings einfach ignorierte. Wenn Blicke töten könnten, dachte Amy.

»Sie können sich dieses Getue ersparen, Mr Broun, solange keiner der Mitarbeiter in der Nähe ist. Wo sind die Bücher? Und warum müssen Sie informiert werden, wenn ich sie mir ansehen möchte? Falls Sie es vergessen haben, dieses Unternehmen hat mein Vater aufgebaut, und Sie sind nur ein dahergelaufener Fremder, der versucht, sich das Ganze unter den Nagel zu reißen«, bemerkte sie mit schneidender Stimme.

Alister Broun verzog keine Miene, sondern hob nur spöttisch die Augenbraue. »Wer, wenn nicht ich, weiß, was Ihr Vater geleistet hat? Wir haben schließlich viele Jahre vertrauensvoll zusammengearbeitet. Und ich kenne im Gegensatz zu Ihnen seine größten Ängste. Dass Sie sein Lebenswerk nämlich sofort an den Meistbietenden verscherbeln könnten. Und was soll ich sagen? Er hatte recht. Er ist kaum unter der Erde, da können Sie es gar nicht mehr erwarten, sich daran zu bereichern.«

Dona schnappte nach Luft. »Sie tun gerade so, als wäre ich der Betrüger. Oder wollen Sie mir da gerade weismachen, Sie hätten das Testament aus edlen Motiven gefälscht?«

»So, jetzt hören Sie mir mal gut zu, Miss MacLeod. Ich habe weder etwas gefälscht noch geahnt, dass mir Jamie etwas vererben wird, was Ihr Wadenbeißer von Anwalt Ihnen auch immer einzureden versucht. Aber verstehen kann ich meinen Freund jetzt. Und ich werde seinen Willen achten, worauf Sie sich verlassen können, und nicht zusehen, wie Sie das hier alles Dessos in den Rachen werfen!« Auch sein Ton war nun sehr scharf geworden. Amy, die das Ganze schweigend mit ansah, konnte sich nicht helfen. Sie traute dem dunkel gelockten Traummann eigentlich nicht zu, dass er ein falsches Spiel trieb. Und auch in der Sache hatte er gar nicht so unrecht. Dona würde in der Tat keine Minute zögern, die Brennerei an den Konzern zu verkaufen. Hatte sie nicht davon gesprochen, dass sie sogar schon den Vertrag unterzeichnet hatte, bevor ihr das aktuelle Testament ihres Vaters einen dicken Strich durch die Rechnung gemacht hatte?

Aber sie würde sich hüten, ihre Freundin mit diesen Gedanken zu konfrontieren. Dona hatte sich nun einmal in die Idee verbissen, dass »der Erbschleicher« Schlechtes im Schilde führte. Trotzdem hatte Amy keine Lust mehr, den Streit der beiden länger mit anzuhören.

»Entschuldigung, ich wollte euch nicht stören, aber ich würde mich gern ein wenig umsehen. Ich habe schließlich noch nie eine Brennerei von innen gesehen«, erklärte sie zaghaft.

»Möchten Sie eine Führung?«, fragte der Braumeister freundlich.

»Ja, das wäre schön.«

»Gut, dann warten Sie, ich schließe nur den Schrank auf. Dann übernehme ich das höchstpersönlich.«

Donas Blick signalisierte zweifelsfrei, dass sie sich nur ja unterstehen sollte, dieses Angebot anzunehmen, aber Amy konnte dem Charme Alister Brouns nicht widerstehen.

»Ach ja, das wäre nett«, erwiderte sie und vermied es, in Donas Richtung zu blicken. Selbst auf die Gefahr hin, dass es nachher einen Riesenstreit geben würde, wollte sie sich die Chance nicht entgehen lassen, von diesem faszinierenden Mann durch die Destillerie geführt zu werden.

Alister Broun steuerte auf einen Aktenschrank zu und öffnete ihn mit einem Schlüssel, den er aus der oberen Schreibtischschublade hervorholte.

»Miss MacLeod, bedienen Sie sich. Sie finden die Bilanzen nach Jahren geordnet. Ganz oben sind die aktuellen Zahlen. Ich wünsche Ihnen viel Spaß. Und wenn Sie so nett sind, schließen Sie danach bitte wieder ab und legen den Schlüssel zurück. Mrs Drummond weiß Bescheid, dass Sie einen Blick in die Bücher werfen wollen. Sie wird Ihnen vielleicht auch einen Kaffee oder Tee kochen, wenn Sie sie nett darum bitten.« Ein spöttisches Lächeln umspielte seine Lippen.

»Das Grinsen wird Ihnen noch vergehen«, schnaubte Dona.

»Ich komme zurück, sobald ich den Betrieb gesehen habe«, bemerkte Amy versöhnlich, doch Dona würdigte ihre Freundin keines Blickes mehr. Als Mr Broun sie bat, ihm zu folgen, zögerte Amy kurz. War es diese Sache wirklich wert, einen weiteren Streit mit ihrer Freundin vom Zaun zu brechen?

Sie schickte ihr einen flehenden Blick, aber Dona tat so, als wäre sie bereits voll und ganz mit den Ordnern beschäftigt. Als Amy in das freundliche und unverschämt attraktive und kantige Gesicht des Braumeisters sah, verließ sie mit ihm zusammen eilig das Büro.

Portree, März 1921

Draußen vor der Kirche warteten viele Menschen, die drinnen keinen Sitzplatz mehr ergattert hatten, und jubelten uns zu.

Wir gingen zu Fuß zurück zu unserem Haus, in dem die Feier stattfand. Wir hätten lieber ein kleines intimes Fest gehabt, aber Gavin hatte sich nicht gegen die Tradition stellen wollen. Von einem MacLeod wurde ein rauschendes Fest erwartet, zu dem Nachbarn, Freunde und auch die leitenden Mitarbeiter aus der Destillerie geladen waren. Bei unserer Ankunft empfingen uns im Salon die örtlichen Dudelsackpiper und spielten ein paar Lieder für uns. Miss Eliot hatte die Feier mit meiner Hilfe organisiert, weil meine Schwiegermutter sich geweigert hatte, für dieses Vergnügen auch nur einen Finger zu krümmen. Während wir den Pipern zuhörten, stand sie neben uns mit einem Blick, als sollte sie auf die Schlachtbank geführt werden, während die übrigen Gäste ausgelassen zu tanzen begannen, soweit es die von einem örtlichen Lokal aufgestellten langen Tische zuließen. Miss Eliot hatte den ganzen Salon mit Gavins Einverständnis und trotz des Gezeters von Misses MacLeod für diesen Anlass umräumen lassen, damit die vielen Menschen Platz fanden. Es waren an die sechzig Gäste, die sich nun im Salon versammelt hatten.

Immerhin hatte ich Miss Eliot davon abhalten können, selbst zu kochen und zu servieren, sondern sie dazu verdonnert, mitzufeiern und die Arbeit den Angestellten eines Restaurants zu überlassen. Allerdings kam ich nicht umhin, meiner Schwiegermutter bei Tisch gegenüberzusitzen. Als wir Platz nahmen, drückte

Gavin erneut meine Hand, denn auch ihm war nicht entgangen, dass seine Mutter ein Gesicht zog, als wäre sie auf einer Beerdigung.

Auf meiner anderen Seite saß der junge Arzt aus Inverness und wirkte schrecklich nervös. Offenbar hatte ihm Seana angekündigt, die Bombe an der Hochzeitstafel platzen zu lassen. Gavins Mutter hatte dem jungen Mann inzwischen auch bereits ein paar pikierte Blicke zugeworfen, obwohl er es nicht gewagt hatte, Seana verliebt anzusehen, geschweige denn, ein deutlicheres Zeichen der Verbundenheit mit ihr auszutauschen.

Ich weiß auch nicht, was mich dazu gebracht hat, die Sache in die Hand zu nehmen. Vielleicht tat mir Lennox einfach nur leid. Jedenfalls wandte ich mich an meine Schwiegermutter mit den Worten: »Seana möchte dir gern jemanden vorstellen.«

Meine Schwägerin musterte mich mit einer Mischung aus Erschrecken und Wohlwollen.

»Ich höre«, sagte meine Schwiegermutter streng und durchbohrte den armen Lennox förmlich mit ihren Blicken.

»Ja, Mutter, das ist Dr. Lennox Hamilton aus Inverness«, stieß Seana mit belegter Stimme hervor.

»Ja, und? In welchem Verhältnis stehen Sie zu meiner Tochter, dass Sie sich uneingeladen an die Hochzeitstafel meines Sohnes setzen?«

Lennox schluckte ein paarmal, bevor er mit klarer Stimme verkündete, dass er gekommen war, um bei ihr um Seanas Hand anzuhalten.

Meine Schwiegermutter verschluckte sich vor lauter Schrecken, lief hochrot an und bekam einen entsetzlichen Hustenanfall.

Seana wurde noch nervöser, doch Lennox nahm ihre Hand und drückte sie fest.

»Da haben Sie sich ja einen schönen Zeitpunkt ausgesucht«, fuhr meine Schwiegermutter ihn an, kaum dass der Husten nachgelassen hatte.

»Mutter, ich wusste nicht, wie ich es dir sagen sollte, und ich dachte, das heutige Freudenfest wäre der geeignete Anlass.«

»Tss, von wegen Freudenfest«, zischte meine Schwiegermutter.

»Mutter, jetzt ist aber gut«, mischte sich Gavin ärgerlich ein. »Für mich ist es ein wunderschöner Tag, und ich wäre dir sehr dankbar, wenn du die Vergangenheit endlich ruhen lässt. Ich liebe Mairie, sie ist jetzt meine Ehefrau, und sie wird die Mutter deiner Enkel. Also wenn du dich schon nicht mit uns freuen kannst, dann verschone uns wenigstens mit deinen Gemeinheiten! Und was Seana angeht, wir haben sie dazu ermutigt, diesen Tag zu nutzen, dir ihren Verlobten vorzustellen.«

»Wie lange geht das schon mit Ihnen und meiner Tochter?«, hakte meine Schwiegermutter in einem unangenehmen Verhörton nach.

»Wir haben uns vor einem halben Jahr auf einem Ball bei Freunden in Inverness kennengelernt«, entgegnete Lennox.

»Ach ja? Und können Sie meine Tochter ernähren?«

Lennox nickte eifrig. »Ich arbeite noch als Arzt am Krankenhaus, aber ich werde mich demnächst in Inverness mit einer eigenen Praxis niederlassen.«

»Und was sagen Ihre Eltern dazu?«

»Meine Eltern sind schon lange tot. Ich bin bei einem Onkel aufgewachsen, der selber Arzt ist, und der durch seine engagierte Arbeit mein Interesse an der Medizin geweckt hat.«

»Das heißt wohl so viel, dass Sie nicht aus ebenso vermögenden Verhältnissen stammen wie meine Tochter«, bemerkte Blair MacLeod überheblich.

»Mutter, lass gut sein«, sagte Gavin, um dieses Tischgespräch, das gerade eine unangenehme Entwicklung nahm, zu beenden.

»Meine Tochter ist noch nicht volljährig«, fuhr meine Schwiegermutter unbeirrt fort.

»Mutter, bei uns kann man mit sechzehn Jahren heiraten, ohne dass man die Einwilligung der Eltern benötigt«, seufzte Gavin und wandte sich freundlich Lennox zu. »Ich freue mich, dass du bald zur Familie gehören wirst.«

»Und wer kümmert sich um mich, wenn ich alt und gebrechlich werde? Du gehst dann wohl mit ihm nach Inverness«, bemerkte meine Schwiegermutter in beleidigtem Ton.

»Aber wir bleiben hier«, erklärte Gavin. Mir lief es bei seinen Worten eiskalt den Rücken hinunter. Wenn ich mir vorstellte, dass ich fortan mit dieser miesepetrigen Person unter einem Dach leben würde. Daran hatte ich in meiner ganzen Euphorie überhaupt nicht gedacht. Ich würde unsere abgeschlossene Wohnung wohl nur noch verlassen, um auszugehen.

»Ach, sie ist eine Fremde, und das wird sie immer bleiben. Eine billige Verführerin ist sie, die meinen guten Sohn verhext hat mit ihren oberflächlichen Reizen«, fuhr meine Schwiegermutter ihren Sohn schroff an und zeigte dabei mit dem Finger auf mich.

Gavin kniff jetzt die Augen gefährlich zusammen. »Mutter, ich möchte nicht mehr hören, dass du gegen meine Frau stänkerst. Sonst können wir in Zukunft nicht unter einem Dach leben. Wenn du damit nicht aufhörst, werde ich uns ein eigenes Haus suchen!« Seine Stimme bebte vor Zorn, während er mir zärtlich über die Hand strich.

»Na ja, vielleicht tue ich euch ja auch den Gefallen und folge eurem Vater schnell ins Grab. Dann habt ihr keine Last mehr mit mir«, zischte sie.

Es folgte peinliches Schweigen. Niemand widersprach ihr, aber die Stimmung an unserem Tisch war während des Essens sehr gedrückt. Das kann ja heiter werden, dachte ich, denn ich hatte wirklich gehofft, ihr Gezeter würde aufhören, wenn ich endlich Gavins Ehefrau geworden war. Jedenfalls war ich froh, als erneut die Musik erklang und zum Tanz aufspielt wurde. Gavin forderte mich auf, und wir flüchteten auf die Tanzfläche.

»Bitte, Liebling, lass dir die Stimmung nicht vermiesen. Meine

Mutter ist seit Vaters Tod noch griesgrämiger geworden«, raunte er mir ins Ohr.

»Sie verübelt es mir, dass du nicht Caillin geheiratet hast«, gab ich seufzend zurück.

»Nein, das ist es nicht allein. Sie ist zu einer herrischen und frömmelnden Frau geworden, seit sie ständig dieses furchtbare Kopfweh hat.«

Ich hörte zum ersten Mal, dass meine Schwiegermutter unter Kopfschmerzen litt, aber mir stand nicht der Sinn danach, weitere Fragen zu diesem Thema zu stellen. Ich wollte für den Rest des Tages am liebsten gar nichts mehr von ihr hören.

»Sie hätte sich doch wenigstens für Seana freuen können«, seufzte ich.

»Allerdings!«, erwiderte Gavin mit grimmiger Miene. »Aber nun lass uns keinen Gedanken mehr an meine Mutter verschwenden und ihr für den Rest des Abends aus dem Weg gehen.« Er zog mich noch näher zu sich heran. »In unserem Reich ist sie jedenfalls nicht willkommen.«

Ich gab mich ganz dem Tanz mit Gavin hin und versuchte, nicht mehr an die alte Frau zu denken. In gewisser Hinsicht war ich vom Regen in die Traufe gekommen. Statt der missmutigen, eifersüchtigen Tante Aimil hatte ich jetzt eine böse Schwiegermutter bekommen.

Trotzdem wurde der Abend noch lustig, denn wir feierten, tanzten und tranken zusammen mit Seana, Albiona, Glen und Lennox viel Whisky. Ich merkte gar nicht, dass ich ein wenig zu viel davon genossen hatte. Erst als das Fest sich dem Ende zuneigte und Gavin mir seinen Arm reichte, um mit mir endlich in unsere Wohnung zu gehen, wankte ich leicht. Doch auch mein frisch gebackener Ehemann war nicht mehr ganz sicher auf den Beinen, und so muss es ein komisches Bild gewesen sein, wie das Brautpaar schließlich die Treppen hinaufschwankte.

»Ich freue mich auf dich«, flüsterte mir mein Mann ins Ohr, als wir die Tür zum Westflügel des Hauses aufschlossen. Ich staunte nicht schlecht, als wir den hell erleuchteten Flur betraten. Gavin hatte als Überraschung für mich einen prachtvollen Kronleuchter anbringen lassen, der wunderschönes Licht gab und unseren Eingangsbereich in einen warmen Schein tauchte.

»Er ist großartig«, hauchte ich und fühlte mich wieder völlig nüchtern.

Als wir ins Schlafzimmer traten, loderte schon ein einladendes Kaminfeuer, und auf einem kleinen Tisch standen eine Flasche Champagner und zwei Gläser.

»Auf Miss Eliot ist Verlass«, sagte Gavin, öffnete fast geräuschlos die Flasche und schenkte uns ein. Eigentlich konnte ich gar keinen Alkohol mehr trinken, hatte ich doch bereits mit dem Whisky zu kämpfen, aber die Versuchung, auf unsere Hochzeit feierlich anzustoßen, war einfach zu groß.

Gavin setzte sich mit seinem Glas auf die Kante des Himmelbetts.

»Komm zu mir«, bat er mich und betrachtete mich voller Leidenschaft. Ich setzte mich neben ihn, und wir prosteten uns zu, bevor Gavin sein Glas abstellte und mir meines ebenfalls sanft aus der Hand nahm. Dann näherten sich unsere Gesichter einander, und wir küssten uns lange und intensiv. Ich fühlte, wie alles in mir zu kribbeln begann, und ich überließ mich erregt seinen forschenden Händen. Er strich mit den Fingerspitzen über den Stoff meines Kleides und machte auch an meiner Brust nicht halt. Diese Berührung ging mir durch und durch, und ich wünschte mir, er würde mich endlich aus dieser Korsage befreien. Als könnte er Gedanken lesen, löste er genussvoll das obere Häkchen und dann eines nach dem anderen. Er liebkoste mir das Oberteil vom Körper und betrachtete voller Begierde meine nackten Brüste.

Plötzlich verzerrte sich sein Blick, und er rieb sich die Augen.

»Um Himmels willen, was ist mit dir?«, fragte ich erschrocken.

»Ich … ich kann dich nicht mehr richtig sehen. Es verschwimmt alles, aber das vergeht gleich wieder. Bitte nicht wieder anziehen. Du bist so wunderschön«, stöhnte er, doch mir entging nicht die Panik in seinen Augen.

»Das ist der viele Whisky«, redete ich beruhigend auf ihn ein.

Er nickte wenig überzeugend und schloss die Augen für einen Augenblick. Ich wusste nicht, was ich tun sollte. Ich kam mir komisch vor, halb nackt vor ihm zu sitzen, während er offenbar mit Sehstörungen zu kämpfen hatte, die sicherlich nicht durch meinen Anblick verursacht waren und mich dennoch so unsanft aus meiner romantischen Stimmung rissen.

Als er die Augen wieder öffnete, sah er mich mit gequältem Blick an und fasste sich an die Schläfe. »Doch nicht jetzt«, murmelte er.

Ich zog mit einem Ruck die Korsage hoch und schloss eines der Häkchen, bevor ich ihn in den Arm nahm. »Was ist mit dir, mein Liebling?«, fragte ich mitfühlend.

»Es ist … es ist nichts, es ist nur dieser verdammte Kopfschmerz. Er überfällt mich manchmal wie ein Fluch, und dann sticht es im Auge und in den Schläfen und ich kann nichts dagegen tun.«

»Hast du das denn öfter?« Ich strich ihm über die Stirn, auf der sich jetzt ein Schweißfilm gebildet hatte.

»Ganz selten, aber verdammt, doch nicht in meiner Hochzeitsnacht.« Er schnappte nach Luft, und sein Gesicht war vor Schmerz verzerrt.

»Du legst dich jetzt sofort hin«, befahl ich. Stöhnend ließ sich Gavin auf das Bett fallen. Ich machte mich daran, ihm seine Schuhe und seine Socken auszuziehen. Er war wie weggetreten und hielt sich den schmerzenden Kopf. Was sollte ich tun? Dann zog ich ihm seine Hose aus und half ihm aus seinem Jackett. Und auch beim Ausziehen des Hemdes war ich ihm behilflich. Als er nur noch im Unterzeug vor mir lag, so schwach und hilflos, warf ich einen flüchtigen Blick auf seinen durchtrainierten, muskulösen Körper. Eine Begehrlichkeit konnte in diesem Augenblick gar nicht aufkommen, denn inzwischen wand er sich vor Schmerzen.

»Soll ich einen Arzt holen?«, fragte ich erschrocken.

»Nein, ich brauche mein Mittel. Es ist ein kleines Fläschchen und befindet sich in der Nachttischschublade meines alten Zimmers. Wenn du es mir holen könntest ...« Er stöhnte laut auf.

Ich sprang vom Bett und eilte aus dem Zimmer. Auf dem Flur schloss ich hastig noch ein weiteres Häkchen der Korsage, um nicht womöglich halb nackt meiner Schwiegermutter in die Arme zu laufen. Ich hatte Glück. In der unteren Etage war es totenstill.

Ich betrat das Zimmer, öffnete mit zitternden Fingern seine Nachttischschublade und griff nach dem Fläschchen, doch kurz bevor ich die Treppe nach oben erreicht hatte, kam mir eine gespenstisch wirkende Gestalt im Nachthemd entgegen.

»Was suchst du hier?« Der Ton meiner Schwiegermutter mir gegenüber war unwirsch wie immer.

»Ich habe Gavins Tropfen geholt. Er hat eine Kopfschmerzattacke erlitten«, gab ich zu, denn mir war nicht danach, mich mit meiner Schwiegermutter anzulegen.

»Tja, daran wirst du dich gewöhnen müssen. Das hat er von mir geerbt. Hoffentlich kannst du damit umgehen, dass dein Mann nicht ganz gesund ist. Also, Caillin kennt den Fluch, der über unserer Familie ...«

Weiter kam sie nicht, weil ich nun einen Bogen um sie machte und ohne ein weiteres Wort die Treppe nach oben eilte. Mein Herz klopfte bis zum Hals, denn ihre Worte hatten ihre Wirkung bei mir nicht verfehlt. Was sollte das heißen: der Fluch, der über unserer Familie liegt? Ich nahm mir fest vor, Gavin danach zu fragen, sobald es ihm besser ging, statt mich in Spekulationen zu ergehen.

Ich erschrak aufs Neue, als ich das Zimmer betrat. Mein Mann wälzte sich schweißgebadet auf dem Bett und hielt sich mit beiden Händen den Kopf. Ich setzte mich auf die Bettkante und machte die Lampe auf dem Nachttisch an, damit er die Tropfen besser einnehmen konnte. Er aber sah mich aus schreckensweiten Augen an. »Bitte lösch das Licht. Es tut mir weh in den Augen.« Hastig tat ich, was er von mir verlangte und wollte mich gerade erkundigen, wie viele Tropfen ich in das Wasserglas füllen sollte, das neben dem Bett zur Nacht bereit stand, da riss er mir das Fläschchen förmlich aus der Hand und trank gierig daraus. Stöhnend reichte er es mir, als er genug hatte.

Ich versuchte, ihm die Bettdecke über seinen schweißnassen Körper zu legen, was mir schließlich gelang. Er wurde ruhiger und starrte den Himmel des Bettes an, bis er mich schließlich gequält ansah. Mit Tränen in den Augen entschuldigte er sich für diesen missglückten Abend und versicherte mir, dass wir alles nachholen würden. Ich strich ihm zärtlich über sein völlig verschwitztes Haar. »Alles gut, mein Liebling, wir haben noch so viel Zeit. Hauptsache ist doch, dass es dir wieder besser geht«, flüsterte ich.

»Ich liebe dich so sehr und habe gehofft, dieser Fluch würde mich nie wieder ereilen«, versicherte er mir unter Tränen.

Ich wusste gar nicht, wie ich darauf reagieren sollte, diesen Mann, der auf mich bislang so stark wie eine Eiche gewirkt hatte, derart schwach zu erleben. Und ich schloss aus seinen Worten, dass ihn diese Kopfschmerzattacken schon länger begleiteten. Warum hat er mich nicht gewarnt, dachte ich, um mir die Antwort dann selbst zu geben. Er hatte gehofft, dass ihm das nie wieder passieren würde und schon gar nicht in der Hochzeitsnacht.

Während ich meinen Gedanken nachhing und nicht aufhörte, ihm über die Wangen und das Haar zu streichen, fielen ihm die Augen zu, und bald hörte ich an seinem gleichmäßigen Atem, dass Gavin eingeschlafen war.

Ich erhob mich von der Bettkante und ging zu meiner Seite.

Statt meines Nachthemdes, das ich dort schon bereitgelegt hatte, fand ich einen Traum aus weißer Spitze vor. Das war ein weiteres Hochzeitsgeschenk von Gavin. Ich betrachtete es voller Rührung, bevor ich mich auszog und das Nachthemd überwarf. Ich konnte nicht umhin, mich vor dem Spiegel darin zu betrachten. Es sah sehr verführerisch aus, und der Gedanke, dass ich es nun trug, obwohl wir noch gar nicht miteinander geschlafen hatten, erheiterte mich sogar ein wenig. Die Jungfrau in einem aufreizenden Negligé, schoss es mir belustigt durch den Kopf. Natürlich war ich auch ein wenig enttäuscht, aber ich wäre mir schäbig vorgekommen, diesem Gefühl mehr Raum zu geben. Es war doch in erster Linie für Gavin ein schreckliches Erlebnis gewesen, beim Anblick meiner Brüste eine Kopfschmerzattacke zu erleiden.

Ich überlegte, ob ich mich sofort ins Bett legen und versuchen sollte zu schlafen, aber dann fiel mein Blick auf den Kübel mit der fast vollen Champagnerflasche, und ich beschloss, mich mit einem Glas noch ein wenig vor den Kamin zu setzen. Ich fröstelte und wollte mir den Morgenmantel überlegen, den ich im Vorfeld an einen Haken an der Tür gehängt hatte, doch auch dort erwartete mich etwas Neues, ein Traum von einem Morgenmantel. Er war weinrot und aus Seide. Was für ein wunderbarer Mann, dachte ich, der mir solche Geschenke machte. Und doch konnte mich meine Rührung nicht über die Traurigkeit hinwegtrösten, dass ich mich in meiner Hochzeitsnacht einsam und verlassen fühlte.

Mit meinem Glas in der Hand setzte ich mich auf das Sofa vor dem Kamin und starrte in die Flammen. Urplötzlich überkam mich eine diffuse Angst. Ich wusste erst nicht, wovor ich mich fürchtete, doch dann nahmen meine Empfindungen Gestalt an. Ich hatte Panik, Gavin zu verlieren und allein in diesem Haus bleiben zu müssen, doch dann veränderte sich diese Angst in eine ganz andere. Ich spürte fast körperlich ein großes Unheil über mich hereinbrechen und hatte das Gefühl, als würden die züngelnden Flammen mich verhöhnen und rufen: *Du dummes Ding, du hast kein Recht auf Glück!* Die Stimmen waren so real, dass mir regelrecht übel wurde. Sie sprachen abwechselnd in Tante Aimils und Blair MacLeods Ton. So intensiv, dass ich mir die Ohren zuhielt, aber sie hörten nicht auf, mich zu quälen, denn sie kamen aus meinem Inneren.

Mit klopfendem Herzen erhob ich mich und wollte mich ins Bett legen, um die Stimmen durch Schlaf zum Schweigen zu bringen, aber ich war so aufgeregt, dass ich kein Auge zutun konnte. Schließlich holte ich mir mein Tagebuch aus der Schublade, in die ich es schon am Tag zuvor gelegt hatte, und begann, mir alles von der Seele zu schreiben.

Portree, Dezember 2014

»Was wollen Sie zuerst sehen?«, erkundigte Alister Broun sich mit einem gewinnenden Lächeln bei Amy.

»Am liebsten würde ich den ganzen Entstehungsprozess der Reihe nach kennenlernen. Ich habe ja keine Ahnung von Whisky. Dafür war bei uns im *Tianavaig* immer Dona zuständig. Zu unserem Lokal gehörte die beste Whisky-Bar Londons.«

»Ich weiß. Jamie hat mir voller Stolz den Zeitungsartikel gezeigt, in dem Ihr Restaurant sowie die Bar in höchsten Tönen gelobt wurden. Tja, er wollte Dona im neuen Jahr mit einem Besuch überraschen.«

»Er hatte ihr also wirklich verziehen?«, fragte Amy neugierig.

»Na ja, ihm war mit den Jahren durchaus klar geworden, dass er ihr mit seinen festgefahrenen Vorstellungen die Luft zum Atmen genommen hat. Wahrscheinlich hat er alles auf seine Tochter projiziert, was er einst von seinem Sohn erwartet hatte.«

»Sohn? Ich dachte immer, Dona wäre ein Einzelkind.«

»Oh ... nun, ich wollte hier nicht aus der Schule plaudern. Am besten vergessen Sie das.«

»Nein, sagen Sie schon. Sie hatte also einen Bruder?«

»Ja, aber bitte fragen Sie Dona selbst. Ich habe das auch lange nicht gewusst. Wenn ich ehrlich bin, hat es mir Jamie erst an dem Tag erzählt, an dem er dann mittags zu der Bootstour aufgebrochen ist. Wir führten ein Gespräch über den neuen Auftrag, und plötzlich, ganz unvermittelt, stand er auf und zeigte mir das Foto eines jungen Mannes und sagte: Das ist Lucas, mein Sohn, er ist schon lange tot, das Meer hat ihn geraubt ...« Er stockte und blickte Amy schuldbewusst an. »Entschuldigen Sie, Sie müssen ja glauben, ich sei eine Plaudertasche, aber es war alles so merkwürdig. Ich weiß noch, wie ein kalter Schauer meinen Körper durchrieselt hat. Man kennt es ja, dass Menschen kurz vor ihrem Tod plötzlich etwas aus der Vergangenheit preisgeben, über das sie sonst nicht gesprochen hätten. Und so ein Gefühl habe ich, wenn ich nachträglich daran denke.« Er deutete auf seinen Arm. »Sehen Sie! Gänsehaut!«

»Ich auch«, pflichtete ihm Amy eifrig bei. »Das ist unheimlich, aber bitte erzählen Sie weiter.«

»Wollen Sie doch keine Führung?«

»Die kann warten, aber vielleicht können wir uns schon in die untere Etage bewegen, denn ...« Amy warf einen ängstlichen Blick zu der Bürotür, vor der sie immer noch standen.

Ein wissendes Lächeln huschte über Alisters Gesicht. »Verstehe, wenn Ihre Freundin uns so zusammen sieht, droht Ihnen Ärger.«

Amy rollte mit den Augen. »So möchte ich das auch nicht sagen, aber vielleicht ist es der falsche Zeitpunkt, wenn wir beide beim Plauschen erwischt werden.«

»Dann kommen Sie. Wir müssen das Haus sowieso verlassen, weil die Tenne etwas abseits erbaut wurde. Nicht jeder mag den Geruch der Mälzerei.«

»Ich finde ihn angenehm.«

»Dann können Sie ja hier bei uns anfangen, wenn Ihr Lokal mal nicht mehr läuft, aber das hörte sich beileibe nicht so an in der Kritik«, bemerkte Alister freundlich.

»Tja, was soll ich sagen? Wir haben vor ein paar Tagen die Pforten des *Tianavaig* für immer schließen müssen.«

»Oh, das tut mir leid. Es klang so vielversprechend.«

»Das Geschäft lief wie verrückt, aber der Vermieter wollte uns loswerden. Sobald wir in London zurück sind, werden wir uns um neue Räume kümmern.«

»Nun bin ich wohl schuld daran, dass sich das Ganze noch verzögert, denn Ihre Freundin hat sich nun einmal in den Kopf gesetzt, mich als skrupellosen Betrüger zu entlarven.«

»Also, ich glaube das nicht! Sie machen einen dermaßen aufrichtigen Eindruck ...«, stieß Amy hervor und unterbrach sich hastig. »Entschuldigen Sie, das hätte ich nicht sagen dürfen. Wenn Dona davon Wind bekommt, dass ich mich mit Ihnen verbünde, bringt sie mich um. Aber lassen Sie uns bloß das Thema wechseln. Vielleicht sind Sie auch nur ein ganz besonders gerissener Bursche und sollten zum Theater gehen.«

Alister lachte laut und herzlich. Sie hatten das Gebäude inzwischen verlassen und den Weg zum Hügel, auf dem das Pagodenhaus stand, eingeschlagen.

Amy fiel in sein Gelächter ein. »Wenn ich mich in Ihnen irre, dann werde ich Ihnen das heimzahlen. Worauf Sie sich verlassen können!«, drohte sie Alister scherzhaft an. »Aber bitte, erzählen Sie mir noch, wie Ihr Gespräch mit Donas Vater an jenem Tag weiterging.«

Alister blieb abrupt stehen und musterte sie zweifelnd. »Unter einer Bedingung. Sie behalten Ihr Wissen vorerst für sich. Ich werde Ihre Freundin persönlich darauf ansprechen, sobald sie eingesehen hat, dass der gute Jamie dieses Testament im Vollbesitz seiner geistigen Kräfte aufgesetzt hat.«

»Hoffen wir das Beste, aber jetzt spannen Sie mich nicht auf die Folter. Sie waren an der Stelle angelangt, als Ihnen Donas Vater unvermittelt das Bild seines Sohnes gezeigt hat. Wie sah er überhaupt aus?«

Alister stieß einen Seufzer aus. »Das ist es ja gerade. Wie ein Zwillingsbruder von Dona MacLeod. Sie sind einander wie aus dem Gesicht geschnitten. Was meinen Sie, wie ich in der Kapelle zusammengezuckt bin, was ich mir aber nicht anmerken lassen wollte.« Er machte eine Pause und legte grüblerisch die Stirn in Falten.

»Alister, nun machen Sie es doch nicht so spannend. Was hat Donas Vater gesagt? Wie hat er das erklärt, dass er Ihnen plötzlich ein Foto seines Sohnes zeigt?«

»Er hat gar nicht mehr so viel erzählt, sondern nur noch etwas gesagt wie: Wir hätten ihr nicht sein Leben aufzwingen dürfen. Sie musste ja in Portree ersticken bei dem, was wir ihr zugemutet haben.«

»Mehr nicht?«, fragte Amy leicht enttäuscht.

»Nein, er hat das Foto dann hastig zurückgelegt. Ich hatte auch das Gefühl, dass er meine Gegenwart gar nicht mehr wahrgenommen hatte, sondern in einem Film aus der Vergangenheit gefangen war und das Ganze mehr ein Selbstgespräch gewesen war.«

»Und Sie haben wahrscheinlich auch nicht weiter nachgefragt, oder?«

»Gott bewahre. Ich habe mich fast unsichtbar gemacht und Jamie in Ruhe gelassen. Sein Gesicht war schmerzverzerrt. Er muss unheimlich gelitten haben, aber natürlich konnte ich mir den Rest zusammenreimen. Wahrscheinlich war der Sohn als Erbe vorgesehen, und nach seinem Tod wurde seine Schwester in diese Rolle gedrängt.«

»Wissen Sie, wie er gestorben ist?«

Alister schüttelte den Kopf.

»Nein, ich habe keine einzige neugierige Frage gestellt, wie ...« Er grinste.

»... so, wie ich es an Ihrer Stelle getan hätte? Sprechen Sie es nur aus!«, lachte Amy und hoffte, dass Dona sie nicht aus einem Fenster beobachten konnte.

»Das habe ich nicht gesagt!«

»Aber gedacht!«

Alister blieb abrupt stehen. »Jamie hat an dem Tag noch etwas zu mir gesagt, was mich sehr zum Nachdenken gebracht hat. *Wir müssen nach meiner Rückkehr ein ernstes Gespräch führen. Es geht um Dunvegan. Ich muss dich da in eine Sache einweihen ...* In dem Augenblick kam seine Frau ins Büro und mahnte ihn, dass sie, wenn sie noch im Hellen lossegeln wollten, endlich los müssten. Jamie ist dann gleich aufgesprungen.«

»Und Sie sind allein in seinem Arbeitszimmer zurückgeblieben?«, hakte Amy kritisch nach. »Das lassen Sie nicht meine Freundin hören! Das wäre Wasser auf ihre Mühlen.«

»Amy, das dürfen Sie Ihrer Freundin ruhig berichten, denn ich habe wirklich nichts ...« Er stockte, und seine Wangen röteten sich leicht, bevor er hastig sagte: »Also, ich habe nichts zu verbergen.«

Amy war nicht entgangen, dass es bei ihm einen winzigen Moment der Irritation gegeben hatte, als er beschwören wollte, nichts zu verbergen zu haben. Ich darf nicht allzu vertrauensselig sein, redete sie sich gut zu. Was, wenn er mir gerade die ganz große Show vormacht? Nur, weil er schöne schwarze Locken, bezaubernde braune Augen und ein aufregendes Grübchen am Kinn hat, muss er noch lange kein »Guter« sein, dachte sie und bereute ein wenig, sich ihm so unkritisch genähert zu haben.

»Lassen Sie mich raten, was Sie denken. Sie denken gerade: Hoffentlich lasse ich mich nicht von dem falschen Typen einwickeln. Vielleicht hat er es nur darauf angelegt, mich auf seine Seite zu ziehen, was allein dazu dient, Dona zu verunsichern ...«

Amy rief knallrot an und fühlte sich durchschaut. »Ich weiß selber nicht, was ich glauben soll. Wenn ich auf das falsche Pferd gesetzt habe, sollte ich in Zukunft ein bisschen an meiner Menschenkenntnis arbeiten.«

Sie waren inzwischen bei der Mälzerei angekommen. Der Geruch der keimenden Gerste war unverwechselbar, wurde aber ein wenig vom Rauch der Torffeuer überlagert. Alister öffnete die Tür, und der Geruch wurde strenger.

»Dort auf den Tennen wird die Gerste gemälzt. Das heißt, sie wird zum Keimen gebracht. Dabei müssen wir sie befeuchten und umschichten, um ein gleichmäßiges Klima zu erreichen. Danach darren wir das entstandene Grünmalz. Wir trocknen es und machen es damit lagerfähig. Wir machen das bei Dunvegan mit torfbefeuertem Darren, sodass der Rauch durch das Grünmalz ziehen kann. Was riechen Sie?«

Amy schnupperte intensiv, denn sie wollte jetzt nicht einfallslos »Torf« sagen.

»Moos, Heidekraut«, entgegnete sie zögernd.

»Ausgezeichnet, Sie sollten bei uns einsteigen!«, bemerkte Alister anerkennend.

»Und sehen Sie, wir arbeiten ganz ohne Ventilatoren. Ein alter Trick, um nachher den rauchigen Geschmack zu erzielen. Auf diese Weise dauert es länger, aber Sie werden es noch im Abgang spüren.«

Amy musterte den jungen Mann bewundernd von der Seite. Mit wie viel Herzblut er doch bei der Sache war. Seine Wangen leuchteten vor Feuereifer. Sie war schon wieder völlig hingerissen von diesem Mann. Zweifelsohne liebte er seine Arbeit und brannte für die Sache.

»Kommen Sie, die Gärtanks sind gleich nebenan.« Er führte sie durch einen Gang zu einem weiteren hallenartigen Gebäude.

»Sehen Sie, hier wird die Maische hergestellt, also das Malz wird geschrotet und sofort in einem Maischbottich mit heißem Wasser vermischt. In diesem Prozess wird die Stärke mittels der Enzyme in Maltose, also Zucker, umgewandelt.«

Amy sah interessiert in den Bottich, in dem sich die Flüssigkeit drehte.

»Und dann?«, fragte sie interessiert.

»Durch einen perforierten Boden wird die zuckerreiche Flüssigkeit von den verbleibenden Feststoffen getrennt. Nach dem Abkühlen wird die Würze in den Gärtank dort gepumpt und mit Hefe versetzt. Nun entsteht Alkohol. Diese Gärung erfolgt wie beim Bierbrauen, nur ist sie bei der Whiskyherstellung nicht keimarm. Die nun entstandene Maische hat dann einen Alkoholgehalt von fünf bis acht Prozent, aber jetzt folgen Sie mir bitte in mein Heiligtum.«

Er führte sie durch eine gläserne Tür in die nächste Halle, das Brennhaus, wie Amy unschwer an den birnenförmigen Brennblasen erkennen konnte, in denen es eifrig vor sich hin blubberte. In diesem Raum herrschte eine wohlige Wärme, und es roch angenehm nach Kupfer und Alkoholdämpfen.

»Durch ein Rohr wird die Maische in die sogenannte *Wash Still* geleitet. Das ist die erste kupferne Brennblase, die Sie dort sehen. Hier entsteht der Rohbrand. Der liegt dann schon bei zwanzig Prozent Alkoholgehalt.«

»Und langsam nähern wir uns dem Herzstück eines Brennmeisters, dem *Spirit Still.* In dieser Brennblase wird der Alkohol mit seinen Geschmacks- und Geruchsstoffen vom Wasser getrennt. Diesen Feinbrand trennen wir im *Spirit Safe* in drei Läufe: in das Herzstück, den Vor- und den Nachlauf. Unser Herzstück fließt dann durch ein Zählwerk, mit dessen Hilfe die später anfallende Branntweinsteuer bestimmt wird. Dort haben wir einen Alkoholgehalt von 60 bis 70 Prozent. Dies Herzstück wird dann zum Teil mit Wasser versetzt und drüben in der Halle zur Lagerung in Eichenfässer gefüllt, die laut Gesetz mindestens drei Jahre dort verbleiben, bei Single Malt, wie wir ihn herstellen, sollten es aber mindestens zehn Jahre sein, wobei wir auch Fässer haben, die schon zwanzig Jahre lagern.«

Amy war schwer beeindruckt von seiner Führung, zumal er eine tiefe, wohlklingende Stimme hatte, der sie wohl ebenso andächtig gelauscht hätte, wenn er ihr aus dem Telefonbuch von Portree vorgelesen hätte.

»Wollen Sie sich abschließend noch mal unsere Lagerhalle ansehen?«

»Ja, gern«, erwiderte Amy und folgte ihm nach draußen und zurück zum Hauptgebäude.

»Wir lagern den Whisky in der Regel in Fässern aus Weißeiche«, erklärte er eifrig, während sie die Halle betraten.

»Und Single Malt bedeutet doch, dass er allein aus dieser Destillerie stammt und nicht mit anderen Produkten gemischt wird, oder?«, fragte Amy eifrig nach.

Alister nickte freundlich. »Genau, wobei unser Whisky sich zusätzlich dadurch auszeichnet, dass er ausschließlich aus schottischer Gerste gemacht ist.«

Amy ließ interessiert den Blick schweifen. »Ich habe einmal gelesen, dass Whisky stehend gelagert wird, aber Ihre Fässer lagern liegend«, bemerkte sie.

Er lachte. »Dass Fässer heutzutage oft stehend gelagert werden, hat praktische Gründe, weil sie auf diese Weise schneller auf den Gabelstapler zu hieven sind, aber wir bei Dunvegan machen es traditionell, das heißt, die Fässer lagern im Liegen. Und sehen Sie, dort hinten die helleren Fässer. Das sind Solera-Fässer aus Valencia. Wir lassen ein paar unserer Produkte noch für mindestens ein Jahr in diesen Sherryfässern reifen. Das gibt ein besonderes Aroma.«

»Ich danke Ihnen für diese professionelle Erklärung. Da habe ich wirklich viel gelernt«, flötete Amy.

»Wenn Sie wollen, gehe ich noch mit Ihnen in unsere Whisky-Bar, damit Sie unsere Produkte auch probieren können«, bot er ihr an. Amy fand den Vorschlag sehr verlockend, aber nun meldete sich ihr schlechtes Gewissen Dona gegenüber. Es war in deren Augen schon schlimm genug, dass sie sich überhaupt auf diese Produktionsführung mit Alister Broun eingelassen hatte, aber was würde sie erst sagen, wenn sie sie mit ihm in der Bar beim Whisky-Probieren erwischte? Schweren Herzens lehnte sie sein freundliches Angebot ab.

»Ich glaube, ich sollte zurück zu meiner Freundin«, seufzte sie.

»Ja, tun Sie das. Wahrscheinlich wird Sie Ihnen eh den Marsch blasen, weil Sie mir überhaupt gefolgt sind«, erwiderte Alister mit einem hintergründigen Lächeln.

»Na ja, ich möchte nicht illoyal sein. Das Testament macht ihr eben schwer zu schaffen. Stellen Sie sich mal vor, Sie erfahren beim Notar, dass Ihr Vater einen Fremden zu Ihrem Miterben gemacht hat.«

»Das ist sicherlich erst einmal ein Schock. Soweit kann ich Miss MacLeod sogar verstehen, aber was ich nicht nachvollziehen kann, ist die Tatsache, dass Sie mich sofort zu kriminalisieren versucht, statt in Ruhe darüber nachzudenken, warum ihr Vater zu so drastischen Mittel greifen musste«, entgegnete er ganz ernst.

Amy war unwohl zumute, weil sie in der Sache ganz und gar seiner Meinung war, das aber wohl kaum ihrer Freundin würde vermitteln können. Hastig verabschiedete sie sich von dem Braumeister und verließ eilig die Halle.

Amy fand Dona mit angespannter Miene über die Bücher gebeugt vor. Sie schaute nicht einmal auf, als die Tür klappte.

»Na, alles in Ordnung?«, fragte Amy in einem unverfänglichen Ton.

»Ich hoffe, du hattest eine unterhaltsame Führung«, erwiderte Dona, ohne aufzusehen.

»Ach, Dona, Mr Broun ist wirklich ein netter Mann, der Ahnung von Whisky hat«, stöhnte sie.

Dona hob den Kopf und musterte die Freundin verächtlich. »Aber du hast hoffentlich nicht vergessen, dass er versucht, mich mit unlauteren Mitteln um mein Erbe bringen, oder?«

Amy wand sich. »Du, ich kann mir das bei dem Mann irgendwie nicht vorstellen. Er wirkt so ... wie soll ich sagen ... aufrichtig und unverstellt.«

»Habe ich es doch geahnt, dass er es schaffen wird, dich einzuwickeln. Schwarzer Lockenkopf und Knackarsch scheinen zu genügen, um deinen Verstand auszuschalten.«

»Dona, das ist gemein! Ich habe nicht mit ihm geflirtet, sondern er hat mir ziemlich anschaulich erklärt, wie Whisky hergestellt wird. Ich meine, du hast dich ja geweigert, mit mir eine Führung zu machen.«

»Aha, jetzt bin also schuld, dass du dem Rattenfänger auf den Leim gegangen bist. Und was hat er gesagt? Dass du mich davon abbringen sollst, gerichtlich gegen ihn vorzugehen? Und dass er seine Hände in Unschuld wäscht und keine Ahnung hatte, dass mein Vater ihm Dunvegan vererben wollte?«

»Dona, nein, wir haben natürlich nicht über euren Konflikt gesprochen! Ich werde doch nicht gegen dich Partei ergreifen, aber ich müsste mich schon sehr täuschen, wenn er tatsächlich so ein ausgekochter Schurke sein sollte.«

Dona funkelte Amy wütend an. »Du bist ja auch die große Menschenkennerin. Ich sage nur, David. Du hättest die Hand für ihn ins Feuer gelegt und wolltest erst glauben, dass er dich betrügt, als du ihn und die andere mit eigenen Augen beim Knutschen gesehen hast.«

Amys Blick verfinsterte sich. »Das ist fies! Jetzt mit David zu kommen. Das ist doch was ganz anderes. In den Typen war ich schwer verknallt. Liebe macht blind.«

»Wer sagt denn, dass du in diesen Erbschleicher nicht verknallt bist?«, konterte Dona feindselig.

Amy versuchte, sich zu entspannen und ihrer Freundin diese Gemeinheit nicht übelzunehmen. Vor allem, weil sie ja gar nicht so falsch lag. Der Braumeister hatte es ihr mächtig angetan – aber verliebt? Nein, das war sie nicht, nur weil sie sich weigerte, in ihm einen Kriminellen zu sehen.

»Gut, belassen wir es dabei, dass es mit meiner Menschenkenntnis manchmal nicht so weit her ist, aber ich denke, wir sollten dieses Thema vorerst meiden, bis sich die Sache geklärt hat«, schlug Amy in versöhnlichem Ton vor. »Und was sagen die Bücher?«, hakte sie unverfänglich nach.

Dona rollte genervt mit den Augen. »Schwarze Zahlen, was mich wirklich verwundert. Das Unternehmen läuft wirklich gut, es sei denn, hier hat auch jemand manipuliert«, seufzte sie.

Jetzt konnte Amy nicht länger an sich halten, und sie vergaß jegliche Vorsicht. »Dona, nun unterstell diesem Mann nicht auch noch, dass er die Bücher gefälscht hat. Freu dich doch, dass es der Firma gut geht.«

»Tu ich doch!«, stöhnte Dona wenig glaubwürdig. »Ich hatte erwartet, dass die Zahlen nach einer Fusion mit einem Konzern wie Dessos geradezu schreien, aber wenn ich den Büchern traue, brauchen wir das gar nicht! Ich muss das unbedingt Gordon zeigen. Also, wenn das so stimmt, können wir bei dem Konzern noch weit mehr Kohle rausholen. Schau, allein das hier. Mein Vater hat einen Lieferdeal mit dieser britischen Hotelkette abgeschlossen. Sie schenken in ihren Bars Dunvegan aus. Von Brighton im Süden bis Thurso im Norden. Das ist ein genialer Schachzug.«

Dona deutete begeistert auf die Bilanzen. Amy vertiefte sich in die Zahlen, ohne sie zu verstehen. Die kaufmännische Seite ihres gemeinsamen Lokals hatte sie stets Dona überlassen. In ihren Augen waren Zahlen der reine Horror. Sie war Köchin mit Leib und Seele und keine Unternehmerin. Dona und sie hatten sich in der Vergangenheit nahezu perfekt ergänzt. Die kulinarische Amy und die kühl rechnende Dona, die überdies ein absolutes Händchen für richtige Marketingmaßnahmen und den Zauber von Whisky besaß. Aber immerhin verstand Amy so viel vom Geschäft, dass diese Zahlen einen sofortigen Verkauf wirtschaftlich nicht erforderlich machten, sondern sogar eher dagegen sprachen ...

»Dann musst du gar nicht verkaufen. Es könnte ja ...« Amy schluckte den Rest ihrer Worte herunter, weil sie ahnte, dass sie damit nur erneut Donas Argwohn erregen würde. Sie hatte nämlich sagen wollen, dass sie dann doch ganz beruhigt Alister Broun die Geschäftsführung überlassen könnte.

»Ich muss das mit den Bilanzen unbedingt Gordon mitteilen, wenn wir heute Abend Essen gehen. Dann muss er bei Dessos einen höheren Kaufpreis verlangen, ich verkaufe das Haus, und wir beide kehren als zukünftige Eigentümerinnen eines Restaurants in Toplage nach London zurück«, erklärte Dona begeistert.

»Du gehst heute mit deinem Exverlobten essen?«, fragte Amy erstaunt.

»Na ja, er möchte das gern, und ich bin ihm doch so unendlich dankbar, dass er mich fair behandelt, obwohl ich ihm das Herz gebrochen habe«, entgegnete Dona rasch.

Amy kämpfte mit sich, ob sie ihre Meinung über den Notar nicht einfach ungefiltert kundtun sollte, aber sie hielt sich zurück. Sie wollte das Vertrauensverhältnis zu ihrer Freundin nicht neuerlich belasten, indem sie Dona offenbarte, wie sehr sie dem Notar misstraute. Und dass sie von einem intimen Essengehen der beiden rein gar nichts hielt.

»Und wohin geht ihr?«, erkundigte sie sich bemüht sachlich.

»Er will einen Tisch im *Harbour View* reservieren.«

In diesem Augenblick zeigte Donas Mobiltelefon an, dass sie eine SMS bekommen hatte, die sie sofort laut vorlas.

»Habe keinen Platz mehr bekommen, aber meine Haushälterin kann das beste Lamm der ganzen Insel zubereiten. Um 20 Uhr bei mir? Ich wohne immer noch im alten Haus.«

»Bei ihm zu Hause? Du willst doch nicht etwa zu ihm gehen?«, rutschte es Amy vorlaut heraus.

Dona zuckte mit den Schultern. »Warum nicht? Ich bin in seinem Elternhaus hundertmal ein und aus gegangen. Seine Mutter und sein Vater mochten mich sehr. Wenn er mich dorthin einlädt, werden sie mich ja sicher nicht hassen. Das ist völlig unverfänglich.«

»Gut, dann werde ich den heutigen Abend allein im Schloss verbringen«, entgegnete Amy leicht resigniert, als ihr Telefon ihr signalisierte, dass sie eine Nachricht bekommen hatte. Verstohlen warf sie einen Blick auf den Text.

Habe einen Tisch im Harbour View *um 20 Uhr reserviert. Weiß, ich hätte Sie vorher fragen müssen, aber ich wollte Sie überraschen. Ich würde mich freuen, wenn Sie kämen. Michael Bruce.*

»Und wer hat dich angeschrieben? Lass mich raten. Der wunderbare Mr Alister Broun?«, bemerkte Dona spöttisch.

»Nein, der Reverend«, erwiderte Amy kühl und wunderte sich darüber, dass der Geistliche noch einen Tisch in dem begehrten Restaurant am Hafen ergattert hatte, während das dem Notar offensichtlich nicht gelungen war. Sie konnte sich nicht helfen, aber Gordon MacArran wurde ihr immer suspekter.

»Und wohin geht ihr?«, hakte Dona interessiert nach.

»Ins *Harbour View*«, entgegnete Amy knapp.

»Da hat der Reverend meinem Exverlobten offenbar den letzten Platz vor der Nase weggeschnappt«, lachte Dona.

Das glaube ich eher nicht, dachte Amy, und obwohl sie ihre Zunge hüten wollte, hatte sie es schon ausgesprochen. »Oder dein Galan hat sich gar nicht um eine Reservierung im Restaurant bemüht, sondern versucht, dich unter falschen Voraussetzungen in sein Haus zu locken.«

»Ach, Amy, du bist unmöglich, was traust du dem armen Kerl eigentlich noch alles zu?«

Amy zog es vor, nun wirklich zu schweigen. Offenbar war Dona auf diesem Ohr taub und vertraute ihrem Exverlobten blind.

Portree, April 1921

Vier Wochen sind seit unserer verunglückten Hochzeitsnacht vergangen. Wir haben sie am nächsten Abend zwar nachgeholt; richtig frei habe ich mich indessen nicht gefühlt, weil ich Sorge hatte, so ein Anfall könnte sich wiederholen. Gavin aber tat alles, um mich vergessen zu lassen, wie schlecht es ihm am Tag zuvor gegangen war. Er ist ein zärtlicher Liebhaber, der darauf bedacht ist, eine Frau glücklich zu machen. In unserer nachgeholten Hochzeitsnacht hat er mich wild geliebt, und es standen ihm Tränen in den Augen, nachdem er sich schließlich erschöpft neben mich gelegt hatte. Merkwürdigerweise habe ich ihn nur dieses eine Mal derart zügellos erlebt. Die nächsten Male, die wir miteinander schliefen, schien er mir gehemmter. Überhaupt sah er mich manchmal zwar mit vor Begierde funkelnden Augen an, wenn ich mich vor seinen Augen entkleidete, aber er fiel nicht über mich her, wenn ich mich zu ihm ins Bett legte. Erst wenn ich deutlich signalisierte, dass ich mehr wollte, ging er darauf ein. Dabei wurde ich den Eindruck nicht los, dass er es nicht mehr wagte, sich einer zügellosen Leidenschaft hinzugeben. Sobald er in mich eindrang, hatte ich das Gefühl, dass er sich bremste. Als hätte er Angst, selber zum Höhepunkt zu gelangen. Meistens beendete er unser Liebesspiel, bevor er in Wallung kam. Vor ein paar Tagen habe ich mich endlich getraut, ihn nach dem Grund zu fragen. Es war ihm entsetzlich unangenehm, darüber zu sprechen, aber schließlich hat er mir den Grund gestanden. In unserer nachgeholten Hochzeitsnacht hatte ihn beim Höhepunkt ein explosionsartiger Kopfschmerz überfallen, den er aber vor mir zu verbergen versuchte.

»Deshalb deine Tränen«, murmelte ich nach seinem aufrichtigen Geständnis, das mich natürlich auch ein wenig befremdete.

»Nein, ich musste weinen, weil ich dich so sehr begehre, dass ich verrückt werden könnte, und mich fühle, als würde mich mein Körper mit Macht daran hindern, mich wie ein Tier zu benehmen«, erwiderte er gequält.

Ich strich ihm an diesem Morgen sanft über die Brust, während er mir sein Leiden offenbarte. »Liebster, was du auch tust, du bist kein Tier, du bist ein Mann. Und ich genieße es, wenn du dich der Leidenschaft wild und hemmungslos hingibst. Aber ich bin dafür, dass wir uns in Zukunft sanft und zärtlich lieben, und vielleicht sollten wir einen Arzt aufsuchen, denn ich bin sicher, dass es einen Zusammenhang mit deinen sonstigen Kopfschmerzattacken gibt.«

Gavin sah mich voller Liebe an. »Ich habe schon lange mit dem Gedanken gespielt, einen Mediziner um Rat zu fragen, nur glaube ich kaum, dass sich unser Freund, der Doktor, auf diesem speziellen Gebiet auskennt.«

Jack Mackenzie war der Hausarzt, ein freundlicher älterer Herr, der in unserem Haus ein und aus ging, weil meine Schwiegermutter täglich neue Wehwehchen zu beklagen hatte. Ich hielt sie zwar für eine ausgemachte Hypochonderin, aber der Doktor nahm alle ihre Zipperlein ernst und behandelte sie mit stoischer Ruhe. In diesem Augenblick dachte ich daran, dass sie auch unter Kopfschmerzen litt und diese mit dem Fluch der MacLeods gemeint haben könnte, als ich sie in der verunglückten Hochzeitsnacht auf dem Flur getroffen hatte. Aber ich wollte meinen Mann in diesem Augenblick nicht mit meinen Gedanken belasten.

»Vielleicht kennt er einen Spezialisten in Glasgow oder Edinburgh«, gab ich zu bedenken.

Gavin sah mich verlegen an. »Ich weiß nicht, ob ich dem Leibarzt meiner Mutter solche intimen Dinge anvertrauen möchte.«

»Ich denke nicht, dass er darüber plaudern wird. Immerhin unterliegt er der ärztlichen Schweigepflicht.« Ich strich ihm immer noch weiter über die nackte Brust, während wir über sein Problem sprachen.

»Ich denke darüber nach«, flüsterte Gavin und begann nun, sanft über meinen Ausschnitt zu streicheln, der in dem weinroten Seidennachthemd einen verführerischen Blick auf meine Brüste freigab. Gavin beugte sich über mich und zog mir geschickt das Nachthemd aus, bevor er mit seinen Händen über meine Brust glitt und dann immer tiefer. Als ich seine forschenden Finger zwischen meinen Schenkeln spürte, bog ich mich ihm voller Begierde entgegen, und er streichelte mich so lange, bis mein Körper unter seiner Hand förmlich explodierte. Ehe ich mich versah, war er in mich eingedrungen, und ich stöhnte vor Lust. Ich vergaß für einen Augenblick alle Vorsicht und genoss es, dass seine Stöße immer leidenschaftlicher wurden. Dieses Mal bremste er sich nicht, sondern kam unter einem lauten Schrei zum Höhepunkt. Erst als er sich erschöpft neben mich gleiten ließ, überkam mich die leise Furcht, dass er womöglich schon wieder von diesem Kopfschmerz eingeholt worden war, doch als ich einen Blick in sein Gesicht wagte, strahlte er über das ganze Gesicht.

»Du bist eine Zauberin«, stöhnte er. »Es ist nichts passiert. Ich glaube, du hast mich geheilt.«

Ich widersprach ihm nicht, und die folgenden Nächte sollten seiner optimistischen Einschätzung recht geben. Er war seit jenem Morgen wie ausgewechselt und verführte mich, sobald sich die Gelegenheit dazu bot. Es verging keine einzige Nacht, in der wir uns nicht hemmungslosen Liebesspielen hingegeben hätten. Dass sich bei uns etwas verändert hatte, war auch dem strengen Auge seiner Mutter nicht entgangen. Ihr missbilligender Blick bei den sonntäglichen Mahlzeiten, die wir der Form halber gemeinsam einnahmen, sagte alles, wenn Gavin mich verliebt ansah oder gar unter dem Tisch nach meiner Hand griff.

Am gestrigen Tag war ihr dann der Kragen geplatzt, und sie hatte ihren Sohn grob angefahren, er solle sich endlich wie ein anständiges Familienoberhaupt benehmen und nicht wie ein verliebter Gockel.

Ich hatte schon befürchtet, ihre gemeine Bemerkung würde zu einem handfesten Streit führen, aber Gavin reagierte erstaunlich gelassen. Er ignorierte die Gehässigkeit seiner Mutter und schlug mir vor, nach dem Abendessen einen Gang durch den Ort zu machen, denn an diesem Abend vor Ostern wurden auf allen umliegenden Hügeln Feuer entzündet, ein Brauch, den meine Schwiegermutter in Grund und Boden verdammte. Sie bezeichnete diese Feuer als heidnischen Hexenzauber. So ganz unrecht hatte sie nicht, denn diese Feuer gingen tatsächlich auf die keltischen Frühlingsfeuer zurück.

Wir kümmerten uns aber nicht um das Gekeife seiner verbitterten Mutter und verließen das Haus gut gelaunt. Verliebt und Hand in Hand schlenderten wir zum Hafen.

Portree, Dezember 2014

Amy und Dona versicherten einander immer und immer wieder, wie hübsch sie doch aussahen. Die Freundinnen hatten sich gegenseitig übertroffen. Dona trug ein eng anliegendes schwarzes Kostüm mit einem Bleistiftrock und einer Jacke mit Schößchen. Sie hatte es oft im Restaurant getragen. Es wirkte sehr seriös und damenhaft, während sie sich in ihrer Freizeit gern sportlich kleidete. Zu dem Kostüm trug sie ein rotes Shirt mit einem weiten Ausschnitt.

»Du willst ihn doch nicht etwa in diesem Business-Look verführen, oder?«, fragte Amy, nachdem sich ihre erste Begeisterung für das Outfit der Freundin gelegt hatte.

»Ich habe nicht vor, ihn zu verführen, aber ich kann dir die Frage gern zurückgeben. Hast du vor, unseren Geistlichen in die Laken zu zerren, denn wenn er *den* Ausschnitt sieht, wird er nicht lange zögern«, erwiderte Dona. Amy trug ein weinrot-schwarz gemustertes Kleid, das einen gewagten Einblick in ihr Dekolleté gewährte. Dazu hatte sie schwarze Strumpfhosen und Stiefel an.

»Ach, wie schön, dass du wieder bessere Laune hast«, seufzte Amy. »Der Bankmensch hat dir ja ganz schön zugesetzt.«

Dona hatte ihr nach der Rückkehr von der Bank ihr Leid geklagt. Der Sachbearbeiter hatte ihr unmissverständlich klargemacht, dass sie erst den Kredit für das Haus ablösen musste, bevor sie es verkaufen konnte.

Dona stöhnte laut auf. »So ein Blödmann! Die wissen doch, dass ich ihnen ihre Kohle zurückgebe, aber dazu muss ich erst mal einen Käufer für das Anwesen haben. Ich denke, Gordon muss mit denen ein ernstes Wort reden. Ich habe vier Wochen Zeit, den Kredit in einer Summe abzulösen, dann geben sie mir das Go zum Verkauf. Na, hoffentlich kann ich bis dahin wenigstens den Verkauf der Destillerie über die Bühne bringen.«

In diesem Augenblick ertönte die altmodische Haustürglocke, und sie gingen gemeinsam zur Tür. Reverend Bruce schien etwas verlegen, als er Dona erblickte. »Sie sind mir hoffentlich nicht böse, dass ich Ihre Freundin entführe.«

»Nein, machen Sie sich keine Gedanken. Ich habe selbst eine Verabredung.« In diesem Augenblick hielt Gordons Geländewagen vor dem Portal, und der Notar eilte mit festem Schritt auf die kleine Gruppe zu.

»Guten Abend, Reverend Bruce, schön Sie zu sehen«, begrüßte Gordon den Geistlichen fast überschwänglich, während er Amy nur knapp zunickte, um dann demonstrativ Dona zu umarmen.

Es war ganz offensichtlich, dass er Amy ignorierte. Auch der Pastor schien zu bemerken, dass es im Verhältnis zwischen Amy und dem Notar nicht zum Besten stand.

»Was meinen Sie, wollen wir?«, fragte er Amy, die sich zur Bestätigung bei ihm unterhakte.

Gordon sah den beiden kopfschüttelnd hinterher. »Der Reverend ist von seinen jungen weiblichen Gemeindemitgliedern heiß umschwärmt. Wie kommt er denn bloß auf deine Freundin?«

Dona glaubte zunächst, sich verhört haben. Hatte Gordon das gerade wirklich gesagt?

»Wie meinst du das denn? Amy ist bildhübsch. Die Männer in London haben bei ihr Schlange gestanden«, erklärte sie voller Empörung.

Gordon hob abwehrend die Hände: »Ich wollte dir nicht zu nahe treten, aber nach meinem Geschmack hat sie zu wenig Klasse.

Guck dir nur ihr Outfit an. Das ist wirklich grenzwertig. Da muss man ja Sorge haben, dass ihre Brust ins Essen fällt . . .«

»Gordon! Also wirklich. Sie hat ein Wahnsinnsdekolleté, und das kann sie sich verdammt leisten, ohne dass es billig aussieht.« Dona schnaubte vor Zorn. Wie kam er dazu, ihre Freundin schlechtzumachen?

Doch bevor sie das kundtun konnte, hatte Gordon bereits beschwichtigend ihre Hand genommen, einen Handkuss angedeutet und ihr versichert, er stehe nun einmal auf geschmackssichere Ladies wie sie.

Diese Worte besänftigten Dona nicht. »Das Kostüm habe ich mir eigentlich für meine Arbeit gekauft.« Sie sah ihn vorwurfsvoll an. »Was hast du bloß gegen meine Freundin? Sie hat dir nichts getan, und außerdem stehen wir uns sehr nahe. Welche Freundin würde das tun, was sie für mich macht? Dass sie einfach mit nach Portree gekommen ist?«

»Sie will etwas von deinem Glanz abbekommen. Das ist es. Du kannst mir doch nicht erzählen, dass sie annähernd so einen familiären Hintergrund hat wie du. Sie bewundert dich, aber tut mir leid, mein Typ ist sie nicht.«

Dona stieß einen genervten Seufzer aus. Offenbar hatte es keinen Sinn, ihn in seine Schranken zu verweisen. In diese Abneigung gegen Amy hatte er sich offenbar regelrecht verbissen, aber, wenn sie es sich recht überlegte, war Amy nicht besser. Sie ließ auch kein gutes Haar an Gordon. Es missfiel Dona natürlich, wie ihre beste Freundin und ihr Exverlobter sich wie Katze und Hund gebärdeten.

»Wohin führt unserer Pastor deine Freundin denn aus?« Das klang überheblich und war auch so gemeint, wie seine folgende Äußerung bestätigte: »Es gibt gute Fish-and-Chips-Buden unten am Hafen.«

»Ins *Harbour View*. Offenbar hat der Reverend dir den letzten freien Tisch vor der Nase weggeschnappt«, entgegnete Dona spitz.

Gordons Gesicht nahm die Farbe einer überreifen Tomate an, während er ihr steif seinen Arm reichte. »Wollen wir?« Es war unschwer zu erahnen, dass sie ihn mit dieser Bemerkung schwer getroffen hatte, aber weshalb, fragte sich Dona. Das konnte doch nur bedeuten, dass Amy mit ihrem Verdacht gar nicht so falsch lag und er gar nicht zu reservieren versucht hatte, sondern sie lieber in seine Höhle locken wollte. Gordon schien ihre Bemerkung mächtig die Stimmung vermasselt zu haben.

Schweigend fuhren sie in Richtung des Seafield Place. Der gerade einsetzende Regen, der nun sintflutartig gegen die Scheiben prasselte, passte zu der angespannten Stimmung. Dona spielte kurz mit dem Gedanken, ob sie Gordon nicht bitten sollte, umzukehren und das Treffen an einem anderen Tag zu wiederholen. Sie hätte Gründe genug, es sich anders zu überlegen, denn schließlich war sie in Trauer.

»Entschuldige, dass ich mich so dumm benehme«, bemerkte Gordon in diesem Moment zerknirscht. »Ich fühlte mich ertappt, denn ich habe tatsächlich nicht einmal versucht, uns einen Tisch zu reservieren, weil ich dich lieber in etwas privaterer Atmosphäre bewirten wollte. Auch aus reiner Rücksicht auf dich. Ich glaube nicht, dass ein Restaurant in deiner Lage der richtige Platz ist. Ich meine, du hast gerade den Verlust deiner Eltern zu beklagen«, fügte er hinzu, nahm ihre Hand und drückte sie kurz.

Auch wenn dieses aufrichtig klingende Geständnis nicht dazu angetan war, ihr Herz zum Schmelzen zu bringen, so stimmte es Dona doch versöhnlicher. Sie wollte ihn nicht mit einem Rückzieher kompromittieren.

»Schon gut, Gordon, es ist sehr lieb von dir, dass du auf meine Gemütslage Rücksicht nehmen wolltest«, erwiderte sie sanft, wenngleich ihr in demselben Augenblick schmerzlich einfiel, wie sehr sie sich während ihrer Beziehung stets über seine Bevormundung geärgert hatte. Schon damals hatte er ständig gewusst, was für sie wohl besser wäre, ohne sie danach zu fragen.

Gordon hielt jetzt vor dem Haus seiner Eltern am Seafield Place, und Erinnerungen daran, wie sie früher hier ein und aus gegangen war, überfielen sie mit aller Macht. Und damit verbunden die plötzliche Frage, wo seine Eltern waren. Sie waren nicht bei der Beerdigung gewesen, aber daran hatte sie noch gar keinen Gedanken verschwendet. Und auch nach seiner jüngeren Schwester Sine hatte sie sich noch gar nicht erkundigt. Sie war vor acht Jahren noch ein halbes Kind gewesen.

»Gordon, was ist mit deinen Eltern? Wohnen sie in dem Haus? Geht es ihnen gut?«, fragte sie mit belegter Stimme.

Seine Antwort war ein tiefer Seufzer. »Mein Vater hat vor vier Jahren einen tödlichen Herzinfarkt erlitten, und meine Mutter …«

»Das tut mir leid.« Dona drückte kurz seine Hand.

»Meine Mutter lebt in einem Heim für Demenzkranke in Glasgow. Sie war schon vor Vaters plötzlichem Herztod erkrankt, aber er hat sich aufopfernd um sie gekümmert. Ich konnte das nicht leisten. Es ist besser für sie. In Glasgow hat sie alles, was sie braucht. Sine lebt mit ihrer Familie in ihrer Nähe und kümmert sich um sie. Ich besuche sie, so oft ich kann.«

»Entschuldige bitte, dass ich noch gar nicht nach deiner Familie gefragt habe, aber der Tod meiner Eltern, die Umstände und das alles …«, bemerkte Dona entschuldigend.

»Aber das kann ich doch gut verstehen«, erwiderte er verständnisvoll. »Nun komm. Meine Haushälterin hat uns einen Lammbraten mit Minzsoße vorbereitet.«

Er hat es wirklich gut gemeint mit dieser Einladung in sein Haus, dachte Dona, und es tat ihr aufrichtig leid, dass sie ihm unlautere Motive unterstellt hatte.

Gordon hatte mit einem aufgespannten Regenschirm in der Hand den Wagen umrundet und brachte Dona trocken bis zum Eingang des Hauses. Sie hatte ganz vergessen, wie fasziniert sie seit jeher von der Extravaganz des Hauses der MacArrans gewesen war. Das Gebäude war ganz im Jugendstil erbaut worden.

Gordons Urgroßvater Glen hatte es in den Zwanzigerjahren des letzten Jahrhunderts von einem Architekten aus Glasgow planen und bauen lassen. Es war ein für Portree außergewöhnliches Bauwerk, denn hier beherrschten bunte Fischerhäuser, einfache Landhäuser und ein paar viktorianische Bauten das Stadtbild.

Auch im Inneren waren die weißen Eichenvertäfelungen sowie die ursprünglichen Jugendstil-Tapeten erhalten geblieben.

»Es hat sich gar nichts verändert«, bemerkte Dona bewundernd.

»Das scheint nur so«, entgegnete Gordon, während er ihr den Mantel abnahm. Solche höflichen Gesten hatte er schon damals perfekt beherrscht. Mutter hat ihn stets schwärmerisch als »Gentleman der alten Schule« bezeichnet, ging es Dona durch den Kopf, und der Gedanke an ihre Mutter gab ihr einen Stich. Was würde sie darum geben, sie noch einmal in ihre Arme zu schließen und ihr zu versichern, wie schrecklich sie sie die ganzen Jahre über vermisst hatte. Wie gern würde sie ihre Mutter um Verzeihung bitten, weil sie sich nicht um sie gekümmert hatte, als sie so krank gewesen war. Hastig wischte sie sich eine Träne aus dem Auge. Gordon hatte offenbar gemerkt, dass ihr zum Heulen zumute war, denn er strich ihr tröstend über die Wange.

»Verstehst du jetzt, warum ich dich in deinem Zustand nicht den Augen der Öffentlichkeit preisgeben wollte?«

»Ja, ich habe das längst verstanden«, seufzte sie. »Und ich bin froh, dass du mich hergebracht hast. Wie konnte ich auch ahnen, was du in den vergangenen Jahren für Schicksalsschläge hast einstecken müssen. Es ist nur alles so unwirklich und still. In eurem Haus herrschte stets so viel Trubel. Die kleine neugierige Sine, die sofort angerannt kam, sobald wir das Haus betreten haben, und dann deine Mutter, die es sich niemals nehmen ließ, mich fest in ihre Arme zu schließen ...«

Gordon sah ihr fest in die Augen. »Warst du eigentlich jemals glücklich mit mir?«

Die Frage kam so überraschend, dass Dona nicht sofort in der Lage war, sie zu beantworten.

Er stieß einen tiefen Seufzer aus.

»Du musst also erst überlegen«, murmelte er betroffen.

»Nein, Gordon, natürlich war ich wahnsinnig verliebt in dich und habe jeden Augenblick mit dir genossen. Ich war sechzehn, und du warst mein erster Mann. Ich hatte Herzklopfen, sobald du den Raum betreten hast, und wenn du meine Hand genommen hast, wurde mir warm ums Herz ...«

Gordon musterte sie intensiv. Dona versuchte, seinem Blick standzuhalten, obwohl es ihr ein wenig unangenehm war, mit ihm so offen über die alten Zeiten zu sprechen. Es war doch schon so lange her, und sie hatte überdies alles unternommen, die vier Jahre mit ihm zu verdrängen.

»Kannst du dich noch an unser erstes Mal erinnern?«, fragte er nun.

Dona nickte schwach. Natürlich konnte sie das, vor allem, wenn sie, wie jetzt, in der Eingangshalle des Hauses stand, in dem es an einem warmen Sommertag über die Zärtlichkeiten hinausgegangen war, die sie im ersten halben Jahr ihrer Beziehung geteilt hatten. Genau an diesem Ort, vor der Garderobe, hatte er plötzlich so einen flackernden Blick bekommen, nachdem sich ihre Lippen nach einem leidenschaftlichen Kuss voneinander gelöst hatten. Sie erinnerte sich an jede Einzelheit:

Er flüstert heiser: »Meine Eltern sind in Edinburgh und haben Sine mitgenommen.« Dona weiß sofort, was diese Worte bedeuten. Sie ist aufgeklärt und hat auf diesen Augenblick sehnsüchtig gewartet. Ja, sogar mit ihrer besten Freundin hat sie darüber gesprochen. Die hat bereits mit ihrem Freund geschlafen und die Prognose abgegeben: Lass ihn kommen! Länger als ein halbes Jahr wird er nicht warten, mit dir zu schlafen. Das halbe Jahr ist vorüber, denkt Dona und krault ihm fordernd den Nacken, denn sie weiß, dass ihn das anmacht. Gordon stöhnt laut auf. Er hat ihre Botschaft verstanden und lässt seine Hände unter ihren Sommerpulli gleiten. Sie trägt nichts darunter. »Komm!«, stöhnt er, fasst sie bei der Hand und führt sie in sein Zimmer. Sie lassen sich auf das Bett fallen und helfen sich gegenseitig beim Ausziehen. Ihr Herz klopft bis zum Hals; sie hört auch sein Herz pochen. Er sieht sie voller Erregung an, doch dann bekommt sein Blick etwas Gequältes. »Vielleicht sollen wir doch noch warten. Deine Eltern vertrauen mir, dass ich …« Dona legt ihm ihren Finger auf den Mund, bringt ihn so zum Schweigen. »Wir leben doch nicht im Mittelalter«, entgegnet sie und zieht ihn näher zu sich heran, obwohl ihr ein bisschen die Lust vergangen ist, es zu tun. Das kann sie so gar nicht an ihm leiden, wenn er sie daran erinnert, dass ihre Beziehung mit dem Segen der Eltern geschlossen worden ist und auch nach deren altmodischen Regeln gelebt werden soll. Sie wird jedenfalls nicht bis zur Hochzeitsnacht warten. Auch Gordon hat jetzt alle Bedenken über Bord geworfen und streichelt mit geschickten Händen ihren Körper. Dona ist sich in diesem Augenblick ziemlich sicher, dass es für ihn nicht das erste Mal ist, was sie aber nicht sonderlich schockiert. Er ist schließlich vier Jahre älter und lebt unter der Woche mit ein paar Kommilitonen in einer eigenen Wohnung. Im Gegenteil, sie gibt sich seinen forschenden Händen hin und genießt diese kundigen Berührungen. Selbst als er sie zwischen den Schenkeln berührt, zuckt sie nicht zurück, sondern biegt sich ihm lustvoll entgegen. Wie er sie anfasst und zum Höhepunkt bringt, beweist ihr, dass es ihm zuvor eine Frau beigebracht haben muss, eine Vorstellung, die sie nicht weiter stört. Bevor er in sie eindringt, zögert er noch einmal. »Ich weiß nicht, ob ich … ich weiß nicht, wenn du schwanger wirst, ich …«, stöhnt er, während sein Körper darauf brennt, mit ihr zu schlafen. »Keine Sorge. Ich nehme schon seit ein paar Monaten die Pille«, entgegnet sie ungeduldig. Seine Gesichtszüge entgleisen, aber nur für den Bruchteil eines Augenblicks, dann spricht ihm die pure Lust aus den Augen, und er dringt sanft in sie ein. Sie spürt den kurzen Schmerz, aber dann gibt sie sich seinen immer wilder werdenden Stößen hin, und sie ahnt, dass sie daran in Zukunft einmal viel Spaß haben wird.

Als sie später erschöpft nebeneinander im Bett liegen, entschuldigt er sich wortreich dafür, dass er seine Lust nicht im Zaum halten konnte. Langsam nerven sie diese ständigen Bedenken. Sie setzt sich abrupt auf: »Tu mir einen Gefallen, lass bitte unsere Eltern hier raus. Wenn man dich so reden hört, muss man ja glauben, sie würden mit ihrer Moralkeule auf der Bettkante sitzen. Wir tun doch nichts Böses!«

Gordon legt die Stirn in Falten. »Wenn man dich so reden hört, man sollte nicht glauben, dass du erst siebzehn bist und aus einem so guten Haus kommst.« Das klingt strafend und bringt sie erst richtig gegen ihn auf. »Im Gegensatz zu dir war es für mich das erste Mal. Und ich darf dir versichern, dass es selbst für ein Mädchen aus Portree spät ist, mit siebzehn entjungfert zu werden, aber du hast doch längst woanders Erfahrungen gemacht. Stell dir mal vor, ich würde dir das jetzt vorhalten!«

Gordon ist knallrot angelaufen. »Ich weiß ... ich weiß jetzt gar nicht, worauf du anspielst«, schnaubt er, als wäre ihm großes Unrecht zugefügt worden, doch Dona lässt sich nicht in die Irre führen. »Du hattest eine gute Lehrerin. Können wir es nicht dabei belassen?«, fragt sie in scharfem Ton.

Gordon senkt den Blick, er kann ihr nicht in die Augen sehen. »Die Jungs haben mir einen Bordellbesuch geschenkt. Da wollte ich nicht kneifen. Es tut mir so leid.«

Statt sich durch dieses Geständnis besänftigen zu lassen, wird Dona erst richtig wütend. »Verstehst du eigentlich gar nichts?«, faucht sie ihn an. »Du bist ein guter Liebhaber. Einen besseren hätte ich nicht finden können, aber hör auf, dich oder mich dafür zu verurteilen, dass wir miteinander schlafen ...«

»Wieso nimmst du die Pille?«

»Ich möchte kein Kind. Noch nicht!«, gibt sie schroff zurück und streicht ihm dabei über den nackten Oberkörper. »Gordon, wir wollen uns doch nicht streiten. Ich mag das, wie du mich anfasst und wie du dich in mir anfühlst. Lass es uns noch einmal tun, ohne deine ganzen Bedenken«, fügt sie versöhnlich hinzu.

Aus seinen Augen spricht ein Rest von Skepsis, aber sein Körper signalisiert, dass er ihr Angebot gar nicht ablehnen kann. Sie schlafen erneut miteinander. Wild und ungestüm.

»Entschuldige bitte, dass ich dich so etwas Indiskretes gefragt habe«, hörte Dona Gordon nun wie von Ferne sagen.

Erschrocken stellte sie fest, dass sie die Augen geschlossen hatte, während sie ihren Gedanken an das erste Mal nachgehangen war. Sie riss sie auf und blickte in sein Gesicht und erschrak erneut, denn in seinem Blick flackerte es ähnlich wie damals.

»Verzeih, ich habe versucht, mich zu erinnern, aber es ist schon so lange her«, schwindelte sie.

»Ja, das war dumm von mir, dich das zu fragen. Bitte folge mir in den Salon. Ich werde meiner Haushälterin Bescheid geben, dass sie uns das Essen zubereitet.« Sein Blick sowie sein Ton waren von einer Sekunde auf die andere förmlich geworden.

Dona folgte ihm mit gemischten Gefühlen. Sie fühlte sich plötzlich sehr gehemmt in seiner Gegenwart. Ihre gemeinsame Vergangenheit war gespenstisch nah, und doch fehlte es völlig an der alten Vertrautheit zwischen ihnen. Vor allem hatte sie sich gerade schmerzhaft an das erinnert, was sie damals schon getrennt hatte: seine zur Schau gestellte moralische Überlegenheit, die sie stets als ein wenig heuchlerisch empfunden hatte.

Gordon schob ihr höflich den Stuhl an der festlich gedeckten Tafel hin und entschuldigte sich, um der Haushälterin ein Zeichen zu geben. Dona sah sich neugierig um. Auch im Salon hatte sich nichts geändert. Alle Möbelstücke standen noch an ihren Plätzen wie vor acht Jahren. Auch wenn alles von einem guten Geschmack zeugte und äußerst stilvoll war, fühlte sich Dona wie in einem Museum und in eine fremde Welt zurückversetzt. Im

Haus ihrer Eltern war ihr das gar nicht so bewusst geworden, dass sie sich acht Jahre lang nicht mehr an einen gedeckten Tisch gesetzt und von Haushälterinnen hatte bedienen lassen.

Wie anders habe ich doch während der vergangenen Jahre gelebt, dachte sie seufzend. Sie hatte zwar Personal im *Tianavaig* beschäftigt, aber nur für das Restaurant. Nicht nur, dass ihr außer Amy, deren Beruf das Kochen war, kein Mensch das Essen serviert hatte – sie hatte auch nicht in solch stilvollen und zugleich gestrigen Räumen gelebt. Amys und ihre Wohnung hatte aus zwei einfach eingerichteten Zimmern und einer Wohnküche bestanden, in die sie oft erst mitten in der Nacht und völlig erschöpft zurückgekehrt waren. Ihr Wohnzimmer war das *Tianavaig* gewesen. Überhaupt hatte sie die letzten acht Jahre fast nur gearbeitet. Nicht einmal Urlaub hatte sie sich leisten können. Was für eine fremde Welt war es, in die sie nun nach acht Jahren zurückgekehrt war.

»Guten Tag, Dona.« Eine helle Frauenstimme riss sie aus ihren Gedanken. Sie fuhr herum. Hinter ihr stand eine schlanke Frau, die ihr entfernt bekannt vorkam. In ihrem Hirn arbeitete es fieberhaft. Woher kannte sie diese Frau, die eine Platte mit einem appetitlich duftenden Lammbraten in den Händen hielt?

»Erkennst du mich nicht?«, fragte die Dunkelhaarige lauernd nach. In diesem Augenblick fiel es Dona wie Schuppen von den Augen.

»Lea?«

»Ja, ich bin es.«

»Was machst du denn hier?«, fragte sie direkt, während die Erinnerung an ihre einstige beste Freundin sie einholte und sich sofort ihr schlechtes Gewissen meldete. Lea hatte damals ihre Trauzeugin sein sollen, und Dona hatte sehr mit sich gekämpft, ob sie nicht wenigstens die Freundin in ihre Fluchtpläne hätte einweihen sollen, sich aber schließlich dagegen entschieden. Die Sorge, es hätte irgendjemand versucht, sie zurückzuhalten, hatte sie davon abgehalten.

»Ja, so sieht man sich wieder«, sagte Lea. »Es tut mir leid, was mit deinen Eltern geschehen ist«, fügte sie hastig hinzu.

In diesem Augenblick kam Gordon hinzu und blickte zweifelnd zwischen den beiden Frauen hin und her.

»Ich hätte dir vielleicht sagen sollen, dass Lea seit dem Tod meines Vaters Haushälterin bei mir ist«, bemerkte Gordon entschuldigend.

»Nein, nein, alles gut«, sagte Dona entschieden, obgleich sie ganz seiner Meinung war. Diese überraschende Begegnung mit der einstigen Freundin verunsicherte sie zutiefst und ihr fiel partout nicht ein, was sie sagen sollte.

»Du hast sicher nichts dagegen, dass Lea mit uns isst.« Gordon deutete auf das dritte Gedeck, das Dona erst jetzt wahrnahm.

»Nein, gar nichts«, beeilte sie sich zu entgegnen.

»Gut, dann hole ich mal den Rest«, bemerkte Lea und verschwand in die Küche.

»Entschuldige, das war gedankenlos von mir. Ich habe gar nicht daran gedacht, wie nahe ihr beiden euch mal gestanden habt«, erklärte Gordon mit ehrlichem Bedauern.

»Du bist mir keine Erklärung schuldig«, erwiderte Dona.

»Doch, ich will es dir erklären. Lea und ich standen uns nach deiner Flucht einmal sehr nahe. Es war der Schock über dein Verschwinden, der uns näher zusammengebracht hat, als es gut gewesen wäre. Ich habe dann aber schnell gemerkt, dass sie mich nicht darüber hinwegtrösten kann. Sie hat kurz darauf einen Arbeiter von Dunvegan, einen Kollegen ihres Vaters, geheiratet, der damals bei einem Autounfall ums Leben kam. Sie gingen später gemeinsam nach Glasgow, und Lea kam nach seinem Tod mittellos mit ihren beiden kleinen Kindern zurück nach Portree, und da habe ich ihr den Vorschlag gemacht, für mich zu arbeiten. Aber natürlich ist sie auch immer noch eine gute Freundin geblieben.«

In Donas Kopf drehte sich alles. Nicht, weil Lea nun für Gordon arbeitete oder die beiden einmal ein Paar gewesen waren, sondern weil sie das Gefühl hatte, von ihrer so sorgfältig verdrängten Vergangenheit wie von einem Schwarm Mücken überfallen zu werden. Wie lange hatte sie nicht mehr an Lea gedacht, die Tochter eines Angestellten ihres Vaters, mit der sie von Kindheit an befreundet gewesen war ...

»Ist es dir recht, dass wir zusammen essen, oder ist dir das zu viel?«, hakte Gordon nach.

Dona schüttelte genervt den Kopf. Sollte sie ihm gestehen, dass sie am liebsten auf der Stelle sein Haus verlassen hätte, um der Vergangenheit zu entfliehen? Wie oft hatte sie im ersten Jahr daran gedacht, Lea einen Brief zu schreiben, um ihr alles zu erklären. Sie hatte sich nie dazu durchringen können. Und nun sollte sie plötzlich mit der Freundin an einem Tisch sitzen, während die alte Geschichte unausgesprochen zwischen ihnen stand? Und das in Gegenwart von Gordon?

»Gordon, bitte, schau mich nicht so skeptisch an. Natürlich isst Lea mit. Es ist nur so, dass ...« Unvermittelt brach Dona in Tränen aus.

»Vielleicht willst du erst mal unter vier Augen mit ihr sprechen«, schlug er mitfühlend vor.

Dona aber deutete auf den Lammbraten. »Wenn, dann mache ich das später, aber jetzt lass uns erst mal essen.«

In diesem Augenblick kehrte Lea mit einer Schüssel Bohnen in der einen und einer Schüssel Kartoffeln in der anderen Hand zurück. »Ob du mal eben die Minzsoße holen könntest«, bat sie Gordon, der den Wink sofort verstand und den Salon verließ.

»Bevor wir uns beim Essen wie Fremde anschweigen, möchte ich mich in aller Form bei dir entschuldigen, dass ich dich damals nicht in meine Pläne eingeweiht und mich nie wieder bei dir gemeldet habe«, erklärte Dona gehetzt, während sie Lea intensiv musterte.

Die ehemalige Freundin verzog keine Miene. »Ich nehme deine

Entschuldigung an, obwohl es mich damals sehr getroffen hat«, erwiderte sie ungerührt. »Aber es ist doch schon so lange her, dass wir es einfach vergessen sollten«, fügte sie schnell hinzu.

Eigentlich sollte ich jetzt entspannt sein, dachte Dona, doch das Gegenteil war der Fall. Sie spürte, wie sich ein leiser Kopfschmerz bemerkbar machte, und sie hoffte, dieses erste Anzeichen einer Migräneattacke mittels ihrer Tabletten im Keim ersticken zu können.

»Du entschuldigst mich«, sagte sie förmlich, griff nach ihrer Handtasche, die sie über die Stuhllehne gehängt hatte, und stolperte hinaus auf den Flur. Dort stieß sie beinahe mit Gordon zusammen, an dem sie wortlos vorbei ins Bad eilte. Sie kannte sich immerhin noch so gut im Haus der MacArrans aus, dass sie auf Anhieb die richtige Tür fand. Sie ließ sich mit zitternden Knien auf den Rand der imposanten Badewanne fallen und kramte hektisch nach ihren Tabletten. Sie wollte sowohl eine Buspiron als auch prophylaktisch eine Schmerztablette, die sie für solche Fälle stets in einer kleinen Flasche in der Handtasche bei sich hatte, einnehmen. Doch so sehr sie auch in ihrer Tasche kramte und sogar den Inhalt ins Waschbecken kippte, ihre Pillen waren nicht da. Sie musste sie zu Hause vergessen haben. So behalf sie sich damit, ihre Schläfen zumindest mit eiskaltem Wasser zu beträufeln. Für einen Moment zumindest fühlte sie sich ein wenig besser, wenngleich der flüchtige Blick in den Spiegel etwas anderes signalisierte. Ihre Haut war krankhaft bleich, und ihre Züge wirkten verkrampft. Um sich zu lockern, streckte sie ihrem Spiegelbild die Zunge heraus, was aber nicht den gewünschten Effekt auf ihre gequälte Seele erzielte. Sie verspürte den Fluchtimpuls in jeder Pore. Nur weg, dachte sie, aber ihre Vernunft siegte. Was sollten die alten Freunde denken, wenn sie schon wieder wortlos abhaute? Schließlich würde sie noch eine Weile in Portree bleiben und vermeiden, dass man sie für leicht überspannt hielt. Außerdem wäre es Gordon gegenüber undankbar, der sich schließlich alle erdenkliche Mühe gab, ihr das

Gefühl zu geben, als wäre die Vergangenheit vergessen und vergeben. Stöhnend erhob sie sich vom Badewannenrand, wusch sich mit eiskaltem Wasser das Gesicht und verließ das Bad mit durchgedrücktem Kreuz.

Zwei Augenpaare musterten sie gleichermaßen skeptisch, als sie sich an ihren Platz zurücksetzte, aber sie tat so, als ob sie sich nur für das Essen interessierte, obwohl sie keinerlei Appetit verspürte.

Schweigend aßen sie den Lammbraten, der, wie Dona zugeben musste, außerordentlich gut gelungen war. Fast so schmackhaft wie der, den Amy im *Tianavaig* zubereitet hatte, dachte sie bewundernd und lobte Leas Kochkünste in höchsten Tönen, was ihr zumindest ein verhaltenes Lächeln seitens der Freundin einbrachte.

»Wirst du denn nun dein Erbe antreten und die Dunvegan-Destillerie übernehmen?«, fragte Lea plötzlich in die ansonsten angespannte Stille am Tisch hinein.

»Nein, Dona wird das Unternehmen verkaufen, sobald wir die rechtlichen Voraussetzungen geschaffen haben, dass sie allein über ihr Erbe verfügen kann«, antwortete Gordon, bevor Dona etwas entgegnen konnte. Obwohl das, was Gordon sagte, inhaltlich den Tatsachen entsprach, störte es Dona empfindlich, dass er für sie sprach. Das hatte sie schon früher wahnsinnig aufgeregt, wenn er sich ungefragt zu ihrem Sprachrohr aufgespielt hatte.

»Was gibt es denn für Schwierigkeiten?«, erkundigte sich Lea neugierig.

Gordon hatte bereits den Mund geöffnet, um erneut für Dona zu antworten, doch dieses Mal kam sie ihm zuvor.

»Mein Vater hat die Destillerie zu gleichen Teilen an mich und seinen Brennmeister, Mr Alister Broun, vererbt«, sagte sie.

Lea bekam sofort glänzende Augen. »Das ist ein ganz fähiger Mann, sagt mein Dad. Die Mitarbeiter halten große Stücke auf ihn. Er ist nicht nur ein genialer Brennmeister, sondern auch als PR-Manager ein Ass. Und ...«

»Er ist ein mieser Betrüger, der versucht, sich Donas Erbe unter den Nagel zu reißen, aber wir werden ihm einen Strich durch seine Rechnung machen!«, unterbrach Gordon Lea scharf und warf ihr einen warnenden Blick zu.

»Ich meinte ja bloß, dass er im Unternehmen einen hervorragenden Ruf genießt«, erwiderte Lea schuldbewusst.

»Dein Vater arbeitet immer noch bei Dunvegan?«, fragte Dona.

»Ja, er liebt seine Arbeit und hat geschworen, er hört erst auf, wenn sich die Gerüchte über einen Ausverkauf an Dessos bewahrheiten sollten«, entgegnete Lea hastig und vermied es, Gordon dabei anzusehen. »Ich bin froh, dass meine Mutter sich um meine beiden Kinder kümmert, während ich Gordon den Haushalt mache«, fügte sie fast entschuldigend hinzu.

Dona konnte sich nicht helfen. Leas überschwängliche Worte, die sie für die Qualifikation des »Erbschleichers« gefunden hatte, verunsicherten sie. Dass Amy auf seinen Charme hereingefallen war, stand auf einem Blatt, aber dass Lea die Meinung ihres Vaters, eines zuverlässigen Arbeiters von Dunvegan, so ungefiltert wiedergab, auf einem anderen.

»Warum meint dein Vater, dass die Übernahme von Dunvegan an Dessos ein Ausverkauf wäre?«, fragte Dona beherzt nach. Und sie musste daran denken, was sie heute in den Bilanzen entdeckt hatte. Noch war sie gar nicht dazu gekommen, mit Gordon darüber zu sprechen, auch nicht über ihren Ärger mit der Bank, aber das wollte sie nicht unbedingt in Leas Anwesenheit erledigen.

»Also, wir sollten wirklich nichts auf den Klatsch und die Ängste der Arbeiter bei Dunvegan geben«, mischte sich Gordon in überheblichem Ton ein.

»Gordon, mich würde das durchaus interessieren, warum die Mitarbeiter eine Übernahme als Ausverkauf betrachten würden«, widersprach Dona ihm entschieden.

Dona entging keineswegs der strenge Blick, den Gordon Lea zuwarf, aber sie hoffte, dass ihre einstige Freundin sich dadurch nicht den Mund verbieten lassen würde, doch offenbar zeigte er Wirkung auf Lea, denn sie murmelte nur: »Ach, das sind nur Gerüchte, die bei Dunvegan kursieren, und ich weiß auch gar nicht genau, was mein Vater damit meinte.«

Dona kämpfte mit sich, ob sie weiter nachfragen sollte, aber ein erneutes Aufwallen ihres Kopfschmerzes hielt sie davon ab. Sie befürchtete, dass der Migräneanfall ohne das Mittel nicht mehr aufzuhalten wäre. Sie brauchte es, und zwar sofort! Darum hatte sie nur noch einen Wunsch: Weg von hier! In diesem Zustand war sie nicht in der Lage, Gordon mit ihrer Entdeckung zu konfrontieren, und auch um seine Unterstützung der Bank gegenüber würde sie ihn lieber bitten, sobald sie sich wieder besser fühlte.

Abrupt erhob sie sich und griff nach ihrer Tasche. »Verzeiht mir, aber mir ist nicht gut. Es war doch alles viel zu viel für mich. Ich würde mich gern verabschieden.«

Gordon sprang ebenfalls von seinem Stuhl auf. »Wenn dir nicht gut ist, dann leg dich doch einen Augenblick auf das Sofa vor dem Kamin«, schlug er hektisch vor.

Dona schüttelte energisch den Kopf. »Nein, es ist besser, wenn ich mich verabschiede.« Sie winkte den beiden zu und wollte den Salon verlassen, aber Gordon folgte ihr und packte sie an den Schultern. »Ich lass dich doch nicht allein gehen!«, bemerkte er sichtlich aufgebracht.

Dona aber befreite sich von seinem Klammergriff. »Bitte, Gordon, mir tut jetzt ein wenig frische Luft gut. Ich würde gern zu Fuß nach Hause gehen. Lasst euch dieses schöne Essen nicht durch mich verderben.«

»Ich fahre dich«, widersprach Gordon in herrischem Ton.

Obwohl der Schmerz bereits sehr heftig gegen Donas Schläfen pochte, lehnte sie sein Angebot unmissverständlich ab.

»Dann hole ich dir wenigstens ein Taxi«, schlug Gordon unwirsch vor und zog, ohne eine Antwort abzuwarten, sein Mobiltelefon aus der Tasche.

»Nein! Ich möchte zu Fuß gehen«, erwiderte Dona und wandte sich Lea zu.

»Ich ruf dich demnächst an. Gibst du mir deine Nummer?«

»Natürlich, aber weißt du, was? Ich begleite dich, wenn Gordon damit einverstanden ist, dass ich schnell abtrage und die Küche morgen putze.«

»Meinetwegen«, knurrte er.

»Gut, dann helfe ich dir«, entgegnete Dona und stellte trotz ihrer pochenden Schläfen hastig die Teller zusammen und trug sie in die Küche. Mit ein paar Griffen hatten die beiden Frauen den Tisch abgeräumt und zogen hastig ihre Mäntel an. Gordon war ihnen in die Garderobe gefolgt und beobachtete den hektischen Aufbruch der beiden Frauen mit grimmiger Miene.

»Bis morgen. Ich komme etwas früher als sonst«, versprach Lea ihm in versöhnlichem Tonfall, was Gordon völlig ignorierte.

Dona trat auf ihn zu und umarmte ihn flüchtig. »Wir holen das nach. Versprochen!«, versicherte sie ihm.

»Komm gut nach Hause.« Er rang sich zu einem Lächeln durch und küsste sie auf beide Wangen.

Gordon brachte sie noch zur Tür und sah den beiden Frauen hinterher, bis sie im Nebel verschwunden waren. Er ballte die Fäuste bei dem Gedanken, wie dermaßen schief dieser Abend gelaufen war. Warum hatte er nicht bedacht, dass das überraschende Wiedersehen mit Lea an Dona nicht spurlos vorübergehen würde? Und warum hatte er nicht verhindern können, dass Lea derart unverstellt wiedergab, was die Belegschaft bei Dunvegan so redete? Warum habe ich Lea bloß nicht frei gegeben, fragte er sich wütend und versetzte seiner Haustür einen heftigen Fußtritt, sodass sie krachend ins Schloss fiel.

Portree, April 1921

Oben auf dem *Ben Tianavaig* funkelten Dutzende von Feuern. Es waren viele Menschen unterwegs an diesem Samstag vor Ostern, und fast jeder grüßte meinen Mann. Und ich erlebte das, was ich schon kannte, seit ich Gavins Frau geworden war. Die Männer grüßten in der Regel auch mich freundlich, während viele der Frauen mich immer noch skeptisch musterten. Wahrscheinlich gab es keinen Menschen in ganz Portree, der nicht davon gehört hatte, wie die »Fremde« Caillin den Mann ausgespannt hatte. Ich hatte den Gedanken noch gar nicht zu Ende geführt, da erkannte ich das blasse Gesicht von Mr Abercrombie, der in Begleitung von Caillin unterwegs war. Glen hatte uns bereits von der Verlobung der beiden berichtet. Trotzdem zupfte ich Gavin am Ärmel, um schnell die Straßenseite zu wechseln, aber es war zu spät. Meine entfernte Cousine hatte uns bereits entdeckt, und anstatt uns zu ignorieren, kam sie direkt auf uns zugesteuert. Sehr zum Missfallen von Mr Abercrombie, wie unschwer an seiner zerknitterten Miene zu erkennen war.

»Ihr habt ja Mut, euch unter die Leute zu wagen«, zischte Caillin. »Dabei weiß doch jeder in Portree, dass sie eine Fremde ist und bleiben wird.«

Ich wollte gerade etwas erwidern, da kam mir Gavin zuvor. »Du irrst dich, meine Liebe, Mairie wird die Mutter meiner Kinder und damit eine echte MacLeod. Und ich wäre dir sehr dankbar, wenn du mit dieser kindischen Hexenjagd endlich aufhörst. Zwischen uns beiden war nie etwas und wäre auch nie etwas gewesen.« Caillin lief rot an, zumal Gavin trotz der Passanten, die an uns vorbeiflanierten und sehr interessiert lauschten, so laut sprach, dass es jeder hören konnte. Er wandte sich nun an Mr Abercrombie: »Vielleicht könnten Sie Ihren Einfluss bei Ihrer Braut geltend machen und sie in Zukunft davon abbringen, einen derartigen Unsinn zu verbreiten.« Gavin hatte während seiner eindringlichen Worte ganz demonstrativ den Arm um mich gelegt. Mr Abercrombies Augenlider zuckten nervös, und er tat mir beinahe leid. Er wirkte so schrecklich linkisch und hilflos. Gehetzt blickte er zwischen Caillin und meinem Mann hin und her.

»Komm, Liebes, die Leute gucken schon«, stieß er schließlich heiser hervor und wollte Caillins Hand nehmen, um sie fortzuziehen, doch die stieß sie grob weg.

»Ich sage dir noch eines, Mairie MacArran, du wirst es noch einmal bitter bereuen, dass du dir genommen hast, was dir nicht zusteht. Mutter verflucht den Tag, an dem sie dich in unser Haus geholt hat.«

Bei der Erwähnung meiner Tante Galissa zuckte ich leicht zusammen. Ich war mir zwar sicher, dass meine Tante nicht wirklich so dachte, aber mir fiel sofort in allen Einzelheiten ein, wie sie mich bei Nacht und Nebel nach Edinburgh gebracht hatte.

Gavin war einen Schritt auf Caillin zu getreten. »Hör endlich auf, meine Frau zu bedrohen! Sie hat dir nichts genommen! Und das weißt du ganz genau!«, schnaubte er, bevor er wieder den Arm um meine Schulter legte und mich mit sich fortzog.

»Miststück«, fluchte er, kaum dass sie außer Hörweite waren.

So wenig ich Caillin auch leiden konnte, ich zweifelte nicht daran, dass sie in Sachen Gavin aus gekränkter Eitelkeit und zurückgewiesener Liebe jeglichen Blick für die Realität verloren hatte. Und dass sie einen Sündenbock brauchte, um sich nicht eingestehen zu müssen, dass Gavin sie niemals geliebt hätte.

»Ach, mein Schatz, mir tut sie fast ein wenig leid«, sagte ich versöhnlich.

Gavin zischte verächtlich. »Wenn mir einer leidtut, ist es Mister Abercrombie, dem sie damit deutlich zu verstehen gibt, dass er allenfalls die zweite Wahl ist.«

»Schließlich hast du mal mit dem Gedanken gespielt, sie wirklich zu heiraten.«

Gavin schüttelte unwirsch den Kopf. »Aber doch nur, um endlich meine Ruhe zu haben und weil ich glauben musste, du wärest vor meinen Zudringlichkeiten aus Portree geflüchtet. Ich kenne sie ja von Kindesbeinen an, und wenn ich ehrlich bin, mochte ich sie nie wirklich gern. Sie war schon früher ein verwöhntes Gör, das mit dem Fuß aufstampfte, wenn es seinen Willen nicht bekam. Natürlich gab es Zeiten, zu denen ich geschmeichelt war, dass eine so attraktive junge Dame ganz offenbar Interesse an mir hatte. Aber, was auch immer durch meinen Kopf gespukt sein mag – als ich dich sah, wusste ich sofort, dass es Liebe ist.«

Ich drückte seine Hand zum Zeichen, dass mich seine Liebeserklärung berührte. Natürlich würde ich ihm niemals verraten, dass mein Herz bei unserer ersten Begegnung noch an Glen gebunden gewesen war. Manchmal hatte ich allerdings das Gefühl, dass er mehr ahnte, als er jemals zugeben würde. Doch wenn, so ließ er es nicht durchblicken. Wir vier waren gute Freunde, wenngleich Glen mich manchmal für meinen Geschmack zu intensiv ansah.

Gerade neulich waren wir zum Essen bei Albiona und ihm eingeladen. Da hatte uns Glen eröffnet, dass sie ein neues Haus bauen würden. Und während dieses Gesprächs hatte Glen mich ein paarmal ziemlich schmachtend angesehen, was ich auf den Genuss des Whiskys zurückführte. Ich hoffte natürlich inständig, dass dies weder Albiona noch Gavin bemerkt haben, aber selbst wenn, ich vermutete, keiner der beiden würde das je thematisieren.

Der nächste Bekannte, der uns entgegenkam, strahlte schon von Weitem, als er mich erkannte. Es war Mr Clarence, unser Chorleiter, der mich überredet hatte, am morgigen Ostersonntag in der Kirche eines der Auferstehungslieder zu singen. Ich war noch gar nicht zu den Chorproben gegangen, weil die Hochzeitsvorbereitungen alle meine Zeit in Anspruch genommen hatten. Er war der Meinung, dass ich etwas mehr aus meinem musikalischen Talent machen müsste, nachdem ich sogar auf dem Konservatorium gewesen war.

»Ach, meine Liebe, wie schön, dass ich Sie noch treffe. Sie glauben gar nicht, wie wir uns freuen, dass Sie morgen für uns singen. Und stellen Sie sich vor, ich habe mit unserem Pastor gesprochen. Sie könnten im März einen ganzen Abend im Gemeindesaal bestreiten, und ich habe bereits drei potenzielle Klavierschüler für Sie.«

Gavin musterte den Chorleiter skeptisch. »Guter Mr Clarence, das ist reizend von Ihnen, aber meine Frau braucht doch nicht zu arbeiten.«

Ich kannte Gavins Einstellung zu diesem Thema bereits. Deshalb hatte ich erst einmal bis nach der Hochzeit warten wollen, aber nun hatte Mr Clarence das leidige Thema in Gegenwart meines Mannes aufgebracht, und ich musste Stellung beziehen, ob ich es wollte oder nicht.

»Liebster«, säuselte ich. »Mr Clarence weiß doch, dass ich nicht arbeiten muss, aber er teilt meine Ansicht, dass es sinnvoll wäre, mein musikalisches Talent nicht brachliegen zu lassen. Mir würde es großen Spaß bereiten, wenn ich ein paar Menschen das Klavierspielen beibringen könnte, und auch ein eigener Liederabend würde mir Freude machen. Die Einnahmen eines solchen Abends könnte ich ja für die Armenspeisung spenden.«

»Ja, natürlich sollst du Musik machen. Das wollte ich nicht damit gesagt haben. Und ich freue mich sehr auf den morgigen Auftritt meiner Frau«, erklärte Gavin entschuldigend.

»Ja, das wäre wirklich zu schade, wenn Ihre Frau ihre Talente nicht ausleben würde«, pflichtete ihm Mr Clarence eifrig bei. »Bis morgen«, fügte er hinzu und ging seiner Wege.

Täuschte ich mich, oder war mein Mann leicht verschnupft? Jedenfalls hatte sich seine Miene verfinstert, und er sprach nicht mehr.

»Bist du böse, dass Mr Clarence mir ein paar Klavierschüler vermitteln möchte?«

»Blödsinn, wenn du musizieren willst, dann tu es doch«, erwiderte er so schroff, wie er noch nie zuvor auch nur annähernd mit mir geredet hatte. Ich zuckte regelrecht zusammen und warf ihm einen Seitenblick zu. Er sah völlig verändert aus, hatte die Zähne fest zusammengebissen und mahlte mit dem Kiefer.

Ich blieb abrupt stehen. »Um Himmels willen, was ist mit dir?«, fragte ich erschrocken.

»Der verdammte Schmerz. Es geht wieder los. Es fängt an der rechten Seite an zu hämmern. Wie ich das hasse«, stieß er verzweifelt hervor.

»Dann gehen wir auf schnellstem Weg nach Hause, und du legst dich hin«, bemerkte ich in beruhigendem Ton, wenngleich mir seine unfreundlichen Worte regelrecht nachhingen. So hatte ich ihn noch nie erlebt. Natürlich konnte ich ihn auch verstehen. Ich wollte mir gar nicht vorstellen, wie es sein musste, wenn einen diese Kopfschmerzen aus heiterem Himmel überfielen. Und ich wollte aus einer kleinen Entgleisung auch keine große Sache machen. Wahrscheinlich war es ihm selbst aufgefallen, und es tat ihm schon leid.

Schnellen Schrittes eilten wir die Straße hinauf zu unserem Haus. Die Feuer auf dem Berg, die auf dem Hinweg eine so schöne Stimmung verbreitet hatten, erschienen mir jetzt wie warnende Fackeln. Und wieder geschah mir das, was mir bereits in der Nacht nach unserer Hochzeit vor dem Kamin widerfahren war. Dunkle Vorahnungen, dass unser Glück nicht für die Ewigkeit sein würde, überfielen mich von allen Seiten und ließen mich frösteln.

Portree, Dezember 2014

Gordon spürte, wie ihn der Zorn über den missglückten Abend wie eine Welle zu überrollen und ihm schier den Boden unter den Füßen zu entziehen drohte. Er konnte keinen klaren Gedanken mehr fassen. Er hatte das übermächtige Bedürfnis, sich abzureagieren, und da fiel ihm immer nur eines ein, obgleich er sich beim Leben seiner Mutter geschworen hatte, nie wieder einen Fuß in das düstere und verrauchte Hinterzimmer drüben in Kyle of Lochalsh zu setzen, zumal er gar nicht sicher sein konnte, dass man ihn mitspielen ließ, solange er seine Schulden nicht bezahlt hatte.

Er überwand seine Bedenken und wählte die Nummer, die er auswendig kannte. Eine raue männliche Stimme meldete sich. Als Gordon gehetzt nachfragte, ob er heute Nacht an der Pokerrunde teilnehmen könnte, ertönte ein dröhnendes Lachen. Gordon hielt den Hörer weit von seinem Ohr weg, und er wusste sofort, was das zu bedeuten hatte.

»Bitte, nur heute, ich habe auch genügend Geld für meinen Einsatz«, bettelte er, kaum dass das Gelächter verebbt und in ein Schnauben übergegangen war.

»Das würde ich lieber lassen, mein Lieber«, entgegnete sein Gesprächspartner höhnisch. »Die Jungs aus Glasgow warten nicht mehr lange, und sie sind heute alle dabei. Sei froh, dass sie dir auf der Insel noch keinen Besuch abgestattet haben. Die sind nicht zimperlich. Geh auf Tauchstation, und sei nicht so blöd, hier aufzukreuzen. Und sieh zu, dass du die Kohle bis Hogmanay herbeigeschafft hast. Du wirst doch wohl in der Lage sein, zwanzigtausend Pfund aufzutreiben.«

»Das werde ich, worauf du dich verlassen kannst«, entgegnete Gordon entschieden und beendete das unerfreuliche Gespräch grußlos. Sein Herz pochte bis zum Hals, nachdem er aufgelegt hatte, denn er allein wusste, dass er keinen Cent würde auftreiben können, um seine Spielschulden zu begleichen. In den letzten Wochen hatte er so viel Geld verloren, dass er bereits sein Haus bis zum Limit beliehen hatte. Da würde ihm auch Art Mitchel, der Bankdirektor, nicht mehr helfen können. Er hatte ihn neulich bereits auf dem Golfplatz zur Seite genommen und ihm gesteckt, dass er mehr Kredit für ihn bei der Zentrale in Edinburgh nicht mehr würde durchsetzen können.

Wie er es auch drehte und wendete, das Wasser stand ihm bis zum Hals, und es gab für ihn nur noch einen einzigen Ausweg, seine Spielschulden zu begleichen, ohne dass die Kerle tatsächlich bei ihm auftauchten. Die Angst saß ihm schon seit Wochen in den Knochen, denn es war in den Kreisen, die dem illegalen Glücksspiel frönten, bekannt, dass sie ihre eigenen Methoden hatten, an das Geld zu kommen, und dabei nicht gerade zimperlich vorgingen.

Er brauchte dringend das Schmiergeld in Höhe von dreißigtausend Pfund, das Mr Fuller ihm zugesagt hatte für den Fall, dass es mit der Übernahme von Dunvegan nun endlich klappte. Doch dazu benötigte er dringend die verdammte Unterschrift von diesem Broun. Es müsste doch mit dem Teufel zugehen, wenn ich diesen vermeintlichen Gutmenschen nicht davon überzeugen kann, dass der Verkauf sich für ihn lohnt, dachte Gordon. Er konnte sich partout nicht vorstellen, dass dieser Alister Broun absolut unbestechlich war. Wahrscheinlich war es nur eine Frage der Höhe, und da gab es noch einen gewissen Spielraum nach oben. Dona würde ihm eher dankbar sein, wenn er es schaffte, diesen Alister doch noch auf unbürokratischem Wege auszuschalten und ihr damit das alleinige Erbe zu verschaffen. Ohne weiter zu überlegen, griff er zum Hörer und wählte die Handynummer des Braumeisters.

Alister Broun meldete sich nach dem ersten Klingeln. Gordon hörte sofort, dass er über eine Freisprechanlage telefonierte und offenbar gerade mit dem Auto unterwegs war.

»Hier spricht Gordon MacArran. Haben Sie einen Augenblick?«

»Aber nur ganz kurz, ich bin gerade unterwegs, und das Wetter verlangt meine volle Konzentration beim Fahren. Was gibt es?«

»Ich verdoppele mein Angebot, wenn Sie unterschreiben, und ich denke, ich kann die neuen Eigentümer davon überzeugen, über Ihr Gehalt neu zu verhandeln. Nach oben natürlich.« Gordon lachte jovial, doch das verging ihm, als sein Gesprächspartner hartnäckig schwieg.

»Das ist ein Angebot, das man nicht ablehnen kann. Nicht wahr? Da sind Sie sprachlos«, hakte Gordon nach.

»Allerdings«, erwiderte Alister ungerührt. »Ich hätte nicht gedacht, dass Sie so dreist sind. Selbst wenn Sie die Summe verdreifachen, nein, nein, und noch einmal nein! Und jetzt entschuldigen Sie mich. Das Fahren wird gerade wirklich ungemütlich.«

Mit diesen Worten beendete Alister Broun das Gespräch. Gordon schnappte förmlich nach Luft.

»Dieses Arschloch, dieses verdammte Arschloch«, fluchte er, während sein Blick auf den Vertrag fiel, den Dona unterschrieben hatte, als sie beide noch glaubten, sie wäre dazu berechtigt.

Sein Atem ging stoßweise, und er ballte die Fäuste. Starr richtete er den Blick auf den Vertrag. Verdammt, es war doch alles zum Greifen nahe gewesen. Vorsichtig strich er über das Dokument.

Die Erkenntnis überfiel ihn blitzartig: Er hatte gar keine andere Wahl. Er musste den von Dona unterschriebenen Vertrag an Fuller schicken und alles auf eine Karte setzen. In dem Augenblick würde er ihm den vereinbarten Betrag überweisen. Damit wäre er vorerst seine Spielschulden los und damit außer Gefahr. Daran, dass er danach eine Lösung finden musste, den leidigen Alister wirklich auszuschalten, mochte er in diesem Augenblick gar nicht denken. Er wusste nur, dass ihm schnell etwas einfallen musste, denn wenn sein Betrug aufflog, war er gänzlich ruiniert, auch als Anwalt und Notar. Dann konnte er gleich seine Koffer packen und aus Portree flüchten …

Hektisch zog sich Gordon seinen Regenmantel an und eilte mit gesenktem Kopf durch den peitschenden Regen bis zu seinem Büro. Er scannte das unterschriebene Vertragsexemplar ein und verfasste eine knappe Begleitmail, in der er seinem Freund die baldige Übernahme von Dunvegan an Dessos mitteilte und ihn darum bat, ihm noch vier Wochen Zeit zu geben, bis er vor Ort die Voraussetzungen geschaffen hatte, um den neuen Eigentümern die Destillerie übergeben zu können. Vier Wochen brauchte er zumindest, um das zur Wahrheit werden zu lassen, was er dem Konzern jetzt schon als Wahrheit verkaufte. Dass Dona MacLeod, die Erbin von Dunvegan, den Vertrag mit Dessos rechtsgültig unterschrieben hatte. Immerhin war ihre Unterschrift echt. Sein Blick fiel auf die Kiste, in der Mairie MacLeods Tagebuch lag. Wenn das hier alles vorbei war, würde er Dona diese Aufzeichnungen geben, und vielleicht würde sie dann verstehen, dass ihr und sein Clan schicksalhaft miteinander verbunden waren und dass sie an seine Seite gehörte. Sobald das Geschäftliche in trockenen Tüchern war und er sein Geld hatte, würde er seine große Liebe bekommen, ja, Glen MacArrans Urenkel würde Mairie MacLeods Urenkelin zu seiner Frau machen. Gordon wischte sich eine Träne aus dem Augenwinkel. Er war nicht unbedingt für seine Sentimentalität bekannt, aber bei dem Gedanken, dass es so und nicht anders kommen würde, konnte selbst ein Mann wie er schwach werden. Versonnen strich er über die Kiste. Ach, was wirst du wohl dazu sagen, dass sich unsere Urgroßeltern geliebt haben, dachte er weinerlich, bevor er sich wieder auf die Verträge besann. Er las sich noch einmal seine Mail auf dem Monitor durch.

Lieber Peter, anbei endlich der unterschriebene Vertrag. Das Original folgt per Post. Die Übergabe kann erst in vier Wochen stattfinden, sobald uns der Erbschein vorliegt. Da es sich nur noch um eine Formalität handelt, darf ich dich bitten, deine Überweisung an mich umgehend zu tätigen und geduldig abzuwarten, bis ich mich wieder bei dir melde wegen der Übergabemodalitäten. Gordon

Dann sendete er die Nachricht an Fuller. Nun konnte er nur noch hoffen, dass der ihn, da er sich in Sicherheit wiegte, wirklich vier Wochen in Ruhe ließ. Vier Wochen Galgenfrist, um zu verhindern, dass diese Seifenblase platzte und ihn als Betrüger dastehen ließ. Nein, das darf nicht sein, dachte er verzweifelt. Er hatte doch das alles nicht auf sich genommen, um das Spiel letztendlich so jämmerlich zu verlieren. Dann hätte er gleich aufgeben können, als Jamie sich quergestellt hatte und hätte nicht … Ihm wurde übel. Er sprang von seinem Bürostuhl und lief hektisch in seinem Büro auf und ab. Aber was, was sollte er bloß unternehmen? Er konnte Alister Broun schließlich nicht mit vorgehaltener Waffe zwingen, den Kaufvertrag zu unterschreiben. Und dass rechtliche Schritte gegen den Braumeister völlig sinnlos wären, war ihm als Anwalt natürlich klar. Wie wollte er beweisen, dass Broun Jamie erpresst oder bedroht hatte? Dazu bedurfte es handfester Beweise, die er aber nicht erbringen konnte, weil Jamie, der Idiot, dieses Testament genauso aufgesetzt hatte, um sein kleines lächerliches Lebenswerk in der Tradition als Familienbetrieb fortbestehen zu lassen. Wenn der Laden wenigstens annähernd so marode wäre, wie er Dona hatte weismachen wollen. Wie er diesen Broun dafür hasste, dass er eifrig mitgeholfen hatte, Dunvegan so erfolgreich in die schwarzen Zahlen zu bringen.

Am liebsten würde er den Kerl einfach überfahren. Doch das konnte er sich ganz bestimmt nicht leisten, ohne den Verdacht umgehend auf sich zu lenken.

Besser wäre es, wenn dieser Broun irgendwie Dreck am Stecken hätte und er ihn damit demontieren könnte. Aber das war ein frommer Wunsch, der wohl nicht in Erfüllung gehen würde. Broun hatte, soweit er wusste, in den Lowlands in der Nähe von Dumfries eine anständige Ausbildung zum Brennmeister gemacht und war nach der Stilllegung einer kleinen Destillerie, in der er gearbeitet hatte, nach Portree gekommen, nachdem Jamies alter Brennmeister in Rente gegangen war. So jedenfalls erzählte man sich in Portree. Aber stammte er nicht eigentlich von der Insel Islay? Warum hatte er dort nicht sein Handwerk gelernt?

Es ist nur eine vage Hoffnung, ein frommer Wunsch, dachte Gordon, aber er sollte nichts unversucht lassen. Also setzte er sich erneut an seinen Rechner und verfasste eine zweite Mail. An John Lemmont, in Dundee, der ihm schon das eine oder andere Mal geholfen hatte, schmutzige Geheimnisse seiner Gegner herauszufinden und ihm damit geholfen hatte, einen Prozess zu gewinnen.

Lieber John, habe einen neuen Auftrag. Es geht um einen gewissen Alister Broun. Er soll in einer Privatdestillerie, die inzwischen stillgelegt worden ist, eine Ausbildung zum Brennmeister gemacht haben. Finden Sie was über ihn heraus. Er kommt ursprünglich aus Islay. Honorar wie immer. Anzahlung, Löwenanteil bei Erfolg. Gordon

Gordon konnte nicht gerade behaupten, dass er sich besonders viel von dieser Aktion versprach, aber er hatte keine Wahl, er musste nach jedem Strohhalm greifen.

Portree, Dezember 2014

Dona war sehr froh, dass Lea sie ein Stück des Weges begleitete. Die beiden hatten sich wie in früheren Zeiten ganz vertraut untergehakt. Es war sehr unwirtlich in der feuchten Nacht, und ein heftiger Wind fegte von der See kommend durch die verlassenen Straßen.

»Mir tut es wirklich leid, dass ich mich nie wieder bei dir gemeldet habe«, seufzte Dona.

»Ach, ich kann es ja sogar verstehen«, erwiderte Lea. »Gordon kann schon ganz schön bestimmend sein. Ich weiß nicht, ob du davon weißt, aber wir haben versucht, uns gegenseitig über den Verlust zu trösten.«

»Gordon hat vorhin angedeutet, dass ihr mal etwas miteinander hattet.«

»Aber nur ganz kurz. Gordon hat dir dermaßen nachgetrauert, das konnte nicht gutgehen, obwohl ich damals sehr verknallt in ihn war.«

»Ich weiß«, lachte Dona. »Du hast immer gesagt, wenn du Gordon mal nicht mehr willst, dann nehme ich ihn.«

»Ja, aber als ich ihn dann kurzzeitig für mich hatte, war eine Beziehung mit ihm nicht mehr ganz so verlockend. Er war teils unausstehlich und hat wahnsinnig gelitten, wenn man ihn im Ort voller Mitleid angesehen hat. Ich habe immer gesagt, dass er sich das einbildet, aber in dem Punkt war er sehr empfindlich. Ich habe dann zum Glück Oliver kennengelernt und mich spontan in ihn verliebt. Er war zwar nicht so schlau wie unser Notar, aber fröhlich und lebenslustig. Er hat schließlich bei Dunvegan gekündigt, weil er einen besseren Job in Glasgow bekommen hat. Dein Vater war sehr traurig. Die beiden mochten sich, aber ich war ganz froh, mal über den Tellerrand zu gucken. Ich wollte eigentlich Lehrerin werden, aber dann kamen ganz schnell meine beiden Kinder. Tja, und dann kam der Tag, an dem die Polizei vor meiner Tür stand und mir mitteilte, dass mein Mann in eine Schlucht gerast ist. Er war auf dem Weg von Edinburgh nach Hause und ist betrunken von der Straße abgekommen. Und da habe ich erfahren, dass er große Schulden hatte und das Häuschen, in dem wir wohnten, bereits bis zur letzten Dachpfanne der Bank gehörte. Da blieb mir nur, zu meinen Eltern nach Portree zurückzugehen.«

»Das tut mir sehr leid. Es muss schlimm sein, seinen Mann zu verlieren und dann zu erfahren, dass man mittellos dasteht.«

»Es wurde ja noch viel schlimmer, als ans Tageslicht kam, dass er das ganze Geld verzockt hat. Er war spielsüchtig und hat dem illegalen Glücksspiel gefrönt. Übrigens etwas, in das ihn ...« Lea brach ihren Satz abrupt ab.

»Was wolltest du gerade sagen?«

Lea stieß einen tiefen Seufzer aus. »Ach, ich sollte es dir lieber nicht erzählen. Da käme ich mir wie eine billige Tratschtante vor. Aber andererseits, warum nicht. Es war Gordon, der meinen Mann in diese Kreise gebracht hat. Er hat, kurz nachdem du ihn verlassen hast, angefangen, seine Kohle beim Pokern zu verzocken.«

»Oh! Das hätte ich Gordon niemals zugetraut«, bemerkte Dona überrascht.

»Er hat sofort nach Olivers Tod die Finger davon gelassen. Das hat er mir geschworen, und ich glaube ihm.«

Sie waren jetzt in der Gasse angekommen, in der Leas Eltern wohnten. »Soll ich dir ein Taxi rufen?«, schlug Lea Dona vor. »Es ist ja doch noch ein Stück den Berg hinauf. Ich meine, hier in

Portree kann man sich zwar sicher sein, nicht auf nächtlicher Straße überfallen zu werden, aber ich glaube, es fängt gleich wieder zu regnen an.«

»Das ist lieb von dir, aber ich gehe lieber. Ich kann jetzt gut ein bisschen frische Luft gebrauchen. Aber sag mal, du hast vorhin beim Essen so begeistert von Alister Broun gesprochen. Ist der wirklich so beliebt bei den Mitarbeitern?«

»Ja, und wie! Mein Vater hält große Stücke auf ihn und war erleichtert, als sich bei Dunvegan herumgesprochen hat, dass er weiter Einfluss in der Destillerie behalten wird ...« Sie hielt erschrocken inne. »Sorry, ich habe gar nicht daran gedacht, dass Mr Broun und du wegen des Erbes deines Vaters verstritten seid.«

»Wenn ich dich recht verstehe, sieht man das Testament meines Vaters im Betrieb eher als Segen denn als Fluch.«

»Jein, natürlich hat man auch Verständnis, dass du nicht so begeistert bist über diese Regelung, aber im Interesse der Firma halten die Arbeiter es schon für vernünftig, weil natürlich das Gerücht umgeht, du würdest Dunvegan lieber heute als morgen an den Großkonzern verscherbeln«, erwiderte Lea.

»Aber ich kann es einfach nicht glauben, dass mein Vater so etwas getan haben soll, ich meine, Mr Broun ist ein Fremder. Und deshalb bin ich davon überzeugt, dass er dem letzten Willen meines Vaters nachgeholfen hat.«

Lea zuckte die Achseln. »Also, ich kenne ihn nicht näher, aber soviel ich weiß, ist er ein ziemlich aufrechter Kerl. Und außerdem reißen sich die anderen Firmen um ihn. Er hat meinem Vater auf der Beerdigung deiner Eltern verraten, dass er Dunvegan verließe, wenn die Tochter den Ausverkauf betriebe ...« Lea schlug sich die Hand vor den Mund. »Entschuldige, das hätte ich wieder gar nicht sagen sollen«, fügte sie bedauernd hinzu.

»Na gut, das werden wir heute Abend nicht klären können«, seufzte Dona, denn in diesem Augenblick begann es in ihrem

Kopf erneut zu rumoren. Es wurde höchste Zeit, dass sie den Heimweg antrat, um an ihre Tabletten zu kommen.

Sie umarmte die alte Freundin hastig, bevor sie schnellen Schrittes in Richtung Viewfield Road eilte. Sie war noch keine paar Meter gegangen, als ein Regenschauer auf sie niederprasselte. Fröstelnd zog sie den Kragen ihres viel zu dünnen Mantels hoch, was aber gegen die Wassermenge, die nun vom Himmel kam, wenig half. Das Pochen in ihrem Kopf wurde zu einem Hämmern. Dona ballte die Fäuste, und sie bedauerte, sich so stur dagegen gewehrt zu haben, den Rest des Weges mit einem Taxi zu fahren. Und auf der nächtlichen Küstenstraße würde mit Sicherheit keines zufällig vorbeikommen, das sie in ihrer Not würde anhalten können. Also kämpfte sie gegen den Regen an, den der Wind vom Meer kommend genau von vorne gegen ihr Gesicht peitschte.

Sie hatte gerade ein paar Meter geschafft, als sie hinter sich das Geräusch eines herannahenden Fahrzeugs vernahm. Als sie sich umdrehte, wurde sie von grellem Scheinwerferlicht geblendet. Sie kämpfte noch mit sich, ob sie nicht einfach diesen Wagen anhalten und den Fahrer bitten sollte, sie zum MacLeod-Anwesen zu bringen, da hielt der Wagen und die Fahrertür wurde aufgestoßen.

»Kommen Sie. Ich bringe Sie nach Hause. Bei diesem Wetter jagt man nicht einmal einen Hund vor die Tür«, bot ihr eine wohlklingende männliche Stimme an. Da das Hämmern in ihrem Kopf von Minute zu Minute unerträglicher wurde, stieg sie zu dem vermeintlich Fremden in den Wagen. Erst nachdem sie auf den Sitz des Jeeps geklettert war, erkannte sie den Fahrer. Es war kein Geringerer als Alister Broun.

»Nun schauen Sie mich nicht so böse an«, sagte er mit einem Lächeln auf den Lippen. »Ich habe nicht vor, Sie zu entführen und von den Klippen zu werfen, um in den Genuss von ganz Dunvegan zu kommen.«

»Ha ha«, entgegnete Dona müde und versuchte, ihre dröhnenden Schmerzen vor ihm zu verbergen. Selbst, wenn sie ihm das Schlimmste zutraute, sie hatte keine Wahl, als sich von ihrem erklärten Feind nach Hause bringen zu lassen, wenn sie nicht auf der dunklen Landstraße enden wollte, weil der Schmerz sie in die Knie zwang.

Alister Broun aber fuhr nicht gleich weiter, sondern musterte sie prüfend. »Miss MacLeod, ist Ihnen nicht gut?«, fragte er besorgt.

»Nun fahren Sie schon. Ich weiß, dass ich wie eine streunende pitschnasse Katze aussehe.«

»Das meine ich gar nicht, sondern Sie sind kalkweiß im Gesicht.«

Dona stöhnte genervt auf. »Nun gut, ich habe etwas Kopfweh. Deshalb wäre es ausgesprochen reizend von Ihnen, wenn Sie jetzt fahren würden, statt mich wie ein krankes Huhn anzustarren.«

Alister Broun wandte sich ab und startete den Wagen.

Dona war nach Kräften bemüht, das Ausmaß ihres Unwohlseins zu verbergen, denn nun machte sich auch noch eine entsetzliche Übelkeit bemerkbar. Sie versuchte, dagegen anzuatmen, aber es half alles nichts. Sie musste sich übergeben, und zwar sofort.

»Halten Sie an. Bitte!«, flehte sie. Alister fuhr ohne zu zögern links in eine Ausbuchtung und hielt an. Dona schaffte es im allerletzten Augenblick, den Wagen zu verlassen, und übergab sich. Immer, wenn es so schlimm wurde, dass sie sich erbrechen musste, ging damit eine Steigerung des Schmerzes einher, und sie konnte sich nicht mehr beherrschen. Sie schrie laut auf und presste ihre Hände an die linke Kopfseite, in der der Schmerz tobte, während sie in die Knie ging.

Ehe sie es sich versah, war Alister Broun aus dem Wagen gesprungen und bei ihr.

»Um Gottes willen, soll ich Sie in ein Krankenhaus bringen?«, fragte er, während er ihr die Hand reichte, um ihr aufzuhelfen.

»Nein, ich brauche meine Tabletten. Und die habe ich leider zu Hause vergessen. Das ist nur eine Migräne. Ich kenne das schon«, entgegnete sie heiser. Zögernd nahm sie seine Hand und ließ sich von ihm hochziehen und zum Wagen begleiten. Er half ihr sogar beim Einsteigen. Obwohl der Schmerz ihre Gedanken dominierte, spürte sie, dass ihr seine unkomplizierte Hilfe wohltat.

»Versuchen Sie, ganz ruhig zu atmen«, sagte er und fuhr in gesteigertem Tempo weiter. Dona war eiskalt und heiß zugleich. Während ihr Schweiß auf der Stirn perlte, fröstelte sie entsetzlich.

Als Alister vor dem Portal des Anwesens hielt, wollte sie den Wagen hastig und mit einem knappen »Dankeschön« verlassen, aber ihre Knie versagten ihr den Dienst, nachdem sie von dem hohen Beifahrersitz ins Freie geklettert war. Doch da hatte ihr Helfer bereits den Wagen umrundet und konnte sie noch rechtzeitig auffangen.

»Danke, ich schaffe das schon«, stöhnte sie.

»Ich bringe Sie ins Haus. Ist jemand da, der sich um Sie kümmern kann?«

»Miss Armstrong«, stieß Dona heiser hervor, doch dann fiel ihr ein, dass die Haushälterin für zwei Tage zu ihrer Schwester nach Broadford gefahren war. Trotz ihres desolaten Zustands würde sie Alister Broun allerdings bestimmt nicht verraten, dass sie allein im Haus war, falls Amy noch nicht von ihrem Date zurückgekehrt war. Es sah aber nicht so aus, denn es brannte nur die Außenbeleuchtung. Drinnen war alles dunkel.

Trotz ihres inneren Widerstands, sich von Alister Broun zum Eingang bringen zu lassen, blieb ihr gar nichts anderes übrig, als sich auf seinen Arm zu stützen.

An der Tür angekommen, klingelte er Sturm.

»Danke, Sie können schon gehen. Ich … ich schaffe das«, sagte sie schwach.

»Ich warte, bis Sie jemand in Empfang nimmt. Vergessen Sie bitte mal für eine Sekunde, dass ich in Ihren Augen ein gemeiner Verbrecher bin, und lassen Sie mich Ihnen helfen.«

Dona gab keine Widerworte, weil sie einsah, dass sie diesen Mann in ihrer Not tatsächlich brauchte. Wenn keiner im Haus war, der ihr helfen konnte, würde sie es wohl kaum schaffen, in den ersten Stock zu ihren Tabletten zu gelangen.

»Wo ist der Schlüssel?«, fragte er.

Wortlos reichte ihm Dona ihre Handtasche. Alister bat sie, sich kurz an einen der steinernen Löwen zu lehnen, die den Eingang zum Haus der MacLeods bewachten, während er ihre Tasche nach dem Schlüssel durchsuchte. Kaum hatte er ihn in der Hand, stützte er sie wieder mit einem Arm, während er mit der anderen Hand die Tür aufschloss. In der Eingangshalle brannten zwei Funzeln, die Alister immerhin die Orientierung im Haus erleichterten. Er kannte allerdings von seinen zahlreichen Besuchen nur die untere Etage und half ihr, sich auf einen der Sessel in der Halle zu setzen.

»Wo finde ich Ihre Tabletten?«, fragte er in ruhigem Ton – was Dona sehr wohl wahrnahm und was ihr unendlich angenehm war. Der Mann hatte noch kein lautes Wort gesprochen, ihm funkelte keinerlei Panik aus den Augen, sondern er tat in aller Ruhe das Richtige, um ihr zu helfen. Aber Dona hatte in diesem Augenblick keine Muße, sich weiter über Alister Brouns sympathische Seiten Gedanken zu machen, denn sie hoffte immer noch inständig, dass die Tabletten das Schlimmste verhindern würden.

»Sie gehen nach oben die Treppe hinauf, und dann ist die dritte Tür links mein Zimmer. Ich glaube, die Tabletten liegen auf dem Tisch, denn ich hatte sie eigentlich mitnehmen wollen«, erwiderte Dona mit fester Stimme, bevor sie sich ihre Hand wieder stöhnend an die Schläfe drückte.

Alister Broun zögerte und warf ihr einen fragenden Blick zu, der Zweifel ausdrückte, ob er sie wirklich in ihrem Zustand allein lassen durfte, doch sie nickte schwach. Dann eilte er die Treppen im Laufschritt hinauf. Für den Bruchteil einer Sekunde wiegte sich Dona in der Sicherheit, dass sie diesen Anfall überstehen würde, ohne sich wie im schlimmsten Fall vollkommen hilflos auf dem Boden zu winden, doch dann marterten die Schmerzen sie mit solcher Intensität, dass sie vom Stuhl rutschte und auf die Dielen glitt. Der Schmerz war überall, nicht nur in der Schläfe, sondern auch im Auge und in der Stirn. Ihr wurde speiübel, und sie konnte nichts mehr dagegen tun, als sich auf dem Holzboden der Eingangshalle zu übergeben. Vor ihren Augen lag nun eine Art Schleier, der ihre Sehkraft trübte. Wie durch einen Nebel nahm sie Alister wahr, wie er mit einem Glas Wasser in der einen und ihren Tabletten in der anderen Hand die Treppe hinuntergerannt kam. Er sprach beruhigend auf sie ein, während er ihr die Tabletten einflößte.

»Dunkel«, sagte sie mit letzter Kraft, und er verstand offenbar, was sie damit meinte, denn er sprang auf und suchte den Schalter, um die beiden schwach scheinenden Dielenlampen auszuschalten. Nun herrschte völlige Dunkelheit in der Halle, etwas, das zur sofortigen Besserung von Donas Zustand führte. Der Schmerz ließ ein wenig nach, jedenfalls soweit, dass sie sich nicht mehr auf dem Boden wand, sondern auf der Stelle sitzen blieb und sich den Kopf hielt. Plötzlich fühlte sie einen Arm, der sich mitfühlend um ihre Schulter legte, und sie dachte keinen Augenblick mehr darüber nach, dass er dem »Erbschleicher« gehörte. Im Gegenteil, sie ließ zu, dass er ihren Kopf ganz sanft auf seinen Schoß zog und ihn massierte. Offenbar hatte er sich neben sie gehockt. Dona wusste nicht, wie lange sie mit Alister auf dem Boden in der dunklen Halle am Boden gesessen hatte.

Ein heller Lichtstrahl riss sie aus diesem Zustand zwischen Wachen und Träumen. Und dann sah sie Amy in der Tür auftauchen.

»Ihre Freundin hat einen schweren Migräneanfall erlitten. Ob Sie mir helfen, sie ins Bett zu bringen? Ich glaube, es ist überstanden«, hörte sie Alister wie von Ferne flüstern.

Dona verspürte nur noch einen dumpfen Schmerz im Kopf, als Alister und ihre Freundin sie von beiden Seiten unterhakten und in ihr Zimmer brachten. Sie ließ es geschehen, dass sie sie sanft auf das Bett legten.

»Ich gehe dann mal«, sagte Alister leise, während er Dona einen letzten besorgten Blick zuwarf.

»Danke, dass Sie sich um Dona gekümmert haben. Wie sind Sie sich überhaupt begegnet? Ich dachte, Dona ist bei diesem Notar zum Essen«, fügte Amy in ihrer unnachahmlich direkten Art hinzu.

»Ich habe sie auf der Straße aufgelesen und hierher gebracht«, entgegnete Alister und verließ das Zimmer.

Amy half Dona beim Auskleiden, zog ihr das Nachthemd an und deckte sie zu.

»Ich bleibe an deinem Bett sitzen, bis du eingeschlafen bist.« Amy streichelte ihr über die schweißnasse Stirn.

Dona spürte, wie der Schmerz langsam abebbte. »Und hattest du einen schönen Abend?«, erkundigte sie sich in einem Ton, als wäre gar nichts geschehen.

»Das erzähle ich dir alles morgen, meine Süße, aber wenn du noch einmal über Alister Broun herziehst, bekommst du es mit mir zu tun. Er ist ein Guter, das habe ich dir doch gleich gesagt.«

Dona stieß einen Unmutslaut aus, während sie eine erlösende Müdigkeit mit aller Macht überfiel. Und doch galt ihr letzter Gedanke vor dem Einschlafen nicht dem verdammten Streit um das Erbe, sondern dem Gefühl der Geborgenheit, das sie empfunden hatte, als ihr Alister Broun im Dunkeln und am Boden kauernd den schmerzenden Kopf massiert hatte.

Portree, Juli 1922

Ich bin seit über einem Jahr nicht mehr dazu gekommen, Tagebuch zu schreiben. Das lag an unterschiedlichen Dingen: Erst starb völlig unverhofft meine Schwiegermutter. Ihr Herztod hat gemischte Gefühle in mir ausgelöst: Natürlich bin ich immer traurig, wenn ein Mensch so plötzlich die Erde verlassen muss, aber ich weiß auch nicht, wie lange ich diesen bigotten Schatten in unserem Haus noch hätte ertragen können. Zwar hätte sie es nie gewagt, in unseren Wohntrakt zu kommen, aber mir genügte es, wenn wir im Sommer den Park nutzten und sie mich jedes Mal mit Bibelsprüchen traktierte. Und dann diese gemeinsamen Essen an Sonn- und Feiertagen. Ein Gräuel! Zudem wurde sie immer sonderbarer und beschwor zuletzt, dass ich ihren Sohn verhext hätte und dass es der Wille des Herrn wäre, dass wir keine Kinder bekämen. Das war in der Tat ein Punkt, an dem ich empfindlich bin, denn auch ich wundere mich darüber, dass ich immer noch nicht schwanger geworden bin. Gavin und ich hatten ja nach der Überwindung unserer Anlaufschwierigkeiten in den ersten Monaten unserer Ehe regelmäßig miteinander geschlafen.

Neulich hat Gavin unter Tränen behauptet, dass er wegen einer schweren Mumpserkrankung, die er als Junge erlitten hat, womöglich unfruchtbar geworden sein könnte. Ich habe auf ihn eingeredet wie eine Mutter auf ihr unglückliches Kind, dass er das bitte nicht glauben möge, aber er ist so überzeugt davon, dass er immer häufiger gar nicht erst zum Höhepunkt kommt, weil ihn seine Standfestigkeit im Stich lässt. Soll ich es ihm gegenüber ansprechen, dass das natürlich auch ein Grund dafür sein könnte, warum ich immer noch nicht schwanger bin? Nein, das würde jeden Mann schwer beleidigen. Über diesem Thema liegt der Mantel des Schweigens, aber es wurmt ihn natürlich. Der starke Mann, in den ich mich nach einigem Zögern von Herzen verliebt habe, gebärdet sich immer häufiger wie ein missmutiger Misanthrop.

Leider waren Glen und Albiona mit ihrem kleinen Sohn für ein halbes Jahr nach London gegangen, wo er einen lukrativen Job bekommen hatte, um dem Regiment seines Vaters, der nicht daran dachte, das Zepter in der Notarkanzlei an ihn abzugeben, eine Weile zu entgehen. Vielleicht hätte ich sonst Glen diskret gebeten, einmal mit Gavin zu sprechen und ihm zu raten, seine schlechte Laune nicht derart auszubreiten, dass sie unserer Ehe regelrecht schadet. Albiona und Glen sind erst kürzlich zurückgekehrt, und ich hatte noch keine Gelegenheit, mit ihm unter vier Augen zu sprechen, wobei ich auch nicht weiß, ob ich wirklich den Mut aufbringe, mit meinem Cousin über etwas derart Intimes zu reden. Wenn, dann müsste ich ihm ja einen Hinweis auf die Ursachen von Gavins dauerhaft schlechter Stimmung geben – und würde ich meinen Mann damit nicht bloßstellen? An dem Punkt ist meiner Meinung nach jeder Mann besonders empfindlich. Dabei würde ich ihm gern helfen. Auch, wenn ich manchmal schwer enttäuscht bin, wie wenig mein Mann das würdigt. Ich glaube, er merkt gar nicht, wie nachlässig er mit seinen Zuwendungen mir gegenüber umgeht. Die kleinen zwischendurch ausgetauschten Zärtlichkeiten wurden immer weniger, und ich habe zunehmend den Eindruck gewonnen, dass er mit mir nur schläft, um mich zu schwängern. Was hat er mir in den ersten Monaten Komplimente gemacht über meinen Körper, mein Haar und überhaupt, wie hat er mich stets angesehen! In letzter Zeit schließt er immer häufiger die Augen, wenn wir miteinander schlafen. Oder er löscht das

Licht, bevor er ins Bett kommt. Dabei war es stets ein besonderer Zauber, wenn wir uns im Schein einer flackernden Kerze geliebt haben. Ich habe ein paarmal versucht, ihm zu helfen, wenn er nicht mit mir schlafen konnte, aber seit er ein Mal meine Hand recht grob festgehalten hat, traue ich mich das nicht mehr. Natürlich machen ihm seine immer noch regelmäßig auftretenden Kopfschmerzattacken zu schaffen, aber wäre es nicht besser für uns beide, er würde sich mir gegenüber öffnen, statt sich völlig zu verschließen? Ich spüre zu meinem großen Bedauern, dass auf diese Weise die Magie unserer Liebe verloren geht.

Die Lichtblicke in meinem Leben waren in den letzten Monaten meine Auftritte als Sängerin und der Klavierunterricht. Ich bin Gavin unendlich dankbar, dass er sich in diese Tätigkeiten, die mich erfüllen, weder einmischt noch mich dafür kritisiert. Im Gegenteil, er zeigt, dass er sehr stolz auf mich ist, und spricht stets in höchsten Tönen von seiner hochtalentierten Frau.

Heute hatte ich einen neuen Schüler, dessen fachliches Können mich schwer beeindruckt hat. Er heißt Ean Brodie und ist Gavins neuer Braumeister. Mein Mann hält große Stücke auf ihn und hat ihn mir als Schüler empfohlen. Und trotzdem war ich leicht befremdet, als ich ihn zum Unterricht empfing. Mr Brodie hat eine große schmale Statur, dunkle Locken und warme braune Augen. Mir wurde ganz merkwürdig zumute, als er vor unserer Haustür stand und sich als mein neuer Schüler vorstellte. Das lag vermutlich daran, wie intensiv er mich musterte. Sein Blick ließ mich jedenfalls nicht kalt, aber das habe ich mir natürlich nicht anmerken lassen. Trotzdem konnte ich nicht verbergen, dass ich ob seiner Kenntnisse schier überwältigt war. Er war in der Lage, mit mir ein paar Tänze von Schubert gleich vierhändig zu spielen. Da konnte ich meine Neugier nicht länger zügeln, und ich habe ihn direkt gefragt, warum er überhaupt zu meinem Klavierunterricht kommt.

»Wahrheit oder Lüge?«, fragte er mich unverblümt.

»Mr Brodie, die Wahrheit natürlich.«

»Ich habe Sie neulich im Gemeindesaal spielen und singen gehört. Ihr Vortrag hat mich schwer beeindruckt, und ich hatte das Gefühl, endlich einer Gleichgesinnten in Sachen Musik begegnet zu sein. Ich wollte unbedingt mit Ihnen musizieren.«

Ich musste meine Empörung förmlich spielen, weil mich seine unverstellte Direktheit beeindruckte.

»Sie haben sich also unter falschen Voraussetzungen bei meinem Mann als blutiger Laie ausgegeben, der Unterricht braucht?«, fragte ich und drohte ihm übertrieben mit dem Finger.

Er aber sah mich aus seinen braunen Augen unschuldig an. »Was hätte ich denn tun sollen? Ihrem Mann etwa anvertrauen, dass ich glaube, in Ihnen eine Seelenverwandte gefunden zu haben?«

»Sie sind ja verrückt. Ich kann doch kein Geld von Ihnen nehmen, wenn Sie das Klavierspiel beherrschen«, fauchte ich ihn an.

»Bitte, tun Sie das. Ich bin Ihr Schüler! Jedenfalls halten wir daran nach außen fest, und da sollte ich Ihnen schon die Stunden zahlen«, entgegnete er entschieden, während er mich mit schief gelegtem Kopf und dem schuldbewussten Ausdruck eines Schuljungen, der gerade einen Streich ausgeheckt hat, musterte. »Sehnen Sie sich nicht manchmal danach, dass jemand die Leidenschaft für die Musik mit Ihnen teilt? Und ist es nicht ein Geschenk, dass Sie diesen Jemand in mir gefunden haben? Es wäre doch nur ein kleines harmloses Geheimnis, das wir beide miteinander teilen, eines, das uns kein Mensch übelnehmen könnte.«

»Das sagen Sie. Ich weiß nicht, wie mein Mann das sehen würde. Die Musik ist etwas sehr Verbindendes zwischen zwei Menschen, und ich würde meine Hand für Gavin nicht ins Feuer legen, ob er uns beglückwünschte, wenn er davon erführe.«

»Besser, als wenn ich ihm gestehen würde, dass ich völlig fasziniert von Ihnen bin und mich in Ihre Nähe wünsche und das über die Musik zu erreichen versuche.«

Ich glaubte zunächst, mich verhört zu haben. Wie kam er dazu, mir so etwas zu gestehen, mir, der Frau seines Arbeitgebers? Ich blickte Mr Brodie entgeistert an, aber sein unschuldiger Blick war schlichtweg entwaffnend. Überhaupt besaß er etwas sehr Jungenhaftes. Sein Gesicht wirkte unverbraucht, und seine störrisch nach allen Seiten stehenden Locken unterstrichen diesen Eindruck. Kurz, er gefiel mir verdammt gut, zu gut, aber das wollte ich mir selbst zu diesem Zeitpunkt nicht eingestehen, geschweige denn es mir ihm gegenüber anmerken lassen.

»Hören Sie bitte auf. Das dürfen Sie nicht sagen. Er würde Sie sofort entlassen, und das könnte ich sogar verstehen!«

Mr Brodie lachte laut und herzlich auf. »Ich glaube nicht, dass Ihr Mann mich so schnell entlassen würde. Wir haben nämlich gerade gemeinsam einen unschlagbaren Single Malt entwickelt.«

»Mr Brodie, Vorsicht!«, erwiderte ich und merkte, dass ich ihm nicht wirklich böse sein konnte. »Mein Mann würde wohl kaum dulden, dass sich mir einer seiner Mitarbeiter unter falschen Voraussetzungen privat nähert.«

»Mrs MacLeod, und wenn ich Ihnen schwöre, dass ich meine zugegebenermaßen übergroße Sympathie Ihnen gegenüber allein in die reine Freude umwandeln möchte, mit Ihnen zu musizieren? Bitte lassen Sie das zu. Sie werden es nicht bereuen, und ich werde kein Wort mehr darüber verlieren, wie großartig ich Sie finde.« Er sah mich schelmisch an.

»Gut, Mr Brodie, dann gebe ich Ihnen eine Chance, aber nur, wenn Sie jetzt aufhören, solchen Unsinn von sich zu geben. Können Sie das?« Ich stimmte ein vierhändiges Klavierkonzert von Frédéric Chopin an, in das er sofort einfiel.

Plötzlich wurde aus diesem Charmeur ein konzentrierter Pianist, und ich redete mir ein, dass mein Mann sicherlich Verständnis dafür aufbrächte, dass sich sein Brennmeister auf diese Weise eine musikalische Begleitung erstritten hatte. In diesem Moment hatte ich jedenfalls die Hoffnung, dass wir es Gavin gegenüber sogar ganz offen handhaben konnten. Ich brauchte doch bloß von Brodies unglaublicher Begabung zu schwärmen und davon, dass ich mit keinem anderen so gut vierhändig spielen konnte. Ich war sicher, dass Gavin uns diese Freude gönnen würde, zumal ihm dieser Mitarbeiter besonders am Herzen lag.

Kaum war der letzte Ton verklungen, sah Ean Brodie mich mit großen bewundernden Augen an.

»Ich kann mir nicht helfen, ich finde Sie wunderbar.«

Und ich konnte nichts dagegen tun, dass mir sein Kompliment schmeichelte. Der Mann kam mir so unverstellt vor, und ich hegte keinen Augenblick den Verdacht, dass er ein Schmeichler war, der seine Komplimente wie aus Eimern über die ganze Frauenwelt verteilte. Aber ich musste ihn trotzdem zurechtweisen. Wir konnten unsern Plan nur verwirklichen, wenn er seine Begeisterung für mich im Zaum hielt. Also versuchte ich, es ihm mit Humor klarzumachen.

»Sie wollten sagen, Sie finden meine Klavierkünste wunderbar«, korrigierte ich ihn lächelnd.

»Lüge oder Wahrheit?«, fragte er grinsend zurück.

»Mr Brodie, sagen Sie jetzt bloß nichts Falsches«, gab ich kokett zurück, und mir war durchaus bewusst, dass ich entgegen allen meinen vernünftigen Vorsätzen gerade ungeniert mit diesem Mann flirtete. Aber ich konnte nicht anders. Es war so herrlich unbeschwert zwischen uns beiden. Wann hatte Gavin mir das letzte Mal versichert, wie wunderbar ich wäre? Nein, über unserer Beziehung lag doch seit Monaten eine Schwere. Wann hatte ich meinen Mann zum letzten Mal lachen gesehen?

Ean Brodie betrachtete mich mit einem schelmischen Lächeln. »Das heißt also, Sie wollen die ganze Wahrheit wissen. Sie sind eine wunderbare Pianistin, und wenn Sie nicht die Frau meines Chefs wären, würde ich Sie sofort um eine Verabredung bitten, denn bislang wusste ich nicht, dass es sie wirklich gibt, die Liebe auf den ersten Blick, aber als ich Sie auf der Bühne sah, hat mich aus heiterem Himmel der Blitz getroffen oder Amors Pfeil mitten in die Brust ...« Er war ganz ernst geworden, und ich spürte, wie mir die Hitze in die Wangen schoss, denn ich hatte keinen Zweifel daran, dass Ean Brodie das genauso empfand, wie er es mir gerade offenbart hatte. In diesem Augenblick klopfte es an der Tür, und ich fuhr erschrocken herum. Noch erschrockener war ich, als Gavin ins Zimmer trat, weil ich mich bei etwas Unrechtem ertappt fühlte. Mein Mann sah blass und abgekämpft aus. Seit unserer Hochzeit schien er um Jahre gealtert. Ich wehrte mich gegen diese Gedanken, aber der Kontrast zu dem vor Lebenslust und Gesundheit nur so strotzenden Mr Brodie ließ sich nun einmal nicht leugnen.

»Ich wollte nicht stören«, murmelte Gavin verlegen.

»Wir waren gerade fertig mit unserem Unterricht«, brachte ich heiser hervor.

»Und wie macht sich dein neuer Schüler?«

»Ich würde sagen, man könnte etwas aus seinem Talent machen«, erwiderte ich und versuchte dabei, Ean Brodies Blick auszuweichen.

»Ihre Frau würde aus jedem noch so unbegabten Schüler ein paar wohlklingende Töne hervorzaubern«, lachte er.

»Dann sollte ich es vielleicht auch einmal versuchen«, scherzte mein Mann. Er spielte dabei auf seine legendäre Unmusikalität an.

»Dann trau dich nur. Ich habe noch ein paar freie Stunden.« Ich war bemüht, locker zu klingen, was mir nur halbwegs gelang.

»Ja, dann habe ich eine große Bitte an Sie, Mr Brodie, die Architekten haben das Modell für unsere neue Halle fertig und wollen es mir nachher in ihrem Büro präsentieren. Darf ich Sie vielleicht bitten, mich zu begleiten, auch wenn heute Samstag ist und Sie frei haben?«

»Aber sicher, Mr MacLeod, nur weiß ich nicht, ob ich Ihnen in dieser Angelegenheit mit Rat und Tat zur Seite stehen kann. Ich glaube, wenn es um den Ankauf neuer Fässer ginge, wäre ich wesentlich besser geeignet«, erklärte Ean Brodie bescheiden.

»Ach, Mr Brodie, stellen Sie Ihr Licht nicht unter den Scheffel. Sie haben sich doch inzwischen in allen Bereichen unentbehrlich gemacht.« Gavin klopfte ihm anerkennend auf die Schulter und wandte sich mir zu. »Du musst wissen, Liebes, Mr Brodie ist mein bester Mitarbeiter. Wir haben nicht nur den wunderbaren Malt gemeinsam kreiert, sondern er hat mich zu einer neuen Brennanlage überredet, und was soll ich sagen, die ist einfach genial. Was halten Sie davon, wenn Sie heute Abend zu uns zum Essen kommen, Mr Brodie?«

Gavin warf mir einen irritierten Blick zu, denn mir waren bei seinen Worten die Gesichtszüge entgleist. Diese kleine bemüht lockere Konversation unmittelbar nach Ean Brodies Liebeserklärung war schon anstrengend genug, sodass mir der Sinn mit Sicherheit nicht nach einem gemeinsamen Abend stand, doch das durfte ich auf keinen Fall zeigen.

»Ja, gern, kommen Sie doch gegen sieben. Allerdings muss ich Sie warnen, unsere Köchin hat heute frei. Also, werde ich am Herd stehen, und seien Sie versichert, ich kann nicht halbwegs so gut kochen wie Klavier spielen.«

Ich merkte es Ean Brodies Blick an, dass ihm diese überraschende Einladung genauso wenig behagte wie mir und dass er nach Ausflüchten suchte, um sich davor zu drücken, aber erneut klopfte ihm Gavin kumpelhaft auf die Schulter. »Ich freue mich, und lassen Sie sich von meiner Frau nicht ins Bockshorn jagen. Ihr Lachs mit Senfsoße ist ganz vorzüglich.«

»Damit wäre dann ja klar, was ich koche«, entgegnete ich krampfhaft lächelnd. Im Gegensatz zu meinem Mann, der gerade recht entspannt zu sein schien, war ich innerlich alles andere als locker.

Nachdem mein Mann und Ean Brodie einträchtig den Salon verlassen hatten, ließ ich mich auf einen der Sessel vor dem Kamin fallen, versuchte den Vorfall zu vergessen und starrte dabei in das Feuer, das bei uns auch den ganzen Sommer über brannte, denn selbst wenn es wie an diesem Tag draußen über 20 Grad warm war und die Sonne den ganzen Tag schien, im Salon blieb es stets kühl. Ich fröstelte, denn kaum hatte ich meinen Blick in die züngelnden Flammen vertieft, überkam mich schon wieder ein merkwürdiges Gefühl, als würde mir das Feuer nach dem Glück trachten, um es in Glut und Asche zu verwandeln. Abrupt wandte ich den Blick vom Kamin ab und machte mich in die Küche auf, um nachzusehen, was für Zutaten mir außer dem Lachs für mein heutiges Abendessen noch fehlten. Sofort erhellte sich mein Gemüt wieder, und ich ließ endlich einen kleinen Gedanken an Ean Brodie zu. Bei allem Schrecken, den mir sein Geständnis bereitet hatte, ich konnte nicht leugnen, dass es mir auch ein wenig ans Herz ging. Ja, es berührte mich mehr, als ich je zugeben würde und ging über ein Gefühl des Geschmeicheltseins hinaus. Und ich ließ noch einmal meinen ersten Eindruck von Mr Brodie vor meinem inneren Auge Revue passieren. War mir nicht schon sein erster Blick durch und durch gegangen? Obwohl ich Ean Brodie doch nur relativ kurz gesehen hatte, hatte sich mir sein Gesicht bereits in allen Einzelheiten eingeprägt, was mich augenblicklich mit einem schlechten Gewissen erfüllte. Ich war doch nicht etwa dabei, mich in einen anderen Mann zu verlieben? Wie undankbar von dir, schalt ich mich, nur weil dein Mann im Moment vor einem Berg von Problemen steht und nicht mehr so unbeschwert wie am Anfang ist, wendest du dich gleich dem nächsten Charmeur zu und lässt dir von ihm den Kopf verdrehen. Und wusste ich wirklich, ob Ean Brodie die Wahrheit sagte, wenn er behauptete, es habe ihn schier der Blitz getroffen, als er mich das erste Mal gesehen hat? Vielleicht war er nichts weiter als ein Don Juan, der die

Frauen – gleich, ob sie gebunden waren oder frei – zu bezirzen versuchte?

Während ich noch meinen kritischen Gedanken nachhing, betrat Gavin die Küche. Er strahlte vor guter Laune. »Wir brechen jetzt auf. Ich habe Mr Brodie das Grundstück gezeigt, auf dem wir die neue Halle bauen. Und nun gehen wir zu den Architekten und schauen uns das Modell an. Ach, mein Schatz, wenn das erst im Bau ist, habe ich wieder mehr Zeit für dich und unser persönliches Vorhaben.« Er zwinkerte mir verschwörerisch zu, und natürlich wusste ich, worauf er anspielte. Es war die Tatsache, dass ich immer noch nicht schwanger geworden war, was mir persönlich viel weniger ausmachte als meinem Mann. Ich war so erfüllt von meiner Musik und dem Umgestalten des Hauses, das wir nach dem Tod von Gavins Mutter ja in seiner ganzen Pracht bewohnten, dass ich nichts vermisste. Auch hatte ich überhaupt keine Sorge, dass ich womöglich keine Kinder bekommen konnte. Ich schob unsere bisherige Kinderlosigkeit darauf, dass mein Mann nun einmal unter diesen Schmerzanfällen litt und sich seine Ängste, sie könnten ihn jederzeit wieder überfallen, hemmend auf seine Männlichkeit auswirkten. Außerdem arbeitete er oft bis zum Umfallen und war viel zu erschöpft, um seine Leidenschaft auszuleben.

»Ja, mein Schatz, das werden wir«, erwiderte ich und gab ihm zum Abschied einen Kuss auf jede Wange.

In der Tür drehte er sich noch einmal um. »Glen wird heute auch mit bei dieser Besprechung sein, da ich, wenn alles unter Dach und Fach ist, gleich einen Vertrag mit dem Architekten abschließen möchte über die Bauaufsicht. Hättest du etwas dagegen, wenn ich Albiona und ihn ebenfalls für heute Abend einladen würde? Morgen ist Sonntag, und alle könnten länger schlafen.«

Ich glaube, ich reagierte nicht gerade begeistert, aber das lag keineswegs an der Aussicht, meinen Cousin zu treffen, sondern vielmehr an meinem Unbehagen, den mir der Gedanke an diesen Abend überhaupt bereitete.

Gavin missdeutete meine versteinerte Miene und winkte rasch ab. »Ach, ich habe ja ganz vergessen, dass du dich um das Essen allein kümmern musst. Das will ich dir natürlich nicht zumuten.«

Das liebte ich an meinem Mann. Er war stets rücksichtsvoll und wollte mir nie zu viel aufbürden. Ich kannte nicht einen Ehemann, der so wenige Ansprüche an seine Frau stellte. Nun redete ich nicht unbedingt mit vielen Frauen über die Interna ihrer Ehen, aber was ich bei den Chorproben aufschnappte, ließ darauf schließen, dass etliche der Herren eine Rundumversorgung seitens ihrer Frauen erwarteten. Wie oft wurden die neuesten Rezepte ausgetauscht ... Ich hörte dann gern weg, weil mich der Haushalt als solcher herzlich wenig interessierte, aber bei dem Lachsrezept war ich hellhörig geworden. Das hatte ich mir sogar schriftlich geben lassen, vor allem auch, um nicht als überheblich zu gelten, weil ich mich diesen Gesprächen der Damen ganz offensichtlich entzog. Das hätte ein schlechtes Licht auf mich geworfen, war doch im Ort bekannt, dass ich die einzige Frau war, die gleich einen ganzen Stab an Personal besaß. Wir beschäftigten außer der Köchin ein Hausmädchen, eine Waschfrau und einen Gärtner. Und mein Desinteresse an allem, was mit Putzen, Kochen und Waschen zu tun hatte, sollte ich nicht allzu sehr zur Schau stellen. Wenn es um die Einrichtung der Häuser ging, nahm ich allerdings regen Anteil an den Gesprächen der Frauen. Es machte mir wirklich große Freude, die untere Etage wohnlicher zu gestalten und viele der düsteren und erdrückenden Möbelstücke, mit denen Gavins Mutter ihrer Schwermut und Bigotterie gefrönt hatte, zu entsorgen.

»Liebling, die zwei Personen mehr werden mich nicht überfordern. Im Gegenteil, ich freue mich doch darauf, mich ein wenig nützlich zu machen.«

»Ich liebe dich«, flüsterte Gavin, bevor er sich umdrehte und verschwand. Seine zärtlich geraunten Worte steigerten meine Gewissensbisse ins Unermessliche. Was war ich nur für eine eitle, selbstgefällige Person, dass ich mich von ein paar süßen Worten eines fremden Charmeurs derart einwickeln ließ? Ich nahm mir fest vor, ihm ausschließlich in einem Rahmen zu begegnen, den die Höflichkeit gebot, und vor allem nicht noch einmal zusammen mit ihm vierhändig zu spielen. Ich musste mir nur noch etwas halbwegs Glaubwürdiges Gavin gegenüber einfallen lassen, warum ich seinem Braumeister nicht länger Unterricht geben konnte.

Portree, Dezember 2014

Dona stand am Fenster ihres Zimmers und blickte zweifelnd über den Park bis zu der Halle mit der Aufschrift »Dunvegan«. Sie hätte längst im Büro sein wollen, aber ihr Entschluss, Alister Broun aufzusuchen und ihm einen Waffenstillstand anzubieten, ließ sie ein wenig trödeln. Sie fühlte sich noch matt und abgeschlagen, hatte aber keinerlei Schmerzen mehr. Die Ereignisse der gestrigen Nacht zogen noch einmal vor ihrem inneren Auge vorüber, und sie konnte sich nicht helfen: Das, was Alister Broun für sie getan hatte, hatte ihr Bild von ihm grundlegend verändert. Ein Mann, der sich so fürsorglich um eine Person kümmerte, die ihn derart vehement eines Verbrechens bezichtigte, wie sie es getan hatte, konnte doch gar nicht so übel sein. Zu dieser Einschätzung war sie inzwischen gelangt, obgleich diese sie schwer verunsicherte. Denn das würde wiederum bedeuten, dass er das Testament ihres Vaters nicht gefälscht hatte und sie aufhören musste, ihn zu bekämpfen oder gar als »Erbschleicher« zu bezeichnen. Einer von Leas Sätzen wollte ihr so gar nicht mehr aus dem Kopf gehen. Alister hatte auf der Beerdigung ihrer Eltern zu Leas Vater gesagt, dass er im Fall des Ausverkaufs Dunvegans seitens der Erbin an den Großkonzern die Destillerie verlassen würde. Das verkündet doch keiner, der das Testament bereits gefälscht hat und der weiß, dass er die Übernahme verhindern kann. Nein, das passt so gar nicht zusammen, sinnierte Dona.

»Na? Traust du dich nicht, ins Büro zu gehen?«, hörte sie hinter sich Amys Stimme scherzhaft fragen. Dona fuhr herum. Sie hatte gar nicht bemerkt, wie ihre Freundin das Zimmer betreten hatte.

»Blödsinn. Ich denke nur noch ein bisschen darüber nach, wie ich mich wohl bei ihm bedanken könnte. Mit einer Flasche Whisky kann ich ihn ja wohl kaum abspeisen.«

»Ich schlage ein Essen im *Harbour View Seafood Restaurant* vor. Der beste gebeizte Lachs, den ich je gegessen habe – außer meiner eigenen Kreation, der gebeizten Whisky-Lachsforelle mit Single-Malt-Schaum«, erwiderte Amy schwärmerisch.

»Ich soll mit ihm essen gehen? Wäre das nicht ein wenig übertrieben?«, fragte Dona skeptisch.

»Finde ich nicht. Er hat sich rührend um dich gekümmert. Sag mal, wieso hat er dich eigentlich auf der Straße aufgegabelt?«

»Ich habe bei Gordon Kopfweh bekommen und wollte partout zu Fuß durch die Nacht gehen. Erst bin ich zusammen mit Lea, einer alten Freundin, die inzwischen als seine Haushälterin arbeitet, ein Stück gegangen, und später, auf der Küstenstraße, hat mich der Schmerz dann voll erwischt. Ich hatte meine Pillen nicht dabei«, seufzte Dona. »Da kam er zufällig vorbei und hat mich nach Hause gebracht, wo es dann richtig losging.«

»Ach, meine Süße, wie besorgt er dich angesehen hat. Ich glaube, das war mehr als der Blick eines barmherzigen Samariters.«

Dona schüttelte unwirsch den Kopf. »Du siehst Gespenster. Er war einfach nur unglaublich hilfsbereit. Und du meinst, er würde sich freuen, wenn ich ihn einlade, mit mir zum Essen zu gehen?«

Amy nickte eifrig.

»Wie war es denn überhaupt mit deinem Pfarrer?«

Ein geheimnisvolles Lächeln huschte über das Gesicht der Freundin. »Sagen wir mal so, Michael küsst einzigartig.«

»Du hast ihn geküsst?«, kreischte Dona auf.

»Nicht nur einmal.«

»Und seht ihr euch wieder?«

»Ich denke schon.«

Dona umarmte die Freundin überschwänglich. »Ich gönne es dir. Dann solltest du aber noch ein wenig hierbleiben.«

»Das habe ich auch vor. Du musst in Ruhe klären, was du mit deinem Erbe anstellst. Du glaubst also auch nicht mehr ernsthaft, dass Mr Broun das Testament gefälscht hat, oder?«

»Ich kann es mir jedenfalls schlecht vorstellen, nachdem er mir gestern so toll beigestanden hat, obwohl es mir auch ein wenig peinlich ist, dass er mich in diesem desolaten Zustand gesehen hat.«

»Er hat dich aber nicht nur mitleidig angesehen, wenn ich das mal direkt sagen darf. Worauf wartest du noch? Das solltest du ihm dringend sagen. Ich meine, dass du ihn nicht mehr für das Oberarschloch hältst. Und vor allem, deinen Kettenhund zurückpfeifen! Apropos Mr MacArran, der Mann ist doch auch Anwalt, oder?«

»Ja, Anwalt und Notar. Warum fragst du?«

»Ach, ich will dich jetzt gar nicht damit belasten. Du hast genug um die Ohren.«

»Raus mit der Sprache, wozu brauchst du einen Anwalt?«

»Unser ehemaliger Vermieter hat uns eine unverschämte Nachricht geschickt. Er hat verlangt, dass wir die Bar auf unsere Kosten ausbauen und die ganzen Wände wieder weiß streichen.«

»Wie bitte?« Dona stemmte die Hände kämpferisch in die Hüften. »Aber das war doch alles abgesprochen mit diesen Modeheinis, dass sie das so übernehmen wollten. Der hat sich da gar nicht einzumischen!«

»Haben wir das schriftlich?«, seufzte Amy.

»Nein, aber wir waren doch beide bei der Besichtigung dabei. Die Geschäftsführerin war völlig begeistert von der Idee, dort an der Bar die Ehemänner der Kunden ein bisschen abzufüllen. Und sie fand das Rot an der Wand superb.«

»Ich weiß, das hat sie wörtlich gesagt, aber offenbar hat ihr jetzt irgendwer dazwischengefunkt, und man verlangt weiß getünchte Räume ohne Bar. Und das bitte pünktlich zum Zeitpunkt der Übergabe an die Modefirma nächste Woche.«

»Das kostet ein Heidengeld. Und außerdem hat der Vermieter uns doch gesagt, dass wir nur den Schlüssel in den Kasten werfen sollen, weil ja schließlich bereits alles geklärt wäre.«

»Genau, und jetzt soll in der nächsten Woche eine Übergabe stattfinden, ohne Bar und mit weißen Wänden.«

»Oh je, was machen wir denn da?«

»Ich dachte, wir sollten mal deinen Mr MacArran fragen, ob der Vermieter das überhaupt noch von uns verlangen kann. Schließlich sind wir schon über eine Woche raus.«

»Hm, dann muss ich Gordon nachher wohl einen Besuch abstatten.« Dona klang nicht gerade begeistert.

»Aber das könnte ich doch erledigen. Ich habe so den Eindruck, dass dir heute nicht gerade der Sinn nach einem Treffen mit dem Anwalt steht. Und diese Sache hier duldet keinen Aufschub.«

»Du bietest dich freiwillig an, deinen speziellen Freund zu besuchen?«, erwiderte Dona grinsend.

»Sagen wir so, ich opfere mich. Du bist jetzt mit der Abbitte-Aktion an Alister Broun schwer beschäftigt.«

»Gut, dann versuche dein Glück. Und bestell Gordon einen schönen Gruß. Ich werde mich in den nächsten Tagen wegen der Testamentsgeschichte bei ihm melden. Er darf auf keinen Fall gerichtliche Schritte gegen den Mann einleiten.«

»Das gebe ich doch gern weiter«, flötete Amy. »Und ich kann nicht verhehlen, dass ich mich auf sein dummes Gesicht freue, aber ich werde es mir nicht anmerken lassen. Schließlich will ich was von ihm.«

»Du Biest«, lachte Dona und war sehr erleichtert darüber, dass sie Gordon nicht aufsuchen musste, denn sie fürchtete, dass er ihr Vorwürfe wegen ihres überstürzten Aufbruchs machen würde.

»Sie drehte sich einmal um die eigene Achse. »Kann ich so gehen?«

Amy grinste. »Ich habe mich schon gefragt, ob du dich extra für deinen Helfer so hübsch gemacht hast? Das grüne Kleid zu deinem Haar ist der Hammer.«

»Das ist mehr ein Zufall. Ich habe es einfach im Kleiderschrank hängen sehen und gedacht, ich könnte es mal wieder anziehen.«

»Genau, reiner Zufall«, lachte Amy.

Dona zögerte noch einen Augenblick, doch dann machte sie sich auf in Richtung Büro. Als sie den Park überquert hatte und durch die gläserne Eingangstür von Dunvegan trat, beschleunigte sich ihr Herzschlag merklich. Sie war froh, dass sie auf dem Weg zum Büro keinem Mitarbeiter begegnete und dass Mrs Drummond nicht da war, als sie vorsichtig die Tür öffnete und vom Büroapparat Alister Brouns interne Nummer wählte, die in einer Liste neben dem Telefon verzeichnet war.

Er meldete sich gleich nach dem ersten Klingeln, und Dona versuchte, möglichst locker zu klingen. »Hier spricht Dona MacLeod, sind Sie gerade in der Brennerei beschäftigt oder hätten Sie kurz Zeit für ein Gespräch im Büro?«

»Sie haben Glück, ich wollte sowieso gerade rüberkommen, aber sagen Sie, was machen Sie denn schon wieder im Büro? Sollten Sie sich nicht lieber noch schonen?«

»Nein, mir geht es wieder sehr gut. Dank Ihrer Hilfe, und es wäre sehr lieb von Ihnen, wenn wir uns mal kurz unter vier Augen sprechen könnten.«

»Gut, dann bin ich gleich bei Ihnen.« Seine Stimme klang freundlich und zugewandt. Donas Herz pochte bis zum Hals, während sie auf die Tür starrte und darauf wartete, dass er endlich kommen würde. Als es klopfte, hatte sie Sorge, er könne ihr Herzklopfen bis zur Tür hören.

»Da bin ich ja froh, dass Sie den Migräneanfall so glimpflich überstanden haben«, begrüßte er sie und kam auf sie zu, um ihr die Hand zu geben. Dona hatte das Gefühl, sie würde ihn in diesem Augenblick zum ersten Mal sehen. Amy hatte mit ihrer Schwärmerei nicht übertrieben. Er war wirklich über die Maßen attraktiv. Mit seinem kantigen Gesicht, den braunen Augen, die sie mit unverhohlenem Interesse ansahen, und vor allem dem vorwitzigen Grübchen am Kinn.

»Wollen Sie sich nicht setzen?«, bot sie ihm höflich den Besucherstuhl an. Er warf einen Blick auf seine Armbanduhr. »Noch habe ich ein wenig Zeit. Es kommt nachher eine Lieferung mit ein paar alten und sehr wertvollen Sherryfässern. Die würde ich gern persönlich entgegennehmen. Und dann treffe ich mich mit zwei Vertretern von Waltman, einer großen amerikanischen Hotelkette, zum Lunch. Stellen Sie sich vor, die wollen unseren Whisky in ihre Hotelbar-Sortimente übernehmen. Das sind über achtzig Häuser allein in den Staaten. Und sie haben eine große Niederlassung in London, von wo aus das Europa-Geschäft koordiniert wird. Danach lecken sich die Großkonzerne die Finger. Also, Ihre Anwesenheit wäre schon eine Bereicherung.« Seine Wangen glühten vor lauter Begeisterung.

Dona musterte ihn erstaunt. Er bot ihr an, gemeinsam zu einem Geschäftstermin zu gehen? Ob er bereits ahnte, dass sie ihn gerufen hatte, um sich für ihre Verdächtigungen zu entschuldigen? Das sollte ich vielleicht endlich tun, dachte Dona.

»Ich wollte Ihnen sagen, dass ich, dass äh ...«, stammelte sie, bevor sie noch einmal tief Luft holte. Es fiel ihr nicht leicht, die richtigen Worte zu finden. »Mr Broun, ich, ich möchte Ihnen ganz herzlich dafür danken, dass Sie mich gestern gerettet haben. Und überhaupt, dafür, dass Sie das alles so richtig und gut gemacht haben. Es tut mir auch sehr leid, dass Sie solche Unannehmlichkeiten hatten, ich meine, weil ich mich überge...«

»Miss MacLeod, das war eine Selbstverständlichkeit. Sie waren in großer Not, und ich war eben zum rechten Zeitpunkt am rechten Ort, um Sie zu unterstützen.«

Dona stieß einen tiefen Seufzer aus. »Ja, aber ich war zuvor nicht gerade freundlich zu Ihnen, habe Sie für einen Fälscher gehalten, einen Erbschleicher ...«

Er musterte sie mit leicht spöttischem Blick. »Sie haben mich dafür gehalten? Heißt das, Sie haben Ihre Meinung inzwischen geändert?«

»Ich kann mir einfach nicht vorstellen, dass jemand, der mir so zur Seite steht wie Sie, zu solchen fiesen Machenschaften in der Lage ist«, stieß sie hastig hervor.

»Vielleicht wollte ich genau das bezwecken. Mir durch die Hintertür Ihr Vertrauen erschleichen. Das sollten Sie sich gut überlegen. Ich bin mir nicht sicher, was Ihr bissiger Anwalt dazu sagt.«

»Gordon MacArran lassen Sie mal meine Sorge sein. Und machen Sie es mir doch nicht so schwer. Können Sie meine Entschuldigung nicht einfach annehmen? So etwas wie Sie gestern nimmt doch kein Mann auf sich, der solche kriminellen Dinge auf dem Kerbholz hat.«

»Sagen Sie das nicht. Vielleicht bin ich nicht der Gutmensch, den Sie heute in mir sehen sollen, sondern hatte meine Gründe, Ihnen zu helfen. Vielleicht möchte ich Sie einfach nur dazu benutzen, der Firma Waltman durch Ihre Anwesenheit einen gigantischen Fisch an Land zu ziehen, um meine Taschen zu füllen.«

»Mr Broun, ich verstehe ja, dass Sie sauer sind, weil ich gleich das Schlechteste von Ihnen gedacht habe, aber können Sie das nicht verstehen? Stellen Sie sich vor, Ihre Eltern sterben und Sie erleben bei der Testamentseröffnung solche herben Überraschungen. Aber Sie können sich ja wahrscheinlich nicht in mich hineinversetzen.«

»Das würde ich so nicht sagen!«, erwiderte er sehr ernst und mit einer Spur von Trauer in seinen Augen. »Ich kann mir so etwas jedenfalls sehr viel besser vorstellen, als Sie es vielleicht vermuten.«

Dona war versucht nachzufragen, aber in seiner abweisenden Miene konnte sie lesen, dass sie einen wunden Punkt bei ihm getroffen hatte.

»Mr Broun, es tut mir wirklich leid. Ich habe inzwischen so viel Gutes über Sie gehört. Von den Mitarbeitern und überhaupt. Ich traf gestern meine alte Freundin Lea Armbruster. Sie hat von ihrem Vater, Lewis Irvine, einem Arbeiter bei Dunvegan, erfahren, dass Sie ihm auf der Beerdigung meiner Eltern angedeutet haben, anderswo eine Stellung anzunehmen, falls die Erbin, also ich, die Destillerie an einen Großkonzern verscherbeln würde. Darüber war er entsetzt und meinte, Ihr Weggang wäre eine Katastrophe für das Unternehmen. Und Sie hätten doch nie Ihre Kündigung in Aussicht gestellt, wenn Sie sich längst in der Sicherheit gewogen hätten, dass es ein Testament gibt, das den Verkauf ohne Ihre Zustimmung verbietet.«

Alister Broun lächelte verhalten.

»Ja, das entbehrt nicht einer gewissen Logik.«

»Da sehen Sie mal, wie beliebt Sie bei Ihren Mitarbeitern sind.«

»Ach, das hat Sie also umgestimmt. Dass die Belegschaft mir vertraut. Daraus schließen Sie, dass Sie mir ebenfalls vertrauen können. Dann verstehe ich Ihren Stimmungsumschwung. Ich habe mich schon gewundert. Glaubte nicht, dass Sie sich so schnell eines Besseren besinnen. Nur, weil ich Ihnen in der Not das Händchen gehalten habe.«

Er macht es mir aber auch verdammt schwer, dachte Dona, als Alister Broun sie versöhnlich musterte. »Sagen wir mal so. Ich kann wirklich gut verstehen, dass einem in einer derartigen Lage auch die Menschenkenntnis etwas abhanden kommt. Und außerdem sieht man es ja auch nicht jedem an der Nasenspitze an, ob er ein Erbschleicher ist oder nicht ...« Alister Broun unterbrach sich hastig.

Donas Neugier war allerdings geweckt. So, wie dieser Mann über das Thema sprach und überdies sogar ihr für ihn reserviertes Schimpfwort benutzte, musste er selber etwas in der Richtung erlebt haben, aber sie wagte nicht nachzufragen.

Dona reichte ihm versöhnlich die Hand. »Waffenstillstand?«, fragte sie in der Hoffnung, er würde einschlagen. Das tat er nach kurzem Zögern auch.

»Und was bedeutet das konkret, Miss MacLeod?«

»Dass ich meinem Anwalt Bescheid gebe, dass er alle geplanten rechtlichen Schritte gegen Sie unterlässt, ich mir einen besseren Eindruck von Dunvegan verschaffe und wir beide dann vielleicht eine Lösung finden, wie Sie mich auszahlen können, damit ich Ihnen das Unternehmen ganz überlassen kann.«

»Sie wollen also wirklich wieder zurück nach London?«

Dona senkte den Blick, denn er musterte sie so intensiv, dass ihr ganz heiß wurde.

»Ja, ich möchte mit Amy zusammen ein neues Restaurant in London eröffnen. Aber vorerst bleibe ich und stecke meine Nase ein wenig tiefer in die geschäftlichen Belange von Dunvegan, wenn es Ihnen recht ist.«

»Und wie! Ich bin natürlich erleichtert, dass wir nun in gewisser Weise an einem Strang ziehen, denn das war wohl Jamies Absicht, als er seinen letzten Willen verfasst hat.«

»Und irgendwie kann ich ihn inzwischen auch ein bisschen besser verstehen. Offenbar hat er damit gerechnet, dass ich mich der Destillerie auf schnellstem Weg entledige. Und das wollte er wohl um jeden Preis verhindern.«

»Heißt das auch, dass Sie von Ihren Verkaufsabsichten Abstand nehmen?«, erkundigte er sich lauernd.

Sie sah ihm nun direkt in die Augen. »Wenn ich mit Ihnen zusammenarbeite, kann ich an diesem Plan wohl kaum festhalten. Ich habe begriffen, dass Sie diese Unterschrift um keinen Preis der Welt unter den Vertrag setzen werden.«

Er stieß einen erleichterten Seufzer aus. »Da bin ich aber froh, dass Sie endlich begriffen haben, dass ich Dunvegan um kein Geld dieser Welt verscherbeln würde. Wenn ich da an Ihr letztes unverschämtes Angebot denke …«

»Was wollen Sie denn damit sagen?«

»Na ja, gestern haben Sie mir Ihren Anwalt doch noch mal auf den Hals gehetzt und …« Er stockte.

»Was war gestern?«

»Das wissen Sie doch selbst am besten«, stöhnte er. »Dass Mister MacArran mir für meine Unterschrift unter dem Kaufvertrag das Doppelte geboten hat.«

»Wie bitte?« Dona lief knallrot an. »Was hat er?«

»Ihr Anwalt hat mich gestern Abend, kurz bevor ich Sie auf der Straße aufgegabelt habe, angerufen und mir dieses Angebot gemacht.«

»Davon hatte ich keine Ahnung!«, stellte Dona empört klar.

Alister Broun musterte sie zweifelnd. »Sie haben ihn nicht dazu beauftragt?«

»Nein, habe ich nicht!«

»Gut, dann hat er wohl auf eigene Faust versucht, einen Rechtsstreit zu vermeiden, weil er geahnt hat, dass Sie den donnernd verlieren werden. Ich habe übrigens auf meine Kosten ein grafologisches Gutachten in Auftrag gegeben, dass die Echtheit von Jamies Unterschrift beweisen wird.«

»Wie war das mit dem Waffenstillstand?«, fragte Dona genervt. »Was soll ich noch tun, als Ihnen zu versichern, dass ich Ihnen glaube? Und dass ich mit diesem Angebot meines Anwalts nichts zu schaffen habe. Es wird keinen Rechtsstreit geben, und ich pfeife auf dieses Gutachten!«, fügte sie wütend hinzu.

Alister Broun warf einen flüchtigen Blick auf seine Armbanduhr. »Entschuldigen Sie, aber die Fässer kommen. Darf ich Sie in einer Stunde zu dem Lunch mit den Herren von Waltman abholen? Das Outfit für ein Mittagessen im *Harbour View* tragen Sie ja bereits.« Er musterte sie wohlwollend.

»Sie dürfen, aber sagen Sie, was kann ich tun? Ich möchte ja auch etwas dazu beitragen, dass das Geschäft zustande kommt.«

»Hm, wenn Sie mögen, nutzen Sie die Zeit, um sich über Waltman und die Häuser der Kette schlauzumachen. Und ansonsten müssen Sie nur die zuversichtliche Eigentümerin von Dunvegan geben.«

»Miteigentümerin, wenn schon. Ich finde, wir sollten als professionelles Team auftreten.«

»Wow, das aus Ihrem Munde ...«

»Nun fangen Sie nicht schon wieder mit der alten Geschichte an. Meinen Sie, wir kriegen das hin?«

»Ich bin mir sicher, dass wir heute Abend um einen Großauftrag reicher sind, und dann, liebe Miss MacLeod, können wir mit Fug und Recht behaupten, dass wir uns als eine der letzten Privatbrennereien Schottlands erfolgreich auf dem Markt behauptet haben.«

Alister Broun lächelte ihr gewinnend zu. »Ich bin übrigens Alister.«

»Dona«, erwiderte sie und hielt seinem intensiven Blick stand.

Sie konnte sich nicht helfen. Als Alister ihr Büro verlassen hatte, fühlte sie sich seltsam beschwingt. Aber es war nicht allein die Erleichterung darüber, dass ihr ein hässlicher Rechtsstreit erspart geblieben war, die sie in sich hineinlächeln ließ, sondern auch die Faszination, die Alister als Mann auf sie ausübte. Ich bin doch nicht etwa dabei, mich in meinem Exfeind zu verlieben, dachte sie kopfschüttelnd, bevor sie sich mit Feuereifer daran machte, im Netz über die Waltman-Hotelkette zu recherchieren. Sie war schwer beeindruckt, was für Häuser sie führten, und zwar nicht nur in den USA, sondern auch in Europa und Asien. Das wäre wirklich ein Riesengeschäft, dachte sie und spürte bei diesem Gedanken eine gewisse Genugtuung. Wenn Vater das noch hätte erleben können, dachte sie und öffnete die Schreibtischschublade, um einen Stift hervorzuholen und sich ein paar Notizen zu machen.

Sie zuckte zusammen, als sie das Foto sah, das obenauf in einem Rahmen lag. Es hatte lange Jahre den Schreibtisch ihres Vaters geziert, und es zeigte Dona mit sechzehn. Wie brav ich in die Kamera lächle, dachte sie und wollte die Schublade gerade wieder schließen, als sie einen zweiten Fotorahmen entdeckte. Das Bild war unter ihr Foto geschoben. Als sie es hervorholte, erschrak sie, denn es war Lucas, der ihr fröhlich entgegenlächelte. Das Foto war kurz vor seinem Tod aufgenommen worden, an jenem Tag, an dem der begeisterte Schwimmer wie so oft in die Wellen gesprungen war. Lucas hatte stets auch bei Wind und Wetter sein Bad im Meer genommen, doch an diesem Tag war er nicht mehr zurückgekehrt. Erst Wochen später war sein toter Körper am Staffin Beach angespült worden.

Sie spürte, wie ihr bei der Erinnerung an ihren großen Bruder, den sie sehr geliebt hatte, eine Träne heiß die Wange hinunterlief. In diesem Augenblick klopfte es an der Tür, und Dona stopfte das Foto hastig zurück in die Schublade.

Alister schien sofort zu bemerken, dass sie geweint hatte. »Geht es Ihnen nicht gut, Dona?«, fragte er besorgt.

»Doch, doch, ich habe in der Schreibtischschublade meines Vaters nur das Foto eines Menschen gefunden, an den ich lange nicht mehr gedacht habe«, seufzte sie. Alister trat hinter sie und warf einen Blick auf Lucas' Foto, denn Dona hatte es in der Eile nicht geschafft, die Schublade zu schließen.

»Ihr Bruder, nicht wahr?«

»Woher wissen Sie das?«, fragte sie irritiert.

»Sie wissen doch, dass ich Ihrem Vater an dem Tag, an dem er auf diese Bootstour ging, einen Besuch abgestattet habe, und plötzlich begann er wie in Trance von Ihrem Bruder zu reden.«

»Er hat seinen Namen ausgesprochen? Seit der Beerdigung meines Bruders durfte keiner mehr über ihn sprechen. Ich habe wahnsinnig unter diesem entsetzlichen Schweigen meiner Eltern gelitten, denn natürlich hat ihnen Lucas' Tod das Herz gebrochen. Mein Vater ist um Jahre gealtert, und meine Mutter war nur noch ein Schatten ihrer selbst. Aber von einem Tag auf den anderen waren alle Fotos von ihm verschwunden, und keiner sprach mehr über ihn.«

»Ja, Dona, Ihr Vater wirkte gequält, so als ob ihn etwas ganz furchtbar belasten würde. Und er verriet mir dann ... ach, ich sollte nicht darüber reden.«

»Bitte, verraten Sie mir, was mein Vater über ihn gesagt hat. Sie sind einer der Letzten, die ihn lebend gesehen haben, und ich wüsste so gern, was ihn an diesem Tag beschäftigt hat.«

»Das Unrecht, das er Ihnen angetan hat, hat ihn gemartert, wenn Sie es genau wissen wollen.«

»Er hat über mich geredet?«

»Ja, und darüber, dass er nach dem Tod Ihres Bruders versucht hat, Sie das verwirklichen zu lassen, was er für Ihren Bruder vorgesehen hat«, seufzte Alister und legte dabei tröstend die Hände auf ihre Schulter. Er stand immer noch hinter ihrem Bürosessel, und Dona hätte sich zu gern umgedreht, um ihm in die Augen zu sehen, aber sie traute sich nicht, denn schon wieder liefen ihr ungebremst Tränen die Wangen hinunter. Dass die Gedanken ihres Vaters um sie gekreist waren, rührte sie zutiefst.

»Ihr Vater schien aufrichtig zu bedauern, dass er Ihnen das Leben Ihres Bruders hatte aufbürden wollen.«

Nun gab es kein Halten mehr. Dona schluchzte laut auf, sprang von ihrem Bürostuhl auf und wandte sich Alister zu. Sie ließ es geschehen, dass Alister zärtlich ihr Gesicht in beide Hände nahm.

»Ich hoffe, ich habe nichts Falsches gesagt«, bemerkte er entschuldigend.

»Nein, Alister, Sie haben, Sie haben mir damit eine ungeheure Last genommen«, stammelte Dona unter Tränen. »Ich habe mich so schuldig gefühlt, weil ich das alles hier hinter mir gelassen habe und keine Gelegenheit mehr hatte, mich mit meinen Eltern auszusprechen. Aber dass mein Vater gespürt hat, dass ich Lucas' Leben nicht führen konnte, das ... das ist wie eine Befreiung. Verstehen Sie, das bedeutet, er hat mir verziehen.«

»Ja, ich glaube ganz sicher, das hat er aus vollem Herzen getan«, entgegnete Alister, während sich sein Mund ihren Lippen näherte. Dona schloss die Augen. Ja, ich will, dass er mich küsst, dachte sie, doch in diesem Augenblick ging die Tür auf, und sie hörte Mrs Drummond stammeln: »Ach, äh, hier sind Sie, äh, Mr Broun, ich habe Sie überall ...« Ihre Stimme brach ab. »Entschuldigen Sie, ich wollte Sie ... also an Ihren Termin mit den Waltman-Leuten erinnern, aber ich, äh, ich gehe dann mal«, fügte sie peinlich berührt hinzu.

Alister aber lächelte Dona vielsagend an, bevor er sich an die Sekretärin wandte, als wäre nichts geschehen. »Danke, Mrs Drummond, aber Miss MacLeod und ich waren gerade im Aufbruch zum *Harbour View.* Kommen Sie ruhig rein.«

Zögernd huschte Mrs Drummond an ihren Schreibtisch.

Dona brauchte einen kleinen Moment, bis sie sich wieder gefasst hatte, aber Alisters unbefangene Art gab ihr eine gewisse Sicherheit.

»Ja, wir nehmen diesen Termin gemeinsam wahr«, bekräftigte sie mit fester Stimme. »Doppelt hält besser«, fügte sie mit Nachdruck hinzu.

»Dann wünsche ich Ihnen viel Glück«, bemerkte Mrs Drummond, während aus ihrem Blick die drängende Frage sprach, weshalb die erbitterten Gegner nun plötzlich gemeinsame Sache machten.

Zusammen verließen Dona und Alister das Büro. Vor der Tür blieb Alister abrupt stehen. »Die arme Mrs Drummond, sie wird sich jetzt wohl fragen, was in uns beide gefahren ist. Vor allem wird ihr nicht entgangen sein, dass ich Sie beinahe geküsst hätte.«

»Wollten Sie das denn, Alister?«, fragte Dona kokett.

»Ja, ich hätte es getan, wenn wir nicht gestört worden wären. Und ich kann nicht versprechen, dass ich es bei passender Gelegenheit nicht noch einmal versuche«, entgegnete Alister mit einem Lächeln auf den Lippen.

Dona schwieg, während in ihr alles jubilierte. Sie hatte keine Ahnung, wohin das führen sollte, aber eines wusste sie sicher: Dieser Alister war ein Zauberer, der es verstand, auf eine nie gekannte Art ihr Herz zu berühren. Und dass sie es zutiefst bedauerte, dass es nicht zu diesem Kuss gekommen war ... Natürlich gab es auch eine andere Stimme in ihr, die kritisch hinterfragte, ob es richtig war, seinem Charme einfach kampflos zu erliegen. Doch, wenn sie das an sich vorbeiziehen ließ, was seit gestern zwischen diesem Alister und ihr geschehen war, erkannte sie mit einem leichten Schaudern, dass diese Begegnung auf einem völlig anderen Blatt stand als ihre sonstigen Beziehungen mit Männern. Bei den flüchtigen Abenteuern der vergangenen Jahre hatte sie stets die Kontrolle behalten, hatte die Sache beendet, sobald sie Gefahr lief, sich in Emotionen zu verlieren, hatte immer rechtzeitig ihren Verstand eingeschaltet. Auf diesen Mann aber reagierte sie geradezu kopflos. Ja, sie fühlte statt zu denken, obwohl ihr Verstand ihr eine klare Botschaft sandte: Der Mann könnte dir gefährlich werden! Trotzdem machten sich ihre Gefühle einfach selbstständig und durchfluteten ihr Herz und ihren Körper wie eine wohltuende warme Welle.

Portree, Juli 1922

Mit einem Einkaufskorb im Arm machte ich mich auf den Weg hinunter in den Ort, um frischen atlantischen Lachs zu besorgen. Er wurde im Hafen direkt bei den Fischkuttern angeboten. Mir persönlich schmeckte der Lachs aus dem Meer besser als der aus dem River Tay, der in einem Fischgeschäft angeboten wurde. Ich genoss es sehr, bei diesem schönen Wetter an der malerischen Häuserzeile entlang über die Kaimauer zu schlendern. Es waren viele Menschen unterwegs. Das war typisch für den Sommer in Portree. Um diese Zeit trieb es auch viele Reisende in unseren abgeschiedenen Norden. Ich liebte diese Tage, an denen der Himmel von einem zauberhaften Königsblau war, das kein Wölkchen trübte, in denen der Nebel sich ins Nirgendwo verabschiedet hatte und an denen man endlich ein luftiges Sommerkleid tragen konnte, wenngleich man stets eine Strickjacke dabeihaben musste, denn es wehte immer ein Windhauch vom Meer herüber, der einen in kurzen Ärmeln leicht frösteln ließ. Ich vergaß für einen Augenblick Ean Brodie und seine vorwitzige Liebeserklärung, gab mich dem Charme der sommerlichen Hafenzeile hin und steuerte auf meinen Lieblingsfischer zu. Er freute sich, mich zu sehen, und deutete sofort auf einen prächtigen Lachs, der mindestens drei Kilo wog. So viel benötigte ich auf keinen Fall für sechs Personen, und ich konnte ihn dazu überreden, mir die Hälfte des prächtigen Fisches zu überlassen. Mehr brauchte ich nicht einzukaufen, denn alles Weitere hatte ich noch in der Vorratskammer entdeckt. Sogar frisch gebackene Scones mit Heidelbeeren gab es, die ich zum Dessert anbieten konnte. Langsam freute ich mich auf den Abend, jedenfalls was Albionas und Glens Kommen anging. Auf Ean Brodie hätte ich gut verzichten können. Wahrscheinlich ging es ihm genauso, und er suchte seinerseits noch nach passenden Gründen, abzusagen …

Ich schlenderte gerade gedankenverloren durch das Einkaufsgässchen, um bei der Gelegenheit nach einem neuen Kleid zu sehen, da vernahm ich eine mir bekannte Stimme. Es war Tante Galissa. Ich wunderte mich, warum sie nicht gleich die Straßenseite wechselte, sondern sogar stehenblieb, um mich zu begrüßen.

»Hallo, Tante Galissa«, entgegnete ich knapp und höflich.

»Gut siehst du aus. Eine richtige Dame bist du geworden«, bemerkte sie anerkennend.

»Tja, ich bin ja nun schon über ein Jahr eine verheiratete Frau«, erwiderte ich verlegen und wenig geistreich.

»Es tut mir unendlich leid, was geschehen ist. Das wollte ich dir schon lange gesagt haben!«, stieß sie gehetzt hervor.

»Schon vergessen«, schwindelte ich, denn ich hatte es ihr zwar verziehen, aber vergessen würde ich es nie, wie sie mich bei Nacht und Nebel aus ihrem Haus gebracht hatte.

»Es hat uns kein Glück gebracht. Auch Caillin nicht. Es kann einen nur grausen, wie sie den armen Mr Abercrombie quält. Ich glaube, sie will ihn gar nicht heiraten, sondern hält Ausschau nach einem Besseren.«

Natürlich teilte ich Tante Galissas Ansicht über meine Cousine völlig, aber es war ein wenig befremdlich, dass sie sich ausgerechnet mir gegenüber ausklagte. Schließlich hatte sie mich den gehässigen Forderungen ihrer Tochter geradezu geopfert. Aber offenbar wurde ihr in diesem Augenblick selber klar, dass sie bei mir an der falschen Adresse war.

»Entschuldige bitte, ich sollte dir das nicht sagen, aber zumindest um Verzeihung bitten, das wollte ich dich schon lange.«

Ich stieß einen tiefen Seufzer aus. »Du warst zu unserer Hochzeit in der Kirche, nicht wahr?«, fragte ich versöhnlich.

Tante Galissa nickte. »Du warst eine wunderschöne Braut. Und ihr beide ein glückliches Paar. Das habe ich auch Blair gesagt, als ich sie nach der Trauung auf dem Friedhof getroffen habe und sie schlecht über dich sprach. Ich befürchte, du hattest es nicht leicht mit deiner Schwiegermutter. Gott habe sie selig.«

»Bist du deshalb nicht bei ihrer Beerdigung gewesen?«

»Nein, deinem Onkel Carden geht es in letzter Zeit gesundheitlich nicht gut. Er hat Herzprobleme, und ich wollte ihm die Aufregung ersparen. Und allein mochte ich nicht erscheinen.«

»Ist es etwas Ernstes?«, erkundigte ich mich artig.

»Man weiß es nicht, aber er hört ja auch nicht auf den Rat des Arztes, kürzerzutreten und die Kanzlei endlich Glen zu übergeben. Dabei macht er sich so gut«, seufzte sie.

»Ich sehe ihn heute Abend. Gavin hat die beiden zu uns eingeladen. Es gibt Lachs.« Mir tat meine Tante in diesem Augenblick richtig leid. Natürlich war sie mit dieser bösartigen Tochter gestraft, aber Caillin blieb nun einmal ihr Kind, auch wenn es ihr großen Kummer bereitete.

»Ich muss weiter, aber ich wäre froh, wenn du mir auch meine Verdächtigungen verzeihen könntest, als ich damals glaubte, du könntest es auf meinen Sohn abgesehen haben«, stieß sie bedauernd hervor.

Ich weiß nicht, warum ich ihr in diesem Moment die Wahrheit sagte, aber ich konnte nicht anders. »Es ist wahr. Du lagst gar nicht so falsch. Ich habe mich auf den ersten Blick in Glen verliebt und er sich in mich. Wenn es nicht bereits Albiona in seinem Leben gegeben hätte, wäre dein Albtraum wohl Wirklichkeit geworden, und du hättest mich zur Schwiegertochter bekommen. Doch das ist längst vorbei. Es ist alles richtig so, wie es gekommen ist. Gavin ist der beste Ehemann, den ich je bekommen konnte.« Noch während ich das aussprach, musste ich unwillkürlich an Ean Brodies Worte denken und daran, wie kokett ich mit ihm geschäkert hatte.

Tante Galissa trat auf mich zu und umarmte mich stürmisch. »Ich hätte gern so eine Tochter wie dich. Du bist aufrichtig, freundlich und zuverlässig. Aber ich darf es dir nicht zeigen. So schwierig Caillin auch immer sein mag, sie ist mein Fleisch und Blut, und ich hoffe von Herzen, dass sie auch noch ihr Glück findet. Wenn sie Mr Abercrombie heiratet, wird es nicht nur für ihn fürchterlich, sondern auch für sie, denn sie liebt ihn nicht.« Mit diesen Worten ließ meine Tante mich abrupt los und eilte von dannen.

Wenn sie wüsste, dachte ich beklommen, während ich ihr nachsah, wie eitel, selbstgefällig und treulos ich sein kann. Die Lust auf ein neues Kleid war mir gründlich vergangen, und ich eilte die Küstenstraße nach Hause zurück. Mit Feuereifer machte ich mich an die Vorbereitungen für das Abendessen. Unser Hausmädchen Lili half mir dabei, die Tafel im Salon festlich einzudecken. Das alles nahm so viel Zeit in Anspruch, dass ich es gerade noch schaffte, mich umzuziehen, bevor Gavin nach Hause kam. Er sah wesentlich frischer aus als heute Nachmittag, und die Neuigkeiten sprudelten nur so aus ihm heraus. »Das Modell ist perfekt, und alle sind begeistert. Glen hat mit dem Architekten den Vertrag ausgehandelt, und wenn alles gut geht, kann nächsten Monat mit den Bauarbeiten für die Halle begonnen werden.«

»Das freut mich, mein Schatz!« Ich umarmte ihn zärtlich. »Ich liebe dich«, flüsterte ich ihm ins Ohr, und eine warme Welle von Zuneigung für meinen Mann durchflutete mich.

Da klingelte es unten an der Tür.

»Machst du bitte auf?«, bat Gavin mich. »Ich möchte mich noch schnell umziehen.« In der Hoffnung, dass es nicht Ean Brodie war, tat ich, worum er mich bat. Und da stand der Braumeister schon mit einem Blumenstrauß in der Hand vor der Tür. Und wieder traf mich der Blick aus seinen warmherzigen Augen wie ein Blitz, was mich dazu brachte, ihn besonders abweisend zu behandeln.

»Treten Sie bitte ein«, sagte ich förmlich, ohne das Lächeln zu erwidern, das er mir schenkte, während er mir den Blumenstrauß überreichte.

»Danke«, murmelte ich und tat so, als würde ich den üppigen Strauß gar nicht beachten.

Sein Lächeln erstarb. »Ich hoffe, Sie sind mir nicht böse, dass ich Sie vorhin derart mit meinen bedrängenden Emotionen überfallen habe. Ich hätte Ihnen das auf keinen Fall gestehen sollen«, seufzte er entschuldigend.

»Schon vergessen«, log ich eiskalt und bat ihn, mir in den Salon zu folgen. »Nehmen Sie doch schon mal vor dem Kamin Platz. Möchten Sie etwas trinken?«

»Ja, ich glaube, ich bräuchte jetzt einen Whisky«, entgegnete er. Ich brachte ihm ein Glas und eine Flasche mit einem Single Malt, der noch aus der Ära von Gavins Vater stammte, und wollte eilig das Zimmer verlassen, um ja nicht mit ihm allein sein zu müssen. Ean aber bat mich in entschiedenem Ton, kurz zu warten.

»Bitte seien Sie mir nicht böse«, bat er und sah mich dabei schuldbewusst an.

»Ich bin Ihnen gar nicht böse, sondern mir selber, weil ich ungeniert mit Ihnen geschäkert habe. Dafür entschuldige ich mich in aller Form. Ich schlage vor, wir vergessen die Sache und fangen noch einmal von vorne an.« Ich reichte ihm meine Hand, die er zögernd ergriff. »Danke, Mrs MacLeod, ich werde Sie niemals mehr in solche Verlegenheit bringen und mich während der nächsten Klavierstunde wie ein Ehrenmann benehmen.«

Ich schüttelte leise den Kopf. »Es wird kein nächstes Mal geben. Leider!«

»Oh, schade, aber ich glaube, Sie haben recht. Wir sollten uns aus dem Weg gehen, und ich werde Ihrem Mann sagen, dass ich momentan keine Zeit habe, meiner musikalischen Ader zu frönen.«

Während er das sagte, hielt er immer noch meine Hand, und es war mir furchtbar unangenehm, dass ich in meinem tiefen Inneren wünschte, er würde sie niemals loslassen. Und noch schlimmer fand ich, dass mich allein das bereits erotisch berührte. So als hätte ich mich verbrannt, zog ich meine Hand zurück. Ich war froh, dass es an der Tür läutete und ich Albiona und Glen begrüßen konnte. Ich freute mich von Herzen, die beiden zu sehen, und war jedes Mal, wenn ich Glen in die Arme schloss, überglücklich darüber, dass ich für meinen Cousin nichts mehr fühlte außer einer schwesterlichen Vertrautheit.

Ich bat meine Gäste zu Tisch und verschwand in der Küche, um gemeinsam mit Lili die Köstlichkeiten aufzutragen. Keine Frage, die Senfsoße war überaus gelungen, wie ich beim letzten Abschmecken befriedigt feststelle. Auch der Lachs war hervorragend geraten sowie die Highland Burgundy Red, jene roten Liebhaberkartoffeln, die unter Feinschmeckern als besondere Delikatesse galten.

Als ich mit der Platte, auf dem der Lachs schön dekoriert und schmackhaft zubereitet lag, in den Salon trat, gab es ein lautes Hallo von allen Seiten. Zu dem Essen servierten wir einen deutschen Weißwein, den Gavin aus dem Keller geholt hatte und der noch vor dem Krieg dort gelagert worden war.

Mit einem Blick entdeckte ich, wie mein Mann im Bemühen um die richtige Tischordnung für mich den freien Stuhl zwischen sich und Ean Brodie vorgesehen hatte. Aber ich konnte nichts gegen diese Platzwahl tun und war fest entschlossen, diesen Abend tapfer durchzustehen und dafür zu sorgen, dass es fortan keine privaten Treffen zwischen Ean Brodie und mir mehr geben würde.

Lächelnd nahm ich den für mich vorgesehenen Platz ein,

nachdem Gavin aufgesprungen war und mir den Stuhl zurechtgerückt hatte.

»Du siehst heute noch jünger aus als sonst«, bemerkte Glen bewundernd.

»Ja, das ist mir auch schon aufgefallen. Warst du heute draußen? Deine Wangen glühen so herzerfrischend.«

Diese Worte ließen mir die Hitze in die Wangen schießen. Ich fühlte mich so schrecklich ertappt. Was, wenn mir alle am Tisch an der Nasenspitze ansahen, dass ein anderer Mann als Gavin meine Wangen zum Glühen gebracht hatte?

Ich zuckte die Schultern. »Ich war am Hafen einkaufen. Vielleicht habe ich ein bisschen Sonne bekommen.«

Gavin wandte sich mir zu und nahm meine Hand. »Nein, mein Liebling, du wirst von Tag zu Tag schöner. Und dabei dachte ich, das wäre nicht zu steigern.«

Ich senkte verlegen den Blick.

»Haben deine rosigen Wangen vielleicht einen ganz speziellen Grund?«, hakte Albiona verschwörerisch nach. Natürlich wusste ich sofort, worauf sie anspielte, und es machte mich nur noch verlegener, dass Gavins und mein erfolgloses Bemühen, ein Kind zu bekommen, vor Mr Brodie thematisiert wurde.

Ich wollte gerade etwas erwidern, da kam mir Gavin zuvor. »Wir arbeiten daran«, versuchte er zu scherzen, was ihm offenbar gelang, denn alle am Tisch außer mir reagierten darauf mit einem verständnisvollen Lächeln. Sogar Mr Brodie. Was für ein guter Schauspieler er ist, dachte ich.

Nun sah Glen seine Albiona fragend und zärtlich zugleich an, und ich ahnte sofort, was das zu bedeuten hatte. Jetzt nickte sie leise, und Glen verkündete strahlend, dass seine Frau und er wieder Nachwuchs erwarteten. Natürlich freute ich mich über diese Neuigkeit, obwohl es mir auch einen kleinen Stich gab, wie viel Traurigkeit aus Gavins Augen sprach, als er unseren Freunden überschwänglich zu der guten Nachricht gratulierte.

Dann erst fiel mir auf, dass Ean Brodie noch kein Wort zu der Konversation beigetragen hatte. Wie sollte er auch, wo es doch bislang ausschließlich um das Thema Schwangerschaft ging, dachte ich.

»Lieber Mr Brodie, ich hoffe, Sie langweilen sich nicht mit uns Paaren«, flötete da Albiona und lächelte ihn verschmitzt an.

Auch Glen zwinkerte dem Brennmeister verschwörerisch zu. »Ich glaube, Mr Brodie ist ganz froh darüber, dass er heute Abend ungestört dieses durchaus köstliche Mahl genießen darf.«

Ich sah etwas verwirrt zwischen den dreien hin und her. Offensichtlich kannten sie einander und teilten auch so etwas wie ein kleines Geheimnis.

»Wollt ihr uns mal aufklären?«, fragte ich ganz direkt.

»Darf ich?« Glen warf Mr Brodie einen fragenden Blick zu.

»Aber gern doch, es ist Ihre Schwester«, entgegnete Ean Brodie belustigt.

Oh, bloß keine Caillin-Geschichte, dachte ich noch, als Glen bereits schilderte, wie interessiert seine Schwester den armen Ean neulich bei einem Dinner mit Beschlag belegt hatte, während ihr Begleiter, Mr Abercrombie, völlig abgemeldet gewesen war.

»Ich wusste gar nicht, wer von Ihnen beiden mir mehr leid getan hat. Mr Abercrombie oder Sie«, lachte Glen.

Ean Brodie schien dieses Thema etwas peinlich zu sein, denn ich sah, wie er unter dem Tisch nervös mit seinen Fingern spielte.

»Ich bin ein Gentleman und hätte diesen Vorfall Ihnen gegenüber niemals angesprochen«, bemerkte er verlegen. »Schließlich ist sie Ihre Schwester und eine überaus hübsche Erscheinung, die natürlich nicht ahnen konnte, dass ich ein verheirateter Mann bin.«

Ich hatte gerade einen Schluck Wein im Mund, den ich vor lauter Schreck beinahe über den ganzen Tisch gespuckt hätte.

Das ist ja wohl das Letzte, dachte ich erbost, dieser unverschämte Kerl macht mir eine derartige Liebeserklärung, obwohl er verheiratet ist! Das hätte ich ihm im Leben nicht zugetraut, aber andererseits war ich auch irgendwie erleichtert, weil ich nun einen triftigen Grund besaß, ihn nicht mehr zu mögen. Meine aufkeimenden romantischen Gefühle für den Baumeister verwandelten sich im Nu in abgrundtiefe Verachtung.

»Mr Brodie, das wusste ich ja gar nicht. Sie haben es mit keinem Wort erwähnt«, stieß Gavin erstaunt aus. Und wird Ihre Herzensdame denn auch bald nach Portree ziehen?«, erkundigte sich Gavin prompt.

Ean wand sich. »Nein, das nicht. Wir sind, also, unsere Ehe ...«, seufzte er.

Gavin machte eine abwehrende Geste. »Ich wollte Ihnen nicht zu nahe treten. Sie müssen nicht über Ihre Privatangelegenheiten sprechen. Die gehen uns ja gar nichts an.«

»Das würde ich nicht sagen«, mischte ich mich in süffisantem Ton ein. »Mich würde es schon interessieren, warum Sie ohne Ihre Frau nach Portree gekommen sind.« Natürlich war mir, während ich meinen Satz in recht bissigem Ton hervorbrachte, bewusst, wie unangemessen ich reagierte, aber ich konnte mir nicht helfen. Schließlich hatte der Kerl mich vorhin unverschämt angeflirtet und mich mit seinem Charme beinahe eingewickelt. Und das, obwohl er, wie ich jetzt erfahren musste, verheiratet war! Ich vergaß in diesem Anflug von Eifersucht völlig, dass ich schließlich auch verheiratet war und trotzdem recht keck mit ihm poussiert hatte.

»Ihre Frau hat recht. Ich sollte das nicht unbedingt vor Ihnen verbergen. Ich habe sehr jung geheiratet, ein Nachbarsmädchen aus Islay. Bei uns wird immer noch erwartet, dass wir untereinander heiraten. Und oft mischen sich die Eltern als Ehestifter ein.«

Glen lachte laut auf. »Das ist bei uns auf Skye nicht anders.

Auch wir werden immer noch gern verheiratet, ob wir wollen oder nicht.«

Erst an Albionas entgeisterter Miene erkannte Glen, was er da gerade von sich gegeben hatte. Hastig nahm er die Hand seiner Frau und drückte sie zärtlich. »Was nicht immer von Nachteil sein muss, wie Sie an uns beiden sehen«, beeilte er sich, seinen Fauxpas auszubügeln.

»Ich habe Davina jedenfalls mit achtzehn Jahren geheiratet, und sie wurde kurz darauf mit unserem Sohn schwanger. Doch wir stellten bald nach der Hochzeit fest, dass wir kaum etwas gemeinsam haben. Sie wurde sehr streitsüchtig und ich immer schweigsamer. Da wir uns nicht scheiden lassen konnten, weil wir beide streng katholisch aufgewachsen sind, haben wir uns darauf geeinigt, dass ich die Insel verlasse und ihr das Geld schicke, das sie zum Leben benötigt. Es ist mir nicht leichtgefallen, meine Heimat zu verlassen und auch meine Familie, die auf der Insel eine Brennerei betreibt. Aber da ich der Zweitgeborene bin, hätte ich die Destillerie ohnehin nicht geerbt und habe mich als Brennmeister meines Bruders nicht unbedingt wohlgefühlt. Wir hatten kein gutes Verhältnis. So hatten alle zumindest Verständnis dafür, dass ich in der Ferne nach einer angemessenen Beschäftigung gesucht habe.« Ean hielt erschöpft inne und fügte dann entschuldigend hinzu: »Vielleicht hätte ich Ihnen das alles schon bei der Einstellung sagen sollen, Mr MacLeod.«

»Aber nein. Sie sind mir keinerlei Rechenschaft schuldig«, entgegnete Gavin.

»Und Ihre Frau ist Ihnen gar nicht böse, dass Sie sie verlassen haben?«, hakte ich nach, obwohl ich eigentlich meinen Mund halten wollte, aber ich war hin- und hergerissen. Ean Brodies Worte wirkten so aufrichtig, und er schien ernsthaft unter dieser Geschichte zu leiden.

Ean lachte gequält auf. »Im Gegenteil, sie ist froh, dass ich fort bin. Sie hält Männer für Teufelswerk. Wir schreiben uns hin und wieder, weil ich wissen will, wie es meinem Sohn geht, aber in jedem Brief betont sie, wie sie zur Jungfrau Maria betet, dass ich ja nie wieder zurückkomme.«

»Oh Gott, das ist ja entsetzlich. Und Sie können sich wirklich nicht scheiden lassen? Ich meine, was würden Sie denn tun, wenn Sie eine Frau fänden, mit der Sie doch noch eine normale Ehe führen könnten?«, erkundigte sich Albiona voller Mitgefühl.

»Dann müsste ich noch einmal neu darüber nachdenken, aber mir ist noch keine Frau begegnet, für die ich das auf mich nehmen würde. Bis auf eine, aber die liebt einen anderen Mann.«

»Oh je, wie traurig. Wenn ich mir das vorstelle. Da ist man sein Leben lang an einen Menschen gekettet«, seufzte Albiona, der das Schicksal des Braumeisters sehr nahe zu gehen schien.

Mir aber blieb bei seinen Worten beinahe die Luft weg. Natürlich ahnte ich, dass er von mir sprach, und mein Herz pochte mir bis zum Hals.

Ich trank mein Glas Wein mit einem Schluck leer und goss mir hastig ein zweites ein. Ja, Ean Brodie sah nicht nur ausgesprochen gut aus, sondern hatte mein Herz durch seine unverstellte Offenheit tief berührt. Ich konnte nur hoffen, dass keiner der Anwesenden bemerkte, was hier gerade vor aller Augen im Stillen ablief.

»Danke für Ihr Vertrauen, Mr Brodie, Sie sind ein feiner Kerl«, bemerkte Gavin gerührt.

Als wäre nichts geschehen, wechselten die Männer nun das Thema und diskutierten eifrig über die schlimmen Spätfolgen, die der Krieg für die einfache Bevölkerung hatte. Ich aber wähnte mich in der Sicherheit, dass keinem der Anwesenden auffiel, dass ich mich für den Rest des Abends nicht mehr an dem Tischgespräch beteiligte. Jedenfalls glaubte ich das, bis mir zu später Stunde Glen allein im Flur begegnete, nachdem ich das Dessert-Geschirr in die Küche getragen hatte und eben in den Salon zurückkehren wollte. Er war schon leicht angetrunken, denn die

Männer hatten mit unserem Wechsel auf die Sofas vor dem Kamin angefangen, Whisky zu trinken. Er hatte rote Wangen und bereits einen leichten Silberblick.

»Du bist mir ja eine Cousine«, lachte er. »Dich darf man gar nicht frei herumlaufen lassen, weil du allen Männern, denen du begegnest, das Herz brichst.«

Ich zuckte regelrecht zusammen. »Rede doch keinen Unsinn, Glen. Und lass die alte Geschichte ruhen. Ich glaube, wir haben es inzwischen gut getroffen«, schimpfte ich.

Glen schielte mich belustigt an. »Ich meine doch nicht mich, sondern den Brennmeister. Mannomann, den hat es aber mächtig erwischt.«

»Hör auf mit dem Unsinn!«, fauchte ich.

»Ich bin zwar schon leicht angeschickert, aber ich habe Augen im Kopf. Und sehe sehr wohl, wann ein Kerl verliebt ist, und glaube mir, bei ihm hat es gefunkt! Er hat von keiner geringeren Dame gesprochen als von dir, meine Liebe.«

»Du bist betrunken«, herrschte ich ihn an.

»Aber nicht so betrunken, dass mir die Sehnsucht in seinem Blick entgangen ist, immer wenn er dich angesehen hat.«

Mir wurde übel. Wenn schon Glen diese Schlüsse hatte ziehen können, was musste dann erst mein Mann gedacht haben? Ehe ich mir eine halbwegs befriedigende Antwort geben konnte, bemerkte Glen nun mit ernster Miene: »Sei in Zukunft vorsichtig und meide den Brennmeister. Ich bin sicher, Gavin hat nichts mitbekommen, denn er saß ihm am Tisch nicht genau gegenüber, wie ich. Es war auch nur in den Augenblicken zu merken, in denen Mr Brodie sich unbeobachtet gefühlt hat.«

»Ach, Glen, ich glaube, du siehst Gespenster. Es ist ja nicht einmal mir aufgefallen. Aber kannst du mir einen kleinen Gefallen tun? Mir ist plötzlich sehr unwohl. Ich denke, ich habe zu viele Scones gegessen. Entschuldigst du mich bei Gavin und den Gästen, ich will mich vorsichtshalber hinlegen«, erklärte ich entschieden, während ich zu Boden starrte, um mich nicht doch noch zu verraten.

Glen legte zärtlich seine Hand unter mein Kinn und zwang mich, ihn anzuschauen.

»Wie auch immer, Gavin ist mein Freund, aber du bist der Mensch, für den ich immer da sein werde, komme, was wolle«, verkündete er, bevor er mich losließ und in Richtung Salon wankte.

Mir wurde abwechselnd heiß und kalt. Wie war es nur möglich, dass dieser Mann mir auf den Grund des Herzens sehen konnte? Dennoch würde ich es leugnen, allein, um ihn nicht zum Mitwisser zu machen. Warum sollte ich noch jemanden in Gewissensqualen stürzen? Genügte es nicht völlig, dass ich mich damit herumquälte?

Es wäre allerdings keine gute Idee, wenn ich mich jetzt zurückzog, ohne mich von Gavin zu verabschieden, fiel mir erschrocken ein. Ich sollte zeigen, zu wem ich gehörte. Entschieden betrat ich den Salon und ging auf meinen Mann zu. Er sah mich besorgt an.

»Glen hat uns schon gesagt, dass du dich nicht wohlfühlst. Ich wollte gerade nach dir sehen.«

Ich strich meinem Mann zärtlich durch sein dichtes Haar. »Lasst euch nicht stören. Ich möchte mich einfach ein wenig hinlegen.«

»Nein, dann gehen wir nach Hause«, sagte Albiona entschieden. Auch Ean Brodie hatte sich von dem bequemen Sofa erhoben. »Ich wollte mich sowieso gerade verabschieden. Ich wünsche Ihnen gute Besserung.«

»Ihr müsst wirklich nicht gehen«, entgegnete ich schwach.

»Doch, wir lassen euch jetzt mal allein. Es war ein bezaubernder Abend«, widersprach mir Glen und stand ebenfalls auf.

»Gut, dann bringe ich euch noch zur Tür, und du legst dich solange auf das Sofa. Ich bringe dich gleich ins Bett.« Gavin stand auf und legte den Arm um mich. »Komm, Schatz, mach es dir bequem, ich gebe dir eine Decke.«

Da half keine Widerrede. Ich legte mich hin und ließ mich von meinem Mann zudecken.

»Tut mir leid, dass der Abend so enden muss«, versuchte ich mich zu entschuldigen, aber inzwischen fühlte ich mich tatsächlich körperlich mies. Mir wurde allein bei dem Gedanken übel, was für ein Theater ich Gavin und meinen Gästen zumutete.

»Sie müssen sich nicht entschuldigen. Sie waren eine großartige Gastgeberin«, sagte Ean Brodie.

»Ja, und es ist doch schon so spät«, pflichtete ihm Albiona eifrig bei, während sie sich zu mir hinunterbeugte und mir zum Abschied einen Kuss auf die Wange gab.

Ean Brodie hingegen reichte mir förmlich die Hand. »Danke für das wunderbare Essen. Es hat hervorragend geschmeckt und seien Sie versichert, Ihre Kochkunst reicht an Ihre virtuosen Fähigkeiten am Piano heran.«

»Danke«, erwiderte ich matt, nahm seine Hand, drückte sie kurz und ließ sie schnell wieder los.

Glen winkte mir zum Abschied zu. »Werde mir nicht krank.«

»Nein, es ist schon wieder besser. Kommt gut nach Hause.«

Ich stieß einen tiefen Seufzer aus, als endlich die Tür des Salons hinter Gavin und meinen Gästen zuklappte. Meine einzige Sorge galt nun der Frage, ob mein Mann womöglich doch etwas gemerkt haben könnte.

Als er zurückkehrte, streckte ich die Arme nach ihm aus und zog seinen Kopf auf meine Brust. »Ich liebe dich so sehr.«

»Ich dich auch, Liebling«, flüsterte er, hob den Kopf und lächelte mich geheimnisvoll an. »Und wenn deine Übelkeit vielleicht etwas ganz anderes zu bedeuten hat?« Aus seinen Augen funkelte die Hoffnung, dass ich doch schwanger sein könnte.

Ich brachte es in diesem Augenblick nicht übers Herz, ihm zu verraten, dass gerade am Morgen meine monatliche Blutung eingesetzt hatte. Stattdessen kämpfte ich mich zu einem vielsagenden Lächeln durch.

Es gab mir einen Stich, zu sehen, wie er daraufhin über das ganze Gesicht strahlte. Zumindest hatte ich damit die Gewissheit, dass Gavin nichts von der quälenden Unruhe ahnte, die sein Braumeister in meinem Inneren ausgelöst hatte.

Während ich mich wenig später im Bad mit kaltem Wasser wusch und mein blasses und gequältes Gesicht im Spiegel sah, hatte ich plötzlich die Gewissheit, dass ich meinen inneren Frieden nicht wiederfinden würde, solange ich Ean Brodie in meiner Nähe wusste. Selbst wenn ich alles daran setzte, ihm nicht mehr über den Weg zu laufen, würde ich es doch nicht verhindern können, dass wir uns begegneten. Portree war nicht groß genug, um sich aus dem Weg zu gehen, zumal mein Mann einen solchen Narren an dem Braumeister gefressen hatte, dass er ihn an diesem Tag sicher nicht das letzte Mal mit zu uns nach Hause gebracht hatte. Schließlich traf ich einen folgenschweren Entschluss. Ich würde versuchen, mit Ean Brodie in den nächsten Tagen unter vier Augen zu sprechen und ihn anflehen, die Stellung bei meinem Mann aufzugeben und Portree für immer zu verlassen. In diesem Moment sah ich plötzlich sein Gesicht vor meinem inneren Auge auftauchen. Und in diesem Augenblick wusste ich, dass ich gar keine andere Wahl hatte, als ihn um dieses Opfer zu bitten. Denn ob ich es wollte oder nicht, ich hatte mich auf den ersten Blick in den Braumeister verliebt. Und das musste ich irgendwie ungeschehen machen, und ich bildete mir ein, dass alles wieder beim Alten sein würde, sobald er auf Nimmerwiedersehen aus meinem Leben verschwunden war.

Portree, Dezember 2014

Die beiden Herren der Waltman-Hotelkette, die Alister und Dona im Restaurant erwarteten und bereits an einem privilegierten Tisch am Fenster saßen, waren entzückt, die Tochter von Jamie MacLeod und Miteigentümerin von Dunvegan kennenzulernen. Mit diesen Worten hatte Alister sie den beiden vorgestellt. Dona fühlte sich sofort wohl und unbeschwert in diesem Kreis. Mr Caldwell, ein älterer grau melierter Anzugträger, der vor Charme nur so sprühte, machte ihr höfliche Komplimente, Mister Jones, der jüngere, versuchte sogar, sie dezent anzuflirten. Zu diesem Geschäftsessen gab es Meeresfrüchte in allen nur erdenklichen Varianten und einen neuseeländischen Sauvignon Blanc. Dona genoss jeden Augenblick dieses ungezwungenen Zusammenseins. Das lag nicht zuletzt an den liebevollen Blicken, die ihr Alister zwischendurch immer wieder zuwarf. Die beiden Vertreter der Waltman-Hotelkette waren ebenfalls recht angetan von dieser Atmosphäre und davon, wie begeistert und fundiert Alister über Dunvegan sprach, sodass sie ziemlich bald bereit waren, einen Vertrag mit der Destillerie zu schließen. Als Alister den beiden Herren anbot, den Betrieb zu besichtigen, waren sie sofort Feuer und Flamme.

Im Wagen saß Dona auf dem Beifahrersitz und warf Alister bewundernde Seitenblicke zu. Sie gewann zunehmend den Eindruck, dass ihr Vater genau gewusst hatte, was er tat, als er seinem Brennmeister im Testament diese große Verantwortung übertragen hatte.

Die Angestellten von Dunvegan staunten nicht schlecht, als Dona und Alister wenig später die zwei neuen Geschäftspartner einträchtig durch das Unternehmen führten. Voller Stolz berichtete ihnen Alister, dass sie seit Kurzem sogar die Gerste für den Malt auf nahe gelegenen Feldern selbst anbauen ließen und in Zukunft nur noch die eigenen Zutaten verwenden würden.

In der Brennerei erklärte er ihnen mit Liebe zum Detail, wie er den Feinbrand im *Spirit Safe* in das Herzstück sowie den Vor- und Nachlauf trennte. Dona hing an seinen Lippen und lauschte teilweise nur dem angenehmen Klang seiner tiefen, sinnlichen Stimme. Sie selbst sagte nicht viel dazu, sondern nickte stattdessen zustimmend. Was sollte sie auch dazu sagen? Natürlich wusste sie in der Theorie, wie der Brennvorgang funktionierte, aber sie hatte schließlich noch nie an den Kesseln gearbeitet.

Nach der Besichtigung lud Alister die beiden Kunden noch auf einen Single Malt in die Bar ein, in der interessierte Besucher, für die mehrmals wöchentlich Führungen angeboten wurden, die Produkte des Hauses testen konnten. Sie ließen sich an dem rustikalen Tresen nieder, wo ihnen von einer Mitarbeiterin der Whisky kredenzt wurde, den die beiden Herren zu kosten wünschten.

Dona zögerte etwas, mitten am Tag einen Whisky zu trinken, aber sie tat es den Männern gleich. Mr Caldwell und Mr Jones übertrafen sich gegenseitig mit Lob für den edlen Tropfen.

»Diese torfige Note ist nicht zu toppen«, schwärmte Mr Jones. »Das ist genau das, was unsere Hotelgäste auf der Zunge haben wollen, wenn sie sich einen Whisky aus den Highlands bestellen. Die Hochmoore und das Meer sind in einer so ursprünglichen Weise herauszuschmecken.«

»Ja, so schmeckt Schottland«, pflichtete ihm Mr Caldwell bei.

Als er das sagte, spürte Dona, wie Alister verschwörerisch ihre Hand drückte, doch bevor sie darauf reagieren konnte, hatte er seine Hand schon wieder weggezogen. Schade, dachte Dona, aber sie war nicht beleidigt. Im Gegenteil, es machte bestimmt keinen guten Eindruck, vor den Kunden Händchen zu halten, wenngleich sie nichts lieber getan hätte als das. Wieder erschrak sie bei dem Gedanken, sich womöglich in den Braumeister zu verlieben, aber sie konnte gar nichts dagegen tun. Sie fand ihn einfach großartig. Nicht nur, weil er fantastisch aussah, sondern weil er so kompetent war und eine unglaublich positive Ausstrahlung besaß.

Es machte ihr auch gar nichts aus, dass sie in diesem Fall nur schmückendes Beiwerk war, während Alister in seiner Rolle glänzte. Schließlich wusste sie aus eigener Erfahrung, wie wichtig es bei Geschäftsterminen war, über fundierte Kenntnisse und ein gewinnendes Wesen zu verfügen. Wie oft in der Vergangenheit war sie in seiner Position gewesen, Vertreter einer Firma dazu zu gewinnen, ihre Events im *Tianavaig* stattfinden zu lassen. Neidlos musste sie zugeben, dass er wirklich alles richtig machte, um das Vertrauen der Kunden zu gewinnen. Nein, Vater hätte wirklich keinen besseren Nachfolger finden können, dachte sie schwärmerisch.

»Ich schlage vor, wir schreiten nun zu den Vertragsverhandlungen. Was sollen wir noch lange warten? Wir sind uns doch einig, oder, Ben?«, fragte Mr Caldwell nun seinen jüngeren Geschäftspartner, der zustimmend nickte, während er sich von Alister noch ein weiteres Glas von dem Malt einschenken ließ. Mr Caldwell war der Chef der Londoner Niederlassung von Waltman und hatte sich den britischen Lebensstil mit den Jahren angeeignet. Dazu gehörte ein guter Tropfen Malt.

Als sie wenig später zu viert den langen Gang zu den Büros gingen, blieb Dona vor ihrer Tür stehen. »Ich denke, die Vertragsmodalitäten können Sie mit Mr Broun allein abstimmen. Sie haben ja bereits die Vorgespräche geführt und ich bin mit diesen Bedingungen einverstanden«, erklärte sie geschäftsmäßig.

»So machen wir das, ich lege Ihnen dann unseren Entwurf vor, damit Sie ihn noch einmal vollständig überprüfen können, Miss MacLeod«, entgegnete Alister ebenso förmlich. Er wirkte ganz ernst, nur aus seinen Augen blitzte das sichtliche Vergnügen an diesem perfekten Rollenspiel.

Dona reichte den beiden Männern zum Abschied die Hand und bedankte sich für die äußerst produktive Zusammenarbeit. Sie war froh, dass sie durch ihren Job als Geschäftsführerin des *Tianavaig* die Floskeln kannte, die man gewöhnlich im Geschäftsleben mit den Partnern austauschte, wenn man sich einig geworden war.

»Es macht Freude, mit Ihnen Geschäfte zu machen«, bemerkte Mr Jones, und es war ihm sichtlich anzumerken, dass er es bedauerte, sich von ihr verabschieden zu müssen. »Leider kommt der Wagen, der uns zum Flughafen nach Glasgow bringt, schon in anderthalb Stunden. Sonst hätte ich mir ja von Ihnen gern noch diesen bezaubernden Flecken Erde zeigen lassen. Ich muss wieder nach New York, während Walter nur bis London fliegt. Ich glaube, Ihr Tropfen wird auf beiden Seiten des Atlantiks für Begeisterung sorgen.«

»Es wäre mir ein Vergnügen gewesen, wenn ich Ihnen auch noch die Felder hätte zeigen können, von denen unsere Gerste stammt«, flötete Dona. »Sie haben sich aber auch einen besonders schönen Tag ausgesucht, um uns zu besuchen«, fügte sie hinzu. Und das war nicht übertrieben. Die winterliche Sonne strahlte von einem stahlblauen Himmel, den kein Wölkchen trübte.

Nachdem sie sich von ihren Gästen verabschiedet hatte, trafen sich Alisters und ihr Blick. Für den Bruchteil einer Sekunde zwinkerte er ihr triumphierend zu und drückte ihr unauffällig einen zusammengefalteten Zettel in die Hand.

Dona ließ sich kurz darauf beschwingt auf ihren Schreibtischsessel fallen und war froh, dass sie allein im Büro war. Dem neugierigen Blick von Mrs Drummond wäre mit Sicherheit nicht dieses Lächeln entgangen, das sich, ohne dass sie es wollte, über ihr ganzes Gesicht ausbreitete bei dem Gedanken, wie gut Alister und sie das Treffen mit den Vertretern von Waltman gemeistert hatten. Und nicht nur deshalb. Es war auch die Vorfreude auf seine heimliche Botschaft, die ihr ein beseeltes Lächeln ins Gesicht zauberte. Ihre Finger zitterten leicht, als sie den Zettel auseinanderfaltete. Die Nachricht war kurz, aber sie las sie trotzdem mehrmals.

Wenn Sie Lust haben, am Wochenende mit mir einen Klippenspaziergang zu unternehmen, rufen Sie mich bitte an. PS. Sie waren einfach großartig!

Sie auch, dachte Dona verträumt, und ja, ich will!

Portree, Oktober 1922

Die Ereignisse in den letzten drei Monaten haben sich geradezu überschlagen, und ich weiß manchmal kaum, wie ich es unter diesen Umständen geschafft habe, meinen Alltag zu leben, als wäre nichts geschehen.

Nach dem gemeinsamen Abend mit Albiona, Glen, Gavin und Ean Brodie kreisten meine Gedanken nur um das eine: Ich musste den Braumeister unter vier Augen sprechen, um ihn zu bitten, die Stellung bei meinem Mann zu kündigen und Portree zu verlassen! Ich wusste, was ich da von ihm verlangte, hatte er doch bei uns immerhin eine neue Heimat gefunden. Aber ich war mir sicher, keine andere Wahl zu haben, denn ich konnte für nichts garantieren, wenn wir noch einmal privat aufeinandertreffen würden.

Doch mich mit ihm zu verabreden, war gar nicht so einfach. Ich konnte ihn ja schlecht bei Dunvegan aufsuchen, ohne Argwohn zu erregen. Und unter dem Vorwand, ihm Klavierunterricht zu erteilen, konnte ich ihn auch nicht mehr treffen. Bereits am Montag darauf richtete mir Gavin einen schönen Gruß von Ean Brodie aus, verbunden mit der Nachricht, dass er leider zu viel Arbeit habe und es leider nicht mehr schaffen würde, bei mir Unterricht zu nehmen. Ein sicheres Zeichen, dass er auch mir möglichst aus dem Weg zu gehen versuchte.

Nach vier Wochen gab ich meinen Plan schließlich auf und redete mir ein, es ginge auch so. Schließlich waren wir uns nicht ein einziges Mal über den Weg gelaufen. Meine Sorge, Portree sei zu klein, um eine zufällige Begegnung zu vermeiden, schien unbegründet, und mit der Zeit verblasste auch die Erinnerung an Ean Brodies Liebeserklärung. Jedenfalls tat ich alles, um mir meine Gefühle für ihn aus dem Herzen zu reißen. Inzwischen waren immerhin über drei Monate seit jenem Abend vergangen. Im Nachhinein versuchte ich mir einzubilden, das Ganze sei ohnehin nur eine spontane Schwärmerei ohne tiefere Bedeutung gewesen. Ich schob meine Empfänglichkeit für seinen Charme auf Gavins und meine Probleme, für die wir aber zumindest in einem entscheidenden Punkt eine Lösung gefunden zu haben glaubten: Gavins Kopfschmerzattacken. Auf Seanas und mein Drängen hatte sich mein Mann seinem Schwager Lennox anvertraut, als seine Schwester und ihr Mann uns neulich besucht hatten. Die beiden hatten kurz nach Blairs Tod im kleinsten Kreis geheiratet und lebten in Inverness. Lennox arbeitete noch immer am Krankenhaus, weil er noch keinen geeigneten Praxisstandort gefunden hatte. Er wollte in den Stadtteil, in dem die armen Menschen lebten, um dort zu helfen. Wie sich im Gespräch herausstellte, kannte sich Lennox sehr gut auf dem Gebiet der Kopfschmerzerkrankungen aus. Ich begriff das als Wink des Schicksals, aber Gavin zierte sich, seinen Schwager in sein Leiden einzuweihen. Natürlich wollte ich nicht sein Sprachrohr sein, und es war Seana, die ihren Bruder schließlich überredete, sich Lennox anzuvertrauen. Sie wusste ja, dass Gavin dieses Leiden, von dem sie selbst gänzlich verschont geblieben war, von der Mutter geerbt hatte.

Ich war meiner Schwägerin unendlich dankbar, dass sie Gavin dazu brachte, sich zu öffnen. Wahrscheinlich mochte er nicht zugeben, dass er gar nicht so ein Kerl wie ein Baum war, wie man ihn von außen gern wahrnahm, wenn man nicht wusste, mit welchen Schmerzen er in Wirklichkeit zu kämpfen hatte. Lennox aber machte es ihm sehr leicht, ehrlich über die Symptome zu reden, indem er von der allgemeinen Scheu seiner männlichen

Patienten berichtete, über diese Krankheit zu sprechen. Und deren Erleichterung darüber, wenn ihnen endlich geholfen werden konnte. Das ermutigte Gavin, ganz ehrlich über die Qualen zu reden, die ihm diese Anfälle bereiteten. Lennox klärte ihn darüber auf, dass man in der Schweiz ein Mittel entwickelt hatte, mit dessen Hilfe die Symptome von Migräne-Anfällen gemildert werden konnten. Er riet uns dringend, zu einer Untersuchung nach Inverness zu kommen. Davon war Gavin zunächst nicht begeistert, war er doch in Portree unabkömmlich, doch mit vereinten Kräften konnten wir ihn davon überzeugen, dass es besser sei, ein paar Tage seiner kostbaren Arbeitszeit zu opfern, wenn danach zumindest die vage Hoffnung bestand, die Symptome der Krankheit mittels der richtigen Behandlung langfristig zu mildern. Er willigte schließlich ein, und dort gab man ihm ein Mittel mit dem Namen Gynergen. Bislang aber war er glücklicherweise noch nicht in die Lage gekommen, sich von der Wirkung zu überzeugen, denn er hatte seitdem keinen Anfall mehr erlitten, trug das Mittel aber ständig bei sich. Lennox hatte ihm eingeschärft, es sofort einzunehmen, wenn sich die ersten Vorboten eines neuerlichen Anfalls bemerkbar machten.

Gavin war jedenfalls seit unserem Besuch in Inverness wie ausgewechselt. Er sprühte vor Optimismus und traute sich wieder, mit mir zu schlafen, was ihm nun auch wieder problemlos gelang. Er behauptete scherzhaft, die Tabletten in der Tasche würden die bösen Geister der Krankheit von ihm fernhalten. Wir schliefen wieder regelmäßig miteinander, aber aufgrund der Tatsache, dass ich hinter seiner sexuellen Überaktivität den verbissenen Wunsch erkannte, mich endlich zu schwängern, war ich nun diejenige, die sich nicht wirklich mit Lust darauf einlassen konnte. Es belastete mich, jeden Monat erneut seine Enttäuschung zu spüren, dass es wieder nicht geklappt hatte. Das setzte mich derart unter Druck, dass ich immer häufiger Vorwände suchte, damit wir nicht miteinander schliefen. Langsam machte ich mir allerdings auch Gedanken darüber, warum ich partout kein Kind bekam und hatte insgeheim Sorge, dass es vielleicht doch an mir lag. Diese Ängste aber behielt ich für mich und wurde nicht müde, Optimismus zu verbreiten. Das wird schon, pflegte ich immer zu behaupten. Schließlich führte dieser Erwartungsdruck allerdings dazu, dass ich gar keinen Spaß mehr daran hatte, wenn Gavin unter meine Bettdecke kroch und ich seine Zärtlichkeiten eigentlich nur noch mehr oder weniger über mich ergehen ließ. Ich redete mir ein, dass wir, sobald ich schwanger geworden war, unsere ungezügelte Leidenschaft wieder zu neuem Leben würden erwecken können. Ein einziges Mal passierte es mir, dass ich mir, während Gavin mich streichelte, vorstellte, es wären Ean Brodies Hände, die forschend über meine Schenkel fuhren. Diese Fantasie erhitzte meinen Körper derart, dass ich mich meinem Mann in wilder Wonne hingab. In der Nacht machte ich kein Auge zu. So sehr schämte ich mich dafür, in Gedanken mit einem anderen Mann geschlafen zu haben als mit Gavin. Ich ging streng mit mir ins Gericht und verbot mir, mich noch einmal einer solchen trügerischen Fantasie hinzugeben. Das ist mir weitgehend gelungen, und ich hatte schon ein paar Tage nicht mehr an Ean Brodie gedacht, als wir zum Geburtstag von Donald Fraser, Gavins Architekten, eingeladen waren. Ich weiß auch nicht, warum ich nicht gleich auf den Gedanken gekommen war, dass auch Ean Brodie unter den Gästen sein würde.

Und was soll ich sagen? Mich traf beinahe der Schlag, als wir uns an die Tafel setzten und ich mit Schrecken erkannte, dass er mein Tischpartner zur anderen Seite war. Ich glaube, ich bin erst knallrot geworden und dann leichenblass. So gründlich ich auch versucht hatte, ihn aus meinen Gedanken und geheimen Fantasien zu verbannen, als ich ihn ansah, war alles wieder da. In einer Intensität, die mir schier den Verstand rauben wollte. Doch es blieb mir gar nichts anderes übrig, als ihn wenigstens zur Begrüßung anzusehen, um nicht Gavins Argwohn zu erregen. Er hätte sich wohl sehr gewundert, wenn ich seinen Brennmeister mit gesenktem Kopf begrüßt hätte, zumal Gavin sichtlich erfreut war, dass man uns nebeneinander platziert hatte.

Ich kam also nicht umhin, ihm sogar die Hand zu geben und konnte sie auch nicht schnell zurückziehen, wie ich es gern getan hätte, denn diese kleine Berührung unserer Hände genügte, um alles wieder aufflammen zu lassen. Wir tauschten ein paar Höflichkeitsfloskeln aus, an deren genauen Wortlaut ich mich nicht einmal mehr erinnere, weil ich so sehr damit beschäftigt war, meine Bestürzung zu verbergen, die, wie ich mit einem Blick in seine gequält lächelnde Miene feststellte, auf Gegenseitigkeit beruhte. Offenbar hatte er sich vorher auch keine Gedanken gemacht, wie es wäre, mir so unverhofft wieder zu begegnen.

Ich war während des gesamten Essens krampfhaft bemüht, ihn nicht zufällig zu berühren, was kein leichtes Unterfangen war, wenn man so nahe beieinander saß und wir das Feuer zwischen uns förmlich knistern hören konnten.

Gavin aber nahm nichts von alledem wahr. Im Gegenteil, er begann sogar über meinen Kopf hinweg ein Gespräch mit seinem Brennmeister. Ich schlug meinem Mann vor, mit ihm den Platz zu tauschen, damit die beiden sich ungestört miteinander unterhalten konnten. Das aber lehnte Gavin ab mit dem Hinweis, dass es die Sitzordnung an der Tafel durcheinanderbringen würde.

»Wir reden nach dem Essen«, versprach er dem Brennmeister.

Während des Dinners blickte ich die meiste Zeit stur geradeaus oder heftete den Blick auf die Köstlichkeiten auf meinem Teller. Das Problem war nur, dass mir der Appetit vergangen war. Schlimmer noch, alles in meinem Körper weigerte sich gegen die Aufnahme von Nahrung. Mein Magen rebellierte, und mir wurde allein bei der Vorstellung übel, Lammbraten zu essen. Doch auch das musste ich irgendwie überwinden, denn wenn ich nichts anrührte, würde das meinem Mann mit Sicherheit nicht verborgen bleiben. Also quälte ich mir das Essen hinein, während mir bei jedem Bissen übler wurde.

Ich war erleichtert, als das Essen vorüber war und die Hausherrin die Gäste in die Halle bat. Dort spielte eine Kapelle zum Tanz auf.

Wir steuerten die Bar an, und ich stürzte ziemlich hastig einen Whisky hinunter. Danach, so bildete ich es mir jedenfalls ein, ging es meinem Magen schon wieder besser. Suchend blickte ich mich um und entdeckte Ean, der scheinbar in ein anregendes Gespräch mit einer jungen Dame verwickelt war. Ich hatte Schwierigkeiten, den Blick abzuwenden, denn er machte in seinem Abendanzug wirklich eine ausgesprochen gute Figur. Um mich abzulenken, wandte ich mich meinem Mann zu, doch bevor ich ihn um einen Tanz bitten konnte, stellte ich erschrocken fest, dass er leichenblass geworden war.

»Schatz, was ist mit dir?«

»Alles gut, ich habe nur ein leichtes Flimmern vor dem linken Auge.«

»Was heißt, alles gut?«, schimpfte ich. »Du weißt doch genau, was das bedeutet. Das kündigt einen neuerlichen Migräneanfall an.«

»Ich weiß, aber ich habe ja jetzt das Zaubermittel. Nun wollen wir mal schauen, ob es auch funktioniert.« Er fasste in seine Jackentasche, holte seine Schachtel mit den Tabletten hervor und nahm eine davon mit einem Schluck Whisky ein.

»Ich wollte gerade mit dir tanzen, aber das sollten wir lieber lassen«, seufzte ich.

»Jedenfalls sollte ich darauf verzichten, aber ich will dir nicht den Spaß verderben. Du liebst das doch.«

Er deutete in Richtung der Musikkapelle. Sie spielten gerade einen Shimmy, einen Tanz, der in Schottland weitgehend unbekannt war, aber Jane Fraser, die Frau unseres Architekten, stammte aus New York und hatte offenbar keine Kosten und

Mühen gescheut, eine Musikkapelle aus London zu engagieren, die über ein entsprechendes Repertoire verfügte. Sie hatte diese Musik schon an Hogmanay in Portree gesellschaftsfähig gemacht, als sie in ihrem Haus einen Tanzabend veranstaltet hatte, zu dem sie sogar einen Tanzlehrer eingeladen hatte, der uns den Shimmy beigebracht hatte. Mich hatten sowohl die schmissigen Songs als auch der ekstatische Tanzstil sofort begeistert. Ganz im Gegensatz zu meinem Mann, der ein erklärter Liebhaber der schottischen Volkstänze war. Deshalb war ich mir nicht ganz sicher, ob er nicht sogar froh war, eine Ausrede zu haben, sich vor dem unkoordinierten Schütteln zu drücken, wie er den Tanz nannte.

»Nein, nein, ich bleibe bei dir. Ich kann mich ja schlecht allein in das Gewühl stürzen.« Trotz meiner Sorge um meinen Mann, verbunden mit der bangen Frage, ob das Mittel hielt, was die Ärzte in Inverness sich davon versprachen, schielte ich sehnsüchtig zu den tanzenden Menschen. Offenbar war ich nicht die Einzige, die Gefallen daran fand, die Hüften vibrieren zu lassen, ohne sich von der Stelle zu rühren. Allerdings waren nur die jüngeren Gäste auf die Tanzfläche gestürmt, während die älteren Herrschaften dem Treiben teils kopfschüttelnd vom Rand her zusahen. Jane Fraser war die wildeste Tänzerin von allen, aber ihr Mann stand ihr in nichts nach. Ich konnte nicht verhehlen, dass ich mich gern unter die Tanzenden gemischt hätte. Stattdessen wandte ich mich meinem Mann zu und hakte mich bei ihm ein.

»Merkst du schon etwas von der Wirkung des Mittels?«, erkundigte ich mich fürsorglich.

Gavin lächelte. »Das Flimmern ist weg, aber ich vermute, dass es nichts mit den Tabletten zu tun hat. Vielleicht war es auch nur Überanstrengung meiner Augen, wenn ich daran denke, wie lange ich in den letzten Tagen auf Pläne geschielt habe.«

»Dann könnten wir ja vielleicht doch ein Tänzchen wagen«, schlug ich vor.

»Ich glaube kaum, dass ich das wirklich tun sollte. Erinnere dich doch nur an Janes Tanzabend! Wer hat von allen die lächerlichste Figur abgegeben? Das war wohl dein Mann. Nein, du blamierst dich nur mit mir.«

»Schade«, seufzte ich und ließ meinen Blick erneut sehnsuchtsvoll über die zuckenden Leiber gleiten.

»Und außerdem, wenn du mich fragst, ich finde, das sieht so aus, als wollten sich die Paare gegenseitig bespringen, wenn du verstehst, was ich meine«, flüsterte er mir nun ins Ohr.

»Sei nicht so altmodisch, Gavin«, konterte ich. »Wenn das deine Mutter – Gott hab sie selig – gesagt hätte, gut, aber aus deinem Mund?«

»Ich bin eben manchmal doch ein wenig konservativ«, lachte er. »Und das solltest du eigentlich schon gemerkt haben.«

Ich stieß einen tiefen Seufzer aus. In diesem Augenblick wollte Ean an uns vorbeigehen. Und zwar schnellen Schrittes, wie ich sehr wohl registrierte, doch Gavin hielt ihn auf.

»Was halten Sie denn von diesen neumodischen sogenannten Tänzen?«, fragte er seinen Brennmeister unvermittelt.

Es war Ean förmlich anzusehen, dass er gehofft hatte, sich ungesehen an uns vorbeidrücken zu können. »Ich persönlich finde sie sehr lustig. Sie müssen wissen, dass ich von Islay erst einmal nach London gereist bin, und da wurde überall so getanzt.«

»Dann können Sie es also?«

»Können ist übertrieben«, erwiderte Ean bescheiden.

»Ja, worauf warten Sie denn noch? Machen Sie meiner Frau die Freude, sich mit ihr den Zuckungen hinzugeben. Für mich ist das nichts.«

»Ich ... ich wollte gerade ...«, stammelte Ean.

»Nein, ich, ich muss nicht tanzen«, erklärte ich erschrocken, doch mein Mann schob mich geradewegs in Eans Arme. »Nun macht schon. Dann habe ich kein schlechtes Gewissen mehr, ein altmodischer Spielverderber zu sein.«

Wir hatten schließlich keine andere Wahl, als uns den Wünschen meines Mannes zu fügen. Ean mied meinen Blick, während er sich steif vor mir verbeugte. »Mrs MacLeod, darf ich Sie um diesen Tanz bitten.«

Ich nickte höflich und folgte ihm zur Tanzfläche. Gerade als wir begannen, unsere Hüften vibrieren zu lassen, war das Lied zu Ende, und der Sänger kündigte einen Foxtrott an, auch ein Tanz, den ich bei Jane Frasers Tanzabend an Hogmanay gelernt hatte. Der Unterschied zum Shimmy war nur der, dass es ein Paartanz war, bei dem wir uns berühren mussten.

»Wollen wir, oder soll ich Sie lieber zu Ihrem Mann zurückbringen?«, fragte Ean verunsichert.

»Nein, den einen Tanz schaffen wir schon«, entgegnete ich, wenngleich ich mir nicht recht vorstellen konnte, wie das gehen sollte, denn schon, als er meine Hände in seine nahm, rieselten mir heiße Schauer durch den Körper. Doch dann konzentrierte ich mich vollends auf die Musik und die Schritte. Ich war erschrocken darüber, wie leichtfüßig wir beide den richtigen Rhythmus fanden. Als hätten wir ein Leben lang zusammen getanzt. Wir schwebten nahezu über die Tanzfläche. Ich hatte allerdings große Sorge, dass auch Gavin nicht entging, wie perfekt sein Brennmeister und ich miteinander auf der Tanzfläche harmonierten.

Ich ließ meinen Blick zu der Stelle schweifen, an der Gavin und ich zuvor gestanden hatten, aber mein Mann war nicht mehr dort. Bevor ich mir Sorgen machen konnte, entdeckte ich ihn in einem angeregten Gespräch mit dem Architekten. So wandte ich mich ein wenig entspannter meinem Tanzpartner und unseren Schritten zu. Ich vermied es dabei, Blickkontakt mit Ean Brodie aufzunehmen.

»Mairie, Ean, ihr seid ja ein Traumpaar auf der Tanzfläche«, ertönte jetzt neben uns die begeisterte Stimme von Jane Fraser, die mit dem Geschäftspartner ihres Mannes an uns vorüberschwebte.

Ich bin mir sicher, dass ich rot wurde, und vor Schreck vergaß ich, dass ich Ean Brodie auf keinen Fall in die Augen sehen wollte. Was ich dort lesen konnte, ließ meine Knie erzittern: Leidenschaft, Begierde und Zärtlichkeit in einem. Und ich konnte gar nichts dagegen tun. Unsere Hände verknoteten sich ineinander wie bei einem Liebespaar, das sich gerade schwor, sich nie wieder loszulassen.

Ich versuchte vergeblich, mich auf die Tanzschritte zu konzentrieren, aber das gelang mir nicht. Obwohl meine Gedanken ganz woanders waren, traten wir einander nicht auf die Füße, sondern bewegten uns weiterhin elegant und leicht.

Ich senkte den Kopf und nahm mir vor, die Tanzfläche umgehend zu verlassen, sobald der letzte Ton dieses Songs verklungen war, doch dann hörte ich seine Stimme an meinem Ohr.

»Wir müssen reden, Mairie, ich gehe nach dem Ende des Tanzes nach draußen in den Park, bitte kommen Sie!«

Ich nickte unmerklich, und mein Herz pochte bis zum Hals, als ich Ean nachsah, wie er schnellen Schrittes die Halle durchquerte und das Haus verließ. Bevor ich ihm folgte, suchte ich nach Gavin, aber der unterhielt sich immer noch angeregt mit Mr Fraser.

Ich nutzte die Gelegenheit und ging ebenfalls nach draußen. Als ich aus der Haustür kam, trat Ean hinter einer Fichte hervor und zog mich hinter den riesigen Baum. Ich wusste nicht, wie mir geschah, als er mich in den Arm nahm und einfach küsste. Ich konnte gar nicht anders, als seinen Kuss zu erwidern. Noch nie zuvor hatte mich ein Mann mit solch verzweifelter Leidenschaft geküsst wie er. Es dauerte eine halbe Ewigkeit, bis ich aus meinem Zustand der Trance aufwachte und das verbotene Treiben abrupt beendete.

»Das dürfen wir nicht«, keuchte ich.

»Ich weiß, aber ich wollte mich vergewissern, dass du mich genauso liebst wie ich dich«, stöhnte Ean.

»Aber ich liebe dich nicht«, widersprach ich heftig. »Ich liebe meinen Mann. Und nur meinen Mann!«

»Glaubst du, ich fühle mich gut damit, dass ich mich ausgerechnet in die Frau meines Arbeitgebers verliebt habe? Gavin ist so etwas wie ein Freund für mich geworden. Ich habe in den letzten Wochen verdammt heftig dagegen angekämpft, aber als ich dich vorhin kommen sah, wusste ich, dass es kein Gefühl ist, das ich wie eine lästige Fliege verscheuchen kann. Mairie, ich wusste vorher gar nicht, was Liebe ist, aber …«

»Pst!« Ich legte ihm meinen Finger über den Mund, denn ich wollte das alles nicht hören, obwohl ich tief in meinem Inneren wusste, dass es mir ganz genauso ging, hatte ich das doch bereits schon einmal ähnlich empfunden. An dem Tag, als ich Glen das erste Mal gesehen hatte. Aber das war schließlich auch vorübergegangen. Warum sollte es mit Ean etwas anderes sein?

»Das ist nur ein flüchtiges Gefühl. Glaube mir! Das vergeht«, sagte ich mit belegter Stimme.

»Mag sein, aber jetzt ist es übermächtig, und ich bin ihm hilflos ausgeliefert. Die einzige Möglichkeit, dich zu vergessen, wäre, dich niemals wiederzusehen. Solange die Gefahr besteht, dass wir uns unverhofft begegnen, werde ich meines Lebens nicht mehr froh. Und glaube mir, niemals würde ich den Versuch wagen, dich für mich zu gewinnen. Mal abgesehen davon, dass du Gavins Frau bist, ich kann dir nichts bieten, ja, nicht einmal die Aussicht, eine eigene Familie zu gründen, bin ich doch auf dem Papier immer noch ein rechtmäßig verheirateter Mann.«

Ein Beben durchlief meinen ganzen Körper. Dachte er etwa das, was mir gleich nach unserer schicksalhaften Begegnung als einzig brauchbare Lösung erschienen war? Dass er aus Portree weggehen würde? Bevor ich meine Gedanken zu Ende führen konnte, sprach er es bereits aus.

»Ich werde Portree verlassen. Anders kann ich nicht garantieren, dass es für dich, deinen Mann und mich nicht in einer Katastrophe endet«, stieß er heiser hervor.

Ich konnte gar nicht anders, als mich daraufhin an seine Brust zu werfen. Wir umarmten uns so fest, als wäre es das letzte Mal. Und wahrscheinlich war es das ja auch. Obwohl mir bei dem Gedanken, dass ich Ean niemals wiedersehen würde, schier das Herz brechen wollte, sah ich keine andere Möglichkeit. Und nur, weil ich glaubte, dies sei ein Abschied für immer, gestand ich ihm, dass auch ich mich auf den ersten Blick in ihn verliebt hatte. Er drückte mich noch fester an sich und flüsterte wiederholt und voller Rührung meinen Namen. »Mairie, oh Mairie!«

Dann löste er sich abrupt aus der Umarmung und blickte mich mit Tränen in den Augen an. »Du musst jetzt zu deinem Mann gehen. Ich kann mich da drinnen nicht noch einmal blicken lassen. Ich befürchte, jedermann würde mir ansehen, dass ich Kummer habe«, bemerkte er traurig. »Bitte geh jetzt ohne großen Abschied. Ich möchte dir nachschauen, bis du im Haus verschwunden bist.«

Ich tat, was er verlangte, und ging mit zittrigen Knien zurück zum Haus. In der Tür drehte ich mich noch einmal um, aber Ean war bereits im Dunkel der Nacht verschwunden. Mir stand der Sinn nur noch nach einem: mich in mein Bett zu kuscheln und mir die Decke über den Kopf zu ziehen, aber vorerst musste ich all meine Kraft daransetzen, nicht in lautes Schluchzen auszubrechen.

Portree, Dezember 2014

Amy war leicht beklommen zumute, als sie die Kanzlei von Gordon MacArran betrat. Alles machte einen gediegenen und vornehmen Eindruck. An den mit dunklem Holz vertäfelten Wänden hingen Bilder mit ernst dreinblickenden seriösen Herren. Sie vermutete, dass es sich um Gordons Vorfahren handelte, denn es bestand eine gewisse Familienähnlichkeit. Direkt unter der Ahnengalerie standen zwei Stühle, die offenbar für wartende Mandanten gedacht waren.

Gleich am Eingang stand ein Schreibtisch, hinter dem eine streng wirkende ältere Dame thronte, an der man offenbar nicht so einfach vorbeigehen durfte. Also blieb Amy vor dem Schreibtisch stehen. »Guten Tag, mein Name ist Amy Henderson, ich würde gern mit Mr MacArran sprechen.«

Die Bürovorsteherin zog eine Augenbraue hoch. »Haben Sie einen Termin, Miss Henderson?« Allein, wie sie ihren Namen aussprach, ließ keinen Zweifel daran, dass die Dame Amy für eine Fremde hielt.

»Nein, aber ich dachte, ich könnte vielleicht … also, es ist dringend«, stammelte Amy. Sofort spürte sie, wie ihr die Hitze in die Wangen stieg. Der Ton in der Stimme dieser Dame ließ sie augenblicklich innerlich schrumpfen. Sie wusste schon, warum sie Dona stets die geschäftlichen Termine bei Anwälten und Notaren überlassen hatte. So unschlagbar sie sich auch in der Küche fühlte, eine Atmosphäre wie diese verunsicherte sie schnell. Das war Meilen entfernt von der Welt, in der sie aufgewachsen war, und wenn dann eine strenge Vorzimmerdame wie diese ihr zu verstehen gab, dass sie in heilige Hallen wie diese nicht einfach so hereinplatzen durfte, fühlte sie sich wieder wie Amy aus Tottenham, die sich damals im Herzen der City bei einer Bank vorgestellt hatte, um dort eine Lehre zu machen, und von den feinen Herren ziemlich grob abgelehnt worden war. In ihrer Verzweiflung hatte sie dann in einem feinen Restaurant als Küchenhilfe angeheuert, weil ihre Eltern von ihr verlangt hatten, nach dem Schulabschluss finanziell auf eigenen Füßen zu stehen. Und einmal im Leben hatte sie großes Glück gehabt, weil der Koch auf ihr Talent aufmerksam geworden war und sie dementsprechend gefördert hatte. Er hatte sie höchstpersönlich ausgebildet.

»Was ist jetzt? Wollen Sie einen Termin?«, hakte die Bürovorsteherin ungeduldig nach.

Amy versuchte, ihre Unsicherheit zu überspielen, denn sie wollte sich auf keinen Fall abwimmeln lassen, weil die Klärung der Angelegenheit in London keinen Aufschub duldete. Ach, hätte ich Dona doch bloß nicht angeboten, den Anwalt aufzusuchen, dachte Amy bedauernd, aber nun ist es zu spät und um nichts auf der Welt würde sie das Büro unverrichteter Dinge verlassen.

»Nein, ich warte, bis Mr MacArran Zeit hat.«

Nun zog die Dame, auf deren Schreibtisch ein kleines Schild mit ihrem Namen Miss Keith stand, die andere Augenbraue hoch.

»Wir sind kein Coffeeshop, in den man rein- und rausgehen kann, wie es einem passt. Mr MacArran ist der einzige Notar auf der ganzen Insel. Da bedarf es eines Termins.« Sie blätterte geschäftig in ihrem Tischkalender. »Wir hätten da noch nächste Woche einen Termin. Montag, 15 Uhr?« Miss Keith sah Amy noch einmal flüchtig über den Rand ihrer Brille an, bevor sie sich wieder in ihr Studium des Kalenders vertiefte.

»Es ist dringend. Ich brauche heute noch einen Anwalt«, widersprach Amy mit fester Stimme.

Pikiert blickte Miss Keith auf. »Sie sind doch gar nicht von hier. Ich höre sofort, dass Sie Engländerin sind. Warum suchen Sie sich dort keinen Anwalt?«

»Weil ich im Auftrag von Miss Dona MacLeod hier bin. Es geht um unser Restaurant in London.«

»Miss MacLeod, sagen Sie?« Die hochmütige Miene der Bürovorsteherin verwandelte sich in das ganze Gegenteil, und die Dame schien Amy nun ein wenig nervös zu werden. »Tja, dann ist das natürlich etwas anderes. Miss MacLeod gehört sozusagen zu den Mandanten, die eine bevorzugte Behandlung genießen, weil die Familien freundschaftlich miteinander verbunden sind.« Sie senkte die Stimme und beugte sich vertraulich über den Schreibtisch. »Gerade ist Mr Fuller von Dessos bei Mr MacArran. Er hatte noch kleine Veränderungswünsche am Vertragswerk, aber ich denke, der Verkauf geht noch heute über die Bühne«, verriet sie Amy in verschwörerischem Ton.

Die Nennung von Donas Namen hat Wunder gewirkt, dachte Amy belustigt, aber von welchem Vertrag sprach Miss Keith da gerade? Und wieso Verkauf? War Dessos nicht der Konzern, der Dunvegan kaufen wollte, etwas, dem Mr Broun niemals zustimmen würde. Hätte Amy heute Morgen nicht selbst erlebt, wie Dona ihre Meinung über den Braumeister um einhundertachtzig Grad geändert hatte, müsste sie vermuten, dass Gordon und Dona den Braumeister hintergingen, aber so? Amy konnte sich kaum vorstellen, dass Dona so gemein wäre, hinter Alisters Rücken und gegen seinen erklärten Willen einen Vertrag mit Dessos zu schließen … Amy unterbrach ihre Grübelei, als sie bemerkte, wie Miss Keith sie beobachtete.

»Ich weiß von dem Vertrag«, gab Amy zurück und setzte alles auf eine Karte. »Es ist doch schön, dass es mit dem Verkauf von Dunvegan an Dessos noch geklappt hat«, heuchelte sie.

»Ja, Mr MacArran war zwar etwas ungehalten, dass Mr Fuller heute einfach ohne Anmeldung in die Kanzlei geschneit ist, aber nun ist er, glaube ich, ganz erleichtert, dass es endlich zum verbindlichen Abschluss gekommen ist«, bekräftigte Miss Keith eifrig.

Also doch, dachte Amy, und ihr Herzschlag beschleunigte sich merklich. Wenn Dona nichts damit zu tun hatte, was Amy sich beim besten Willen nicht vorstellen konnte, dann erwischte sie Mr MacArran gerade bei einer Riesenschweinerei. Dann belog und betrog er nicht nur Alister, sondern auch Dona. Amys Herz klopfte bis zum Hals.

»Aber die Besprechung kann noch eine ganze Weile dauern. Ich kann Mr MacArran jetzt auch nicht davon in Kenntnis setzen, dass Sie hier auf ihn warten, denn ich habe die Order, ihn nicht zu stören und auch keine Telefonate durchzustellen«, teilte ihr Miss Keith unmissverständlich mit.

»Aber das macht doch nichts«, entgegnete Amy betont locker. »Ich warte, bis der Termin vorüber ist. Hauptsache, Mr MacArran nimmt sich noch heute der Sache mit unserem Restaurant an.«

»Ja, das hat sich im Ort schon herumgesprochen, dass die kleine MacLeod in London ein gut gehendes Restaurant hatte. Soll ja sogar in der Zeitung gestanden haben«, plauderte Miss Keith locker darauflos.

Amy musste sich das Lachen verkneifen bei dem Gedanken, was für eine Verwandlung bei der Dame stattgefunden hatte, seit sie Dona ins Spiel gebracht hatte. Vom Bürodrachen zur Plaudertasche, stellte Amy amüsiert fest und nahm sich vor, die Dame weiterreden zu lassen. Sie hoffte, noch mehr herauszufinden, was ganz sicher nicht für ihre Ohren bestimmt war. Vorher wollte sie aber kurz Dona anrufen, um ihr von dem angeblichen Vertragsabschluss über den Verkauf von Dunvegan zu berichten.

Amy setzte sich auf einen der Besucherstühle und holte ihr Telefon hervor, was ihr einen missbilligenden Blick von Miss Keith einbrachte.

»Eigentlich ist es nicht erlaubt, in unserer Kanzlei Mobiltelefone zu benutzen«, ermahnte sie Amy.

»Ich müsste nur meiner Freundin Dona eine Nachricht schreiben, dass es länger dauern kann. Darf ich?«

»Gut, dann werde ich mal ein Auge zudrücken«, erwiderte die Bürovorsteherin gönnerhaft.

Amy spürte eine leise Nervosität in sich aufsteigen, während sie ihrer Freundin die Nachricht schrieb. Ihr wurde erst jetzt in vollem Ausmaß bewusst, was für ein ungeheuerlicher Verrat es wäre, sollte Gordon tatsächlich hinter Donas Rücken Dunvegan verkaufen, einmal abgesehen davon, dass er damit niemals durchkommen würde, da das Testament eindeutig festlegte, dass ohne Alister Broun gar nichts ging.

Süße, sitze bei Mr MacArran in der Warteschleife. Stell dir vor, was mir sein Vorzimmerdrachen gesteckt hat. Bei ihm im Büro ist gerade ein Mr Fuller von Dessos, um den Kaufvertrag mit Dunvegan in trockene Tücher zu bringen. Du wirst dem wohl kaum zugestimmt haben. Wer bescheißt hier wen? Am besten wäre es natürlich, wenn du gleich vorbeikommst und die Sache persönlich vor Ort abklärst ... Deine persönliche Privatdetektivin

Amy las die Nachricht noch einmal im Ganzen durch und drückte auf »Senden«, bevor sie ihr Telefon hastig zurück in die Handtasche gleiten ließ. Sie wollte sich nicht unbedingt mit der Bürovorsteherin anlegen, die ihr mehrere strafende Blicke zugeworfen hatte.

In diesem Augenblick öffnete sich die geheimnisvolle schwere Eichentür, hinter der Amy Gordon MacArrans Büro vermutete, und ein rundlicher Herr in einem feinen Geschäftsanzug trat auf den Flur.

Er musterte sie interessiert.

»Guten Tag«, sagte er freundlich.

Amy erwiderte seinen Gruß zögerlich, und der Mann wandte sich nun an Miss Keith.

»Wir haben noch ein, zwei Änderungen im Vertrag vorgenommen, aber das wird Ihnen Ihr Chef gleich selber sagen. Es betrifft die Übernahme, die nun erst in vier Wochen stattfinden soll. Und mir bestellen Sie bitte ein Taxi. Ich warte draußen.«

»Aber natürlich Mr Fuller, ich kümmere mich darum, aber Sie können auch kurz Platz nehmen.«

Mr Fuller warf Amy einen wohlwollenden Blick zu, doch sie wandte sich schroff ab.

»Ich glaube, ich gehe lieber«, bemerkte Mr Fuller, zog sich einen Mantel über und verließ grußlos das Büro.

Amy hielt den Atem an. Also doch! Es gab keinen Zweifel mehr. In Gordon MacArrans Büro war soeben die Dunvegan Destillerie an den Getränkekonzern Dessos verkauft worden, aber wie war das überhaupt möglich? Wenn Gordon es ohne Donas und Alisters Zustimmung getan hatte, musste er doch befürchten, dass sein Betrug früher oder später ans Tageslicht kommen würde. Spätestens in vier Wochen, wenn die Übernahme erfolgen sollte. Sobald nicht nur Dona, sondern auch Alister Broun im Besitz der Erbscheine sein würden.

»Miss Keith, hier sind noch Änderungen, die in den Vertrag aufgenommen werden müssen«, rief nun Gordon MacArran seiner Mitarbeiterin zu. Dann stutzte er, und seine Miene sprach Bände, als er Amy wahrnahm. Ihm entgleisten förmlich seine Gesichtszüge.

»Was macht die denn hier?«, stieß er wenig souverän an Miss Keith gerichtet aus. »Habe ich Ihnen nicht unmissverständliche Order gegeben? Heute keine Mandanten und keine Telefonate«, fügte er tadelnd und laut hinzu.

»Ich wünsche Ihnen auch einen schönen Tag«, gab Amy grinsend zurück.

Die Hautfarbe von Miss Keith nahm die Farbe einer unreifen Avocado an. »Aber, Mr MacArran, sie hat gesagt, dass Miss MacLeod sie geschickt hat, und Sie haben mir doch neulich erst aufgetragen, dass Dona MacLeod keine Termine braucht, sondern jederzeit bei Ihnen vorsprechen darf.«

»Dona ja, aber nicht ihre Busenfreundin!«, schimpfte Gordon. Ihm lag noch mehr auf der Zunge, als er bemerkte, wie entgeistert ihn seine Mitarbeiterin anstarrte. Er rang sich zu einem Lächeln durch, aber Amy konnte er nichts vormachen. Er kochte vor Wut. Immer noch falsch lächelnd wandte er sich an Amy. »Warten Sie doch bitte in meinem Büro. Ich habe noch etwas zu erledigen. Miss Keith bringt Ihnen einen Tee, nicht wahr?« Er sah seine Bürovorsteherin fordernd an. Sie sprang eilfertig auf und verschwand in Richtung Küche.

Gordon MacArran war nun sichtlich bemüht, freundlich zu Amy zu sein. »Verzeihen Sie, dass ich eben so unwirsch reagiert habe, aber ich sitze gerade an einem ziemlich komplizierten Fall. Kein Grund, dass einem die Nerven durchgehen, aber fühlen Sie sich bitte nicht persönlich angegriffen. Natürlich habe ich gleich für Sie Zeit.«

Amy wurde angesichts seiner offensichtlich geheuchelten Freundlichkeit speiübel, und sie fragte sich, was er im Schilde führte. Glaubte er wirklich, er würde aus dieser Nummer ungeschoren herauskommen? Sie würde sich jedenfalls nicht davor scheuen, ihn zu fragen, was es mit dem Vertrag auf sich hatte. Gordon schob sie förmlich in sein Büro. »Bitte gedulden Sie sich noch einen Augenblick. Die andere Angelegenheit wird mit Sicherheit noch zwanzig Minuten dauern. Ich muss kurz etwas formulieren, damit Miss Keith es in ein Vertragswerk einarbeiten kann«, sagte er hektisch. »Wenn Sie mögen, können Sie auch gern in einer halben Stunde wiederkommen. Dann habe ich ganz sicher Zeit für Sie.«

»Nein, nein, ich warte.« Und schon fiel die Tür hinter ihr ins Schloss, und sie war allein in Mr MacArrans Büro. Neugierig blickte sie sich um.

Da ging die Tür auf, und die Bürovorsteherin trat ein, in der

Hand eine Tasse Tee. Amy schenkte ihr ein Lächeln und hoffte, sie in ein weiteres erhellendes Gespräch zu verwickeln. Doch offenbar hatte sie das Wohlwollen, das Miss Keith ihr kurzfristig entgegengebracht hatte, inzwischen wieder völlig verspielt. Mit schnippischer Miene knallte die Bürovorsteherin ihr die Tasse vor die Nase, so heftig, dass der Tee auf die Untertasse schwappte.

»Sie und ich, wir können doch auch nichts dafür, dass Mr MacArran derart schlechte Laune hat«, bemerkte Amy versöhnlich.

»Ach, Sie haben gar keine Ahnung. Ich kenne meinen Chef. Der kocht vor Zorn, aber dann soll er in Zukunft gefälligst klare Anweisungen erteilen. Miss Dona ist jederzeit bei ihm willkommen, aber das gilt nicht für ihre Freunde. Ach, es ist ein Trauerspiel, dass er ihr immer noch nachhängt. Nach allem, was sie ihm angetan hat.«

Amy triumphierte innerlich. Sie hatte die richtigen Worte getroffen, um Miss Keith noch ein bisschen zum Plaudern zu bringen.

»Dona hat den armen Mann vor der Hochzeit sitzen gelassen, nicht wahr? Tja, da kannte ich Dona noch nicht, aber das ist eine ziemliche tragische Geschichte, ich meine, für den armen Mr MacArran.«

»Das können Sie laut sagen, ich habe kurz nach dem ganzen Desaster meinen Job bei ihm angetreten. Natürlich hat er mir nichts Privates erzählt, aber in ganz Portree redete man ja von nichts anderem als davon, dass die kleine MacLeod ihn quasi vor dem Traualtar hat stehen lassen. So eine gute Partie. Das hat er nicht verdient. Er hat wochenlang nicht arbeiten können und war völlig neben sich. Das soll mal einer verstehen, dass er ihr nach alledem immer noch nachrennt wie ein dummer Junge. Dabei weiß jeder, dass Dona MacLeod ganz nach ihrer verdorbenen Urgroßmutter kommt.«

»So? Das wusste ich ja gar nicht.«

»Doch, doch, Mairie MacLeod war eine Person ohne jeglichen Anstand und Moral. Sie hat ihren armen Ehemann mit dem Kind in Portree zurückgelassen, um mit ihrem Liebhaber auf und davon zu gehen. Man vermutet, sie wären nach Nova Scotia gegangen. Stellen Sie sich das mal vor. Da lässt eine Mutter ihren kleinen Jungen einfach zurück bei einem Trinker. Ja, der Ehemann soll sich vor Schmerzen über den Verlust seiner Frau in den Alkohol gestürzt haben und sich dann, kaum ein Jahr später, das Genick bei einem Treppensturz gebrochen haben, und so ist der arme Wurm, also der Großvater von Miss MacLeod, Waisenkind geworden, aber man weiß nicht, ob er das womöglich absichtlich ...« Miss Keith senkte die Stimme. »... aber das dürfte ich Ihnen gar nicht erzählen. Fragen Sie mal Miss MacLeod. Die kennt ihre Familiengeschichte wohl besser als jeder andere hier. Und es ist wahrlich ein Skandal, es ihrer Urgroßmutter gleichzutun.«

Dieser Vergleich geht zu weit, dachte Amy. »Ich wüsste nicht, dass meine Freundin ein kleines Kind in Portree zurückgelassen hat, als sie ihre Heimat und Mr MacArran verlassen hat«, bemerkte sie spitz.

Miss Keith verzog säuerlich ihr Gesicht. »Das hätte ich mir denken können, dass Sie sie verteidigen. Ich hätte mich gar nicht auf diesen Plausch einlassen dürfen. Wahrscheinlich geben Sie alles brühwarm an Ihre Freundin weiter!«

Amy bereute sogleich, dass sie nicht diplomatischer auf diesen hanebüchenen Vergleich zwischen Dona und deren Urgroßmutter reagiert hatte. Schließlich war ihr daran gelegen, dass Miss Keith weiter aus dem Nähkästchen plauderte.

»Nein, nein, um Gottes willen, nein, liebe Miss Keith«, flötete Amy. »Ich glaube, das ist ein ganz wunder Punkt bei ihr, den ich nicht anrühren werde. Sie hat mir jedenfalls noch niemals von dieser Urgroßmutter erzählt.« Das entsprach der Wahrheit, wenngleich sie diese schaurige Geschichte um Mairie nicht zum ersten Mal hörte. Michael Bruce hatte so etwas erwähnt, als sie neulich noch mit ihm in seinem Haus gewesen war. Sie hatten sogar in seinem Wohnzimmer miteinander geschlafen, aber das hatte Amy Dona noch nicht gebeichtet, weil es ihr eigentlich selbst alles ein bisschen zu schnell gegangen war, und dann mit einem Geistlichen ... Amys Herzschlag beschleunigte sich sofort bei dem Gedanken an Michael. Kirchenmann hin oder her, er besaß einen durchtrainierten, schlanken Körper und war sehr zärtlich. Wäre das in London geschehen, hätte Amy sich auch nicht so geziert, ihrer Freundin umgehend davon zu berichten, aber Michael Bruce war immerhin der Pastor, der erst kürzlich Donas Eltern beerdigt hatte. Jedenfalls hatte sie in seinem Wohnzimmer ein Ölgemälde entdeckt und sich gewundert, dass die abgebildete Frau ihrer Freundin Dona verblüffend ähnlich sah. Michael hatte ihr daraufhin die Geschichte von Mairie erzählt.

»Aber der Junge hat immerhin Glück im Unglück gehabt. Er wuchs dann bei Mr MacArrans Urgroßvater wie ein Sohn auf. Das hat die beiden Clans auf immer miteinander verbunden. Schon aus dem Grund war es ein Unding, dass Dona MacLeod ausgerechnet das Eheversprechen brechen musste, das sie einem MacArran gegeben hat«, ergänzte Miss Keith in spitzem Ton.

Amy drehte sich der Magen um bei diesen Worten. Warum sollte Dona Gordon nicht verlassen dürfen, nur weil die MacArrans ihren Großvater einst wie ein eigenes Kind aufgenommen hatten? Diese mysteriösen Verflechtungen der Clans in Schuld und Sühne, und das über Generationen, konnte Amy nicht nachvollziehen, aber das lag vielleicht daran, dass sie keine Highlandprinzessin war und es so etwas wie die Tradition der Clans in Tottenham nicht gab.

»Ich finde es unmöglich, dass man Dona und ihre Urgroßmutter ständig vergleicht. Wir leben im einundzwanzigsten Jahrhundert, und da gibt es keine Sippenhaft mehr«, rutschte es Amy heraus.

»Und ich möchte ganz bestimmt nicht als Tratschweib gelten«, zischte Miss Keith beleidigt und verließ eilig das Büro.

Amy sah sich prüfend um. Die Inneneinrichtung von Gordons Büro stand in völligem Kontrast zu der Anmutung im Eingangsbereich. Der Schreibtisch bestand aus einer riesigen Glasplatte auf zwei Chromböcken. Die Büroschränke aus weißem Klavierlack waren alle geschlossen und wirkten sehr edel.

Sein Schreibtisch war dafür, dass er dort arbeitete, für Amys Geschmack fast zu steril. Eigentlich stand auf der Tischplatte nur ein teurer Rechner. Nicht einmal Stifte lagen herum. Das Einzige, was diese akribische Ordnung störte, war eine alte Holzkiste mit Intarsien, deren Oberfläche mit dicken Staubflocken bedeckt war. Das passt so gar nicht, dachte Amy, und schon hatte sie die Hand nach der Kiste ausgestreckt, obwohl ihr sehr wohl bewusst war, dass der Anwalt es sicher nicht gern sah, wenn er jetzt sein Büro betrat. Aber sie konnte nicht anders. Vorsichtig zog sie die Kiste mit beiden Händen zu sich heran, bemüht, dabei nicht die Glasplatte zu zerkratzen.

Die Kiste besaß einen rostigen Schlüssel, den sie ohne zu zögern im Schloss umdrehte. Ganz schön frech, in seinen Sachen zu stöbern, ging es Amy durch den Kopf, während sie den Deckel der Kiste öffnete und ihr neugieriger Blick auf ein paar alte Hefte fiel. Jetzt ist aber Schluss mit Schnüffeln, mahnte sie eine strenge innere Stimme, doch da hatte sie das erste Heft bereits mit spitzen Fingern aus der Kiste genommen. In dem Augenblick ahnte sie, dass sie es selbstverständlich auch öffnen würde, denn offenbar handelte es sich um ein Tagebuch. Das jedenfalls stand in Handschrift auf dem Einband. *Mein Tagebuch.*

Was ist denn in mich gefahren, dass ich in wildfremden Tagebüchern schnuppere, fragte sich Amy und ermahnte sich, dass Gordon jeden Augenblick zur Tür hineinkommen konnte. Und wenn er sie mit diesem Heft in der Hand erwischte, hätte er allen Grund, auf sie sauer zu sein. Unter der Bedingung würde sie es ungleich schwerer haben, ihn mit dem Vertrag zu konfrontieren. Sie konnte sich seine Reaktion in allen Einzelheiten ausmalen, wenn sie ihn mit dem fremden Tagebuch in der Hand auf den Vertrag ansprach und ihm im Gegenzug unterstellte, hinter Donas Rücken gemauschelt zu haben: Eine verächtlich hochgezogene Augenbraue und ein süffisanter Ton: *Werte Amy, Sie wollen mir noch nicht unterstellen, etwas Unrechtes getan zu haben, während Sie verbotenerweise in meinen Sachen schnüffeln?*

Amy war sich also durchaus der Tatsache bewusst, dass das, was sie nun tat, unverzeihlich war. Trotz aller Bedenken schlug sie die erste Seite auf. *Das Tagebuch der Mairie MacLeod, Teil 1*, stand dort in akkurater Schrift geschrieben. Das Papier war schon leicht vergilbt, und es roch ein wenig muffig, aber es war alles gut zu lesen.

Ein letztes Mal kämpfte Amy kurz mit ihren Zweifeln, ob sie das wirklich tun durfte, doch dann vertiefte sie sich in das Tagebuch von Mairie MacLeod. Schließlich war die Verfasserin die Urgroßmutter ihrer Freundin Dona, was sie zu der Frage trieb, warum diese Aufzeichnungen nicht in deren Besitz waren, sondern sich in einer Kiste auf Gordon MacArrans Schreibtisch befanden.

Amy wurde schon nach der ersten Seite in einen wahren Strudel gerissen und musste viel Disziplin aufbringen, um nach jeder gelesenen Seite innezuhalten und zu horchen, ob sich dem Büro Schritte näherten. Schließlich fesselten sie Mairie MacLeods Aufzeichnungen dermaßen, dass sie jegliche Vorsicht vergaß. Mit glühenden Wangen las sie das erste Heft bis zu Ende und griff sich, ohne zu überlegen, das zweite.

Portree, Oktober 1922

Als ich in das Haus des Architekten zurückkehrte, stieß ich in der Halle beinahe mit Gavin zusammen.

»Liebling, ich suche dich überall. Wo bist du gewesen?«

»Mir war unwohl, und da habe ich ein wenig frische Luft geschnappt«, schwindelte ich.

An seinem fragenden Blick war unschwer zu erkennen, dass bei der Erwähnung meines Unwohlseins sofort wieder die gewisse Hoffnung aufkeimte.

»Nein, Liebster, ich bin nicht schwanger«, sagte ich schärfer als beabsichtigt. »Ich hatte gerade vor zwölf Tagen meine letzte Blutung«, fügte ich flüsternd hinzu.

Statt mir wegen meines energischen Tons böse zu sein, erhellte ein Lächeln sein Gesicht.

»Hat uns Dr. Mackenzie nicht neulich gerade erklärt, dass diese Tage besonders geeignet sind für die Empfängnis«, raunte er verschwörerisch.

Ich musste sehr mit mir kämpfen, um ihm nicht an den Kopf zu werfen, dass ich gerade gar nicht in der Verfassung wäre, über meinen Zyklus zu sprechen, und dass hier im Übrigen auch gar nicht der geeignete Ort dafür wäre. Außerdem wurde ich ungern an unseren Besuch bei dem Hausarzt erinnert. Es war bestimmt nicht meine Idee gewesen, ihn wegen unseres Problems aufzusuchen, aber Gavin hatte darauf bestanden. Mir war es eher peinlich gewesen, dem Doktor von unserem Intimleben zu berichten, zumal er mit solchen Ratschlägen kam wie dem, nach dem zwölften Tag jeden Tag Geschlechtsverkehr zu haben, was Gavin eifrig befolgte.

Und wenn ich den funkelnden Blick meines Mannes richtig deutete, dachte er auch in diesem Augenblick genau daran. »Wollen wir nach Hause?«, raunte er, was meine Vermutung bekräftigte.

Ich nickte, aber nur, weil es ohnehin mein größter Wunsch war, schnellstens in mein Bett zu gelangen, aber bestimmt nicht, um mit Gavin zu schlafen. Nicht jetzt, wo mein ganzer Körper vor Sehnsucht nach einem anderen brannte.

Als wir uns von den Gastgebern verabschiedeten, wiederholte Jane das begeisterte Lob, das sie Ean und mir bereits auf der Tanzfläche gemacht hatte. »Ean und du, ihr habt einen traumhaften Foxtrott hingelegt. Man könnte meinen, ihr beide tanzt schon ewig zusammen.«

»Ja, das sah sehr gekonnt aus«, pflichtete ihr Gavin bei. »Das entlastet mich ungeheuer, denn für mich ist das Rumgehopse gar nichts!« Er sah sich suchend um. »Wo ist mein Brennmeister eigentlich abgeblieben? Ich habe ihn lange nicht mehr gesehen.«

»Also, gegangen ist er noch nicht. Dann hätte er sich ja verabschiedet«, sagte Jane und sah sich ebenfalls suchend um. Vielleicht sollte ich für ihn eine Ausrede finden, warum er gegangen war, ohne sich von den Gastgebern zu verabschieden, was diese zu Recht als grob unhöflich empfinden könnten.

»Doch, doch, er ist gegangen. Ich habe ihn eben, als ich zwischendurch Luft geschnappt habe, draußen getroffen. Er fühlte sich nicht wohl und wollte nicht stören. Sonst hätte er sich sicherlich von Ihnen verabschiedet. Das hat er mir aufgetragen, aber ich habe völlig vergessen, es Ihnen auszurichten. Ich bitte also in seinem Namen um Entschuldigung für seinen überstürzten Aufbruch.«

»Hoffentlich ist es nichts Ernstes«, bemerkte Donald Fraser besorgt. »Das ist mir schon beim Essen aufgefallen. Er war sehr blass und hat auch wenig geredet. Ich saß ihm schräg gegenüber.«

»Malen Sie nicht den Teufel an die Wand. Ohne meine rechte Hand bin ich bei Dunvegan aufgeschmissen«, scherzte Gavin, bevor wir uns endgültig von unseren Gastgebern verabschiedeten.

Wir gingen zu Fuß nach Hause, obwohl Gavin einer der Ersten in Portree gewesen war, der einen eigenen Wagen besaß, aber die Frasers wohnten nicht weit von uns weg. Draußen wehte eine salzige Brise vom Meer herüber, und am Himmel funkelten die Sterne nur so um die Wette. Ich aber konnte dem Zauber dieser Nacht partout nichts abgewinnen, weil ich immerzu an den Kuss mit Ean denken musste. Und daran, dass ich es immer wieder tun würde, wenn sich Gelegenheit dazu böte. Und das würde sich nicht ändern, solange Ean in Portree war. Es ist richtig, dass er geht, und es ist gut, dass ich ihn nicht dazu aufgefordert habe, die Stadt zu verlassen, sondern es seine eigene Entscheidung ist, dachte ich, als Gavin stehen blieb und Anstalten machte, mich zu küssen. Ich war so überrascht, dass ich gar nichts dagegen tun konnte, zumal ich nicht im letzten Augenblick den Kopf zur Seite drehen wollte, was er mit Recht als eine beleidigende Abfuhr betrachtet hätte. Also ließ ich es zu in der Hoffnung, dass es nicht mehr als ein Küsschen werden würde. Doch ich hatte mich zu früh gefreut. Gavin wollte mehr, und widerwillig ging ich auf das Spiel unserer Zungen ein, ohne etwas dabei zu empfinden. Im Gegenteil, ich empfand einen gewissen Widerwillen, und die nie gekannte körperliche Abwehr bereitete mir ein schlechtes Gewissen.

Schließlich gab ich meinen inneren Widerstand auf und dachte an Eans Kuss. Die Vorstellung, dass es Ean war, der mich gerade küsste, wurde so lebendig, dass Realität und Traum zu einem Bild verschwammen.

»Sie sind heute aber leidenschaftlich, Mrs MacLeod«, stieß

mein Mann sichtlich angetan aus, nachdem sich unsere Lippen voneinander gelöst hatten. »Das lässt hoffen. Komm, wir beeilen uns.«

In diesem Augenblick traf ich den Entschluss, tatsächlich mit meinem Mann zu schlafen, sobald wir zu Hause waren, und das eine Mal wollte ich mir noch das zugestehen, was ich mir eigentlich verboten hatte: Ich würde die Augen schließen und mich mit aller Leidenschaft, zu der ich überhaupt fähig war, Ean hingeben.

Ein bisschen schämte ich mich für meinen Plan, doch als wir im Bett lagen und Gavin nackt und erregt unter meine Decke kam, redete ich mir ein, das wäre immer noch besser, als wenn ich ihn grob zurückweisen müsste. Ich schloss die Augen und ließ es zu, dass mich seine Hände überall berührten. Gavin spürte meine Erregung und liebkoste mich so intensiv wie lange nicht mehr, aber für mich waren es Eans Finger, die mich so intensiv streichelten, bis alles in mir zu explodieren schien. Selbst in Gavins Stöhnen hörte ich nur Eans Stimme. Als er in mich eindrang, schrie ich laut auf. Es hätte nicht viel gefehlt, und ich hätte den Namen des falschen Mannes herausgeschrien.

»Es war wunderbar«, seufzte Gavin völlig beseelt von diesem lustvollen Erlebnis, das ich gerade mit einem anderen Mann geteilt hatte.

Ich zögerte einen Augenblick, bevor ich die Augen öffnete, und zuckte innerlich zusammen. Es waren nicht Eans braune Augen, die mich mit dem Blick der Liebe ansahen, sondern Gavins wasserblauen. Was würde ich nur darum geben, wenn ich ihn wieder so lieben könnte, wie ich es getan hatte, bevor mir Ean über den Weg gelaufen war?

Ich strich meinem Mann versonnen durch sein zerzaustes Haar.

»Ich liebe dich«, flüsterte Gavin.

»Ich liebe dich auch«, entgegnete ich und wünschte mir nichts sehnlicher, als dass ich es eines nicht allzu fernen Tages tief im Herzen auch wieder genauso fühlen würde.

»Ich bin ganz sicher, dass ich dich dieses Mal geschwängert habe«, sagte Gavin voller Zuversicht. »Dieses Mal fühlte es sich so an. Es war anders als sonst.«

Ja, dachte ich bekümmert, es war anders als sonst, und ich konnte nur beten, dass diese Nacht ohne Folgen bleiben würde. Undenkbar, ich würde nach diesem Betrug, auch wenn ich ihn nur in meiner Fantasie begangen hatte, ein Kind bekommen. Dann würde ich Ean doch im Leben nicht vergessen können, weil mich dieses Wesen stets daran erinnern würde, wem ich mich in dieser Nacht hingegeben hatte.

Portree, Dezember 2014

Amy war bei ihrer Lektüre gerade an der Stelle, an der Mairie MacLeod den Braumeister Ean Brodie zum ersten Mal traf und sich offenbar auf den ersten Blick in ihn verliebte, als sich plötzlich jemand hinter ihr räusperte.

»Interessant, nicht wahr?«

Amy fuhr herum und wurde knallrot. »Ich ... ich habe mich gelangweilt und da ... da ...«

»Sicher, da haben Sie sich auf meinem Schreibtisch umgesehen, ob Sie nicht etwas Interessantes auftreiben, das Ihnen die Zeit vertreibt. Und?«

Amy klappte das Heft hastig zu und legte es schuldbewusst auf den Schreibtisch zurück.

»Es tut mir leid, dass ich in Ihren Sachen geschnüffelt habe, aber wenn ich solche alten Kisten sehe, dann habe ich immer den Drang, sie zu öffnen.«

Gordon hatte inzwischen den Schreibtisch umrundet und sich auf seinen Chefsessel gesetzt. Er lächelte sie freundlich an. Keine Spur von Überheblichkeit oder einem Vorwurf, wie sie es zuvor vermutet hatte.

»Wie weit sind Sie gekommen?«

»Äh, also ... ich ... also an der Stelle, an der Braumeister Brodie Klavierunterricht bei Mairie MacLeod nimmt«, entgegnete Amy sichtlich verunsichert.

»Ach, ja, das habe ich auch schon gelesen. Ich habe die Kiste beim Aufräumen gefunden und habe sie längst Dona geben wollen, weil es schließlich die Aufzeichnungen ihrer Urgroßmutter sind, aber mir ging es genauso wie Ihnen. Die Geschichte lässt einen gar nicht mehr los, und natürlich wollte ich wissen, was wirklich damals geschehen ist.«

»Sie meinen, damals, als Mairie ihren Mann und ihren Sohn verlassen hat?«, beeilte Amy sich zu sagen, um das Gespräch von der Tatsache abzulenken, dass er sie peinlicherweise bei der Lektüre dieser Tagebücher erwischt hatte.

»Sie kennen die Geschichte also? Ja, genau. Ich wollte wissen, was dahintersteckte. Warum ist Mairie mit diesem Ean Brodie einfach abgehauen, und warum haben sie das Malt-Rezept mitgenommen?«

»Welches Malt-Rezept?«, fragte Amy interessiert und vergaß für einen Augenblick, warum sie die Kanzlei aufgesucht und vor allem, was sie über den Vertrag mit Dessos erfahren hatte.

»Ja, es verschwand am Tag, an dem Mairie mit dem Braumeister durchgebrannt ist. Hat Ihnen Dona das gar nicht erzählt?«

»Nein, ich habe diese Geschichte von Michael Bruce erfahren, weil er, äh ... ja, also, er hat ein Ölgemälde in seinem Besitz, das diese Mairie abbildet, und da bin ich, äh, neugierig geworden, weil sie, ja, sie ähnelt Dona«, stammelte Amy verlegen.

»Das hätte mich auch gewundert. Dona hasst diese Geschichte nämlich. Wer will schon gern nach einer Ehebrecherin und Rabenmutter schlagen?«

Obwohl er das lächelnd von sich gab, lief es Amy eiskalt den Rücken runter, denn ihr war völlig klar, dass er da gerade ebenfalls Mairie mit Dona gleichsetzte. Und sein Schicksal mit dem von Mairies betrogenem Ehemann.

Gordon deutete auf das Heft. »Nehmen Sie es ruhig mit, aber vergessen Sie nicht, es Dona auszuhändigen. Ich hätte das schon längst tun sollen.« Er griff in die Kiste und reichte ihr auch die übrigen drei.

Amy zögerte. Doch dann griff sie beherzt zu und ließ die Hefte in ihre Handtasche gleiten, um sie später Dona auszuhändigen, wenn sie nicht ohnehin bereits auf dem Weg in die Kanzlei war, nachdem sie ihre Nachricht gelesen hatte. Ob sie schon geantwortet hatte?

»Sie erlauben? Ich müsste kurz eine Nachricht checken«, sagte Amy hastig und holte ihr Telefon hervor. Enttäuscht stellte sie fest, dass das Senden der WhatsApp-Nachricht an Dona fehlgeschlagen war. Kurzentschlossen versuchte sie es nun erneut, aber sie hatte keinen Empfang.

Gordon ließ sie nicht aus den Augen. »Sagen Sie bloß, Sie haben keinen Empfang. Das ist wie verhext. In letzter Zeit gibt es öfter mal Probleme. Aber darf ich fragen, was Sie eigentlich zu mir führt?«

Amy ließ das Telefon eilig zurück in die Handtasche gleiten und blickte den Notar zweifelnd an. In ihrem Kopf arbeitete es fieberhaft. Was sollte sie zuerst tun? Über die Probleme mit der Übergabe des *Tianavaig* mit ihm sprechen oder die merkwürdige Vertragsgeschichte mit Dessos?

Sie entschied sich, mit ihrem Anliegen in Sachen *Tianavaig* zu beginnen, holte die ausgedruckte Mail aus der Handtasche und reichte sie ihm über den Schreibtisch, bevor sie ihm von den Absprachen berichtete, die Dona und sie in den strittigen Punkten mit dem Nachmieter besprochen hatten.

»Haben Sie das schriftlich?«, fragte er, nachdem sie mit ihrer Schilderung der Sachlage fertig war.

»Eben nicht. Aber wir sind ja immerhin zu zweit bei der Übergabe. Die Geschäftsführerin des Modeladens war ganz wild darauf, dass wir die Bar drin lassen. Das können wir gegenseitig bezeugen.«

»Aber was steht im Mietvertrag? Muss der alte Zustand wiederhergestellt werden oder nicht? Das ist die Frage.«

Amy zuckte mit den Achseln.

»Den habe ich natürlich nicht dabei. Der ist in London bei den Unterlagen.«

»Tja, ohne den eingesehen zu haben, kann ich wenig dazu sagen. Nur soviel: Es gilt, was Sie mit dem Vermieter vereinbart haben, nicht, was mit dem Nachmieter besprochen wurde.«

»Aber der Vermieter war doch damit einverstanden und hat uns daraufhin gebeten, nur noch den Schlüssel in den Kasten zu werfen.«

»Wir brauchen unbedingt den Vertrag.«

»Aber wie sollen wir den so schnell herbeischaffen? Der liegt in unserer Wohnung in London. Und in einer Woche sollen die Räume ohne die Bar übergeben werden. Das schaffe ich nicht, selbst wenn ich mich in den Zug nach London setze.«

»Gut, das Problem können wir beheben. Ich schreibe an den Vermieter, dass Sie anwaltlich vertreten sind, und dann verlangen wir, dass die Frist zur Stellungnahme um zwei Wochen verlängert wird. Das müssten Sie doch schaffen. Ich meine, London ist ja nicht am Ende der Welt.« Er lachte über seinen eigenen Witz.

Amy war gar nicht wohl zumute bei dem Gedanken, wegen des blöden Vertrages extra nach London zu fahren. Seit sie sich in Michael Bruce verliebt hatte, und sie fühlte, dass das weit mehr als ein One-Night-Stand war, wollte sie lieber in seiner Nähe bleiben. Sie konnte sich nicht helfen, sie hatte sich selten so wohl in der Gesellschaft eines Mannes gefühlt, und der Sex mit ihm war atemberaubend gewesen. Den ganzen Weg zum Notariat hatte sie darüber nachgedacht, unter welchen Voraussetzungen sie wohl in Portree bleiben könnte. Nur als Freundin des Reverends und ohne eigene finanzielle Mittel würde sie das auf keinen Fall tun. Und je länger sie über vernünftige Lösungen nachgedacht hatte, desto intensiver war ihr ihre Idee vom eigenen Restaurant in den Räumen des Anwesens der MacLeods wieder in den Sinn gekommen. Und sie hatte sich vorgenommen, bei Gelegenheit ihren Cousin Fred in London ganz unverbindlich einen Kostenplan für so ein Unternehmen erstellen zu lassen. Er arbeitete bei einer Bank und war außer ihr der einzige Verwandte, der seinem

Herkunftsmilieu in Tottenham entkommen war. Und das fiel ihr in diesem Augenblick wieder ein. Vielleicht ist das ein Wink des Schicksals, dass der Anwalt mir rät, nach London zu reisen, dachte sie. Dann würde sie Dona bei ihrer Rückkehr ganz unverbindlich diesen Plan vorlegen, denn wenn sich zwischen der Freundin und Mr Broun etwas mehr entwickeln würde – und dessen war sich Amy absolut sicher –, würde die Freundin ihrer Idee vielleicht positiver gegenüberstehen.

»Lust habe ich nicht gerade, dafür nach London zu fahren, aber wenn Sie sagen, wir brauchen den Vertrag, dann werde ich wohl in den sauren Apfel beißen müssen«, erwiderte Amy nachdenklich und vergaß über ihren aufregenden Plänen beinahe, dass sie den Notar noch mit der Dessos-Sache konfrontieren musste.

Es fiel ihr nicht leicht, mit der Sprache herauszurücken, zumal sie Gordon in diesem Gespräch als kompetent und freundlich erlebte. Er versprach ihr in der *Tianavaig*-Angelegenheit keine Wunder, aber zwei Wochen Fristverlängerung entspannten das Ganze doch ganz erheblich.

Gordon musterte sie prüfend. »Ist noch etwas? Ich denke, es genügt, wenn Sie mir die Mail des Vermieters dalassen, das Schreiben setze ich dann sofort auf, und Sie bringen mir den Vertrag, sobald Sie aus London zurück sind …« Er stockte. »Ich meine, wir könnten uns den Vertrag auch von Ihrem Vermieter einscannen und mailen lassen, wenn Ihnen das lieber ist.«

»Nein, nein, ich hätte in London einiges zu erledigen …« Amy fiel in diesem Augenblick ein, dass sie eigentlich auch wegen ihres Arbeitslosengeldes nach London musste. Aber der Betrag war so gering, dass sie eigentlich hatte darauf verzichten wollen, nur gingen ihre Mittel langsam zur Neige, und ihr lag nichts ferner, als sich langfristig von Dona durchfüttern zu lassen.

»Wissen Sie, ich fahre gleich morgen. Dann habe ich es hinter mir.«

»Das ist eine gute Idee«, bemerkte Gordon freundlich. Das

läuft ja prima, dachte er und rieb sich insgeheim zufrieden die Hände. Ihm wäre wesentlich wohler, wenn Donas Schatten mal für ein paar Tage nicht an ihr kleben würde. Er brauchte jetzt freie Bahn bei Dona und auch, wenn diese Amy im Augenblick nahezu versöhnliche Züge zeigte, er traute ihr nicht.

»Na dann, gute Reise!«, fügte er hinzu und stand auf, um sie zur Tür zu begleiten.

Doch Amy blieb sitzen und räusperte sich ein paarmal.

»Mr MacArran, ich muss Sie jetzt ganz direkt etwas fragen: Haben Sie heute mit diesem Mr Fuller einen Vertrag über die Dunvegan-Destillerie abgeschlossen? Meiner Information nach will Dona gar nicht mehr verkaufen.«

Gordon machte eine abwehrende Handbewegung und musterte sie mit einem Ausdruck der Empörung. »Wie sollte ich das tun, werte Amy? Sie wissen doch bestimmt, dass Dona nicht allein über das Erbe entscheiden kann und sich ihr feiner Miterbe weigert, in der Verkaufsangelegenheit zu kooperieren.«

Amy nickte schwach. Sie fühlte sich unwohl in ihrer Haut. Was, wenn sie womöglich etwas falsch verstanden hatte? Aber andererseits hatten sowohl Miss Keith als auch dieser Mr Fuller von einem Vertragsabschluss gesprochen.

»Deshalb bin ich so irritiert, Mr MacArran. Weil ich genau weiß, dass es zu diesem Zeitpunkt überhaupt keinen Vertragsabschluss über den Verkauf von Dunvegan an Dessos geben kann, solange Mr Broun dem nicht zustimmt.«

»Ja, da haben Sie die Antwort. Wer sollte unter diesen Bedingungen denn mit dem Konzern einen Vertrag abschließen? Ich bin dazu jedenfalls nicht befugt. Natürlich hätte ich es sofort getan, als ich noch davon ausgehen musste, dass Dona die Alleinerbin ist, aber doch nicht, seit ich die Fakten kenne. Amy, ich bin Anwalt und Notar und kein Gangster.«

Amy war zutiefst verunsichert, weil der Anwalt keine Miene verzog und nicht die Spur nervös schien. Im Gegenteil, er wirkte glaubwürdig und nicht wie jemand, den man gerade bei einer Schweinerei ertappt hatte.

»Aber Ihre Bürovorsteherin hat doch unmissverständlich davon gesprochen, dass Sie gerade keine Zeit haben, weil Sie den Vertrag mit Dessos über den Verkauf von Dunvegan unterzeichnen.«

Gordon lächelte geheimnisvoll. »Das sollte sie auch glauben. Es geht darum, Zeit zu gewinnen. Ich hoffe sehr, dass dieser eingebildete Braumeister sich noch eines Besseren besinnt und das Geschäft doch noch über die Bühne geht. Ich setze darauf, dass der Mann zur Vernunft kommt und Dona das macht, was für sie am besten ist. Verkaufen! Ich halte meinen Vertragspartner bei Dessos also nur ein wenig hin. Wenn der spitzkriegt, was für ein Chaos Jamie MacLeods Testament verursacht hat, springen die womöglich ab. Ich gestehe: Sie haben mich beim Tricksen erwischt. Aber Klappern gehört bei mir zum Handwerk.«

»Dann glauben Sie also auch nicht mehr daran, dass Mr Broun das Testament gefälscht hat?«

»Wie kommen Sie denn darauf?« Das klang so schroff, dass Amy förmlich zusammenzuckte.

»Weil Sie gerade gesagt haben, Sie hoffen, dass der Mann zur Vernunft kommt. Sonst hätten Sie doch gesagt, Sie wollen Zeit gewinnen, bis die Sache vor Gericht verhandelt wird«, entgegnete Amy mit fester Stimme. Sie wollte sich durch seinen scharfen Ton nicht verunsichern lassen.

»Was weiß ich, ob er es eigenhändig gefälscht hat oder nur seinen ganzen Einfluss geltend gemacht hat, um sich das halbe Unternehmen unter den Nagel zu reißen. Der Mann ist eine Gefahr für Ihre Freundin, und ich kann nur hoffen, dass er sich endlich zum Verkauf entschließt.«

»Mr MacArran, Dona lässt Sie übrigens grüßen. Ich soll Ihnen ausrichten, dass Sie bitte keine rechtlichen Schritte mehr gegen Mr Broun unternehmen sollen«, beeilte sich Amy zu sagen.

»Verdammt, sie hat sich doch nicht etwa von diesem Kerl einwickeln lassen«, fluchte Gordon.

Amy ignorierte seinen emotionalen Ausbruch und fragte neugierig: »Warum sind Sie eigentlich so hinterher, dass Dunvegan verkauft wird?«

»Um zu verhindern, dass die liebe Dona mit der Destillerie in Konkurs geht und dann gar nichts bekommt von dem Kuchen.«

»Aber sehen die Bilanzen nicht sehr positiv aus?«, fragte Amy ganz unbedarft und gab das weiter, was Dona ihr berichtet hatte.

»Das denkt Dona nur. Ich befürchte, da wurde manipuliert.«

»Sie glauben also, da hat Mr Broun seine Hände im Spiel, aber warum? Was hat er davon?«

»Der Mann will den Laden allein übernehmen. Wo denken Sie hin?«

Amy fühlte sich gar nicht mehr wohl in ihrer Haut. Sie hatte sich bislang so sehr auf den Anwalt eingeschossen und nicht den geringsten Zweifel zugelassen, dass womöglich Alister Broun das falsche Spiel betrieb.

»Ich gebe zu, ich bin völlig verunsichert. Ich muss dringend mit Dona sprechen«, sagte sie entschieden und erhob sich hastig.

Gordon erschrak zutiefst, aber er ließ es sich nicht anmerken. Das hatte er in den Jahren als Anwalt gelernt. Er konnte ein Pokerface aufsetzen, auch wenn ihm vor Gericht gerade die Felle davonschwammen. Und was er zu diesem Zeitpunkt nicht gebrauchen konnte, war eine schwatzhafte Amy, die Dona brühwarm berichtete, was sie heute in seiner Kanzlei aufgeschnappt hatte. Da gibt es nur eines, dachte er, die Kuh muss sofort vom Eis! Wenigstens für ein paar Tage! Gordon überlegte fieberhaft, und da kam ihm auch schon ein Gedanke. Er warf einen Blick auf seine Armbanduhr. »Amy, machen Sie sich keine unnötigen Sorgen. Der Kerl kann nichts anrichten, solange ich die Interessen Ihrer Freundin vertrete. Ich denke, Sie sollten sich jetzt erst mal um die Sache in London kümmern. Wenn das nicht bald geklärt wird, bedeutet das richtig Ärger. Das duldet keinen Aufschub. Und in der Sache könnten Sie Dona wirklich entlasten, wenn Sie schon etwas für Ihre Freundin tun wollen«, erklärte er entschieden.

Amy stieß einen Seufzer aus. »Da haben Sie natürlich nicht ganz unrecht. Das könnte uns eine Menge Geld kosten. Geld, das ich im Moment bestimmt nicht habe.«

»Ich mache Ihnen einen Vorschlag. Was halten Sie davon, wenn ich Sie gleich mit aufs Festland nach Kyle auf Lochalsh mitnehme. Ich habe da nämlich einen Termin. Von dort nehmen Sie den Zug um 17.13 Uhr nach Inverness und schaffen dann noch den Nachtzug um 20.40 Uhr von Inverness nach London. Dann sind Sie morgen bereits in London.«

Amy fühlte sich von diesem Vorschlag völlig überrumpelt.

»Aber dann müssten wir ja sofort fahren. Ich könnte gar nichts mehr packen.«

»Haben Sie denn Ihren Ausweis dabei und den Schlüssel für Ihre Londoner Wohnung?«

Amy überlegte kurz. »Ja, schon, aber ich habe zu wenig Bargeld dabei, um die Tickets zu bezahlen und mein Konto ...« Sie unterbrach sich hastig.

»Das Geld kann ich für Sie auslegen«, erwiderte Gordon. »Aber ich will Sie nicht drängen. Wenn Ihnen Ihre Sachen so wichtig sind, dann fahren Sie lieber morgen. Ich dachte nur, es wäre praktisch, weil ich Sie zum Bahnhof fahren könnte und Sie sofort den Zug nehmen würden.«

Amy dachte kurz nach. Eigentlich war das eine gute Idee. Je schneller sie all das hinter sich bringen würde, desto schneller wäre sie wieder zurück. Und praktisch daran war dabei, dass der Anwalt ihr das Geld borgte. Sonst hätte sie Dona anpumpen müssen, was ihr sehr unangenehm gewesen wäre. So konnte sie bei der Gelegenheit beim Amt ihren Antrag stellen und sich ihr Erspartes holen. Amy wusste, dass man eigentlich kein Bargeld unter Matratzen aufbewahren sollte, aber sie war in diesem Punkt schrecklich altmodisch, weil sie zu den Banken keinerlei Vertrauen hatte. Es waren noch gut vierhundert Pfund, die sie dort gebunkert hatte.

»Nein, nein, das ist eigentlich eine gute Idee. Aber es würde wirklich nur gehen, wenn Sie mir das Geld auslegen könnten. Leider habe ich meine Bankkarte gerade nicht dabei.«

»Kein Problem«, sagte Gordon gönnerhaft, zog seine Geldbörse hervor und reichte ihr mit lässiger Geste drei Einhundertpfundnoten.

Amy spürte, wie ihr vor Verlegenheit die Hitze in die Wangen stieg, aber sie ließ es sich nicht anmerken. Schließlich würde sie ihm das Geld nach ihrer Rückkehr sofort wiedergeben.

Langsam fand sie Gefallen an der spontanen Reise nach London. Wenn alles glattging, konnte sie in drei Tagen schon wieder zurück bei Michael sein. Sie war heute Abend eigentlich mit ihm verabredet, aber er würde sicher verstehen, dass sie so kurzfristig absagte, wenn sie ihm den Grund nannte.

»Aber ich müsste noch jemandem Bescheid geben, mit dem ich heute verabredet bin«, seufzte sie.

»Wenn Sie Dona meinen, der kann ich das später am Abend mitteilen, sobald ich zurück in Portree bin. Wir beide sind nämlich verabredet«, sagte Gordon hastig.

Amy lief rot an. »Das wäre schön, wenn Sie ihr das sagen würden, aber ich bin heute Abend mit dem Reverend verabredet, und dem müsste ich besser persönlich absagen.«

»Verstehe«, entgegnete er. »Aber das können Sie ja gleich im Wagen erledigen, weil hier kein Netz ist. Einverstanden?«

»Ja, gut, dann erledige ich das unterwegs.« Amy schenkte ihm ein Lächeln. »Wer hätte gedacht, dass wir beide noch mal so gut miteinander kooperieren.«

»Das freut mich, wobei ich sogar verstehen kann, warum Sie mir nur das Schlechteste zugetraut haben. Ich war ja nicht gerade nett zu Ihnen.«

»So kann man es auch ausdrücken«, lachte Amy.

»Ich war eifersüchtig auf Sie, wenn Sie es genau wissen wollen. Anfangs habe ich sogar vermutet, dass Sie Donas Partnerin sind, und das meine ich nicht geschäftlich.«

»Ich weiß, Sie haben uns für ein Liebespaar gehalten. Aber ehrlich gesagt, konnte ich Sie auch nicht leiden. Übrigens aus ähnlichen Gründen. Ich hatte Sorge, dass Sie alles daran setzen, Ginge, ich meine natürlich Dona, zurückzuerobern, und sie dann bei Ihnen in Portree bleibt.«

Gordon wurde jetzt ganz ernst.

»Sie werden lachen. Genau das habe ich vor. Ich liebe Dona, habe sie immer geliebt und werde das auch in Zukunft tun. Und so lange noch ein Fünkchen Hoffnung besteht, werde ich versuchen, sie zurückzugewinnen, denn wir waren einst sehr glücklich.«

In diesem Moment tat Amy der Anwalt fast leid, denn sie befürchtete, dass es dafür inzwischen zu spät war. Noch nie zuvor hatte Amy es in den Augen ihrer Freundin so funkeln sehen, wenn sie mit einem Mann verabredet war, wie heute Morgen, als sie Alister Broun treffen wollte.

»Sie sehen mich so skeptisch an. Wissen Sie etwas, was ich nicht weiß? Gibt es in London einen anderen Mann?«

»Nein, nein!«, erwiderte Amy hastig und war froh, dass sie nicht gezwungen war, den liebeskranken Anwalt zu belügen, denn in London wartete ja tatsächlich kein Mann auf Ginge.

»Meinen Sie, ich habe eine reelle Chance bei Dona?«, fragte er jetzt mit einem fast flehenden Unterton. Amy wurde abwechselnd heiß und kalt. Sie wollte auf keinen Fall Schicksal spielen, aber bei ihrer Rückkehr sollte sie Ginge unbedingt über Gordon MacArrans unverbrüchliche Liebe zu ihr aufklären.

Amy zuckte die Achseln. »Da fragen Sie mich zu viel. Dona ist mit den Gedanken so mit ihrer eigenen Geschichte beschäftigt, dass sie gar keinen Kopf für andere Dinge hat«, erklärte sie diplomatisch.

Sie konnte sich nicht helfen. Der Anwalt wurde ihr langsam regelrecht sympathisch. Wenn er etwas Unrechtes im Schilde geführt hätte, würde er doch viel verstörter reagieren und sie bestimmt nicht derart ungeschützt in seine wahren Gefühle für Dona einweihen.

»Gehen wir?«, fragte Gordon und schenkte ihr ein charmantes Lächeln.

Seufzend erhob sich Amy von ihrem Stuhl.

In der Tür blieb Gordon abrupt stehen. »Wenn Sie jetzt nach London fahren, könnten Sie mir die Tagebücher zurückgeben. Ich würde sie dann Dona gern heute Abend persönlich aushändigen.«

»Aber natürlich«, erwiderte Amy eifrig und gab ihm die Hefte zurück, die er auf einem der Regale ablegte.

Als sie wenig später in seinem Geländewagen saßen, überkamen Amy kurz Zweifel. War es wirklich richtig, so überstürzt Portree zu verlassen? Da fiel ihr die Verabredung mit dem Reverend ein.

»Ich würde gern erst einmal meinem Bekannten für heute Abend absagen.«

»Tun Sie sich keinen Zwang an. Ich stelle mich taub«, scherzte Gordon.

Amy holte ihr Telefon hervor. Als sie in die WhatsApp-Nachrichten ging, sah sie zuerst die Nachricht, die sie vorhin vergeblich an Dona hatte senden wollen. Nun war sie froh, dass sie keinen Empfang im Büro des Anwalts gehabt hatte. Nicht auszudenken, Ginge wäre aufgrund dieses Missverständnisses wutschnaubend in der Kanzlei aufgekreuzt. Entschieden löschte sie die Nachricht. Trotzdem hatte sie das dringende Bedürfnis, ihrer Freundin persönlich zu berichten, dass sie sich auf dem Weg nach

London befand und warum. Doch zunächst rief sie Michael an. Sie war froh, als er sich persönlich meldete, wenngleich es ihr natürlich nicht angenehm war, vor Gordon mit ihm zu sprechen. Ihr Herzschlag beschleunigte sich, als sie seine Stimme an ihrem Ohr vernahm.

»Hier ist Amy. Ich muss leider für heute Abend absagen, denn ich werde spontan nach London fahren. Es ist etwas bei der Übergabe unseres Restaurants schiefgelaufen. Ich erzähle dir alles, wenn ich zurück bin. Ja ...« Amy lächelte verliebt, denn Michael hatte in zärtlichem Ton gesagt, sie solle auf jeden Fall so schnell wie möglich nach Portree zurückkommen. Und dann gab er ihr durch das Telefon einen Kuss.

Amy konnte gar nicht anders, als ihn zu erwidern. Soll Gordon doch denken, was er will, dachte sie und küsste ins Telefon.

»Ich melde mich sofort aus London bei dir. Wenn du magst, kannst du mich bei meiner Rückkehr am Bahnhof in Kyle Lochalsh abholen. Klar, wenn ich die Zeit weiß, dann sage ich sie dir.«

Nachdem Amy sich mit einem weiteren Küsschen von Michael Bruce verabschiedet hatte, warf sie Gordon einen verstohlenen Seitenblick zu. »Tut mir leid, dass Sie das mit anhören mussten«, sagte sie halb im Scherz.

»Das war mir eine Freude. Ich finde, da haben Sie eine ausgesprochen tolle Eroberung gemacht. Und ich hoffe sehr, dass daraus mehr wird.«

Amy musterte ihn zweifelnd. »Aber wir kennen uns erst ein paar Tage.«

»Trotzdem wäre es in meinem Sinne. Ich stelle mir gerade vor, Sie blieben der Liebe wegen in Portree. Die Chancen, dass Dona ebenfalls in Portree bliebe, würden damit auf jeden Fall steigen.«

»Wir werden sehen«, lachte Amy, doch dann wurde sie wieder ernst. Sie konnte einfach nicht nach London fahren, ohne Ginge einzuweihen.

»Ich weiß, Sie treffen Dona später, aber ich müsste kurz mit ihr sprechen. Ich hoffe, es stört Sie nicht, wenn ich noch ein weiteres Telefonat führe.«

»Nein, nein, tun Sie sich keinen Zwang an, aber seien Sie so lieb und verraten ihr nicht, dass Sie mich beim Tricksen erwischt haben. Es ist ja nur zu Donas Besten, und sie macht sich nur unnötig Sorgen, wenn sie davon erfährt.«

»Versprochen!«, murmelte Amy und wählte Donas Mobilnummer. Sie war sehr enttäuscht, dass sich die Freundin nicht meldete.

»Sie ist unterwegs, aber ich schreibe ihr eine WhatsApp-Nachricht.«

Amy überlegte kurz, was genau sie Ginge mitteilen sollte, doch dann flogen ihre Finger nur so über die Tasten.

»Sie haben ja einen ganzen Roman geschrieben«, bemerkte Gordon, nachdem sie fertig war.

»Nur das Nötigste«, lachte Amy und las sich den Text noch einmal durch.

Stell dir vor, ich bin auf dem Weg nach London. Unser Anwalt (der gar nicht so blöd ist, wie ich dachte. Im Gegenteil, eigentlich ist er ein Netter, dazu später mehr ...) braucht unseren Mietvertrag, und ich habe noch einigen Papierkram zu erledigen. Wenn ich dir was aus der Wohnung mitbringen soll, sag mir Bescheid. Fahre mit dem Zug von Kyle Lochalsh und mit dem Nachtzug von Inverness weiter. Wir telefonieren spätestens morgen.

Sie überlegte kurz, ob sie ihrer Freundin noch schreiben sollte, dass der Anwalt sie aufs Festland brachte, aber das würde sie ihr lieber persönlich berichten. Also drückte sie auf »Senden«. Ob Ginge und Alister Broun sich wohl inzwischen nähergekommen sind, fragte sich Amy, aber was, wenn sie sich beide in dem Braumeister täuschten? Was, wenn er tatsächlich vorhatte, Dona auszubooten und sich Dunvegan allein unter den Nagel zu reißen?

»Wie kommt es eigentlich zu dem Sinneswandel bei Dona?

Warum ist sie plötzlich so erpicht darauf, Mr Broun aus der Schusslinie zu bringen? Sind es nur die scheinbar tollen Bilanzen, oder ist gar der Braumeister der neue Mann in Donas Leben?«, hörte sie Gordon da fragen.

Amy war so überrascht, dass sie gar nicht wusste, was sie sagen sollte. Nicht jetzt, wo sie zumindest auch eine gewisse Skepsis gegen Alister Broun hegte und sie überdies um Gordon MacArrans wahre Gefühle für die Freundin wusste. Ein denkbar schlechter Zeitpunkt, um ihm zu verraten, was sie vermutete.

»Es sind wohl eher die Bilanzen, die sie dazu gebracht haben, ihre Meinung über Alister Broun zu ändern. Nicht auszudenken, wenn die frisiert wären«, erklärte sie ausweichend.

Amy hätte mit allem gerechnet, nur nicht damit, dass er mitten auf der dunklen Inselstraße abrupt auf die Bremse treten würde. Wenn ich nicht angeschnallt wäre, ich wäre gegen die Scheibe geflogen, dachte sie erschrocken. Gordon aber schien das gar nicht zu bemerken, sondern er wandte sich ihr erbost zu. Aus seinen Augen flackerte der nackte Zorn.

»Erzählen Sie doch keinen Unsinn! Läuft da was zwischen den beiden?«, fragte er im Ton eines Großinquisitors, doch dann schien er selber zu merken, dass er zu weit gegangen war.

»Mir können Sie das doch sagen«, fügte er vertraulich hinzu.

Amy konnte sich nicht helfen. In diesem Augenblick blitzte wieder ihre alte Antipathie gegen den Anwalt auf.

»Gordon, darf ich Sie bitten, sich darüber vielleicht lieber mit Dona auszutauschen. Nicht, dass wir noch den Zug verpassen.«

Der Anwalt musterte sie durchdringend, bevor er sich zu einem Lächeln durchrang. »Sie haben recht. Was haben Sie damit zu tun? Ich werde wohl mit Dona ein ernstes Wort reden müssen.« Dann warf er einen Blick auf die Uhr am Armaturenbrett. »Oh, das wird knapp«, murmelte er. »Aber keine Sorge. Wenn Sie jetzt durch mein Verschulden den Zug verpassen sollten, bringe ich Sie auch noch nach Inverness.«

Amy fröstelte. Sie wusste auch nicht, warum dieses großzügige Angebot des Anwalts ein gewisses Unbehagen in ihr auslöste, und sie hoffte inständig, dass sie noch pünktlich am Bahnhof eintreffen würden.

Sie war heilfroh, als sie den Zug im allerletzten Augenblick noch erreichte. Sie fröstelte und spürte, wie ihr ganzes altes Misstrauen gegen den Anwalt wieder aufbrach. Ein wenig bedauerte sie, dass sie sich auf diese spontane Reise eingelassen hatte, aber nun, wo sie schon mal im Zug saß, wollte sie den Plan auch zu Ende führen. Als sie sich auf ihrem Platz eingerichtet hatte, galt ihr erster Griff dem Telefon, doch das Seitenfach ihrer Handtasche war leer. Hektisch durchwühlte sie die Tasche, doch ihre Suche blieb erfolglos. Ihr Telefon war verschwunden. Und das ausgerechnet jetzt, wo sie Dona dringend all das, was sie inzwischen erlebt und erfahren hatte, berichten wollte. Auch von Mister Fuller, obwohl sie Gordon gerade versprochen hatte, darüber Schweigen zu bewahren.

Portree, Oktober 1922

Seit meinem Abschied von Ean Brodie war inzwischen mehr als eine Woche vergangen. Jeden Abend rechnete ich damit, dass mein Mann untröstlich über die Kündigung seines Brennmeisters nach Hause kommen würde, aber nichts dergleichen geschah. Das beunruhigte mich zutiefst. Hatte Ean seinen mutigen Entschluss inzwischen bereut, oder traute er sich einfach nicht, meinen Mann zu enttäuschen? Denn Gavin redete seit Tagen von nichts anderem als davon, dass sein Brennmeister gerade in seinem Auftrag dabei war, für Dunvegan eine noch nie dagewesene Geschmacksnote zu entwickeln. Das brachte mich zu der Vermutung, dass Ean diese Arbeit wohl erst abschließen wollte, bevor er meinem Mann kündigte.

Jedenfalls wartete ich Abend für Abend in großer Anspannung auf Gavin, der seit jener Nacht, in der ich meiner Fantasie freien Lauf gelassen hatte, besonders anhänglich war. Ich aber hatte es geschafft, seine Annäherungsversuche so geschickt abzuwenden, dass es ihn nicht verletzte. In meiner Not gab ich vor, Kopfschmerzen zu haben, weil ich damit rechnen konnte, dass er dann vollstes Verständnis für mich aufbringen und mich nicht länger bedrängen würde. So war es denn auch, aber mir war klar, dass ich mich dahinter nicht bis zum Sankt-Nimmerleins-Tag würde verstecken können. Deshalb hoffte ich jeden Tag erneut, dass mir mein Mann die Nachricht von Eans Kündigung überbrachte.

Und dann kam alles ganz anders. Ich hatte gerade einen Klavierschüler, der nicht sonderlich begabt war und dem seine Eltern diesen Unterricht aufgezwungen hatten. Er versuchte sich mehr schlecht als recht an der Polonaise in F-Dur von Mozart, als ich unsere Türglocke läuten hörte. Ich kümmerte mich nicht darum, weil während meiner Unterrichtsstunden Lili die Tür öffnete. Ich hörte laute Stimmen, um die ich mich ebenfalls nicht scherte. Erst als sich auf dem Flur schwere Schritte näherten, ahnte ich, dass sich der Besucher nicht von Lili hatte abwimmeln lassen. Und dass es sich zweifelsohne um einen Mann handelte. Neugierig sah ich zur Tür. In dem Augenblick klopfte es auch schon, und ich rief: »Herein!«

Es war Lili, die empört auf den Hünen hinter sich zeigte. »Verzeihen Sie, Mrs MacLeod, er ist einfach mit ins Haus gekommen, obwohl ich ihm gesagt habe, dass Sie beschäftigt sind.«

»Schon gut, Lili«, sagte ich beschwichtigend und fragte den grobschlächtigen Kerl nach dem Grund seiner Hartnäckigkeit.

»Sie müssen sofort kommen! Ihr Mann. Er ist bewusstlos«, rief der Mann aufgeregt.

Ich glaube, ich habe in meiner Sorge sogar vergessen, den Jungen nach Hause zu schicken, sondern bin einfach losgerannt. Im Flur aber habe ich mich noch nach einer am Boden liegenden Tablettendose gebeugt. Sie gehörte meinem Mann, und er trug sie stets bei sich. Sie musste ihm aus der Tasche gefallen sein. Mir wurde immer unwohler zumute, als ich durch unseren Park eilte. Zum Glück war es ja nicht weit. Und schon tauchte das Verwaltungsgebäude von Dunvegan auf. Daneben waren die Bauarbeiten in vollem Gange, und das gigantische Ausmaß der modernen neuen Halle ließ sich bereits erahnen.

In dem Augenblick verschwendete ich keinen Gedanken daran, dass ich Gefahr lief, Ean Brodie zu begegnen. Selbst als ich in Gavins Büro stürzte und dort eine Traube von Mitarbeitern um meinen am Boden liegenden Mann herumstehen sah, dachte ich nicht an ein unverhofftes Wiedersehen.

Der Schreck fuhr mir durch alle Glieder, als ich Gavin leblos auf dem Holzboden liegen sah. Ich beugte mich zu ihm hinunter und fühlte seinen Puls. Er ging sehr schwach.

»Ist der Arzt benachrichtigt?«, fragte ich, ohne den Blick von meinem Mann zu lassen, der leichenblass war und dem der kalte Schweiß auf der Stirn stand.

»Ich habe sofort Doktor Mackenzie benachrichtigt«, stieß Gavins Vorzimmerdame, Mrs Leslie, besorgt hervor.

»Und wie ist das geschehen?«, hakte ich nach.

»Ich weiß nicht. Mr Brodie war bei ihm, als das geschah.«

Ich riskierte einen Blick auf die Umstehenden, und da entdeckte ich Ean. Er war mindestens genauso blass wie mein Mann.

»Was ist passiert, Mr Brodie?«, fragte ich ihn, bemüht, das Zittern in meiner Stimme zu verbergen.

»Wir haben ... äh ... wir haben geplaudert ...« An seinem Gestammel war unschwer zu erkennen, dass er den Inhalt des Gesprächs lieber für sich behalten wollte, und obwohl ich vor Neugier schier platzte, fragte ich nicht nach. Nicht vor den Mitarbeitern, die betroffen um meinen Mann herumstanden.

»Und plötzlich klagte Ihr Mann über Übelkeit, und dann war er nicht mehr ansprechbar. Er begann fieberhaft in seiner Jackentasche nach den Tabletten zu suchen, die er stets bei sich führt, aber vergeblich.«

»Kein Wunder«, unterbrach ich ihn und hielt die Pillendose hoch. Nur im Augenblick nützte sie mir herzlich wenig. Ich konnte meinem bewusstlosen Mann schlecht Tabletten einflößen. An Eans fast schuldbewusster Miene konnte ich inzwischen erahnen, was bei meinem Mann einen derart dramatischen Migräneanfall ausgelöst haben könnte. Ob Ean Gavin von seiner geplanten Kündigung erzählt hatte?

»Und dann? Was ist dann geschehen?«, erkundigte ich mich atemlos.

»Dann verdrehte er die Augen und verlor das Bewusstsein.«

In diesem Augenblick begannen Gavins Lider zu flattern, und er öffnete die Augen.

»Gavin, Liebling«, stieß ich erleichtert aus. Er hob müde die Hand und versuchte mir über die Wange zu streicheln, aber das gelang ihm nicht. Er musste auf halbem Weg aufgeben und ließ den Arm ermattet sinken.

Dann wandte er den Blick von mir ab, sah sich suchend um und blieb an seinem Braumeister hängen. »Mairie, bitte, überrede ihn, dass er bleibt. Ich brauche ihn doch«, bat er mich mit einem derartigen Flehen in den Augen, dass es mir eine Gänsehaut am ganzen Körper verursachte.

Ich warf Ean einen bittenden Blick zu. Ich wollte ihm auf diese Weise zu verstehen geben, dass wir unter diesen Umständen nicht an unserem Plan festhalten durften. Er nickte leise.

»Ich denke, Mr Brodie wird dich nicht verlassen, jetzt, wo du ihn so sehr brauchst«, versprach ich meinem Mann. Zur Bekräftigung beugte sich Ean zu Gavin hinunter und drückte ihm die Hand.

»Ich bleibe, Mr MacLeod«, sagte er mit fester Stimme. Unsere Arme berührten sich, als er sich wieder aufrichtete, aber ich nahm es nur wie durch einen Nebel wahr. Durch Gavins Zusammenbruch hatte sich die Lage grundlegend verändert. Es ging nicht mehr um Eans und meine Emotionen füreinander, sondern um das Wohl der Destillerie. Gavin brauchte Ean Brodie mehr denn je.

Als Doktor Mackenzie kam, war mein Mann in der Lage, sich mit seiner Hilfe aufzurichten und zu einem Sofa bringen zu lassen, auf das er sich stöhnend fallen ließ. Er sah entsetzlich mitgenommen aus, sein Haar war schweißnass, seine Augen verquollen und seine Haut aschfahl. Ich legte ihm eine wärmende Decke um.

»Haben Sie noch Kopfweh, Gavin?«, erkundigte sich der Arzt.

»Nicht der Rede wert, Doc«, erwiderte Gavin entschieden und

um Haltung bemüht. Dabei war ihm anzusehen, dass er immer noch gegen die Schmerzen ankämpfte.

»Haben Sie etwas dagegen, wenn ich ihm seine Tabletten verabreiche?«, fragte ich und zeigte Doktor Mackenzie die Dose, die ich immer noch verkrampft in der Hand hielt. Unser Arzt nahm sie skeptisch entgegen. »Und wer hat Ihnen das da verschrieben?« Er deutete auf das angebliche Wundermittel, das uns Gavins Schwager empfohlen hatte. Ich berichtete ihm in gehetzten Worten, wie wir nach Inverness in die Klinik gereist waren und dass dieses Gynergen Gavin bereits so manches Mal geholfen hatte, die Beschwerden zu lindern. Auf die bohrende Nachfrage Dr. Mackenzies musste ich zugeben, dass es keine Zauberkräfte besäße, denn den Ausbruch neuer Anfälle konnte es nicht verhindern.

Unser Hausarzt sah voller Anspannung zwischen meinem Mann und mir hin und her.

»Ich würde gern mal kurz unter vier Augen mit Ihnen sprechen, Mrs MacLeod.«

Ich wandte mich den besorgten Mitarbeitern meines Mannes zu und bat sie höflich, das Büro zu verlassen. Dabei trafen sich Eans und mein Blick. Wo vorher aus seinen Augen Sehnsucht und Begehren gesprochen hatten, wenn wir einander ansahen, konnte ich nur noch große Sorge um meinen Mann in ihnen lesen.

»Mr Brodie, warten Sie bitte in der Nähe. Ich muss kurz mit Ihnen sprechen, denn ich befürchte, dass mein Mann ein paar Tage ausfallen wird.«

»Aber, Schatz, was für ein Unsinn«, mischte sich Gavin energisch ein.

»Nein, Mr MacLeod, ich fürchte, Ihre Frau hat recht. Ich gebe Ihnen jetzt Ihre Tabletten, und Sie ruhen sich noch einen Augenblick aus. Ich müsste kurz nebenan mit Ihrer Frau reden.«

Nachdem Doktor Mackenzie meinem Mann die Tablette

gereicht hatte, schob er mich quasi ins Vorzimmer und bat in strengem Ton auch Mrs Leslie, einen Augenblick auf dem Flur zu warten.

»Mrs MacLeod, ich möchte nicht lange drum herum reden«, sagte er ohne Umschweife. »Ihr Mann ist ernsthaft erkrankt. Ich für meinen Teil kann nicht abschließend beurteilen, ob es sich wirklich um dieses verdammte Leiden handelt, das bereits die Mutter Ihres Mannes schier um den Verstand gebracht hat, oder ob womöglich doch ein Geschwür ...«

Ich schlug die Hände vor das Gesicht und schluchzte laut auf. Erschrocken hielt er inne, nahm meine Hand und blickte mich mitfühlend an.

»Ich glaube es ja nicht, aber ich würde dringend anraten, dass Ihr Mann sich noch einmal intensiv untersuchen lässt. Meinetwegen auch in Inverness, wenn Sie Vertrauen zu Ihrem Schwager haben. Nur mit diesen Tabletten ist es jedenfalls nicht getan. Ich habe Sorge, dass Ihrem Mann womöglich dasselbe passiert wie seiner Mutter.«

»Was meinen Sie damit?«, fragte ich angsterfüllt.

»Dass es mit dem Alter nicht besser, sondern schlimmer wird. Und dass es irgendwann die Persönlichkeit verändert.«

Ich verstand nicht so recht. »Aber Sie können doch meine Schwiegermutter und Gavin nicht vergleichen. Mein Mann ist ein fröhlicher Mensch und ...«

»Sie werden sich wundern. Mrs MacLeod war auch einst anders. Ich kenne sie ja, seit ich ein Kind war, denn mein Vater war damals der Hausarzt der MacLeods und nahm mich manchmal mit. Die junge Blair MacLeod war eine lebenslustige Person. Ich erinnere mich noch an die Sache mit dem Mumps. Gavin war schwer daran erkrankt, so schlimm, dass auch seine Hoden in Mitleidenschaft gezogen waren. Ich hatte die ganze Krankheit in leichter Form längst überstanden, sodass ich meinen Vater an sein Krankenbett begleiten durfte. Mrs MacLeod fragte meinen Vater, ob ich ihm nicht täglich vorlesen dürfte, wenn ich Lust dazu hätte. Mir war das ein großes Vergnügen, und Mrs MacLeod war damals eine reizende Frau, die, Sie werden es nicht glauben, lachen konnte.«

Ich muss den Doktor recht ungläubig angestarrt haben.

»Gut, ich will damit nur sagen, stellen Sie sich darauf ein, dass sich im Laufe der Zeit das Wesen Ihres Mannes verändern könnte, und ... da ist noch etwas, ich erwähnte den Mumps nicht rein zufällig.«

Ein Zittern durchfuhr meinen ganzen Körper, denn ich ahnte, was jetzt kommen würde. Schließlich hatte ja Gavin selbst sich bereits mit dieser Frage herumgequält, und ich war so froh, dass ich ihm das mit großer Mühe hatte ausreden können.

»Sie wollen mir jetzt nicht etwa sagen, dass er wegen seiner Mumpserkrankung keine Kinder mehr zeugen kann, oder?«, fragte ich in scharfem Ton, als wäre der Doktor schuld an der Krankheit, obgleich er nur versuchte, mir seine Diagnose möglichst schonend beizubringen.

»Doch, es muss einmal gesagt werden. Ihr Mann ist todunglücklich darüber, dass Sie noch keinen Nachwuchs erwarten ...«

Mir kam sofort wieder der peinliche Praxisbesuch beim Doktor in den Sinn, von dem Gavin sich ärztliche Hilfe erhofft hatte.

»Warum haben Sie es uns nicht bereits gesagt, als wir bei Ihnen waren?«, erkundigte ich mich hastig.

»Weil ich Ihren Mann nicht unnötig aufregen wollte. Er steht ohnehin dermaßen unter Druck, dass sich jede zusätzliche Belastung negativ auf seinen Zustand auswirken könnte. Deshalb schlage ich vor, dass Sie, sobald Ihr Mann aus dem Krankenhaus zurück ist, beide in meine Praxis kommen. Ich werde es nicht Ihnen überlassen, ihm die schlechte Nachricht zu überbringen, aber ich befürchte, es muss sein, weil er sich mit dieser Sache nur noch stärker unter Druck ...«

Ein Räuspern ließ ihn innehalten. Erschrocken sahen der Doktor und ich uns um. Wir hatten überhaupt nicht mitbekommen, dass Gavin die Zwischentür geöffnet hatte.

Ich sprang auf ihn zu. »Geht es dir wieder besser?«, fragte ich in der Hoffnung, dass er nicht schon länger in der Tür stand und uns zugehört hatte.

»Was gibt es für eine schlechte Nachricht?«, fragte er.

»Ich würde Sie gern in das Krankenhaus nach Inverness einweisen«, beeilte sich der Doktor zu antworten.

»Warum?«

»Um Sie noch einmal gründlich zu untersuchen und auszuschließen, dass es nicht doch ein Geschwür ...«

»Blödsinn!«, unterbrach Gavin den Arzt. »Sie wissen doch selbst, dass ich es von meiner Mutter geerbt habe. Was ich benötige, ist ein verdammtes Mittel gegen Schmerzen. Dieses Zeug, das mein Schwager mir als Wundermittel verkauft hat, bringt nichts. Es muss doch irgendetwas geben, das gegen die verdammten Schmerzen hilft!«

»Heißt das, Sie wollen nicht ins Krankenhaus?«, fragte der Doktor nach.

»Genau, das ist Zeitverschwendung. Ich brauche etwas, das die Schmerzen mildert. Dann wird das schon.«

»Aber du hast das Bewusstsein verloren«, wandte ich verzweifelt ein.

»Das liegt an den Pillen. Ich habe heute Morgen gleich drei davon genommen, weil ich das Gefühl hatte, dass da wieder was im Anmarsch ist.«

»Sie haben drei davon genommen? Sind Sie wahnsinnig?«, schimpfte der Doktor. »Ich weiß nicht viel über dieses Mittel, aber ich befürchte, wie bei jedem Medikament schadet es, wenn man es in einer Überdosierung einnimmt. Ich würde Ihnen raten, nicht auf eigene Faust damit herumzuexperimentieren.«

»Ja, aber was soll ich denn tun? Geben Sie mir etwas Besseres,

Jack, und ich nehme lieber das!« Gavin sprach so laut, dass sich seine Stimme beinahe überschlug.

Doktor Mackenzie kratzte sich nachdenklich an der Stirn. »Ich habe von einem Freund von einem Mittel erfahren, das bei Schmerzen angeblich große Erfolge erzielt. Aber es ist auf dem britischen Markt nicht zu bekommen. Es wurde gerade in Deutschland auf den Markt gebracht und enthält eine Substanz namens Metamizol.«

»Dann besorgen Sie mir das bitte!«

Der Doktor stöhnte laut auf. »Eigentlich darf ich das nicht, aber ich bekomme demnächst Besuch von meinem deutschen Freund, und vielleicht könnte ich ihn bitten, zumindest eine Packung mitzubringen.«

»Sie haben einen deutschen Freund?«, erkundigte sich Gavin interessiert. »Ich will natürlich nicht neugierig sein, aber so kurz nach dem Ende des Krieges ist das ja eher unüblich«, fügte er entschuldigend hinzu.

»Nein, nein, fragen Sie nur. Wir haben uns tatsächlich an der Front kennengelernt. In einem kleinen Kaff in Flandern, dessen Name mir entfallen ist. Es war südlich von Ypern Weihnachten 1914. Vorangegangen waren grausame Stellungskämpfe, an denen ich nicht direkt beteiligt war, aber ich hatte mit den Folgen im nahe gelegenen Lazarett zu tun. Am ersten Weihnachtstag dann geschah so etwas wie ein Wunder. Wir feierten Weihnachten auf unsere Art, sangen Lieder und tranken Rum, um uns zu wärmen. Da kamen einige unserer Leute auf den Gedanken, den Deutschen für diese Nacht einen Waffenstillstand anzubieten. Ganz spontan und ohne Absprache mit unseren Vorgesetzten natürlich. Und tatsächlich, die Deutschen krochen ebenfalls aus ihren Stellungen, und wir feierten gemeinsam Weihnachten. Unter den Deutschen war ein junger Arzt aus Hamburg, mit dem ich bei Zigaretten und Hochprozentigem ins Gespräch kam. Schließlich gaben wir einander jede Menge Ratschläge zur Behandlung von Bauchschüssen und Amputationen. Wir tauschten Adressen aus und versicherten uns, dass wir uns nach dem hoffentlich bald beendeten Krieg wiedersehen wollten. Wir ahnten ja nicht, dass das Sterben noch fast vier Jahre so weitergehen sollte. Als sein erster Brief kam, habe ich vor Rührung geweint. Und nun besucht er mich. Ich denke, ich werde ihn bitten, uns das Mittel mitzubringen.«

Ich musterte den Doktor durchdringend, denn ich hegte den Verdacht, dass er seine Geschichte nur so ausführlich geschildert hatte, um Gavin abzulenken. Offenbar wäre es dem Doktor auch nicht recht gewesen, wenn mein Mann weiterbohrte, was wir denn so Dringendes unter vier Augen besprochen hatten.

Meine Furcht, dass er doch mehr von unserem Gespräch mit angehört hatte, schien unbegründet, als Gavin sich zu einem Lächeln durchrang.

»Also, wir sind uns einig, dass ich dieses Zeug, das mir mein Schwager gegeben hat, nur noch im Notfall und dann wohldosiert schlucke und Sie mir das Schmerzmittel besorgen. Und dass ich nicht ins Krankenhaus gehe. Ich fühle mich nämlich ganz auf der Höhe.«

»Sie wissen, dass ich es für unvernünftig halte, Gavin, aber ich ahne, dass ich mit meinen vernünftigen Argumenten nichts werde ausrichten können. Wenn Sie schon so leichtsinnig mit Ihrer Gesundheit umgehen, verordne ich Ihnen zumindest eine Woche strikte Ruhe«, seufzte der Arzt.

»Und was heißt das?«, knurrte Gavin.

»Dass Sie eine Woche zu Hause bleiben, sich schonen, lange Spaziergänge unternehmen ...«

»Aber ...«

»Kein Aber! Und Sie, Mairie, sind mir dafür verantwortlich, dass Ihr Mann sich eine Woche erholt. Und anschließend kommen Sie gemeinsam in die Praxis, und wir schauen, wie es Ihnen geht. Und dann entscheiden wir, wie es weitergeht.«

Doktor Mackenzie warf mir einen wissenden Blick zu, und ich

verstand, was er mir damit sagen wollte. Nach einer Woche Ruhe hielt er meinen Mann für so gestärkt, dass er die Wahrheit vertragen würde. Erst in diesem Augenblick wurde mir die ganze Reichweite von Doktor Mackenzies Diagnose Gavins Zeugungsunfähigkeit betreffend bewusst, und mich durchrieselte ein kalter Schauer. Nicht nur für meinen Mann würde das ein Schock sein, nein, auch meine ganze Zukunft stand unter einem anderen Stern. Ich konnte mir überhaupt nicht vorstellen, wie es wäre, wenn unsere Ehe kinderlos bliebe. Natürlich wünschte ich mir nichts sehnlicher, als eines Tages Gavins Kind im Arm zu halten. Aber was war mit Gavin? Wie würde er reagieren, wenn er erfuhr, dass er niemals einen Nachfolger für Dunvegan bekommen würde? Ich dachte an Seana, die uns kürzlich überglücklich von ihrer Schwangerschaft geschrieben hatte. Es würde Gavin sicher das Herz brechen, dass es nicht unser Kind sein würde, das später einmal die Destillerie übernehmen würde ...

Ich schaffte es immerhin, die Gedanken daran, was diese niederschmetternde Diagnose für mich bedeutete, mit Macht zurückzudrängen und nahm mir fest vor, zunächst einmal ganz strikt den Anordnungen des Arztes Folge zu leisten.

Ich hakte meinen Mann liebevoll unter.

»Liebling, du hast gehört, was unser lieber Doktor gesagt hat. Eine Woche Pause hat er dir verordnet, und die beginnt genau jetzt. Wir gehen nach Hause, und ich lasse dir etwas Wunderbares kochen, bevor du dich für den restlichen Tag hinlegst«, flötete ich.

Gavin befreite sich grob von meinem Arm und funkelte mich wütend an. »Behandle mich nicht wie einen Todkranken. Okay, okay, ich komme mit, aber wenn ich zu Hause vor Langeweile sterbe, dann ist das eure Schuld.«

Erschrocken trat ich einen Schritt zurück. Das war gemein. Damit gab er schließlich zu verstehen, dass er auf meine Fürsorge keinen allzu großen Wert legte. Ich fing einen mitleidigen Blick des Arztes auf, doch ich schwieg.

»Gut, dann werde ich noch kurz mit meiner rechten Hand besprechen, auf was er in dieser Woche achten muss«, stöhnte Gavin.

»Ich sage ihm Bescheid. Er wartet im Flur«, erklärte ich knapp, öffnete die Tür und bat Ean, dem die Sorge um meinen Mann sichtlich anzumerken war, herein. Wir vermieden es, uns anzusehen.

»Wie geht es Ihnen, Gavin?«, fragte Ean.

»Mir würde es besser gehen, wenn meine Frau und der liebe Doc mich nicht dazu verdonnert hätten, jetzt eine Woche zu Hause Däumchen zu drehen«, schnaubte er.

»Sie werden es uns noch danken«, erwiderte der Doktor, während er mir die Hand reichte und mich mit einem tiefen Seufzer musterte. »Sie sind eine bemerkenswert tapfere Frau, Mairie«, sagte er voller Bewunderung. Ich allein verstand, was er mir damit sagen wollte. Ich hatte mich ihm gegenüber mit keinem Wort über mein Schicksal beklagt, dass ich wohl nie eigene Kinder haben würde.

Mein Mann schien dieses Lob des Doktors allerdings überhört zu haben, denn er wandte sich jetzt in jovialem Ton an seinen Brennmeister. »Also, lieber Ean, Sie müssen den Laden wohl eine Woche allein schmeißen, aber wenn etwas ist, wissen Sie ja, wo Sie mich finden.«

»Nein, nein, Sie ruhen sich schön aus«, widersprach ihm Ean energisch.

»Gut, dann gehe ich jetzt mit meiner Krankenschwester nach Hause und lasse mich pflegen«, stöhnte Gavin und machte sich zum Gehen bereit. Ich folgte ihm mit gemischten Gefühlen. Sein Unterton gefiel mir überhaupt nicht. Er tat ja gerade so, als ob der Doktor und ich ihm etwas Böses anhaben wollten und es eine Strafe wäre, eine Woche mit mir zu Hause zu sein.

In der Tür drehte sich Gavin noch einmal um. »Sagen Sie, Ean, was hat Sie eigentlich dazu getrieben, bei Dunvegan zu kündigen? Haben Sie ein besseres Angebot von der Konkurrenz? Oder zahle ich Ihnen zu wenig? Wenn das der Fall ist, dann machen Sie mir bei meiner Rückkehr gern einen Vorschlag, was ich in Zukunft auf Ihr Gehalt drauflegen soll.«

Ean lief knallrot an. »Gavin, nein, ich, ich ... ich bin sehr zufrieden mit meinem Gehalt, ich dachte, ich dachte bloß, ach, ich dachte, ich müsste weiterziehen.«

»Machen Sie so etwas bloß nie wieder mit mir. Sie haben ja gesehen, wohin das führt. Ich klappe sofort zusammen«, scherzte Gavin. »Mann, ich brauche Sie!«, fügte er ernst hinzu.

Ich war einen Augenblick lang wie erstarrt, doch dann verließ ich fluchtartig das Büro. Nun waren Ean und ich in Zukunft dazu verdammt, unsere Nähe zu ertragen, aber in diesem Augenblick war ich mir sicher, dass wir unsere Emotionen in den Griff bekommen und niemals mehr versucht sein würden, sie womöglich auszuleben.

Ich zitterte am ganzen Körper, als Gavin und ich den Nachhauseweg antraten. In meinem unendlichen Kummer bemerkte ich nicht einmal, dass mein Mann mich weder untergehakt noch meine Hand genommen hatte, sondern in einigem Abstand neben mir herging, als wären wir einander völlig fremd.

Portree, Dezember 2014

Es war ein herrlich sonniger Sonntag. Die winterliche Sonne strahlte vom eisblauen Himmel, und der Blick über das Meer war atemberaubend. Nur der kalte Wind, der ihnen direkt ins Gesicht blies, war so heftig, dass Dona sich ihren Schal bis zur Nase gezogen hatte.

»Wie gefällt Ihnen Ihre alte Heimat an diesem traumhaften Tag?«, fragte Alister, der den Arm um ihre Schulter gelegt hatte, während er von den Klippen auf die mächtigen Wellen sah, die sich unten am Strand schäumend brachen.

Lächelnd wandte Dona sich an ihren Begleiter. »Es ist sehr vertraut. So, als wäre ich nie fort gewesen. Wie oft bin ich früher hier oben gewesen. Als Kinder sind wir unweit von hier immer einen steilen Weg bis hinunter zum Strand geklettert. Auf halber Höhe war eine Höhle, in der wir gespielt haben.«

»Finden Sie den Weg wieder?«, fragte er.

Dona zuckte mit den Achseln. »Ich denke schon, ich glaube, es ist noch ein kleines Stück. Dort am Ende der Klippen. Wir haben uns immer an einem Steinkreis orientiert, der linker Hand auf dem Feld war.«

»Dann suchen wir ihn doch. Und er müsste auch noch dort sein. Steinkreise verschwinden ja schließlich nicht.«

»Gut, aber Sie wollen doch nicht wirklich mit mir in die Tiefe klettern?«, lachte sie.

»Sagen wir mal so: Ich schaue mir den Pfad erst einmal an. Aber ich bin eigentlich ein guter Kletterer.«

»Na dann, kommen Sie.« Dona genoss seine Nähe und auch die Tatsache, dass er seinen Arm immer noch nicht weggezogen hatte. Sie konnte nicht leugnen, dass sie sich in ihrer alten Heimat zunehmend wohlfühlte. Das Einzige, was ihr Sorge bereitete, war Amys überstürzte Reise vor drei Tagen nach London, wobei es sie eigentlich mehr beunruhigte, dass sich die Freundin noch nicht gemeldet hatte. Es war so gar nicht ihre Art, ihr nur eine einzige Nachricht zu schicken mit der Information, dass sie sich spontan in den Zug nach London gesetzt hatte. Dona hatte ihr mindestens schon dreimal geschrieben, dass sie sich melden sollte. Aber wer weiß, vielleicht hat sie alte Freunde getroffen oder kann vor Ort den Vermieter doch noch umstimmen, mutmaßte sie und hoffte, dass Amy heute Abend zurück sein würde. Vielleicht ist auch nur ihr Akku wieder mal leer, und sie hat das Aufladegerät nicht dabei, fügte sie in Gedanken hinzu.

»Sie gucken so skeptisch, Dona. Haben Sie Sorge, dass wir in die Tiefe stürzen könnten, wenn wir Ihren Pfad finden?«, fragte Alister grinsend.

»Nein, gar nicht. Ich dachte nur gerade an Amy und warum sie sich gar nicht aus London meldet.«

»Ihre Freundin ist in London?«

»Ja, wir haben ein Problem mit dem Vermieter unseres Restaurants. Er verlangt plötzlich, dass wir die Bar ausbauen und alles weißen lassen. Dabei hatte der Nachmieter uns versichert, dass wir das so belassen können und es sich inzwischen offenbar anders überlegt. Jetzt ist Amy nach London gefahren, um unseren Mietvertrag zu holen. Den braucht unser Anwalt, um sich ein Bild von der Rechtslage zu machen.«

»Ah, Sie sprechen von Mr MacArran, oder?«

»Ich höre Ihren Unterton genau. Ich weiß, dass Sie ihn nicht mögen, aber er ist ein guter Anwalt.«

»Und warum haben Sie sich den Vertrag nicht aus London

schicken lassen? Ich meine, der Vermieter wird doch auch ein Exemplar haben.«

»Keine Ahnung. Vielleicht rückt er ihn nicht raus, weil er weiß, dass wir im Recht sind.«

»Und Sie haben noch nicht mit ihr gesprochen?«

»Nein, sie hat mir nur eine WhatsApp geschickt, dass sie losgefahren ist, aber ich erreiche sie nicht.«

»Wahrscheinlich hat sie sich nach der gepflegten Langeweile im einsamen Portree ins pulsierende Londoner Nachtleben gestürzt und feiert ausgiebig, bevor sie ans Ende der Welt zurückkehrt.«

»Tja, das könnte man denken, aber es gibt einen guten Grund, warum das Leben für sie gerade eher in Portree pulsiert«, erwiderte Dona.

»Ach, in Portree kann das Leben also auch pulsieren?«, fragte er frech zurück. Dona hegte keinen Zweifel, dass er auf das anspielte, was gerade zwischen ihnen beiden geschah.

Dona blieb stehen und sah ihn herausfordernd an. »Ich hätte das ja auch nicht für möglich gehalten, aber offenbar kann man sich hier auch amüsieren.«

»So?«, erkundigte er sich grinsend. Dann wurde er ganz ernst und sah sie intensiv an, bevor sich sein Gesicht ihrem näherte.

Donas Herzschlag beschleunigte sich merklich, als sich ihre Lippen sanft berührten. Das fühlt sich wunderbar an, dachte sie. Und schon küssten sie sich. Erst vorsichtig und dann immer leidenschaftlicher.

Ihre letzten Vorbehalte, ihrem einstigen Feind auch privat näherzukommen, schmolzen wie Eis unter der Frühlingssonne. Er küsste wunderbar. Nicht feucht und flüchtig, sondern so intensiv, wie sie es liebte. So leidenschaftlich, dass ihr ganzer Körper in Aufruhr geriet und sie, wären sie nicht an einem eiskalten Wintertag auf einem Klippenweg, auf der Stelle mit ihm geschlafen hätte.

Als sich ihre Lippen voneinander lösten, verschlangen sie sich förmlich mit den Blicken.

»Weißt du, dass ich dich vom ersten Augenblick an faszinierend fand?«, fragte er und strich ihr zärtlich eine Strähne aus dem Gesicht, die sich aus ihrem Pferdeschwanz gelöst hatte.

»Du meinst, in der Kapelle?«

»Ja, aber ich wusste ja, dass es nicht der rechte Ort ist, meinen Empfindungen Ausdruck zu verleihen. Und außerdem konnte ich nicht ahnen, dass ich mich wenig später in der Rolle deines Erzfeindes wiederfinden würde. Ich habe mich natürlich auch gefragt, ob das richtig ist, was Jamie da mit uns veranstaltet hat, aber jetzt glaube ich fast, er hat es geahnt.«

»Was hat er geahnt?«, fragte sie, obwohl sie wusste, was er damit meinte.

»Dass ich mich in dich verlieben würde, und dass wir beide ein unschlagbares Team werden könnten.«

Dona wurde es bei seinen Worten ganz warm ums Herz, denn sie glaubte in diesem Augenblick auch daran, dass ihr Vater sich mehr von seinem merkwürdigen Testament versprochen hatte, als bloß den Verkauf seines Lebenswerks zu vereiteln. Zum ersten Mal ließ sie für einen winzigen Moment den Gedanken zu, bei Alister in Portree zu bleiben. Und die Vorstellung erschreckte sie nicht einmal.

Die Hände zärtlich ineinander verschlungen, setzten sie ihren Weg fort. Nach ein paar Metern entdeckte Dona den Steinkreis links auf dem Feld.

»Hier rechts runter muss der Pfad führen«, stieß sie aufgeregt hervor. Vorsichtig näherten sie sich den Klippen.

»Tatsache, dort führt ein Weg nach unten. Wollen wir es wagen?«, fragte Alister begeistert.

»Klar, aber ich gehe vor. Ich kenne den Weg.« Beherzt wagte sie den ersten Schritt, und als sie festen Tritt unter den Füßen hatte, rief sie: »Komm!« Alister folgte ihr, und mühelos gelangten sie zu der Stelle, wo sich die Höhle befand.

»Traust du dich?«, fragte sie lachend.

»Mit dir immer.«

Hand in Hand betraten sie die Felsengrotte, aber dann blieb Dona stehen. »Wir sollten nicht zu weit gehen. Es wird stockduster, wo das Licht nicht mehr hinkommt. Wir hatten immer Taschenlampen dabei.«

»Gut, dann kommen wir wieder«, sagte Alister und küsste sie erneut. Als sie nach einer gefühlten halben Ewigkeit ihre Lippen voneinander lösten, streichelte Alister ihr sanft über die Wangen. »Wenn es nicht so verdammt kalt wäre, würde ich mich glatt mit dir hier etwas länger aufhalten«, flüsterte er.

»Wir kommen im Sommer wieder. Mit einem Picknickkorb und einer Decke«, erwiderte Dona verträumt und stellte sich vor, wie sie sich dann in ihrer Höhle lieben würden.

»Wirst du denn im Sommer noch hier sein?«, fragte er sie zärtlich.

»Mal sehen«, entgegnete sie, obwohl sie sich in diesem Augenblick schlecht vorstellen konnte, dass es nicht so sein würde.

Der Klingelton ihres Telefons holte Dona unsanft aus ihren romantischen Gedanken. Sie hoffte, dass es der ersehnte Anruf Amys war.

»Es ist bestimmt Amy«, erklärte sie entschuldigend und nahm das Gespräch an. Die Enttäuschung war groß, als sie Gordons Stimme vernahm.

»Du, es passt gerade gar nicht. Ich bin auf einem Spaziergang«, sagte sie rasch und wollte das Gespräch beenden.

»Dona, du musst sofort in meine Kanzlei kommen. Es ist dringend!« Gordons Stimme klang beschwörend.

»Hat das nicht Zeit bis morgen?«

»Nein, das duldet keinen Aufschub. Es geht um Jamies Testament.« Dona zuckte zusammen.

»Gut, ich mache mich auf den Rückweg. Bin in einer Stunde in deinem Büro«, entgegnete sie verunsichert und beendete das Gespräch.

»Was ist los? Du bist ganz blass geworden«, bemerkte Alister besorgt.

»Keine Ahnung. Es war Gordon, der mich sofort in sein Büro gebeten hat. Er sagt, es gehe um Vaters Testament.«

Alister verdrehte genervt die Augen. »Oh nein, der Typ gibt aber auch keine Ruhe. Wahrscheinlich ahnt er, dass du mit mir zusammen bist. Soll ich dich begleiten?«

Dona überlegte kurz. Warum eigentlich nicht, dachte sie, das wird zwar hart für Gordon, aber vielleicht ist es besser, wenn wir uns nicht verstecken, sondern ihm offen gegenübertreten. Dann wird er vielleicht begreifen, dass Alister und ich nicht länger Gegner sind …

»Ja, wenn du magst, komm mit. Aber dann sollte ich dir vielleicht vorher noch etwas sagen«, seufzte sie, denn sie bedauerte zutiefst, dass ihre traute Zweisamkeit so brutal beendet worden war.

Auf dem Rückweg nach Portree erzählte ihm Dona, was sie einst mit Gordon verbunden hatte. Und sie verschwieg auch nicht, dass sich Gordon seit ihrer Rückkehr nach Portree Hoffnungen machte, dass er und sie doch noch ein Paar werden könnten. Er hörte ihr aufmerksam zu, ohne sie zu unterbrechen. Als sie ihre Schilderung beendet hatte, räusperte er sich.

»Ich habe gewusst, dass du mal mit ihm verlobt gewesen bist. Jamie hat es mir erzählt«, gab er schließlich zu. »Und wie stehst du heute zu ihm? Hast du mit dem Gedanken gespielt, eure Beziehung wieder aufzunehmen?«

Dona stieß einen tiefen Seufzer aus. »Nein, nicht wirklich. Ich meine, er ist nach wie vor ein attraktiver Mann, aber wir haben uns weit voneinander entfernt. Außerdem stand für mich außer Frage, dass ich nach London zurückkehre.«

»Und das willst du nicht mehr?«, fragte er und drückte zärtlich ihre Hand.

»Ich weiß es nicht, ich weiß nur eines: Das, was mir gerade passiert, das habe ich nicht für möglich gehalten. Ich hatte nach

Gordon eigentlich nie wieder das Bedürfnis, mit einem Mann eine verbindliche Beziehung einzugehen ...«

Alister blieb abrupt stehen, zog sie dicht zu sich heran und verschloss ihren Mund mit einem Kuss. Dona spürte, wie ihr die Knie weich wurden. Sie wunderte sich selbst, dass sich die Welt weiterdrehte, obwohl sie ihm gerade durch die Blume gestanden hatte, dass sie sich ernsthaft in ihn verliebt hatte.

»Es wird ihn sicherlich schwer treffen, dass ausgerechnet wir beide uns ineinander verliebt haben. Vielleicht solltest du ihm das doch lieber schonend beibringen, und ich warte draußen auf dich.«

»Nein, ich möchte, dass du bei mir bist. Es ist ganz merkwürdig, aber ich habe manchmal, wenn ich mit Gordon zu tun habe, den Eindruck, dass er immer noch über mich bestimmen möchte. Er war in der Beziehung sehr dominant und hat mich oft bevormundet. Ich fühle mich schnell ganz klein in seiner Gegenwart. Wenn du dabei bist, wird er es nicht wagen, dich schlecht zu machen und mir vorzuhalten, dass es der Fehler meines Lebens wäre, dir zu vertrauen.«

»Tust du das denn?«

»Ja, vorbehaltlos«, erwiderte sie lächelnd.

»Gut, dann wagen wir uns gemeinsam in die Höhle des Löwen«, versprach Alister.

Sie waren bereits an der Hafenzeile angekommen.

»Schau nur, wie wunderschön es hier an so einem sonnigen Tag aussieht«, rief Dona begeistert aus. Sie blieb stehen und ließ ihren Blick über die bunten Häuser schweifen, deren Farben bei Sonnenlicht noch kräftiger zu leuchten schienen.

»Ja, es ist traumhaft, aber so schön habe ich es auch noch nicht erlebt. Ich möchte bei jedem Wetter mit dir herkommen«, erwiderte Alister, bevor er sie noch einmal küsste.

Dona löste sich aus dieser leidenschaftlichen Umarmung, als Passanten an ihnen vorbeigingen.

»Was sollen die Leute denken?«, scherzte sie.

»Du hast recht. Das kann dich deinen guten Ruf kosten«, lachte Alister. »Ich würde vorschlagen, wir setzen das heute Abend in meiner Wohnung fort.«

»Soll das eine Einladung in deine Höhle sein?«, fragte sie grinsend.

»Na ja, solange es in der Felsenhöhle zu kalt ist, müssen wir mit einem schnöden Junggesellen-Apartment vorlieb nehmen.« Er nannte ihr die Adresse seiner Wohnung und fügte verschmitzt hinzu: »Ich werde versuchen, uns ein warmes Essen zu zaubern.«

»Gut, in der Not«, entgegnete Dona, während ihr das Herz bis zum Hals schlug bei dem Gedanken, ihn heute Abend in seiner Wohnung zu besuchen.

Vor dem Haus, in dem sich Gordons Kanzlei befand, blieben sie noch einmal stehen und sahen einander schweigend und voller Zärtlichkeit an.

»Findest du es sehr egoistisch, dass ich dich unbedingt mitnehmen möchte? Ich meine, wenn du willst, dann kannst du auch vor der Tür auf mich warten. Er wird mich schon nicht fressen.«

»Nein, nun begleite ich dich. Es ist zu kalt draußen«, widersprach Alister lachend.

»Gut, dann bringen wir es hinter uns«, seufzte Dona und betätigte entschlossen den Klingelknopf. Alister griff nach ihrer Hand, doch sie entzog sie ihm rasch. »Ich glaube, wir sollten ihn nicht unnötig provozieren.«

»Natürlich nicht. Ich wollte dir auch nur signalisieren, dass ich an deiner Seite bin, was auch immer geschieht«, erwiderte er, als der Anwalt die Tür öffnete.

Gordons Gesichtszüge entgleisten, als er Donas Begleiter erkannte.

Portree, November 1922

Vier lange Wochen hatte ich gehofft, dass ich meine Blutung doch noch bekommen würde. So sehr ich mir auch ein Kind wünschte, ich betete, dass es nicht in jener Nacht geschehen war, in der ich in meiner Fantasie mit Ean geschlafen hatte. Aber langsam gab es keinen Zweifel mehr daran. Ich war schwanger, und da Gavin mich seitdem nicht mehr angerührt hatte, konnte es nur bei diesem letzten Mal passiert sein. Das Schlimme war, dass ich mich nicht wirklich freuen konnte, aber das lag nicht nur an den Umständen der Zeugung, sondern auch daran, dass mein Mann seit seinem Zusammenbruch in der Destillerie wie ausgewechselt war. Er war mürrisch und abweisend. Jedes Mal, wenn ich mich ihm zärtlich nähern wollte, wehrte er mich unsanft ab. Und das nicht nur im Bett. Er nahm weder meine Hand, noch gab er mir einen Abschiedskuss, wenn er morgens zur Arbeit ging. Im Gegenteil, er schien förmlich aus dem Haus zu flüchten und kam oft erst nachts zurück, wenn ich schon im Bett lag. Meistens wachte ich davon auf, dass er laut ins Schlafzimmer stolperte und sich in voller Kleidung neben mich legte. Und immer öfter zog mir eine entsetzliche Fahne in die Nase. Gavin hatte angefangen zu trinken. Das hatte in der Woche begonnen, in der er auf ärztlichen Rat zu Hause geblieben war. Doch statt sich auszuruhen oder Spaziergänge mit mir zu unternehmen, so wie uns Doktor Mackenzie geraten hatte, hockte er mit abweisender Miene im Salon und trank schon morgens den ersten Whisky. Das sah ich mir ein paar Tage schweigend vor Entsetzen an, bevor ich ihn darauf ansprach. Seine Antwort ließ mir das Blut in den Adern gefrieren. »Du bist ja schon genauso ein zänkisches Weibsstück wie Caillin MacArran. Dann hätte ich ja gleich sie heiraten können.«

Nachdem es mir für einen Augenblick die Sprache verschlagen hatte, nahm ich all meinen Mut zusammen und fragte ihn, warum er mich so niederträchtig und gemein behandelte. Da lachte er laut und gehässig. »Kannst du nicht Klavierstunden geben oder im Gemeindehaus blöde Lieder trällern, statt mich zu bevormunden?«, lautete seine Antwort. Ich war schockiert, schob es aber auf den Alkohol, dass er nicht mehr ganz bei Sinnen war. Allerdings traute ich mich nach diesem Vorfall nicht mehr, ihn anzusprechen, wenn er betrunken war. Und das war er mittlerweile jeden Abend. Natürlich überlegte ich fieberhaft, was ich unternehmen könnte, und spielte mit dem Gedanken, mich Doktor Mackenzie anzuvertrauen. Ich versuchte mich mit dem Gedanken zu trösten, dass es vielleicht auch bloß die Wechselwirkung zwischen dem Alkohol und dem neuen Mittel, das der deutsche Freund unseres Arztes für meinen Mann aus Deutschland mitgebracht hatte, war, die zu dieser grausamen Wesensveränderung geführt hatte.

Unter diesen Umständen hatte ich jedenfalls noch nicht den Mut gefunden, Gavin von meinem Verdacht zu berichten, aber ich setzte alle meinen Hoffnungen darauf, dass er, wenn er es erfuhr, wieder zur Vernunft käme. Aber ich hatte mir fest vorgenommen, es ihm heute Abend zu sagen, sobald wir von der Beerdigung Tante Galissas zurückgekehrt waren. Die Nachricht von ihrem Tod hatte mich schwer erschüttert. Sie war ohne Vorwarnung in ihrem Haus zusammengebrochen. Das Herz, hatte Glen, der mir die Nachricht persönlich überbracht hatte, traurig erklärt. Und Glen war es auch, der mich dazu ermutigt hatte, zu ihrer Beerdigung zu kommen. Ich hatte natürlich Bedenken, ob das richtig wäre und ob ich mit meiner Anwesenheit nicht unnötig Caillin provozieren würde, doch Glen hatte mir versichert, dass es in Tante Galissas Sinn wäre, wenn ich käme.

»Mein Vater ist bettlägerig und wird nicht dabei sein. Und Caillin ist doch gar nicht zu echter Trauer fähig. Stell dir vor, sie hat meiner Mutter, nachdem wir sie vom Boden aufgehoben und auf das Sofa gelegt haben, ihre goldene Kette abgenommen und eingesteckt. Auf dieses kalte Herz musst du keine Rücksicht nehmen. Ich befürchte, du trauerst mehr um meine Mutter als ihre eigene Tochter.«

Ich war mir trotz seiner warmen Worte immer noch nicht ganz sicher, ob ich Tante Galissa das letzte Geleit geben sollte, doch als Glen mich daraufhin unter Tränen beschwor, ihm zuliebe zur Beerdigung zu kommen, habe ich zugesagt. Ganz wohl ist mir dabei immer noch nicht, aber ich darf meinen Cousin nicht enttäuschen. Ich glaube, er braucht mich an diesem schweren Tag.

Also hatte ich das schlichte schwarze Kleid angezogen, das ich bereits auf der Beerdigung meiner Schwiegermutter getragen hatte. Meine größte Sorge galt nun dem Zustand meines Mannes. Ich hatte ihn angefleht, wenigstens bis nach der Beerdigung die Hände vom Whisky zu lassen, aber nun war es Zeit zu gehen, und er war unauffindbar. Ich hatte ihn schon überall gesucht. Vergeblich. Ich konnte nur hoffen, dass er nicht hinüber zur Destillerie gegangen war und sich dort betrank. Doch dann sah ich ihn aus dem Park kommen. Blass und ernst in seinem schwarzen Anzug. Sein Blick war klar, seine Augen nicht verquollen, und seine Stimme klang nicht verwaschen, als er knapp sagte: »Bist du fertig? Können wir?«

Ich atmete auf. Gavin hatte mit Sicherheit keinen Tropfen angerührt. Vor lauter Erleichterung wollte ich mich an seine Brust schmiegen und mich für einen Augenblick in der Illusion wiegen, dass der Spuk vorüber war, aber er wehrte mich wie gewohnt wortlos ab.

Auf dem Weg zur Kirche hakte er mich allerdings unter. Doch

das geschah wahrscheinlich nur aus Pflichtgefühl und um den Menschen, die uns unterwegs begegneten, zu demonstrieren, dass wir ein anständiges Ehepaar waren. Am liebsten hätte ich diesem Theater ein rasches Ende bereitet. Leider fehlte mir der Mut. Schließlich wollte ich ihn nicht unnötig provozieren, da ich ihm doch noch an diesem Tag die frohe Botschaft überbringen wollte. Ich setzte alle meine Hoffnungen darauf, dass ihn die Vorfreude auf unser Kind wieder zur Vernunft bringen würde und der Albtraum damit ein Ende hätte.

Als wir die Portree Parish Church betraten, winkte uns Glen zu sich heran und bat uns, neben Albiona und ihm in der ersten Reihe Platz zu nehmen. Mir war das natürlich furchtbar unangenehm, weil zu seiner anderen Seite Caillin mit versteinerter Miene saß. Aber ich hatte keine Wahl, weil mich Gavin förmlich in die Familienbank schob.

Ich konnte mich kaum auf die Worte des Geistlichen konzentrieren, weil vor meinem inneren Auge in rascher Bilderfolge vorüberzog, was ich mit Tante Galissa erlebt hatte. Und ich war doch froh, dass ich mich überwunden hatte herzukommen, denn ich wusste, dass es sie sehr erfreut hätte, mich stumm weinend an ihrem Sarg sitzen zu sehen.

Als der Sarg aus der Kirche getragen wurde, versuchte ich, ihm nicht in der Reihe der Familie zu folgen, aber Glen zog mich mit sich fort, sodass ich gar keine andere Wahl hatte. Auf dem Weg zum Grab senkte ich den Kopf, um bloß keinen der bitterbösen Blicke meiner Cousine aufzufangen, die schon während der Trauerfeier ständig hasserfüllt zu mir hinübergeschielt hatte. Da wir mit in der Reihe der Familienangehörigen standen, wurde auch Gavin und mir kondoliert, was mir sehr unangenehm war.

Am liebsten wäre ich direkt nach der Zeremonie am Grab geflüchtet, aber Glen bestand darauf, dass wir noch mit zum Leichenschmaus in ein Lokal kommen sollten. Wenn es nach mir gegangen wäre, hätte ich ihm diesen Wunsch abgeschlagen, aber

Gavin bestand darauf. So fand ich mich an einer langen Tafel, auf der Scones und Whisky serviert wurden, wieder. So hastig, wie Gavin den Malt, der natürlich aus der Dunvegan-Destillerie stammte, hinunterstürzte, vermutete ich, dass er nur zum Saufen mitgegangen war.

Selbst Glen, der uns neben sich platziert hatte, schien das aufzufallen. Er stieß mich leise an und flüsterte mir ins Ohr: »Was ist denn mit Gavin los? Der säuft doch sonst nicht so!« Ich zuckte nur die Schultern. Tante Galissas Leichenschmaus war wohl kaum die rechte Gelegenheit, um mich meinem Cousin anzuvertrauen.

Glen hielt nun eine kleine Rede auf seine Mutter, die er mit dem Satz schloss: »Sie sagte noch am Abend vor ihrem Tod mit einem, wie ich im Nachhinein finde, wehmütigen Blick auf Albionas Bauch: *Wie schön, dass das Leben immer weitergeht!* Das werden für mich stets tröstende Worte bleiben. Das Leben geht, und das Leben kommt. Das ist der Lauf der Welt. Und meine Mutter wird in meinen Kindern weiterleben.«

»Junge, Junge, klar bei so einem fruchtbaren Burschen wie dir bestimmt, alle Achtung!«, rief plötzlich mein Mann laut über den Tisch. Nicht nur ich erstarrte vor Entsetzen. Nein, an der gesamten festlichen Tafel wurde es mucksmäuschenstill, und alle Augen waren auf meinen Mann gerichtet. Der grinste nur breit. »War ein Witz!«, lachte er. Keiner im Saal verzog eine Miene, bis auf Glen, der wenigstens versuchte zu lächeln. »Schon gut, alter Junge, aber dein Humor war auch schon mal besser!«

Glen hatte genau die richtigen Worte gefunden, um die peinlich berührte Stimmung wieder aufzulockern. Doch als die Trauergäste sich wieder ihren Scones und dem Whisky zuwandten, stand Glen auf und trat auf meinen Mann zu. »Gavin, ich finde, du gehst jetzt nach Hause. Ich glaube, du hast mehr getrunken, als du vertragen kannst.«

Gavin musterte seinen Freund kritisch. »Finde ich nicht, aber wenn du das sagst, dann werden meine Gattin und ich diese Feier verlassen. Komm, Mairie.« Er packte mich grob am Arm, aber ich befreite mich erschrocken aus seiner Umklammerung.

Glen war vor Schreck ganz blass geworden. »Wie redest du eigentlich mit deiner Frau? Mann, reiß dich doch zusammen!«, zischte er tadelnd. »Ich begleite euch noch bis zur Tür.«

Albiona hatte diesen kleinen Vorfall mit schreckensweiten Augen beobachtet, doch dann stand sie zielstrebig auf, ging auf meinen Mann zu und griff vorsichtig nach seiner Hand. »Gavin, wir verstehen doch, wenn es dir nicht gut geht. Komm, ich helfe dir«, sagte sie mit ihrer leisen und beruhigenden Stimme. Zu meiner Überraschung wehrte sich Gavin nicht gegen diese körperliche Annäherung, sondern er ließ sich von Albiona aus dem Stuhl helfen. Wo ich früher vor Eifersucht auf diese wunderbare Frau schier hätte platzen können, war ich inzwischen zu einer glühenden Bewunderin dieses sanftmütigen Engels geworden. Wenn ich doch nur halbwegs so selbstlos sein könnte wie sie. Wahrscheinlich spürt Gavin, dass mein Herz für einen anderen Mann entflammt ist, und das ist seine Art, mit dieser Schmach fertigzuwerden, ging es mir plötzlich durch den Kopf, und ich fühlte mich schrecklich schuldig und schlecht.

In diesem Augenblick traf mich der vernichtende Blick von Caillin wie ein Blitz. Wenn Blicke töten könnten, dachte ich und erhob mich rasch, um Albiona, meinem Mann und Glen zum Ausgang zu folgen.

Im Flur des Lokals holte ich sie ein. Die Stimmung zwischen den Freunden war sichtlich angespannt. Offenbar nahm Glen Gavin übel, dass er sich auf der Beerdigungsfeier seiner Mutter derart danebenbenommen hatte.

»Willst du denn überhaupt noch Patenonkel für unser Jüngstes werden, wenn du offenbar neuerdings etwas gegen Kinder hast?«, fragte Glen Gavin in spitzem Ton.

»Glen, Schatz, Gavin hat doch nichts gegen Kinder«, widersprach ihm Albiona.

»Genau, deine Frau hat es erfasst. Sie hat mich durchschaut«, erwiderte Gavin spöttisch und mit schwerer Zunge. »Ich bin nur neidisch, weil ich nur ein halber Mann bin und meine Frau niemals schwängern kann.«

Das verschlug uns allen dreien gleichermaßen die Sprache. Ich erwachte als Erste aus der Erstarrung. »Was redest du da nur für einen Unsinn?«, fuhr ich ihn wütend an.

»Tu doch nicht so scheinheilig. Ich habe neulich mit angehört, was dir der gute Doc anvertraut hat. Dass ich wegen meiner schweren Mumpserkrankung keine Kinder zeugen kann. Habe ich doch immer schon geahnt, aber du wolltest es mir ja unbedingt ausreden. Und du solltest es mir nun zu einem günstigen Zeitpunkt schonend beibringen. Wie lange wolltest du noch damit warten, mir mitzuteilen, dass ich als Mann nicht mehr zu gebrauchen bin?« Er funkelte mich feindselig an, so, als ob ich die Schuld an seiner vermeintlichen Unfruchtbarkeit tragen würde. Um den Konflikt nicht weiter eskalieren zu lassen, musste ich wohl diesen denkbar ungünstigen Augenblick wählen, um ihm die Wahrheit zu sagen.

»Gavin, das war nur ein Verdacht, den Doktor Mackenzie geäußert hat. Ein Verdacht, der sich nicht bewahrheitet hat«, stieß ich entschieden hervor.

»Was soll das denn heißen?«, fauchte er mich an.

»Das heißt, dass wir beide ein Kind erwarten.«

»Du lügst! Das sagst du nur aus Sorge, ich könnte noch weitere Bemerkungen machen, die in diesem Kreis als ungehörig gelten.«

»Es ist wahr. Ich bin schwanger!«, widersprach ich ihm energisch.

»Das heißt ja, ich meine ... dann wäre ich ja gar nicht unfruchtbar«, sagte Gavin in einem zweifelnden Ton, als könnte er das selber nicht glauben.

»Ach, wie schön. Ich freue mich so. Dann kann unser jüngstes

Kind mit eurem spielen«, flötete Albiona, während sie auf ihren schwangeren Bauch zeigte. Dann umarmte sie mich stürmisch, während Glen meinem Mann anerkennend auf die Schulter klopfte. »Siehst du, alter Junge, du brauchst dich gar nicht in den Suff zu flüchten. Du wirst Vater und willst deinem Kind doch kein schlechtes Vorbild sein!«

»Das ist ja ... das ist ja ... oh Gott, Mairie, kannst du mir verzeihen, dass ich mich dir gegenüber so widerwärtig benommen habe? Das ist der schönste Tag in meinem Leben!« Die Nachricht von seiner angehenden Vaterschaft hatte ihn innerhalb von Minuten völlig nüchtern werden lassen. Mein Mann umarmte mich unter Tränen und versicherte mir, dass er sich nur so schrecklich verhalten hatte, weil er doch glauben musste, dass wir niemals ein Kind bekommen würden.

»Und ich war sicher, du wirst mich früher oder später verlassen, wenn ich dir keine Kinder schenke. Oh Gott, ich bin so glücklich, so glücklich.« Mein Mann hob mich in die Luft und wirbelte mich so übermütig im Kreis herum, dass mir ganz schwindlig wurde.

»Lass mich runter«, flehte ich. »Mir dreht sich alles.«

Erschrocken hielt er inne. »Mein Liebling, natürlich, das ist zu viel für dich. Ach, wie konnte ich das vergessen. Du musst dich schonen.«

»Ende gut, alles gut. Wer es glaubt ...«, ertönte in diesem Augenblick eine eisige Stimme hinter uns. Als ich mich umsah, stand im Türrahmen Caillin. Aus ihren Augen funkelte etwas, das ich nicht zu deuten vermochte, obwohl ich eines sofort erfasste: Es verhieß nichts Gutes!

Albiona, Glen, Gavin und ich blickten sie gleichermaßen entgeistert an.

»Was soll das?«, fragte Glen verärgert.

»Ich freue mich nur mit euch über diese Wunderheilung unseres verehrten Freundes«, erwiderte Caillin spöttisch. »Ich hätte allerdings nicht geglaubt, dass Gavin MacLeod sich so leicht einen Bären aufbinden lässt.«

»Kannst du nicht ein einziges Mal dein Schandmaul halten?«, tadelte Glen seine Schwester, die das aber nicht davon abhielt, meinen Mann nun fast mitleidig anzusehen. »Tja, dann störe ich wohl, weil ihr alle mit dem Ergebnis zufrieden seid.«

Sie drehte sich um und wollte gehen, doch Gavin packte sie hart von hinten an den Schultern und hielt sie zurück. »Du sagst uns jetzt sofort, was du uns da gerade unterzujubeln versuchst. Warum siehst du mich so mitleidig an?«

Caillin drehte sich um. Über ihr Gesicht huschte ein teuflisches Grinsen. »Du willst wirklich wissen, wer bei diesem Wunder seine Hände im Spiel hatte?« Sie wandte sich an ihren Bruder und musterte ihn durchdringend. »Ich glaube, das sollte dir lieber dein Freund erklären.«

Glen war leichenblass geworden. Offenbar ahnte er, auf was seine Schwester mit diesen Andeutungen hinauswollte. Auch mir lief ein kalter Schauer den Rücken hinunter, weil mir bereits schwante, was für ein gemeines Gift Caillin da gerade verspritzen wollte.

»Halt deinen Mund! Das sage ich dir ein letztes Mal im Guten. Sonst vergesse ich mich«, zischte Glen und legte schützend den Arm um Albiona, die das Ganze mit schreckensweit geöffneten Augen verfolgte.

»Caillin, hör auf mit diesen hässlichen Andeutungen. Ich weiß wirklich nicht, was du damit sagen willst, aber es macht mir Angst«, bat sie ihre Schwägerin inständig.

»Ich sage doch gar nichts«, widersprach Caillin und setzte eine Unschuldsmiene auf.

»Schluss jetzt!«, befahl Gavin. »Du machst endlich deinen Mund auf!«

»Auf deine Verantwortung«, seufzte sie theatralisch.

»Nein, ich verbiete es dir!«, schrie Glen. Er war hochrot im Gesicht geworden.

»Kümmern wir uns nicht darum! Wir lassen uns doch nicht durch so ein hohles Geschwätz einer missgünstigen und gehässigen Person wie deiner Schwester die Laune verderben!« Gavin baute sich bedrohlich vor Caillin auf. »Also rede! Worauf spielst du die ganze Zeit an? Und Vorsicht! Sollte das alles darauf abzielen, meine Frau zu beleidigen, dann sei dir nicht zu sicher, dass ich nicht mal eine kleine Ausnahme mache. Im Prinzip würde ich Frauen nämlich nicht schlagen. Aber wenn ich dich richtig verstehe, behauptest du gerade durch die Blume, dass ich nicht der Vater dieses Kindes sein kann, oder?«

»Aber das, das ist ja das Letzte. Caillin, schäm dich«, mischte sich Albiona voller Empörung ein.

Caillin ignorierte die Worte ihrer Schwägerin und warf mir einen höhnischen Blick zu, der mich erschaudern ließ. Ich hatte nur noch das eine Bedürfnis: diese Person zum Schweigen zu bringen!

»Ich weiß, dass du mich hasst, und ich ahne, was du vorhast. Lass es! Hau ab! Es wäre an Niedertracht nicht zu überbieten und eine gemeine Lüge überdies!«

Gavins skeptischer Blick wechselte ein paarmal zwischen Caillin und mir hin und her. Bei mir blieb er hängen und er bekam etwas, das mir Angst machte.

»Offenbar weißt du ja mehr als wir«, stellte er fest, ohne den Blick von mir abzuwenden.

»Nein, ich weiß gar nichts, aber ich befürchte, dass sie etwas sehr Gemeines ausheckt, das dazu dient, zwischen uns Unfrieden zu stiften.«

»Ist das so?«, hakte Gavin nach.

Caillin zeigte triumphierend mit ausgestrecktem Finger erst auf mich und dann auf Glen.

»Schau dir doch nur meinen Bruder und deine Frau an, wie verzweifelt sie sich bemühen, mich zum Schweigen zu bringen. Wenn dir das nicht Beweis genug ist, dann tust du mir wirklich leid.«

»Willst du damit etwa sagen, dass Mairie und Glen …?« Er tippte sich an die Stirn.

»Caillin, jetzt gehst du zu weit!«, schnaubte Albiona.

»Sagt bloß, das habt ihr beiden nicht gewusst, dass zwischen meinem Bruder und meiner lieben Cousine von Anfang an mehr war als ein verwandtschaftliches Verhältnis.«

»Halt doch endlich deinen Mund!«, brüllte Glen.

»Wieso? Ich sage doch nur die Wahrheit, oder wollt ihr etwa leugnen, dass ihr fast ineinander gekrochen seid, als ihr euch geküsst habt?«, fragte sie lauernd.

Ich zuckte zusammen. Also doch! Da hatte mich meine Intuition, dass Caillin den Kuss eines Tages doch noch gegen mich verwenden würde, und zwar in einer Lage, in der es wirklich wehtat, nicht getäuscht.

Gavins Gesicht war aschfahl geworden, während Albiona mich wie ein waidwundes Reh ansah. Ich fühlte mich so verdammt schlecht, obwohl es doch nur diesen einzigen Kuss zwischen Glen und mir gegeben hatte, und das war inzwischen weit mehr als drei Jahre her.

»Ja, schaut nicht so. Ich kann doch auch nichts dafür, dass ich Zeugin dieser peinlichen Geschichte geworden bin«, flötete Caillin mit Unschuldsmiene.

»Ich glaube dir kein Wort«, brachte Albiona mit belegter Stimme hervor, während sie gegen die Tränen kämpfte. »Du bist eine böse Frau, die das Glück anderer nicht erträgt.«

»Ach, mein kleine naive Schwägerin. Was meinst du, warum Mutter Mairie aus dem Haus gejagt hat? Sie hat es doch auch gewusst und wollte nur das Schlimmste verhindern. Vor allem wollte sie dich davor schützen, dass dieses Miststück ihre Finger nicht von meinem Bruder lässt. Aber du Dummkopf …« Caillin warf Gavin einen abschätzigen Blick zu. »Du musstest sie ja unbedingt nach Portree zurückholen. Und das hast du nun davon!«

Glen machte einen flinken Schritt auf seine Schwester zu und versetzte ihr eine schallende Ohrfeige. Sie aber verzog keine Miene, sondern sagte nur mitleidslos: »Wer schlägt, ist im Unrecht.«

»Glen, mir ist nicht gut«, klagte Albiona und sie machte in der Tat den Eindruck, als würde sie jeden Augenblick in Ohnmacht fallen.

»Jetzt siehst du, was du angerichtet hast«, stieß Glen hasserfüllt hervor und nahm seine Frau in den Arm. »Komm, Schatz, ich bringe dich nach Hause.«

»Oh nein, es verlässt keiner dieses Haus, bevor wir die Sache nicht geklärt haben. Caillin mag eine eifersüchtige und bösartige Person sein, aber ich glaube kaum, dass sie sich so weit zum Fenster hinauslehnen und uns ins Gesicht lügen würde. Darum frage ich dich, Mairie, vor Zeugen. Hast du deinen Cousin jemals wie eine liebende Frau geküsst?« Er fixierte mich mit einem stechenden Blick, der mich vor Angst erzittern ließ.

Ich senkte den Kopf und überlegte fieberhaft. Hatte ich überhaupt eine Wahl, als diesen Kuss zuzugeben und zu schwören, dass es der einzige gewesen war, den wir uns jemals gestattet hatten? Aber würde das angesichts des ungeheuerlichen Verdachts, der im Raum schwebte, nicht wie ein Schuldanerkenntnis wirken? Würde man uns dann wirklich glauben, dass wir uns nicht mehr geschenkt hatten?

Da hörte ich Glens bebende Stimme. »Ich werde euch jetzt die Wahrheit sagen.« Ich hob den Kopf und betete, dass er die richtigen Worte finden würde.

Albiona hatte vor lauter Anspannung die Finger in seinen Oberarm gekrallt, während Gavin sich nervös durch sein dichtes Haar fuhr.

»Es war im Jahr 1919, noch vor meiner Hochzeit. Da kam Mairie in unser Haus. Und ja, ich habe mich damals auf den ersten Blick in sie verliebt ...«

»Nein, oh nein«, stöhnte Albiona.

»Weiter!«, befahl Gavin.

»Und wenn es dich, Albiona, nicht in meinem Leben gegeben hätte, ich wäre mit Mairie fortgegangen. Und das eine Mal vor über drei Jahren haben wir uns geküsst. Doch dann habe ich dich geheiratet und habe es nie bereut, und Mairie hat dich, mein Freund, lieben gelernt. Heute sind wir uns herzlich und freundschaftlich verbunden. Mehr nicht!«

Dann ging alles ganz schnell. Gavin sprang auf Glen zu und versetzte ihm einen Fausthieb mitten ins Gesicht. »Das ist für die Freundschaft!«, brüllte er wie von Sinnen. Blut spritzte, und Albiona begann laut zu schreien. Schon hatte mich Gavin grob am Arm gepackt und zerrte mich zur Tür. Dort stand Caillin mit triumphierender Miene.

»Siehst du, Gavin, du hättest doch lieber mich heiraten sollen. Ich wusste, dass sie dir Unglück bringt«, bemerkte sie süffisant, aber Gavin ließ mich nur kurz los und stieß Caillin grob zur Seite, um mich dann wieder mit eisernem Griff am Handgelenk zu packen. In der Tür drehte er sich noch einmal um.

»Ich will dich nie wiedersehen, Glen MacArran!«, brüllte er wie von Sinnen.

Das Letzte, was ich sah, bevor mein Mann mich ins Freie zerrte, war Albiona, die die Augen verdrehte und zu Boden glitt.

Portree, Dezember 2014

Gordon sah entgeistert zwischen Dona und Alister hin und her, als könnte er nicht begreifen, dass sie zu zweit in seinem Büro aufgetaucht waren.

»Wollen Sie uns nicht erst einmal hereinlassen?«, fragte Alister freundlich.

Gordons Gesicht verfärbte sich knallrot, als wäre sein Blutdruck binnen Sekunden in schwindelnde Höhen gestiegen. Er deutete mit ausgestrecktem Zeigefinger auf Alister.

»Was macht der Kerl denn hier?«

»Ich war gerade mit Mr Broun spazieren, als mich dein Anruf erreicht hat, und da dachte ich, es sei eigentlich ganz gut, wenn er mitkäme. Schließlich geht es um das Testament, und ich wollte noch einmal bestärken, was dir Amy ja schon in meinem Namen ausgerichtet haben wird. Mr Broun und ich kümmern uns vorerst gemeinsam um Dunvegan. Ich bin mittlerweile sicher, dass sich allein mein Vater diese abenteuerliche Konstruktion ausgedacht hat, weil er befürchtete, ich könne sein Lebenswerk verscherbeln. Und er hatte ja recht. Das hätte ich auch getan, wenn er mir nicht Mr Broun als Miterbe aufs Auge gedrückt hätte.«

Gordon musterte sie abschätzig, während die Worte nur so aus Dona heraussprudelten.

»Willst du nicht erst einmal eintreten?«, fragte er in überheblichem Ton.

»Ja, das sollten wir tun«, entgegnete Dona ungerührt.

Als Alister gerade seinen Fuß über die Schwelle setzen wollte, stellte sich Gordon ihm in den Weg und verweigerte ihm den Zutritt.

»Ich glaube, Sie sollten sich das sehr gut überlegen, ob Sie Zeuge sein wollen, wenn ich Dona die Augen über Sie öffnen muss.«

Alister verzog spöttisch den Mund. »Ach, lieber Mr MacArran, nun geben Sie es doch endlich auf, uns wie Kampfhunde aufeinander zu hetzen. Dona und ich sind uns einig, dass wir nicht verkaufen.«

Gordon trat beiseite und ließ Alister durch. »Gut, Sie haben es so gewollt, aber Sie können sich schon mal warm anziehen.«

»Gordon, bitte, hör endlich auf mit deinen leeren Drohungen und sag lieber, weshalb du mich an einem Sonntag herzitiert hast!«, mischte sich Dona unwirsch ein.

»Dann folgt mir«, sagte er förmlich und ging vor in sein Büro und ließ Dona und Alister auf den Besucherstühlen Platz nehmen.

Eine alte Holzkiste, die auf dem Schreibtisch stand, zog Donas ganze Aufmerksamkeit auf sich. Sie ist wunderschön verarbeitet und bestimmt wertvoll, ging es ihr durch den Kopf, als Gordon danach griff und sie hochhielt.

»Weißt du, was sich in dieser Kiste befindet?«, fragte er.

Dona zuckte die Achseln. »Ich habe dieses Prachtstück noch nie gesehen.«

Gordon stellte die Kiste zurück auf den Schreibtisch, öffnete sie und holte ein paar alte Heft hervor.

»Das sind die Tagebücher deiner Urgroßmutter Mairie. Ich habe ein wenig darin gelesen. Es ist sehr spannend, denn sie beschreibt ausführlich, wie sie sich in meinen Urgroßvater Glen verliebt und dann später in den Brennmeister deines Urgroßvaters, Ean Brodie ...« Gordon legte eine Kunstpause ein und fixierte Alister Broun mit einem Blick, den Dona nicht deuten konnte, der ihr aber einen eiskalten Schauer über den Rücken jagte. »Na, Mr Broun, wollen Sie wirklich mit anhören, was ich Dona zu sagen habe?«

»Lass den Quatsch!«, fuhr Dona Gordon an, doch mit einem Seitenblick auf Alister musste sie feststellen, dass er sehr angespannt wirkte und nervös mit den Fingern auf seinem Knie herumtrommelte.

Gordon ignorierte ihre Rüge. »Noch können Sie sich das da ersparen!«, hakte er ungerührt nach.

»Nein, Mr MacArran, ich bleibe, ganz gleich, was Sie Dona zu sagen haben, wenn Sie denn endlich auf den Punkt kommen würden«, erklärte Alister unwirsch.

»Gut, also dies ist das Tagebuch deiner Großmutter Mairie, das ich jüngst im Archiv meines Urgroßvaters fand und das ich dir hiermit geben möchte.«

Dona musterte Gordon zweifelnd. »Ich weiß gar nicht, ob ich das überhaupt haben möchte. Du weißt doch, was Vater immer über meine Urgroßmutter sagte, wenn er betrunken war, oder?«

»Ja, daran erinnere ich mich genau. Er nannte seine Großmutter eine ›Schlampe‹ und rief ›Verflucht sei der Brodie-Clan!‹«

»Genau, er konnte es seiner Großmutter zeitlebens nicht verzeihen, dass sie seinen Vater allein mit ihrem saufenden Ehemann in Portree zurückgelassen hatte. Er gab ihr und ihrem Lover die Schuld daran, dass sein Vater ein unglücklicher Mann geworden ist, der sich schließlich das Leben genommen hat. Und deshalb weiß ich nicht, ob ich Lust habe, Mairies Geschichte auch noch schwarz auf weiß zu lesen. Es ist schon hart, sein eigenes Kind beim Vater zurückzulassen und sich mit dem Liebhaber aus dem Staub zu machen, aber all das ist schon so lange her.«

Gordon steckte das Heft in die Kiste zurück und schob sie Dona hin. »Was auch immer du damit anstellst, es gehört dir!«

»Danke, aber könntest du endlich auf den Punkt kommen! Was gibt es so Wichtiges?«

Dona warf Alister einen flüchtigen Seitenblick zu und erschrak. Er war sichtlich erblasst und hatte die Fäuste so fest zusammengepresst, dass die Knöchel weißlich hervortraten.

»Wollen Sie es ihr nicht lieber selber sagen?«, fragte Gordon Alister lauernd.

»Ich weiß nicht, worauf Sie anspielen, Mr MacArran«, stieß Alister entnervt hervor.

»Ach, Mr Broun, hören Sie doch auf mit dem Theater!« Gordon wandte sich an Dona. »Und weißt du noch, wie dein Vater den Liebhaber deiner Urgroßmutter zu nennen pflegte?«

»Und ob! Das war für ihn der ›vermaledeite Verbrecher von einem Brodie‹, weil doch mit ihm dieses Malt-Rezept verschwunden war, das er gemeinsam mit meinem Urgroßvater entwickelt hat. Und das Dunvegan gehörte und nicht dem Brennmeister. Vater konnte sich bei diesem Thema dermaßen in Rage reden, wenn er einen Whisky zu viel getrunken hatte.«

»Meinst du, dein Vater hätte einen Nachfahren jenes Braumeisters Ean Brodie zu seinem Erben eingesetzt?«, hakte Gordon in schneidendem Ton nach.

»Natürlich nicht! Vater hat die Brodies gehasst. Aber das ist eine uralte Geschichte, die mich nicht weiter tangiert. Du willst doch etwas damit sagen. Kannst du aufhören, um den heißen Brei herumzureden?«, fuhr Dona ihn ungeduldig an.

»Dona, ich muss dir etwas beichten«, mischte sich jetzt Alister in gequältem Ton ein.

Dona wandte sich ihm mit dem unguten Gefühl zu, dass Gordons umständliche Vorrede etwas mit Alister zu tun hatte, aber was? Da zeigte Gordon mit theatralischer Geste auf Alister, als wäre er in der Rolle des Anklägers vor Gericht. »Dieser Mann heißt nicht Alister Broun, sondern Alister Brodie. Er ist ein Nachfahre jenes Ean Brodie, der mit deiner Urgroßmutter durchgebrannt ist.«

Dona sah Alister fassungslos an. »Sag, dass das nicht wahr ist.«

Alister war jetzt grau im Gesicht und schien um Jahre gealtert. Er holte ein paarmal tief Luft. Bevor er überhaupt etwas sagen konnte, hatte sich Gordon noch weiter in Rage geredet. »Und glaubst du allen Ernstes, dass dein Vater einen dieser Betrüger als Erben eingesetzt hätte?«

In Donas Kopf ging alles wild durcheinander. Warum? fragte sie sich, warum hatte er sich das Vertrauen ihres Vaters unter falschem Namen erschlichen? Sie musterte Alister flehend. »Bitte, sag, dass das nicht wahr ist!«

Alister hatte den Blick gesenkt, als er leise zugab, dass sein richtiger Name Alister Brodie war.

Dona war wie vom Donner gerührt. Das konnte doch nicht sein nach allem, was sie in den letzten Tagen miteinander erlebt hatte. Wie war es möglich, dass sie einem gemeinen Betrüger auf den Leim gegangen war?

»Warum wolltest du etwas vom Erbe der MacLeods? Reicht es nicht, dass dein Urgroßvater ein derartiges Unglück über unsere Familie gebracht hat?«

Alister hob den Blick.

»Du musst mir eines glauben, Dona, ich habe niemals etwas von dem Erbe haben wollen. Davon habe ich selbst erst am Tag der Testamentseröffnung erfahren.«

Dona lachte gequält. »Das glaubst du doch selbst nicht. Du wirst ihm so lange in den Ohren gelegen haben, bis er dich im Testament bedacht hat!«

»Ich schwöre es, ich hatte keine Ahnung.«

»Wer soll Ihnen das noch glauben, nachdem Sie sich unter falschem Namen bei Jamie MacLeod eingeschlichen haben?«, bemerkte Gordon in scharfem Ton.

Alister sah Dona beschwörend an. »Du musst mir glauben, das Erbe deines Vaters hat mich nicht im Geringsten interessiert. Ich wusste, dass ich bei Dunvegan einen verantwortungsvollen Job machen kann. Jamie MacLeod war nun einmal einer der letzten

Eigentümer einer Privatdestillerie, und als ich erfuhr, dass er einen Brennmeister sucht ...«

»... da haben Sie sich mal eben unter falschem Namen bei ihm beworben, weil Sie gewusst haben, dass Sie als Alister Brodie keinen Fuß über seine Schwelle gesetzt hätten«, vollendete Gordon Alisters Satz. »Und da wollen Sie uns weismachen, Sie hätten es lediglich auf den lukrativen Job abgesehen. Hören Sie doch endlich mit der Heuchelei auf! Sie wollten sich bei Jamie unentbehrlich machen und haben ihm bestimmt eingeflüstert, dass seine Tochter die Destillerie an Dessos verkaufen würde, so wie es Ihr älterer Bruder mit der Destillerie Ihrer Eltern getan hat, die er geerbt hat und nicht Sie!«

Dona starrte Alister entgeistert an. Das konnte doch nicht der Mann sein, für den sie alles aufgegeben hätte und sogar in Portree geblieben wäre. Sie war so schockiert, dass sie nicht mal weinen konnte.

»Alister, sag bitte, dass das alles ein bedauerlicher Irrtum ist und dass du dich nicht bei meinem Vater eingeschleimt hast, wohl wissend, dass er die Brodies hasst«, flehte sie ihn an.

»Dona, darf ich dir wenigstens sagen, warum ich das getan habe?«, fragte Alister sichtlich verzweifelt. Dona war hin- und hergerissen. Eigentlich hatte sie genug gehört, um Alister zu hassen, aber es gelang ihr nicht. Sie wusste nicht, warum, aber sie wollte wissen, was er zu sagen hatte.

»Ja, bitte!«, sagte sie kühl.

»Gut, also, ich bin aus Islay weggegangen, als mein Bruder unsere Destillerie an Dessos verkauft hat. Ich war bislang sein Brennmeister, aber ich wollte nicht für den Konzern arbeiten. Dann bekam ich einen Job in den Lowlands, bis die Destillerie geschlossen wurde und ich ohne Arbeit und Geld auf der Straße stand. Und dann erfuhr ich, dass dein Vater händeringend einen Brennmeister sucht. Das war exakt meine Traumstelle. Ich wollte unbedingt in einem Familienbetrieb arbeiten und nicht bei einem Konzern. Aber ich wusste genau, dass mein Traum in dem Augenblick zerplatzen würde, wenn ich deinem Vater meinen richtigen Namen nennen würde. Und da habe ich den Geburtsnamen meiner Mutter angegeben, der auch in den Papieren stand, weil ich unehelich zur Welt gekommen bin … ich wollte deinen Vater wirklich nicht belügen …«

»Mir kommen gleich die Tränen. Sie haben gewusst, dass er Sie nicht eingestellt hätte, wenn er geahnt hätte, dass Sie in Wirklichkeit ein Brodie sind!«, unterbrach ihn Gordon eifrig.

»Ja, das will ich gar nicht leugnen.« Er wandte sich Dona beschwörend zu. »Natürlich kannte ich die Geschichte zwischen meinem Urgroßvater und deiner Urgroßmutter. So wie bei euch ein unversöhnlicher Hass gegen die Brodies herrscht, hieß es in meiner Familie, Mairie MacLeod hätte meinen Vater dazu gebracht, seine Familie im Stich zu lassen, denn er war ja zum Zeitpunkt seines Verschwindens noch verheiratet mit meiner Urgroßmutter und ließ zwei Kinder und seine Frau zurück, und das ohne jegliche finanzielle Absicherung. Bis zu seinem Verschwinden hat er seiner Familie jeden Monat Geld geschickt, aber dann kam nichts mehr von ihm …«

»Ja, Sie wiederholen sich! Sie geben also zu, Jamie absichtlich belogen und sich sein Vertrauen erschlichen zu haben«, bellte Gordon.

»Wir waren Freunde«, stieß Alister verzweifelt hervor.

»Tolle Freundschaft, wirklich! Und Sie sind nie auf den Gedanken gekommen, Ihrem ach so guten Freund die Wahrheit zu sagen? Das ist wirklich das Letzte. Aber Sie sind sich im Klaren darüber, dass Jamie keinen Brodie zu seinem Erben gemacht hätte, oder?«

»Ich wusste nicht, dass er mich in seinem Testament bedacht hat.«

»Ach ja? Das bezweifle ich aber sehr. Warum haben Sie uns nicht bei der Testamentseröffnung die Wahrheit gesagt?«

»Weil ich Sorge hatte, dass Dunvegan dasselbe Schicksal ereilen würde wie die Destillerie meiner Familie«, gab Alister zögerlich zu.

»Oh, wie edel von Ihnen. Sie haben uns das zum Wohl der Destillerie verschwiegen und sich skrupellos ein Erbe unter den Nagel gerissen, das Sie sich unter falschen Voraussetzungen erschlichen haben.«

Dona konnte immer noch nicht fassen, was sie da gerade erfahren musste.

»Und warum hast du es nicht wenigstens mir offenbart?«, fragte sie Alister bekümmert.

»Das hätte ich doch noch getan. Ich wusste nur nicht, wie und wann ich dir alles sagen sollte. Ich hatte Angst, dass dann sofort wieder dein Misstrauen erwacht und du mir nur das Schlimmste zutraust. Dass ich das mit dem Testament vorher gewusst und deinen Vater womöglich manipuliert hätte. Und ob du es glaubst oder nicht, ich hatte mir fest vorgenommen, dir heute Abend die Wahrheit ...«

»Ja, ja, das lässt sich leicht behaupten! Hätte, hätte, haha. Merken Sie nicht, wie peinlich Ihre Versuche sind, sich herauszuwinden?«, bemerkte Gordon spöttisch.

»Du hättest es mir spätestens oben auf den Klippen sagen müssen, und du weißt genau, wann und warum das der richtige Zeitpunkt gewesen wäre«, sagte Dona, während sie mit den Tränen kämpfte. Sie empfand keinen Zorn gegen Alister, nur grenzenlose Enttäuschung. Es tat so weh, dass der Traum einer gemeinsamen Zukunft mit ihm soeben wie ein Kartenhaus in sich zusammenbrach. Auf einen Mann, der zu solcher Lüge fähig war, konnte sie nicht bauen.

»Ich weiß, ich hätte es heute tun müssen, bevor wir ... aber ich war zu feige. Verzeih mir!«

Gordon verdrehte genervt die Augen. »Jetzt kommen Sie doch nicht mit der sentimentalen Schiene. Wir werden das Testament vor Gericht anfechten, worauf Sie sich verlassen können!«, geiferte er. »Und dann sind Sie bei Dunvegan Geschichte!«

Alister warf Dona einen flehenden Blick zu, aber sie wandte sich abrupt ab.

»Siehst du das genauso, Dona?«, fragte er leise.

Dona nickte, wenngleich ihr der Gedanke, Alister vor ein Gericht zu zerren und den ganzen Betrug öffentlich zu machen, förmlich das Herz brechen wollte. Doch was sollte sie tun? Mit diesem Mann, dem ihr Vater, wenn er die Wahrheit gekannt hätte, niemals auch nur einen Cent gegeben hätte, kooperieren? Nein, das konnte sie sich beim besten Willen nicht vorstellen. Wäre ich doch niemals nach Portree gekommen, dachte sie verzweifelt.

»Das wird nicht nötig sein«, sagte Alister mit Grabesstimme. »Ich trete freiwillig vom Erbe zurück und überlasse dir meinen Anteil.«

»Ich hätte es Ihnen gar nicht zugetraut, dass Sie so vernünftig sein können. Das ist natürlich die beste Lösung. Dann setze ich ein Schriftstück auf, das Sie gleich unterzeichnen können«, erklärte Gordon eifrig, stand auf und verließ eilig das Zimmer, um an Miss Keiths Computer Fakten zu schaffen.

Kaum hatte Gordon den Raum verlassen, als Alister versuchte, Donas Hand zu nehmen, doch sie wehrte diese Annäherung ab. »Fass mich nicht an! Wie konnte ich dir nur vertrauen? Wie konntest du es wagen, mich zu küssen, obwohl du wusstest, dass ich dir niemals eine Chance gegeben hätte, wenn ich die Wahrheit geahnt hätte!«, fauchte sie.

»Aber Dona, ich habe doch nicht aus Berechnung geschwiegen, sondern weil ich Angst hatte, das zarte Pflänzchen zwischen uns zu zertreten.«

»Was dir nun erfolgreich gelungen ist! Du glaubst doch nicht, dass ich mich auf einen solchen Lügner einlasse? Ich könnte dir nie wieder vertrauen! Und woher weiß ich, dass deine angeblichen Gefühle für mich nicht auch gelogen waren! Wie konntest du es wagen, zu behaupten, mein Vater hätte dich im Testament bedacht, weil er womöglich gewollt hätte, dass wir beide uns näher kennenlernen? Im Grabe würde er sich umdrehen, wenn er wüsste, dass er einen Brodie zu seinem Erben gemacht hat und ich diesen Brodie auch noch geküsst habe!«

»Dona, seit dieser alten Geschichte sind über neunzig Jahre vergangen. Sie kann doch unsere Gefühle nicht zerstören«, wandte Alister ein.

»Wenn diese Geschichte keine Bedeutung mehr hätte, hättest du meinem Vater bei der Einstellung die Wahrheit sagen müssen, aber das hast du nicht getan! Du bist ein jämmerlicher Feigling, der aus Angst, einen Job nicht zu bekommen, dreist gelogen hat. Es ist nicht die alte Geschichte, die uns entzweit, sondern die Tatsache, dass du mir nicht vertraut hast!« Während Dona ihrer Verzweiflung Luft machte, rannen Tränen über ihre Wangen.

Alister sprang von seinem Stuhl auf und versuchte, tröstend den Arm um sie zu legen, doch sie stieß ihn weg.

»Dona, was du auch immer von mir denkst und hältst, ich liebe dich. Und das ist die Wahrheit!«

Dona musterte ihn durch einen Tränenschleier. Wie gern würde sie sich in seine Arme stürzen und ihm alles verzeihen, aber das konnte sie nicht. Zu tief saß die Verletzung, dass er ihr nicht die Wahrheit gesagt hatte, spätestens dort oben auf den Klippen.

»Ich möchte, dass du jetzt gehst!«

»Ja, Dona, ich gehe fort. Und zwar noch heute! Du wirst mich nie wiedersehen. Keine Sorge, aber lass mich noch unterschreiben, damit der Weg für dein alleiniges Erbe frei ist. Aber bitte, tu mir einen einzigen Gefallen.«

»Und der wäre?«, stöhnte sie.

»Verkaufe Dunvegan nicht an Dessos. Das wäre Verrat an deinem Vater!«

»Du wagst es, von einem Verrat an meinem Vater zu sprechen?«, schnaubte Dona voller Empörung. »Du bist doch derjenige, der ihn verraten hat. Und ich nehme dir nicht ab, dass es dir um das Wohl von Dunvegan geht! Du hast eine eigene Rechnung mit Dessos offen, weil dein Bruder eure Destillerie an den Konzern verkauft hat!«

»Das ist nicht wahr. Dunvegan war in den vergangenen Jahren eine Heimat für mich und Jamie für mich wie ein Vater! Bitte respektiere, dass er dich dazu auserkoren hat, sein Erbe anzutreten, und geh verantwortungsbewusst mit dieser Aufgabe um!«, erklärte er in beschwörendem Ton.

»Du bist der Letzte, der mir gute Ratschläge erteilen sollte. Ich mache das, was ich für richtig halte«, widersprach Dona trotzig, obwohl sie tief im Inneren fühlte, dass Alisters Worte aufrichtig gemeint waren.

Ihr hitziger Disput wurde durch Gordons Rückkehr abrupt unterbrochen. Er schien bester Laune und schob Alister das Dokument hin mit der Bitte, es zu unterzeichnen, was der Braumeister ohne Zögern tat.

»Gut, Mr Broun oder besser Brodie, ich würde sagen, Sie verschwinden jetzt auf schnellstem Weg aus Portree, und wir tun so, als hätte es diesen bedauerlichen Zwischenfall niemals gegeben.«

Dona beobachtete aus dem Augenwinkel, wie sich Alister schwerfällig vom Stuhl erhob und zum Gehen bereit machte. Eine innere Stimme in ihr wollte protestieren, sich in seine Arme werfen und ihm alles verzeihen, doch sie blieb wie betäubt sitzen.

In der Tür drehte sich Alister noch einmal um, und sein Blick ließ Dona erschaudern. Er wirkte wie ein gebrochener Mann, gealtert und grau im Gesicht.

»Dona, darf ich dich um einen letzten Gefallen bitten? Würdest du mich kurz nach draußen begleiten? Ich möchte dir noch etwas sagen, was nur uns beide angeht.«

»Was Sie auch immer zu sagen haben, tun Sie es hier und jetzt!

In Anwesenheit von Donas Anwalt!«, mischte sich Gordon geschäftsmäßig ein.

»Gordon hat recht. Wenn du mir noch etwas sagen willst, dann nur zu!«, pflichtete ihm Dona bei, obgleich ihr so unendlich schwer ums Herz war bei dem Gedanken, dass sie Alister womöglich niemals wiedersehen würde.

»Nein, dann gehe ich jetzt lieber«, erwiderte Alister bekümmert und verließ das Büro fluchtartig. Dona versuchte noch, gegen die Tränen anzukämpfen, aber es gelang ihr nicht, und sie brach in lautes Schluchzen aus, was Gordon ganz und gar missfiel. Er hatte nicht wahrhaben wollen, was er tief im Inneren bereits seit dem Moment befürchtete, als Dona und Alister so treu vereint vor seiner Bürotür gestanden hatten, aber nun ließ es sich nicht länger verdrängen: Zwischen den beiden hatte sich mehr entwickelt. Es fiel Gordon gar nicht leicht, seine Eifersucht im Zaum zu halten.

»Na, das hätten wir hinter uns. Wie gut, dass ich dem Kerl noch auf die Schliche gekommen bin«, bemerkte er mit einer gewissen Genugtuung.

Dona hob den Kopf und blickte ihn aus verquollenen Augen an. »Kannst du nicht einfach deinen Mund halten!«

Gordon zuckte zusammen. »Was ist denn mit dir los? Freu dich doch, dass wir dein Erbe unbeschadet zurückbekommen haben.«

»Das Erbe ist mir scheißegal«, erwiderte sie trotzig.

»Ich verstehe dich nicht. Was weinst du dem Kerl auch nur eine Träne nach?«, fragte Gordon verständnislos.

»Weil ich ihn liebe. Deshalb!«, entgegnete sie ungerührt.

Gordons Mimik drohte für einen winzigen Augenblick zu entgleisen, aber dann gewann er die Beherrschung zurück und musterte sie von oben herab.

»Ach, man ist sich also nicht nur geschäftlich nähergekommen? Interessant«, bemerkte er in süffisantem Ton.

Dona erkannte, dass sie das lieber nicht hätte offenbaren sollen, jedenfalls nicht ausgerechnet Gordon, und sie versuchte zurückzurudern. »Nein, natürlich nicht! Und nein, ich liebe ihn nicht. Wie könnte ich das? Ich verliebe mich nicht so überstürzt. Das weißt du doch. Aber es wäre ihm beinahe gelungen, mich mit seinem Charme einzufangen. Ich bin ja heilfroh, dass ich sein wahres Gesicht noch erkannt habe, bevor wir uns womöglich tatsächlich hätten näherkommen können«, schwindelte sie, denn ihr stand nicht der Sinn danach, sich wegen Alister womöglich auch noch mit Gordon zu überwerfen.

»Das hätte mich auch gewundert. So ein Typ Frau bist du nicht. Ich erinnere mich noch daran, wie ich mich anstrengen musste, um dich zu erobern. Nein, ein leichtes Mädchen bist du nicht. Und deshalb sollst du wissen, dass ich jederzeit für dich da bin. Und dass du mir vertrauen kannst, habe ich ja wohl hinlänglich bewiesen. Wer hat dir denn schließlich die Augen geöffnet über diesen miesen kleinen Betrüger?«

Dona stieß einen tiefen Seufzer aus. Natürlich tat es gut, Gordon als verlässlichen Freund an ihrer Seite zu wissen, aber mehr als das würde er bestimmt niemals wieder für sie sein können, denn der Platz in ihrem Herzen war besetzt – von dem miesen kleinen Betrüger, wie Gordon ihn nannte. Bei ihm hätte sie keine Panik vor Nähe bekommen wie bei all den anderen, die ihr in den vergangenen Jahren begegnet waren, mit ihm wäre es keine bloße Affäre geworden, nein, mit ihm hätte sie sich eine gemeinsame Zukunft vorstellen können, ja, für ihn wäre sie in Portree geblieben. Dona atmete ein paarmal tief durch, als sie spürte, wie sehr sie ihn jetzt schon vermisste.

»Gut, dann sollten wir noch schnell das Geschäftliche erledigen. Sobald mir der Erbschein vorliegt, wird die Übergabe von Dunvegan an Dessos stattfinden. Und dann bekommst du endlich dein Geld …«

»Ich verkaufe nicht!«, sagte Dona entschlossen, und sie war

selbst erstaunt, mit welcher inneren Überzeugung sie das kundtat. Sie hatte überhaupt nicht darüber nachgedacht. Es war aus ihrem tiefsten Inneren gekommen.

»Dona, du spinnst wohl«, fuhr Gordon sie empört an. »Wer soll denn die Destillerie leiten? Du hast doch keine Ahnung von dem Geschäft!«

»Das wird sich finden«, entgegnete sie und wusste nicht, woher sie diesen Mut hatte, denn er hatte doch recht. Ohne Alister wäre sie aufgeschmissen, aber sie musste es zumindest versuchen.

»Dona, du kannst nicht zurück. Du hast einen Vertrag mit Dessos unterschrieben!«

»Kein Problem, dann wirst du ihnen erklären, warum ich es mir anders überlegt habe. Ich möchte den letzten Willen meines Vaters nicht mit Füßen treten!«

Gordon sah sie entgeistert an und tippte sich gegen die Stirn.

»Einen Teufel werde ich tun. Du hast den Vertrag unterschrieben. Erinnerst du dich?«

Ja, es dämmerte Dona, wie sie ihre Unterschrift unter den Kaufvertrag gesetzt hatte, als sie noch nicht geahnt hatte, dass ihr Vater einen Miterben eingesetzt hatte.

»Gordon, bitte! Sag denen, dass der Verkauf definitiv nicht über die Bühne geht. Jedenfalls nicht zu diesem Zeitpunkt.«

»Das kann ich nicht. Das wäre Vertragsbruch«, sagte Gordon in scharfem Ton.

»Gut, dann werde ich mit den Verantwortlichen sprechen. Ich denke nicht, dass sie mich dazu zwingen können«, entgegnete Dona entschlossen und stand auf.

»Du wirst auf keinen Fall mit denen reden. Wenn überhaupt, dann ist das mein Job«, bellte Gordon.

»Es tut mir leid, dass du dir so viel Mühe gemacht hast. Gut, dann sprich mit ihnen. Und mir kannst du dann gern eine Rechnung schreiben.«

Gordon ballte die Fäuste. *Dann schreib mir eine Rechnung!*

Damit hatte Jamie ihn bereits abspeisen wollen, nachdem er von dem Verkaufsdeal, nach all dem, was Gordon für das Zustandekommen dieses Geschäfts getan hatte, einfach zurückgetreten war. Wie überheblich diese MacLeods doch waren. Sie glaubten wohl, mit ihrem Geld alle Probleme aus der Welt zu schaffen, aber verdammt noch mal, dachte er, Geld ist das Einzige, was ich im Moment brauche. Viel Geld, eine kleine Rechnung ist nicht mal ein Tropfen auf den heißen Stein. Er überlegte fieberhaft, wie er sie zurückhalten konnte.

»Dona, ich beschwöre dich, du hast keine Ahnung von dem Geschäft. Das dauert kein Jahr, dann stehst du vor dem Nichts. Davon haben dann deine Mitarbeiter auch nichts, und das Lebenswerk deines Vaters ist futsch. Verstehst du, das packst du nicht!«

»Ich denke, wir stehen ganz gut da. Alister Broun, äh, ich meine Brodie, hat noch einen Riesendeal mit der Waltman-Hotelkette eingefädelt. Allein der bringt dem Unternehmen Millionen. Zerbrich dir also nicht meinen Kopf«, flötete Dona und machte sich zum Gehen bereit. Sie hatte keinen Nerv mehr, sich länger anzuhören, dass sie Dunvegan an die Wand fahren würde. In der Tür drehte sie sich noch einmal um. »Sag mal, hat sich in den vergangenen Tagen zufällig Amy bei dir telefonisch gemeldet wegen unserer Restaurantgeschichte?«

»Nein, warum sollte sie?«

»Ich warte sehnsüchtig auf ihren Anruf. Ich habe am Donnerstag eine Nachricht von ihr erhalten, dass sie spontan nach London gefahren ist, um unseren Mietvertrag aus der Wohnung zu holen. Das muss direkt nach dem Termin in deiner Kanzlei gewesen sein.«

Gordon schüttelte unwirsch den Kopf. »Nein, warum sollte ich? Wir haben nur kurz euren Fall besprochen. Und ich habe sie darauf hingewiesen, dass ich den Vertrag benötige, um die Rechtslage abzuklären. Den hätten wir uns natürlich auch vom Vermieter schicken lassen können, aber sie wollte unbedingt selbst nach London.«

»Merkwürdig, aber weißt du vielleicht, wie sie nach Kyle of Lochalsh gekommen ist? Sie muss ja von deinem Büro losgefahren sein.«

Er zuckte mit den Schultern. »Wahrscheinlich ist sie in den Bus gestiegen, denn sie hat mich noch gebeten, ihr die nächste Verbindung nach London herauszusuchen. Danach wäre sie mit dem Bus bis zum Festland, von Lochalsh weiter mit der Bahn nach Inverness und von dort mit dem Nachtzug nach London gereist.«

»Tja, dann hoffe ich, dass sie zu Hause ist, wenn ich zurück bin«, seufzte Dona, denn einmal davon abgesehen, dass sie ohnehin große Sehnsucht nach der Freundin hatte, verspürte sie das dringende Bedürfnis, ihr von der neuesten Entwicklung in Sachen Alister und Dunvegan zu berichten. Bei der Gelegenheit wollte sie Amy bitten, noch ein wenig bei ihr in Portree zu bleiben. In dem Augenblick fiel ihr ein, dass sie Gordon immer noch nichts von ihrem unerfreulichen Gespräch mit dem Sachbearbeiter der örtlichen Bank berichtet hatte.

»Ach, was ich dir noch erzählen wollte. Die von der Bank haben sich sehr merkwürdig verhalten. Stell dir vor, sie haben von mir für den Fall, dass ich das Anwesen verkaufen will, verlangt, dass ich vorher den Kredit ablöse. Binnen vier Wochen, aber das ist jetzt auch egal, denn vorerst bleibe ich im Haus wohnen, obwohl es auf Dauer viel zu groß für mich ist. Und auch der Unterhalt für die vielen ungenutzten Zimmer ist wohl eher unwirtschaftlich. Aber vielleicht kannst du mal mit denen reden. Ich würde mir gern etwas Kleineres suchen.«

Während Dona diese Worte sagte, kam Gordon auf eine geniale Idee.

»Komm, setz dich bitte noch einmal«, forderte er Dona einladend auf.

Ja, plötzlich schien alles ganz einfach. Er würde nicht nur an das Geld kommen, um seine Spielschulden zu begleichen, sondern, wenn er jetzt alles richtig machte, hatte er weitaus mehr gewonnen …

»Das heißt also, du bleibst in Portree?«, fragte er Dona, ohne auf die Bankgeschichte einzugehen. Sie hatte sich wieder auf ihren Besucherstuhl zurückgesetzt und nickte, obwohl es ihr selber noch ganz komisch vorkam, dass sie nun doch nicht nach London zurückkehren würde. Sie war sehr gespannt, wie ihre Freundin diese Nachricht aufnehmen würde. Wahrscheinlich eher positiv, schon allein wegen der zarten Bande zu einem gewissen Michael Bruce, dachte sie, und sofort keimte wieder die Sorge um Amy auf. Deshalb meinte sie zunächst, sich verhört zu haben, als Gordon ihr jetzt unvermittelt vorschlug, doch bei ihm einzuziehen.

»Entschuldige, ich war mit meinen Gedanken gerade woanders. Was hast du gerade gesagt?«, fragte Dona vorsichtshalber noch einmal nach.

»Vielleicht könntest du bei mir einziehen. Mein Haus ist doch auch viel zu groß für mich allein.«

Dona musterte ihn erstaunt. »Bei dir? Aber wir beide, ich meine … nicht, dass du dir dann falsche Hoffnungen machst, wenn …«

Gordon machte eine abwehrende Handbewegung. »Ich hatte da an eine Wohngemeinschaft gedacht. Zunächst jedenfalls«, entgegnete er rasch.

»Das werde ich mir überlegen. Wenn die Bank mitspielt, wäre das vielleicht eine Lösung.«

»Ich kümmere mich darum. Und auch um die leidige Verkaufsgeschichte mit Dessos. Offenbar bist du fest entschlossen, die Destillerie nun doch zu behalten. Und ich denke, wir kommen da aus dem Vertrag, wenn wir es geschickt anstellen. Mir wird schon eine Lösung einfallen«, seufzte er.

Dona warf ihm einen erstaunten Blick zu. »Das würdest du für mich tun?«

»Schließlich bin ich dein Rechtsberater, aber ich will dir keine falschen Hoffnungen machen. Ohne Vertragsstrafe geht das nicht.«

»Und was heißt das?«

Gordon legte seine Stirn in grüblerische Falten. »Laut Vertrag beläuft sich die Summe auf dreißigtausend Pfund, wenn eine der Vertragsparteien vom Vertrag vor Übergabe zurücktritt.«

»Oh je, und da kann man gar nichts machen?«

Gordon zuckte bedauernd die Schultern. »Leider nein. Das war eine Passage, die Dessos unbedingt in den Vertrag aufnehmen wollte. Du hast es doch so unterschrieben.«

»Ja, schon, aber ich habe mir den Vertrag doch gar nicht durchgelesen. Ich habe einfach unterschrieben. Du weißt doch, in welch einem desolaten Zustand ich war, als du mir den Vertrag zum Unterschreiben gegeben hast. Meinst du nicht, dass ich das den Leuten erklären könnte und sie dann auf diese Vertragsstrafe kulanterweise verzichten?«, stöhnte Dona.

Gordon lachte laut auf. »Dona, das sind knallharte Geschäftsleute. Die Jungs sind nicht von der Heilsarmee. Ich würde dir dringend davon abraten, sie selber anzurufen. Wenn du schlau bist, lässt du mich das erledigen und überweist mir umgehend das Geld. Ich meine, jetzt, wo du alleinige Verfügungsgewalt über die Destillerie hast, verfügst du über die nötigen Mittel.« Gordon hielt demonstrativ die von Alister unterschriebene Verzichtserklärung hoch. »Das ist kein freundschaftlicher Rat, sondern es ist das, was ich dir als dein Rechtsbeistand so deutlich sagen muss, wenn du dir Ärger ersparen willst.«

Dona stieß einen tiefen Seufzer aus. »Du hast ja recht. Ich werde das so bald wie möglich veranlassen.«

Gordon warf ihr einen aufmunternden Blick zu. »Dann bist du frei und kannst dich voll und ganz auf deine neue Aufgabe konzentrieren. Du schaffst das. Jamie wäre stolz auf dich.«

Dona nahm seine Worte mit gemischten Gefühlen auf. Was

war in ihn gefahren, dass er ihr plötzlich zutraute, die Destillerie zu führen? Hatte er nicht vor ein paar Minuten in demselben Gespräch seine unverhohlene Skepsis zum Ausdruck gebracht, dass sie es packen würde? Hatte er ihr nicht sogar jegliche Qualifikation, das Geschäft zu führen, abgesprochen? Was, wenn er ihr jetzt nur nach dem Mund redete, weil er begriffen hatte, sie auf diese Weise in Portree zu halten? Oder hatte ihm der Hinweis auf den Waltman-Deal so imponiert, dass er seine Meinung geändert hatte? Aber was, wenn sie sich wirklich gnadenlos überschätzte und ihr Studium sowie die Kenntnisse, die sie als Geschäftsführerin eines Restaurants erworben hatte, längst nicht ausreichten, um ein solch großes Unternehmen zu leiten? Und das ohne Alisters Unterstützung?

Ach, Alister, dachte sie wehmütig, warum hast du mir nur nicht die Wahrheit gesagt? Mir wäre es doch gleichgültig gewesen, ob du ein Broun oder ein Brodie bist. Wenn du nur nicht gelogen hättest. Ich brauche dich doch! Plötzlich kam ihr eine verwegene Idee. Jetzt, nachdem Alister freiwillig auf das Erbe verzichtet hatte, hatte er doch eigentlich genug für seine Feigheit gebüßt. Konnte sie ihn unter diesen Umständen nicht wenigstens als Brennmeister und ihre rechte Hand behalten? Natürlich würden sie niemals mehr ein Liebespaar werden. Dazu war zu viel kaputt gegangen, aber seinen Job konnte er doch zu beider Nutzen weitermachen! Daran jedenfalls glaubte Dona in diesem Moment wirklich, und sie fasste den Entschluss, Alister diesen Vorschlag auf der Stelle zu unterbreiten. Hektisch sprang sie von ihrem Stuhl auf.

»Ich gehe dann mal«, sagte sie.

»Hast du nicht etwas Wichtiges vergessen?«, fragte Gordon und deutete auf die Kiste.

Dona griff rasch nach der Kiste, obwohl sie einen Widerwillen gegen das Tagebuch verspürte. Wegen der alten Geschichte war ihre Beziehung zu Alister in die Brüche gegangen, bevor sie überhaupt richtig begonnen hatte. Alles in ihr sträubte sich dagegen, noch ein Wort über dieses Drama zu hören, geschweige denn darüber zu lesen. Warum musste Alister auch ausgerechnet ein Brodie sein? Plötzlich kam ihr ein seltsamer Gedanke: Woher wusste Gordon auf einmal von Alisters wahrer Herkunft?

Dona musterte Gordon skeptisch.

»Sag mal, Gordon, woher hast du das eigentlich gewusst? Ich meine, dass Alister in Wahrheit ein Brodie ist, und warum hast du es mir nicht gleich gesagt?«

Gordon wand sich wie ein Aal. »Ach, Dona, das ist doch jetzt nicht mehr wichtig. Hauptsache, wir haben ihm das Handwerk gelegt. Zerbrich dir nicht dein schönes Köpfchen darüber, wie ich zu meinen Informationen komme.«

Da ist es wieder, dachte Dona erbost, er behandelt mich wie ein unmündiges Kind. Aber damit kann er mich nicht länger einschüchtern.

»Gordon, ich wäre dir sehr dankbar, wenn du mir meine Frage beantworten würdest. Woher weißt du dass, und vor allem seit wann?«

»Gut, gut. Ich weiß es seit heute. Ich bekam einen Anruf. Aber das sollte jetzt wirklich genügen.« Sein Ton war scharf, fast schneidend.

»Von wem hast du einen Anruf bekommen?«

Gordon stieß einen Unmutslaut aus. »Von einem Freund aus Dundee.«

Dona legte den Kopf schief: »Und was ist das für ein Freund?«

»Er heißt John Lemmont, aber jetzt ist gut«, fauchte Gordon.

»Und wie kommt dieser Freund dazu, dich anzurufen und über Alister Brouns Herkunft aufzuklären?«

»Sag mal, ich sitze doch hier nicht auf der Anklagebank!«

Statt ihm zu antworten, trat Dona auf den Schreibtisch zu und machte sich an seinem Rechner zu schaffen. »Ich darf doch, oder?«

Zielsicher gab sie John Lemmont und Dundee in die Suchmaschine ein und deutete auf das sofort abrufbare Ergebnis.

»Eine Privatdetektei. Ist er das?«

Gordon nickte kurz.

»Und den hast du auf Alister angesetzt? Ohne das mit mir abzusprechen?«

Gordon sprang wütend auf. »Ja, und dazu stehe ich! Immerhin bin ich noch immer dein Anwalt in dieser Sache. Und nur, weil meine Mandantin sich vom Charme dieses Betrügers einfangen lässt, muss ich ja nicht die Hände in den Schoss legen. Ich habe es nicht für mich getan, sondern für dich!«, schnaubte er.

Dona merkte, dass sie ihn zu hart angegangen war, und sie bereute das ein wenig. Offenbar ging es ihm wirklich um ihr Wohl. Aber unter diesen Umständen wäre es wohl klüger, ihm nicht zu verraten, dass sie es gar nicht mehr erwarten konnte, dem Betrüger anzubieten, Braumeister bei Dunvegan zu bleiben.

»Entschuldige, es war ja nur gut gemeint von dir, aber mir liegen solche Methoden einfach fern«, gab Dona zerknirscht zu.

»Schon gut, aber anders wären wir ihm nicht draufgekommen. Manchmal heiligt der Zweck eben doch die Mittel. Was hältst du davon, wenn wir unseren Erfolg zusammen feiern? Ich würde dich gern zum Essen einladen.«

»Verzeih, aber mir ist nicht danach. Das hat mich doch alles ziemlich aufgewühlt. Ich möchte lieber nach Hause«, schwindelte Dona, gab ihm einen flüchtigen Kuss auf die Wange und verließ eilig sein Büro.

Portree, November 1922

Die letzten Wochen waren die Hölle für mich. Wie ein Wahnsinniger hatte mich Gavin durch den Ort gezerrt. Er, dem es stets wichtig war, was die guten Bürger von ihm dachten, kümmerte sich nicht darum, dass die Leute stehen blieben und dem grausamen Schauspiel mit einer Mischung aus Entsetzen und Sensationslust zusahen.

Zu Hause angekommen, schubste er mich in den Flur und verließ wortlos das Haus. Ich war wie gelähmt. Ich glaube, ich blieb eine gefühlte Ewigkeit wie zur Salzsäure erstarrt vor der Garderobe stehen. Als ich langsam wieder zu mir kam, überlegte ich, was ich jetzt tun sollte. Ich vermutete, dass Gavin auf direktem Weg in die Destillerie geflüchtet war, um sich dort zu betrinken. Das durfte ich nicht zulassen, nicht in seinem Zustand. Keine Frage, er war davon überzeugt, dass Caillin die dreckige Wahrheit ausgesprochen hatte. Ich musste meine Chance nutzen, ihn vom Gegenteil zu überzeugen, solange er noch nüchtern war. Also wollte ich das Haus verlassen und erschrak. Gavin hatte mich offenbar eingeschlossen. Und ich war mutterseelenallein im Haus, denn unser gesamtes Personal hatte heute frei.

Ich wünschte mir, ich würde gleich aus diesem Albtraum erwachen, während ich mit zitternden Knien ins Wohnzimmer ging. Dort ließ ich mich auf einen Sessel am Kamin fallen und schlug die Hände vors Gesicht. Was für eine absurde Lage, dass mir auf diese Weise meine Schwärmerei für Glen um die Ohren flog, obwohl ich doch längst etwas viel Verwerflicheres getan hatte.

Wie sollte ich meinem Mann glaubwürdig versichern, dass dies ein Kind der Liebe war, der Liebe zwischen ihm und mir? Für einen winzigen Augenblick wünschte ich mir, das Wesen in mir würde meinen Körper verlassen, weil es spürte, dass es unter keinem guten Stern gezeugt worden war. Doch diesen Gedanken verwarf ich sofort wieder, und ein anderes, ein weitaus stärkeres Gefühl ergriff Besitz von mir: Ich war es dem Kind schuldig, es zu beschützen und ihm eine wunderbare Mutter zu sein. Und es war meine Pflicht, seinen Vater davon zu überzeugen, dass es unser gemeinsames Kind war. Was war schon ein Seitensprung in der Fantasie, wenn dieses Wesen doch von Gavins Blut war! Ich straffte die Schultern. Wovor hatte ich Angst? An wen ich in jener Nacht gedacht hatte, das würde auf ewig mein Geheimnis bleiben, aber dieses Kind sollte als das heranwachsen, was es in Wirklichkeit war: Gavin MacLeods lang ersehnter Nachwuchs.

Am meisten tat mir Albiona leid, für die eine Welt zusammengebrochen war, die aber, dessen war ich mir sicher, Glen verzeihen und glauben würde, dass er mich nicht angerührt hatte. Und ich betete, dass ich auch Gavin davon überzeugen konnte.

Mein Blick fiel auf die Terrassentür, und da stand mein Entschluss fest: Ich würde Gavin umgehend zur Rede stellen. Ich verließ das Haus und eilte durch den Park zum Dunvegan-Gebäude, in dem, wie ich erleichtert feststellte, Licht brannte. Da um diese Zeit kein anderer arbeitete, ging ich davon aus, dass mein Mann dort war. Die Tür war nicht abgeschlossen, was mich in meinem Plan bestärkte, die Sache mit Glen aus der Welt zu schaffen. Zielstrebig machte ich mich auf den Weg zur Bar, in der die Besucher den Whisky üblicherweise verkosteten. Trotz meiner Entschlossenheit beschleunigte sich mein Herzschlag. Da kam mir auf dem halbdunklen Flur eine männliche Gestalt entgegen – und es war nicht Gavin. Mein Herz pochte bis zum Hals, als ich Ean erkannte. Er schien sehr aufgebracht.

»Oh, Mairie, du kommst wie gerufen, ich wollte dich gerade

holen. Dein Mann wütet in der Bar wie ein Irrer. Er hat schon etliche Flaschen in die Gegend gefeuert und ist nicht ansprechbar. Ich befürchte, er ist volltrunken.«

»Ich bin zu spät«, stieß ich verzweifelt hervor.

»Um Gottes willen. Was ist passiert? Hat er herausbekommen, dass wir beide ...«

»Nein, es hat nichts mit uns zu tun. Er glaubt, dass mein Kind von Glen ist!«

»Dein Kind? Von Glen?«

»Ja, ich bin schwanger, und Caillin hat das Gerücht in die Welt gesetzt, dass Glen MacArran der Vater ist.«

»Aber wie kommt sie denn auf so etwas? Das wird dein Mann doch nicht etwa glauben. Das ist absurd. Ich denke, er ist dein Cousin.« Ean war außer sich.

»Ich erzähle dir das später. Komm mit, bevor er noch mehr Schaden anrichtet.«

Als ich vorsichtig die Tür zur Bar öffnete, flog haarscharf an meinem Kopf eine volle Whiskyflasche vorbei, die Ean am Kopf getroffen hätte, wenn er sich nicht geistesgegenwärtig geduckt hätte. Mit lautem Knall landete die Flasche neben uns auf den Fliesen und zerbarst in tausend Scherben. Der Geruch von Malt schwängerte die Luft. Mein Mann saß auf einem der Barhocker und stieß Flüche aus, deren Wortlaut man glücklicherweise nicht mehr verstehen konnte, weil Gavin nur noch lallen konnte.

Als er uns erblickte, hob er sein randvolles Whiskyglas hoch, und ich hatte keinen Zweifel, dass er es in unsere Richtung werfen wollte, aber ich zuckte nicht zurück. Er sah grauenvoll aus. Sein Haar stand wild vom Kopf ab, sein Gesicht war verquollen und seine Jacke völlig verschmutzt. Offenbar hatte er sich den Whisky flaschenweise über seinen Traueranzug gekippt.

»Halt, Gavin, wag es nicht!«, schrie ich so laut ich konnte. Er hielt inne und starrte mich aus hasserfüllten Augen an.

Er brüllte etwas zurück, von dem ich nur das Wort *Hure* verstehen konnte. Ean versuchte, mich zurückzuhalten, aber ich machte mich los und näherte mich meinem Mann, während ich ihm direkt in die Augen sah. Ich weiß nicht, ob ihn mein Blick hypnotisierte oder was ihn sonst davon abhielt, mir das Glas entgegenzuschleudern, aber er tat es nicht. Mit einem gezielten Griff nahm ich es ihm aus der Hand.

»Komm jetzt. Wir gehen nach Hause«, sagte ich mit sanfter Stimme, doch da wachte er aus seinem tranceähnlichen Zustand auf und wollte nach mir schlagen. Seine Bewegungen waren indessen derart unkoordiniert, dass er das Gleichgewicht verlor und vom Hocker stürzte.

Ean sprang hinzu und versuchte, meinem Mann, der munter weiterfluchte, aufzuhelfen, doch Gavin trat nach ihm. Ich musste kurz den Blick abwenden. So sehr überkam mich ein Ekelgefühl vor dem Mann, der sich wie ein Geisteskranker benahm. Doch dann sah ich, wie Ean ihn mit aller Kraft unter den Schultern packte und vom Boden zog. »Reißen Sie sich zusammen!«, brüllte Ean. Niemals hätte ich gedacht, dass dieser sanftmütige Mann so furchterregend wirken konnte, was offenbar auch bei meinem Mann seine Wirkung nicht verfehlte. Er ließ sich widerstandslos von Ean stützen, während er so etwas murmelte wie: »Du bist ein wahrer Freund.«

Mich ignorierte Gavin völlig, aber das war mir gleichgültig.

»Meinst du, du schaffst es, ihn in sein Bett zu bringen?«, fragte ich Ean bang.

»Ich werde es versuchen«, stöhnte er unter dem Gewicht meines Mannes, der nun wie ein nasser Sack an Ean hing.

Als ich helfen wollte, warf mir Ean einen Blick zu, der besagte, dass es besser wäre, wenn ich mich im Hintergrund hielte. Das leuchtete mir ein, denn offensichtlich hatte er in seinem Vollrausch meine Anwesenheit und damit seinen Zorn vergessen und war nur noch ein bemitleidenswerter, hilfloser Besoffener, der sich von seinem vermeintlichen Freund helfen ließ.

Also folgte ich den beiden in sicherem Abstand und betete, dass Ean es schaffen und nicht auf halbem Weg zusammenbrechen würde. Ich konnte mir nicht helfen, aber Ean war mir in diesem Augenblick so nahe, dass ich es gar nicht in Worte hätte fassen können. Ich wusste, es war nicht der richtige Zeitpunkt, um mir in Erinnerung zu rufen, wie sehr ich diesen Mann liebte, aber mein Herz schlug heftig für ihn. Dagegen konnte ich gar nichts tun.

Ich war erleichtert, als wir im Haus angekommen waren. Gavin hatte inzwischen die Augen geschlossen und schien halb zu schlafen. Deshalb wagte ich auch, mich den beiden zu nähern. Ich war mir sicher, dass Gavin, selbst wenn er noch einmal die Augen öffnen würde, meine Gegenwart gar nicht realisieren konnte.

»Meinst du, wir schaffen es, ihn die Treppe hochzuschleppen?«, erkundigte ich mich.

Ean sah mich zweifelnd an. »Du glaubst doch nicht, dass ich dich mit ihm allein lasse, oder?«

Ich verstand nicht ganz, was er damit meinte.

»Mairie«, flüsterte er. »Ich habe gesehen, wie er dich angeschaut hat. Ich sage nur: Wenn Blicke töten könnten. Nein, wenn er in seinem Suff aufwacht, und er sieht dich, nein, das Risiko gehen wir nicht ein ...«

Ein lautes Grunzen ließ mich zusammenzucken, aber Gavins Augen blieben geschlossen. Dafür öffnete er seinen Mund, und Speichel rann ihm aus dem Mundwinkel.

»Wir legen ihn auf das Sofa im Salon«, schlug Ean vor und bat mich, die Tür zu öffnen, damit er meinen Mann in den Salon bugsieren konnte. Unter lautem Stöhnen lud er ihn schließlich auf dem Sofa ab. Ich holte rasch eine Decke herbei und breitete sie über Gavin aus, während ich bemüht war, ihm nicht ins Gesicht zu sehen, denn sein geöffneter Mund mit dem herausfließenden Speichel war alles andere als ein schöner Anblick. Schlimmer noch.

Ich reagierte körperlich darauf und spürte, wie Übelkeit in mir aufstieg. Kaum lag Gavin auf dem Sofa, als er bereits lautstark zu schnarchen begann.

Erschöpft ließ sich Ean auf einen Sessel fallen. »Puh, jetzt weiß ich, wozu es gut war, dass ich die Fässer immer gern selber schleppe«, seufzte er und musterte mich mit einem Blick, in dem sich sein ganzes Mitgefühl für mich spiegelte. Aber wollte ich sein Mitleid? Bestimmt nicht. Und vor allem sollte Ean nicht denken, dass unsere Ehe nicht mehr in Ordnung war.

»Ich danke dir von Herzen, dass du das für mich getan hast. Aber ich schwöre dir, das war ein einmaliger Ausrutscher. Gavin trinkt sonst nicht. Er hat einfach die Nerven verloren, als Caillin ihr Gift verspritzt hat. Ich werde ihm das sicher vernünftig erklären können, und ich bin mir sicher, dass es ihm alles furchtbar leidtut.«

Ean sah mich noch mitleidiger an als zuvor. »Mir musst du nichts vormachen. Ich arbeite mit deinem Mann zusammen. Glaubst du, es ist mir entgangen, wie sehr er sich in den letzten Monaten verändert hat? Und wie viel er getrunken hat?«

Ich konnte gar nichts dagegen tun, sondern brach in lautes Schluchzen aus. Ean war so erschrocken, dass er jegliche Vorsicht zu vergessen schien, aufsprang und mich in den Arm nahm. Ich wehrte mich nicht, sondern ließ es geschehen. Mehr noch, ich fühlte mich für den Bruchteil einer Sekunde unendlich geborgen.

»Nicht weinen, Liebste, ich bin doch bei dir und werde dich notfalls gegen alles Böse beschützen, auch wenn es von deinem Mann ausgeht.«

Wir fuhren erschrocken auseinander, als er Gavin erwähnte, und vergewisserten uns gleichzeitig, ob er immer noch schlief. Wir atmeten auf, als wir den schnarchenden Kerl betrachteten, den wahrscheinlich nicht mal ein Erdbeben aus dem Schlaf gerissen hätte.

»Komm, setz dich und erzähl mir alles der Reihe nach«, bat mich Ean, während er das Feuer im Kamin entzündete.

Ich wusste erst gar nicht, wo ich anfangen sollte, aber dann begann ich mit meinen Gefühlen für Glen und dem Konflikt, dass diese Gefühle von Anfang an nicht lebbar waren. Und schließlich schilderte ich, wie ich mich ernsthaft in Gavin verliebt und ihn geheiratet hatte. Ich verhehlte auch nicht, wie wunderschön unsere erste Zeit zusammen gewesen war und wie ich mich am Ziel meiner Träume gewähnt hatte. Danach verfiel ich in grüblerisches Schweigen.

»Und ich habe alles durcheinandergebracht«, seufzte Ean. »Es tut mir so leid. Ich wollte dein Glück nicht zerstören.«

Ich blickte ihm direkt in die Augen und musste mich sehr beherrschen, mich nicht an seine Brust zu werfen.

»Das hast du nicht. Gavin hat sich sehr verändert, aber dafür kann er nichts. Verstehst du? Es sind diese verdammten Kopfschmerzen, die auf seiner Seele lasten, und dann musste er auch noch glauben, keine Kinder zeugen zu können. Das war zu viel für ihn. Und ich habe mich, statt auch in der Not zu meinem Mann zu stehen, in dich verliebt. Das hätte nicht passieren dürfen, aber es ist nicht deine Schuld! Und ich werde alles wiedergutmachen, indem ich unserem Kind eine gute Mutter bin. Es wird alles wieder gut!« Erschöpft hielt ich inne.

Ean strich mir gedankenverloren eine Haarsträhne aus dem Gesicht, während er mich zweifelnd musterte. »Ich wünsche dir von Herzen, dass es dir gelingt, aber wenn es zu spät ist, bin ich für dich da. Dann lass uns weit fortgehen.«

»Aber das darfst du nicht einmal denken«, erwiderte ich erschrocken. »Ich kann ihm doch sein Kind nicht nehmen.«

»Ich weiß, aber ich muss es dir trotzdem sagen. Für den Fall, dass es nicht gut geht mit Gavin und dir.«

»Aber ... wenn ich mich bemühe, dann ...« Ich hatte meine Stimme erhoben und blickte mich hastig um. Undenkbar, dass

Gavin Zeuge unseres Gesprächs wurde, aber der lag auf dem Rücken und schlief fest. Immerhin hatte inzwischen das grässliche Schnarchen aufgehört.

»Es kann nichts schiefgehen, wenn ich an seiner Seite bleibe und ihm eine gute Ehefrau bin.«

Ean runzelte die Stirn. »Wie soll ich dir das sagen, ohne dir Angst zu machen? Ich ... ich könnte es nicht ertragen, wenn er dir wehtut.«

»Wie meinst du das?«, fragte ich mit bebender Stimme, obwohl ich bereits ahnte, worauf Ean anspielte.

»Versprich mir eins: Wenn er es auch nur einmal wagt, die Hand gegen dich zu erheben, dann vertraue dich mir an, und wir werden Portree auf Nimmerwiedersehen verlassen. Mit dem Kind!«

»Aber nein, das wird nicht passieren«, protestierte ich schwach, während ich an das krachende Geräusch denken musste, dass es gegeben hatte, als Gavin Glen ins Gesicht geschlagen hatte – und an das viele Blut ...

»Ich wünsche es dir«, stöhnte Ean. »Aber nun ist es besser, du gehst schlafen und lässt mich Wache halten.«

»Du willst hierbleiben?«, fragte ich entsetzt.

Ean nickte. »Ich muss! Und wenn das meine Rolle in deinem Leben sein wird. Ich werde dich beschützen und nicht zulassen, dass dir etwas zustößt!«

»Aber was soll mir zustoßen? Er schläft doch friedlich«, widersprach ich ihm, denn die Vorstellung, mit Ean unter einem Dach zu übernachten, machte mich nervös.

»Noch! Aber lass ihn aufwachen, bevor er wieder nüchtern ist. Und lass ihm alles wieder in den Sinn kommen. Wer kann mir die Garantie geben, dass er sich nicht ins Schlafzimmer stürzt und dir etwas antut?«

»Mach dir keine Sorgen, ich ...«

»Ich habe den Hass in seinen Augen gesehen und würde es mir nie verzeihen, dich mit einem vor Wut rasenden Stier allein zurückzulassen. Geh du nur! Ich werde auf dem Sessel übernachten.«

»Aber was ist, wenn er aufwacht und dich in seinem Haus vorfindet?«, erkundigte ich mich besorgt.

»Ich bin sein Freund. Schon vergessen? Und wenn einer deinem Mann ins Gewissen reden kann, dann bin ich es.«

Seufzend stand ich auf. Wie gern hätte ich ihn gebeten, mich noch nach oben bis zum Schlafzimmer zu begleiten, aber das wäre das Unvernünftigste, was ich ihm hätte vorschlagen können. Also tat ich, was er verlangte. Immerhin kam Ean noch mit mir bis in die Halle. Am Aufgang zur Treppe zögerte ich. Schließlich konnte ich nicht anders, als mich in seine Arme zu werfen. Er drückte mich ganz fest an sich, wir klammerten uns aneinander wie Ertrinkende. Ich glaube, es war Ean, der sich schließlich sanft aus der Umarmung löste.

»Wir wollen das Schicksal nicht herausfordern«, flüsterte er.

»Nein, das wollen wir nicht«, echote ich, während alles in mir nach seiner Nähe schrie.

Und obwohl wir es nicht wollten, fanden sich unsere Münder, und wir küssten uns so leidenschaftlich, dass mir die Knie weich wurden, doch auch dieses Mal war es wieder Ean, der unserer verbotenen Annäherung ein jähes Ende bereitete.

»Wir dürfen das nicht tun, Mairie, sonst endet es unweigerlich in einer Katastrophe, und wir sind alle beide in Gefahr«, bemerkte er mit belegter Stimme.

Bei seinen Worten lief mir ein eiskalter Schauer über den Rücken. »So etwas darfst du nicht sagen«, flehte ich ihn an.

»Du hast recht, das war unüberlegt«, bekräftigte er hastig meine Worte, aber es klang nicht wirklich überzeugt.

Ich drehte mich wortlos auf dem Absatz um und rannte die Treppe hinauf, als könnte ich meinem Schicksal auf diese Weise entrinnen.

Als ich im Bett lag, konnte ich nicht einschlafen. Zu viele

widerstreitende Gefühle wirbelten in meinem Kopf durcheinander. Die tiefe Liebe für Ean, die brennende Sehnsucht nach dem Mann, der unter meinem Dach übernachtete und der trotzdem unerreichbar war, der Ekel vor Gavin und schließlich die Angst vor einer ungewissen Zukunft! Das Einzige, was meine aufgewühlte Seele etwas beruhigen konnte, war meine Hand, die ich auf meinen nackten Bauch gelegt hatte, und die Gewissheit, dass das winzig kleine Wesen, das dort in den nächsten Monaten in mir heranwachsen würde, unter meinem Schutz stand. Und ich betete, dass auch sein Vater begreifen würde, dass es ein Teil von ihm war.

Portree, Dezember 2014

Dona saß in Gedanken versunken an ihrem Schreibtisch. Sie konnte sich partout nicht auf die Arbeit konzentrieren. Dabei musste sie nur die fertigen Verträge mit Waltman unterschreiben, doch selbst das ließ sich momentan nicht mit kühler Professionalität erledigen. Ihr Blick fiel auf das Foto ihres Bruders, das sie inzwischen auf ihren Schreibtisch gestellt hatte, und sie strich gedankenverloren über sein fröhliches Gesicht.

Immer wieder musste sie daran denken, wie sie von Gordons Büro zu Alisters Wohnung gerannt war, als wäre der Teufel hinter ihr her. Völlig außer Atem war sie vor seinem Apartment angekommen und hatte Sturm geklingelt, wohl wissend, dass das ein wenig übertrieben war, weil sie ihm doch lediglich anbieten wollte, dass er seinen Job bei Dunvegan behalten könnte. Doch es hatte ihr niemand geöffnet. Dona hatte sich gerade enttäuscht zurückziehen wollen, als eine schlanke Blondine eilig aus der Haustür getreten war. Die fremde Frau war stehen geblieben und hatte Dona freundlich gefragt, ob sie ihr helfen könnte. Zögernd hatte Dona ihr gesagt, dass sie zu Mr Broun wollte. Sofort hatte sich die Miene der Blondine verfinstert. »Kann ich ihm etwas ausrichten? Ich treffe ihn nämlich gleich am Hauptplatz, um mit ihm nach Islay zu fahren.«

»Ich bin gekommen, um ihn zu bitten, seinen Job bei Dunvegan zu behalten«, hatte Dona mit fester Stimme geantwortet, obwohl ihr die fremde Frau merkwürdig vorgekommen war. Die hatte sie mit abschätzendem Blick gemustert. »Ich glaube kaum, dass das für ihn in Frage kommt. Er wird zu Hause gebraucht.«

Dona schoss die Schamesröte noch immer in die Wangen, wenn sie daran dachte, wie sie die fremde Frau daraufhin unverblümt gefragt hatte: »Und wer sind Sie, wenn ich fragen darf?«

»Sie dürfen. Ich bin seine Freundin.«

Dona hatte sich auf dem Absatz umgedreht und war ohne ein weiteres Wort einfach fortgelaufen. Zu Hause angekommen hatte sie sich auf ihr Bett geworfen und bittere Tränen vergossen, obwohl sie doch bereits fest entschlossen gewesen war, sich privat nie wieder auf ihn einzulassen. Aber dieses Ansinnen entsprang, wie sie in der folgenden Nacht schmerzlich erfahren musste, allein dem Verstand. Mit dem Herzen hing sie immer noch an ihm, und sie stellte sich wieder und wieder die Frage, wie sie sich derart hatte täuschen können. Seine Blicke, seine Worte, seine Küsse, all das hatte sich so verdammt richtig angefühlt. Und es war doch alles nur Lüge gewesen. Zwischen mehreren Heulkrämpfen hatte sie sich immer wieder das Hirn zermartert, warum er ihr Emotionen vorgaukelt hatte. War das nur Berechnung gewesen, um sich ihr Vertrauen zu erschleichen?

Seit Tagen quälte sie sich mit der Frage, ob sie unter diesen Umständen überhaupt weiter mit ihm hätte zusammenarbeiten können. Manchmal war sie versucht, ihm eine rein professionelle Nachricht zukommen zu lassen und ihn zu bitten, seinen Job wieder aufzunehmen, doch sie kam immer wieder zu dem Ergebnis, dass sie es nicht ertragen würde, ihn ständig in ihrer Nähe zu wissen. Und das lag mit Sicherheit nicht daran, dass er ein Brodie war, sondern eine blonde, langbeinige Freundin besaß, die er ihr verschweigen hatte. In ihrer Verzweiflung hatte Dona sich sogar in das Tagebuch ihrer Urgroßmutter vertieft und fühlte sich in die Geschichte von Mairie und Ean magisch hineingezogen. Und so sehr sie sich auch dagegen wehrte, in Gedanken auch nur irgendwelche Parallelen zuzulassen, eines hatte sie mit

Mairie gemeinsam: Sie liebte einen Brodie, wohl wissend, dass diese Liebe nicht lebbar war! Dona brachte aber nicht nur Mairie Mitgefühl entgegen, sondern auch Ean, der es ihr vom ersten Eindruck, den sie bei der Lektüre des Tagebuchs von ihm gewonnen hatte, sichtlich angetan hatte. Vielleicht, weil er sie an Alister erinnerte, mutmaßte Dona insgeheim. Wenn das Vater wüsste, dachte sie oft, dass ich diesen Ean Brodie mag, den erklärten Feind der MacLeods, der ihnen nicht nur ein Rezept gestohlen haben soll, sondern auch die schöne Mairie. Und dann spannte sie in Gedanken den Bogen zu Alister: Da konnte sie sich tausendmal sagen, dass er ein Feigling war, der sich das Vertrauen ihres Vaters und das ihre erschlichen hatte, sie träumte fast jede Nacht von dem Kuss auf den Klippen.

Um ihren inneren Qualen ein Ende zu bereiten, hatte Dona Mrs Drummond beauftragt, sich schnellstens um Ersatz für den Brennmeister zu bemühen. Und sie hatte Gordon gebeten, sich umzusehen, was er mit sichtlichem Vergnügen tat. Vorsichtshalber hatte Dona ihm verschwiegen, dass sie im Begriff gestanden hatte, Alister Broun zum Bleiben zu bewegen. Natürlich nur aus beruflichen Gründen, wie sie sich immer wieder krampfhaft einzureden versuchte.

Als Dona der versammelten Belegschaft verkündet hatte, dass Mr Broun das Unternehmen zu ihrem großen Bedauern hatte verlassen müssen, war ein entsetztes Raunen durch die Mitarbeiterschar gegangen. Nach der Versammlung hatte Mr Irvine, Leas Vater, sie angesprochen und ihr seine Hilfe angeboten. »Wenn Sie irgendwelche Fragen haben, dürfen Sie sich jederzeit an mich wenden«, hatte er mit einem merkwürdigen Unterton zu ihr gesagt und dann fast scheu hinzugefügt: »Ich möchte wirklich nicht neugierig sein, Dona, aber zufällig weiß ich aus erster Hand, dass Ihr Vater Mr Broun und Ihnen Dunvegan gemeinsam vermacht hat.«

Dona hatte Mr Irvine entgeistert angesehen. »Woher, ich

meine, was meinen Sie mit erster Hand?« Mr Irvine hatte sich zunächst ein wenig gewunden und Dona schließlich anvertraut, dass ihr Vater ihn an dem Vormittag, an dem er später auf sein Boot gegangen war, in sein Büro gerufen und ihn gebeten hatte, mit seiner Unterschrift das Testament zu bezeugen. »Mr Boun hat auf das Erbe verzichtet«, hatte sie ihm lapidar geantwortet. Ihr hatte nicht der Sinn danach gestanden, Mr Irvine in die dramatischen Hintergründe der Erbgeschichte einzuweihen. Trotzdem hatte sie ihn vorhin gebeten, beim Vorstellungsgespräch eines potenziellen neuen Braumeisters anwesend zu sein, weil sie sich sicherer fühlte, wenn ein altgedienter Mitarbeiter ein fachmännisches Auge auf den Kandidaten warf. Es war ein gewisser Gilmore Smith, den Gordon über Nacht aus dem Hut gezaubert und ihr wärmstens empfohlen hatte. »Wenn du ihn einstellst, und ich bin sicher, das wirst du, dann müssen wir das gebührend feiern«, hatte er hinzugefügt. Seine Bewerbungsunterlagen, die der Kandidat ihr noch am selben Tag zugemailt hatte, schienen jedenfalls vielversprechend.

Dona war fest entschlossen, es mit ihm zu versuchen, denn ohne einen Fachmann in der Brennerei ging gar nichts.

Aber die Sache mit Alister Broun war nicht das Einzige, das ihre Seele belastete. Sie hatte immer noch keine Nachricht von Amy. Mittlerweile war die Freundin über eine Woche in London und hatte nichts mehr von sich hören lassen. Ihr Telefon schien ausgeschaltet zu sein, aber Dona versuchte mehrmals am Tag, die Freundin auf dem Londoner Festnetz zu erreichen. Vergeblich! Wenn nicht die Sache mit Michael Bruce gewesen wäre, Dona hätte sich nur halb so viel Sorgen gemacht, denn Amy war eine lebenslustige junge Frau, und es war nicht auszuschließen, dass sie sich im Großstadttrubel amüsierte oder ihren Eltern einen Besuch abstattete. Es war ihr auch durchaus zuzutrauen, dass sie sich nichts dabei dachte, sich nicht zu melden, weil ihr Telefon nicht funktionierte. Dona hatte das Aufladekabel von Amys Telefon nämlich auf ihrem Nachttisch gefunden, was zumindest die technischen Probleme erklärte.

Aber dagegen sprach in aller Deutlichkeit, dass auch Michael Bruce kein Lebenszeichen von Amy erhalten hatte. Er hatte schon ein paarmal sehr besorgt bei Dona angerufen, und sie hatte zunächst vermutet, dass Amy das Interesse des Reverends womöglich auf die Nerven gegangen war und sie sich einfach nur rar machen wollte. Doch dann hatte Michael Bruce Dona im Büro aufgesucht und sie eines Besseren belehrt.

Nicht ohne eine gewisse Scheu hatte er ihr anvertraut, wie nahe sich die beiden schon gekommen waren, und auch den Wortlaut seines letzten Telefonats hatte er Dona nicht verschwiegen. »Können Sie nun verstehen, dass ich mir große Sorgen mache?«

Oh ja, das konnte Dona besser verstehen, als er dachte, denn so flatterhaft Amy auch sein konnte, wenn sie ernsthaft verliebt war, war sie schier süchtig nach kleinen Nachrichten der Männer. So wie Dona ihre Freundin kannte, hätte sie sich in diesem Fall ein neues Telefon besorgt oder es vom Festnetz versucht. Das Einzige, was sie sich überhaupt noch als Grund für Amys Schweigen vorstellen konnte, war ihre ständige Ebbe in der Kasse. Was, wenn sie nicht daran gedacht hatte, genügend Geld mitzunehmen? Aber wie Dona es auch drehte und wendete, es passte nicht zu ihrer verliebten Freundin, den Kontakt zu Michael Bruce so brutal abreißen zu lassen.

Ich muss etwas unternehmen, und zwar sofort, entschied Dona in diesem Augenblick. Auch wenn die Polizei sie wahrscheinlich auslachen würde, sie musste es versuchen. Entschlossen suchte sie aus dem Netz die Nummer der Metropolitan Police in London heraus und rief dort an. Immer wenn sie begann, ihren Fall zu schildern, wurde sie weiterverbunden, bis sie bei der Vermisstenabteilung landete. Nachdem sie ihr Anliegen vorgebracht hatte, erklang ein unwirsches Brummen durch den Hörer. »Sie wissen schon, dass wir etwas anderes zu tun haben, als erwachsene Frauen aufzuspüren, die es versäumen, ihre Freundinnen darüber zu informieren, wo sie sich gerade befinden.«

»Ja, schon, aber es ist ungewöhnlich, dass ich mir Sorgen mache. Sie hat sich seit fast einer Woche nicht bei mir gemeldet ...«

»Meine Güte, wir suchen nach vermissten Kindern und nicht nach ...«

»Bitte, können Sie nicht wenigstens recherchieren, ob eine junge Frau namens Amy Henderson Opfer eines Unfalls oder eines Verbrechens geworden ist.«

Dona bebte am ganzen Körper, als sie diese Worte aussprach, klammerte sie sich doch an die Hoffnung, dass Amy wohlauf war.

»Gut, dann geben Sie mir Ihre Telefonnummer. Sollte mir dieser Name unterkommen, melden wir uns. Und Sie könnten versuchen, die Krankenhäuser durchzurufen und nach Ihrer Freundin fragen, wenn Sie das beruhigt, aber wenn Sie mich fragen, Ihre Freundin wird putzmunter sein.«

»Ich frage Sie aber nicht«, bellte Dona in den Hörer und gab dem Beamten ihre Telefonnummer durch, bevor sie resigniert auflegte. Ein Blick auf ihre Armbanduhr zeigte ihr, dass das Vorstellungsgespräch erst in einer halben Stunde angesetzt war. Zögernd suchte sie im Internet die Nummern der größten Londoner Kliniken heraus und telefonierte eine nach der anderen ab. Ihre Gesprächspartner waren allesamt nicht gerade begeistert, dass sie mit einer Patientin verbunden werden wollte, von der sie nur den Namen wusste, nicht aber, auf welcher Station sie lag. Doch sie kamen schließlich ihrem Drängen nach und warfen einen Blick in den Rechner, in dem die Namen aller Patienten aufgelistet waren. Schließlich gab Dona resigniert auf. In keiner der Kliniken lag eine Patientin namens Amy Henderson, aber es gab so unendlich viele Krankenhäuser in der Stadt, dass es Tage in Anspruch nehmen würde, bis sie alle angerufen hätte.

Ein Klopfen an der Tür riss sie aus ihren Gedanken. Es war Mr Irvine, den sie ein paar Minuten früher in ihr Büro bestellt hatte.

»Kommen Sie, wir gehen zusammen in das Besprechungszimmer«, stöhnte sie.

»Sie sehen blass aus, wenn ich das mal so sagen darf. Werden Sie uns jetzt bloß nicht krank«, bemerkte Leas Vater besorgt.

»Nein, nein, alles gut«, wiegelte Dona ab und erhob sich aus ihrem Chefsessel.

»Bevor wir uns diesen Mr Smith ansehen, möchte ich noch etwas loswerden, was ich Ihnen neulich nicht sagen wollte. Weil ich nicht weiß, ob mir das zusteht, mich derart in Ihre Angelegenheit zu mischen.«

Dona musterte ihn neugierig. »Bitte, sagen Sie ruhig, was Sie auf dem Herzen haben. Sie sind nicht irgendein Fremder für mich, sondern Sie kennen mich von Kindesbeinen an, weil Lea und ich als Kinder unzertrennlich waren.«

Ein Lächeln huschte über sein Gesicht. »Ja, ich erinnere noch zu gut, wie ihr beiden Racker die Höhle entdeckt und die Zeit vergessen habt. Deine Eltern und wir sind vor Angst beinahe gestorben ...«

»Ach ja, das war ein Theater«, erinnerte sich Dona. »Auf dem Rückweg kam uns oben auf dem Klippenweg der Suchtrupp der Polizei entgegen. Wir haben ganz naiv gefragt, wen die suchen. Als sie sagten: *Zwei vermisste Mädchen*, da wussten wir, was die Stunde geschlagen hat. Das gab ein Donnerwetter!«

»Daran kann ich mich nicht mehr erinnern«, lachte Mr Irvine. »Ich weiß nur noch, wie erleichtert wir waren.«

»Sehen Sie, Mr Irvine, bei dem, was wir schon miteinander erlebt haben, dürfen Sie sich also unbedingt in meine Angelegenheit mischen.«

»Ich verstehe einfach nicht, dass Mr Broun sich ohne Abschied aus dem Staub gemacht hat. Er war so beliebt bei uns, so fähig und ... es passt nicht zu ihm, dass er sich hat kaufen lassen.«

»Kaufen lassen? Wie meinen Sie?«

»Na ja, in der Belegschaft brodelt natürlich die Gerüchteküche, und man munkelt, Sie hätten ihm eine Menge Geld dafür geboten, damit er das Feld räumt.«

Donas Miene versteinerte. »Er hätte niemals Geld genommen. In dem Punkt haben Sie recht. Aber er hat sich unter falschen Voraussetzungen das Vertrauen meines Vaters erschlichen, und wenn mein Vater seine Identität gekannt hätte, er hätte ihn niemals zu seinem Erben gemacht!«

Mr Irvine sah Dona reichlich verständnislos an. Sie stieß einen genervten Seufzer aus.

»Wenn Sie mir versichern, dass das unter uns bleibt, dann verrate ich Ihnen, dass Mr Broun in Wahrheit ein Brodie aus Islay ist. Und ich weiß nicht, ob Ihnen die Geschichte bekannt ist, dass die beiden Clans einander nicht gerade zugetan sind ...«

»Aber sicher, das weiß jeder in Portree. Man kennt das Drama um Mairie MacLeod und Ean Brodie und das gestohlene Rezept ...« Er hielt inne. »Tja, wenn Ihr Vater das geahnt hätte, dann hätte er Mr Broun niemals eingestellt. Er war unversöhnlich, was diese Geschichte anging. In diesem Punkt gebe ich Ihnen völlig Recht. Ach, das ist ein Trauerspiel. So ein begnadeter Brennmeister und auch sonst so ein integrer junger Mann ...«

»Ja, ja«, würgte Dona Mr Irvines Lobeshymne auf Alister Broun hektisch ab. »Aber er hat meinen Vater nun einmal bewusst hintergangen. Und er hat eingesehen, dass er damit das Recht auf das Erbe verwirkt hat und immerhin freiwillig darauf verzichtet. Das spricht für ihn.«

»Entschuldigen Sie, ich wollte wirklich nicht indiskret sein, aber ich hatte Sorge, dass Ihr Anwalt dahintersteckt.«

»So wie Sie das sagen, scheinen Sie keine großen Stücke auf Mr MacArran zu halten.«

Mr Irvine verdrehte die Augen. »Das kann ich nicht leugnen. Ich war damals nicht erfreut, als er mit meiner Tochter angebändelt hat. Aber das ist eine ganz persönliche Abneigung, wobei ...« Er stockte.

»Nun sagen Sie schon, was Ihnen auf der Zunge liegt«, forderte ihn Dona ungehalten auf, weil sie nicht die geringste Lust hatte, weiter über ihren Exverlobten zu diskutieren.

»Ich habe das Testament Ihres Vaters nur ungern unterzeichnet ...«

»Das sagten Sie bereits.«

»Bitte lassen Sie es mich erklären. Ihr Vater hat mich gebeten, meine Unterschrift zu leisten. Er sagte wörtlich, er könne es schlecht Mr Broun unterzeichnen lassen, weil er in diesem Fall Begünstigter sei, bevor er mir das Schriftstück zum Lesen gab. Und ich kann nicht behaupten, dass mir missfiel, was Ihr Vater niedergeschrieben hat ...« Er unterbrach sich hastig.

»Ich verstehe, Sie waren froh, dass die böse Tochter nicht alles erbt. Aber warum haben Sie es denn ungern getan? Es muss doch ein Freudenfest für Sie gewesen sein.« Donas Stimme hatte einen bitteren Unterton bekommen.

»Weil ich fand, dass mir das nicht zustand. Ich bin ein einfacher Arbeiter in der Abfüllung, und das war mir der Ehre fast zu viel, das Testament meines Chefs zu bezeugen. Ich habe das Ihrem Vater auch so gesagt und ihn gebeten, das doch lieber mit seinem Anwalt zu klären. Und wissen Sie, was er da gesagt hat?«

»Nein, ich war nicht dabei«, entgegnete Dona genervt.

»Er sagte wörtlich: *Ich mache doch nicht den Bock zum Gärtner. Und tun Sie mir einen großen Gefallen: Bewahren Sie Schweigen über dieses Dokument, solange ich lebe.* Und ich antwortete ihm: *Darauf können Sie sich verlassen. Aber ich werde wahrscheinlich vor Ihnen ins Gras beißen. Bin schließlich ein paar Jährchen älter ...«* Als Lewis Irvine nun weitersprach, hatte er Tränen in den Augen. »Ihr Vater erwiderte: *Ach, lieber Lewis, das kann man nie wissen!*«

Er wischte sich mit dem Ärmel hastig übers Gesicht. »Ich bin jedenfalls froh, dass der Anwalt nicht seine Hände im Spiel hat. Wir, also die Belegschaft und ich, sind jedenfalls sehr stolz auf Sie, dass Sie Dunvegan nun doch nicht an Dessos verkaufen, denn dann hätten wir uns auf eine Entlassungswelle einstellen müssen.«

Dona aber war in Gedanken immer noch bei seiner Schilderung des Gesprächs, das er mit ihrem Vater über Gordon geführt hatte, und sie überlegte fieberhaft, was ihr Vater wohl damit gemeint haben konnte. *Den Bock zum Gärtner machen.* Dona schüttelte den Gedanken schließlich energisch ab, weil die Pflicht rief.

»Danke für Ihr Vertrauen, Mr Irvine, dann wollen wir mal den neuen potenziellen Brennmeister unter die Lupe nehmen. Hoffentlich ist er nur halb so genial wie Mr Broun, ich meine Mr Brodie.«

»Das aus Ihrem Mund. Alle Achtung!«, stieß er anerkennend hervor.

»Wenn es nach mir gegangen wäre, hätte er seinen Job behalten, aber er hat Portree quasi noch am selben Tag fluchtartig verlassen«, seufzte Dona.

»Wir schaffen das schon«, entgegnete Mr Irvine zuversichtlich.

Einträchtig verließen sie das Büro. Auf dem Flur vor dem Konferenzsaal sah Dona bereits von Weitem einen jungen blonden Mann stehen, der nervös von einem Bein aufs andere trat.

»Mr Smith, ich bin Dona MacLeod, und das ist mein Mitarbeiter Lewis Irvine«, begrüßte Dona ihn freundlich. Von Nahem betrachtet, stellte Dona befremdet fest, dass der Bewerber auf eine unangenehme Art von sich überzeugt zu sein schien. Das schloss sie aus seinem Blick, aus dem eine Spur Überheblichkeit sprach. Dieser Eindruck vertiefte sich während des darauffolgenden Bewerbungsgesprächs. Nachdem Mr Smith erfahren hatte, dass Lewis Irvine nicht zur Geschäftsleitung gehörte, ignorierte er ihn zu Donas großem Ärger völlig. Er redete ausschließlich mit ihr und das auf eine ihr eher unangenehme Art.

»Und Sie waren bislang bei der Glenrinnes Destillerie in Speyside als Brennmeister tätig?«, fragte Dona ihn.

»Ja, dort haben wir den besten Malt gemacht, den Sie sich überhaupt vorstellen können«, entgegnete er mit stolzgeschwellter Brust, woraufhin sich Dona und Mr Irvine einen fragenden Blick zuwarfen. Der besagte: Wie unklug, dergleichen in einem Vorstellungsgespräch bei der Konkurrenz zu behaupten.

»Glenrinnes gehört zum Dessos-Konzern, wenn ich richtig informiert bin. Warum haben Sie dort gekündigt?«

Gilmore Smith, der sonst nur so vor Selbstbewusstsein strotzte, wirkte für den Bruchteil einer Sekunde zutiefst verunsichert.

»Also, äh, ich habe noch gar nicht gekündigt, weil ich erst mal schauen wollte, wie meine Chancen bei Ihnen stehen.«

»Aha, und wie kamen Sie darauf, sich bei uns zu bewerben, obwohl Sie einen Job haben?«

»Ich habe den Tipp von einem Freund bekommen, dass Sie einen Brennmeister suchen, und da Ihre Konditionen wesentlich besser sind als die bei Glenrinnes, da dachte ich mir, ich könnte mal gut eine Veränderung gebrauchen«, entgegnete er ausweichend.

»Ihr Freund heißt nicht zufällig Gordon MacArran?«, fragte Dona in scharfem Ton.

»Doch, doch, Gordon MacArran hat mich angerufen und mir davon erzählt, dass Sie dringend einen fähigen Mann suchen.«

»Und wie stellen Sie sich das vor? Wir bräuchten sofort einen neuen Brennmeister. Die werden Sie ja nicht gleich aus dem Vertrag lassen, oder?«

»Das würde Gordon für mich regeln. Er kennt ja die Obermacker bei Dessos. Selbstverständlich stehe ich ab sofort zur Verfügung«, erklärte Gilmore Smith eifrig.

Dona warf Lewis Irvine einen hilfesuchenden Blick zu. Sie war hin- und hergerissen. Einmal davon abgesehen, dass Smith ihr von der Art nicht besonders lag, hielt sie das Vorgehen nicht für besonders seriös. Andererseits schien der Mann fachlich einiges drauf zu haben, wollte man seinen Worten Glauben schenken.

»Mr Smith, ob Sie einen Augenblick draußen warten könnten? Ich würde mich gern mit Mr Irvine unter vier Augen besprechen«, sagte Dona schließlich.

»Selbstverständlich«, erwiderte er und verließ das Besprechungszimmer, nicht ohne Lewis Irvine einen abschätzigen Blick zuzuwerfen.

»Puh«, stöhnte Dona. »Was sagen Sie?«

Lewis Irvine kratzte sich nachdenklich am Kinn. »Die Wahrheit?«

Dona nickte.

»Ich halte ihn für einen Aufschneider und ich finde, er passt nicht zu uns. Ich glaube, bei Dessos ist er gut aufgehoben. Und dass ihn dieser Anwalt quasi auf die Stelle angesetzt hat, schmeckt mir schon gar nicht.«

Obwohl Dona seine Einschätzung in der Sache voll und ganz teilte, fragte sie sich, ob es nicht besser war, einen unsympathischen Braumeister einzustellen und sein Können zumindest zu testen, als gar keinen zu haben.

»Aber wir sind doch dringend auf einen Brennmeister angewiesen!«

Lewis Irvine legte seine Stirn in grüblerische Falten. »Vielleicht könnten wir weitersuchen und übergangsweise den alten Alastair bitten, den Job zu machen.«

»Alastair MacGregor? Aber der muss doch schon fast hundert sein! Der war doch Vaters Brennmeister, als ich ein Kind war. Das war ein schrecklicher Brummbär, der es gar nicht gern gesehen hat, wenn wir zwischen den Kesseln Verstecken gespielt haben. Wir hatten regelrecht Angst vor ihm.«

»Sie übertreiben maßlos. Alastair ist neulich achtzig geworden und bei bester Gesundheit. Gut, er hat seine Eigenarten, aber im Grunde seines Herzens ist er ein gutmütiger Kerl. Er hat Mr Broun über die Jahre oft mit Rat und Tat zur Seite gestanden, auch wenn er immer wieder betont hat, dass ihn im Alter nur noch das Fliegenfischen auf Bachforellen interessiert und er im Leben nicht mehr am Kessel stehen würde. Aber wenn ich ihm sage, dass wir in einer Notlage sind ...«

»Gut, dann versuchen Sie Ihr Glück«, erwiderte Dona.

»Darf ich?« Lewis Irvine hatte den Telefonhörer zur Hand genommen und wählte eine Nummer.

»Wer stört?«, knurrte eine Männerstimme.

Dona konnte jedes Wort verstehen, weil Mr Irvine den Lautsprecher angeschaltet hatte.

»Alastair, ich bin es, Lewis. Ich will gar nicht lange drum herumreden. Wir brauchen dich bei Dunvegan.«

»Blödsinn, Alister macht das schon. Außerdem setze ich nie wieder einen Fuß in eine Destillerie, wenn ich hier draußen am Fluss in Ruhe nach Bachforellen fischen kann.«

Lewis holte einmal tief Luft. »Alister hat Dunvegan verlassen.«

»Ich hör wohl nicht richtig! Diese kleine verwöhnte Kröte hat ihn doch nicht etwa rausgeworfen? Und jetzt soll ich den Laden für sie retten. Nein, für Jamie hätte ich alles getan, aber nicht für sein undankbares Gör.«

Dona schnappte nach Luft, während Lewis Irvine vergeblich versuchte, die Lautsprecherfunktion wieder auszuschalten.

»Du irrst dich. Dona MacLeod trifft keine Schuld. Bitte, gib ihr eine Chance. Ohne einen Brennmeister sind wir aufgeschmissen.«

»Bist du taub? Ich sagte, ich gehe Fliegenfischen. Das habe ich auch damals Jamie gesagt, als er mich überreden wollte, länger zu bleiben, aber dann hat er mit Alister einen wahren Goldgriff getan.«

Dona wusste auch nicht, woher sie den Mut nahm, aber sie bat Mr Irvine, ihr den Hörer zu geben.

»Mr MacGregor, hier spricht Dona MacLeod. Ich verspreche Ihnen, wir suchen weiter nach einem Nachfolger für Alister Broun ...«

Der alte Mann lachte donnernd auf. »Findet ihr nicht. Er ist der Beste! Außer mir!«

»Bitte, helfen Sie uns, bis wir einen neuen Brennmeister haben. Wir dürfen doch jetzt nicht schwächeln, wo wir gerade den Verkauf an Dessos abgewendet haben.«

»Wir? Wollten Sie das Werk Ihres Vaters nicht loswerden? Gott, was hat Jamie darunter gelitten, dass Sie abgehauen sind. Und Ihre arme Mutter erst.«

Donas Atem ging schwer. Sie kämpfte mit sich. Lange würde sie sich nicht mehr beherrschen können. Was für ein giftiger alter Mann, dachte sie erbost, aber im Vergleich mit dem blonden Schnösel dort draußen wohl immer noch das kleinere Übel.

»Mr MacGregor, ich frage Sie jetzt zum letzten Mal. Würden Sie ab morgen bei Dunvegan aushelfen, bis wir einen neuen fähigen Brennmeister gefunden haben? Wir brauchen Sie!«, fragte Dona mit fester Stimme.

»Alle Achtung, das klingt nach Jamie. Na, irgendwas müssen Sie ja geerbt haben. Gut, ich mache es, aber schreiben Sie sich das hinter die Ohren. Nicht Ihnen zuliebe, sondern aus Respekt vor meinem alten Freund Jamie.«

Grußlos legte er auf.

»Das kann ja heiter werden«, bemerkte Dona kopfschüttelnd.

»Hunde, die bellen, beißen nicht«, erwiderte Lewis Irvine und deutete zur Tür. »Wollen wir es schnell hinter uns bringen?«

Dona bat Mr Smith zurück in das Konferenzzimmer. Erwartungsfroh setzte er sich. Er schien sich ziemlich sicher, dass er die Stelle hatte. Jedenfalls strahlte er Siegesgewissheit aus.

»Mr Smith, wir wollen nicht lange um den heißen Brei reden.

Wir sind zu dem Entschluss gekommen, dass Sie, obwohl hoch qualifiziert, nicht in unser Team passen. Und da wir ein Familienunternehmen …«

Gilmore Smith war mit hochrotem Gesicht aufgesprungen und funkelte Dona wütend an. »Das können Sie nicht machen! Ich muss den Job haben, sonst, sonst … bitte, weil ich …« Der überhebliche Mr Smith wurde plötzlich zum winselnden Bittsteller. »Er hat gesagt, das wäre meine letzte Chance, wenn ich den Job bei Ihnen bekäme und dafür sorgen würde …«

Dona verstand den Sinn des Gestammels nicht, doch Lewis Irvine schien etwas zu dämmern. »Mr Smith, wer ist ›er‹? Ihr Vorgesetzter bei Dessos?«

Gilmore Smith war auf seinem Stuhl regelrecht in sich zusammengesunken.

»Haben die Leute von Dessos Sie dazu verdonnert, sich bei uns zu bewerben?«, hakte Mr Irvine nach.

»Ja, nein, es … doch, mein ehemaliger Chef Mr Fuller. Ich … ich hatte das wirklich nicht gewollt, aber das Geld hatte mir ein Kunde in bar gegeben, quasi an der Steuer vorbei. Und obwohl ich es nach zwei Tagen freiwillig zurückgegeben und mich persönlich an Mr Fuller gewandt habe, der ja inzwischen in der Zentrale arbeitet, hat er gesagt, er kann mir nicht helfen, er wird es meinem neuen Chef bei Glenrinnes melden, aber dann kam er plötzlich mit der Idee, dass ich mich bei Ihnen bewerben soll. Er hat mir quasi die Pistole auf die Brust gesetzt, obwohl ich ihn angefleht habe, die Sache auf sich beruhen zu lassen.«

»Heißt das, Sie haben Geld veruntreut?«, fragte Dona kopfschüttelnd.

»Ja, und als er zum Hörer greifen und meinen neuen Chef anrufen wollte, da kam ein Anruf aus Portree, und Mr Fuller hat mich rausgeschickt. Das hat eine ganze Weile gedauert, und als ich wieder in sein Büro gerufen wurde, hieß es plötzlich, ich sollte mich bei Dunvegan bewerben. Ich hatte Zweifel, ob sie mich auch nehmen würden, doch Mr Fuller versicherte mir, ein gewisser Gordon MacArran würde mir den Weg ebnen, was auch immer er damit gemeint hat.«

»Verstehen Sie das?«, fragte Dona Mr Irvine zweifelnd.

»Ich befürchte, man hat Mr Smith genötigt, sich bei uns zu bewerben, nachdem ihnen ein gewisser Herr aus Portree gesteckt hat, dass uns der Brennmeister abhanden gekommen ist ...«

»Sie denken doch nicht etwa, dass ...« Dona konnte und wollte es sich gar nicht vorstellen, welch einer abwegigen Verschwörungstheorie Lewis Irvine da anhing.

»Ja genau der! Und er hat diesem Fuller bestimmt gesteckt, dass wir in der Not wohl jeden nehmen würden. Sogar den da!« Lewis Irvine musterte Gilmore Smith angewidert. »Und was sollten Sie dafür tun? Unsere Rezepte ausspionieren? Sabotage üben?«

»Mr Irvine, das geht zu weit«, rügte ihn Dona.

»Die Maische verunreinigen und ihre Lieferung an Waltman möglichst so stark verzögern, dass die das Interesse an dem Geschäft verlieren und doch Dessos den Zuschlag geben«, erwiderte Gilmore Smith mit gesenktem Kopf.

»Das gibt es doch nicht!«, rief Dona empört aus. »Woher wissen die, dass wir einen Deal mit Waltman abgeschlossen haben? Das habe ich doch gar keinem gesagt außer ...« Sie stockte. Oh doch, sie hatte jemandem davon erzählt und dieser Jemand hatte ihr auch Mr Smiths Einstellung wärmstens empfohlen. Mr Irvine hatte recht, davon wusste außer Alister und ihr nur ein gewisser Herr ... Und sie hatte es ihm selbst mit vor Stolz geschwellter Brust verraten ... Mist, und ich habe ihm das Geld zur Begleichung der Vertragsstrafe bereits überwiesen, dachte Dona schockiert. Wenn sie gewusst hätte, dass der Konzern einen Spitzel in ihr Unternehmen schleusen wollte, sie hätte keinen Cent an Dessos gelöhnt.

»Und was machen wir nun mit Mr Smith?«, seufzte Dona.

Lewis Irvine musterte sie erstaunt. »Ja, was wohl? Wir werfen ihn achtkantig raus!«

Dona überlegte. War das wirklich so schlau? Dann würde Mister Smith diesem Mr Fuller sagen müssen, dass er den Job nicht bekommen hatte. Wäre es nicht viel schlauer, Mr Smith einzustellen und die Dessos-Leute in dem Glauben zu lassen, dass sie es geschafft hatten, einen Werkspion einzuschleusen mit dem klaren Auftrag, Dunvegan zu schaden?

»Ich glaube, wir geben Mr Smith eine Chance«, verkündete Dona entschieden. Lewis Irvine tippte sich an die Stirn, und Mister Smith starrte sie an wie ein Kaninchen die Schlange.

»Ja, ich meine das ernst. Mr Smith, was würden Sie sagen, wenn ich Sie unserem Übergangsbrennmeister Alastair MacGregor zur Seite stellen würde? Der Mann ist achtzig und kann bestimmt einen fähigen Assistenten gebrauchen ...«

»Niemals würde Alastair mit dem da arbeiten«, mischte sich Lewis Irvine aufgebracht ein.

»Das lassen Sie mal meine Sorge sein.« Dona wandte sich erneut an den völlig verdutzten Gilmore Smith. »Was würden Sie dazu sagen, wenn ich Ihnen diese Stelle anböte? Sie wäre zwar nicht so gut bezahlt wie die des Braumeisters, aber wir werden uns schon einigen.«

»Das würden Sie tun nach allem, was ich Ihnen eben gestanden habe?«, fragte Gilmore Smith mit ungläubigem Erstaunen.

»Natürlich nur unter einer Bedingung«, fuhr Dona fort.

»Das können Sie nicht machen!«, widersprach Lewis Irvine heftig.

Dona aber ignorierte die Bedenken des altgedienten Mitarbeiters und fixierte den völlig verunsicherten Mr Smith.

»Alles, was Sie wollen, denn ich würde nirgendwo anders einen Job bekommen, jedenfalls nicht in Schottland, wenn Fuller die Kohlesache meinem Vorgesetzten steckt, und das wird er, wenn ich den Job bei Ihnen nicht bekomme, dann werde ich bei Glenrinnes keinen Fuß mehr in die Tür setzen dürfen.«

»Gut, dann haben wir uns verstanden. Sie spielen Mr Fuller oder wem sonst bei Dessos gegenüber Ihre Rolle und erzählen denen einen vom Pferd und leisten währenddessen bei uns anständige Arbeit. Wenn wir zufrieden mit Ihnen sind, schauen wir mal, ob Sie Ihren Job auch noch behalten können, wenn wir einen neuen Brennmeister bekommen.«

»Das ist doch ...«, regte sich Lewis Irvine auf.

»... genial!«, vollendete Dona seinen Satz feixend. »Mr Irvine, so haben wir erst einmal unsere Ruhe vor der lästigen Konkurrenz, die uns nach wie vor schlucken möchte.«

Lewis Irvine überlegte. »Na ja, ganz doof ist das wirklich nicht.«

»Danke«, lachte Dona.

»Aber dann darf auch der Anwalt nichts davon erfahren!«, gab er zu bedenken.

»Allerdings nicht! Denn da stimmt was nicht. Dessen bin ich mir sicher. In jedem Fall ist er mit dem Konzern für meinen Geschmack zu eng verbandelt.« Sie wandte sich mit ernster Miene an Gilmore Smith. »Wollen Sie mein Angebot annehmen, oder brauchen Sie noch Bedenkzeit?«

»Aber nein, ich schlage ein, und Sie können sich hundertprozentig auf mich verlassen. Ich spiele die Rolle perfekt, denn ich habe mal in einem Laientheater mitgemacht. Als bejubelter Oberon.«

»Prima, nur spielen Sie *uns* nichts vor! Wir sind zwar sehr nett, aber nicht blöd. Ich denke, Mr Irvine wird ein Auge auf Sie haben.«

»Worauf Sie sich verlassen können«, versprach Mr Smith vollmundig.

»Gut, dann wollen wir mal mit dem ersten Akt beginnen.« Die Schadenfreude stand Dona förmlich ins Gesicht geschrieben, als sie Gordons Nummer wählte.

»Hier ist Dona, ich störe doch nicht, oder?«, säuselte sie.

»Aber nein, ich bin doch ganz neugierig. Ist Mr Smith bereits bei dir vorstellig geworden?«

»Ja, er ist gerade gegangen, und ich wollte mich für diesen tollen Tipp bedanken. Er hat den Job.«

»Großartig!«, rief Gordon begeistert aus. »Das müssen wir heute Abend unbedingt feiern«, fügte er überschwänglich hinzu.

»Gern, soll ich einen Tisch im *Harbour View Seafood* reservieren? 19 Uhr?« Dona wollte sichergehen, dass sie dieses Mal nicht bei Gordon zu Hause landeten. Und sie ließ nicht im Geringsten durchblicken, dass seine enge Verbindung zu Dessos ihren Argwohn erregt hatte, obwohl ihr die Fragen nur so auf der Seele brannten: War er darüber informiert, welche Aufgabe seine Empfehlung, Mr Smith, eigentlich bei Dunvegan hatte erledigen sollen? Hatte er Dessos auf den Gedanken gebracht, einen Saboteur in die Destillerie einzuschleusen? Und wenn ja, warum? Gut, er hatte nie einen Hehl daraus gemacht, dass er für den Verkauf war, aber was hatte er davon, Dunvegan so zu schaden, dass sie schließlich doch noch entnervt verkaufte? Donas Herz klopfte ihr bis zum Hals bei dem Verdacht, der ihr in diesem Augenblick kam: Gordon musste einen persönlichen Vorteil im Auge haben, und worin konnte der schon bestehen außer darin, dass er von Dessos bei Erfolg eine finanzielle Anerkennung erhielt? Schmiergeld.

»Ich freue mich auf dich«, sagte Gordon überschwänglich.

»Ich mich auch auf dich«, log sie, während sie auflegte. Mr Irvine hob anerkennend den Daumen.

»So, Mr Smith, Sie haben den Job. Machen Sie was draus.«

»Das werde ich Ihnen nie vergessen«, versicherte Gilmore Smith gerührt.

Dona fand, dass er jetzt, nachdem seine Angeber-Fassade wie alte Farbe von einer Mauer geblättert war, gar nicht mehr so übel wirkte.

»Ich würde sagen, dann gehen Sie jetzt zu Mrs Drummond und lassen sich eine Unterkunft im Ort nennen, in der Sie preiswert wohnen können, bis Sie eine eigene Bleibe haben. Und ich bin mir sicher, Mr MacArran wird bei Dessos vor Ihnen vermelden, dass man Sie eingestellt hat. Brauchen Sie einen Vorschuss?«

»Nein, auf keinen Fall«, entgegnete Gilmore beschämt. »Mister Fuller hat mir ausreichend Bargeld mitgegeben.«

»Na dann, hauen Sie es auf den Kopf! Bis morgen. Sie fangen in der Früh an und melden sich bei mir. Ich werde Sie dann Mister MacGregor vorstellen.« Nachdem Gilmore Smith das Büro verlassen hatte, rieb sich Dona übermütig die Hände. Obwohl ihr der Schock über den bösen Verdacht gegen Gordon noch in allen Knochen saß, fühlte sie sich in diesem Augenblick zum ersten Mal des Erbes ihres Vaters überhaupt würdig. Ja, in diesem Moment war sie Jamie MacLeods kämpferische Tochter, und sie hatte nicht mehr das dumpfe Gefühl, man habe sie in Lucas' Schicksal gepresst, sondern das, was sie jetzt tat, tat sie aus eigenem Entschluss. Sie nahm sich vor, noch heute auf den Friedhof zu gehen und dem Familiengrab einen Besuch abzustatten.

Lewis Irvine musterte Dona mit aufrichtiger Bewunderung.

»Darf ich Ihnen etwas sehr Persönliches sagen, Dona?«, fragte er vorsichtig.

»Gern.« Sie schenkte ihm ein aufmunterndes Lächeln.

»Wenn man mich noch vor zwei Wochen gefragt hätte, was ich von Ihnen halte, ich hätte behauptet, dass Sie eine reiche Erbin sind, die sich für das Lebenswerk ihres Vaters nicht die Bohne interessiert, aber was Sie da eben abgezogen haben, alle Achtung. Da kam Jamie, der schlaue Fuchs, durch.«

»Danke, das aus Ihrem Mund zu hören, tut mir so unendlich wohl«, gab Dona ehrlich zu und versicherte ihm, dass sie ihn auch in Zukunft bei allen wichtigen Entscheidungen zu Rate ziehen würde, wenn er damit einverstanden wäre.

Bevor Lewis Irvine darauf reagieren konnte, klopfte es laut und fordernd an der Tür des Konferenzraums. Es war Mrs Drummond in Begleitung von Inspektor Wilson, dessen ernster Blick nichts Gutes verhieß.

»Kann ich Sie kurz unter vier Augen sprechen, Mrs MacLeod?«, fragte er.

»Ja, gut, dann hätten wir wohl alles geklärt, Mr Irvine«, sagte Dona hastig.

»Ich warte draußen auf dem Flur. Falls Sie mich noch brauchen«, erwiderte er. Offenbar war ihm der Besuch der Polizei nicht ganz geheuer.

Nachdem Mrs Drummond die Tür hinter sich zugezogen hatte, räusperte sich der Inspektor mehrmals, bis er mit der Neuigkeit herausrückte.

»Mrs MacLeod. Taucher haben heute das Boot Ihres Vaters vor Raasay geborgen. Gar nicht weit entfernt von der Holloman Bay, dem Strand, an dem man die Leichen Ihrer Eltern gefunden hatte. Anwohner hatten einige Gegenstände im Wasser schwimmen sehen, sodass ich die Tauchaktion angeordnet habe. Und tatsächlich, sie haben es gehoben. Ich fahre rüber nach Raasay. Wollen Sie mit?«

Dona fröstelte. Ihr erster Gedanke war: Nein, ich möchte auf keinen Fall das Boot sehen, auf dem meine Eltern die letzten Stunden ihres Lebens verbracht haben, ich möchte nicht den Strand betreten, an den sie angespült worden sind …

»Verzeihen Sie, vielleicht war das ein unsensibler Vorschlag von mir. Ich sehe schon, das behagt Ihnen gar nicht. Und ich kann es sogar verstehen.« Der Inspektor nickte ihr freundlich zu und hatte bereits den Türgriff in der Hand, als Dona ihn bat, auf sie zu warten.

»Sie kommen mit?«, fragte er erstaunt.

»Vielleicht kann ich dann besser verstehen, was geschehen ist«, erwiderte sie leise.

»Das erhoffe ich mir allerdings auch von der Inaugenscheinnahme des Bootes. Dass es uns verrät, was an jenem Tag geschehen ist oder uns zumindest einen Hinweis gibt«, pflichtete der Inspektor Dona eifrig bei.

Dona war zwar gar nicht wohl bei der Vorstellung, mit dem Inspektor nach Raasay zu fahren, aber eine starke innere Stimme flüsterte ihr vehement ein: Tu es! Und diese Eingebung war stärker als die vordergründige Abneigung, sich noch einmal dem Tod ihrer Eltern zu stellen. Sie wunderte sich in diesem Augenblick selbst, dass sich außer dem konkreten Unwohlsein bei der Vorstellung, sich an den Ort zu begeben, an dem man ihre Eltern gefunden hatte, keine diffusen Ängste oder sonstige Beklemmungen bemerkbar machten. Und erst da wurde ihr klar, dass sie seit Tagen nicht einmal mehr auf den Gedanken gekommen war, zu ihren Tabletten zu greifen. Nicht einmal, als sie von Alisters Freundin erfahren hatte!

Portree, Juni 1923

Ich kann den Blick kaum von der Wiege wenden, in der mein kleiner Finlay liegt. Er ist ein prächtiger und kräftiger Bursche und kommt auf den ersten Blick nach mir. Er besitzt meinen Feuerkopf und hat für einen Säugling schon erstaunlich viel Haar.

Es war ein unbeschreiblicher Augenblick, als ich das schreiende Bündel nach der Geburt in meinem Arm hielt. Ich weinte vor Glück und konnte es kaum fassen, dass ich dieses Geschöpf mit Hilfe der Hebamme zur Welt gebracht hatte. Dabei hatte ich schon Tage vor der Geburt vor Angst kaum mehr schlafen können. Dass ich solche Panik entwickelte, hat einen traurigen Grund, über den zu schreiben mir auch noch Monate danach große Qualen bereitet.

Albiona ist bei der Geburt ihres dritten Kindes gestorben. Unser Doktor hatte es mir erzählt, und für mich gab es in dem Augenblick kein Halten mehr. Ich war zu dem Zeitpunkt bereits selber im fünften Monat schwanger und wollte mich sofort zu Glens Haus aufmachen, um ihn zu trösten, doch als ich ausgehfertig und in Tränen aufgelöst aus der Tür trat, kam mir mein Mann entgegen.

»Wohin gehst du?«, fragte Gavin.

»Ich muss zu Glen. Stell dir vor, Albiona ist gestorben«, schluchzte ich.

»Ich weiß«, entgegnete er kalt.

»Und warum hast du es mir nicht gesagt?«, fragte ich entsetzt.

»Was geht uns Glen MacArran an? Erinnerst du dich nicht an dein Versprechen?«, gab er ungerührt zurück.

Selbstverständlich würde ich im Leben nicht vergessen, was Gavin von mir verlangt hatte, damit er zu unserem Kind stehen würde. Trotzdem war ich fassungslos wegen seiner Unversöhnlichkeit angesichts des Todes. In meinen Augen änderte das alles. Ich hatte zwar schweren Herzens akzeptiert, dass mir Gavin jeglichen Kontakt zu Glen verboten hatte, aber das war der Preis für seine Zusage gewesen, seine Vaterrolle für unser Kind ohne Wenn und Aber zu akzeptieren.

Er hatte an jenem Morgen, nachdem Ean und ich ihn betrunken auf das Sofa im Salon gelegt hatten, vor meinem Bett gestanden und mich offenbar schon eine ganze Weile betrachtet.

»Gavin!«, hatte ich erschrocken ausgerufen. »Du solltest deinen Rausch ausschlafen. Ist Mr Brodie noch da?«

»Nein, meinen Aufpasser habe ich nach Hause geschickt. Er war ja völlig übermüdet, der Arme, aber bitte rede nicht mit mir, als wäre ich ein unmündiges Kind. Ich weiß, was gestern geschehen ist.«

Ich setzte mich hastig auf und musterte meinen Mann, dem die Spuren seines Besäufnisses mehr als deutlich anzusehen waren. Unter seinen Augen waren dunkle Schatten, seine Haut war aschfahl, und er hatte eine beachtliche Fahne.

»Gavin, jetzt hörst du mir zu!«, befahl ich. »Ich habe niemals mit Glen geschlafen. Er kann also nicht der Vater unseres Kindes sein …«

»Lass gut sein!«, herrschte er mich unwirsch an. In seinem Blick lag etwas, das mich hätte warnen sollen, aber ich konnte nicht länger meinen Mund halten. Ich musste mich verteidigen! Ihm die Wahrheit ins Gesicht schreien, wenn nötig.

»Nein, ich lasse es nicht zu, dass du den bösartigen Lügen einer Caillin mehr vertraust als meinen Worten«, widersprach ich ihm energisch, und schon spürte ich einen brennenden Schmerz auf meiner Wange. Ich hatte seine Hand nicht einmal kommen sehen. Doch statt Angst vor ihm zu empfinden, spürte ich nur Verachtung.

»Wenn du mich noch einmal schlägst, verlasse ich dich!«, sagte ich in eiskaltem Ton.

»Gut, dann geh mit deinem Bastard zu ihm! Ich halte dich nicht auf!«, brüllte er wie von Sinnen und zerrte mich aus dem Bett. Es hätte nicht viel gefehlt, und ich wäre zu Boden gestürzt, aber er fing mich im letzten Augenblick auf. Ich riss mich los und wollte das Schlafzimmer verlassen, doch er packte mich an den Schultern und zwang mich, ihn anzusehen. Seine stinkende Fahne raubte mir schier die Luft zum Atmen.

»Ich werde nicht zu Glen gehen! Und das Kind, das du Bastard nennst, ist dein Kind! Daran kann auch dein Wahnsinn nichts ändern. Aber ich muss unser Kind vor einem so grausamen Vater schützen. Ich gehe zurück nach Edinburgh. Mit unserem Kind!«, sagte ich kalt.

Er ließ mich abrupt los, sank auf das Bett und schlug die Hände vor das Gesicht. Ich zuckte zusammen, als ich ihn laut aufschluchzen hörte. So abstoßend ich ihn in diesem Augenblick auch fand, meinem Kind zuliebe würde ich alles tun, um Gavin zur Vernunft zu bringen. Ich überlegte. Sollte ich seine Schwäche ausnutzen, um ihm ein letztes Mal ins Gewissen zu reden? Oder auf der Stelle für immer dieses Haus verlassen? Plötzlich hörte er auf zu weinen. Es bot sich mir ein bedauernswerter Anblick, als er nach einer gefühlten Ewigkeit den Kopf hob. Und es war etwas in seinen Augen, das mich weicher werden ließ. Der Hass und die Wut in seinem Blick hatten sich in ein Flehen verwandelt.

»Bitte, verlass mich nicht«, bettelte er, während er nach meiner Hand griff. Ich wehrte mich nicht gegen diese Annäherung. »Bitte, bleib bei mir!«

Ich atmete ein paarmal tief durch. »Ich werde dich nicht verlassen, aber nur unter zwei Bedingungen: Du hebst nie wieder die

Hand gegen mich, und du nennst unser Kind nie wieder einen Bastard!«, verlangte ich mit fester Stimme.

»Ich schwöre es!«, versprach er mir, und dann brach es aus ihm mit einer Heftigkeit heraus, die mich erschaudern ließ. »Ich habe es gewusst. Ich habe deine Blicke gesehen, ich habe seine Blicke gesehen, damals auf seiner Hochzeit, aber ich wollte dich so sehr, dass ich gehofft habe, dass du ihn vergisst und mich lieben wirst ...«

»Du hast es gewusst?«, wiederholte ich fassungslos.

»Ich wusste es, bevor ich dich kannte. Wenn er von seiner Cousine gesprochen hat, glänzten seine Augen, wie sie niemals glänzten, wenn er von Albiona sprach. Und dann sah ich dich zum ersten Mal. In deinem wunderschönen Kleid und mit deinem leuchtend roten Haar, und es war um mich geschehen. Ich wollte, dass du mich liebst ...«

»Gavin, ich habe dich ...« Bevor ich die ungeschönte Wahrheit aussprechen konnte, verbesserte ich mich hastig. »Ich liebe dich, und ich habe Glen keine Sekunde hinterhergetrauert. Es war eine Schwärmerei. Mehr nicht!«

Er blickte mich mit einem traurigen Hundeblick an. »Was soll ich tun? Ich möchte dir glauben, aber ich kann es nicht. Mein Herz signalisiert mir deutlich, dass deins einem anderen gehört, und das bringt mich schier um den Verstand.«

In mir krampfte sich alles zusammen. Oh Gott, er spürte etwas und bezog es auf Glen. War es also meine Schuld, dass er sich so verändert hatte? Weil er fühlte, dass mein Sehnen einem anderen Mann galt?

»Und wie stellst du dir unsere Zukunft vor? Ich kann nur schwören, dass ich dich nicht betrogen habe und dieses Kind von dir ist. Und wenn du daran zweifelst, kann ich nicht bei dir bleiben. Ich würde es nicht ertragen. Nicht auszudenken, dass du das Kind scheel ansiehst, weil es in deinen Augen eine Eigenschaft entwickelt, die es von Glen geerbt haben könnte. Wie grausam für das Kind, wenn es unbewusst spürt, dass der eigene Vater es mit Skepsis verfolgt. Nein, wenn ich die Entscheidung fällen muss zwischen dem Wohl meines Kindes und dir, ich wähle mein Kind!« Nachdem ich diese Worte ausgesprochen hatte, fühlte ich mich wie von einer furchtbaren Last befreit. Plötzlich schien mir die Aussicht, Gavin und damit Portree für immer den Rücken zu kehren, gar nicht mehr so unvorstellbar. Natürlich würde ich meinem Kind niemals von mir aus den Vater nehmen, aber bevor Gavin diesem Wesen zeitlebens mit Misstrauen begegnete, würde ich lieber auf ihn als Vater verzichten, als meinem Kind ein solches Leben zuzumuten. Mein Herz pochte mir bis zum Hals. Wenn Gavin mich jetzt freigab, weil er mir nicht mehr vertrauen konnte, war ich frei. Sofort wanderten meine Gedanken zu Ean. Hatte er mir nicht angeboten, mit mir fortzugehen, obwohl ich ein Kind von Gavin erwartete? Ich stellte mir gerade vor, wir würden in einem Haus weit von hier an der Ostküste leben und noch weitere Kinder bekommen. Und das war keine Mädchenträumerei, die unerfüllbar schien, sondern ich musste nur mein Vermögen von der Bank holen. Gavin hatte stets abgelehnt, dass ich es ihm zur Verwaltung übergab. Vielleicht willst du dir irgendwann einmal einen besonderen Wunsch erfüllen, pflegte er stets zu sagen. Daran, dass ich das Geld benutzen könnte, um unser Kind ohne ihn durchzubringen, hatte er sicher nicht gedacht.

»Mairie, gib mir Zeit«, hörte ich ihn wie von Ferne sagen. »Ich schwöre dir, ich werde alles daran setzen, dir zu vertrauen. Sobald das Kind auf der Welt ist, wird es meins sein. Ich schwöre dir, du wirst niemals auch nur einen schiefen Blick meinerseits erleben. Selbst wenn es von Glen wäre – wenn es erst auf der Welt ist und in diesem Haus aufwächst, ist es mein Kind!«

Verstand ich das richtig? Er würde das Kind als seines annehmen, auch wenn er sich weiterhin nicht sicher war, dass er der leibliche Vater war? Wie ein Kartenhaus fiel mein kleiner Traum von einer Zukunft mit Ean in sich zusammen. Solange mir Gavin schwor, er werde unser Kind mit aller ihm gebührenden Liebe aufziehen, war ich gezwungen, bei ihm zu bleiben. Ganz gleich, ob es zu meinem Wohl war, aber für unser Kind war es zweifelsohne das Beste, mit seinen leiblichen Eltern aufzuwachsen.

»Ist gut«, habe ich an jenem Morgen geseufzt. »Ich bleibe bei dir, und du gibst unserem Kind alle Liebe der Welt.«

»Und mehr!«, hatte Gavin gerührt erwidert, doch dann hatte er mich mit einem merkwürdigen Blick angesehen.

»Aber es gibt eine Bedingung«, hatte er schließlich hinzugefügt.

»Und die wäre?« Ich hatte versucht, mir nicht anmerken zu lassen, dass ich das Schlimmste befürchtete.

»Glen ist für uns gestorben«, erwiderte er kalt.

»Wie meinst du das? Gestorben?«, fragte ich leise nach, obwohl mir bereits schwante, wie er das meinte.

»Wir meiden ihn, soweit wir können. Sollten wir uns auf gesellschaftlicher Ebene begegnen, halten wir das Mindestmaß dessen ein, was die Etikette verlangt. Kein persönliches Wort, auch nicht zu Albiona.«

»Aber was kann sie denn dafür? Sie war doch genauso geschockt wie wir alle von Caillins gehässigen Lügen. Sie hat uns nichts getan!«, widersprach ich verzweifelt.

»Sie ist seine Frau, und wie ich sie kenne, wird sie ihm ohne Wenn und Aber verzeihen. Ich aber werde ihm niemals verzeihen, was er dir bedeutet hat!«

»Aber das wird ihr das Herz brechen. Sie ist doch ein wahrer Engel«, versuchte ich ihn verzweifelt umzustimmen.

»Sie ist sein Engel und ihm kritiklos ergeben. Und wenn er ganz Portree schwängern würde, sie würde zu ihm stehen. Nein, sie ist ein Teil von ihm, und ich möchte nichts mehr mit ihm zu tun haben, auch nicht mit einem Teil von ihm. Entscheide dich! Kannst du auf deinen Cousin verzichten? Das wäre für mich ein Beweis, dass euch beide tatsächlich nichts mehr verbindet.«

»Aber Gavin. Was tust du dir damit an? Glen war stets dein

bester Freund. Und das von Kindesbeinen an. Du kannst ihn doch nicht einfach aus deinem Leben streichen«, redete ich beschwörend auf ihn ein, immer noch in der Hoffnung, ihn davon abzubringen, mit Glen zu brechen und mich zu zwingen, es ihm gleichzutun.

»Glen ist für mich gestorben, und ich will nichts mehr hören außer deiner Antwort auf meine Frage: Bist du bereit, für meinen Seelenfrieden und die Zukunft unseres Kindes Glen sterben zu lassen?«

Ich nickte schwach. Was blieb mir anderes übrig, als auf diese Bedingung einzugehen? Natürlich hätte ich heftig dagegen opponieren können, aber was hätte mir das genützt? Es ging schließlich nicht um mich, sondern um die Zukunft unseres gemeinsamen Kindes.

Das alles ging mir durch den Kopf, als mir Gavin so unversöhnlich gegenüberstand und von mir verlangte, dieses Versprechen einzuhalten. Aber ich konnte es nicht! Bei der Vorstellung, welche Qualen Glen gerade erlitt, erschien mir mein Schwur wie Verrat.

»Gavin, Glens Frau ist gestorben. Das ändert alles. Ich fühle mit ihm«, stieß ich verzweifelt hervor.

»Das ist deine Entscheidung!«, entgegnete er kalt.

Ich wollte ihn umarmen, um ihn zu erweichen, aber er wehrte mich ab.

»Wenn du zu ihm gehst, wird das Konsequenzen haben.«

»Gavin, bitte, sei nicht so hart. Dein bester Freund hat seine Frau verloren. Glaubst du nicht, dass er dringend Trost braucht?«, versuchte ich verzweifelt, an sein Mitgefühl zu appellieren.

»Mairie, nein, wir haben eine Vereinbarung, an der es nichts zu rütteln gibt!« Seine Stimme ließ keinen Zweifel offen, dass er zu keinem Kompromiss bereit war. Auch nicht im Angesicht des Todes! Ich musste eine Entscheidung treffen. Und ich ahnte, dass es nur eine, die von Herzen kam, sein konnte.

»Lass mich gehen. Ich weiß, dass wir etwas anderes vereinbart haben, aber er hat seine Frau verloren. Kapierst du das nicht?«

»Doch, und wie. Das ist seine Chance, dich endlich zu bekommen. Er wird dich bitten, dass du Albionas Rolle einnimmst. Nun ...« Gavin trat einen Schritt beiseite. »Reisende soll man nicht aufhalten«, sagte er in eisigem Ton.

»Ich glaube, du solltest bis zu meiner Rückkehr darüber nachdenken, was du mit dieser gnadenlosen Unversöhnlichkeit bezweckst. Wenn ich jetzt zu ihm gehe, dann als seine Cousine, nicht mehr und nicht weniger, und ich könnte mich nicht mehr im Spiegel ansehen, würde ich ihn in dieser dunklen Stunde allein lassen.«

Unbeeindruckt von meinem Flehen wandte sich Gavin von mir ab und ging. Ein Beben durchlief meinen ganzen Körper. Mir war klar, dass er mir nie im Leben verzeihen würde, dass ich dieses Versprechen brach, aber ich konnte nicht anders. Schnellen Schrittes eilte ich zu Glens Haus. Als er mir die Tür öffnete, stand ein um Jahre gealterter, gebrochener Mann vor mir. Er sah zum Gotterbarmen aus, das Haar hing ihm ungepflegt in sein aschfahles, unrasiertes Gesicht und seine Augen waren verquollen vom vielen Weinen. Schluchzend fiel ich ihm um den Hals, und wir klammerten uns unter Tränen wie zwei Ertrinkende aneinander.

»Willst du sie sehen?«, fragte er, nachdem wir uns aus der Umarmung gelöst hatten.

Ich nickte schwach, obwohl mir bei dem Gedanken vor Angst die Knie weich wurden. Glen führte mich bis zum Schlafzimmer, in dem Albiona aufgebahrt war, doch als er gerade die Tür öffnen wollte, kam uns Caillin auf dem Flur entgegen. An der Hand hielt sie den zweijährigen Craig.

Erst ignorierte sie mich und teilte ihrem Bruder kühl mit, dass sie seinen Sohn bis nach der Beerdigung mit zu sich nehmen würde, doch dann musterte sie mich angewidert wie ein ekliges

Insekt. »Mach dir keine Mühe und heuchle womöglich Trauer. Freu dich, jetzt ist er frei.«

Glen schoss mit hocherhobener Hand auf seine Schwester zu, aber ich konnte gerade noch rechtzeitig verhindern, dass er sie schlug.

»Mach dir nicht die Hände schmutzig«, flüsterte ich so leise, dass es sein kleiner Sohn nicht hören konnte, »sie ist es nicht wert.«

»Craig bleibt hier. Ich werde eine andere Lösung finden«, hörte ich Glen zischen, während ich, ohne diese Hexe auch nur noch eines Blickes zu würdigen, das Schlafzimmer betrat. Mein Atem flog förmlich, als ich mich dem Bett näherte, doch der friedliche Anblick, den Albiona bot, beruhigte meine aufgewühlten Sinne. Sie sah wunderschön aus, fast so, als ob sie schlafen würde.

Ich trat ganz dicht an sie heran und ergriff ihre eiskalte Hand, die ich gegen meine Wange presste und dann inniglich küsste. Es tat mir in der Seele weh, dass diese wunderbare Frau in letzter Zeit womöglich meinetwegen gelitten hatte. Was, wenn sie Caillins Geschwätz Glauben geschenkt hatte? Was, wenn diese Geschichte sie dermaßen geschwächt hatte, dass sie letztendlich für ihren Tod verantwortlich gewesen war? Oder hatte sie Glen vertraut und war untröstlich über das traurige Ende einer lebenslangen Männerfreundschaft gewesen?

Wie ich es auch drehte und wendete, ich fühlte mich schrecklich schuldig. Glen, der ihre andere Hand genommen hatte, weinte leise vor sich hin. »Meine Geliebte«, murmelte er wiederholt. »Meine Geliebte, mein Engel.«

Es verlangte mir unendlich viel Kraft ab, mich von Albionas Anblick zu lösen. Ihre Gegenwart besaß etwas Tröstliches und der Gedanke, sie, sobald ich dieses Zimmer verlassen hatte, niemals mehr wiederzusehen, wollte mir schier das Herz brechen. Deshalb blieb ich immer wieder stehen und blickte zurück, bis ich es schaffte, mich mit einem Ruck von ihr abzuwenden und das Zimmer zu verlassen. Vor der Tür brach ich erneut in Tränen aus.

»Trinkst du einen Whisky mit mir?«, fragte Glen, nachdem er sich ebenfalls nur unter offenbaren Qualen von Albionas Anblick hatte losreißen können.

»Ja, den kann ich jetzt gebrauchen«, seufzte ich und folgte Glen in den Salon.

»Es tut mir so unendlich leid, dass ich Albiona nach dem schrecklichen Vorfall nicht mehr gesehen habe«, sagte ich leise, bevor ich das Glas in einem Zug leerte.

»Er hat dir den Kontakt zu uns verboten, nicht wahr?«

Ich nickte. »Das war der Preis dafür, dass er bereit war, sein Kind anzunehmen. Ich musste es tun. Für ihn oder für das Kleine.« Ich deutete bekümmert auf meinen Bauch. »Aber wie hat es Albiona verkraftet?«

»Sie hat mir geglaubt und mir gestanden, dass sie anfangs natürlich gespürt hat, dass ich mehr für dich empfinde, als ich es sollte. Aber sie hat dich gleich in ihr Herz geschlossen und dir von Anfang an vertraut.«

»Ich weiß gar nicht, ob ich das verdient habe, wenn ich daran zurückdenke, wie verzweifelt ich auf eurer Hochzeit gewesen bin.«

Glen stellte das Glas ab, nahm mein Gesicht in beide Hände und sah mir tief in die Augen.

»Wenn du nicht bei Gavin bleiben kannst, nach allem, was geschehen ist, dann steht dir meine Tür jederzeit offen. Sobald das Trauerjahr vorüber ist, würde ich nicht zögern, mit dir neu anzufangen.«

Ich zuckte erschrocken zurück. »Glen, sag so etwas bitte nie wieder! Selbst wenn ich Gavin eines Tages verlassen müsste, für uns beide wäre es zu spät. Verstehst du? Niemals könnte ich an ihre Stelle treten! Niemals. Hörst du!« Und das kam aus tiefstem Herzen und hatte nichts mit meinen Gefühlen für Ean zu tun.

Selbst wenn ich Glen noch so lieben würde wie damals, vor drei Jahren, ich würde eher mit meinem Kind nach Edinburgh flüchten, als Albiona zu betrügen. Und genauso würde ich mich fühlen. Wie eine giftige Natter!

Glen wurde noch blasser, als er ohnehin schon war.

»Du hast recht, das war dumm von mir. Verzeih mir«, schluchzte er.

Ich nahm seine Hand und drückte sie. »Nein, das war nicht dumm, aber lass uns bitte nie, nie wieder darüber reden!«

»Ich schwöre es dir, aber bitte beantworte mir nur noch eine Frage«, murmelte er.

»Wenn ich dazu in der Lage bin«, erwiderte ich schwach.

»Würdest du nur Albiona zuliebe auf mich verzichten oder spielt dabei auch der Braumeister deines Mannes eine Rolle?«

Ich spürte, wie mir vor Scham die Röte in die Wangen stieg. Sollte ich leugnen? Sollte ich dem Mann, dem ich am meisten vertraute, ins Gesicht lügen?

»Das eine hat mit dem anderen nichts zu tun. Ja, ich empfinde etwas für Ean Brodie, aber ich habe mich entschieden, mein Kind mit seinem Vater aufzuziehen, wenngleich er längst nicht mehr der Mann ist, in den ich mich einst verliebt habe. Doch selbst wenn ich dich noch so lieben würde wie damals, ich könnte das nicht leben. Ich habe auch Albiona geliebt.«

»Kommst du zur Beerdigung?«, fragte er leise.

»Nein, das kann ich nicht. Gavin wollte mich davon abhalten, zu dir zu gehen, aber das konnte er nicht verhindern. Doch nun muss ich zurück und versuchen, mit diesem Mann zu leben.« Ich stand auf und kam stark ins Wanken, sodass ich mich an der Tischkante festhalten musste.

»Wenn du einen Freund brauchst, ich werde immer für dich da sein«, sagte er und sah mir dabei fest in die Augen.

»Und ich werde auf ewig deine Freundin sein. Und werde nichts unversucht lassen, um Gavin davon zu überzeugen, dass eure Freundschaft stärker ist als das Misstrauen, das Caillin zwischen ihm und dir gesät hat.«

Glen erhob sich schwerfällig wie ein alter Mann und umarmte mich. Wir blieben eine ganze Weile regungslos in inniger Umarmung stehen, bis ich mich schließlich daraus löste.

Tränenblind machte ich mich auf den Weg nach Hause und betete, dass Gavin sich im Angesicht von Albionas Tod inzwischen eines Besseren besonnen hatte und die Chance, die ich ihm für einen Neuanfang bot, auch wirklich nutzen würde.

Doch meine Gebete wurden nicht erhört. Glen behandelte mich nach meiner Rückkehr wie Luft. Er redete nicht mit mir und sah durch mich hindurch. So ging es bis zur Geburt von Finlay. Ich konnte das nur ertragen, weil ich mich allein auf das Leben konzentrierte, das in mir heranwuchs. Und in der vagen Hoffnung, dass die Geburt unseres Kindes ein Wunder bewirken und Gavin doch noch den Weg zu mir finden würde.

Als er Finlay zum ersten Mal in meinem Arm liegen sah, schaute er ihn mit einem derart zärtlichen Blick an, dass ich für einen winzigen Augenblick glaubte, meine Wünsche würden wahr, doch das war ein Trugschluss. An mir sah er vorbei und gab mir nicht einmal einen Kuss auf die Wange. Diese Kälte blieb nicht einmal der Hebamme verborgen.

»Ich habe ja schon viele junge Väter erlebt«, flüsterte sie mir zu. »Aber Ihr Mann ist wohl völlig durch den Wind, nun denn, das renkt sich schon wieder ein.«

Ich rang mich zu einem Lächeln durch und fragte mich, ob ich es schaffen würde, mich für meinen Finlay derart aufzuopfern und mich in Zukunft allein auf meine Rolle als Mutter zu beschränken.

Doch dann, ein paar Tage später, schien auch Gavin zu merken, dass wir auf diese Weise niemals eine glückliche Familie sein würden.

Es geschah in einem der innigen Momente, in denen wir beide

gleichermaßen verzückt in die Wiege sahen, um unseren süß schlafenden Nachwuchs zu bewundern. Ich erschrak, als er plötzlich meine Hand nahm.

»Mairie, ich spüre in jeder Pore, dass dies mein Kind ist. Verzeih mir, dass ich jemals an deiner Treue gezweifelt habe.«

Ich war so überrascht, dass mir die Worte fehlten. Ich glaube, ich sah Gavin nur völlig verunsichert an.

»Ich liebe dich noch«, seufzte er, »und auch unser Kind. Finlay ist unser Sohn. Ich spüre es im Herzen. Und ich werde alles tun, damit wir eine glückliche Familie werden.«

Nach diesem Geständnis blickten wir noch eine Weile Hand in Hand auf unser schlafendes Kind. Ich kann nicht behaupten, dass seine Worte in mir so etwas wie Glücksgefühle auslösten und ich unsere gemeinsame Zukunft in rosaroten Farben sah, aber es war immerhin ein Anfang.

Portree, Dezember 2014

Der Inspektor war sichtlich erfreut darüber, dass Dona ihn nach Raasay begleiten wollte.

»Die nächste Fähre geht um 16.15 Uhr. Die bekommen wir, wenn wir uns zügig aufmachen«, erklärte er, als sie das Büro verließen.

In diesem Augenblick fiel Dona die Verabredung mit Gordon ein. »Und wissen Sie, wann wir zurückkommen? Kann ich um 19 Uhr zurück in Portree sein?«

»Wir werden wohl erst die Fähre um 18.20 Uhr nehmen können, die um 18.45 Uhr in Sconser zurück ist. Nein, also das werden Sie wohl kaum schaffen.«

»Dann müsste ich schnell noch einen Termin verschieben. Sie entschuldigen mich.« Dona eilte in ihr Büro zurück und rief bei Gordon an, um ihm mitzuteilen, dass sie ihre Verabredung auf 20 Uhr verschieben mussten. Sie nannte ihm aber keinen Grund. Das mit dem Boot ihrer Eltern würde sie ihm lieber persönlich erzählen. Rasch reservierte sie noch einen Tisch im *Harbour View Seafood*, bevor sie mit dem Inspektor das Dunvegan-Gebäude verließ.

Es war ein klarer, kalter Tag, und es wurde schon langsam dunkel, als Dona zu dem Inspektor in den Polizeiwagen stieg, denn die Sonne ging in Portree im Dezember schon gegen 15.30 Uhr unter. Die zwölf Meilen bis zum Fährhafen legten Dona und der Inspektor schweigend zurück. Dona war nur froh, dass es sich bei dem Schiff um ein erst kürzlich neu gekauftes Boot ihres Vaters handelte, sodass keinerlei Kindheitserinnerungen hochkommen konnten …

Auch der Inspektor schien seinen Gedanken nachzuhängen. Kurz bevor sie den Hafen erreichten, offenbarte er ihr, worüber er die ganze Fahrt gegrübelt hatte.

»Wissen Sie, dass mir dieses Unglück keine Ruhe lässt. Ich träume sogar manchmal davon …«

Dona schluckte gerade die Bemerkung herunter, die ihr auf der Zunge lag. Dass sie fast jede Nacht im Traum hilflos mitansehen musste, wie ihre Eltern von Monsterwellen ins Meer gerissen wurden.

»Ich kapiere das einfach nicht. An jenem Tag herrschte relativ ruhiges Wetter. Kein Sturm oder so. Und Jamie war ein perfekter Segler. Ich war ein paarmal mit ihm draußen, aber da hatten wir richtige Wellen. Das hat Jamie nicht die Spur verunsichert. Und nun passiert so ein Unglück an einem fast windstillen Tag. Das ist doch absurd.«

Dona nickte zustimmend. Natürlich hatte sie sich auch schon wiederholt den Kopf darüber zerbrochen, was wohl zu diesem grausamen Unglück geführt haben konnte. Ein Unwetter war als Ursache ausgeschlossen und ein Fehler des Skippers höchst unwahrscheinlich.

»Vielleicht gab es ein technisches Problem«, sagte Dona gedankenverloren.

»Tja, muss wohl«, seufzte der Inspektor, während er auf die Fähre fuhr.

Die *MV Loch Striven* nach Raasay hatte auf ihrem Autodeck Platz für über zehn Fahrzeuge, aber außer Inspektor Wilson kamen hinter ihnen nur noch zwei Lieferwagen. Auch die Fußgänger konnte man an einer Hand abzählen.

Dona und der Inspektor mussten während der zwanzigminütigen Überfahrt den Wagen verlassen. Sie gingen auf das Oberdeck und ließen sich den eiskalten Wind um die Nase wehen. Die zerklüftete Küstenlinie von Raasay lag im Dunkeln und nur vereinzelte Lichter zeigten an, wo sich überhaupt Häuser auf der rar besiedelten Insel befanden.

Um den Strand zu erreichen, an dem Donas Eltern angespült worden waren, mussten sie noch ein paar Kilometer gen Norden fahren. Schon von Weitem konnte man die Fundstelle erkennen, denn helle Scheinwerfer leuchteten weit bis auf das Meer hinaus. Am Strand stand ein mannshoher Trailer, auf den man das Boot gehoben hatte.

Inspektor Wilson parkte den Wagen. »Na, dann wollen wir mal. Ich hoffe, das ist nicht zu viel für Sie.«

»Nein, schließlich laufe ich nicht Gefahr, dass Sie meine Eltern aus dem Inneren des Bootes holen«, versuchte Dona zu scherzen.

Als sie näher kamen, entdeckten sie zwei Männer von der Spurensicherung an Deck des Bootes. »Chef«, rief der eine triumphierend. »Wir haben nach dem Abpumpen des Wassers was Interessantes gefunden. Das Seewasserventil war offen. Deshalb ist die *Rosedale* abgesoffen.«

»Aber das ist doch Unsinn. Mein Vater war ein erfahrener Segler, der niemals auf Anker das Ventil aufgelassen hätte. Das ist ausgeschlossen.«

»Dann muss das jemand anders getan haben«, murmelte Inspektor Wilson. »Ihre Mutter vielleicht?«

»Niemals, sie hat allenfalls gekocht und das Deck geschrubbt. An Bord war mein Vater der Boss. Sie hätte nie ein Ventil überhaupt nur angerührt.«

»Aber jeder Mensch macht mal einen Fehler. Wenn Ihr Vater einfach vergessen hat, es nach der Überfahrt zuzudrehen?«

Dona schüttelte unwirsch den Kopf. »Mein Vater hatte stets eine Liste in der Kajüte hängen. Dort hat er die einfachsten Dinge aufgeschrieben, um sie nicht zu vergessen. Gerade das mit dem Ventil war ihm wichtig, nachdem ein Freund von ihm einst im Hafen abgesoffen ist, weil er es nicht zugedreht hatte.«

»Kommen Sie.« Der Inspektor ließ ihr den Vortritt bei der Leiter, die sie benutzen mussten, um ins Innere des Boots zu gelangen. Dona war mulmig zumute, während sie vorsichtig Sprosse für Sprosse nahm. Was würde sie auf dem Totenschiff erwarten? Einer der beiden Polizisten reichte ihr die Hand und half ihr, die Reling zu überwinden.

Das Boot ist größer als das, auf dem ich als Kind gesegelt bin, dachte Dona, während sie ins Innere kletterte. Eine Wolke von schwerem Ölgeruch und der Gestank von verspakten Stoffen nahmen ihr schier die Luft zum Atmen. Sie vermutete, dass es von den Polstern kam, die sich am Meeresgrund mit Wasser vollgesogen hatten. Sie aber näherte sich zielstrebig dem Navigationsplatz, auf dem eine ausgebreitete, völlig durchnässte Seekarte lag und über dem moderne Geräte angebracht waren. Wie erwartet hing dort der Rest eines Zettels, auf dem die Schrift aber vom Wasser verlaufen und unleserlich geworden war.

Aufgeregt zeigte sie ihren Fund dem Inspektor.

»Sehen Sie, er macht es immer noch. Jedes Mal vor dem Auslaufen eine To-do-Liste. Nein, ich glaube nicht, dass er das Ventil vergessen hat«, erklärte sie entschieden.

Inspektor Wilson deutete auf eine halb leere Whiskyflasche auf den Bodenbrettern. »Nehmen wir mal an, er hatte ein bisschen viel getrunken und ist vorher eingeschlafen«, bemerkte er nachdenklich.

»Sie kannten meinen Vater nicht. Der konnte eine Menge vertragen«, widersprach Dona energisch. »Und selbst wenn er das vergessen haben und eingeschlafen sein sollte, dann würde ja wohl meine Mutter mitbekommen haben, dass das Boot sinkt, oder?«

Dona kam ein Gedanke, und sie ging zur Kapitänskoje, die sich unter dem Bug des Boots befand. Aufgeregt stellte sie fest, dass das Bett gar nicht bezogen war.

»Schauen Sie hier! Das ist der Beweis. Meine Eltern haben nicht geschlafen, als das Boot sank«, rief sie aufgeregt aus.

Wilson sah sich neugierig um. »Wie kommen Sie zu dem Schluss, wenn ich mal fragen darf?«

»Weil dies das Bett meiner Eltern ist, und sehen Sie irgendwo Bettzeug? Meine Mutter hat immer höchsten Wert darauf gelegt, an Bord unter ihrer eigenen Decke zu schlafen.« Hektisch hob Dona eines der völlig durchnässten Polster hoch und machte sich an einem der darunter befindlichen Fächer zu schaffen. Schließlich zerrte sie eine bezogene, völlig durchnässte Bettdecke hervor und hielt sie dem Inspektor unter die Nase.

»Ich sage doch, meine Eltern haben nicht schlafend im Bett gelegen, während das Boot gesunken ist!«, triumphierte sie.

»Und was heißt das?«

»Dass Ihre Theorie, mein Vater hätte vergessen, das Ventil zuzudrehen, und in seinem Rausch den Untergang verschlafen, einen Haken hat: Wo war meine Mutter, wenn nicht im Bett? Ach ja, meine Mutter hat übrigens weder Whisky noch sonstigen Alkohol angerührt!«

»Tja, das ist allerdings höchst suspek und noch etwas lässt mich an dieser Version zweifeln. Wenn Ihre Eltern hier den Untergang des Schiffs verschlafen hätten, dann hätte man ihre Leichen hier gefunden und nicht am Strand …« Er hielt grübelnd inne. »Es sei denn, Ihre Mutter war noch gar nicht im Bett, hat das Unglück bemerkt, Ihren Vater geweckt, die beiden haben sich nach draußen gerettet und sind dort über Bord gegangen.«

»Inspektor, hier ist so ein komischer Kauz, der Sie unbedingt sprechen möchte«, rief in dem Moment einer der beiden Polizisten.

»Schick ihn her«, brummte Wilson.

Die Antwort war ein verschämtes Lachen.

»Ich glaube nicht, dass der Mann die Leiter hochkommt. Ich befürchte, Sie müssen runterklettern.«

»Alles sehr suspekt«, murmelte Inspektor Wilson, als er die Kajüte über die Bootstreppe verließ. Dona folgte ihm, doch da entdeckte sie auf den Bodenbrettern einen Bilderrahmen, dessen Glas in tausend Scherben zersplittert war. Sie bückte sich und hob ihn auf. Das Herz klopfte ihr bis zum Hals, als sie das feuchte und seltsam unbeschädigte Foto in dem Rahmen erblickte. Es war ein Bild von Lucas und ihr. Sie waren noch Kinder und lächelten um die Wette in die Kamera. Vorsichtig nahm sie das Foto aus dem Rahmen und steckte es ein.

Als sie die Leiter hinunterkletterte, hörte sie eine brummige Männerstimme lallen: »Aber wenn ich das doch sage. Ich habe das Ruderboot selber gesehen!«

Sie wandte sich um. Die Stimme gehörte einem bärtigen ungepflegten Hünen in Fischerkleidung, der mit in die Hüften gestemmten Armen kämpferisch vor dem Inspektor stand. Eilig näherte Dona sich den beiden.

»Wer ist das?«, flüsterte sie.

»Ein Zeuge, der gesehen haben will, wie sich ein Ruderer dem Boot Ihrer Eltern genähert hat«, erwiderte der Inspektor leise. »Aber ich befürchte, der ist schon im Delirium.« Er wandte sich dem Fischer zu. »Sie sagen, Sie haben das Boot ankern sehen, und wo war es am nächsten Morgen?«

»Weg!«

»Und haben Sie sich nicht gewundert, weil das Boot nicht mehr da war?«

»Nö, der ist dann wohl weiter.«

»Hm, und der Ruderer, wo war der, als Sie ihn gesehen haben?«

»So auf der Mitte zwischen Strand und Boot. Ich habe noch gedacht: Hoffentlich säuft der nicht ab, denn der Kahn, den er sich geschnappt hat, war ganz schön morsch. Der hat schon lange am Strand gelegen.«

Inspektor Wilson drehte seinen Kopf weg. Auch Dona war einen Schritt zurückgewichen, weil die Fahne des Fischers ihr fast die Luft zum Atmen nahm. Es erschreckte sie zutiefst, was der betrunkene Mann da sagte. Wenn das wirklich stimmte, dann hatten ihre Eltern auf dem Boot Besuch bekommen …

»Und haben Sie nicht daran gedacht, mit Ihrem Boot rauszufahren, um den Ruderer zu warnen?«

»Nö, der hatte ja selber Schuld, wenn er sich ein Boot nimmt, das ihm nicht gehört.«

»Und was weiter? Haben Sie den Ruderer denn nicht wenigstens im Auge behalten?«

»Nö, ich bin dann nach Hause, und am nächsten Tag war ja keiner mehr da«, entgegnete der Fischer und nahm einen kräftigen Schluck aus einer kleinen Whiskyflasche, die er aus einer Tasche seiner Öljacke hervorgeholt hatte.

»Danke, wir brauchen Sie nicht mehr«, seufzte der Inspektor, bevor er sich Dona zuwandte.

»Was meinen Sie? Ist das eine Halluzination, oder war da wirklich ein Ruderer auf dem Meer?«

»Nehmen wir an, es stimmt. Was könnte das bedeuten?«, fragte sie mit belegter Stimme.

»Alles oder nichts«, stöhnte der Inspektor. »Es kann sich um einen harmlosen Besucher gehandelt haben oder um die Person, die das Ventil aufgedreht hat.«

»Und was glauben Sie?«

»Glauben ist nicht wissen, aber ich fühle, dass an der Sache etwas megafaul ist. Ich werde meine Leute von Haus zu Haus schicken, um die Anwohner zu befragen. Vielleicht hat irgendwer etwas gesehen. Mehr kann ich im Augenblick nicht tun. Fahren wir zurück?«

Dona nickte beklommen. Sie wusste selbst nicht, was sie glauben und hoffen sollte. Gerade war es ihr gelungen, mit dem tragischen Unfalltod ihrer Eltern einigermaßen klarzukommen, und nun stand plötzlich im Raum, dass es womöglich gar kein Unglück gewesen war.

Portree, Juli 1924

Unser Finlay ist nun etwas über ein Jahr und ein sehr lebendiges Kerlchen. An seinem Geburtstag vor drei Wochen hat er seine ersten Schritte gemacht. Ich kümmere mich rund um die Uhr um den Kleinen und habe seinetwegen meinen Klavierunterricht eingestellt und mache auch keine Liederabende mehr. Das Einzige, was mir noch an musikalischer Aktivität geblieben ist, ist der Chor. Wir singen fast jeden Sonntag in der Kirche, aber auch auf Festen und im Gemeindesaal zum traditionellen Robert Burns Supper am 25. Januar.

Gavin war nach seinen Versprechungen im vergangenen Jahr an der Wiege unseres Babys sichtlich bemüht, Wort zu halten und mir ein guter Ehemann zu werden, aber seine ständigen Schmerzattacken lassen ihn leider immer häufiger zur Flasche greifen. Wenn er den treuen Ean nicht hätte, müsste ich mir Sorgen um die ständig expandierende Destillerie machen, aber Ean steht meinem Mann stets mit Rat und Tat zur Seite und springt für ihn ein, wenn Gavin wieder einmal für einen ganzen Tag ausfällt, weil er nicht aus dem Bett kommt. Manchmal weiß ich gar nicht mehr, ob ihn der Suff oder der Schmerz quält.

Ein Eheleben gibt es nicht mehr zwischen uns, nachdem sich Gavin mir noch ein einziges Mal körperlich nähern wollte und dabei zwar keine Schmerzattacke erlitten hat, aber wieder einmal keine Erektion bekam. Er hat mir so leid getan, weil er verzweifelt war und schließlich in Tränen ausgebrochen ist, obwohl ich ihm versichert habe, das sei nicht weiter schlimm und könne doch jedem Mann passieren. Doch seine Verzweiflung schlug plötzlich in Aggression um. Ich war gerade dabei, ihm mitfühlend über die Wangen zu streicheln, als er meine Hände grob festhielt und brüllte: »Tu das nie wieder! Ich brauche dein verdammtes Mitleid nicht!« Ich stand unter Schock. »Na, nun sag es doch schon, dass ich kein Mann bin!«, schrie er mich an.

»Aber, aber …« Mehr sagte ich nicht, doch da spürte ich bereits den brennenden Schmerz auf meiner Wange. Gavin hatte mir eine Ohrfeige gegeben. Vielleicht hätte ich ihn in jener Nacht verlassen, wenn er nicht unmittelbar danach schluchzend zusammengebrochen wäre und mich um Verzeihung gebeten hätte. Da brachte ich es nicht über mich, ihn in diesem Elend allein zurückzulassen. Noch in derselben Nacht zog er aus unserem Schlafzimmer aus und richtete sich in einem Zimmer fern von mir ein. Seitdem hat er keinerlei Versuche mehr unternommen, mich anzufassen. Ich sehe das mit gemischten Gefühlen. Mir fehlt der Austausch von Zärtlichkeiten, wobei ich mir den nach wie vor mit einem anderen Mann gewünscht hätte, doch das Einzige, was Ean und ich austauschen, sind verstohlene sehnsuchtsvolle Blicke, wenn wir uns unbeobachtet fühlen. Bei der Nähe zwischen meinem Mann und ihm bleibt es gar nicht aus, dass wir einander begegnen, und wir versuchen es auch gar nicht mehr, uns aus dem Weg zu gehen. Es vergeht keine Nacht, in der ich mich nicht in seine Arme träume.

Vor ein paar Wochen hatten wir allerdings ein Zusammentreffen, das uns beide mehr als gebeutelt hat. Überraschend hatte er von seiner Frau Davina Besuch bekommen, und mein Mann hatte die beiden, ohne mich vorher zu fragen, zum Essen eingeladen. Ich habe ziemlich unwirsch reagiert, was Gavin überhaupt nicht verstehen konnte. »Er ist mehr als meine rechte Hand, er ist mein Freund«, hatte er mir zu verstehen gegeben. »Und ich dachte, wir sollten die Lady mal unter die Lupe nehmen.«

»Ich denke, die Ehe besteht nur noch auf dem Papier? Was haben wir mit dieser Frau zu tun?«, erwiderte ich schroff.

»Offenbar überlegt sie, mit ihrem Sohn zu ihm nach Portree zu ziehen, weil die Leute auf Islay langsam misstrauisch werden und ihre Familie sie wohl drängt, wenigstens den Anschein einer intakten Ehe aufrecht zu erhalten.«

Diese Neuigkeit gab mir einen Stich mitten ins Herz, aber mir blieb nichts anderes übrig, als die gute Gastgeberin zu spielen.

Zwischen Davina und mir war es Abneigung auf den ersten Blick. Sie hat mich sofort an die mürrische und missgünstige Tante Aimil in Edinburgh erinnert: die gleichen kleinen mausgrauen Augen, aus denen keinerlei Wärme sprach, der gleiche zusammengekniffene Mund und die herrische Stimme. Ich zuckte bei der Begrüßung förmlich zusammen. Diese Frau passt so ganz und gar nicht zu dem sensiblen Ean, dachte ich, aber ich versuchte natürlich, meine Ablehnung zu verbergen und behandelte sie äußerst zuvorkommend, was sie nicht einmal mit dem Anflug eines Lächelns quittierte. Und Ean war an diesem Abend förmlich anzusehen, wie sehr er unter dem unerwarteten Besuch seiner Ehefrau litt.

Ich hatte zur Feier des Tages von unserer Köchin ein Haggis zubereiten lassen, was sogar der kritischen Dame zu schmecken schien. Allerdings scheute sie sich nicht, ihren Mann am Tisch zu maßregeln. »Ist das nicht ein bisschen viel auf deinem Teller?«, stichelte sie zu meinem großen Entsetzen und deutete mit vorwurfsvoller Miene auf das Essen ihres Mannes. Dabei hatte Ean sich nicht mehr aufgefüllt als wir anderen. Er war rot angelaufen und zog es vor zu schweigen. Wie gern wäre ich ihm zu Hilfe gekommen, aber ich wollte mich nicht mit dieser unmöglichen Person anlegen. Was mich wunderte, war, dass sie sich Gavin gegenüber äußerst charmant gab.

»Vielleicht wissen Sie ein nettes Häuschen für uns, Mr MacLeod?«, zwitscherte sie. »Eans Wohnung ist die reine Zumutung. Kein Blick aufs Wasser. Nein, wir müssen das Meer sehen, und außerdem ist sie viel zu klein für unseren Nachwuchs.«

Ean warf mir einen gequälten Blick zu. Er schien mit den Plänen seiner Frau, nach Portree zu ziehen, alles andere als einverstanden zu sein.

»Ja, ich hätte da eine Idee. Hier in der Nachbarschaft wird etwas frei. Soll ich mich erkundigen?«, bot Gavin hilfsbereit an.

»Nein, vorerst nicht«, sagte Ean mit fester Stimme, was ihm einen verächtlichen Blick seiner Frau einbrachte.

»Natürlich fragen Sie Ihren Nachbarn«, widersprach Davina ihm energisch.

Gavin sah ratlos zwischen den Eheleuten hin und her.

»Das hat Zeit, bis Davina und ich untereinander geklärt haben, ob es wirklich eine so gute Idee ist, dass wir unter einem Dach leben«, erklärte Ean.

»Ich bitte dich, ich bin deine Frau. Da ist es wohl ganz normal, dass man zusammenlebt!«, schimpfte Davina.

»Du musst unseren Gästen nichts vormachen. Sie wissen Bescheid, dass unsere Ehe lediglich auf dem Papier besteht und dass es deswegen keinesfalls selbstverständlich ist, dass wir in Portree gemeinsam leben, nachdem wir uns eigentlich längst in beiderseitigem Einvernehmen getrennt haben.«

Davina schnappte nach Luft. »Du hast darüber mit deinem Arbeitgeber gesprochen?« Sie wandte sich an Gavin und rang sich zu einem Lächeln durch. »Mein Mann und ich hatten einige kleine Differenzen, aber das ändert nichts daran, dass wir verheiratet sind. Und ich finde, es ist vollkommen normal, wenn Eheleute unter einem Dach leben, oder?«

»Äh, ja, also, ja ... das ist sicherlich richtig, äh«, stammelte mein Mann, dem es sichtlich peinlich war, dass die Eheprobleme der Brodies so offen bei Tisch abgehandelt wurden.

»Ich bin der Meinung, werte Davina, dass wir derlei Angelegenheiten lieber unter vier Augen besprechen sollten. Und dann melden wir uns, falls wir tatsächlich ein neues Haus suchen sollten«, stieß Ean gequält hervor.

»Nun gut, aber ich würde sehr gern noch Ihre Meinung dazu hören, liebe Mrs MacLeod. Finden Sie nicht, dass Eheleute unter einem Dach leben sollten?« Dabei musterte mich Davina Brodie durchdringend.

»Ich denke, Ihr Mann hat recht. Dass es Ihrer beider Privatsache ist und mein Mann und ich uns nicht einmischen sollten«, erklärte ich ausweichend, was mir einen zornigen Blick Davinas einbrachte.

Ich konnte nur beten, dass sie genauso ahnungslos wie mein Mann war, was die Gefühle betraf, die Ean und mich verbanden. Aber ich hielt sie nicht für einfühlsam genug, um die leisen Schwingungen zu registrieren. Auf jeden Fall atmete ich auf, als dieser Abend vorüber war. Und der Blick, den mir Ean zum Abschied zuwarf, sprach Bände. Offenbar wünschte er Davina lieber heute als morgen zurück nach Islay.

»Sie ist doch ganz nett. Ich weiß gar nicht, was Ean hat. Muss dem Jungen wohl mal ins Gewissen reden, dass er seine Frau nicht einfach wegschicken kann«, bemerkte Gavin, kaum dass die Tür hinter unseren Gästen ins Schloss gefallen war.

»Ich kann ihn gut verstehen. Diese Person könnte ich keinen Tag um mich haben. Sie ist kalt und berechnend. Und sie liebt ihn nicht, sondern veranstaltet diesen ganzen Zauber sicher nur aus einem Grund: um nicht ins Gerede zu kommen«, brach es ehrlich aus mir heraus, ohne dass ich mir meine Worte vorher auch nur annähernd überlegt hätte.

Gavin musterte mich belustigt. »Ich hätte gar nicht gedacht, dass du so um das seelische Wohl unseres Brennmeisters besorgt bist. Du kannst die Dame wohl nicht gut leiden, oder?«

»Sie ist mir völlig gleichgültig, aber du hast recht. Sympathisch ist sie mir nicht!«, pflichtete ich ihm bei und war erleichtert, dass Gavin keinen Verdacht geschöpft hatte. »Ich würde dir raten, dich nicht einzumischen und auch nicht den Makler zu spielen. Lass das die beiden klären.«

Gavin tätschelte mir flüchtig die Wange. »Sie ist natürlich nicht annähernd so anmutig wie du. Natürlich hätte ich unserem Ean auch eine anziehendere Ehefrau gewünscht, aber wenn eine Scheidung nun einmal unmöglich ist, muss er sich früher oder später mit ihr arrangieren. Allein zum Wohl des gemeinsamen Kindes.«

Ich schluckte die Bemerkung herunter, die mir auf der Zunge lag. Ein Arrangement? So, wie wir es handhabten?

Einige Tage später saß ich in eine Decke eingehüllt auf der Terrasse. Abends wurde es in Portree immer etwas kühler, selbst nach einem ungewöhnlich warmen Sommertag wie diesem. Ich hatte den ganzen Nachmittag mit Finlay draußen verbracht. Gavin hatte ihm im Garten alles bauen lassen, was ein Kinderherz begehrt: eine Schaukel und eine Sandkiste. Dort hatten wir stundenlang mit den Förmchen gespielt, und Finlay hatte mir unermüdlich Kuchen aus Sand gebacken.

Nun hatte ich ihn gerade ins Bett gebracht und genoss den Sommerabend. Es war noch hell, und ich erfreute mich an den Pflanzen, die bunt im Garten blühten.

Da ließ mich ein Poltern im Salon zusammenfahren. Als ich mich umdrehte, stolperte Gavin ins Freie, und er wäre gefallen, wenn ihn Ean, der ihn begleitete, nicht gestützt hätte.

»Ihrem Mann geht es nicht gut«, seufzte der Brennmeister. »Ich glaube, wir sollten ihn ins Bett bringen.«

Gavin war nicht einmal mehr in der Lage zu lallen, sondern konnte sich gar nicht mehr artikulieren. Hastig erhob ich mich und packte ihn am anderen Arm. Mit vereinten Kräften bugsierten wir ihn in die obere Etage. Nachdem Ean ihn auf dem Bett abgelegt hatte, zog ich meinem bereits halb schlafenden Mann wenigstens die Schuhe aus und deckte ihn zu.

»Willst du etwas trinken?«, fragte ich Ean, nachdem wir das Schlafzimmer verlassen hatten.

Er überlegte. »Nein, lieber nicht, ich würde gern einen ausgedehnten Spaziergang auf dem Klippenweg unternehmen. Bei diesem Wetter ist es einfach herrlich dort oben. Man kann alles hinter sich lassen und kehrt befreiter zurück in den grauen Alltag.«

Ich musterte ihn fragend. Was war geschehen?

»Ist es wegen deiner Frau?«, fragte ich ihn ohne Umschweife.

»Sie ist fort. Ich hätte es keinen Tag länger mit ihr ausgehalten. Sie kann einem das Leben zur Hölle machen.«

»Das kann ich mir gut vorstellen«, erwiderte ich, doch an seinem belustigten Blick wurde mir klar, was ich da gerade von mir gegeben hatte. »Ich ... ich, meine, also, sie ist bestimmt, äh ...«

»... ja, sie ist grässlich. Du hast sie ja neulich persönlich erleben dürfen. Du glaubst gar nicht, wie schockiert ich war, als sie plötzlich mit einem Koffer vor meiner Tür stand. Und weißt du was? Ihre Eltern haben sie geschickt, weil man sich auf Islay über uns das Maul zerreißt. Und das ist das Schlimmste, das ihrer Familie überhaupt geschehen kann. Dass man über sie redet.«

Ich überlegte kurz. »Weißt du was? Ich begleite dich. So ein Spaziergang wäre auch für mich genau das Richtige. Ich komme ja kaum mehr aus dem Haus. Ich sage nur Lili Bescheid, dass sie nicht nur horchen soll, falls Finlay aufwacht, sondern auch Obacht gibt, falls Gavin aufwacht und durchs Haus geistert.«

»Das glaube ich kaum. So betrunken wie heute habe ich ihn noch nie erlebt«, seufzte er.

Nachdem ich Lili Bescheid gesagt hatte, machten Ean und ich uns auf zum Klippenweg. Wir gingen eine Zeit lang schweigend nebeneinander her, bis sich seine Hand vorsichtig unter meine schob.

»Ich weiß nicht, ob das richtig ist«, sagte ich verunsichert. »Vielleicht sollten wir besser umkehren.«

Ean blieb stehen und sah mich zärtlich an. »Möchtest du das wirklich?«

»Natürlich nicht. Ich würde am liebsten mit dir bis ans Ende der Welt gehen«, erwiderte ich, und ehe ich mich versah, hatte er seinen Mund sanft auf meine Lippen gepresst, und wir küssten uns lange und leidenschaftlich.

»Mairie, ich weiß, dass das nicht sein darf, aber dieses eine Mal nur. Haben wir nicht auch ein Recht, wenigstens für einen winzigen Augenblick glücklich zu sein?«

Seine sanfte Stimme, der leise Wind, die restliche Wärme, die an diesem Abend in der Luft lag, der Geruch des Meeres, der über allem lag, ließen mich meine Vorsätze vergessen, und ich umarmte ihn stürmisch. Wieder küssten wir uns innig und wollten einander gar nicht mehr loslassen.

Schließlich setzten wir unseren Weg Arm in Arm fort. Als wir am Ende der Klippen ankamen, deutete Ean auf einen Pfad, der zum Strand hinunterführte.

»Gehen wir ans Wasser?«, fragte er.

Ich nickte und folgte ihm vorsichtig, denn der Pfad schlängelte sich steil durch die Felsen. Auf halber Höhe entdeckten wir den Eingang zu einer Höhle.

»Was meinst du, wollen wir uns hineinwagen?« Ohne eine Antwort abzuwarten, nahm Ean meine Hand, und wir betraten zögernd das Innere der Höhle. Es wurde immer dunkler, und ich fragte mich, ob wir nicht lieber umkehren sollten, doch da sahen wir auf der anderen Seite wieder Tageslicht und setzten unseren Weg fort. Durch eine enge Öffnung schafften wir es, auf die andere Seite zu gelangen in eine zweite Höhle, die zum Meer geöffnet war und uns einen atemberaubenden Blick über das Meer bot.

»Komm, lass uns ein wenig aufs Wasser sehen«, bat Ean, zog seine Jacke aus und breitete sie auf dem Felsboden aus. Wir setzten uns und sahen eine Weile eng umschlungen auf das Meer dort unten. Es war erstaunlich ruhig an diesem Tag, und die Wellen plätscherten träge auf den Felsenstrand.

Mir lagen so viele Fragen auf der Zunge nach seiner Frau und nach seiner Meinung über Gavins Gesundheitszustand, aber der

Moment war zu schön, um ihn mit Problemen zu beschweren. Es fühlte sich so an, als wären wir hier in einer anderen Welt, die nur uns beiden gehörte. Eine ferne Traumwelt, in der die Alltagssorgen keinen Platz hatten.

Als wir uns erneut küssten, geriet mein ganzer Körper in Aufruhr. Heiße Wellen durchrieselten mich, und ich ließ es schließlich mit Wonne geschehen, als Eans Hände meine nackten Beine streichelten. Mehr noch, ich konnte gar nicht anders, als ihn auch zu streicheln und zu liebkosen.

In inniger Umarmung ließen wir uns rückwärts auf seine Jacke gleiten. Mir wurde immer heißer, obwohl er mir das leichte Sommerkleid und auch das Unterzeug vom Körper liebkost hatte. Ich half ihm, sich von seiner störenden Kleidung zu befreien und stöhnte auf vor Lust, als ich seine erregte Nacktheit spürte und er in mich eindrang. Mein Körper war mehr als bereit, ihn ganz in mir zu spüren. Wie hatte ich mich danach gesehnt. Tränen des Glücks rannen über meine Wangen, während wir uns wild und ungezügelt liebten. Schließlich hallte sein Schrei in der ganzen Höhle wider. Danach pressten wir unsere Körper immer wieder fest aneinander und schenkten uns beseelte Blicke.

»Oh, mein Lieb, wie oft habe ich mir das in meiner Fantasie ausgemalt«, seufzte er.

»Und ich erst«, flüsterte ich immer noch erregt. Eine Weile blieben wir regungslos nebeneinander liegen, bis sich seine Finger in einer neuen Aufwallung von Begierde fordernd zwischen meine Schenkel drängten und mich zu streicheln begannen. Es dauerte nicht lange, als ich unter seinen kundigen Fingern zu einem Höhepunkt kam, der mir schier die Luft zum Atmen raubte.

In fester Umarmung betrachteten wir schließlich, wie die Sonne im Meer versank. Kaum war sie untergegangen, wurde es merklich kühler in der Höhle, und wir zogen uns an. Wir verließen unser Versteck über einen schmalen Pfad, der vor der Höhle entlangführte und uns wieder auf den Weg zum Strand führte, doch ich fühlte mich, kaum dass wir unser Liebesnest verlassen hatten, von der Realität eingeholt. Ich hatte nicht einmal mehr die Muße, zum Strand hinunterzuklettern, sondern drängte Ean, uns auf den Rückweg zu machen.

Natürlich hätte ich ihm deutlich sagen müssen, dass diese gestohlenen Stunden der Liebe eine Ausnahme bleiben mussten, aber ich brachte es nicht übers Herz, unser kleines Glück mit diesen grausamen Worten zu zerstören. Außerdem konnte und wollte ich mir in diesem magischen Augenblick nicht wirklich vorstellen, dass wir uns nie mehr so nahe sein sollten. Jetzt hatte ich die Gewissheit, dass es noch schöner war, als ich es mir in meiner Fantasie ausgemalt hatte.

Kurz bevor wir in den Ort zurückkehrten, ließen wir schweren Herzens unsere eng ineinander verschlungenen Hände los, denn dass wir nicht wie ein Liebespaar durch Portree schlendern durften, verstand sich von selbst.

»Ich glaube, es ist besser, wenn wir uns hier trennen«, schlug ich vor, als die ersten Häuser vor uns auftauchten.

Ean zog mich an sich und küsste mich noch einmal leidenschaftlich. »Morgen um dieselbe Zeit?«, fragte er heiser, nachdem sich unsere Lippen voneinander gelöst hatten.

»Aber das geht doch nicht. Ich meine, was, wenn Gavin ...« Ich stockte.

»Ich werde auf dich warten, und wenn etwas dazwischenkommt, merke ich es ja. Dann kehre ich am nächsten Tag erneut zurück und werde so lange in der Höhle auf dich warten, bis du kommst«, flüsterte er mit heiserer Stimme.

»Du bist verrückt«, entgegnete ich in zärtlichem Ton, bevor ich meinen Schritt beschleunigte und in Richtung Ort eilte, ohne mich noch einmal umzusehen. Statt ein schlechtes Gewissen zu haben, schienen Schmetterlinge durch meinen Bauch zu fliegen bei dem Gedanken, dass wir uns schon bald wiedersehen würden in unserem Versteck am Ende der Klippen.

Portree, Dezember 2014

Auf dem Weg zum Büro ließ Dona noch einmal den gestrigen Abend mit Gordon Revue passieren. Es war so unerfreulich gewesen, dass sie sich in Gedanken noch einmal in Erinnerung rief, was im Einzelnen überhaupt geschehen war:

Sie ist zu früh im *Harbour View Seafood.* Das Lokal ist bis auf den letzten Platz ausgebucht, obwohl es mitten in der Woche ist. Offenbar finden in dem Lokal zahlreiche Weihnachtsfeiern statt. Dass es nur noch eine Woche bis Weihnachten ist, wird Dona erst bewusst, als sie durch die Stadt zum Treffpunkt mit Gordon eilt. Die Einkaufsstraße leuchtet im Glanz der Lichterketten, und am Somerled Square ist der Weihnachtsbaum geschmückt, was ihr bislang noch gar nicht aufgefallen ist.

Auch im Restaurant ist alles vorweihnachtlich dekoriert. Dona sieht sich suchend um, doch Gordon ist noch nicht da. Der Kellner führt sie an einen schönen Zweiertisch am Fenster. Dona ist es recht, dass ihr ein paar Minuten bleiben, ihren Gedanken nachzuhängen. Die drehen sich unablässig um die Frage, was wohl dort draußen auf dem Boot ihrer Eltern geschehen sein muss. Sie hat so gehofft, dass Amy zurück sein würde. Wie gern hätte sie mit ihrer Freundin über diese Sache gesprochen, doch Miss Armstrong hatte ihr diese Illusion bei ihrer Rückkehr genommen. »Nein, Miss Amy hat sich leider nicht gemeldet«, hatte sie besorgt auf Donas Frage nach der Freundin erwidert.

Dona hatte sich daraufhin schnell umgezogen und das Haus kurz darauf wieder verlassen, um rechtzeitig im *Harbour View* zu sein.

»Guten Abend, meine Liebe, bitte verzeih mir die Verspätung, aber ich hatte noch einen Termin«, hört sie Gordon von Ferne entschuldigend sagen. Sie blickt auf und begrüßt ihren Exverlobten mit Wangenküsschen. Er sieht gut aus. Das muss sie ihm lassen. Offenbar geht es ihm wieder besser. In dem Augenblick fällt ihr der eigentliche Grund ein, weshalb sie sich überhaupt mit ihm verabredet hat, und ihre Miene verfinstert sich. Ein wenig bedauert sie, dass sie ihn nicht mit der Wahrheit konfrontieren kann, denn wenn sie ihm verrät, dass sie inzwischen über die Sabotage-Absichten von Mr Smith Bescheid weiß, besteht die Gefahr, dass er das sofort an Dessos weitergibt. Und das soll auf keinen Fall geschehen. Der Konzern soll sich in der Sicherheit wiegen, dass ihr Spionage-Plan aufgegangen ist.

Gordon scheint nicht zu merken, wie angespannt sie ist, denn er setzt sich ihr gut gelaunt gegenüber. Dona versteht das. Sollte Gordon tatsächlich mit diesem Fuller von Dessos verbandelt sein, ist die Einstellung von Smith bei Dunvegan ein Grund für ihren Exverlobten, sich mitzufreuen.

»Schön, dass es endlich mit dem Treffen klappt«, sagt er freundlich und blickt sich um. »Wie gut, dass du reserviert hast, hier ist ja der Teufel los. Die feiern wohl alle ihre erfolgreichen Geschäftsabschlüsse.«

Das wäre ein hervorragender Einstieg, um ihn nach seinen Geschäftsverbindungen zu Dessos zu befragen, geht es Dona durch den Kopf, aber ihr sind nun einmal die Hände gebunden. Sie darf ihm auf keinen Fall verraten, was Mr Smith ausgeplaudert hat, falls Gordon wirklich tiefer in die ganze miese Geschichte verstrickt ist, als Dona es sich vorstellen möchte. Sie muss sich also sehr geschickt verhalten, um ihm auf den Zahn zu fühlen, aber das wird sie nicht schaffen, solange sie ihm nicht von dem Bootsfund berichtet hat, denn sie geht davon aus, dass er genauso wie sie daran interessiert ist, zu erfahren, ob ihre Eltern einem Unfall oder einem Verbrechen zum Opfer gefallen sind.

»Wie war dein Tag?«, fragt er ihr zugewandt. »Bist du froh, dass du einen neuen Braumeister eingestellt hast?« Es ist ihm förmlich anzusehen, wie sehr es ihn freut, dass Smith die Stelle bekommen hat. Ach, wie gern würde sie ihm an den Kopf werfen, dass sie ihn enttarnt hat, bevor er bei Dunvegan Unheil anrichten kann, und wie sie den Spieß jetzt umgedreht hat.

»Ja, ja, das erzähle ich dir gleich«, erwidert sie ausweichend. »Aber stell dir vor, das Boot meiner Eltern wurde heute aus dem Wasser gezogen.«

Täuscht sie sich, oder wird Gordon auffällig blass? »Das Boot deiner Eltern wurde aus dem Wasser gezogen?«, wiederholt er, als würde er an ihren Worten zweifeln.

»Ja, es wurde von Tauchern gesichtet und mithilfe eines Wasserkrans am Strand auf einen Anhänger gehoben. Und stell dir vor, die Polizei hat festgestellt, dass das Absperrventil aufgedreht war«, berichtet sie ihm aufgeregt.

»Aber Jamie war ein hervorragender Segler. Wieso hätte er …?«

»Ja, das fragt sich die Polizei auch. Aber es gibt noch mehr Ungereimtheiten. Ein Fischer hat einen Ruderer gesehen, der offenbar auf das Boot meiner Eltern zugehalten hat, als es vor Raasay geankert hat.«

»Und das glaubst du?«

»Warum sollte sich der Mann das ausdenken? Gut, er war wohl nicht ganz nüchtern, und ich würde mich nicht wundern, wenn er gelegentlich weiße Mäuse sehen würde, aber Ruderer auf dem winterlichen Meer?«

»Ja, und? Was schließt der Inspektor daraus?« Gordons Ton gefällt ihr nicht. Sie hätte ein bisschen mehr Empathie erwartet. So hat das Ganze etwas von kaltem Abfragen.

»Dass es vielleicht gar kein Unfall war.«

»So einen Blödsinn habe ich ja lange nicht gehört«, stößt Gordon verärgert hervor, während Zornesröte seine Wangen überzieht.

Dona verschreckt seine schroffe Reaktion dermaßen, dass sie augenblicklich die Lust verliert, weiter mit ihm darüber zu reden. Sie hat wirklich gehofft, er würde mitfühlend reagieren. Schließlich betont er doch ständig, wie viel sie ihm noch bedeutet. Ein Mann, der sich etwas aus mir macht, würde mehr Mitgefühl zeigen, denkt sie. Es geht doch nicht um das Geschäft, sondern um den mysteriösen Tod seines Freundes Jamie. Schon deshalb hätte sie eine andere Reaktion erwartet. Keine, die sie regelrecht verletzt.

»Genau, das ist Blödsinn«, erwidert sie verunsichert. »Lass uns das Thema wechseln.«

Gordon scheint nicht mal zu bemerken, wie befremdlich seine Reaktion ist.

»Ja, danke noch mal für den Tipp mit Mr Smith. Nun kann ja nichts mehr schiefgehen«, bemerkt sie provozierend.

»Gern geschehen. Wenn ich dir damit helfen konnte, freut es mich.« Er sieht sie treuherzig an. Wenn er wirklich eingeweiht ist in die ganze Schweinerei, muss er in den letzten Jahren ein verdammt guter Schauspieler geworden sein, denkt Dona und kann nicht anders, als ein wenig weiterzubohren.

»Woher wusstest du eigentlich, dass dieser Mr Smith einen Job sucht?«

»Von Mr Fuller, dem ehemaligen Chef von Mr Smith.«

»Und den kennst du so gut? Woher?« Dona hofft, dass sie mit dieser Frage nicht zu weit gegangen ist und damit nicht doch noch Gordons Argwohn erregt.

»Glenrinnes gehört zum Dessos-Konzern. Fuller war dort Geschäftsführer und ist aber jüngst in die Vertragsabteilung in der Londoner Zentrale gewechselt. Ich ... ich hatte mit ihm wegen der Dunvegan-Verträge zu tun.«

»Ach, das ist ja praktisch. Aber hättest du den Mann nicht davon überzeugen können, auf die Zahlung der Vertragsstrafe zu verzichten, wenn du ihn so gut kennst?«

Der Kellner, der nach ihren Wünschen fragt, unterbricht das Gespräch, doch Dona lässt Gordon nicht aus den Augen und es bleibt ihr nicht verborgen, wie er sich nervös durch das Haar streicht. Doch erst einmal bestellen sie das Essen. Dona wählt nur eine Vorspeise. Gordons kalte Reaktion auf das, was sie ihm über den Bootsfund anvertraut hat, hat ihr gründlich den Appetit verdorben. Er kommt ihr plötzlich so unendlich fremd vor, und sie muss sich sehr beherrschen, um ihn nicht ungefiltert mit dem bösen Verdacht zu konfrontieren, der seit dem Nachmittag an ihr nagt. Dass er nämlich auf äußerst illoyale Weise mit Dessos verbandelt ist! Wie gern würde sie ihn fragen: Haben sie dich dafür bezahlt, dass du mich zum Verkauf gedrängt hast?

Gordon strahlt nicht mehr so viel Zuversichtlichkeit aus wie eben, als er sich zu ihr an den Tisch gesetzt hat. Er wirkt plötzlich gehetzt und in die Enge getrieben. Hör jetzt auf, ermahnt sich Dona, aber sie will zumindest noch die Antwort auf ihre letzte Frage bekommen.

»Wo waren wir stehengeblieben?«, fragt sie scheinheilig. »Ach ja, ich habe dich gefragt, warum du das mit der Vertragsstrafe nicht abwenden konntest, wo du Mr Fuller doch so gut kennst?« Sie blickt ihn herausfordernd an.

»Nun ... so nahe stehen wir uns auch wieder nicht«, blafft er sie an.

Dona heuchelt Empörung. »Was ist denn in dich gefahren, Gordon? Warum redest du in diesem Ton mit mir?«

Gordon ringt sich zu einem Lächeln durch und will Donas Hand nehmen, doch sie zieht sie fort. »Verzeih, aber das habe ich nicht böse gemeint. Ich fand das gerade nur etwas undankbar von dir. Ich meine, ich habe wirklich alles getan, damit du dein Erbe unbelastet antreten kannst, und wenn du es dir dann plötzlich anders überlegst mit dem Verkauf, kann ich schlecht verlangen, dass unser enttäuschter Vertragspartner auf seine Entschädigung verzichtet.«

»Na ja, aber er scheint uns das ja nicht gerade nachgetragen zu haben, wenn er uns so einen fähigen Mitarbeiter überlässt«, heuchelt Dona und beschließt, keine Fragen mehr zu stellen. Dazu kommt sie auch gar nicht, weil Gordon sich plötzlich in Magenkrämpfen windet und umgehend das Restaurant verlassen muss. Dona bringt ihn die paar Meter nach Hause. Ob die Schmerzen echt sind oder gespielt, ist schwer zu beurteilen, wobei Dona dazu tendiert, dass Gordon sich absichtlich aus der Affäre gezogen hat, weil ihm ihre Fragen zu verfänglich waren.

Dona wurde jäh aus ihren Gedanken gerissen, als mit einem Mal die Bürotür aufgerissen wurde und ein beleibter älterer Mann hereinstürzte.

»Ich suche Lewis. Hier ist ja alles so dermaßen modern geworden, da kenn ich mich nicht mehr aus«, polterte er los.

Dona betrachtete ihn amüsiert. »Ich nehme an, Sie sind Mr MacGregor, der einstige Braumeister meines Vaters. Guten Tag.«

»Ach, wer hätte das gedacht. Aus der Rotzgöre ist ja eine richtige Lady geworden. Tja, das kommt davon, wenn man so lange in London lebt. Und außerdem lege ich Wert darauf, als Brennmeister bezeichnet zu werden. Braumeister sagen die Laien, aber Sie wollen doch schließlich die Nachfolge Ihres Vaters antreten. Dass Sie sich da mal nicht überheben, Mädchen!«

Sie ließ ihre Hand sinken, die er völlig ignoriert hatte. »Mr MacGregor, ich bitte Sie, das ist längst überholt. Heutzutage kann man beides sagen.«

»Aha, Sie wollen mir also durch die Blume zu verstehen geben, dass ich ein Fossil bin. Tja, dann sollte ich vielleicht lieber gehen.«

Dona sah ihn bittend an. »Mr MacGregor, selbstverständlich werde ich Sie als Brennmeister vorstellen, und nein, ich bin auf Sie und Ihr Knowhow dringend angewiesen! Ich begleite Sie auch höchstpersönlich zur Brennerei.« Dona erhob sich energisch. »Kommen Sie!«

Auf dem Weg zur Brennerei gab es bei älteren Dunvegan-Mitarbeitern jedes Mal ein großes Hallo, wenn die Leute Alastair MacGregor erkannten.

»Was machst du denn hier, alter Junge?«, fragte ein Mitarbeiter aus der Abfüllung.

»Ich gebe euch den Brennmeister, bis ihr einen neuen habt. Ich glaube, die junge Lady hat Alister rausgeekelt.«

»Ich muss doch sehr bitten«, widersprach Dona heftig.

»War ein Witz, Mädchen!«, lachte der Mann von der Statur eines Bären aus voller Kehle und klopfte Dona kumpelhaft auf die Schulter. Sie ging unter dem Gewicht des Schlages in die Knie und fand es nur mäßig witzig. Trotzdem brachte sie ihn bis zur Brennerei. Auch dort gab es großes Hallo von allen Seiten, und sie war für den alten Brummbären Luft. Trotzdem musste sie ihm Mr Smith vorstellen, der jetzt ziemlich schüchtern die Halle betrat. Sie winkte ihn zu sich heran und stellte ihn Mr MacGregor vor. »Das ist Mr Gilmore Smith, Ihre rechte Hand. Er wird Ihnen zuarbeiten.«

»Wow, das hatte ich noch nie. Einen persönlichen Handlanger, aber Junge, wenn du schon mal da bist, ob du mir mal einen schönen Tee bringen kannst? Normalerweise beginne ich den Tag mit Malt, aber das geht ja nicht bei der Arbeit«, befahl er mit seiner dröhnenden Stimme.

Mr Smith warf Dona einen hilfesuchenden Blick zu, nach dem Motto: Ich bin doch nicht zum Teekochen eingestellt, aber sie machte ihm ein Zeichen, dass er ihm den Wunsch erfüllen sollte. Stöhnend verließ Mr Smith die Brennerei. Dona folgte ihm rasch und holte ihn unterwegs ein.

»Mr MacGregor ist etwas speziell. Tun Sie einfach, was er sagt«, schlug ihm Dona vor. Sie konnte sich nicht helfen. Dieser Mann war ohne seinen Hochmut ein recht verträglicher Zeitgenosse. Wie schön wäre es, er würde Alister zuarbeiten können, dachte sie und erschrak, kaum dass ihr dieser Gedanken gekommen war.

Als Dona zurück in ihr Büro kehrte, hatte Mrs Drummond ihr inzwischen die Post auf den Schreibtisch gelegt. An einem Brief blieb ihr Blick hängen. Er war von Waltman, was sie etwas verwunderte. Den unterschriebenen Vertrag hatte sie doch erst heute Morgen an den Hotelkonzern geschickt.

Hektisch öffnete sie den Umschlag und erstarrte. Der Brief des Londoner Hotelmanagers war kurz und knapp.

Sehr geehrte Miss MacLeod,
es tut und leid, Ihnen mitteilen zu müssen, dass wir von dem Vertrag zurücktreten müssen. Wie wir inzwischen erfahren haben, arbeitet Mr Alister Broun nicht länger in Ihrem Unternehmen. Er aber war für uns der Garant für eine vertrauensvolle Zusammenarbeit. Ohne ihn möchten wir das Risiko nicht eingehen, den Malt für unsere Hotels von Dunvegan zu beziehen. Wir werden uns für einen anderen Lieferanten entscheiden.
Hochachtungsvoll
Walter Caldwell

Dona musste den Brief mehrfach lesen, um zu begreifen, dass der vielversprechende Waltman-Deal geplatzt war. Aber wer hatte dem Hotelkonzern gesteckt, dass Alister nicht mehr bei Dunvegan arbeitete? Gordon? Oder dieser Mr Fuller? Oder war es vielleicht sogar Alister persönlich gewesen?

Dona fröstelte. Was sollte sie tun? Waltman versichern, dass sie durchaus in der Lage war, das Geschäft auch ohne Mr Broun ordnungsgemäß über die Bühne zu bringen?

Sie würde auf keinen Fall die Hände in den Schoß legen und diese Absage widerspruchslos hinnehmen. Ohne weiter zu überlegen, griff sie zum Hörer und wählte die Nummer von Mr Caldwells Sekretärin. Als sich die Dame meldete, verlangte Dona, ihren Chef zu sprechen. Die eifrige Mitarbeiterin versuchte, sie abzuwimmeln, doch Dona blieb so hartnäckig, dass sie schließlich mit Mr Caldwell verbunden wurde.

Er war sehr reserviert, aber Dona kam sofort auf den Punkt. »Warum haben Sie den Vertrag mit Dunvegan gecancelt?«

»Das habe ich Ihnen, glaube ich, mitgeteilt. Der Grund ist, dass Mr Broun inzwischen nicht mehr für Sie tätig ist. Und Ihr Vater und Mr Broun waren diejenigen, denen wir unser Vertrauen entgegengebracht haben. Und nun sind sie beide fort. Das schafft Verunsicherung, und wir brauchen die Sicherheit, dass alles reibungslos über die Bühne geht, auch wenn es mir persönlich sehr leid tut, weil Sie einen überaus kompetenten Eindruck auf mich gemacht haben. Und mir gemeinsam mit Mr Alister ein hochkarätiges Team zu bilden schienen.«

»Darf ich Ihnen dann wenigstens eine Frage stellen?«

»Das kommt darauf an, aber bitte, fragen Sie!«

»Woher wissen Sie, dass Mr Broun nicht länger für uns arbeitet? Noch kann es ja gar nicht in der Branche rumgegangen sein. Hat er es Ihnen selbst gesteckt?«

»Mr Broun? Gott bewahre! Das ist ein feiner und integrer Mann, der genau gewusst hätte, dass er uns mit einer solchen Information dazu bringt, vom Vertrag mit Ihnen zurückzutreten. Und ich glaube, er würde Ihnen nicht absichtlich schaden, wenn ich mir die persönliche Bemerkung erlauben darf. Mein Kollege und ich sind ja nicht blind, wenn Sie verstehen, was ich meine.«

»Und wer war es dann?«

Mr Caldwell räusperte sich verlegen. »Das sollte ich Ihnen eigentlich nicht verraten. Aber denken Sie doch mal nach. Wer sollte ein Interesse daran haben, uns zu stecken, dass Dunvegan zurzeit keinen anständigen Braumeister beschäftigt, und damit unser Misstrauen schürten?«

»Die Konkurrenz. Der Lieferant, der uns ausgebootet hat.«

»Richtig!«

»Und hat der auch einen Namen? Lassen Sie mich raten: Dessos!«

»Aber nur, weil Sie es sind!« Er senkte die Stimme. »Richtig!«

»Oh Scheiße!«, stieß Dona ungefiltert hervor. »Haben Sie den Vertrag bereits abgeschlossen?«, fügte sie aufgeregt hinzu.

»Also bei aller Liebe, aber das geht zu weit«, tadelte Caldwell sie.

»Wenn nicht, dann geben Sie mir eine Chance, Sie davon zu überzeugen, dass wir besser sind.«

»Miss MacLeod, Sie haben zurzeit nicht mal einen erfahrenen Brennmeister. Nein, wie wollen Sie das denn bewerkstelligen?«

»Bitte! Eine Chance! Ich stelle Ihnen den Brennmeister vor. Er wird Sie überzeugen.«

»Dann müssten Sie sich aber beeilen und die nächsten Tage nach London kommen«, seufzte Mr Caldwell.

»Übermorgen?«, hakte sie nach.

»Ich stelle Sie zurück zu meiner Sekretärin, die gibt Ihnen einen Termin, aber bitte machen Sie sich keine zu großen Hoffnungen. Wir sind eigentlich fest entschlossen …«

»Aber Sie gehen keine Verbindlichkeiten ein, bis wir bei Ihnen gewesen sind? Versprochen?«

»Versprochen!«, brummte Caldwell.

Mit klopfendem Herzen legte Dona auf. Nun konnte sie zwei Fliegen mit einer Klappe schlagen. Nach Amy suchen und den Vertrag retten, denn sie war fest davon überzeugt, dass sie Mr Caldwell zusammen mit dem alten Haudegen MacGregor davon überzeugen konnte, die Hotels sehr wohl von Dunvegan beliefern zu lassen.

Sie konnte nur hoffen, dass der alte Mann sich vor diesen Karren spannen ließ. Aufgeregt eilte Dona zurück zur Brennerei, um ihm ihre Pläne zu unterbreiten, doch schon von Weitem sah sie, dass etwas nicht in Ordnung war. Vor einer der Brennblasen hatte sich eine Traube von Mitarbeitern gebildet, die alle wild durcheinander gestikulierten.

»Was ist geschehen?«, fragte Dona, als ihr Mr Irvine mit einem Telefon in der Hand entgegeneilte.

»Alastair ist zusammengebrochen. Das Herz. Ich habe gerade einen Krankenwagen gerufen«, erwiderte er außer Atem.

Dona bahnte sich einen Weg durch die Menge und erschrak. Der alte Brennmeister war aschfahl im Gesicht und rang nach Luft, aber er war bei Bewusstsein. Dona hockte sich neben ihn. »Der Arzt kommt gleich«, flüsterte sie.

»Ach, scheiß auf den Arzt. Ich hätte doch Fliegenfischen gehen sollen. Das alles ist für mein armes Herz viel zu viel. Es tut mir leid, Dona, aber ich packe das nicht«, brummte er.

Ein eisiger Schreck durchfuhr Dona. Einmal abgesehen davon, dass sie den alten Mann beinahe ins Grab gebracht hatte, weil sie ihn dermaßen bequatscht hatte, den Job zu machen, war nun auch der Waltman-Auftrag futsch. Ohne Brennmeister hatte sie nicht den Hauch einer Chance, den Auftrag zurückzuerobern, aber woher sollte sie so schnell einen überzeugenden Fachmann herbekommen? Mr Smith besaß nicht annähernd das Format eines Alisters ... Natürlich, Alister, mit ihm hätte sie eine reelle Chance ... Bei dem Gedanken stockte ihr der Atem. Dona wartete, bis der alte Brennmeister auf der Trage zum Krankenwagen gebracht wurde. Er wirkte schon wieder viel munterer. Dona ging neben ihm.

»Du bist gar nicht so verkehrt. Du schaffst es«, redete ihr der Brummbär gut zu. »Aber, wenn ich dir mal einen Rat geben darf. Hol den Alister zurück.«

Dona rang sich zu einem Lächeln durch, denn genau das hatte sie vor. Sich den Alister zurückzuholen, jedenfalls den Brau- oder besser Brennmeister, wie sie ihn in Zukunft entsprechend Mr MacGregors Belehrung bezeichnen würde. Natürlich kam ihr unwillkürlich seine blonde Freundin in den Sinn, aber hier geht es jetzt um viel mehr als um gekränkte Eitelkeiten, sagte sie sich entschieden. Ihr Herz klopfte ihr bis zum Hals, als sie wenig später seine Mobilnummer wählte. Sie atmete erleichtert auf, als er sich persönlich meldete. Allein die Stimme jagte ihr heiße Schauer durch den Körper, aber sie war redlich bemüht, durch und durch professionell zu klingen.

»Hier spricht Dona. Hör zu! Ich halte mich nicht lange mit Vorreden auf. Kannst du dir vorstellen, wieder für Dunvegan zu arbeiten?«

Es folgten qualvolle Sekunden des Schweigens.

»Ich würde auch dein Gehalt erhöhen. Ohne dich schaffe ich das nicht!«, fügte sie eilig hinzu.

»Ja«, sagte er schließlich. Mehr nicht. Nur: Ja!

»Wann kannst du hier sein? Es ist nämlich so, übermorgen hätten wir einen gemeinsamen Termin in London bei Mr Caldwell von Waltman.«

»In einer halben Stunde«, erwiderte er ungerührt.

»In einer halben Stunde? Aber wieso, ich denke, du bist auf Islay und ...« stammelte Dona, doch da hatte Alister bereits grußlos aufgelegt.

Dona blieb eine Weile regungslos hinter ihrem Schreibtisch sitzen. Sie konnte es noch nicht fassen, dass Alister sofort zur Stelle sein würde, um ihr in der Not zu helfen.

Als es an der Tür klopfte, zuckte sie zusammen. Ob er das schon war? Aber nun steckte Mr Irvine seinen Kopf in die Tür und blickte sie mit sorgenvoller Miene an.

»Entschuldigen Sie, dass ich Sie störe, ich wollte nur sagen, sie haben ihn vorsichtshalber in die Klinik gebracht.«

»Ist gut, und machen Sie sich keine Sorgen. Sie bekommen Ihren Brennmeister zurück.«

Ein Strahlen huschte über sein vor Sorgen zerfurchtes Gesicht. »Sie meinen, Alister kommt zurück?«

Dona nickte. »Tja, es sieht wohl so aus.« In dem Augenblick klopfte es erneut an Donas Bürotür, und dieses Mal war es wirklich Alister. Dona bedauerte zutiefst, dass sie sich nicht wenigstens die Lippen nachgezogen und das Haar noch einmal gebürstet hatte.

»Mr Broun, Sie schickt der Himmel«, rief Mr Irvine begeistert aus, und die beiden Männer umarmten sich kumpelhaft. »Wenn ich darf, verkünde ich die gute Nachricht gleich den anderen«, fügte er überschwänglich hinzu.

Kaum hatte Mr Irvine das Büro verlassen, setzte sich Alister auf den Besucherstuhl und musterte sie durchdringend.

»Nun erzähl, was hat dich dazu gebracht, mich zurückzuholen, obwohl ich ein Brodie bin?«, fragte er lauernd und leicht provozierend.

Dona stieß einen tiefen Seufzer aus, bevor sie ihm von dem ganzen Ärger berichtete. Dabei ließ sie nichts aus. Nicht einmal den Verdacht, den sie gegen Gordon hegte.

»Gut, dann werde ich auf Mr Smith ein Auge haben und ihn ordentlich einspannen«, sagte er und schenkte Dona ein gewinnendes Lächeln. Wenn sie nicht gerade seine blonde Freundin vor Augen gehabt hätte, wäre sie glatt dahingeschmolzen. Als er nach ihrer Hand griff, hätte sie beinahe alle Vorsicht vergessen, doch dann siegte die Vernunft.

»Alister, wir sind bei der Arbeit ein unschlagbares Team. Da gibt es keine Frage, aber privat werden wir uns nicht mehr annähern«, erklärte sie schroffer als beabsichtigt.

Alister zuckte irritiert zurück. »Gut, wie du meinst«, erwiderte er mit belegter Stimme. »Ich verstehe. Wie konntest du dich auch mit einem Brodie einlassen?« Das klang eine Spur zynisch.

Mit einem Brodie schon, dachte Dona bitter, aber nicht mit einem Brodie, der mir seine langbeinige, blonde Freundin verschwiegen hat.

Portree, September 1924

Immer wenn ich meinem schlafenden Finlay einen Gute-Nacht-Kuss gebe, um mich danach zu den Klippen zu schleichen, habe ich ein schrecklich schlechtes Gewissen. Jedes Mal nehme ich mir vergeblich vor, der Versuchung zu widerstehen und Ean zu versetzen, aber ich schaffe es nicht. Mein Körper brennt darauf, in seinen Armen zu liegen. Den ganzen langen Sommer über haben wir uns regelmäßig in unserer Höhle getroffen. Im Gegensatz zu Ean möchte ich, dass das irgendwann aufhört. Er aber schmiedet zunehmend Pläne, wie wir dieser Hölle entkommen können. Ean mutmaßt nämlich, dass Gavin mich misshandelt. Dass ich beim letzten Treffen ein blaues Auge hatte, bestärkte ihn in seinem Verdacht. Da konnte ich ihm hundertmal schwören, dass ich im Flur ausgerutscht und gegen die Kommode gefallen bin. Er ist nicht davon abzubringen, dass er mich vor meinem gewalttätigen Mann schützen muss. Ich hätte ihm wohl lieber nicht von der einen letzten Ohrfeige erzählen sollen, die mir mein Mann gegeben hat. Am liebsten würde er Gavin zur Rede stellen und ihm ins Gesicht sagen, dass er mich liebt und mit mir fortgehen wird. Ich kann das nicht, zumal Gavin sich als rührender Vater entpuppt hat, seit er nicht mehr so viel trinkt. Er nutzt jede freie Minute, um mit unserem Sohn zu spielen, und ich könnte nicht mehr in den Spiegel sehen, wenn ich ihm sein Ein und Alles wegnehmen würde. Nein, so verlockend der Gedanke auch ist, fern von Portree eine richtige Familie mit Ean zu gründen, ich weiß, dass ich es niemals in die Tat umsetzen würde.

Und bevor Gavin Wind von meinem Doppelleben bekommt, muss ich es aufgeben. An diesem sonnigen Septembertag war ich so fest entschlossen wie noch nie zuvor, dass es unser letztes Schäferstündchen sein würde. Natürlich wollte mir dieser Gedanke schier das Herz brechen, denn es war ja nicht nur mein Körper, der sich vor Sehnsucht nach Ean verzehrte, sondern auch meine Seele, mein Herz, das nach ihm drängte. Wir konnten so wunderbar miteinander reden, manchmal kam die Liebe zu kurz, und wir mussten uns mit hastigen Umarmungen begnügen, weil die Nacht bereits hereinzubrechen drohte. Gavin glaubte, ich wäre an diesen Abenden bei einer neuen Klavierschülerin. Zum Glück hatte er mich nicht nach ihrem Namen gefragt. Aber es würde ihn sehr verwundern, wenn ich erst in dunkler Nacht vom Unterricht zurückkehrte.

Von Ean fühlte ich mich verstanden wie ... ja, wie zuvor nur von Glen, aber den durfte ich ja nicht mehr sehen. In diesem Punkt war Gavin gnadenlos. Ein Mal sah ich ihn der Ferne am Hafen und wollte spontan auf meinen Cousin zu rennen, doch mein Mann packte mich wie ein fliehendes Kaninchen im Nacken und zwang mich, die Straßenseite zu wechseln. Auch Glen gegenüber kam ich mir schäbig vor, denn folgte ich den Anweisungen nicht nur, weil ich wegen Ean ohnehin schon ein dauerhaft schlechtes Gewissen hatte?

Doch heute würde ich ihm allen Schwüren zum Trotz auf dem Weg zu der Höhle einen Besuch abstatten. Ich wüsste nämlich nicht, wen ich sonst in die leidige Sache einweihen sollte. Gavin hätte neulich beinahe in meinem Tagebuch gelesen, und das wäre das Ende gewesen. Ja, als er in die Kiste griff, die ich leichtsinnigerweise auf dem Tisch hatte stehen lassen, weil ich meinen Mann an diesem Tag erst spät zu Hause erwartet hatte, glaubte ich, dass mein letztes Stündchen geschlagen hätte. Plötzlich überfiel mich eine Schreckensvision, dass mein Mann mich mit bloßen Händen erwürgte. Es war so grauenhaft und lähmte mich, dass ich beinahe tatenlos zugesehen hätte, wie mein Mann das Geständnis meiner Untreue in die Finger bekommt. In letzter Sekunde wachte ich aus meiner Erstarrung auf, packte die Kiste und entzog sie seinem Griff. Gavin sah mich verwundert an. »Hast du Geheimnisse vor mir?«, fragte er schmunzelnd.

»Ja«, erwiderte ich betont locker, obwohl mir das Herz bis zum Hals klopfte. »Das ist für unseren Sohn bestimmt. Dann kann er später einmal jeden seiner Schritte nachlesen. Ich glaube kaum, dass es dich wirklich interessieren könnte.«

»Vielleicht ist es spannend, nachzulesen, wann er das erste Mal Papa gesagt hat ...«

In diesem Augenblick überkam mich eine Welle von Mitgefühl für Gavin. Er war so guter Laune, dass er sogar scherzte, denn Finlay konnte bislang nur Mama sagen – und was machte ich? Ich betrog ihn mit dem Mann, den er seit dem Zerwürfnis mit Glen als seinen besten Freund bezeichnete.

»Oh, das kann ich dir nicht zumuten, du wirst wahnsinnig enttäuscht sein, wenn du lesen musst, wann er zum ersten Mal Mama gesagt hat«, sagte ich lächelnd, während ich die Kiste an meine Brust drückte und fieberhaft überlegte, wo ich sie verstecken sollte. Nachdem ich Gavin diese faustdicke Lüge mit dem Babytagebuch aufgetischt hatte, konnte ich nicht sicher sein, dass er nicht doch einmal hineinlesen würde, wenn er es finden würde. Nein, ich musste die entlarvenden Tagebücher in Sicherheit bringen.

Das Beste wäre, ich würde sie vernichten, aber das brachte ich nicht übers Herz, obwohl ich schon ein paarmal mit ihnen in der Hand vor dem Kamin gesessen hatte, fest entschlossen, sie zu Asche werden zu lassen. Doch ich zuckte jedes Mal zurück. Mir war so, als würde ich damit Ean den Flammen überantworten. Dann hatte ich überlegt, ob ich sie in unserer Höhle deponieren sollte, aber was, wenn sie auch andere Leute entdeckten und die Aufzeichnungen lasen? Nein, das wollte ich auch nicht riskieren.

In der Höhle hatte ich zwar ein Heft deponiert, in das ich manchmal notierte, wie unglaublich schön es gerade mit Ean und mir gewesen war, aber darin benutzte ich keine Namen und schrieb in der dritten Person, sodass es, sollte es wirklich mit dem Teufel zugehen und dieses Heft in fremde Hände fallen, keine Hinweise auf die Identität der Verfasserin gab. Meine Übervorsicht in dieser Hinsicht erschien mir manchmal albern, denn war die Wahrscheinlichkeit, dass man uns in flagranti ertappte, nicht viel größer als die, dass man meine Tagebücher fand und meinem Mann brachte? Aber wenn man ein solches Geheimnis, wie es ich zu verbergen versuchte, hütete, konnte man mitunter schon ein wenig sonderbar werden ... So war ich schließlich auf den Gedanken gekommen, sie Glen anzuvertrauen. Dort schienen sie mir sicher.

Heute war mir besonders schwer ums Herz, als ich meinem kleinen Finlay noch ein zartes Küsschen auf die Wange gab. Auch wenn ich mich auf Ean freute, es war immer wieder ein Angang für mich, mein schlafendes Kind zurückzulassen. Dabei war Finlay bei Lili in den allerbesten Händen, und außerdem würde auch Gavin bald nach Hause kommen.

Ein großes Problem unserer heimlichen Treffen war die fortschreitende Jahreszeit. War die Sonne im Juli gegen 22.30 Uhr untergegangen, war es nun bereits zwei Stunden früher dunkel. Das ließ uns manchmal sehr leichtsinnig werden und erst nach Einbruch der Dunkelheit nach Portree zurückkehren. Gavin sah es gar nicht gern, wenn ich des Nachts allein unterwegs war, weshalb er mir schon angeboten hatte, mich bei meiner fleißigen Schülerin abzuholen. Das hatte ich mit einer weiteren Lüge abwiegeln können. Ich habe behauptet, sie wohnte nur zwei Straßen von uns entfernt. Mich wundert es zwar, dass er immer noch nicht nach ihrem Namen gefragt hat, aber in dem Fall hätte ich mir erneut auf die Schnelle etwas einfallen lassen müssen. Was das Lügen angeht, hatte ich es zu echter Meisterschaft gebracht. Keine, auf die ich besonders stolz war. Nein, es nagte ständig an mir. Was war nur aus mir geworden? Eine untreue Ehefrau, die es mit der Wahrheit nicht genau nahm. Solche Selbstzweifel überkamen mich meist in dem Moment, in dem ich das Haus verlassen wollte oder vor Finlays Wiege stand. Es kostete mich heute besonders viel Überwindung, mich vom Anblick meines schlafenden Kindes loszureißen. Er sah so entzückend aus mit seinem roten Haarschopf auf dem weißen Kissen, seinen vor Gesundheit strotzenden Pausbacken und seinem Schmollmund.

»Ich schau später noch einmal nach dir«, flüsterte ich, löschte das Licht und verließ das Kinderzimmer. Im Flur griff ich nach meiner Arbeitstasche, in der sich normalerweise meine Noten befanden, in der ich aber an diesem Tag die Kiste versteckt hatte. Gerade als ich das Haus verlassen wollte, stolperte mir Gavin förmlich in die Arme. Ich sah es, bevor ich es roch: Er war angetrunken, was mich sehr verwunderte, denn in den letzten Wochen hatte es keinerlei unangenehme Vorfälle unter dem Einfluss von Alkohol mehr gegeben.

»Was ist geschehen?«, fragte ich erschrocken. Zum Glück konnte er sich noch artikulieren, wenngleich seine Stimme schon ein wenig verwaschen klang.

»Ean. Was bildet der sich eigentlich ein?«

Ein Zittern durchlief meinen ganzen Körper. Ich befürchtete das Schlimmste.

»Was hat er denn getan?«, fragte ich mit bebender Stimme.

»Er hat heute zu mir gesagt, dass ich ihn kennenlernen würde, wenn ich dir noch einmal wehtue.«

Oh nein, wie konnte er das wagen? Das musste doch den Argwohn meines Mannes erwecken. Und in diesem Augenblick wusste ich, dass das heute unser letztes heimliches Treffen sein würde. Etwas Ähnliches hatte ich schon eben an der Wiege meines Sohnes gespürt. Kurz überlegte ich, ob ich Ean nicht einfach versetzen sollte, aber das konnte ich ihm nicht antun.

»Wie hat er das gemeint?« Meine Stimme war heiser.

»Er glaubt, dass ich dich neulich geschlagen habe, als du im Flur ausgerutscht bist. Habe ihm aber die Meinung gesagt. Dass ich immer noch sein Chef wäre und dass es ihn, selbst wenn ich dich regelmäßig verprügeln würde, nichts anginge ...«

»Das hast du ihm so gesagt?« Mir wurde auf der Stelle übel. Damit hatte Gavin Öl ins lodernde Feuer gegossen.

»Ja, und ich habe ihm an den Kopf geworfen, dass er sich um seine eigene verkorkste Ehe kümmern soll ...«

»Und dann?«

»Dann hat er fluchend mein Büro verlassen und mir angedroht, dass er keinen Fuß mehr in die Destillerie setzt.«

»Gavin, das ist ja furchtbar. Wie willst du ohne ihn zurechtkommen?«

Mein Mann lachte laut auf. »Du glaubst doch selbst nicht, dass er das ernst meint? Der ist doch mit Dunvegan mindestens so verheiratet wie ich auch. Nein, das war ein Streit unter Männern. Das kommt in jeder guten Freundschaft mal vor. Schließlich weiß ich, dass ich mich hundertprozentig auf ihn verlassen kann. Nicht wie bei Glen, der meiner Frau schöne Augen gemacht hat.«

Mir wollte förmlich das Herz stehen bleiben, aber dieser kleine Vorfall bestärkte mich in meinem Entschluss, unserem Verrat ein rasches Ende zu bereiten. Ich spürte in jeder Pore, dass alles sonst unweigerlich in einer Katastrophe münden würde. Und ich war mir keineswegs sicher, ob Ean seine Drohung nicht doch wahrmachen würde. Ich glaube, er hielt es seelisch kaum mehr aus, mit Gavin so eng zusammenzuarbeiten. Ich würde mit ihm sprechen müssen. Vielleicht wäre es tatsächlich das Beste, wenn er Portree verließ, nachdem ich ihm meinen Entschluss mitgeteilt hatte. Es würde sicher nicht leicht werden, hoffte er doch so sehr darauf, dass wir gemeinsam flüchteten, um woanders ein gemeinsames neues Leben aufzubauen. Wenn es Finlay nicht geben würde, ich würde keine Sekunde zögern, mit meinem Liebsten fortzugehen. Ich liebte Ean wirklich von ganzem Herzen, aber mein Kind, das liebte ich auf eine andere Weise, eine Weise, die stärker war als die Liebe zu einem Mann je sein konnte.

Und wenn Gavin ein schlechter Vater wäre, hätte ich auch in Erwägung gezogen, Finlay seinem leiblichen Vater fortzunehmen, aber nicht unter diesen Umständen! Finlay hatte alles, was ein Kind sich nur wünschen konnte. Eine liebende Mutter, einen liebenden Vater und ein liebevolles Zuhause. Dass seine Eltern ihre Liebe zueinander irgendwo zwischen Kopfschmerzen, Alkohol und Schlägen verloren hatten, bekam er nicht zu spüren. In Finlays Gegenwart benahm sich Gavin mir gegenüber stets zuvorkommend. Nein, wenn er mich jetzt so misshandeln würde, wie es Ean vermutete, würde ich keine Minute zögern, ihn zu verlassen, aber so? Ich konnte ihm keinen Strick daraus drehen, dass er sich nach Wochen der Enthaltsamkeit betrunken hatte, nachdem er sich mit Ean gestritten hatte. Manchmal habe ich mir insgeheim gewünscht, Gavin würde sich wieder einmal vergessen und mich im Zorn wirklich so zurichten, wie mich mein Sturz im Flur entstellt hatte. Dann hätte ich einen Grund, mit Finlay fortzugehen, dann würde ich mein schlechtes Gewissen, dem Kind den Vater genommen zu haben, womöglich in Schach halten können. Aber sollte ich Gavin verlassen, weil ich einen anderen Mann liebte, mich jede Nacht danach sehnte, mich mit ihm zu vereinen, ich seine Hände noch tagelang, nachdem wir uns geliebt hatten, auf meiner Haut spürte und ich mir nichts mehr wünschte, als mit ihm eine eigene Familie zu haben? Ich durfte ja nicht einmal von Ean schwanger werden, ohne dass dies unser Geheimnis ans Licht gebracht hätte, denn Gavin rührte mich nicht mehr an, seit ihm sein Körper im entscheidenden Augenblick den Dienst versagt hatte. Nein, wir mussten aufpassen, dass unsere Treffen folgenlos blieben, obwohl ich mir nichts sehnlicher wünschte, als von Ean ein Kind zu bekommen.

»Musst du denn unbedingt heute Abend zu dem blöden Unterricht gehen?«, hörte ich meinen Mann von Ferne lallen.

Ich musterte ihn erschrocken. »Ich kann sie doch nicht einfach versetzen«, protestierte ich.

»Kannst du nicht Lili zu ihr schicken? Sie soll sagen, dass du krank bist.«

»Das kann ich leider nicht. Meine Schülerin wäre sehr enttäuscht«, murmelte ich irritiert. Was hatte das zu bedeuten, dass er mich ausgerechnet an diesem Tag nicht ziehen lassen wollte?

»Ich würde sagen, du legst dich hin und schläfst dich erst einmal aus«, schlug ich meinem Mann in mütterlichem Ton vor.

»Ach, kannst du nicht doch bleiben?«, hakte er weinerlich nach.

»Gavin, ich bin doch bald wieder da«, log ich in der Hoffnung, dass er seinen Rausch ausschlief, wenn ich nach Hause zurückkehrte. Ich warf einen verstohlenen Blick auf meine mit Diamanten besetzte Armbanduhr, ein Geschenk Gavins zu meinem letzten Geburtstag. Es war jetzt kurz nach fünf. Wenn ich mich nicht allzu lange bei Glen aufhielt, konnte ich gegen sechs bei der Höhle sein und würde mit Sicherheit vor neun nicht wieder nach Hause kommen.

Ich gab ihm einen flüchtigen Kuss auf die Wange, drückte mich an Gavin vorbei und verließ unser Anwesen eilig. Am Ende der Straße hatte ich plötzlich das Gefühl, ich würde verfolgt. Wie der Blitz wandte ich mich um und meinte, einen Schatten hinter einem Baum verschwinden zu sehen, aber ich schob das auf meine angeschlagenen Nerven. Wer sollte mir denn am helllichten Tage hinterherschleichen? Vorsichtshalber drehte ich mich alle paar Meter um, aber es gab weit und breit keinen Verfolger. Ich hatte mir das wohl eingebildet. Auf der Uferstraße beschleunigte ich meinen Schritt wieder. Eine innere Stimme mahnte mich, umzukehren und die Höhle zu meiden, aber ich wollte ihr nicht nachgeben. Nicht an diesem Tag, an dem ich das Ganze beenden wollte, ein Gedanke, der mir schier das Herz brechen wollte, je näher unsere Verabredung rückte.

Glen war so überrascht, mich zu sehen, dass er mich wortlos an seine Brust drückte und gar nicht mehr loslassen wollte.

»Mairie, Mairie«, stieß er gerührt aus.

»Ach, Glen, du weißt doch, wie gern ich dich öfter besuchen würde, aber Gavin ist, was dich angeht, so schrecklich unversöhnlich«, seufzte ich.

Glen trat einen Schritt zurück und musterte mich eindringlich. »Du bist blass. Bist du krank?«, fragte er besorgt.

»Nein, ich habe nur großen Kummer und eine Bitte an dich. Sonst hätte ich mich gar nicht hergewagt«, gab ich zögernd zu.

Er ließ mich eintreten. Auf dem Flur kam mir ein fröhlicher Junge entgegen. Er hatte dunkle Locken und war Glen wie aus dem Gesicht geschnitten. »Wer bist du?«, erkundigte er sich neugierig.

»Ich bin Tante Mairie«, erwiderte ich.

»Kenne ich nicht«, lachte der Junge und war wie der Blitz in einem der Zimmer verschwunden.

»Der ist ja entzückend. Und schon so groß. Er ist dir wie aus dem Gesicht geschnitten.«

Über Glens ernste Miene huschte ein Lächeln. »Du solltest erst mal meine Tochter sehen. Sie ist das Ebenbild von Albiona.« In diesem Augenblick kam eine junge hübsche Frau mit einem Mädchen auf dem Arm aus der Tür und blickte mich aus offenen grünen Augen an.

»Das ist Martha, unser neues Kindermädchen aus London«, stellte mir Glen die junge Frau vor, und etwas in seinem Blick signalisierte mir, dass sie weit mehr als nur das Kindermädchen der Familie war. Und ich freute mich für die beiden.

Glen hatte nicht zu viel versprochen: Seine Tochter war tatsächlich Albionas Ebenbild.

»Ich gehe mit Mrs Mairie mal eben in mein Büro«, teilte er Martha mit, die ihm ein bezauberndes Lächeln schenkte.

Wir setzten uns auf eine Besuchercouch nebeneinander. Er legte ganz ungezwungen den Arm um meine Schulter.

»Sie gefällt mir sehr gut, deine neue Freundin«, flüsterte ich.

Sofort zog er den Arm fort und musterte mich verdutzt. »Woher weißt du ...?«

»Schon vergessen, ich kenne das gewisse Funkeln in deinen Augen und kann es richtig deuten.«

»Tja, ich habe sie wirklich gern und werde sie wohl bald fragen, ob sie meine Frau wird.«

»Ach, das freut mich für dich. Sie scheint mir nicht nur hübsch, sondern auch eine liebenswerte Person zu sein.«

»Sie kann mir Albiona zwar nicht ersetzen, aber das Leben muss weitergehen, besonders mit den zwei Kleinen«, seufzte er, bevor er sich zu mir umwandte und mich fragend musterte. »Aber deshalb bist du nicht hergekommen. Was kann ich für dich tun?«

»Wenn du schon so direkt fragst, du kannst diese Kiste ...« Ich stockte, holte sie aus meiner Tasche hervor und reichte sie ihm. »Das sind meine Tagebücher, und ich befürchte, sie sind zu Hause nicht mehr sicher. Darin stehen Dinge, die Gavin niemals zu sehen bekommen darf.«

Glens Miene verdüsterte sich. »Dann stimmt es also, was meine gemeine Schwester behauptet?«

»Was behauptet sie denn?«, fragte ich erschrocken.

»Dass du dich heimlich mit Ean Brodie draußen bei den Klippen triffst und dass ihr dort ein Liebesnest habt!«

Ich schlug entsetzt die Hand vor den Mund. »Wie kommt sie darauf?«

»Sie hat euch angeblich letzte Woche zusammen den Pfad am Ende der Klippen hinunterklettern und in einem Höhleneingang verschwinden sehen. Ich habe ihr unterstellt, dass sie Halluzinationen hat, aber so entgeistert, wie du mich gerade ansiehst, scheint etwas dran zu sein. Meinst du nicht, dass das gefährlich werden könnte, wenn dein gehörnter Ehemann herausfindet, dass ich nicht der Übeltäter bin, sondern sein inzwischen bester Freund Ean?«

»Finlay ist Gavins Sohn!«, widersprach ich energisch, doch dann wurde ich kleinlaut. »Ich werde Ean heute sagen, dass es aufhören muss, und zwar sofort!«, seufzte ich. »Und warum hat sie es Gavin noch nicht verraten? Was meinst du?«

»Weil sie befürchtet, dass er sie hinauswirft, bevor sie überhaupt den Mund aufmachen kann. Und weil ich ihr gedroht habe, dass ich, sollte sie Gavin davon in Kenntnis setzen, keine Schwester mehr habe.«

»Und das kann sie schrecken?«

Er zuckte mit den Achseln. »Ich weiß es nicht, aber sie hängt erstaunlicherweise sehr an meinen Kindern. Keine Ahnung, ob sie das riskiert, aber es ist wohl sehr vernünftig, wenn du der Sache ein Ende machst oder, noch besser, mit Mr Brodie dein Glück an einem anderen Ort suchst.«

»Ach, Glen, wie gern würde ich mit Ean ans Ende der Welt gehen, aber ich kann meinem Kind nicht den Vater nehmen. Er liebt den Jungen, und der liebt ihn …«

»Das ehrt dich, Mairie, nicht jede Frau in deiner Lage würde ihre große Liebe opfern, denn wenn es stimmt, was man in Portree munkelt … dass Gavin dem Suff verfallen ist …«

»Er war auf dem Weg dorthin, aber es geht ihm wieder besser. Dass er heute getrunken hat, war eine Ausnahme. Er hatte einen heftigen Streit mit Ean.«

Glen zog zum Zeichen seiner Skepsis eine Augenbraue hoch. »Mairie, wenn du bei ihm bleiben willst, sieh dich vor. Es ist gefährlich, was du da treibst. Ich habe einmal den Hass aus seinen Augen funkeln sehen, glaub mir, das vergesse ich mein Lebtag nicht. Das ist nicht mehr mein alter Freund, mit dem ich Kindheit und Jugend verbracht habe und von dem ich gedacht habe, dass wir eines Tages gemeinsam mit unseren Enkelkindern zum

Angeln gehen würden. Nein, das ist ein zerstörter Mensch, dem ich alles zutraue.«

Siedendheiß fiel mir mein vermeintlicher Verfolger ein. Was, wenn das Caillin gewesen war, was, wenn mich Gavin verfolgt hatte? Ich nahm mir vor, auf dem Klippenweg noch vorsichtiger zu sein. Ean und ich gingen ohnehin schon immer getrennt dorthin. Ach, mir wurde bei dem Gedanken, dass ich nie mehr seinen erregten und erhitzten Körper spüren, dass ich nicht mehr seine süßen Küsse schmecken und er mich nicht mehr zum Stöhnen bringen würde, ganz schwer ums Herz. Und ich fragte mich, wie er wohl reagieren würde, wenn ich ihm meinen Entschluss mitteilte.

Plötzlich kam mir ein schrecklicher Gedanke. Was, wenn mir etwas zustoßen würde, was, wenn Gavin sich doch wieder im Suff verlor und unserem Sohn kein anständiger Vater mehr sein konnte?

»Glen, versprichst du mir eines?«, fragte ich in flehendem Ton.

»Kommt darauf an, ich habe dir einst geschworen, dass ich alles für dich tun werde, was in meiner Macht steht, und dazu stehe ich. Aber, wenn du mich bittest, Gavin zur Vernunft zu bringen, nein, das kann ich nicht.«

»Ich weiß, er würde dich gar nicht anhören«, seufzte ich. »Ich habe etwas anderes im Sinn: Sollte mir etwas zustoßen und Gavin dem Alkohol verfallen, würdest du meinen Sohn bei dir aufnehmen?«

»Mairie, was redest du da?«, entgegnete er erschrocken.

»Bitte, schwör, dass du dann alles unternimmst. Gib mir ein Stück Papier. Bitte!« Nichts würde mich davon abhalten, dies schriftlich niederzulegen.

Zögernd reichte Glen mir ein leeres Blatt und einen Füllfederhalter und ich schrieb wie in Trance nieder, dass mein Sohn Finlay, falls er nicht mehr von seinen Eltern betreut werden konnte, in Glens Haus aufwachsen solle. Ich unterschrieb es und reichte es ihm. Glen nahm das Blatt kopfschüttelnd entgegen. »Mairie, bitte, du bist in einer merkwürdigen Verfassung. So etwas darfst du gar nicht denken«, bemerkte er besorgt, aber er unterzeichnete das Dokument.

»Es würde mir nur nichts nützen, solange Gavin das Sorgerecht für euer Kind hätte. Er würde mir Finlay niemals geben«, sagte Glen, und ich wusste, dass er recht hatte. Egal, ich hatte das unbedingt loswerden müssen!

»Würdest du meine Tagebücher für mich verwahren, bis ich soweit bin, dass ich sie vernichten kann? Das bringe ich noch nicht übers Herz.«

»Aber natürlich, Mairie, das ist kein Problem.« Ich gab ihm die Holzkiste. Er warf einen Blick hinein. »Vier Hefte«, murmelte er.

»Ja, ein fünftes habe ich in der Höhle versteckt. Das bringe ich dir morgen vorbei. Oh, wünsche mir nur Kraft. Ich befürchte, Ean wird mit Engelszungen auf mich einreden, um mich von der gemeinsamen Flucht zu überzeugen.«

»Ich würde, bevor ich gehe, gern noch etwas in meinem Tagebuch nachtragen, was ich heute auf dem Weg hierher bemerkt habe.«

»Gut, dann lasse ich dich einen Augenblick allein«, stöhnte er und verließ sein Arbeitszimmer. Hastig schrieb ich auf, was sich auf dem Weg zu Glen zugetragen und was ich ihm da soeben an Verantwortung aufgebürdet hatte.

Der Füllfederhalter flog nur so über das Papier, denn meine Sehnsucht nach Ean wuchs von Minute zu Minute. Wie ich es in Zukunft schaffen sollte, auf diese süßen Augenblicke zu verzichten, stand in den Sternen. Wäre das Leben ohne ihn überhaupt noch lebenswert? Doch, ermahnte ich mich streng, ich wurde schließlich gebraucht. Als Mutter! Meine Tage als liebende Frau waren gezählt, denn niemals würde ich es zulassen, dass Gavin mich berührte, wenn ich schon auf Ean verzichten musste. Dann sollte er der letzte Mann in meinem Leben sein, nach dessen Berührungen ich mich voller Sehnsucht verzehrte.

London, Dezember 2014

Dona betrat ihre Wohnung mit gemischten Gefühlen. Ein muffiger Geruch von ungelüfteten Räumen schlug ihr entgegen. Sie war heilfroh, dass Alister sie begleitete. Mrs Drummond hatte ihm ein Einzelzimmer im Londoner Haus der Waltman-Kette mit Themseblick gebucht, aber Alister hatte darauf bestanden, sie zu ihrer Wohnung zu begleiten, bevor er im Hotel eincheckte. Sie waren gestern Nachmittag mit dem Wagen bis Inverness gefahren und hatten von dort einen Flug nach Edinburgh genommen. In der wunderschönen Stadt hatten sie die Nacht in dem schottischen Waltman-Hotel verbracht. Natürlich in zwei Einzelzimmern, aber es war eine harmonische Reise gewesen. Dona hatte nämlich die Tagebücher mitgenommen und Alister vorgeschlagen, ihm auf der langen Autofahrt daraus vorzulesen, damit auch er erfuhr, was seinen Urgroßvater mit ihrer Urgroßmutter verbunden hatte. Er hatte so gespannt gelauscht, dass die Autofahrt wie im Flug vergangen war. Im Flieger hatte sie weitergemacht, und sie hatte ihm den Rest dann in der Hotellobby am Kamin vorgelesen. Nachdem sie ihre Lesung beendet hatte, herrschte zwischen den Nachkommen der beiden Liebenden eine Weile nachdenkliches Schweigen.

»Ach, Dona, findest du nicht, die beiden sind viel schlechter dran als wir? Ich glaube übrigens nicht, dass die beiden wirklich durchgebrannt sind. Ich befürchte, es hat ein schlimmes Ende mit den beiden genommen«, seufzte Alister.

Zwei Menschen, ein Gedanke, Dona glaubte nach der letzten

Eintragung in Mairies Tagebuch auch nicht mehr an eine gemeinsame Flucht, aber was war dann mit ihnen geschehen? Ein schrecklicher Gedanke hatte sich ihr aufgedrängt, aber der ließ sie dermaßen erschaudern, dass sie ihn nicht zu Ende führen konnte.

Am liebsten hätte sie Alister in diesem Augenblick nach der Blondine gefragt und ihn mit der Frage konfrontiert, ob er ihr auf dem Klippenweg eigentlich nur etwas vorgespielt hatte. Ihr Herz weigerte sich nämlich zunehmend, ihm zu unterstellen, dass er mit ihren Gefühlen gespielt hatte. Sein liebevoller, warmer Blick, mit dem er sie ständig musterte, sprach eine andere Sprache.

Doch Dona war schließlich ziemlich abrupt aufgesprungen und hatte die nette Kaminrunde zu zweit aufgelöst. Heute Morgen waren sie dann in den Flieger gestiegen. Da ihnen bis zu dem Termin mit Waltman noch drei Stunden Zeit blieben, drängte es Dona, die Wohnung aufzusuchen in der Hoffnung, dort eine putzmuntere Amy vorzufinden.

»Amy!«, rief sie nun, als sie den Flur betraten, doch sie bekam keine Antwort. Das erste, was Dona sah, war das Blinken des Anrufbeantworters. Offenbar hatte jemand eine Nachricht hinterlassen, wenn es nicht ihre zahlreichen Bitten waren, sich dringend bei ihr zu melden.

»Ich weiß nicht, ich habe kein gutes Gefühl«, raunte sie Alister zu, während sie vorsichtig Amys Zimmertür öffnete. Ihr Bett war ungemacht, ein Zeichen, dass sie zumindest in London angekommen war und in ihrem Bett übernachtet hatte. Vor dem Kleiderschrank lag ein Berg von Kleidung, als habe Amy sich nicht entscheiden können, was sie anziehen sollte. Auf ihrem Schreibtisch lag der Mietvertrag über das *Tianavaig*, daneben ein ausgedrucktes Bahn-Ticket von London nach Kyle of Lochalsh, das bereits seit über einer Woche verfallen war. Es bewies, dass Amy vorgehabt hatte, zurück nach Portree zu reisen. Dona stockte der Atem.

»Das gibt es doch nicht. Schau mal.« Aufgeregt deutete Dona

auf das Buchungsdatum. Es war am Tag ihrer Ankunft gebucht worden auf einen Reisetermin am Sonntag. Sie hatte also nicht länger als drei Tage in London bleiben wollen. Was war bloß geschehen? Dona wurde etwas schummrig.

»Hier stimmt was nicht.«

Mit einem prüfenden Blick auf die verräterischen Daten pflichtete Alister ihr bei.

In dem Moment klingelte das Telefon. Mit klopfendem Herzen nahm sie den Hörer auf.

Bevor sie sich melden konnte, polterte eine männliche Stimme los. » Na endlich! Amy, du alte Nuss, selbst wenn das der Mann deines Lebens gewesen ist, es wäre wirklich nett, wenn du mal ein Lebenszeichen von dir geben würdest. Ich habe am nächsten Tag die ganze Zeit versucht, dich zu erreichen, und nun habe ich dir das Finanzierungskonzept in den Briefkasten gesteckt. Ich dachte schon, du lässt gar nichts mehr von dir hören. Kannst du was mit den Zahlen anfangen?«

»Hallo, hier spricht nicht Amy, sondern ihre Freundin Dona«, meldete sich Dona heiser. »Ich suche meine Freundin genauso wie Sie. Auch bei mir hat sie sich seit fast zwei Wochen nicht mehr gemeldet. Ich habe sogar schon bei der Metropolitan angerufen, aber die wollen mir nicht glauben, dass das ungewöhnlich ist.«

»Oh je«, stöhnte der Mann. »Ich hätte sie nicht mit dem Kerl in der Bar allein zurücklassen dürfen, aber der wirkte so seriös. Und was machen wir jetzt?«

»Ich habe gleich noch einen beruflichen Termin, aber vielleicht können wir uns am Nachmittag im Waltman-Hotel in der City treffen. Gegen 15 Uhr?«

»Abgemacht«, entgegnete der Mann. »Ich bin übrigens Amys Cousin Fred. Sie hatte mich gebeten, ihr einen Finanzierungsplan zu erstellen.«

»Finanzierungsplan?«

»Ja, sie wollte ihrer Freundin in Portree beweisen, dass man deren Anwesen in ein Hotel mit Restaurant umwandeln kann.«

»Diese Freundin bin ich«, gab Dona zögernd zu. »Bis nachher!«

Ratlos legte sie auf. Wie sollte sie unter diesen Bedingungen noch an dem Glauben festhalten, dass Amy wohlauf war, wenn es seit fast vierzehn Tagen keine Spur von ihr gab?

Sie spürte, wie Alister tröstend den Arm um ihre Schultern legte. »Wenn wir bei Waltman fertig sind und den Cousin getroffen haben, gehen wir zum Yard und nerven die so lange, bis sie uns helfen«, erklärte er entschieden.

Ach, wie gut das tut, dachte Dona und verfluchte die langbeinige Blondine. Wenn sie die doch einfach aus ihrem Gedächtnis streichen könnte. Aber er hatte recht. Genau das würden sie tun und das Gebäude der Metropolitan Police nicht verlassen, bevor sie etwas über Amys Verbleib herausgefunden hatten.

»Aber jetzt holen wir uns erst mal unseren Vertrag zurück«, erklärte Alister siegessicher.

Er hakte sich bei ihr unter, als sie die Wohnung verließen, um unten auf der Straße ein Taxi anzuhalten. Dona konnte sich nicht helfen. Seit Alister vorgestern wie ein Geist in ihrem Büro aufgetaucht war, fühlte sie sich unverwundbar. Jedenfalls, was die Destillerie anging.

Mr Caldwell staunte nicht schlecht, als Dona in Begleitung Alister Brouns erschien.

»Sie?«

»Ja, ich bin immer noch Miss MacLeods Brennmeister und ihre rechte Hand. Daran wird sich wohl auch so schnell nichts ändern!« Er warf Dona einen warmherzigen Blick zu.

»Ja, aber warum haben Sie das nicht gleich gesagt, Miss MacLeod? Ich hätte unseren Vertrag nie angezweifelt. Na, da wird sich Mr Fuller aber ärgern. Und ich bin ganz froh, weil

Dunvegan von Anfang an unsere Nummer eins gewesen ist. Wenn Sie nichts dagegen haben, unterschreibe ich jetzt und wir stoßen gleich auf den Vertragsabschluss an.« Er ließ seine Sekretärin mit dem von Dona unterzeichneten Vertrag und einer Flasche Malt samt Gläsern kommen.

Nachdem er den Vertrag unterzeichnet hatte, rieb er sich die Hände: »So, jetzt ist alles korrekt!«

»Nicht ganz«, korrigierte Dona ihn mit ernster Miene. »Es fehlt noch eine Unterschrift.«

Mr Caldwell machte eine abwehrende Geste. »Keine Sorge, ich bin allein unterzeichnungsberechtigt. Wir müssen dazu nicht Ben Jones aus New York einfliegen lassen!«

»Nein, aber der Miteigentümer von Dunvegan sollte schon mit unterschreiben«, widersprach Dona energisch. »Mein Vater hat ja Mr Broun die Hälfte der Destillerie vererbt, und das wollen wir doch berücksichtigen«, flötete sie und schob dem verdutzten Alister das Vertragsexemplar hin.

Er musterte sie zweifelnd. »Mr Broun, Sie können hoffentlich Ihren Namen schreiben, sonst muss ich mir das alles noch einmal überlegen«, scherzte Dona. Kopfschüttelnd setzte Alister seine Unterschrift unter den Vertrag, und sie prosteten sich mit einem Dunvegan Malt zu.

Schmunzelnd stellte Dona fest, dass er tatsächlich mit »Broun« unterzeichnet hatte.

Da dieser Termin nun wesentlich schneller über die Bühne gegangen war, als Dona vermutet hatte, und ihnen noch viel Zeit bis zu dem Treffen mit Amys Cousin Fred blieb, hatte Dona eine verwegene Idee.

»Wissen Sie, wo die Dessos-Verwaltung sitzt, Mr Caldwell?«, erkundigte sich Dona scheinbar harmlos.

»Klar, die thronen nur eine Straße weiter in einem großen Geschäftshaus, aber Sie wollen Ihren Triumph doch jetzt nicht auskosten?«

»Aber nein, Mr Caldwell, das würde ich niemals tun«, säuselte Dona und nahm noch einen kräftigen Schluck. Sie war in diesem Moment fest entschlossen, die Geister der Vergangenheit endgültig zu vertreiben, und dazu gehörte der Dessos-Konzern. Mit dem Rückenwind des soeben abgeschlossenen Deals würde sie den Herren ganz offen ins Gesicht sagen, dass sie sie in Zukunft in Ruhe lassen und davon absehen sollten, ihr Saboteure unterzujubeln. Und sie hatte auch schon einen Vorschlag parat. Sie würde den Versuch, ihr einen Spion zu schicken, nicht öffentlich machen. Dafür wollte sie die dreißigtausend Pfund Vertragsstrafe zurück.

»Du machst den Eindruck, als hättest du noch ein Ass im Ärmel«, lachte Alister, als er Dona triumphierend kichern hörte.

Lachend berichtete sie ihm von ihrem Plan.

»Ich bin dabei«, sagte Alister. »Ich glaube, dich kann nichts mehr bremsen.« Er nahm sie übermütig in den Arm, und sie kuschelte sich tief in seine Armbeuge. Gerade stand ihr nicht der Sinn danach, sich von der langbeinigen Blondine die Laune verderben zu lassen.

An der Dessos-Rezeption wollte man sie ohne Termin erst gar nicht in die Chefetage lassen, doch Dona ließ sich nicht aufhalten. Sie zog Alister einfach am Ärmel mit sich in den Fahrstuhl. Oben angekommen stießen sie auf einen weiteren Empfangstresen.

»Ich habe einen Termin mit Mr Fuller«, log Dona frech.

»Äh, das muss ein Irrtum sein, der ist außer Haus.«

»Tja, dann mit seinem Chef«, erklärte sie selbstbewusst. Alister gab ihr einen liebevollen Stups in die Seite zum Zeichen, dass ihm ihr markiges Auftreten imponierte.

»Ich weiß jetzt gerade gar nicht ...«

»Sagen Sie, es geht um den Kauf der Dunvegan-Destillerie. Miss MacLeod wäre persönlich gekommen.«

Die Sekretärin musterte sie zweifelnd, aber dann rief sie ihren Chef an und teilte ihm in knappen Worten mit, dass er überraschenden Besuch bekommen habe. Und fünf Minuten später wurden sie in ein riesiges, mit schweren Teppichböden ausgelegtes Büro gebeten.

Hinter einem Mahagonischreibtisch auf einem überdimensionierten Chefsessel saß ein schmächtiges Männchen mit schütterem Haar. Er stand auf, als sie eintraten, und reichte zuerst Dona die Hand.

»Miss MacLeod, das ist mir natürlich eine große Freude. Mein Name ist Barry Wire. Wie lange warte ich schon auf eine Erfolgsmeldung, aber bislang sind Sie wohl noch nicht zu Potte gekommen. Schön, dass wir das jetzt persönlich eintüten können.«

Dona wandte sich hilfesuchend an Alister.

»Ich glaube, hier liegt ein Irrtum vor, Miss MacLeod wird nicht verkaufen. Das kann sie auch gar nicht, weil ihr Vater mich als Miterben eingesetzt hat, und ich würde niemals verkaufen!«

»Moment, lassen Sie mich schauen ...« Mr Wire schlug eine Akte auf. »Nein, Gott bewahre, die Sache läuft. Das steht hier schwarz auf weiß. Und in drei Wochen soll die Übergabe stattfinden, steht hier.«

»Entschuldigen Sie mal, Sie haben dreißigtausend Pfund dafür kassiert, dass ich von dem Vertrag zurücktrete«, widersprach Dona energisch.

Mr Wire tippte sich gegen die Stirn. »Nicht einen Cent haben wir von Ihnen erhalten, denn selbst wenn Sie den Vertrag nicht unterzeichnen würden, gingen wir leer aus.«

»Sie haben keine Vertragsstrafe in den Vertrag eingebaut?«

»Nein, solche Klauseln gibt es bei uns nicht. Entweder die Destillerien verkaufen oder nicht. Ich glaube, wir sollten mal Mr Fuller hinzuziehen. Es war sein Projekt. Er war in der Sache sehr engagiert, denn im Erfolgsfall wäre er die Karriereleiter gleich eine Stufe hochgeklettert. Das sollte quasi sein Einstiegsgeschenk an uns ein. Ich weiß ja nicht, wer Ihnen da einen Bären aufgebunden hat. Unser Mr Fuller war das ganz bestimmt nicht, aber das wird er Ihnen gleich persönlich sagen.«

»Mr Fuller hat auswärts zu tun«, seufzte Dona.

»Blödsinn, das sagt man so, wenn man nicht gestört werden will!« Barry Wire griff zum Hörer und wählte eine Nummer. »Mein Lieber, kommen Sie mal in mein Büro. Sie haben Besuch.«

Wenig später tauchte Mr Fuller auf.

»Das sind Dona MacLeod von Dunvegan und ihr Miteigentümer, die gerade in mein Büro geschneit sind und ganz merkwürdige Dinge behaupten«, knurrte Mr Wire.

Mr Fuller wurde bleich.

»Miss MacLeod behauptet, sie hätte dreißigtausend Pfund Vertragsstrafe an uns gezahlt, weil sie von dem Vertrag zurückgetreten ist.«

Mr Fullers Gesichtsfarbe wechselte in ein dunkles Rot. »Das ist eine Lüge«, schnaubte er. »Es ist kein Geld geflossen. Auf welches Konto wollen Sie das denn gezahlt haben?«

»Auf das Konto von Gordon MacArran«, erwiderte Dona, während ihr Übles schwante.

Mr Fuller zuckte die Achseln. »Ist das nicht Ihr eigener Anwalt? Ich weiß ja nicht, für was Sie ihm das Geld gegeben haben. Aber Vertragsstrafen haben wir nicht in unseren Verträgen. Leider!«

Das klingt überzeugend, dachte Dona, die vermeintliche Vertragsstrafe war wohl allein auf Gordons Mist gewachsen, aber da gab es ja noch die Sache mit Mr Smith.

»Gut, Mr Fuller, dann will ich Ihnen das mal glauben«, erklärte Dona gönnerhaft. »Aber dass Sie Mr Smith von Glenrinnes genötigt haben, den Job als Brennmeister bei Dunvegan anzunehmen und ihm aufgetragen haben, die Maische zu verunreinigen und unseren Vertrag mit Waltman zu sabotieren, das wollen Sie sicher nicht leugnen, oder?«, hakte sie in schneidendem Ton nach.

»Wer sagt das?«, bellte Mr Fuller.

»Ihr Mr Smith persönlich. Sollen wir ihn einfliegen lassen, damit er das Ihrem Chef persönlich berichtet, wie Sie ihn erpresst haben?«

Mr Fuller schnappte nach Luft.

»Fuller! Was ist das für eine Geschichte?« Mr Wires Miene verhieß nichts Gutes.

»Ich ... ich ... ich habe das Geschäft für uns retten wollen, Mr Wire, Sie müssen mir das glauben, und ich war so kurz davor, dass wir Dunvegan doch noch hätten schlucken können«, stammelte Mr Fuller.

»Mr Fuller, ich bitte Sie!«, brüllte Mr Wire. »Wir sind doch nicht bei der Mafia. Hätte ja nur noch gefehlt, dass dafür jemand einzementiert worden wäre.«

»Nein, nur am Boot meines Vaters ist manipuliert worden. Kurz nachdem mein Vater sich geweigert hat, Dunvegan zu verkaufen! Meine Eltern sind ertrunken. Haben Sie daran gedreht, Mr Fuller?«

»Sind Sie wahnsinnig!«, erwiderte Mr Fuller mit schreckensbleicher Miene. »Ich gestehe alles, aber keinen Mord! Ja, ja, ja, ich wollte den Dunvegan-Deal um jeden Preis einfädeln, und alles sah so gut aus, und plötzlich ging alles schief in Portree. Und dabei hatte ich Gordon unter der Hand dreißigtausend Pfund zugesagt für den Erfolgsfall, aber er war zu blöd, die Daumenschrauben anzuziehen, und als er mir schließlich mitgeteilt hat, dass der Deal endgültig geplatzt ist, da saß gerade dieser Smith bei mir im Büro, und da dachte ich, dass wir Ihrer Verkaufslust ein wenig nachhelfen sollten.«

»Und woher wussten Sie, dass wir den Waltman-Deal an Land gezogen hatten?«, fragte Dona.

»Moment, junge Dame, das ist ein Irrtum, das ist unser

Geschäft, und man hat uns gerade den Zuschlag erteilt! Fuller, Sie haben doch die Verhandlungen geführt und gesagt, die Sache sei in trockenen Tüchern«, mischte sich Mr Wire erbost ein.

Dona griff genüsslich in ihre Aktenmappe und legte Mr Wire den von Mr Caldwell unterschriebenen Vertrag vor.

»Ich muss Sie enttäuschen, wir haben das Rennen gemacht, nachdem Ihr Mr Fuller Waltman irrtümlich gesteckt hat, dass mich mein Brennmeister Mr Broun verlassen hat, aber ich konnte ihn eben gerade vom Gegenteil überzeugen.«

Mr Wire warf Mr Fuller einen vernichtenden Blick zu. Wenn Mr Fuller nicht so ein niederträchtiger Kerl wäre, er hätte Dona in diesem Augenblick fast leidtun können. Wenn Blicke töten könnten, so wäre er jetzt sicher umgefallen.

»Sagen Sie, dass das nicht wahr ist«, brüllte Mr Wire so laut, dass sich seine Stimme beinahe überschlug.

»Doch, das ist wahr. Ich bin Mr Broun, und wir haben gerade auf den erfolgreichen Vertragsabschluss angestoßen«, bemerkte Alister.

»Fuller, wir sprechen uns noch!«, schrie Mr Wire und zeigte zur Tür, durch die Mr Fuller das Büro wie ein geprügelter Hund verließ.

»Also, ich weiß gar nicht, was ich dazu sagen soll. Ich kann mich nur im Namen von Dessos für die Unannehmlichkeiten entschuldigen, die Sie wegen des Übereifers meines Mitarbeiters hatten. Er war auch erst ein paar Tage bei uns, als er schon damit auftrumpfte, dass er Dunvegan knacken würde. Ich habe mich über seinen Optimismus gewundert, denn wie oft hat Jamie MacLeod mein Angebot abgewimmelt. Mir war das gleich klar, dass dieser Fuller aus der Provinz hochstapelt. Natürlich werden wir uns von diesem Mitarbeiter sofort trennen.« Während Mr Wire sich aus jeglicher Verantwortung zu stehlen versuchte, wischte er sich ständig den Schweiß von der Stirn. Dann beugte er sich vertraulich über den Schreibtisch. »Wenn Sie vielleicht so freundlich wären, ich meine ... könnte diese dumme Geschichte vielleicht unter uns bleiben? Und ich hoffe natürlich, dass es Ihr Vertrauen in unseren Konzern nicht allzu sehr erschüttert hat, also ... für den Fall, dass Sie doch noch eines Tages an Verkauf denken sollten. Ich meine, die kleinen Klitschen haben keine Zukunft. Wir bleiben in Kontakt, nicht wahr?«

Dona setzte ein falsches Lächeln auf. »Ich denke, eher nicht. Wissen Sie, werter Mr Wire, in diesen großen Konzernen weiß die eine Hand manchmal nicht recht, was die andere tut. Und da geht es in solch kleinen privaten Klitschen wie Dunvegan doch etwas übersichtlicher zu. Also, werde ich lieber nicht ›Auf Wiedersehen‹ sagen.« Mit diesen Worten stand sie auf.

In dem Augenblick klingelte ihr Telefon. Ein völlig aufgebrachter Fred berichtete ihr, dass er inzwischen bei der Metropolitan Polizei vorgesprochen und erfahren habe, dass in jener Nacht, in der er Amy mit dem gepflegten jungen Mann am Tresen zurückgelassen hatte, eine Frau mit einer Schädelhirnverletzung vor jenem Club aufgefunden und ins Royal London gebracht worden wäre, auf die die Beschreibung von Amy zuträfe, aber sie wäre auf dem Weg der Besserung.

Sie verabredeten sich vor dem Krankenhaus. Dona und Alister verließen fluchtartig das Konzerngebäude und fuhren mit dem Taxi zum Hospital. Unterwegs griff Alister nach Donas Hand. »Es wird alles gut. Das verspreche ich dir«, flüsterte er ihr zu. »Wir beide könnten ein unschlagbares Team sein.«

Dona brachte es nicht fertig, ihre Hand wegzuziehen. »Aber das sind wir doch schon«, seufzte sie.

»Ja, im Job, aber ich bedauere zutiefst, dass du keinen Brodie lieben kannst«, gab er bekümmert zurück.

»Aber wer sagt denn so was?«, stieß sie, ohne nachzudenken, empört hervor. »Ich vertraue nur keinen Brodies, die mich heiß küssen, obwohl sie eine langbeinige, blonde Freundin haben.«

»Blonde Freundin? Du meinst jetzt aber nicht mich?«, erwiderte Alister entrüstet.

»Und ob! Sie hat es mir selbst gesagt!«, entgegnete Dona.

»Wer?«

»Willst du mich verschaukeln? Die attraktive Blondine, die ich an dem Tag, an dem ich erfuhr, dass du ein Brodie bist, vor deiner Wohnung getroffen habe.«

»Jetzt kapiere ich gar nichts mehr. Wieso warst du vor meiner Wohnung?«

»Moment mal, lenk nicht ab! Wer war die blonde Frau, die mir recht glaubwürdig versichert hat, dass sie deine Freundin ist?«

»Das kann nur Abbie gewesen sein. Das ist meine Exfreundin, mit der ich mich fast verlobt hätte, also quasi das Pendant zu deinem Gordon: eine Frau, die dem Clan als passende Gattin für mich erschien ... Sie hat mich an dem Tag zufällig überraschend besucht, und ich wollte nur noch weg. Da bin ich mit ihr nach Islay gefahren und habe meiner Familie deutlich gemacht, dass ich nicht zurückkommen, sondern in Nova Scotia eine Destillerie übernehmen würde.«

»Du wolltest nach Kanada?«

»Ja, das erschien mir weit genug weg von dir, und ich hätte eine Aufgabe gehabt: in Kanada anständigen Whisky zu produzieren.«

»Und was wolltest du vorgestern in Portree?«

»Eigentlich den Rest meiner Sachen aus der Wohnung holen und sie dem Vermieter zurückgeben ...« Er lachte. »Also dir! Sie gehört nämlich Dunvegan.«

»Das heißt, ein paar Tage später, und du wärst fort gewesen?«, fragte Dona sichtlich betroffen.

»Bin ich aber nicht. Ich glaube, das Schicksal ist uns gnädiger als unseren Vorfahren. Und wäre es jetzt unpassend, wenn ich dich kurz küssen würde?«

»Unpassend schon, aber absolut notwendig«, stöhnte Dona

und bot ihm ihre Lippen. Sie küssten sich, bis sich der Taxifahrer ungeduldig räusperte. Erst in dem Augenblick lösten sie sich eilig aus der Umarmung.

Fred erwartete sie bereits ungeduldig am Eingang, und es dauerte einen Augenblick, bis sie die Dame am Empfang dazu überreden konnten, ihr die Zimmernummer der unbekannten Patientin zu geben.

»Die Polizei hat sich auch schon telefonisch angemeldet«, verriet sie ihnen schließlich. Als sie das Krankenzimmer betraten, wurde Dona von einem Jubelschrei begrüßt. »Ginge, endlich, Gott sei Dank, ich habe keinen unrettbaren Schaden erlitten.« Amy breitete ihre Arme aus, und Dona warf sich der Freundin an die Brust.

»Warum hast du dich nicht gemeldet?«

»Wie sollte ich wohl – im Koma, du Scherzkeks?«, lachte Amy. »Ich komme doch seit drei Tagen erst Stück für Stück zu mir ...« Ein Schmunzeln umspielte ihren Mund, als sie Alister im Hintergrund erkannte. »Wenn mich nicht alles täuscht, sind Sie Alister. Juchhu, ich erkenne Sie wieder. Mein Hirn scheint wieder zu arbeiten.«

Er trat ganz nah an ihr Bett und schüttelte ihr herzlich die Hand. »Was machen Sie denn bloß für Sachen?«

»Tja, das wüsste ich auch gern. Und Fred, wie schön, dass du auch da bist.« Nun begrüßte sie ihren Cousin.

Da kam eine Krankenschwester geschäftig ins Zimmer geeilt und blickte die drei Besucher vorwurfsvoll an. »Ich glaube nicht, dass unsere Patientin schon wieder fit genug ist.«

Nun traten auch noch zwei Polizisten ein und wollten Amy zu den Vorfällen in dem Club befragen. Amy aber zuckte nur mit den Schultern. »Das Letzte, an das ich mich entsinne, ist, dass ich mich in der Wohnung umgezogen habe, um mich mit Fred zu treffen.«

»Und kannst du dich nicht an deinen Bekannten erinnern?

Gordon oder Gerry, der sich neben dich an die Bar gesetzt hat und der deine Idee super fand, ein Restaurant auf den Hebriden zu eröffnen?«, hakte Fred nach.

Dona und Alisters Blick trafen sich. Gordon, dachte Dona entsetzt.

»War es etwa unser Gordon?«, fragte sie atemlos.

»Ich habe keinen Schimmer. Unseren Gordon, wie du ihn nennst, habe ich das letzte Mal am Bahnhof in Kyle Lochalsh gesehen.«

»In Kyle Lochalsh?«

»Ja, er hat mich an dem Tag zum Bahnhof gebracht. Ich wollte dich eigentlich gleich aus dem Zug anrufen, aber mein Handy war weg.«

Die Polizisten unterbrachen ihr Gespräch ungeduldig, weil sie Amys Personalien aufnehmen wollten und ihr einschärften, sich zu melden, sobald ihre Erinnerung wiederkam.

»Der Barkeeper sagte, Sie hätten mit einem Mann am Tresen gesessen und sich angeregt unterhalten. Dann hätten Sie gemeinsam die Bar verlassen. Dämmert Ihnen da etwas?«

»Nein, Inspektor, ich kann mich nicht mal daran erinnern, überhaupt in dieser Bar gewesen zu sein, aber vor drei Tagen kannte ich noch nicht einmal meinen Namen. Also, es besteht Hoffnung, dass mein Hirn keine irreparablen Schäden erlitten hat«, entgegnete Amy belustigt.

Nun kam auch noch der behandelnde Arzt hinzu und beklagte sich über den Volksauflauf im Krankenzimmer. Es herrschte ein heilloses Durcheinander, bis der Arzt brüllte: »Alles raus! Sie wollen doch die rasanten Fortschritte bei der Genesung der Patientin nicht gefährden!«

»Doktor, könnte ich kurz mit meiner Freundin unter vier Augen sprechen? Es ist dringend«, bat Dona den Arzt. Er rollte mit den Augen. »Gut, ich gebe Ihnen fünf Minuten. Alle anderen verlassen mit mir gemeinsam das Krankenzimmer!«

Murrend setzten sich die Polizisten in Bewegung. Fred und Alister folgten ihnen. Kaum hatte sich die Tür hinter den Besuchern geschlossen, wurde es still im Zimmer. Dona setzte sich zu Amy auf die Bettkante und nahm ihre Hand.

»Du sagst, Gordon habe dich zum Bahnhof aufs Festland gebracht, aber warum?«

»Weil er meinte, dass wir dringend den Vertrag bräuchten für unsere *Tianavaig*-Geschichte ...«

»Aber den hätten wir doch vom Vermieter anfordern können. Ich verstehe nicht, dass du dann so spontan losgefahren bist.«

»Diesen Entschluss habe ich schnell bereut, aber da saß ich schon im Zug. Und dann brauchte ich mein Arbeitslosengeld aus London, und zudem wollte ich von Fred einen Finanzierungsplan haben mit einer Schätzung, was der Umbau eures Hauses in ein Hotel mit Restaurant kostet ...«

Dona drückte gerührt Amys Hand. »Du willst in Portree bleiben, oder? Und du meinst das ernst mit dem Restaurant?«

»Na ja, dann hätten wir endlich was Eigenes, das uns keiner wegnehmen kann.«

»Schatz, ich habe die Pläne in der Tasche. Dein Cousin hat mich gebeten, sie aus dem Briefkasten zu holen, und ich habe sie in meine Handtasche gesteckt.«

»Dann schau mal, was der Spaß kosten würde.«

Dona vertiefte sich in den Finanzierungsplan und runzelte die Stirn. »Tja, das würde uns mehr als eine Million kosten.«

»Oh, das gibt unsere Portokasse aber nicht her«, versuchte Amy zu scherzen.

Donas Miene erhellte sich. »Ich habe da so eine Idee. Lass mich mal machen«, raunte sie geheimnisvoll.

»Heißt das, du findest das nicht bekloppt?«

»Nein, gar nicht mehr. Gar nicht mehr. Gar nicht mehr!«, juchzte sie. »Denn ich bleibe auf jeden Fall in Portree. Ich müsste mir diesen Plan bloß mal ausleihen. Darf ich?«

»Klaro! Hat sich da inzwischen mit Mr Knackarsch-Braumeister was ergeben, was ich wissen sollte?«, hakte Amy neugierig nach.

»Eine ganze Menge hat sich sogar mit Mr Brennmeister getan, aber das erzähl ich dir alles später, wenn du wieder zurück in Portree bist ...«

»Ginge? Ob du mal Michael Bruce Bescheid geben kannst, wo er mich findet. Er wundert sich bestimmt, dass ich mich gar nicht mehr bei ihm gemeldet habe.«

Hastig berichtete Dona ihr, wie groß die Sorge des Reverends um sie war und versprach ihr, ihn anzurufen, sobald sie die Klinik verlassen hatte.

Dona überlegte kurz, ob sie Amy in ihrem Zustand überhaupt auf Gordon ansprechen durfte, denn seit sie wusste, dass er Amy zum Bahnhof gebracht hatte, dass ihr Telefon seitdem verschwunden war und dass Fred sich an den Mann an der Bar als einen Gordon oder Gerry erinnerte, ließ das in ihr einen entsetzlichen Verdacht aufkeimen. Nur, was für ein Motiv sollte er haben, Amy bis London hinterherzureisen und zu versuchen, ihr den Schädel zu zertrümmern? Doch sie entschied sich, Amy nicht mit dieser Geschichte zu belasten, sondern Gordon bei ihrer Rückkehr damit direkt zu konfrontieren. Wie mit all den anderen unangenehmen Dingen wie den dreißigtausend Pfund.

Doch da hörte sie Amy raunen. »Ginge, da ist noch was, das ich unbedingt loswerden muss. Als ich in Gordon MacArrans Kanzlei war, da trieb sich dort ein Mitarbeiter von Dessos bei ihm rum, ein gewisser Mr Fuller. Ich hätte schwören können, dass die hinter deinem und Alisters Rücken den Verkaufsdeal einfädeln wollten. Gordon hat sich zwar mächtig ins Zeug gelegt, um mich davon zu überzeugen, dass das alles seine Richtigkeit hat. Ich bin ihm auch tatsächlich zunächst auf den Leim gegangen, aber dann kamen mir Zweifel. Und du musst wissen, er will dich zurück, mit aller Macht!«

Dona hörte gar nicht mehr zu. »Das könnte ein Motiv sein. Damit du es mir nicht verrätst, wollte er dich ausschalten«, murmelte sie und fröstelte bei dem Gedanken.

»Was redest du da?«, hakte Amy erschrocken nach. Sie hatte jedes Wort verstanden und auch richtig gedeutet.

»Du glaubst doch nicht, dass es Gordon gewesen ist, der mir ...? Oh Gott, ich habe ihm für einen Augenblick vertraut. Was willst du jetzt tun? Gehst du zur Polizei?«

»Nein, ich stelle ihn zur Rede, und wir warten in Ruhe ab, bis deine Erinnerung zurückkommt. Aber bitte, belaste dich nicht damit. Hörst du? Du musst erst mal ganz gesund werden. Und jede Wette, in den nächsten Tagen fliegt bestimmt Besuch von den Hebriden bei dir ein. Und sobald du zurück bist, planen wir unser Restaurant-Projekt!«

»Du willst wirklich?« Amy setzte sich auf und umarmte ihre Freundin stürmisch.

»Ich werde sehen, was ich tun kann«, erwiderte Dona geheimnisvoll und küsste Amy zum Abschied auf beide Wangen.

Als Alister und sie das Krankenhaus verließen, machte er den Vorschlag, den heutigen Abend gemeinsam in seinem Hotel ausklingen zu lassen. Am liebsten hätte Dona Hurra geschrien, aber die Sache mit Gordon duldete keinen Aufschub. Sie würde sich nicht entspannen können, bevor sie nicht wusste, ob Gordon ihre Freundin niedergeschlagen hatte. Alister war nicht gerade begeistert, als er erfuhr, dass wieder einmal Gordon MacArran zwischen ihnen stand, aber er konnte sehr gut verstehen, dass Dona Klarheit wollte. Er für seinen Teil würde ihm eine solche Verzweiflungstat sogar zutrauen. Von ihrem Plan, Waltman in das Hotelprojekt einzuspannen, verriet sie ihm noch nichts. Das sollte für alle Beteiligten eine Überraschung werden. Sie schlug ihm vor, dass er seine Sachen aus dem Hotel, sie ihre aus der Wohnung holte und sie sich dann in zwei Stunden am Flughafen trafen. Alister trennte sich ungern von ihr, hätte das alles lieber gemeinsam mit ihr erledigt, aber Dona verabschiedete sich so hastig von ihm und war schon in ein Taxi gesprungen, bevor er überhaupt dazu kam, seine Meinung zu sagen.

Doch das war alles andere als ein Zeichen von Gleichgültigkeit ihm gegenüber. Im Gegenteil, allein bei dem Gedanken, bei ihrer Rückkehr nach Portree endlich den versprochenen Besuch in seiner Wohnung nachzuholen, beschleunigte sich Donas Herzschlag merklich, und ihr wurde heiß.

Auf dem Weg zur Londoner Waltman-Zentrale rief sie Michael Bruce an, der versprach, sich in den nächsten Flieger nach London zu setzen.

Mr Caldwells Sekretärin schnaufte wie ein Walross, als Dona wenig später an ihr vorbei und ohne anzuklopfen in das Büro ihres Chefs rauschte.

»Miss MacLeod, stimmt was nicht mit dem Vertrag?«, fragte er überrascht und musterte sie verwundert über den Rand seiner Brille.

»Doch, alles super, aber ich komme mit einem neuen Geschäftsvorschlag zu Ihnen. Wie wäre es mit einem exquisiten kleinen Hotel auf den Hebriden? Beste Lage, historischer Touch, zwanzig bis dreißig Zimmer, wird kein Schnäppchen für Sie, aber es lohnt sich.« Ungefragt legte sie Mr Caldwell Freds Finanzierungsplan auf den Tisch. »Die Sache hat nur einen Haken. Im Haus befindet sich ein Top-Restaurant, das Ihnen nicht gehören wird, sondern Miss Amy Henderson und Miss Dona MacLeod zu gleichen Teilen.«

Walter Caldwell starrte sie wie einen Alien an, aber Dona machte sich zum Gehen bereit. »Überlegen Sie es sich und melden sich. Bei Interesse können Sie sich das Objekt demnächst in Portree ansehen. Ich habe leider wichtige Termine.«

Und schon war Dona aus seinem Büro gefegt und ließ sich von einem Taxi zu ihrer Wohnung fahren. Dort fiel ihr siedendheiß die Forderung ihres Vermieters ein, das *Tianavaig* wieder in den ursprünglichen Zustand zu versetzen. Ausgeschlossen, dass Gordon noch einen Handschlag für mich tut, bevor ich weiß, was er für eine Rolle in dem ganzen Verkaufszirkus gespielt hat, dachte Dona und wählte energisch die Nummer des Vermieters, um einen Zeitaufschub auszuhandeln. Die Sachbearbeiterin aber war sehr erstaunt und teilte ihr mit, dass die Sache doch bereits zu aller Zufriedenheit erledigt wäre, denn der Modeladen wollte nun doch die Bar und die bunten Wände behalten. »Wir haben Ihnen dazu einen Brief geschrieben«, fügte sie eifrig hinzu.

Dona sah sich noch einmal in ihrer alten Wohnung um. Sobald Amy aus dem Krankenhaus kam, mussten sie klären, ob sie sich von ihrer Londoner Wohnhöhle trennen und ohne doppelten Boden die Zelte in London abbrechen und in Portree aufbauen wollten.

Als Dona im Taxi zum Flughafen saß, spürte sie die Wiedersehensfreude mit Alister in jeder Pore. Allein der Gedanke, gleich in seine Arme zu fliegen …

Doch dann schlich sich Gordon in ihre wunderbar leichten Gedanken ein, und sofort verfinsterte sich ihre Stimmung. Sie merkte, dass sie unruhig wurde bei dem Gedanken, ihm nicht wenigstens eine kleine Chance zu geben, sich seelisch darauf einzustellen, dass sie ihn ohne Pardon mit einem schrecklichen Vorwurf konfrontieren würde.

Entschlossen wählte sie seine Nummer. Auf seiner Festnetznummer meldete sich nur sein Anrufbeantworter. Bei seiner Büronummer hatte sie nicht mehr Glück, sodass sie entschied, ihm eine Nachricht auf Band zu sprechen. Die wenigen Worte sprudelten wie von allein aus ihrem Mund.

»Gordon, hier ist Dona, ich ahne, was du getan hast. Und dafür gäbe es keine Entschuldigung. Deshalb hoffe ich inständig, dass du unschuldig bist, denn die Hoffnung stirbt zuletzt.«

Portree, Dezember 2014

Dona hatte die erste gemeinsame Nacht mit Alister in seinem kleinen Apartment in dem großen, bequemen Bett genossen. Am liebsten wäre sie einfach in seinen Arm gekuschelt liegen geblieben, aber der Besuch bei Gordon brannte ihr auf der Seele. Doch als Alister schlaftrunken und fordernd zugleich über ihre nackten Oberschenkel strich, wurde sie schwach. Zweimal hatten sie sich während der Nacht geliebt. Wild und zärtlich, vertraut und fremd zugleich. Und nun fasste er sie ohne Vorspiel so direkt an, eine Berührung, die ihren Körper bereit machte für seine drängende Männlichkeit. Er aber machte keine Anstalten, in sie einzudringen, sondern streichelte sie erregt zwischen ihren Schenkeln, bis sie unter seinen kundigen Fingern mit einem lauten Aufschrei zum Höhepunkt kam. Sie wollte ihn zu sich heranziehen, doch schon war Alister leichtfüßig aus dem Bett gesprungen. »Der zweite Teil folgt heute Abend«, versprach er ihr. »Du wolltest um 8 Uhr aufstehen, und jetzt ist es schon 9 Uhr«, fügte er lachend hinzu.

»Was treibst du da für ein mieses Spiel mit mir?«, scherzte sie, sprang ebenfalls auf und umarmte den schon halb angezogenen Alister, um sich dann stöhnend ihre am Boden verstreuten Kleidungsstücke zusammenzusuchen.

Sie war gerade angezogen, als ihr Telefon klingelte. Sie befürchtete, dass es Gordon war, der auf ihre Nachricht reagierte.

Doch es war eine weibliche Stimme, die so laut schluchzte, dass es Dona einige Mühe kostete, die Worte zu verstehen.

»Hier ist Lea. Gordon … Bitte komm, es ist schrecklich. Ich habe ihn gefunden, als ich das Büro putzen wollte.«

Dona drückte das Gespräch wie in Trance weg.

»Oh Gott, was ist passiert? Du bist weiß wie eine Wand«, rief Alister aus und stürzte erschrocken auf sie zu.

»Gordon, er ist … ich glaube, es ist etwas Schlimmes geschehen. In seinem Büro, ich … ich muss dorthin«, stammelte sie.

»Dann sage ich alle Termine in der Destillerie ab und begleite dich«, schlug Alister vor.

»Nein, bitte, das schaffe ich schon. Lea ist da. Vielleicht bringst du mich mit dem Wagen zu seinem Büro.«

Dona folgte Alister mit zittrigen Knien nach draußen. Vor Gordons Bürohaus bot Alister ihr erneut an, sie zu begleiten, aber Dona hatte das Gefühl, dass sie das hier allein durchstehen musste, und außerdem war Lea vor Ort.

»Ich rufe dich an, sobald ich weiß, was geschehen ist«, versprach sie ihm.

Als sie die Klingel betätigte, tat sich eine Weile gar nichts, doch dann hörte sie von drinnen ein verzweifeltes Schluchzen. Lea sah aus wie der Tod. Dona folgte ihr stumm.

»Er hat sich umgebracht. Nicht gerade ein schöner Anblick …«, sagte Lea, als Dona Gordons Büro betreten wollte.

Dona hatte Mühe, einen Fuß vor den anderen zu setzen, weil ihr die Beine den Dienst zu verweigern drohten. Sie atmete ein paarmal tief durch, bevor sie sich in sein Zimmer traute. Er saß auf seinem Chefsessel, sein Kopf war vornüber auf die Tischplatte gekippt. Er lag in einer Blutlache. Die Arme hingen schlaff herunter, die Waffe war ihm aus der Hand auf den Boden gerutscht. Dona schrie laut auf. »Nein, nein, warum?«

»Darum!«, flüsterte Lea und reichte ihr ein Stück Papier, das mit Blutspritzern verschmutzt war, aber dessen handschriftliche Botschaft noch zu entziffern war. Sie las den Abschiedsbrief laut und stockend vor.

Liebste Dona,
ich kann nicht mehr weiterleben mit der Schuld. Als ich deine Nachricht gehört habe, dass du alles weißt, da war mir die Sinnlosigkeit meines Lebens schlagartig klar. Wie kannst du je zu einem Mann zurückkehren, der deine Eltern auf dem Gewissen hat? Ich hätte gern den Mut besessen, dir die Wahrheit ins Gesicht zu sagen. Dass es eher ein bedauerlicher Unfall war, kein kaltblütiger Mord.

Ich kämpfe seit Jahren gegen meine Spielsucht an. Mal mit mehr, mal mit weniger Erfolg. Ich habe bereits erhebliche Schulden gemacht, aber ich konnte nicht aufhören. Nun musste ich auf die Schnelle zwanzigtausend Pfund besorgen, die ich, wie ich hoffte, erhalten würde, wenn Mr Fuller, mit dem ich dieses Schmiergeld ausgehandelt hatte, den Chefs bei Dessos einen Vertrag über Dunvegan präsentieren könnte. Jamie war müde, deine Mutter war todkrank, und er wollte eigentlich in Zukunft nur für sie da sein, und ich hatte ihn fast so weit, zu verkaufen. Dann hat ihm dieser Broun oder besser Brodie offenbar eine Gehirnwäsche verpasst, und er stieg aus. Wir haben uns furchtbar gestritten, dein Vater und ich. Da hörte ich, dass er mit dem Boot hinausgefahren ist. Ich kenne seinen Lieblingsankerplatz und habe gehofft, dass er vernünftiger ist, wenn ich ihn auf seinem Schiff antreffe. Und dass ich vor allem auch deine Mutter auf meine Seite bringen könnte. So habe ich mir am Strand von Raasay eines der Boote genommen, die dort herumliegen, und bin zum Schiff gerudert. Dein Vater war gar nicht erfreut, mich zu sehen, aber wir haben dann an Deck einen Whisky getrunken. Und noch einen. Ich habe versucht, ihn von dem Verkauf zu überzeugen. Wir waren beide nicht mehr ganz nüchtern, und irgendwann sind wir aufgesprungen, haben uns geprügelt, und plötzlich ging er über Bord. »Spring hinterher!«, brüllte deine Mutter, aber wie sollte ich? Ich kann nicht schwimmen. »Wenn du ihn nicht rettest, tu ich es«, schrie deine Mutter und sprang in voller Kleidung ins Wasser. Ich habe ihre Namen geschrien, bis ich heiser war, aber sie tauchten nicht mehr auf. Da habe ich das Ventil aufgedreht und bin mit dem Ruderboot zurück an den Strand. Dona, ich habe deinen Vater wirklich geliebt, und ich liebe dich über alles, aber meine Geschichte wird mir sowieso keiner glauben, und dann muss ich ins Gefängnis. Das überlebe ich nicht, zumal mit Spielschulden in dieser Höhe. Du findest die dreißigtausend Pfund, die du mir als angebliche Vertragsstrafe überwiesen hast (das hat niemals im Vertrag gestanden) in dem weißen großen Umschlag …

»Um Himmels willen«, stieß Dona entsetzt hervor. »Er hat irrtümlich angenommen, ich wäre ihm deshalb auf die Schliche gekommen. Dabei hatte ich doch den Verdacht, dass er etwas mit Amys Verschwinden zu tun hat. Er hätte doch nur mit mir reden müssen und sich nicht gleich das Leben nehmen dürfen.« Dona schlug sich ihre Hände vors Gesicht.

Lea sah Dona aus tränennassen Augen voller Mitgefühl an, bevor sie weiterlas.

Und bitte, Dona, sorge dafür, dass Lea mein Haus erbt. Du bist eine reiche Frau, aber sie könnte dann mit ihren Kindern hier einziehen … oder sie verkauft es …
Gordon

Bei den letzten Worten schluchzte Lea noch einmal verzweifelt auf. »Das kann ich doch niemals annehmen«, weinte sie. »Holst du jetzt die Polizei?«, fügte sie leise hinzu.

Dona zuckte die Achseln. »Ich weiß nicht. Er schreibt gar nichts von Amy. Und so schrecklich es ist, ich glaube ihm. Und was habe ich davon, wenn auf seiner Beerdigung jeder weiß, dass er Jamie MacLeod auf dem Gewissen hat?«, überlegte sie laut. »Ich glaube, ich würde gern Alister um Rat fragen.«

»Gut, frag ihn.«

Dona wollte gerade seine Nummer wählen, als ihr eine unbekannte Londoner Nummer angezeigt wurde. Sie nahm das Gespräch an.

»Dona, hier ist Amy, vielleicht interessiert es dich, wer mir einen auf den Kopf gegeben hat. Dieser Gerry war es jedenfalls nicht. Der hat sich bei der Polizei gemeldet, aber der konnte einen Kerl beschreiben, der vor dem Club herumgelungert hat. Und den haben sie gekriegt, und der hatte noch mein ganzes Erspartes bei sich, das ich aus lauter Angst, es würde mir aus der Wohnung geklaut, bei mir hatte.«

»Du glaubst gar nicht, wie mich das erleichtert«, stieß Dona hervor.

»Du klingst so komisch. Ist was?«

»Nein, nein, alles bestens«, log Dona, denn ihr stand nicht der Sinn danach, ihre genesende Freundin mit der Nachricht von Gordons Tod zu belasten.

»Ich habe mich entschieden«, erklärte Dona, nachdem sie aufgelegt hatte. »Polizei ja, aber sie werden Gordons Geständnis nicht finden. Ich weiß, ich müsste ihn hassen, aber was ich fühle, ist unendliches Mitgefühl für jemanden, den ich einmal sehr geliebt habe«, stöhnte sie und brach in lautes Schluchzen aus.

»Genauso geht es mir«, pflichtete Lea ihr unter Tränen bei, und die beiden Frauen fielen sich weinend in die Arme.

Portree, Januar 2015

Dona und Alister hatten sich längst einmal auf den Weg zur Höhle machen wollen, aber die Ereignisse in Portree hatten sich schier überschlagen. Erst die pompöse Beerdigung von Gordon MacArran, die bis auf den Besuch von zwei höchst suspekten Zaungästen reibungslos verlaufen war. Dona hatte einen Teil der dreißigtausend Pfund für diese Zeremonie gegeben. Den Rest hatte sie ihrer alten Freundin Lea geschenkt, damit sie es sich vorerst leisten konnte, mit ihren Kindern in Gordons Haus zu wohnen.

Alister und Reverend Bruce hatten die beiden Schuldeneintreiber schließlich höchstpersönlich vom Friedhof gejagt. »Ich sage doch, er sieht nicht aus wie ein Pfarrer, sondern wie ein Filmstar«, hatte Amy voller Stolz über die muskulösen Arme ihres Freundes verkündet.

Dann waren die Festtage gekommen, Weihnachten und Hogmanay, die Dona mit Amy, Lea und den Kindern, Alister und dem Reverend gemeinsam im Haus der MacLeods gefeiert hatte. Miss Armstrong hatte den Trubel genossen, wenngleich sie traurig war, dass dies das letzte Fest im Haus der MacLeods sein würde, weil die Umbauarbeiten bereits im März beginnen würden. Doch sie hatten eine wunderbare Alternative gefunden. Als sich herausgestellt hatte, dass Gordons Haus bis unter die letzte Dachpfanne verschuldet war, hatte Dona Lea angeboten, sich das Haus bis zu ihrem Wiedereinzug in das elterliche Anwesen zu teilen, wobei Dona die Hypothek aus dem Preis für den Hausverkauf an Waltman ablösen konnte. Natürlich hätte Dona auch zu

Alister in seine kleine, kuschelige Wohnung ziehen können, aber sie war nicht so schnell mit solchen Entscheidungen wie ihre Freundin Amy, die schon mit ihrem Reverend zusammenlebte. Faktisch aber hatten Dona und Alister seit Dezember keine einzige Nacht getrennt verbracht. Offiziell war Alister ein Broun geblieben, weil Dona und er entschieden hatten, auch diese Geschichte nicht publik zu machen, und der einzige noch lebende Mitwisser, Lewis Irvine, hielt dicht. Doch Alister hatte Dona bereits scherzhaft angedroht, der Tag der Wahrheit käme spätestens, wenn sie heiraten würden, denn das würde er niemals als Mr Broun tun. »Aber dann würde ich ja eine Brodie. Niemals!«, hatte Dona gescherzt. »Solange du nicht sagst, nur über meine Leiche, besteht ja noch Hoffnung«, hatte Alister mit seiner Vorliebe für schwarzen Humor erwidert.

An diesem Sonntag waren sie nun endlich fest entschlossen, zur Höhle zu gehen. Es war zwar nur eine vage Hoffnung, aber sie waren unabhängig voneinander auf den Gedanken gekommen, dass Ean und Mairie damals im Jahr 1924 etwas zugestoßen war und dass sich deren einstiges Versteck womöglich im Inneren ihrer Höhle oder zumindest in der unmittelbaren Nähe befinden könnte.

Es wehte ein eiskalter Wind von Westen über den Klippenweg, als sie ihn erreichten.

»Hoffentlich werden wir nicht fortgeweht«, schrie Alister gegen den Wind an.

»Nicht, wenn du mich festhältst«, antwortete Dona.

Auch auf dem Pfad zur Höhle stürmte es ihnen rau entgegen, aber Dona wollte partout nicht aufgeben. Als sie die Höhle betraten, wurde es sofort stiller. Dieses Mal waren sie gut ausgerüstet, und konnten das Innere der Felsengrotte erkunden. Sie waren erstaunt, wie weit sie im Inneren der Höhle im aufrechten Gang vorankamen.

»So weit haben wir uns als Kinder niemals vorgewagt«, gab Dona fröstelnd zu.

Sie drangen bis zum Ende der Höhle vor, doch an dieser Stelle schien es einst noch weitergegangen zu sein, aber der Durchgang war teilweise mit Geröll versperrt. Hier mussten sie kriechen, um das Hindernis zu überwinden.

»Ich glaube, wir kommen besser im Sommer wieder«, schlug Alister vor.

»Und ich glaube, dass wir diese Hürde hier und jetzt nehmen müssen«, verkündete Dona voller Überzeugung. Und tatsächlich drängte sie eine innere Stimme förmlich, einen Blick auf die andere Seite zu werfen.

»Gegen deine innere Stimme habe ich keine Chance«, lachte Alister und kletterte auf das Geröll, um sich auf der anderen Seite wieder zu Boden rutschen zu lassen. Bis auf ein paar kleine Steine, die sich dabei lösten und den Geröllhang hinunterkollerten, war es kein Problem.

»Folge mir!«, rief Alister. »Aber hier drüben ist es stockdunkel. Es gibt keinen Ausgang zum Meer hin.«

Dona war ein wenig mulmig zumute bei dem Gedanken, in die völlige Finsternis abzutauchen, aber ihre Neugier ließ sie die Geröllwand ohne Zögern überwinden.

Alister nahm sie in den Arm, als sie sicher auf der anderen Seite angekommen war. Dann leuchtete er die Wände entlang. Sie erkannten, dass die vordere Wand doch vereinzelte Lichtstrahlen durchließ, weil sie im Gegensatz zu den Felsenmauern aus Steinen und Geröll bestand. Plötzlich schrie Dona laut auf und deutete mit zitternder Hand auf einen Haufen Knochen, den der Strahl der Taschenlampe erfasste.

»Meinst du, dass das ...« Er stockte.

»Ja, ich glaube, die Höhle war ihr Grab«, erwiderte Dona mit bebender Stimme.

Alister leuchtete nun sorgsam den steinigen Boden entlang.

»Schau, was ist das?«

Dona befreite sich zitternd aus seiner Umarmung und hob ein

Heft auf, dessen Papier von der Feuchtigkeit gewellt war, das aber dem ersten Anschein nach zu der Serie von Heften gehörte, die Mairie zum Tagebuchschreiben benutzt hatte. Vorsichtig öffnete sie es und las laut vor.

»*In seinen Armen fühlte sie sich geborgen und ganz. Sie war ein Teil von ihm, und wenn die Liebe sie vereinte, dann wollte ihr Körper schreien vor Glück*«, Dona stockte. »Mairie hat sich hier mit ihm getroffen, aber warum sind sie nicht zurückgekehrt?«

»Lies doch mal vor, was ganz hinten steht«, bat Alister sie aufgeregt.

»Warte. Ich kann nicht alles lesen. Manches ist nicht mehr zu entziffern, aber hier. *Die Frau brachte es kaum übers Herz, ihrem Liebsten zu sagen, dass sie aufhören mussten. Er war an diesem Tag so euphorisch und ließ keinen Zweifel daran, dass die beiden eine gemeinsame Zukunft hätten. Plötzlich zog er aus der Jackentasche ein Dokument und gab es seiner Geliebten zum Lesen. »Ein Malt-Rezept«, sagte sie erstaunt. »Unsere Zukunft«, erwiderte er. »Wir werden nach Nova Scotia gehen und fern der Heimat Whisky brennen …« In dem Augenblick hörten sie ein Geräusch, so als ob sich jemand dem Höhleneingang näherte. Sie klammerten sich ängstlich aneinander. Die Frau hatte die ganze Zeit so eine Ahnung. Bitte nicht, betete sie …*«

Dona machte eine Pause. »Ich traue mich gar nicht weiterzulesen«, raunte sie.

»Soll ich?«, bot ihr Alister an.

Sie reichte ihm das Heft. Er blätterte um. Dabei fiel ein einzelnes Blatt Papier zu Boden. Dona bückte sich danach und hob es auf. »Das Malt-Rezept«, rief sie überrascht aus. Sie zeigte es Alister, dessen Augen beim Lesen des Rezepts zu leuchten begannen. »Dass ich darauf nicht selbst gekommen bin, aber wir sind so darauf gepolt, die ausgelaugten Fässer zu entsorgen.«

»Du sprichst in Rätseln.«

»Mein Urgroßvater wollte Whisky mit mehr Vanillearoma erzeugen und zu dem Zweck die Holzkohleschicht der Fässer durch Ausbrennen entfernen. Er war davon überzeugt, dass bei diesen aufgearbeiteten Fässern mehr Vanillin abgegeben wird als bei den anderen Fässern. Das stimmt!«, erklärte Alister ihr begeistert.

»Ich denke, wir werden es in vielleicht achtzehn Jahren ganz genau wissen«, erwiderte Dona. »Denn so wie ich dich kenne, wirst du das umgehend ausprobieren.«

»Ja, aber erst einmal habe ich die traurige Aufgabe, uns vorzulesen, was hier im Jahre 1924 geschehen ist ...«, seufzte er und vertiefte sich wieder in Mairies Tagebuch.

»Das kann man alles nicht mehr lesen, aber hier, die letzte Seite ist unbeschädigt.« Er senkte die Stimme. *»Ein vom Meer kommender Windzug signalisierte ihr, dass das Ende nah war. Fast trotzig sang sie gegen diese Gewissheit an. »Doch zorn'gen Schicksals welkend Weh'n, bleicht' meine Blätter so, O! Doch zorn'gen Schicksals welkend Weh'n, bleicht' meine Blätter so, O!«*

Ihre Stimme war lauter geworden. Das war kein Gesang mehr, das war ein Schrei, ein letzter Hilfeschrei, bevor sie in verzweifeltes Schluchzen ausbrach.

»Liebster, hörst du mich?« Sie strich über das dicke drahtige Haar des Mannes, dessen Kopf leblos auf ihrem Schoß lag und den sie nicht einmal sehen konnte, denn draußen herrschte finstere Nacht. Am Tag drangen wenigstens ein paar Lichtstrahlen durch die Mauer aus Geröll und Steinen in das Innere der Höhle, aber nun war es stockdunkel. Sie fuhr mit den Fingern zärtlich über sein Gesicht, erspürte seinen Mund, der halb geöffnet war, und hielt die Hand davor in der Hoffnung, seinen Atem zu spüren, aber da war nichts. Kein Hauch von Leben mehr. Ihre Hand tastete sich tiefer unter seine Jacke zu seiner Brust. Sie erschauderte, als sie in das klebrige Nass fasste, aber sie brauchte Gewissheit und ließ die Hand auf der Stelle liegen, an der sie so oft sein pochendes Herz gespürt hatte. Aber in seiner Brust war alles still.

Als sie die Hand nach einer halben Ewigkeit zurückzog, roch es metallisch. Er hatte viel Blut verloren. Sie hatte die Wunde zwar verbunden, nachdem ihn der mörderische Strumpf-Dolch knapp unter dem Herzen getroffen hatte, aber nur notdürftig, mit einem Taschentuch. Trotzdem hätte er diesen gemeinen Anschlag auf sein Leben sicher überlebt, wenn nicht ... Mit Schaudern dachte sie daran, wie nur wenige Augenblicke, nachdem sein Peiniger geflüchtet war, ein ohrenbetäubender Lärm das Innere der Höhle erschüttert hatte. Sie hatte den Verletzten an der Hand gepackt und in Todesangst geschrien: »Raus hier, das ist ein Felsabbruch oben auf den Klippen!« In dem Moment hatte es bereits Steine von oben geregnet, und der Ausgang war im Nu verschüttet gewesen. Sie hatte nach Hilfe gerufen in der Hoffnung, dass er zurückkehren und sie retten würde, hatte er doch bereits mit dem Dolch seine bittere Rache genommen. Er hätte den Tod ihres Liebsten sicher in Kauf genommen, aber niemals den ihren. Dessen war sie sich so sicher gewesen. Dann jedoch war sein irres Lachen bis in das Innere der Höhle vorgedrungen.

»Das ist die Strafe Gottes. Auf immer vereint. Das habt ihr doch gewollt. Jetzt hat euch das Schicksal diesen Wunsch erfüllt!«

Bei den letzten Zeilen war Alisters Stimme immer dünner geworden, als würde er wie Dona gegen die Tränen ankämpfen. Sie schwiegen eine Weile betroffen, bis Dona leise in die Stille hineinfragte: »Und was machen wir nun? Bestatten wir die beiden feierlich?«

»Das war auch mein erster Gedanke«, seufzte Alister. »Aber dann wird ihre letzte Ruhe gestört, technisches Gerät wird die Felsmauer abtragen, sie werden auseinandergerissen und ihre Knochen in dunkle Gräber versenkt. Sie werden voneinander getrennt. Meine ehrenwerte Familie wird verlangen, dass wir Eans Gebeine auf Islay beerdigen, und Mairie kommt womöglich in die Familiengruft der MacLeods.«

Dona schüttelte sich allein bei dem Gedanken.

»Meinst du, wir sollten sie einfach in diesem Grab ruhen lassen, das ohnehin kein Mensch außer uns kennt?«, fragte sie zweifelnd.

Alister nickte. »Ich glaube, das wäre das Beste. Und wenn wir sie manchmal besuchen und ihnen Blumen bringen, dann …«

Dona umarmte Alister fest. »Wie schön, dass wir uns in den entscheidenden Dingen so schnell einig werden«, stieß sie gerührt aus, bevor sie sich auf den Rückweg machten.

Als sie aus der Höhle traten und Dona einen Blick auf das unter ihnen tosende Meer warf, kam ihr eine Idee, wie sie ihrer zu Unrecht verurteilten Urgroßmutter ein Denkmal setzen konnte.

»Was hat dein geheimnisvolles Lächeln zu bedeuten?«, erkundigte sich Alister und sah sie voller Zärtlichkeit an.

»Ich freue mich, dass ich seit Wochen weder Migräneattacken noch Angstzustände hatte.« Das kam von Herzen, aber es war nur die halbe Wahrheit, doch das andere, das musste sie erst mit ihrer Freundin klären.

Portree, Juli 2015

Das Restaurant war an seinem Eröffnungsabend bis auf den letzten Platz besetzt. Es waren nicht nur die Honoratioren von Portree erschienen, sondern auch eine Abordnung von Dunvegan-Arbeitern und -Angestellten sowie zahlreiche Gäste des ausgebuchten Hotels MacLeod. Die Architekten und Einrichter von Waltman hatten auf Hochtouren gearbeitet, um ihr neues Aushängeschild, ein feines Boutique-Hotel, dessen Zimmer unterschiedlich und alle jeweils individuell im Stil eines großen historischen schottischen Ereignisses eingerichtet worden waren, bis zum Sommer fertigzustellen. Mr Caldwell hatte hart mit Dona verhandelt, denn damit, dass die Räumlichkeiten, in denen das Restaurant entstehen sollte, sowie die Wohnung im Dachgeschoss unverkäuflich blieben, war er zunächst gar nicht einverstanden gewesen, doch in diesem Punkt hatte es keinerlei Verhandlungsspielraum ihrerseits gegeben. Mr Caldwell hatte schließlich nachgegeben, weil er sich dieses Sahnestück von Hotel auf keinen Fall hatte entgehen lassen wollen. Allein, dass für die Hotelgäste täglich eine Besichtigung und Verkostung bei Dunvegan angeboten werden sollte, bescherte ihm Vorausbuchungen über Monate. Nur Alister war von der Geschäftsidee mit den täglichen Führungen nicht besonders angetan, weil das viel Arbeit bedeutete. Aber dann hatte er Dona dafür die Einrichtung einer Extrastelle abgerungen. Dona hatte zugestimmt und Lea diesen Job angeboten.

Den Namen des Hotels hatte Mr Caldwell vorgeschlagen, was Dona sehr freute. Und sie fühlte sich überaus wohl in ihrer neuen Wohnung im Dachgeschoss ihres Elternhauses, zu der der Turm gehörte, den Mr Caldwell natürlich viel lieber seinen Gästen zur Verfügung gestellt hätte. Ihre neue Wohnung war so geräumig, dass man dort auch gut und gern zu zweit leben konnte. Deshalb hielt sich Alister vorwiegend bei ihr auf, und sie hatte ihm sogar ein Zimmer überlassen, das er ganz nach seinem Geschmack hatte einrichten können. Offiziell behauptete Dona stets, der Grund, weshalb er faktisch bereits bei ihr wohnte, wäre nur die Nähe zur Destillerie.

Um sich nicht zu verzetteln, würde Dona Alister im Unternehmen noch mehr Kompetenzen übertragen als zuvor, jetzt, wo sie als frischgebackene Restaurantbesitzerin genug zu tun hatte. Den Namen des Lokals hatten die beiden Eigentümerinnen bislang geheim gehalten und wollten ihn den Gästen erst an diesem Abend offenbaren. Alister hatte ausgerechnet in Mr Smith einen zuverlässigen und ihm treu ergebenen Assistenten gefunden. Der Mann wuchs über sich selbst hinaus und hatte neuerdings ein auffälliges Interesse an Lea. Der alte Mr Irvine schnaubte zwar noch offiziell, aber insgeheim hatte er den jungen Brennmeister längst in sein Herz geschlossen.

Dona war sehr aufgeregt, als sie ihren Platz vor dem Whiskytresen einnahm, um die Begrüßungsrede zu halten. Amy hatte sich nämlich strikt geweigert, vor den »Leuten Opern zu quatschen«, wo sie ihre Gäste doch viel besser mit Lachs in Whiskyschaum zu verzaubern verstand. Der Clou an der Speisekarte war, dass es zu jedem Gericht etwas gab, das mit der Zutat Whisky hergestellt wurde. Manchmal war es die Soße, mal Shortbread, mal ein raffinierter Schaum. Amys Fantasie war diesbezüglich schier unerschöpflich. Zur heutigen Restauranteröffnung gab es gebeizte Whisky-Lachsforelle mit Single-Malt-Schaum.

Dona trug ein eng anliegendes, schlichtes dunkelgrünes Etuikleid und einfache Pumps, das Haar hatte sie hochgesteckt. Alister lächelte ihr aufmunternd zu, als sie darum bat, ein paar

Worte sagen zu dürfen. Bevor sie mit ihrer Rede begann, warf sie noch einen flüchtigen Blick zu Amy, die in ihrer eleganten Kochkluft hinter dem Tresen in Bereitschaft stand, um ihr im entscheidenden Augenblick zu assistieren. Ein Gefühl von Geborgenheit und Angekommensein durchflutete Dona, als ihr Blick den Tisch streifte, an dem Mrs Drummond, Mr Irvine, Mr Smith und noch einige weitere treue Mitarbeiter saßen.

Nun war das, was sie in Portree hielt, ihr eigenes Leben. Wie stolz wäre ihr Vater gewesen, wenn er das noch erlebt hätte, dachte Dona. Dieser Gedanke beflügelte sie während ihrer Rede. Mit warmen und ehrlichen Worten schilderte sie, wie sie einst vor diesem Erbe geflüchtet war, weil sie sich gefühlt hatte, als müsste sie das Leben ihres geliebten Bruders Lucas anstelle ihres eigenen leben. Und wie sie aus traurigem Anlass zurückgekommen war und dank ihrer Freunde zurückgefunden hatte. Sie zählte sie alle auf – auch Gordon MacArran. Denn außer Lea, Alister und ihr würde kein Mensch je erfahren, was wirklich geschehen war.

Als sie schließlich den Namen des Restaurants verkündete und Amy zeitgleich das alte Porträt enthüllte, das die Namensgeberin Mairie in voller Schönheit zeigte und das einen Ehrenplatz bekommen sollte, ging ein Raunen durch den Saal. Dona suchte aber nur einen Blick. Ob er damit einverstanden war, das Restaurant *Mairie* zu nennen, fragte sie sich bang, doch da hob Alister den Daumen zum Zeichen, dass er voll und ganz hinter ihrer Entscheidung stand. Zum Dank warf sie ihm eine Kusshand zu, eine Geste, die den Gästen nicht verborgen blieb, denn nun ertönte frenetischer Applaus von allen Seiten. Wenn so das Glück klang, war dies der glücklichste Tag in Dona MacLeods Leben.

Amys Whisky-Lachsforelle mit Single-Malt-Schaum
(für 4 Personen)

1 Lachsforelle
2 EL grobes Meersalz
1 EL braunen Zucker
1 TL frischen schwarzen Pfeffer
1 Bund Dill
1 cl Single Malt

Die Lachsforelle filetieren, dabei aber die Haut belassen. Meersalz, Zucker und frischen Pfeffer vermischen, den Dill fein hacken.

Die Filets mit der Hautseite nach unten auf ein Stück Klarsichtfolie legen, jeweils mit der Hälfte der Salz-Zucker-Pfeffer-Mischung bestreuen und den Dill darauf geben. Den Whisky über beide Fischhälften verteilen und dann die beiden Hälften zusammenklappen.

In die Klarsichtfolie einwickeln, mit einem Frühstücksbrettchen abdecken und mit einem Gewicht beschweren. Im Kühlschrank 3 Tage ziehen lassen, dabei den Fisch täglich 1-mal wenden.

Zur Zubereitung des Schaums benutzt Amy als Profiköchin einen sogenannten Sahnesiphon (es geht auch mit einem Zauberstab, wird aber nicht so schaumig).

75 ml Sahne
325 ml Milch
60 ml Whisky
15 g brauner Zucker
2 Blatt Gelatine